# JULES VERNE

## LES VOYAGES EXTRAORDINAIRES

### — AUX ÉTATS-UNIS D'AMÉRIQUE —

## COLLECTION HETZEL

J. HETZEL ET Cⁱᵉ, 18, RUE JACOB

PARIS

# LE TESTAMENT D'UN EXCENTRIQUE

COLLECTION HETZEL

# LES VOYAGES EXTRAORDINAIRES

*Couronnés par l'Académie française.*

# JULES VERNE

## LE TESTAMENT

D'UN

# EXCENTRIQUE

*6₁ ILLUSTRATIONS PAR GEORGE ROUX*

35 VUES

DES

ÉTATS-UNIS

D'AMÉRIQUE

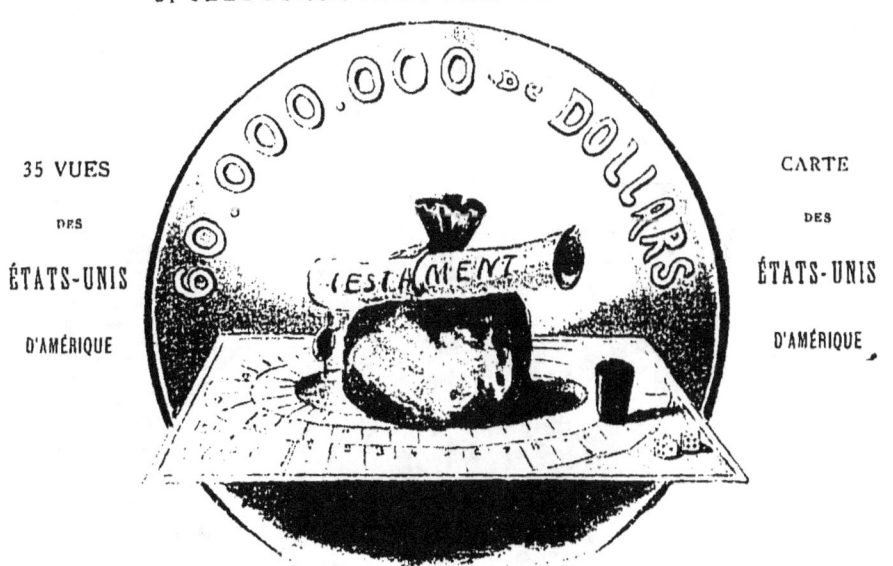

CARTE

DES

ÉTATS-UNIS

D'AMÉRIQUE

## COLLECTION HETZEL

J. HETZEL ET Cⁱᵉ, 18, RUE JACOB

PARIS

# LE TESTAMENT

# EXCENTRIQUE

## I

### TOUTE UNE VILLE
### EN JOIE.

Un étranger, arrivé dans la principale cité de l'Illinois le matin
du 3 avril 1897, aurait pu, à bon droit, se considérer comme le

favori du Dieu des voyageurs. Ce jour-là, son carnet se fût enrichi de notes curieuses, propres à fournir la matière d'articles sensationnels. Et, assurément, s'il avait prolongé de quelques semaines d'abord, de quelques mois ensuite, son séjour à Chicago, il lui eût été donné de prendre sa part des émotions, des palpitations, des alternatives d'espoir et de désespoir, des enfièvrements, des ahurissements même de cette grande cité, qui n'avait plus l'entière possession d'elle-même.

Dès huit heures, une foule énorme, toujours croissante, se portait dans la direction du vingt-deuxième quartier. L'un des plus riches, il est compris entre North Avenue et Division Street suivant le sens des parallèles, et suivant le sens des méridiens, entre North Halsted Street et Lake Shore Drive que baignent les eaux du Michigan. On le sait, les villes modernes des États-Unis orientent leurs rues conformément aux latitudes et aux longitudes, en leur imposant la régularité des lignes d'un échiquier.

« Eh donc! disait un agent de la police municipale, de faction à l'angle de Beethoven Street et de North Wells Street, est-ce que tout le populaire va envahir ce quartier?... »

Un individu de haute taille, cet agent, d'origine irlandaise, comme la plupart de ses collègues de la corporation, — braves gardiens en somme, qui dépensent le plus gros d'un traitement de mille dollars à combattre l'inextinguible soif si naturelle aux natifs de la verte Erin.

« Ce sera une profitable journée pour les pickpokets! répondit un de ses camarades, non moins grand, non moins altéré, non moins irlandais que lui.

— Aussi, reprit le premier, que chacun veille sur sa poche, s'il ne veut pas la trouver vide en rentrant à la maison, car nous n'y saurions suffire...

— Et, aujourd'hui, conclut le second, il y aura, je pense, assez de besogne, rien que pour offrir le bras aux dames à la traversée des carrefours.

— Je parierais pour une centaine d'écrasés! » ajouta son camarade.

Heureusement, on a l'excellente habitude, en Amérique, de se protéger soi-même, sans attendre de l'administration une aide qu'elle
est incapable de donner.

Et cependant quel encombrement menaçait ce vingt-deuxième
quartier, si la moitié seulement de la population chicagoise s'y transportait! La métropole ne comptait pas alors moins de dix-sept cent
mille habitants, dont le cinquième environ né aux États-Unis, l'Allemagne en pouvant réclamer près de cinq cent mille, l'Irlande à peu
près autant. Quant au reste, les Anglais et les Écossais y entraient
pour cinquante mille, les Canadiens pour quarante mille, les Scan-
dinaves pour cent mille, les Bohêmes et les Polonais pour un chiffre
égal, les Juifs pour une quinzaine de mille, les Français pour une
dizaine de mille, nombre infime dans cette agglomération.

D'ailleurs, la ville n'occupe pas encore, fait observer Élisée Reclus,
tout le territoire municipal que les législateurs lui ont découpé sur
la rive du Michigan, soit une surface de quatre cent soixante et onze
kilomètres carrés, — à peu près égale à la superficie du département
de la Seine. A sa population de s'accroître assez — cela n'est pas
impossible, et c'est même probable, — pour peupler l'étendue de ces
quarante-sept mille hectares.

Ce qu'il y a de certain, c'est que, ce jour-là, les curieux affluaient
de ces trois sections que la rivière de Chicago forme avec ses deux
branches du nord-ouest et du sud-ouest, du North Side comme du
South Side, considérées par certains voyageurs comme étant, le
premier le faubourg Saint-Germain, le second le faubourg Saint-
Honoré de la grande cité illinoise. Il est vrai, l'afflux n'y manquait
pas du côté de cet angle compris à l'ouest entre les deux bras du
cours d'eau. Pour habiter une section moins élégante, on n'en paraissait pas moins disposé à fournir son contingent à la masse du
public, même dans ces misérables demeures des environs de Madison Street et de Clark Street, où pullulent les Bohêmes, les Polonais,

les Italiens et nombre de Chinois échappés des paravents du Céleste-Empire.

Donc, tout cet exode se dirigeait vers le vingt-deuxième quartier, tumultueusement, bruyamment, et les quatre-vingts rues qui le des-

Chicago. — Madison Street, au coin de la Cinquième Avenue.

servent ne pourraient jamais suffire à l'écoulement d'une pareille foule.

Et c'étaient les diverses classes de la population qui s'entremêlaient dans ce grouillement humain, — fonctionnaires du Federal Building et du Post Office, magistrats de Court House, membres supérieurs de l'hôtel du Comté, conseillers municipaux du City Hall, personnel de cet immense caravansérail de l'Auditorium dont les chambres se comptent par milliers, commis des grands magasins de nouveautés et bazars, ceux de MM. Marshall Field, Lehmann et W.-W. Kimball, ouvriers de ces fabriques de saindoux et de margarine qui produisent un beurre d'excellente qualité à dix cents ou dix sous la livre, travailleurs des ateliers de charronnage du célèbre constructeur Pullmann, venus de leur lointain faubourg du sud, employés de l'importante maison de vente universelle Montgomery

CHICAGO. — Post Office, dans Jackson Street.

Ward and Co, trois mille des ouvriers de M. Mac Cormick, l'inventeur de la fameuse moissonneuse-lieuse, ceux des hauts-fourneaux et laminoirs où se fabrique en grand l'acier Bessemer, ceux des usines de M. J. Mac Gregor Adams qui travaillent le nickel, l'étain, le zinc, le cuivre et raffinent l'or et l'argent, ceux des manufactures de chaussures, où l'outillage est si perfectionné qu'une minute et demie suffit à confectionner une bottine, et aussi les dix-huit cents ouvriers de la maison Elgin, qui livrent au commerce deux mille montres par jour.

On voudra bien ajouter à cette énumération déjà longue, le personnel occupé au service des elevators de Chicago, qui est le premier marché du monde pour les affaires de céréales. Il y faudra joindre les agents affectés au réseau de chemins de fer, lesquels, par vingt-sept voies différentes et avec plus de treize cents trains, versent chaque jour cent soixante-quinze mille voyageurs à travers la ville, et ceux des cars à vapeur ou électriques, véhicules funiculaires et autres, qui transportent deux millions de personnes, enfin la population des mariniers et marins d'un vaste port dont le mouvement commercial occupe en une seule journée une soixantaine de navires.

Il eût fallu être aveugle pour ne pas apercevoir au milieu de cette foule les directeurs, les rédacteurs, les chroniqueurs, les compositeurs, les reporters des cinq cent quarante journaux, quotidiens ou hebdomadaires, de la presse chicagoise. Il eût fallu être sourd pour ne pas entendre les cris des boursiers, des bulls ou haussiers, des bears ou baissiers, comme s'ils eussent été en train de fonctionner au Board of Trade ou au Wheat Pit, la Bourse des blés. Et autour de ce monde brouhahant s'agitait tout le personnel des banques nationales ou d'États, *Corn Exchange, Calumet, Merchants'-Loane Trust and Co, Fort Dearborn, Oakland, Prairie-State, American Trust and Savings, Chicago City Guarantee of North America, Dime Savings, Northern Trust and Co.*, etc., etc.

Et comment oublier dans cette démonstration publique les élèves des collèges et universités, North-western University, Union College of Law, Chicago Manuel-training-school, et tant d'autres, oublier les artistes des vingt-trois théâtres et casinos de la ville, ceux du Grand Opera-House comme ceux de Jacobs' Clark Street Theater, ceux de l'Auditorium et du Lyceum, oublier les gens des vingt-neuf principaux hôtels, oublier les garçons et servants de ces restaurants assez spacieux pour recevoir vingt-cinq mille convives par heure, oublier enfin les packers ou bouchers de Great Union Stock Yard qui, pour le compte des maisons Armour, Swift, Nelson, Morris et nombre d'autres, abattent des millions de bœufs et de porcs à deux dollars par tête! Et pourrait-on s'étonner que la Reine de l'Ouest tienne le second rang, après New York, parmi les villes industrielles et commerçantes des États-Unis, puisque ses affaires atteignent le chiffre annuel de trente milliards!

On sait que Chicago, à l'exemple des grandes cités américaines, jouit d'une liberté aussi absolue que démocratique. La décentralisation y est complète, et, s'il est permis de jouer sur le mot, quelle attraction l'incitait, ce jour-là, à se centraliser autour de La Salle Street?

Était-ce vers le City Hall que sa population se déversait en masses tumultueuses? S'agissait-il d'un irrésistible courant de spéculation, de ce qu'on appelle ici un *boom*, de quelque adjudication de terrains, qui surexcitait toutes les imaginations?... S'agissait-il d'une de ces luttes électorales qui passionnent les foules, d'un meeting où les républicains conservateurs et les démocrates libéraux se combattraient aux abords du Federal Building?... S'agissait-il d'inaugurer une nouvelle World's Columbian Exposition et de recommencer, sous les ombrages de Lincoln Park, le long de Midway Plaisance, les pompes solennelles de 1893?...

Non, il se préparait une cérémonie d'un tout autre genre, dont le caractère aurait été profondément triste, si ses organisateurs n'eussent dû se conformer aux volontés du personnage qu'elle concernait, en l'accomplissant au milieu de la joie universelle.

A cette heure, La Salle Street était entièrement dégagée, grâce aux agents postés en grand nombre à ses deux extrémités. Le cortège, qui se disposait à la parcourir, pourrait donc y dérouler sans obstacle ses flots processionnels.

Si La Salle Street n'est pas recherchée des riches Américains à l'égal des avenues de la Prairie, du Calumet, de Michigan, où s'élèvent d'opulentes habitations, c'est néanmoins une des rues les plus fréquentées de la ville. Elle porte le nom d'un Français, Robert Cavelier de La Salle, l'un des premiers voyageurs qui vint en 1679 explorer cette région des lacs, — un nom très justement célèbre aux États-Unis.

Vers le centre de La Salle Street, le spectateur, qui aurait pu franchir la double barrière des agents, aurait aperçu, au coin de Gœthe Street, un char attelé de six chevaux, arrêté devant un hôtel de magnifique apparence. En avant et en arrière de ce char, un cortège, rangé en bel ordre, n'attendait que le signal de se mettre en marche.

La première moitié de ce cortège comprenait plusieurs compagnies de la milice, toutes en grande tenue sous les ordres de leurs officiers, un orchestre d'harmonie ne comptant pas moins d'une centaine d'exécutants, et un chœur d'orphéonistes de pareil nombre, qui devait, à différentes reprises, mêler ses chants aux accords de cet orchestre.

Le char était tendu de draperies d'un rouge étincelant, relevé de bordures argent et or, sur lesquelles s'écartelaient en caractères diamantés les trois lettres W J H. A profusion s'entremêlaient des bouquets ou plutôt des brassées de fleurs, qui eussent été rares partout ailleurs que dans une ville généralement appelée Garden City. Du haut de ce véhicule, digne de figurer au milieu d'une fête nationale, pendaient jusqu'à terre des guirlandes que tenaient à la main six personnes, trois à droite, trois à gauche.

A quelques pas derrière, se voyait un groupe d'une vingtaine de personnages, entre autres, James T. Davidson, Gordon S. Allen, Harry B. Andrews, John I. Dickinson, Thomas R. Carlisle, etc., de l'*Excentric Club* de Mohawk Street, dont Georges B. Higginbotham était le président, des membres des cercles du Calumet de Michigan Avenue, de Hyde Park de Washington Avenue, de Columbus de Monroe Street, d'Union League de Custom House Place, d'Irish American de Dearborn Street, et des quatorze autres clubs de la ville.

On ne l'ignore pas, c'est à Chicago que se trouvent le quartier général de la division du Missouri et la résidence habituelle du commandant. Il va donc de soi que ce commandant, le général James Morris, son état-major, les officiers de ses bureaux installés à Pullman Building se pressaient à la suite du groupe susdit. Puis, c'étaient le

CHICAGO. — La Salle Street et Board of Trade (*Chambre de Commerce*).

gouverneur de l'État, John Hamilton, le maire et ses adjoints, les membres du conseil municipal, les commissaires-administrateurs du comté, arrivés tout exprès de Springfield, cette capitale officielle de l'Illinois, dans laquelle sont établis les divers services, et aussi les magistrats de Federal Court qui, contrairement à tant d'autres fonctionnaires, ne relèvent pas du suffrage universel, mais du Président de l'Union.

Puis, à la queue du cortège se coudoyait un monde de négociants, d'industriels, d'ingénieurs, de professeurs, d'avocats, de solicitors, de médecins, de dentistes, de coroners, d'attorneys, de shériffs, auxquels allait se joindre l'immense concours du public dès que le cortège déboucherait de La Salle Street.

Il est vrai, dans le but de protéger cette queue contre l'envahissement, le général James Morris avait massé de forts détachements de cavalerie, sabre au clair, dont les étendards flottaient sous une brise assez fraîche.

La longue description de tous les corps civils ou militaires, de toutes les sociétés et corporations qui prenaient part à cette extraordinaire cérémonie, doit être complétée par ce détail très significatif : les assistants, sans en excepter un seul, portaient une fleur à leur boutonnière, un gardénia qui leur avait été offert par le majordome en habit noir, posté sur le perron de l'hôtel.

Au surplus, l'hôtel avait pris un air de fête. Ses girandoles et ses ampoules électriques, ruisselant de lumières, luttaient avec les vifs rayons d'un soleil d'avril. Ses fenêtres, largement ouvertes, déployaient leurs tentures multicolores. Ses domestiques, en grande livrée, s'échelonnaient sur les degrés de marbre de l'escalier d'honneur. Ses salons d'apparat avaient été disposés pour une réception solennelle. Ses salles à manger étaient garnies de tables sur lesquelles étincelaient les surtouts d'argent massif, la merveilleuse vaisselle des millionnaires de Chicago et les coupes de cristal pleines de vins des hauts crûs et du champagne des meilleures marques.

Enfin, neuf heures sonnèrent à l'horloge de City Hall. Des fanfares éclatèrent à l'extrémité de La Salle Street. Trois hurrahs, poussés unanimement, emplirent l'espace. Au signal du surintendant de police, le cortège s'ébranla, bannières déployées.

Tout d'abord, des formidables instruments de l'orchestre s'échappèrent les rythmes enlevants de la « Columbus March » du professeur John K. Paine, de Cambridge. Lent et mesuré, le défilé s'opéra en remontant La Salle Street. Presque aussitôt le char se mit en mouvement au pas de ses six chevaux caparaçonnés luxueusement, empanachés de touffes et d'aigrettes. Les guirlandes de fleurs se tendirent aux mains des six privilégiés, dont le choix semblait dû aux fantaisistes caprices du hasard.

Puis, les clubs, les autorités militaires, civiles et municipales, les masses qui suivaient les détachements de cavalerie, s'avancèrent en ordre parfait.

Inutile de dire que les portes, les fenêtres, les balcons, les auvents, les toits même de La Salle Street, étaient bondés de spectateurs de tout âge dont le plus grand nombre occupait sa place depuis la veille.

Lorsque les premiers rangs du cortège eurent atteint l'extrémité de l'avenue, ils obliquèrent un peu à gauche afin de prendre l'avenue qui longe Lincoln Park. Quel incroyable fourmillement de monde à travers les deux cent cinquante acres de cet admirable enclos que baignent à l'est les eaux frissonnantes du Michigan, avec ses allées ombreuses, ses bosquets, ses pelouses, ses dunes boisées, son lagon Winston, ses monuments élevés à la mémoire de Grant et de Lincoln, et ses champs de parade, et son département zoologique, dont les fauves hurlaient, dont les singes gambadaient pour se mettre à l'unisson de toute cette populaire agitation ! Comme, d'habitude, le parc est à peu près désert pendant la semaine, un étranger aurait pu se demander si ce jour était un dimanche. Non ! c'était bien un vendredi, — le triste et maussade vendredi, — qui tombait, cette année-là, le 3 avril.

Bon ! ils ne s'en préoccupaient guère, les curieux, et ils échangeaient leurs réflexions au passage du cortège, dont ils regrettaient sans doute de ne pas faire partie.

« Certainement, disait l'un, c'est aussi beau que la cérémonie de dédicace de notre Exposition !

— Vrai, répondait l'autre, et ça vaut le défilé du 24 octobre dans Midway Plaisance !

— Et les six qui marchent près du char... clamait un marinier de la Chicago-river.

— Et qui reviendront la poche pleine ! s'écriait un ouvrier de l'usine Cormick.

— En voilà des gagneurs de gros lots, hennissait un énorme brasseur, qui suait la bière par tous ses pores. Je donnerais bien mon pesant d'or pour être à leur place...

— Et vous n'y perdriez pas ! répliquait un vigoureux abatteur des Stock Yards.

— Une journée qui leur rapportera des paquets de bonnes valeurs !... répétait-on autour d'eux.

— Oui !... leur fortune est faite !...

— Et quelle fortune !...

— Dix millions de dollars à chacun...

— Vous voulez dire vingt millions...

— Plus près de cinquante que de vingt ! »

Lancés comme ils l'étaient, ces braves gens finiront par arriver au milliard, — mot qui est d'ailleurs de conversation courante aux États-Unis. Mais il est à noter que tous ces dires ne reposaient que sur de simples hypothèses.

Et maintenant, est-ce que ce cortège allait faire le tour de la ville ?...

Eh bien, si le programme comportait une pareille déambulation, la journée n'y pourrait suffire.

Quoi qu'il en soit, toujours avec les mêmes démonstrations de joie, toujours au milieu des bruyants éclats de l'orchestre et des chants des orphéonistes qui venaient d'entonner le « To the Son of Art »,

à travers les hips et les hurrahs de la foule, la longue colonne inin-
terrompue arriva devant l'entrée de Lincoln Park, à laquelle
s'amorce Fullerton Avenue. Elle prit alors sur la gauche et chemina
dans la direction de l'ouest, pendant deux milles environ, jusqu'à la
branche septentrionale de la rivière de Chicago. Entre les trottoirs,
noirs de monde, il y avait assez de largeur pour que le défilé pût
s'opérer librement.

Le pont franchi, le cortège gagna, par Brand Street, cette magnifique artère qui porte le nom de boulevard Humboldt sur un parcours
de onze milles et redescend vers le sud, après avoir couru vers
l'ouest. Ce fut à l'angle de Logan Square qu'il suivit cette direction,
dès que les agents, non sans peine, eurent dégagé la chaussée entre
la quintuple haie des curieux.

A partir de ce point, le char roula jusqu'à Palmer Square, et parut
devant le parc qui porte également le nom de l'illustre savant prussien.

Il était midi. Une halte d'une demi-heure fut faite dans le Humboldt Park, — halte très justifiée, car la promenade devait être
longue encore. La foule put se déployer à l'aise sur ces terrains verdoyants, rafraîchis par le courant des eaux vives, et dont la superficie
dépasse deux cents acres.

Le char arrêté, orchestre et chœurs attaquèrent le « Star Spangled
Banner », qui fut couvert d'applaudissements, comme il l'eût été au
Music Hall du Casino.

Le point le plus à l'ouest, que le programme assignait au cortège,
fut atteint, vers deux heures, au parc de Garfield. On le voit, les
parcs ne manquent pas à la grande cité illinoise. On en nommerait à
tout le moins quinze principaux, — celui de Jackson ne mesure pas
moins de cinq cent quatre-vingt-six acres, — et dans leur ensemble
ils couvrent deux mille acres[1] de taillis, de halliers, de bosquets et de
pelouses.

Lorsque l'angle que dessine le boulevard Douglas en obliquant vers

1. Environ 400 hectares.

l'est eut été dépassé, le défilé reprit cette direction afin d'atteindre
Douglas Park, et, de là, par le South West, franchir la branche méridionale de Chicago-river, puis le canal de Michigan qui la longe en
amont. Il n'y eut plus qu'à descendre au sud le long de la Western
Avenue sur une longueur de trois milles pour rencontrer Gage Park.

Trois heures sonnaient alors, et il y eut lieu de faire une nouvelle
station avant de revenir vers les quartiers est de la ville.

Cette fois, l'orchestre fit rage, jouant avec un entrain extraordinaire les plus vifs deux-quatre, les plus enragés allegros, empruntés
au répertoire des Lecocq, des Varney, des Audran et des Offenbach.
Il est même incroyable que tout ce monde ne soit point entré en
danse sous l'action de ces rythmes de bals publics. En France, personne n'y eût résisté.

D'ailleurs, le temps était magnifique, bien qu'il ne laissât pas d'être
encore assez froid. Aux premiers jours d'avril, la période hivernale
est loin d'avoir pris fin sous le climat de l'Illinois, et la navigation
du lac Michigan et de la Chicago-river est généralement interrompue
du commencement de décembre à la fin de mars.

Mais, quoique la température fût encore basse, l'atmosphère était
si pure, le soleil, arrondissant sa courbe sur un ciel sans nuages,
versait de si clairs rayons, il semblait tellement « s'être mis de la
fête », comme disent les chroniqueurs de la presse officieuse, que
tout paraissait devoir marcher à souhait jusqu'au soir.

Du reste, la masse du public ne tendait aucunement à diminuer.
Si ce n'étaient plus les curieux des quartiers du nord, c'étaient les
curieux des quartiers du sud, et ceux-ci valaient ceux-là pour l'animation démonstrative, pour l'enthousiasme des hurrahs qu'ils jetaient
au passage.

En ce qui concerne les divers groupes, le cortège se conservait
tel qu'au début devant l'hôtel de La Salle Street, tel qu'il serait
certainement encore au terme de sa longue étape.

Au sortir de Gage Park, le char revint directement vers l'est par le
boulevard de Garfield.

A l'extrémité de ce boulevard se déploie dans toute sa magnificence le parc de Washington, qui embrasse une étendue de trois cent soixante et onze acres.

La foule l'encombrait, comme elle le faisait quelques années auparavant, lors de la grande Exposition organisée dans son voisinage. De quatre heures à quatre heures et demie, il y eut un stationnement pendant lequel fut remarquablement exécuté par les orphéonistes, et aux applaudissements de l'innombrable auditoire, l' « In Praise of God » de Beethoven.

Puis la promenade reprit sous les ombrages du parc jusqu'à la partie que comprit avec Midway Plaisance l'ensemble de la World's Columbian Fair, dans la vaste enceinte de Jackson Park, sur le littoral même du lac Michigan.

Le char allait-il se diriger vers cet emplacement désormais célèbre?... S'agissait-il d'une cérémonie qui en rappellerait le souvenir, d'un anniversaire qui, fêté annuellement, ne laisserait jamais oublier cette date mémorable des annales chicagoises?...

Non, après avoir contourné Washington Park Club par Cottage Grove Avenue, les premiers rangs de la milice firent halte devant un parc que les railways entourent de leur multiple réseau d'acier en ce quartier populeux.

Le cortège s'arrêta, et, avant de pénétrer sous l'ombrage de chênes magnifiques, les instrumentistes firent entendre l'une des plus entrainantes valses de Strauss.

Ce parc était-il donc celui d'un casino, et un immense hall attendait-il là tout ce monde, convié à quelque festival de nuit carnavalesque?...

Les portes venaient de s'ouvrir largement, et les agents ne parvenaient qu'au prix de grands efforts à maintenir la foule, plus nombreuse en cet endroit, plus bruyante, plus débordante aussi.

Cette fois, elle n'avait pas envahi le parc que protégeaient divers détachements de la milice, afin de permettre au char d'y pénétrer au terme de cette promenade d'une quinzaine de milles à travers l'immense cité...

Ce parc n'était pas un parc... C'était Oakswoods Cemetery, le

CHICAGO. — Statue de Lincoln, à Lincoln Park.

plus vaste des onze cimetières de Chicago... Et ce char était un char funéraire, qui transportait à sa dernière demeure les dépouilles mortelles de William J. Hypperbone, l'un des membres de l'*Excentric Club.*

C'est ainsi qu'ils s'étaient mis en marche. (Page 29.)

## II

### WILLIAM J. HYPPERBONE.

De ce que MM. James T. Davidson, Gordon S. Allen, Harry B. Andrews, John I. Dickinson, Georges B. Higginbotham, Thomas R. Carlisle, ont été cités parmi les honorables groupes des personnages qui marchaient immédiatement derrière le char, il ne faudrait pas en induire qu'ils fussent les membres les plus en vue de l'*Excentric Club.*

De fait, à vrai dire, ce qu'il y avait seulement d'excentrique dans leur manière de vivre en ce bas monde, c'était d'appartenir au dit club de Mohawk Street. Peut-être ces considérables fils de Jonathan, enrichis dans les multiples et fructueuses affaires de terrains, de salaisons, de pétrole, de chemins de fer, de mines, d'élevage, d'abatage, avaient-ils eu l'intention « d'épater » leurs compatriotes des cinquante et un États de l'Union, le nouveau et l'ancien monde par des extravagances ultra-américaines. Mais leur existence publique ou privée, il faut en convenir, n'offrait rien qui fût de nature à les signaler à l'attention de l'univers. Ils étaient là une cinquantaine, « valant un gros chiffre d'impôt », payant une cotisation élevée, sans relations suivies avec la société chicagoise, très assidus à leurs salons de lecture et de jeu, y lisant nombre de journaux et de revues, y jouant plus ou moins gros jeu comme dans tous les cercles, et se disant parfois, à propos de ce qu'ils avaient fait dans le passé et de ce qu'ils faisaient dans le présent :

« Décidément nous ne sommes pas du tout... mais pas du tout excentriques! »

Cependant l'un des membres semblait montrer plus que ses collègues quelques dispositions à l'originalité. Quoiqu'il ne se fût pas encore distingué par une série de bizarreries retentissantes, on croyait pouvoir compter que dans l'avenir il finirait par justifier le nom prématurément porté par le célèbre club.

Or, par malheur, William J. Hypperbone venait de mourir. Il est vrai, ce qu'il n'avait jamais fait de son vivant, on dut reconnaître qu'il venait de le faire d'une certaine façon après sa mort, puisque c'était par son expresse volonté que ses funérailles s'accomplissaient ce jour-là au milieu de l'allégresse générale.

Feu William J. Hypperbone, à l'époque où s'était brusquement terminée son existence, n'avait pas dépassé la cinquantaine. A cet âge, c'était un bel homme, haut de taille, large d'épaules, fort de buste, d'assez raide attitude, non sans une certaine élégance, une certaine noblesse. Il avait les cheveux châtains qu'il tenait ras, une barbe en éventail dont les soyeux fils d'or se mélangeaient de quelques fils d'argent, les yeux bleu sombre, allumés d'une prunelle ardente sous d'épais sourcils, la bouche, avec son mobilier dentaire au complet, un peu serrée des lèvres dont les commissures se relevaient légèrement, — signe d'un tempérament enclin à la raillerie et même au dédain.

Ce superbe type de l'Américain du Nord jouissait d'une santé de fer. Jamais un médecin n'avait tâté son pouls, examiné sa langue, regardé sa gorge, palpé sa poitrine, écouté son cœur, ni pris au thermomètre la température de son corps. Et cependant les médecins ne manquent point à Chicago — non plus que les dentistes, tous d'une grande habileté professionnelle, mais qui n'avaient pas eu l'occasion de l'exercer à son égard.

On aurait donc pu se dire qu'aucune machine, — fût-elle de la force de cent docteurs, — n'aurait été capable de le tirer de ce monde pour le transporter dans l'autre, et, pourtant, il était mort, mort sans l'aide de la Faculté, et c'est parce qu'il avait passé de vie à trépas que son char funéraire stationnait alors devant la porte d'Oakswoods Cemetery.

Pour compléter le portrait du personnage physique par le portrait du personnage moral, il convient d'ajouter que William J. Hypperbone était d'un tempérament très froid, très positif, et qu'en toutes circonstances il demeurait très maitre de lui. S'il trouvait que la vie a du bon, c'est qu'il était philosophe, et, en somme, la philosophie est d'un usage facile, lorsqu'une grande fortune, l'exemption de tout souci de santé et de famille, permettent d'unir la bienveillance à la générosité.

On se demandera donc s'il était logique d'attendre quelque acte excentrique d'une nature aussi pratique et aussi pondérée. Y avait-il eu dans le passé de cet Américain un fait de nature à le laisser croire?...

**Oui, un seul.**

A l'âge de quarante ans, William J. Hypperbone avait eu la pensée
d'épouser en légitimes noces la plus authentique centenaire du nouveau continent, dont la naissance datait de 1781, le jour même où,
pendant la grande guerre, la capitulation de lord Cornwallis obligea
l'Angleterre à reconnaître l'indépendance des États-Unis. Or, au
moment où il allait la demander en mariage, la digne miss Anthonia
Burgoyne fut enlevée dans un accès d'enfantine coqueluche. William
J. Hypperbone n'eut donc pas le temps d'être agréé. Toutefois, fidèle
à la mémoire de la vénérable demoiselle, il resta célibataire, et cela
peut bien passer pour une belle et bonne excentricité.

Dès lors, plus rien ne pouvait troubler sa vie, car il n'était pas de
cette école du grand poète qui s'est avancé jusqu'à dire en vers
magnifiques :

> Oh! mort, sombre déesse, où tout rentre et s'efface,
> Accueille tes enfants dans ton sein étoilé.
> Affranchis-les du temps, du nombre, de l'espace,
> Et rends-leur le repos que la vie a troublé!

Au vrai, pourquoi William J. Hypperbone eût-il songé à invoquer la
sombre déesse?... Le temps, le nombre, l'espace, l'avaient-ils jamais
gêné ici-bas?... Est-ce que tout ne lui avait pas réussi en ce monde?...
Est-ce qu'il n'était pas le grand favori de la chance qui l'avait toujours
et partout comblé de ses faveurs?... A vingt-cinq ans, jouissant déjà
d'une certaine fortune, il avait su la décupler, la centupler, la millu-
pler dans d'heureuses spéculations, à l'abri de tous mauvais aléas.
Originaire de Chicago, il n'avait eu qu'à suivre le prodigieux développement de cette ville dont les quarante-six mille hectares, —
affirme un voyageur, — qui valaient deux mille cinq cents dollars en
1823, en valent actuellement huit milliards. Ce fut donc dans des
conditions faciles, en achetant à bas prix, en revendant à haut prix,
des terrains dont quelques-uns trouvèrent acquéreurs à deux et trois
mille dollars le yard superficiel pour la construction de maisons à

vingt-huit étages, ce fut en y ajoutant diverses parts d'intérêts dans des affaires de railroads, de pétrole, de placers, que William J. Hypperbone put s'enrichir de manière à laisser après lui une fortune énorme. En vérité, miss Anthonia Burgoyne avait eu tort de manquer un si beau mariage.

Chicago-river.

Après tout, s'il n'était pas étonnant que l'inexorable mort eût emporté la centenaire à cet âge, il y avait lieu de s'étonner que William J. Hypperbone, pas même demi-centenaire, en pleine vie, en pleine force, fût allé la rejoindre dans un monde qu'il n'avait aucune raison de croire meilleur.

Et, maintenant qu'il n'était plus, à qui reviendraient les millions de l'honorable membre du *Club des Excentriques?*

Tout d'abord, on s'était demandé si ce club ne serait pas institué légataire universel du premier de ses membres qui eût quitté l'exis-

tence depuis sa fondation, — ce qui engagerait peut-être ses collègues
à suivre plus tard cet exemple.

Il faut savoir que William J. Hypperbone vivait dans le cercle de
Mohawk Street plus que dans son hôtel de La Salle Street. Il y prenait
ses repas, son repos, ses plaisirs, dont le plus vif — ceci est à
noter, — était le jeu, non pas les échecs, non pas le jacquet ou le
trictrac, non pas les cartes, ni baccara, ni trente et quarante, ni lans-
quenet, ni poker, pas davantage le piquet, l'écarté ou le whist, mais
celui-là même qu'il avait introduit dans son cercle et auquel il réservait sa préférence.

Il s'agit du Jeu de l'Oie, le Noble Jeu plus ou moins renouvelé des
Grecs. Impossible de dire à quel point William J. Hypperbone s'y
passionnait, — passion qui avait fini par gagner ses collègues. Il
s'émotionnait à sauter d'une case à l'autre au caprice des dés, à
s'élancer d'oie en oie pour atteindre le dernier de ces hôtes de basse-
cour, à se promener sur « le pont », à séjourner dans « l'hôtellerie »,
à se perdre dans « le labyrinthe », à tomber dans « le puits », à
s'emmurer dans « la prison », à se heurter à « la tête de mort »,
à visiter les cases « du marin, du pêcheur, du port, du cerf, du mou-
lin, du serpent, du soleil, du casque, du lion, du lapin, du pot de
fleurs », etc., etc.

Il va sans dire que, entre ces opulents personnages de l'*Excentric
Club*, les primes à payer suivant les règles de ce jeu n'étaient pas
minces, qu'elles se chiffraient par des milliers de dollars, et que le
gagnant, si riche qu'il fût, éprouvait un vif plaisir à empocher la
forte somme.

Ainsi, depuis une dizaine d'années déjà, William J. Hypperbone
passait ses journées à son cercle, se bornant à quelques promenades
le long du lac Michigan. Sans jamais avoir eu le goût des Américains
pour courir le monde, ses voyages s'étaient bornés aux États-Unis.
Donc, pourquoi ses collègues, avec lesquels il n'avait eu que d'excel-
lents rapports, n'hériteraient-ils pas de lui?... N'étaient-ce pas les
seuls de ses semblables auxquels il eût été rattaché par les liens

de la sympathie et de l'amitié?... N'avaient-ils pas chaque jour partagé sa passion immodérée du Noble Jeu de l'Oie, lutté avec lui sur ce terrain où le hasard ménage tant de surprises?... Tout au moins, William J. Hypperbone n'aurait-il pas eu la pensée de fonder un prix annuel, en l'honneur de celui de ses partenaires qui aurait gagné le plus grand nombre de parties entre le premier janvier et le trente et un décembre?...

Il est temps de déclarer que le défunt ne possédait pas de famille, ni héritier direct ou collatéral, ni aucun parent au degré successible. Or, s'il était mort sans avoir disposé de sa fortune, elle irait naturellement à la république fédérale, laquelle, comme n'importe quel État monarchique, l'accepterait sans se faire prier.

D'ailleurs, pour savoir ce qui en était des dernières volontés du défunt, il n'y eut qu'à se rendre Sheldon Street, nº 17, chez maître Tornbrock, notaire, et à lui demander, d'abord, s'il existait un testament de William J. Hypperbone, ensuite quelles en étaient les clauses et conditions.

« Messieurs, répondit maître Tornbrock à MM. Georges B. Higginbotham, le président, et Thomas R. Carlisle, qui furent délégués par l'*Excentric Club* à l'étude du grave tabellion, je m'attendais à votre visite qui m'honore...

— Qui nous honore également, répondirent en s'inclinant les deux membres du club.

— Mais, reprit le notaire, avant de s'occuper du testament, il convient de s'occuper des funérailles du défunt...

— A ce propos, reprit Georges B. Higginbotham, ne doivent-elles pas être célébrées avec un éclat digne de feu notre collègue?...

— Je n'ai qu'à me conformer aux instructions de mon client, qui sont contenues dans ce pli, répliqua maître Tornbrock, en montrant une enveloppe dont il avait rompu le cachet...

— Et ces funérailles seront... interrogea Thomas R. Carlisle.

— A la fois pompeuses et joyeuses, messieurs, avec accompagnement d'instrumentistes et d'orphéonistes, et aussi avec le concours du public qui ne se refusera pas à pousser de gais hurrahs en l'honneur de William J. Hypperbone...

— Je n'espérais pas moins d'un membre de notre Club, repartit le président, en approuvant de la tête.

— Il ne pouvait se faire enterrer comme un simple mortel, ajouta Thomas R. Carlisle.

— Aussi, reprit maître Tornbrock, William J. Hypperbone a-t-il manifesté sa volonté que la population entière de Chicago fût représentée à ses obsèques par une délégation de six membres tirés au sort dans des circonstances spéciales. En vue de ce projet, il avait, depuis quelques mois, réuni dans une urne les noms de tous ses concitoyens chicagois des deux sexes, compris entre vingt et soixante ans. Hier, comme ses instructions m'en faisaient le devoir, j'ai procédé à ce tirage en présence du maire et de ses adjoints. Puis, aux six premiers individus sortis j'ai donné connaissance par lettre chargée des dispositions du défunt, et je les ai invités à prendre rang en tête du cortège, en les priant de ne point se dérober au devoir de lui rendre les honneurs posthumes...

— Et ils se garderont bien d'y manquer, s'écria Thomas R. Carlisle, car il y a lieu de croire qu'ils seront très avantagés par le testateur... si même ils ne sont pas institués ses seuls héritiers...

— C'est possible, dit maître Tornbrock, et je n'en serais pas autrement étonné.

— Et quelles conditions devaient remplir ces personnes que le sort allait choisir?... voulut savoir Georges B. Higginbotham.

— Une seule, répondit le notaire, — la condition d'être nées et domiciliées à Chicago.

— Quoi... pas d'autre?...

— Pas d'autre.

— C'est entendu, répondit Thomas R. Carlisle. Et, maintenant, à quelle époque, monsieur Tornbrock, devrez-vous ouvrir le testament?...

— Quinze jours après le décès.

WILLIAM J. HYPPERBONE PASSAIT SES JOURNÉES A SON CERCLE. (Page 22.)

— Dans quinze jours seulement?...

— Seulement... comme l'indique cette note qui l'accompagne... par conséquent le 15 avril...

— Et pourquoi ce délai?...

— Parce que mon client a voulu, avant de mettre le public au courant de ses dernières volontés, que la certitude eût été acquise qu'il était irrévocablement passé de vie à trépas.

— Un homme pratique, notre ami Hypperbone! affirma Georges B. Higginbotham.

— On ne saurait trop l'être en ces graves circonstances, ajouta Thomas Carlisle, et à moins de se faire incinérer...

— Et encore, se hâta de déclarer le notaire, risque-t-on d'être brûlé vivant...

— Sans doute, ajouta le président, mais, cela fait, on est au moins sûr d'être mort! »

Quoi qu'il en soit, il n'avait point été question d'incinération pour le corps de William J. Hypperbone, et c'était en bière que le défunt avait été déposé sous les draperies du char funèbre.

Il va de soi, lorsque la nouvelle du décès de William J. Hypperbone s'était répandue dans la ville, qu'elle y avait produit un prodigieux effet.

Voici ce qui fut connu dès la première heure.

Le 30 mars, dans l'après-midi, l'honorable membre de l'*Excentric Club* était assis avec deux de ses collègues devant la table du Noble Jeu de l'Oie. Il venait de faire le coup initial, soit neuf amené par six et trois, — début des plus heureux — qui l'envoyait à la cinquante-sixième case.

Soudain sa face se congestionne, ses membres se raidissent. Il veut se lever, il le fait en chancelant, étend les mains, et fût tombé sur le parquet, si John T. Dickinson et Harry B. Andrews ne l'eussent reçu dans leurs bras et déposé sur un divan.

Il fallait au plus tôt se pourvoir d'un médecin. Il en vint deux. Leur déclaration fut que William J. Hypperbone avait succombé à une

congestion cérébrale, que tout était fini, et Dieu sait s'ils se connaissaient en morts, le docteur H. Burnham de Cleveland Avenue et le
docteur S. Buchanan de Franklin Street!

Une heure après, le défunt avait été transporté dans sa chambre à
son hôtel, où maître Tornbrock, aussitôt prévenu, était accouru sans
perdre un instant.

Le premier soin du notaire fut d'ouvrir celui des plis qui renfermait les dispositions du défunt relativement à ses obsèques. En premier lieu, il était invité à tirer au sort les six personnes qui devaient
se joindre au cortège, et dont les noms étaient contenus avec d'autres
par centaines de mille dans une urne énorme dressée au centre du hall.

Lorsque cette bizarre clause fut connue, on se figure aisément
quelles nuées de journalistes assaillirent maître Tornbrock, aussi
bien les reporters du *Chicago Tribune*, du *Chicago Inter-Ocean*, du
*Chicago Evening Journal*, qui sont républicains ou conservateurs,
que ceux du *Chicago Globe*, du *Chicago Herald*, du *Chicago Times*, du
*Chicago Mail*, du *Chicago Evening Post*, qui sont démocrates ou libéraux, que ceux du *Chicago Daily News*, du *Daily News Record*, de la
*Freie Presse*, du *Staats Zeitung*, de politique indépendante. L'hôtel
de La Salle Street ne se désemplit pas de toute la demi-journée. Et ce
que ces dénicheurs de nouvelles, ces fournisseurs de faits divers, ces
rédacteurs de chroniques sensationnelles, ces reporters — pour ne
pas dire ces « reportiers » — voulaient s'arracher les uns aux autres,
ce n'étaient point les détails relatifs à la mort de William J. Hypperbone, les causes qui l'avaient si inopinément produite au moment du
fameux coup de dés de neuf par six et trois... Non! c'étaient les noms
des six privilégiés qui allaient sortir de l'urne.

Maître Tornbrock, accablé par le nombre, s'en tira en homme
éminemment pratique, — ce que sont d'ailleurs, et à un degré rare,
la plupart de ses compatriotes. Il offrit de mettre ces noms aux
enchères, de les livrer au journal qui les payerait du prix le plus
élevé, sous cette réserve que la somme encaissée serait partagée
entre deux des vingt et un hôpitaux de la ville.

Ce fut la *Tribune* qui l'emporta sur ses concurrents. Dix mille dollars, elle poussa les enchères jusqu'à dix mille dollars, après une lutte acharnée contre le *Chicago Inter-Ocean*.

Ils se frottèrent les mains, ce jour-là, les administrateurs de Charitable Eye and Ear Illinois Infirmary, 237, W. Adams Street, et ceux de Chicago Hospital for Women and Children, W. Adams, Corner Paulina!

Mais aussi quel succès le lendemain pour la puissante feuille, et quel bénéfice elle réalisa avec un tirage supplémentaire de deux millions cinq cent mille numéros! Il fallut en fournir par centaines de mille aux cinquante et un États dont l'Union se composait à cette époque.

« Les noms, criaient ses porteurs, les noms de ces mortels heureux entre tous, que le scrutin avait choisis parmi la population chicagoise! »

Ils étaient les six « chançards » comme on les appela en empruntant cette expression au dictionnaire que l'Académie française finira par enrichir de ce nouveau mot, — ou abréviativement les « Six ».

Du reste, la *Tribune* était coutumière de ces audaces tapageuses, et que ne pouvait oser le si bien informé journal de Dearborn and Madison Street, lequel marche sur un budget d'un million de dollars, et dont les actions, émises à mille dollars, en valent aujourd'hui vingt-cinq mille?...

En outre, sans parler de ce numéro du 1er avril, la *Tribune* publia les six noms sur une liste spéciale, que ses agents distribuèrent à profusion jusque dans les plus lointaines bourgades de la république des États-Unis.

Voici, dans l'ordre où le sort les avait désignés, ces noms qui allaient courir le monde pendant de longs mois au milieu d'extraordinaires péripéties, dont n'aurait pu se faire une idée le plus imaginatif des romanciers de France :

Max Réal,

Tom Crabbe,

Hermann Titbury,

Harris T. Kymbalo,

Lissy Wag,

Hodge Urrican.

On le voit, de ces six personnages cinq appartenaient au sexe fort et un seul au sexe faible, — si tant est que cette qualification puisse se justifier, lorsqu'il s'agit des femmes américaines.

Cependant la curiosité publique ne devait pas être entièrement satisfaite à la première heure. Quels étaient les porteurs de ces six noms, où demeuraient-ils, à quelle classe de la société appartenaient-ils, la *Tribune* ne put tout d'abord en informer ses innombrables lecteurs.

Et même étaient-ils encore vivants à cette époque, les élus de ce scrutin posthume?... Cette question s'imposait.

En effet, la mise en urne des noms datait de quelque temps déjà, de quelques mois, et en admettant que personne de ceux que le sort avait désignés ne fût décédé, il se pouvait qu'un ou plusieurs eussent quitté l'Amérique.

D'ailleurs, s'ils étaient en mesure de le faire, et bien qu'ils n'eussent point été consultés à ce sujet, ils viendraient prendre place autour du char — sur cela nulle hésitation. Était-il supposable qu'ils répondissent par un refus, qu'ils ne se rendissent pas à l'invitation bizarre mais sérieuse de William J. Hypperbone, — excentrique au moins après son trépas, — qu'ils renonçassent aux avantages que leur réservait, à n'en pas douter, le testament déposé dans l'étude de maître Tornbrock?...

Non! ils seraient tous là, car ils pouvaient avec juste raison se considérer comme les héritiers de la grosse fortune du défunt, et l'héritage échapperait certainement aux gourmandes convoitises de l'État.

Et, on le vit bien, lorsque, trois jours plus tard, les « Six », sans même se connaitre, parurent sur le perron de l'hôtel de La Salle

Street, devant le notaire, lequel après avoir constaté l'identité de chacun, remit entre leurs mains les guirlandes du char.

Aussi, de quelle curiosité ils furent l'objet, et de quelle envie également ! Par ordre de William J. Hypperbone, tout signe de deuil devant être proscrit de ces extraordinaires funérailles, ils s'étaient conformés à cette clause publiée dans les journaux, ils avaient revêtu des habits de fête, — habits dénotant par leur qualité et leur coupe que ces personnages appartenaient à des classes de la société fort différentes.

Voici dans quel ordre ils furent placés :

Au premier rang : Lissy Wag à droite, Max Réal à gauche.

Au deuxième rang : Hermann Titbury à droite, Hodge Urrican à gauche.

Au troisième rang : Harris T. Kymbale à droite, Tom Crabbe à gauche.

Mille hurrahs les saluèrent, lorsque ces dispositions eurent été prises, — hurrahs auxquels les uns répondirent par un geste aimable, et auxquels les autres ne répondirent pas.

Et c'est ainsi qu'ils s'étaient mis en marche, dès que le signal eut été donné par le surintendant de police, et qu'ils avaient suivi, pendant une huitaine d'heures, les rues, les avenues, les boulevards de la grande cité chicagoise.

Assurément, les six invités aux obsèques de William J. Hypperbone ne se connaissaient pas, mais ils ne tarderaient pas à faire connaissance. Et qui sait, tant l'avidité humaine est insatiable, si ces candidats à la future succession ne se considéraient point déjà comme des rivaux, et s'ils ne craignaient pas qu'elle ne fût dévolue à un seul héritier, au lieu d'être partagée entre six!...

On a vu comment s'accomplirent ces funérailles, au milieu de quel prodigieux concours du public elles déroulèrent leurs pompes depuis La Salle Street jusqu'au cimetière d'Oakswoods, de quels morceaux de chant ou d'orchestre, qui n'avaient rien de funèbre, elles furent accompagnées, et quelles joyeuses acclamations sur le parcours du cortège furent poussées en l'honneur du défunt!

Et, maintenant, il n'y avait plus qu'à pénétrer dans l'enceinte
morts, et à déposer au fond de son tombeau, pour y dormir (
éternel sommeil, celui qui fut William J. Hypperbone du *Club*
*Excentriques*.

Alors se fit un immense lâcher d'oiseaux. (Page 39.)

## III

### OAKSWOODS.

Ce nom d'Oakswoods indique que l'emplacement occupé par le cimetière fut autrefois couvert d'une forêt de chênes, l'arbre par

excellence de ces vastes solitudes de l'Illinois, jadis dénommées Prairie State à cause de l'exubérance de sa végétation.

De tous les monuments funéraires qu'il contenait — plusieurs
de haut prix — aucun ne pouvait être comparé à celui que William J. Hypperbone avait fait édifier quelques années avant pour son
usage personnel.

On le sait, les cimetières américains, comme les cimetières anglais,
sont de véritables parcs. Rien n'y manque de ce qui peut enchanter
le regard, ni pelouses, ni ombrages, ni eaux courantes. Il ne semble
pas que l'âme puisse s'y attrister. Les oiseaux y gazouillent plus
joyeusement qu'ailleurs, peut-être parce que leur sécurité est complète en ces champs consacrés au suprême repos.

C'était près d'un petit lac aux eaux calmes et transparentes que
s'élevait le mausolée construit sur les plans et par les soins de
l'honorable William J. Hypperbone. Ce monument, dans le goût
de l'architecture anglo-saxonne, se prêtait à toutes les fantaisies de
ce style gothique qui touche à la Renaissance. Il tenait à la fois de
la chapelle par sa façade, surmontée d'un clocher dont la flèche poin-
tait à une centaine de pieds au-dessus du sol, de la villa ou du cottage par la disposition de sa toiture et de ses fenêtres doublées de
windows en forme de miradors à vitrail colorié.

Le clocher, orné de crosses et de fleurons, supporté sur les contre-
forts de la façade, renfermait une cloche d'une sonorité puissante,
qui battait les heures de l'horloge lumineuse posée à sa base. La
voix métallique de cette cloche, lorsqu'elle s'échappait à travers les
auvents ajourés et dorés, se faisait entendre, au delà de l'enceinte
d'Oakswoods, jusqu'aux rives du Michigan.

Le monument mesurait cent vingt pieds de longueur sur une largeur de soixante à son transept. Il affectait en plan géométral la forme
d'une croix latine, terminée par une abside en rotonde. La grille
qui l'entourait, beau travail de ferronnerie d'aluminium, s'appuyait
de distance en distance aux colonnes des lampadaires. Au delà se
groupaient de magnifiques arbres d'une verdure persistante entre

C'ÉTAIT UN LIEU DE CONVERSATION DES PLUS CONFORTABLES. (Page 34 )

lesquels s'encadrait le superbe mausolée. La porte de cette grille, ouverte alors, donnait accès sur une allée bordée de massifs et de corbeilles jusqu'au pied d'un perron de cinq marches de marbre blanc. Au fond du large palier s'évidait un portail aux battants de bronze, dont les découpures représentaient des entrelacements de fruits et de fleurs.

Cette entrée desservait une antichambre, meublée de divans à gros clous d'or et ornée d'une jardinière de porcelaine chinoise dont les bouquets étaient fréquemment rafraîchis. A la voûte pendait un lustre de cristal à sept branches, garni d'ampoules électriques. Par des bouches de cuivre, ménagées aux angles, s'évaporait la température égale et douce d'un calorifère, entretenu pendant la saison froide par le gardien d'Oakswoods, et qui fournissait l'air chaud à l'intérieur du monument.

En poussant les panneaux de glace d'une porte faisant face au portail du perron, on pénétrait dans la pièce principale de l'édifice C'était un hall spacieux, de forme circulaire, où se déployait le luxe extravagant permis à un archi-millionnaire, qui veut se continuer après sa mort les opulences de sa vie. A l'intérieur la lumière se versait généreusement par le plafond de verre dépoli qui fermait la partie supérieure de la voûte. A la surface des murs couraient des arabesques, des rinceaux, des listels, des bossages, des fleurons, des vermicules, aussi finement dessinés et sculptés que ceux d'un Alhambra. Leur base disparaissait derrière les divans aux étoffes éclatantes. Çà et là se dressaient des statues de bronze et de marbre, faunes et nymphes. Entre les piliers d'un stuc éblouissant, sur lesquels reposaient les nervures de la voûte, on pouvait admirer quelques tableaux de maîtres modernes, la plupart des paysages, dans leurs bordures d'or piquées de points lumineux. D'épaisses bandes de tapis moelleux recouvraient le pavé décoré de mosaïques miroitantes.

Au delà du hall, au fond du mausolée s'arrondissait l'abside, éclairée par une large verrière dont les splendides vitraux s'enflam-

maient lorsque le soleil, à son déclin, les frappait de ses obliques
rayons. Cette abside était garnie de tous les objets de l'ameublement
moderne. Fauteuils, chaises, rockings-chairs, canapés, l'encombraient
dans un désordre voulu. Sur une table gisaient pêle-mêle livres et
brochures, journaux et revues de l'Union et de l'étranger. Derrière
ses vitres, un dressoir, pourvu de sa vaisselle, offrait les diverses
variétés d'un en-cas toujours servi, chaque jour renouvelé, conserves
délicates, onctueuses sandwiches, gâteaux secs, flacons de vins fins,
fioles de liqueurs qui étincelaient de marques illustrées. Quel endroit
heureusement disposé, on l'avouera, pour la lecture, la sieste ou le
luncheon !

Au centre du hall, baigné de la lumière que le dôme laissait filtrer
par les glaces, se dressait un tombeau de marbre blanc, enrichi de
fines sculptures, dont les angles reproduisaient la figure d'animaux
héraldiques. Ce tombeau, entouré d'un cercle d'ampoules en pleine
incandescence, était ouvert, et la pierre qui devait s'y rabattre avait
été redressée. C'était là qu'allait être placé le cercueil dans lequel
le corps de William J. Hypperbone reposait sur son capitonnage
de satin blanc.

Assurément un tel mausolée ne pouvait inspirer des idées funèbres.
Il évoquait plutôt la joie que la tristesse. A travers l'air pur qui le
remplissait, on ne sentait pas ce frôlement des ailes de la mort, qui
palpitent au-dessus des tombes d'un cimetière. Et, pour tout dire,
n'était-ce pas le monument digne de l'original Américain à qui on
devait le si peu attristant programme de ses funérailles, et devant
lequel allait s'achever cette cérémonie, où les chants d'allégresse
s'étaient mêlés aux joyeux hurrahs de la foule ?

Il est à noter que William J. Hypperbone ne manquait jamais de
venir deux fois chaque semaine, le mardi et le vendredi, passer
quelques heures à l'intérieur de son mausolée. De temps en temps,
plusieurs de ses collègues l'accompagnaient. En somme, c'était un
lieu de conversation des plus confortables et des plus tranquilles.
Étendus sur les divans de l'abside, assis devant la table, ces hono-

rables personnages faisaient la lecture, s'entretenaient de la politique du jour, du cours des valeurs et des marchandises, des progrès du jingoïsme, autrement dit du chauvinisme dans les diverses classes de la société, des avantages ou des désavantages du bill Mac Kinley dont les esprits sérieux se préoccupaient sans cesse. Et, tandis qu'ils devisaient ainsi, les domestiques présentaient les plateaux du lunch. Puis, l'après-midi écoulée en des conditions si agréables, les équipages remontaient Grove Avenue et ramenaient à leurs hôtels les membres de l'*Excentric Club*.

Il va sans dire que nul ne pouvait pénétrer, si ce n'est le propriétaire, dans son « cottage d'Oakswoods », comme il l'appelait. Le gardien du cimetière, chargé de l'entretien dudit cottage, en possédait seul une seconde clef.

Décidément, si William J. Hypperbone ne s'était guère distingué de ses semblables dans les actes de sa vie publique, du moins sa vie privée, partagée entre le cercle de Mohawk Street et le mausolée d'Oakswoods, présentait-elle certaines bizarreries qui permettaient de le ranger parmi les excentriques de son temps.

Il n'aurait plus manqué, pour reculer l'excentricité à ses dernières limites, que le défunt n'eût pas réellement trépassé. Or, ses héritiers, quels qu'ils fussent, pouvaient être rassurés à cet égard. Il n'y avait pas là un cas de mort apparente, mais un cas de mort définitive.

A cette époque, d'ailleurs, on appliquait déjà les rayons ultra X du professeur Friedrich d'Elbing (Prusse), connus sous le nom de « kritiskshalhen ». Ces rayons possèdent une force de pénétration si intense qu'ils traversent le corps humain, et jouissent de cette propriété singulière de produire des images photographiques différentes suivant que le corps traversé est mort ou vivant.

Or, l'épreuve avait été tentée sur William J. Hypperbone, et les images obtenues ne pouvaient laisser aucun doute dans l'esprit des médecins. La « défunctuosité », — ce fut le mot dont ils se servirent dans leur rapport, — était certaine, et ils n'auraient pas à se reprocher l'erreur d'une inhumation trop hâtive.

Il était cinq heures quarante-cinq, lorsque le char franchit la
porte d'Oakswoods. C'était dans la partie médiane du cimetière, à la
pointe du lagon, que se dressait le monument. Le cortège, dans son
ordre immuable, accru d'une foule plus bousculante que les agents
avaient grand'peine à maintenir, se dirigea vers le lagon sous le
couvert des grands arbres.

Le char s'arrêta devant la grille, dont les candélabres jetaient
les éblouissantes clartés de leurs lampes à arc au milieu des premières ombres du soir.

En somme, une centaine d'assistants au plus pourraient trouver
place à l'intérieur du mausolée. Si donc le programme des obsèques
comportait encore quelques numéros, il faudrait qu'ils fussent exé-
cutés à l'extérieur.

Et, en effet, les choses allaient se passer de la sorte. Le char
arrêté, les rangs se resserrèrent, tout en respectant les six teneurs
de guirlandes, qui devaient accompagner le cercueil jusqu'à son
tombeau.

Il s'élevait un bruit confus de cette foule, avide de voir, avide d'entendre. Mais peu à peu le tumulte s'apaisa, les groupes s'immobilisè-
rent, les murmures s'éteignirent, le silence régna autour de la grille.

C'est alors que furent prononcées les paroles liturgiques par
le révérend Bingham, qui avait suivi le défunt jusqu'à sa dernière
demeure. L'assistance les écouta avec recueillement, et à cet instant,
à cet instant seul, les obsèques prirent un caractère religieux.

A ces paroles, dites d'une voix pénétrante qui s'entendit au loin,
succéda l'exécution de la célèbre marche de Chopin, d'un effet si
pénétrant dans les cérémonies de ce genre. Mais peut-être l'orchestre l'enleva-t-il d'un mouvement un peu plus vif que ne le portent
les indications du maître symphoniste, — mouvement qui correspondait mieux aux dispositions de l'auditoire et aussi du décédé. On était
loin des sentiments dont Paris s'inspira aux funérailles de l'un des
fondateurs de la République, lorsque la *Marseillaise*, d'une tonalité
si éclatante, fut jouée sur le mode mineur.

Après ce morceau de Chopin, le clou du programme, un des collègues de William J. Hypperbone, celui avec lequel il s'était lié d'une plus étroite amitié, le président Georges B. Higginbotham, se détacha du groupe, vint se placer devant le char, et alors, dans une brillante oraison, il retraça en termes apologétiques le *curriculum vitæ* de son ami.

A vingt-cinq ans, déjà possesseur d'une certaine fortune, William J. Hypperbone sut la faire fructifier... Et ses heureuses acquisitions de terrains, dont le yard superficiel vaut actuellement ce qu'il faudrait d'or pour le couvrir... Et son élévation au rang des millionnaires de la cité... autant dire les grands citoyens des États-Unis d'Amérique... Et l'actionnaire avisé des puissantes compagnies des railroads de la Fédération... Et le prudent spéculateur, lancé dans les affaires qui rapportent de gros intérêts... Et le généreux donateur, toujours prêt à souscrire aux emprunts de son pays le jour où son pays eût éprouvé le besoin d'emprunter, besoin qu'il n'éprouva pas... Et le distingué collègue que perdait en lui le *Club des Excentriques*, le membre sur lequel on comptait pour l'illustrer... l'homme qui, si son existence se fût prolongée au delà de la cinquantaine, eût étonné l'univers... D'ailleurs, il est de ces génies qui ne se révèlent que lorsqu'ils ne sont plus!... Sans parler de ses funérailles, accomplies dans les circonstances que l'on sait, au milieu du concours d'une population tout entière, il était à croire que les suprêmes volontés de William J. Hypperbone imposeraient des conditions exceptionnelles à ses héritiers... Nul doute que son testament contînt des clauses de nature à provoquer l'admiration des deux Amériques... qui valent à elles seules les quatre autres parties du monde! »

Ainsi parla Georges B. Higginbotham, non sans produire une générale émotion. Il semblait que William J. Hypperbone allait apparaitre aux yeux de la foule, agitant, d'une main, l'acte testamentaire qui devait immortaliser son nom, et de l'autre, versant sur la tête des « Six » les millions de sa fortune!...

Au discours du plus intime des amis du défunt, le public répondit

par des murmures flatteurs, qui gagnèrent peu à peu jusqu'aux derniers rangs dans l'enceinte d'Oakswoods. Ceux qui avaient entendu
communiquèrent leur impression à ceux qui n'avaient pu entendre,
et qui ne furent pas les moins attendris de l'auditoire.

Puis, l'orphéon et l'orchestre, unis dans un bruyant ensemble de
voix et d'instruments, exécutèrent le formidable « Halleluyah »
du *Messie* de Handel.

La cérémonie touchait à sa fin, les numéros du programme étaient
épuisés, et, cependant, on eût dit que le public s'attendait à quelque
chose d'extraordinaire, peut-être de surnaturel. Oui! telle était la
surexcitation des esprits que personne n'eût trouvé surprenante une
modification soudaine aux lois de la nature, quelque figure allégo-
rique apparaissant dans le ciel, ainsi qu'autrefois à Constantin la croix
de l'*in hoc signo vinces*, l'arrêt subit du soleil, comme au temps de
Josué, afin d'éclairer cette grande manifestation pendant une heure
encore, enfin un de ces faits miraculeux, dont les plus farouches
libres-penseurs n'eussent pu nier l'authenticité...

Mais, cette fois, l'immutabilité des lois de la nature resta intacte,
et l'univers ne fut point troublé par des phénomènes d'ordre supérieur.

Le moment était venu de retirer la bière du char, de la conduire
à l'intérieur du hall, de la déposer dans le tombeau. Elle devait être
portée par huit domestiques du défunt, revêtus de leur livrée de
gala. Ils s'approchèrent, la dégagèrent des tentures qui la recouvraient, la placèrent sur leurs épaules, et se dirigèrent vers la porte
de la grille.

Les « Six » marchaient dans l'ordre et à la place qu'ils avaient
conservé depuis le départ de l'hôtel de La Salle Street. Ceux de
droite tinrent de la main gauche, ceux de gauche tinrent de la main
droite les poignées d'argent du cercueil, conformément à l'invitation qui leur fut faite par le maître des cérémonies.

Les membres de l'*Excentric Club*, les autorités civiles et militaires
marchaient à leur suite. Puis, la porte de la grille se referma, et

c'est à peine si l'antichambre, le hall, l'abside du mausolée suffisaient à les contenir tous.

Au dehors se massèrent les autres invités du cortège, la foule se
rabattit des divers points du cimetière d'Oakswoods, et des grappes
humaines se suspendirent aux branches des arbres qui entouraient
le monument.

En cet instant, les trompettes de la milice éclatèrent à crever les
poumons qui les emplissaient de leurs souffles, et l'on aurait pu se
croire dans la vallée de Josaphat au début des grandes assises du
jugement dernier.

Alors se fit un immense lâcher d'oiseaux, enrubannés de bandelettes
multicolores, qui s'éparpillèrent à la surface du lagon, au-dessus des
ramures, poussant de joyeux cris de délivrance, et il sembla que
l'âme du défunt, emportée dans leur vol, s'enlevait à travers les profondeurs du ciel.

Dès que les degrés du perron eurent été gravis, le cercueil franchit
le premier portail, puis le second, s'arrêta à quelques pas du tombeau, dans lequel les porteurs l'introduisirent.

La voix du révérend Bingham se fit de nouveau entendre, demandant à Dieu d'ouvrir largement les portes célestes à feu William
J. Hypperbone et de lui assurer l'éternelle hospitalité du Ciel.

« Honneur à l'honorable Hypperbone! prononça d'une voix haute
et claire le maître des cérémonies.

— Honneur... honneur... honneur! » répétèrent par trois fois les
assistants.

Et, après eux, au dehors, des milliers de bouches lancèrent ce dernier adieu dans l'espace.

Alors les « Six » firent processionnellement le tour du tombeau,
reçurent le salut de Georges B. Higginbotham au nom des membres
de l'*Excentric Club*, et se disposèrent à quitter le hall.

Il n'y avait plus qu'à laisser retomber la lourde plaque de marbre,
où seraient gravés les noms et titres du défunt.

Maître Tornbrock fit quelques pas en avant, puis après avoir tiré

de sa poche la note relative aux funérailles, il en lut les dernières
lignes ainsi conçues :

« Ma volonté est que mon tombeau reste ouvert pendant douze
« jours encore, et que, ce délai écoulé, dans la matinée du dit dou-
« zième jour, les six personnes désignées par le sort qui ont suivi
« mes funérailles viennent déposer leurs cartes de visite sur mon
« cercueil. Alors, la pierre tombale sera mise en place, et maitre Torn-
« brock viendra, le dit jour, à midi sonnant, dans la salle de l'Audi-
« torium, donner lecture de mon testament qui est entre ses mains.

                          « WILLIAM J. HYPPERBONE. »

Décidément, c'était un original, le défunt, et qui sait si cette originalité posthume serait la dernière?...

L'assistance se retira, et le gardien du cimetière referma les portes
du monument, puis celle de la grille.

Il était près de huit heures. Le temps n'avait pas cessé de se tenir
au beau. Il semblait même que la sérénité du ciel fût plus complète
encore au milieu des primes ombres du soir. D'innombrables étoiles
scintillaient au firmament, ajoutant leur douce clarté à celle des
lampadaires qui brillaient autour du mausolée.

La foule s'écoula lentement par les diverses issues du cimetière, désireuse de repos à la fin d'une si fatigante journée. Pendant
quelques instants, un tumultueux bruit de pas troubla les rues
avoisinantes, et la tranquillité régna enfin dans ce lointain quartier
d'Oakswoods.

Les reporters entrèrent dans la salle à manger. (Page 52.)

# IV

## LES « SIX ».

Le lendemain, Chicago vaquait à ses multiples occupations. Les divers quartiers avaient repris leur physionomie quotidienne. Si la

population ne se déroulait plus, comme la veille, le long des avenues
et des boulevards, sur le passage d'un convoi funèbre, elle ne s'en
intéressait pas moins aux surprises que lui réservait sans doute le
testament de William J. Hypperbone. Quelles clauses renfermait-il,
quelles obligations, bizarres ou non, imposait-il aux « Six », et
comment seraient-ils mis en possession de son héritage, en admettant que tout cela n'aboutit pas à quelque mystification d'outre-tombe,
bien digne d'un membre de l'*Excentric Club*?...

Eh bien, cette éventualité, personne n'eût voulu l'admettre. On
se refusait à croire que miss Lissy Wag, MM. Urrican, Kymbale,
Titbury, Crabbe et Réal dussent ne trouver dans cette affaire que
beaucoup de déceptions avec beaucoup de ridicule.

Assurément, il y aurait eu un moyen très simple de satisfaire la
curiosité publique, d'une part, et de l'autre d'arracher les intéressés
à cette incertitude qui menaçait de leur couper l'appétit et le sommeil.
Il suffisait d'ouvrir le testament et d'en prendre connaissance. Mais
défense formelle était faite de procéder avant le 15 courant, et maître
Tornbrock n'eût jamais consenti à enfreindre les conditions imposées
par le testateur. Le 15 avril, dans la salle du théâtre de l'Auditorium,
en présence de la nombreuse assistance qu'elle pourrait contenir,
il serait donné lecture du testament de William J. Hypperbone —
le 15 avril, à midi, — pas un jour plus tôt, pas une minute plus tard.

Donc, obligation de se résigner, — ce qui, d'ailleurs, ne ferait
qu'accroître la surexcitation des cerveaux chicagois à mesure que
s'approcherait la date fatale. Au surplus, les deux mille deux cents
journaux quotidiens, les quinze mille autres publications hebdomadaires, mensuelles, bi-mensuelles des États-Unis, allaient entretenir
cette surexcitation. Et, au total, s'ils ne pouvaient, même par suppo-
sition, pressentir les secrets du défunt, ils se promettaient de soumettre chacun des « Six » aux tortures de l'interview et tout d'abord
d'établir leur situation sociale.

Lorsqu'il aura été dit que la photographie ne se laisserait pas
devancer par les journaux, que des portraits en grand ou en petit,

en pied, en tête ou en buste, ne tarderaient pas à être jetés dans la circulation par centaines de mille, on admettra sans peine que les « Six » fussent destinés à prendre rang parmi les personnages les plus en vue des États-Unis d'Amérique.

Les reporters du *Chicago Mail*, qui se présentèrent chez Hodge Urrican, 73, Randolph Street, se virent assez mal accueillis.

« Qu'est-ce que vous me voulez, leur fut-il répondu avec une violence nullement affectée. Je ne sais rien!... Je n'ai rien à vous dire!... J'ai été invité à suivre le cortège, je l'ai suivi!... Et encore y en avait-il cinq comme moi, en file, près du char... cinq que je ne connais ni d'Adam ni d'Ève!... Et si cela finissait mal pour quelques-uns d'entre eux, cela ne m'étonnerait pas!... J'étais là comme un chaland à la remorque d'un tug, sans pouvoir écumer à mon aise en épanchant ma bile!... Ah! ce William Hypperbone, — Dieu ait son âme et qu'il la garde surtout, — s'il m'a joué, s'il me force à amener mon pavillon devant ces cinq intrus, qu'il prenne garde à lui, et, tout défunt, tout enterré qu'il est, dussé-je attendre jusqu'au jugement dernier, je saurai bien...

— Mais, lui objecta un des reporters courbés sous cette rafale, rien ne vous autorise à croire, monsieur Urrican, que vous soyez exposé à une mystification... que vous ayez à regretter d'avoir été un des élus du sort... Et, quand vous n'auriez pour votre part qu'un sixième de l'héritage...

— Un sixième... un sixième!... riposta le bouillant interviewé d'une voix de tonnerre. Et ce sixième... suis-je seulement assuré de le toucher intégralement?...

— Calmez-vous, de grâce...

— Je ne me calmerai pas... Il n'est pas dans ma nature de me calmer!... J'ai l'habitude des tempêtes, et je me suis toujours montré plus tempétueux qu'elles...

— Il ne s'agit pas de tempêtes, fit observer le reporter... L'horizon est serein...

— C'est ce que nous verrons, monsieur, s'écria l'irascible Américain, et si vous occupez le public de ma personne, de mes faits, de mes gestes, attention à ce que vous direz... ou vous aurez affaire au commodore Urrican! »

C'était, en effet, un commodore, Hodge Urrican, officier de la marine des États-Unis, à la retraite depuis six mois, — ce dont il ne pouvait se consoler, — un bon et brave marin, en somme, qui avait toujours su faire son devoir devant le feu de l'ennemi comme devant le feu du ciel. Malgré ses cinquante-deux ans, il n'avait rien perdu de son irritabilité naturelle. Que l'on se figure un homme vigoureusement constitué, taille élevée, carrure puissante, tête forte à gros yeux roulant sous des sourcils en broussaille, front un peu bas, cheveux tondus de près, menton carré agrémenté d'une barbiche qu'il fourrage sans cesse d'une main fébrile, bras solidement emmanchés, jambes régulièrement arquées, imprimant au torse ce mouvement de roulis spécial aux gens de mer. D'un caractère emporté, toujours le mors aux dents, incapable de se posséder, aussi désagréable que le peut être une créature humaine dans la vie privée comme dans la vie publique, on ne lui connaissait pas un ami. Il serait surprenant qu'un pareil type eût été marié. Aussi ne l'était-il pas, et « quelle chance pour sa femme », répétaient volontiers les mauvais plaisants. Il appartenait à cette catégorie de violents que la colère fait pâlir en déterminant un spasme du cœur, dont le corps se porte en avant, comme pour l'attaque, dont les pupilles ardentes sont en un perpétuel état de contraction, et dans la voix desquels il y a de la dureté, alors même qu'ils sont calmes, et du rugissement, quand ils ne le sont pas.

Lorsque les chroniqueurs du *Chicago Globe* vinrent frapper à la porte de l'atelier de South Halsted Street, au numéro 3997, — la rue est de belle longueur, on le voit, — ils ne trouvèrent personne au logis, si ce n'est un jeune noir de dix-sept ans au service de Max Réal qui leur ouvrit.

« Où est ton maître?... lui demanda-t-on.

— Je ne sais pas...

— Et quand est-il parti?...

— Je ne sais pas.

— Et quand reviendra-t-il?...

— Je ne sais pas. »

Et en effet, Tommy ne savait pas, parce que Max Réal était sorti de grand matin, sans rien dire à Tommy, lequel aimait à dormir comme un enfant, et que son maître n'eût pas voulu tirer de sommeil de si bonne heure.

Mais de ce que Tommy ne pouvait répondre aux demandes des reporters, il ne faudrait pas en conclure que le *Chicago Globe* manquerait d'informations au sujet de Max Réal. Non! ce « Six » avait été déjà l'objet d'interviews fort répandues aux États-Unis.

C'était un jeune peintre de talent, un paysagiste dont les toiles commençaient à se vendre à hauts prix en Amérique, et auquel l'avenir réservait une belle situation dans le domaine de l'art. Né à Chicago, si son nom était d'origine française, c'est qu'il descendait d'une famille canadienne de Québec. Là demeurait encore Mᵐᵉ Réal, veuve depuis quelques années, qui se disposait à venir s'installer près de lui dans la métropole illinoise.

Max Réal adorait sa mère, qui lui rendait la même adoration, — une excellente mère et un excellent fils. Aussi n'avait-il pas voulu tarder d'un jour pour la mettre au courant de ce qui s'était passé, et comment il avait été désigné pour prendre une place spéciale aux obsèques de William J. Hypperbone. Il l'assurait d'ailleurs qu'il ne s'emballait guère sur les conséquences des dispositions testamentaires du défunt. Cela lui semblait « drôle », voilà tout.

Max Réal venait d'atteindre sa vingt-cinquième année. Il tenait de sa naissance la grâce, la distinction, l'élégance du type français. Il était d'une taille au-dessus de la moyenne, châtain de cheveux et de barbe, les yeux d'un bleu foncé, la tête haute sans morgue ni raideur, la bouche souriante, la marche délibérée, indices de ce contentement intérieur, d'où naît la confiance joyeuse et inaltérable. Il y avait en lui une grande expansion de cette puissance vitale, qui se traduit dans les actes de l'existence par le courage et la générosité.

Après s'être fait connaître comme peintre de réelle valeur, il s'était décidé à quitter le Canada pour les États-Unis, Québec pour Chicago. Son père, un officier, n'avait laissé en mourant qu'un très mince patrimoine, et s'il prétendait conquérir la fortune, c'était plus encore pour sa mère que pour lui.

Bref, lorsqu'il fut constaté que Max Réal ne se trouvait pas au numéro 3997 de Halstedt Street, il n'y eut point lieu d'interroger Tommy à son sujet. Le *Chicago Globe* en savait assez pour satisfaire la curiosité de ses lecteurs en ce qui concernait le jeune artiste. Si Max Réal n'était pas à Chicago aujourd'hui, il y était hier, et assurément il serait de retour le 15 avril, ne fût-ce que pour assister à la lecture du fameux testament et compléter le groupe des « Six » dans la salle de l'Auditorium.

Ce fut toute autre chose, lorsque les reporters du *Daily News Record* se présentèrent au domicile d'Harris T. Kymbale. Celui-là, il n'aurait pas été nécessaire d'aller le relancer à son domicile, Milwaukee Avenue, 213, et il serait venu de lui-même se livrer à ses confrères.

Harris T. Kymbale était un journaliste, le chroniqueur en chef de la si populaire *Tribune*. Trente-sept ans, taille moyenne, robuste, figure sympathique, un nez de fureteur, de petits yeux perçants, de fines oreilles faites pour tout entendre, une bouche impatiente faite pour tout répéter. Il était vif comme salpêtre, actif, débrouillard, remuant, loquace, endurant, infatigable, énergique, et même grand monteur de « bluffs », qui sont les gasconnades américaines. Ayant le sentiment bien précis de sa force, se tenant sans cesse dans l'attitude de l'action, doué d'une volonté persistante toujours prête à se manifester par des actes de vigueur, il avait voulu rester célibataire, comme il convient à un homme qui escalade quotidiennement les murs de la vie privée. Un brave compagnon, en somme, très sûr, très estimé de ses confrères, et auquel on n'envierait cette bonne fortune qui l'appelait à figurer parmi les « Six », en admettant qu'ils dussent réellement se partager les biens terrestres de William J. Hypperbone.

Non! inutile d'interroger Harris T. Kymbale, car ce fut lui qui
s'écria tout d'abord :

« Oui, mes amis, c'est bien moi, moi en personne, qui fais partie
du conseil des Six!... Vous m'avez vu hier marcher à mon rang près
du char!... Avez-vous observé mon attitude, digne et convenable, et
le soin que je mettais à ne point laisser déborder ma joie, bien que,
de ma vie, je n'eusse assisté à de si riantes funérailles!... Et, quand
je songe qu'il était là, près de moi, couché dans son cercueil, cet
excentrique défunt!... Et savez-vous ce que je me disais?... S'il n'était
pas mort, le digne homme... s'il allait appeler du fond de sa bière...
s'il allait apparaître dans toute sa vitalité!... Eh bien, vous me
croirez, je l'espère, cela serait arrivé, William J. Hypperbone se fût
redressé de toute sa hauteur, comme un nouveau Lazare en rupture
de tombe, que je n'aurais pas eu la mauvaise pensée de lui en vouloir, de lui reprocher son intempestive résurrection!... On a toujours
le droit, n'est-il pas vrai, de ressusciter, à condition de ne point être
mort!... »

Voilà bien ce que dit Harris T. Kymbale, mais il aurait fallu l'entendre!

« Et que pensez-vous, lui demanda-t-on, de ce qui arrivera le
15 avril?...

— Il arrivera, répondit-il, que maître Tornbrock ouvrira le testament à midi précis...

— Et vous ne doutez pas que les « Six » seront déclarés les seuls
héritiers du défunt?...

— Naturellement!... Pourquoi, je vous prie, William J. Hypperbone nous aurait-il conviés à ses obsèques, sinon pour nous laisser
sa fortune...

— Que sait-on!...

— Il ne manquerait plus qu'il nous eût dérangés sans dédomma-
gement!... Songez-donc... onze heures de cortège!...

— Mais n'est-il pas supposable que le testament contiendra des
dispositions plus ou moins bizarres?...

— C'est probable, et, étant donné l'original, je m'attends à quelque
originalité... Eh bien, si ce qu'il demande est possible, ce sera fait, et
si c'est impossible, comme on dit en France... ça se fera. Dans tous
les cas, mes amis, vous pouvez compter sur Harris T. Kymbale, et
il ne reculera pas d'une semelle! »

Non! pour l'honneur du journalisme, il ne reculerait pas, qu'ils
en fussent bien certains, ceux qui le connaissaient et aussi ceux qui
ne le connaissaient pas, s'il s'en fût trouvé dans la population
chicagoise. N'importe les conditions imposées par le défunt, le
chroniqueur en chef de la *Tribune* les acceptait et les remplirait
jusqu'au bout!... S'agit-il de partir pour la lune, il partirait, et, à
moins que la respiration lui manquât faute d'air, il ne s'arrêterait
pas en route.

Quel contraste entre cet Américain si résolu et son cohéritier pour
un sixième, désigné sous le nom d'Hermann Titbury, lequel demeurait dans ce quartier commerçant traversé du sud au nord par la
longue chaussée de Robey Street.

Lorsque les envoyés de la *Staats Zeitung* eurent sonné à la porte
du numéro 77, ils ne parvinrent pas à en franchir le seuil.

« Monsieur Hermann Titbury, dirent-ils à travers l'entrebâille-
ment, est-il chez lui?...

— Oui, répondit une espèce de géante, mal coiffée, mal tenue, une
sorte de dragon femelle.

— Peut-il nous recevoir?...

— Je vous ferai réponse, lorsque je l'aurai demandé à Mrs. Titbury. »

Car il existait une Mrs. Kate Titbury, âgée de cinquante ans, soit
deux ans de plus que son mari. Et la réponse que fit cette matrone
et que transmit fidèlement la servante, fut :

» Monsieur Titbury n'a point à vous recevoir, et il s'étonne qu'on
se permette de le déranger! ».

Il n'était pourtant question que d'avoir accès dans son bureau, non
dans son dining-room, de lui demander quelques renseignements sur
sa personne, non de prendre place à sa table.

Lissy ne voulut se prêter à aucune interview. (Page 56.)

Cependant la maison demeura close, et les chroniqueurs de la *Staats Zeitung* durent revenir bredouilles.

Hermann Titbury et Kate Titbury formaient bien le ménage le plus avare qui se fût jamais accouplé pour traverser de conserve cette vallée de larmes dont ils n'avaient d'ailleurs jamais versé la moindre goutte en s'apitoyant sur le sort des malheureux. C'étaient deux cœurs arides, insensibles, faits pour battre à l'unisson. Très heureu-

7

sement, cette union, le Ciel avait dédaigné de la bénir, et leur lignée
s'éteindrait en eux. Riches, leur fortune ne venait ni du commerce ni
de l'industrie. Non, tous deux, — car la dame y avait travaillé autant
que le monsieur, — s'étaient livrés aux affaires interlopes des petits
banquiers, des prêteurs sur gage, des acheteurs de créances à vil
prix, des usuriers de bas étage, de ces loups-cerviers qui dépouillent
les gens en se tenant toujours dans les limites de la légalité, —
cette légalité, a dit un grand romancier français, qui serait une
belle chose pour les coquins... si Dieu n'existait pas!

En remontant l'échelle de leurs ancêtres, et presque dès les premiers échelons, on eût rencontré les ascendants d'origine allemande,
ce qui justifiait ce prénom d'Hermann porté par le dernier repré-
sentant de cette tribu teutone.

C'était un homme gros et court, roux de barbe comme sa femme
était rousse de cheveux. Une santé de fer leur avait permis, à tous
les deux, de ne jamais dépenser un demi-dollar en drogues de pharmacien ou en visites de docteur. Pourvus d'un estomac capable de tout
digérer, — tel que les honnêtes gens devraient être seuls à en avoir,
— ils vivaient de rien, et leur servante s'accommodait de ce régime.
Depuis que M. Titbury s'était retiré des affaires, il n'avait plus eu de
relations au dehors et se laissait complètement mener par Mrs Titbury, une maitresse femme aussi détestable qu'on peut l'être, et qui
couchait avec ses clefs, suivant l'expression populaire.

Le couple occupait une maison à fenêtres étroites comme leurs
idées, grillagées comme leur cœur, et qui ressemblait à un coffre-
fort à secret. Du reste, leur porte ne s'ouvrait ni pour un étranger,
ni pour un membre de la famille, faute de famille, ni pour des amis,
puisqu'ils n'en avaient jamais eu. Et, cette fois, ce fut devant les
dépités chercheurs d'informations qu'elle demeura obstinément close.

Il est vrai, sans interviewer directement les époux Titbury, rien
de plus aisé que d'apprécier leur état d'âme, du jour où ils prirent
place dans le groupe des « Six ». Quel effet, lorsque Hermann Titbury lut son nom dans le fameux numéro de la *Tribune* du 1er avril!

Mais n'y avait-il pas d'autres Chicagois de ce nom?... Aucun, du moins au 77 de Robey Street. Quant à admettre qu'il risquait d'être le jouet d'un mystificateur, allons donc ! Hermann Titbury se voyait déjà en possession du sixième de l'énorme fortune, et son grand regret, son dépit même, c'était de n'avoir pas été seul désigné par le sort. Aussi était-ce plus que de l'envie qu'il éprouvait pour ses cinq autres cohéritiers, c'était de la haine, — d'accord là-dessus avec le commodore Urrican, — et ce que Mrs Titbury et lui pensaient de ces intrus, mieux vaut le laisser imaginer au lecteur.

Certes, le sort avait commis une de ces grossières erreurs dont il est coutumier, en appelant ce peu intéressant, ce peu sympathique personnage, à recevoir une part de l'héritage de William J. Hypperbone, si tant est que cela fût entré dans les intentions de cet original.

Du reste, le lendemain des funérailles, dès cinq heures du matin. M. et Mrs Titbury avaient quitté leur demeure, s'étaient rendus au cimetière d'Oakswoods. Là, ils avaient fait lever le gardien, et, d'une voix où se sentait la plus vive inquiétude :

« Rien de nouveau... cette nuit?... demandèrent-ils.

— Rien de nouveau, répondit le gardien.

— Ainsi... il est bien mort?...

— Aussi mort qu'on peut l'être, soyez tranquilles! » déclara le brave homme, qui attendit vainement quelque gratification pour sa bonne réponse.

Tranquilles, oui, en effet! Le défunt ne s'était pas réveillé de l'éternel sommeil, et rien n'avait troublé le repos des sombres hôtes du champ d'Oakswoods.

M. et Mrs Titbury rentrèrent chez eux ; mais, une fois encore dans l'après-midi et dans la soirée, puis le lendemain, ils refirent la longue route, afin de s'assurer par eux-mêmes que William J. Hypperbone n'était pas revenu en ce monde sublunaire.

En voilà assez sur ce couple destiné à figurer dans cette singulière histoire, et auquel pas un de ses voisins ne vint adresser un compliment sur son heureuse chance.

Lorsque les deux reporters de la *Freie Presse* furent arrivés Calumet Street, non loin du lac de ce nom situé dans la partie méridionale de la ville, au milieu d'un quartier populeux et industriel, ils demandèrent aux agents où se trouvait la maison de Tom Crabbe.

Elle portait le numéro 7, la maison de Tom Crabbe, ou, à vrai dire, celle de son entraîneur. En effet, c'était John Milner qui l'assistait dans ces mémorables luttes, dont les gentlemen sortent le plus souvent les yeux pochés, la mâchoire démantibulée, la poitrine défoncée d'une ou deux côtes, la bouche démunie de quelques dents, pour l'honneur du championnat dans une boxe nationale.

Tom Crabbe était donc un professionnel, actuellement le champion du Nouveau-Monde, depuis qu'il avait vaincu le fameux Fitzsimons, lequel avait vaincu cette année le non moins fameux Corbett.

Les informateurs pénétrèrent sans difficulté dans la maison de John Milner et furent reçus au rez-de-chaussée par ledit entraîneur, — un homme de taille ordinaire, d'une maigreur invraisemblable, la peau sur les os, mais tout muscles, tout nerfs, le regard perçant, les dents aiguës, la face glabre, d'une agilité de chamois, d'une adresse de singe.

« Tom Crabbe?... lui demanda-t-on.

— Il est en train d'achever son premier déjeuner, répondit-il d'une voix aigre.

— Peut-on le voir?...

— A quel propos?...

— A propos du testament de William J. Hypperbone et pour parler de lui dans notre journal...

— Quand il s'agit de parler de Tom Crabbe, répliqua John Milner, Tom Crabbe est toujours visible. »

Les reporters entrèrent dans la salle à manger, et se trouvèrent en présence du personnage. Il avalait sa sixième tranche de jambon fumé, son sixième chanteau de pain beurré, sa sixième pinte d'half and half, en attendant le thé qui infusait dans la grosse bouil-

loire, et les six petits verres de wisky qui terminaient d'ordinaire son
premier repas, celui qu'il prenait à sept heures et demie, lequel
devait être suivi de cinq autres au cours de la journée. On voit
le rôle important que jouait le chiffre six dans l'existence du fameux
boxeur, et peut-être était-ce à sa mystérieuse influence qu'il devait
de compter dans le groupe des héritiers de William J. Hypperbone.

Tom Crabbe était un colosse, dépassant de dix pouces les six pieds
anglais, et mesurant trois pieds d'une épaule à l'autre, une tête vo-
lumineuse, aux cheveux durs et noirs, presque ras tondus sur le crâne,
de gros yeux bêtes de bœuf sous d'épais sourcils, le front bas et
fuyant, les oreilles décollées, les maxillaires prononcés en gueule,
une forte moustache coupée à la commissure des lèvres, toutes ses
dents, car les formidables coups de poing ne lui en avaient pas enlevé une seule, un torse comme un muid de bière, des bras comme
des bielles, des jambes comme des piliers, faites pour supporter cette
énorme architecture humaine.

Humaine, est-ce bien le mot juste? Non, animale, car il n'y avait
que de l'animalité dans ce gigantesque produit. Ses organes opé-
raient comme ceux d'une machine, lorsqu'on les mettait en jeu, — une
machine qui avait pour mécanicien John Milner. Il était célèbre dans
les deux Amériques et ne se doutait guère de sa célébrité. Manger,
boire, boxer, dormir, à cela se bornaient les actes de son existence,
sans aucune dépense intellectuelle. Comprenait-il ce que la chance
venait de faire pour lui en l'introduisant dans le groupe des « Six »?...
Savait-il à quel propos, la veille, il avait marché de son pas pesant
près du char funèbre aux applaudissements de la foule?... Vaguement, mais son entraîneur le comprenait en son lieu et place, et tous
les droits dont il serait redevable à ce coup de fortune, John Milner
saurait bien les faire valoir à son profit.

Il suit de là que ce fut ce dernier qui répondit à l'interview des
reporters au sujet de Tom Crabbe. Il leur fournit tous les détails de
nature à intéresser les lecteurs de la *Freie Presse* : son poids personnel — cinq cent trente-trois livres avant ses repas, et cinq cent

quarante après, — sa taille, exactement les six pieds dix pouces,
comme il a été dit, — sa force, mesurée au dynamomètre, soixante-
quinze kilogrammètres, celle d'un cheval-vapeur, — sa puissance
maxima de contraction aux mâchoires, deux cent trente-quatre livres,
— son âge, trente ans, six mois et dix-sept jours, — ses parents, un
père qui était packer ou tueur aux abattoirs de la maison Armour,
sa mère qui avait été lutteuse foraine au cirque Swansea.

Et que pouvait-on demander de plus pour écrire un article de
cent lignes sur Tom Crabbe?

« Il ne parle guère... fit observer un des journalistes.

— Le moins possible, répondit John Milner. A quoi bon s'user la
langue?...

— Peut-être... ne pense-t-il pas davantage?...

— A quoi lui servirait de penser?...

— A rien, monsieur Milner.

— Tom Crabbe n'est qu'un poing, ajouta l'entraîneur... un poing
fermé... aussi prompt à l'attaque qu'à la riposte! »

Et, lorsque les reporters de la *Freie Presse* furent sortis :

« Une brute... dit l'un.

— Et quelle brute! » répondit l'autre.

Et, assurément, ce n'était pas de John Milner qu'ils voulaient parler.

Lorsqu'on se transporte vers le nord-ouest de la ville, après avoir
dépassé le boulevard Humboldt, on pénètre dans le vingt-septième
quartier. Ici, l'agitation est moins grande, la population moins
affairée. Le visiteur pourrait se croire en province, bien que cette
locution n'ait aucune signification aux États-Unis. Au delà de
Wabansia Avenue se rencontre la partie inférieure de Sheridan
Street. En allant jusqu'au numéro 19, on se trouve devant une maison de modeste apparence, à dix-sept étages, peuplée d'une centaine de locataires. C'est là au neuvième que Lissy Wag occupait un
petit appartement de deux pièces, où elle ne rentrait qu'après sa
journée faite dans les magasins de nouveautés de Marshall Field,
comme sous-caissière.

Lissy Wag appartenait à une honorable et peu aisée famille, dont il ne restait plus qu'elle. Aussi, bien élevée, instruite comme le sont la plupart des jeunes filles américaines, après des revers de fortune et la mort de son père et de sa mère prématurément enlevés, avait-elle dû demander au travail les moyens de suffire à son existence. En effet, M. Wag s'était vu dépouiller de tout ce qu'il possédait dans une malheureuse affaire d'assurances maritimes, et la liquidation poursuivie en vue des intérêts de sa fille n'avait donné aucun résultat.

Lissy Wag, douée d'un caractère énergique, d'un jugement sûr, d'une intelligence pénétrante, calme et maitresse d'elle-même, eut assez de force morale pour ne point perdre courage. Grâce à l'intervention de quelques amis de sa famille, elle fut recommandée au chef de la maison Marshall Field, et, depuis quinze mois, elle y avait acquis une situation avantageuse.

C'était une charmante jeune fille, qui venait d'atteindre sa vingt et unième année, taille moyenne, cheveux blonds, yeux bleu foncé, belle carnation qui indique la bonne santé, démarche élégante, physionomie un peu sérieuse qu'animait parfois un sourire à travers lequel étincelaient de jolies dents. Aimable, affable, obligeante, serviable, bienveillante, elle ne comptait que des amies parmi ses compagnes.

De goûts très simples, très modestes, sans ambition, sans jamais s'abandonner à des rêves où tant d'autres s'égarent, Lissy Wag fut certainement et de beaucoup la moins émue des « Six », lorsqu'elle apprit que le sort l'appelait à figurer dans le cortège funèbre. D'abord, elle voulut refuser. Cette sorte d'exhibition ne lui allait nullement. Son nom et sa personne exposés à la curiosité publique, cela lui inspirait une répugnance profonde. Il fallut qu'elle fit violence à ses sentiments, des plus honorables d'ailleurs, et ce fut le cœur gros, le front rougissant, qu'elle prit place près du char.

Il convient de dire que la plus intime de ses amies avait tout fait pour vaincre sa résistance. C'était la vive, la joyeuse, la rieuse Jovita Foley, vingt-cinq ans, ni laide, ni belle, — et elle le savait, —

mais la physionomie pétillante de malice et d'esprit, très fine, très déliée, d'excellente nature, en somme, et que la plus étroite affection unissait à Lissy Wag.

Ces deux jeunes filles habitaient le même appartement, et, après la journée passée dans les magasins de Marshall Field, où Jovita Foley était première vendeuse, elles rentraient ensemble. On les eût rarement vues l'une sans l'autre.

Mais si Lissy Wag, en cette circonstance, finit par céder aux irrésistibles sollicitations de sa compagne, elle ne consentit pas du moins à recevoir les chroniqueurs du *Chicago Herald*, qui se présentèrent le soir même au numéro 19 de Sheridan Street. En vain Jovita Foley engagea-t-elle son amie à se montrer moins farouche, celle-ci ne voulut se prêter à aucune interview. Après les reporters, ce seraient les photographes, qui viendraient braquer sur elle leur indiscret objectif... Après les photographes, ce seraient les curieux de toute sorte... Non! mieux valait fermer la maison à ces importuns... Quoi qu'en eût Jovita Foley, c'était le plus sage, et le *Chicago Herald* fut privé de servir à ses lecteurs un article sensationnel.

« Soit, dit Jovita Foley, lorsque les journalistes furent partis, l'oreille basse, tu as consigné ta porte, mais tu n'échapperas pas à l'attention publique!... Ah! si c'eût été moi!... Aussi je te préviens, Lissy, que je saurais bien te forcer à remplir toutes les conditions du testament!... Songe donc... ma chérie... cette part d'un invraisemblable héritage...

— L'héritage... je n'y crois guère, Jovita, répondit Lissy Wag, et si ce n'est là que le caprice d'un mystificateur, j'en aurai peu de regrets.

— Voilà bien ma Lissy, s'écria Jovita Foley, en l'attirant près d'elle, peu de regrets... quand il s'agit d'une fortune...

— Est-ce que nous ne sommes pas heureuses?...

— D'accord, mais si c'était moi!... répétait l'ambitieuse jeune personne.

— Eh bien... si c'était toi?...

CHICAGO. — L'Auditorium

— Et d'abord, je partagerais avec toi, Lissy...

— Comme je le ferais, n'en doute pas! répondit miss Wag en riant des promesses éventuelles de son enthousiaste amie.

— Dieu! que je voudrais être au 15 avril, reprit Jovita Foley, et combien le temps me semblera long!... Je vais compter les heures... les minutes...

— Épargne-moi les secondes! repartit Lissy... Vrai!... il y en aurait trop!

— Peut-on plaisanter, quand il s'agit d'une affaire si grave... des millions de dollars qu'elle doit rapporter...

— Ou plutôt des millions d'ennuis, de tracas, ainsi que j'en ai eu pendant toute cette journée! déclara Lissy Wag.

— Tu es trop difficile, Lissy!

— Et vois-tu, Jovita, je me demande avec inquiétude comment cela finira...

— Ça finira par la fin, s'écria Jovita Foley, comme toutes choses en ce monde! »

Tel était donc le sixain de cohéritiers, — on ne doutait pas qu'ils fussent appelés à se partager l'énorme succession — que William J. Hypperbone avait conviés à ses funérailles. Ces mortels privilégiés entre tous n'avaient plus qu'à prendre patience pendant une quinzaine de jours.

Enfin ces deux longues semaines s'écoulèrent et le 15 avril arriva.

Ce matin-là, suivant la condition imposée par le testament, en présence de M. Georges B. Higginbotham, assisté de maître Tornbrock, Lissy Wag, Max Réal, Tom Crabbe, Hermann Titbury, Harris T. Kymbale et Hodge Urrican vinrent déposer leur carte sur le tombeau de William J. Hypperbone. Puis la pierre sépulcrale fut rabattue sur le cercueil. L'excentrique défunt n'aurait plus à recevoir aucune visite au cimetière d'Oakswoods.

Maître Tornbrock lut ce qui suit. (Page 63.)

# V

## LE TESTAMENT.

Ce jour-là, dès le lever de l'aube, le dix-neuvième quartier fut envahi par la foule. En vérité, l'empressement du public ne semblait

pas devoir être moindre que le jour où l'interminable cortège conduisait William J. Hypperbone à sa dernière demeure.

Les treize cents trains quotidiens de Chicago avaient versé dès
la veille des milliers de voyageurs dans la ville. Le temps promettait
d'être superbe. Une fraiche brise matinale avait nettoyé le ciel des
vapeurs de la nuit. Le soleil se balançait sur le lointain horizon du
lac Michigan, zébré de quelques rides à sa surface, et dont le léger
ressac caressait le littoral.

C'était par Michigan Avenue et Congress Street qu'arrivait le tumultueux populaire se dirigeant vers un énorme édifice, surmonté à l'un
de ses angles d'une massive tour carrée, haute de trois cent dix pieds.

La liste des hôtels de la ville est longüe. Le voyageur n'a que
l'embarras du choix. N'importe où les cabs à vingt-cinq cents le mille
le conduiront, il n'est jamais exposé à ne pas trouver place. On lui
fournira une chambre à l'européenne au prix de deux et trois dollars
par jour, à l'américaine au prix de quatre et cinq.

Parmi les principaux hôtels on cite *Palmer-House* de State and
Monroe Street, *Continental* de Wabash Avenue and Monroe Street,
*Commercial* et *Fremont-House* de Dearborn and Lake Street,
*Alhambra* d'Archer Avenue, *Atlantic*, *Wellington*, *Saratoga*, et vingt
autres. Mais, pour l'importance, pour l'aménagement, pour l'activité,
pour le bon ordre des services, en laissant à chacun la faculté
d'y loger à l'américaine ou à l'européenne, c'est l'Auditorium qui
l'emporte, vaste caravansérail, dont les dix étages se superposent
à l'angle de Congress Street et de Michigan Avenue, en face du
Lake Park.

Et non seulement cet immense édifice peut donner asile à des
milliers de voyageurs, mais il renferme un théâtre assez vaste pour
recevoir huit mille spectateurs.

Donc, pendant cette matinée, — expression venue de l'autre côté
de l'Atlantique, — il allait contenir plus que le maximum, et cette
expression s'appliquait également à la recette. Oui, recette, car, après
cette heureuse idée de mettre aux enchères le nom des « Six », le

notaire Tornbrock avait eu celle de faire payer leur place à tous ceux qui voulaient entendre la lecture du testament dans le théâtre de l'Auditorium. De ce chef, les pauvres allaient encore bénéficier d'une dizaine de mille dollars à partager entre les hôpitaux d'Alexian Brothers et de Maurice Porter Memorial for Children.

Et comment ne se fussent pas hâtés d'accourir les curieux de la ville, se disputant les moindres coins? Sur la scène se voyaient le Maire et la Municipalité; un peu en arrière, les membres de l'*Excentric Club* autour de leur président, Georges B. Higginbotham; un peu en avant, les « Six » sur une seule ligne, près de la rampe, chacun dans l'attitude qui convenait à sa situation sociale.

Lissy Wag, vraiment honteuse d'être exhibée de la sorte devant des milliers d'yeux avides, se tenait dans une attitude modeste sur son fauteuil, la tête baissée.

Harris T. Kymbale s'épanouissait entre les bras du sien, envoyant des saluts à nombre de ses confrères des journaux de toute nuance, qui se pressaient au milieu de l'enceinte.

Le commodore Urrican, roulant des yeux féroces, semblait prêt à chercher querelle à quiconque se permettrait de le regarder en face.

Max Réal observait insouciamment tout ce monde grouillant jusqu'aux cintres, dévoré d'une curiosité qu'il ne partageait guère, et, faut-il le dire, il regardait plus particulièrement cette charmante jeune fille assise près de lui, dont l'attitude gênée lui inspirait un vif intérêt.

Hermann Titbury calculait *in petto* à quel chiffre pourrait s'élever la recette, — une simple goutte d'eau au milieu des millions de l'héritage.

Tom Crabbe ne savait pas pourquoi il était là, assis non sur un fauteuil, — qui n'aurait pu contenir son énorme masse, — mais sur un large canapé dont les pieds fléchissaient sous lui.

Il va sans dire qu'au premier rang des spectateurs figuraient l'entraîneur John Milner, Mrs Kate Titbury, qui faisait à son mari des signes absolument incompréhensibles, et la nerveuse Jovita Foley, sans l'intervention de laquelle Lissy Wag n'eût jamais consenti à s'asseoir en présence de ce terrible public. Puis, à l'intérieur de la vaste salle, aux amphithéâtres, aux gradins les plus reculés, en tous les endroits où un corps humain avait pu s'introduire, dans tous les trous où une tête avait pu se glisser, s'empilaient hommes, femmes, enfants, appartenant aux diverses classes payantes de la population.

Et au dehors, le long de Michigan Avenue et de Congress Street, aux fenêtres des maisons, aux balcons des hôtels, sur les trottoirs, sur la chaussée où le service des voitures et des cars avait été interrompu, s'amassait une foule débordante comme le Mississippi à l'époque des crues, et dont les dernières ondulations dépassaient les limites du quartier.

On a estimé que, ce jour-là, Chicago avait reçu un stock de cinquante mille visiteurs étrangers, venus des divers points de l'Illinois, des États limitrophes, et aussi de ceux de New York, de Pennsylvanie, de l'Ohio et du Maine. Une longue rumeur croissante et tumultueuse flottait au-dessus de cette partie de la ville, emplissait l'enclos du Lake Park, et allait se perdre à la surface ensoleillée du Michigan.

Midi sonna. Il y eut un formidable souffle de « ah! », qui s'échappa de l'Auditorium.

A ce moment, maître Tornbrock venait de se lever, et ce souffle agita, comme la brise qui traverse d'épaisses frondaisons, la foule de l'extérieur.

Puis un profond silence s'établit — tels ces silences émotionnants qui se produisent entre l'éclair et le fracas de la foudre, alors que toutes les poitrines sont péniblement oppressées.

Maître Tornbrock, debout devant la table qui occupait le centre de la scène, les bras croisés, la physionomie grave, attendait que le dernier coup de midi fût sonné.

Sur la table était déposée une enveloppe, fermée de trois cachets rouges aux initiales du défunt. Cette enveloppe contenait le testament de William J. Hypperbone, et sans doute aussi, vu ses dimensions, d'autres papiers testamentaires. Quelques lignes de suscription indiquaient que ladite enveloppe ne devait être ouverte que quinze jours après le décès. Elles stipulaient, en outre, que l'ouverture en serait faite dans la salle du théâtre de l'Auditorium à l'heure de midi.

Maitre Tornbrock, d'une main un peu fébrile, rompit les cachets du pli, et en tira tout d'abord un parchemin sur lequel apparaissait la grosse écriture bien connue du testateur, puis une carte pliée en quatre, et enfin une petite boite, longue et large d'un pouce sur un demi-pouce de hauteur.

Et alors, d'une voix forte, qui s'entendit des extrêmes coins de la salle, maitre Tornbrock, après avoir promené ses yeux, armés de lunettes d'aluminium, sur les premières lignes du parchemin, lut ce qui suit :

« Ceci est mon testament, écrit entièrement de ma main, fait à « Chicago, ce 3 juillet 1895.

« Sain de corps et d'esprit, dans toute la plénitude de mon intelli- « gence, j'ai rédigé cet acte où sont libellées mes dernières volontés. « Ces volontés, maitre Tornbrock, auquel se joindra mon collègue « et ami Georges B. Higginbotham, président de l'*Excentric Club*, « les fera observer dans toute leur teneur, ainsi qu'il aura été fait « relativement en ce qui concernait mes funérailles. »

Enfin, le public et les intéressés sauraient donc à quoi s'en tenir ! Elles allaient être résolues, toutes les questions posées depuis quinze jours, les suppositions, les hypothèses, qui avaient couru pendant ces deux semaines de fiévreuse attente !

Maitre Tornbrock continua de la sorte :

« Sans doute, jusqu'ici, aucun membre de l'*Excentric Club* ne « s'est fait remarquer par de notables excentricités. Celui-là même « qui écrit ces lignes n'est pas plus sorti que ses collègues des ba- « nalités de l'existence. Mais ce qui a manqué à sa vie va, de par « son suprême vœu, se produire après sa mort. »

Un murmure de satisfaction courut à travers les rangs de l'audi- toire. Maitre Tornbrock dut attendre qu'il se fût apaisé avant de prendre sa lecture interrompue pendant une demi-minute.

Et voici ce qu'il lut :

« Mes chers collègues n'ont pas oublié que, si j'ai éprouvé quelque
« passion, cela n'a jamais été que pour le Noble Jeu de l'Oie, si connu
« en Europe et particulièrement en France, où il passe pour avoir
« été renouvelé des Grecs, bien que l'Hellade n'y ait jamais vu
« jouer ni Platon, ni Thémistocle, ni Aristide, ni Léonidas, ni Socrate,
« ni aucun autre personnage de son histoire. Ce jeu, je l'ai introduit
« dans notre cercle. Il m'a procuré les plus vives émotions par la
« variété de ses détails, l'imprévu de ses coups, le caprice de ses
« combinaisons, où le pur et seul hasard dirige ceux qui luttent sur
« ce champ de bataille pour remporter la victoire. »

A quel propos le Noble Jeu de l'Oie intervenait-il de si inattendue
façon, dans le testament de William J. Hypperbone?... Il y avait
lieu de se poser cette question...

Le notaire reprit :

« Ce jeu, — personne ne l'ignore maintenant à Chicago, — se
« compose d'une série de cases, juxtaposées et numérotées de un
« à soixante-trois. Quatorze de ces cases sont occupées par l'image
« d'une oie, cet animal si injustement accusé de sottise et qui aurait
« dû être réhabilité depuis le jour où il sauva le Capitole des attaques
« de Brennus et de ses Gaulois. »

Quelques assistants, plus sceptiques, commencèrent à se demander
si, décidément, feu William J. Hypperbone ne se moquait pas du
public avec l'éloge intempestif de ce type de la tribu des ansérinées.

Le testament se continuait ainsi :

« Par suite de la disposition susdite, en décomptant ces quatorze
« cases, il en reste quarante-neuf, dont six seulement astreignent le
« joueur à payer des primes, soit une prime à la sixième où il y a un
« pont pour se rendre à la douzième, — deux primes à la dix-neu-
« vième où il doit attendre dans l'hôtellerie que ses partenaires
« aient joué deux coups, — trois primes à la trente-et-unième, où se
« trouve un puits au fond duquel il demeure jusqu'à ce qu'un autre
« y vienne prendre sa place, — deux primes à la quarante-deuxième,

LES « SIX » SUR UNE SEULE LIGNE, PRÈS DE LA RAMPE. (Page 61.)

« celle du labyrinthe qu'il est tenu de quitter aussitôt pour retour-
« ner à la trentième où s'épanouit un bouquet de fleurs, — trois
« primes à la cinquante-deuxième où il restera en prison, tant qu'il
« n'y sera pas remplacé, — et enfin trois primes à la cinquante-hui-
« tième case où grimace une tête de mort, avec obligation de recom-
« mencer la partie. »

Lorsque maitre Tornbrock s'arrêta après cette longue phrase pour
reprendre haleine, si plusieurs murmures se manifestèrent, ils
furent promptement réprimés par la majorité de l'auditoire, évidemment favorable au défunt. Et, cependant, tout ce monde n'était pas
venu s'entasser à l'Auditorium pour entendre une leçon sur le
Noble Jeu de l'Oie.

Le notaire reprit en ces termes :

« On trouvera dans cette enveloppe une carte et une boîte. La
« carte est celle du Noble Jeu de l'Oie, établie suivant une nouvelle
« affectation de ses cases que j'ai imaginée et dont il devra être donné
« connaissance au public. La boîte renferme deux dés semblables à
« ceux dont j'avais l'habitude de me servir à mon cercle.

« La carte d'une part, les dés de l'autre, seront destinés à une
« partie qui sera jouée dans les conditions suivantes. »

Comment une partie?... Il s'agissait d'une partie du Jeu de l'Oie?...
Décidément, on avait affaire à un mystificateur! Ce n'était qu'un
« humbug », comme on dit en Amérique!

De vigoureux « silence! » furent adressés aux mécontents, et
maitre Tornbrock poursuivit sa lecture :

« Or, voici ce que j'ai pensé à faire en l'honneur de mon pays que
« j'aime avec l'ardeur d'un patriote, et dont j'ai visité les divers États
« à mesure que leur nombre augmentait d'autant d'étoiles nouvelles
« le pavillon de la République américaine! »

Ici, triple salve de hurrahs que répercutèrent les échos de l'Auditorium, et à laquelle succéda un calme profond, car la curiosité était
portée au plus haut point.

« Actuellement, sans compter l'Alaska, située en dehors de son

9

« territoire, mais qui s'y rattachera bientôt, lorsque le Dominion of
« Canada nous aura fait retour, l'Union possède cinquante États,
« répartis sur près de huit millions de kilomètres superficiels.

« Eh bien, ces cinquante États, en les rangeant par cases, les uns
« à la suite des autres, et en répétant quatorze fois l'un d'eux, j'ai
« obtenu une carte composée de soixante-trois cases, identique à celle
« du Noble Jeu de l'Oie, devenu par ce fait le Noble Jeu des États-
« Unis d'Amérique. »

Ceux des assistants qui étaient familiarisés avec le jeu en question
comprirent sans peine l'idée de William J. Hypperbone. En vérité,
c'était une heureuse circonstance qui lui avait permis de distribuer
précisément en soixante-trois cases les États de l'Union. Aussi l'auditoire s'abandonna-t-il à de chaleureux applaudissements, et bientôt
toute la rue acclama l'ingénieuse invention du testateur.

Maître Tornbrock continua de lire :

« Restait à déterminer celui des cinquante États qui devait figurer
« quatorze fois sur la carte. Or, pouvais-je mieux choisir que celui
« dont les eaux du Michigan baignent les superbes rives, celui qui
« s'enorgueillit d'une cité telle que la nôtre, laquelle a ravi à Cin-
« cinnati depuis près d'un demi-siècle le titre de « Reine de l'Ouest »,
« cet Illinois, région privilégiée, que le Michigan borne au nord,
« l'Ohio au sud, le Mississippi à l'ouest, le Wabash à l'est, un État
« à la fois continental et insulaire, actuellement au premier rang
« de la grande République fédérale!... »

Nouveau tonnerre de hurrahs et de hips, qui firent trembler les
murs de la salle, et dont les éclats emplirent tout le quartier, répétés par une foule au maximum de surexcitation.

Cette fois le notaire dut suspendre sa lecture quelques minutes.
Lorsque le calme fut enfin rétabli :

« Il s'agissait maintenant, lut-il, de désigner les partenaires qui
« seraient appelés à jouer sur l'immense territoire des États-Unis,
« en se conformant à la carte renfermée sous cette enveloppe, et qui
« devra être tirée à des millions d'exemplaires, afin que chaque

« citoyen puisse suivre les péripéties de la partie qui va s'engager.
« Ces partenaires, au nombre de six, ont été choisis par le sort
« parmi la population de notre cité, et ils doivent être réunis en ce
« moment sur la scène de l'Auditorium. Ce sont eux qui auront à
« se transporter, de leur personne, dans chaque État indiqué par
« le nombre de points obtenus, et à l'endroit même que leur fera
« connaitre mon exécuteur testamentaire, d'après une note ci-jointe
« rédigée par mes soins. »

Ainsi donc tel était le rôle réservé aux « Six ». Le caprice des dés
allait les promener à la surface de l'Union... Ils seraient les pièces
d'échiquier de cette invraisemblable partie...

Si Tom Crabbe ne comprit rien à l'idée de William J. Hypperbone,
il en fut autrement du commodore Urrican, de Harris T. Kymbale,
d'Hermann Titbury, de Max Réal et de Lissy Wag. Tous se regardaient, et on les regardait déjà comme des êtres extraordinaires, placés en dehors de l'humanité.

Mais il restait à apprendre quelles étaient les dernières dispositions imaginées par le défunt.

« A dater de quinze jours après la lecture de mon testament,
« disait-il, tous les deux jours, dans cette salle de l'Auditorium, à
« huit heures du matin, maitre Tornbrock, en présence des membres
« de l'Excentric Club, agitera de sa main le cornet des dés, pro-
« clamera le chiffre amené, et enverra ce chiffre par télégramme
« à l'endroit où chaque partenaire devra se trouver alors sous peine
« d'être exclu de la partie. Étant données la facilité et la rapidité
« des communications à travers le territoire de la Confédération
« dont aucun des « Six » ne devra dépasser les limites sous peine
« d'être disqualifié, j'ai estimé que quinze jours devraient suffire
« à chaque déplacement, si lointain qu'il dût être. »

Il était évident que si Max Réal, Hodge Urrican, Harris T. Kymbale, Hermann Titbury, Tom Crabbe, Lissy Wag, acceptaient ce rôle
de partenaires dans ce Noble Jeu, renouvelé non plus des Grecs mais
des Français par William J. Hypperbone, ils seraient obligés à en

suivre strictement les règles. Or, dans quelles conditions s'effectue-
raient ces courses folles à travers les États-Unis?...

« C'est à leurs frais, dit maître Tornbrock, au milieu d'un profond
« silence, que les « Six » voyageront, et c'est de leur bourse qu'ils
« payeront les primes exigibles à l'arrivée dans telle ou telle case,
« autrement dit dans tel ou tel État, et dont le prix est fixé à mille
« dollars chacune. Faute du versement d'une seule de ces primes,
« tout joueur serait mis hors de concours. »

Mille dollars, et quand on était exposé à les verser plusieurs fois, —
si la malchance s'en mêlait, — cela pouvait monter à une forte somme.

On ne s'étonnera donc pas que Hermann Titbury fît une grimace
qui se reproduisit au même instant sur la face congestionnée de son
épouse. Nul doute que l'obligation de verser cette prime de mille
dollars, lorsque le versement en serait exigible, ne fût de nature à
gêner, sinon tous, du moins quelques-uns des partenaires.

Il est vrai, il se rencontrerait assurément des prêteurs disposés à
venir en aide à ceux des « Six » qui sembleraient présenter les meilleures chances. N'était-ce pas là un nouveau terrain offert à l'ardeur
spéculative des citoyens de la libre Amérique?...

Le testament contenait encore certaines dispositions intéressantes.
Et d'abord cette déclaration relative à la situation financière de William T. Hypperbone :

« Ma fortune en propriétés bâties ou non bâties, en valeurs indu-
« strielles, en actions de banque ou de chemins de fer, dont les titres
« sont déposés dans l'étude de maître Tornbrock, peut être estimée
« à soixante millions de dollars. »

Cette déclaration fut accueillie avec un murmure de satisfaction.
On savait gré au défunt d'avoir laissé un héritage de cette importance, et ce chiffre parut respectable même dans le pays des Gould,
des Bennett, des Vanderbilt, des Astor, des Bradley-Martens, de
Hatty Green, des Hutchinson, des Carroll, des Prior, des Morgan
Slade, des Lennox, des Rockfeller, des Schemeorn, des Richard King
des May Gaelet, des Ogden Mills, des Sloane, des Belmont et autres

milliardaires, rois du sucre, des blés, des farines, du pétrole, des chemins de fer, du cuivre, de l'argent et de l'or! En tout cas, celui ou ceux des « Six » auxquels cette fortune échoirait en tout ou partie sauraient s'en contenter, n'est-ce pas?... Mais dans quelle condition leur serait-elle attribuée?...

C'est à cette question que répondait le testament par les lignes suivantes :

« Au Noble Jeu de l'Oie, on le sait, le gagnant est celui qui arrive
« le premier à la soixante-troisième case. Or, cette case n'est défi-
« nitivement acquise que si le nombre des points fournis par le der-
« nier coup de dés y aboutit juste. En effet, s'il le dépasse, le joueur
« est forcé de revenir en arrière en comptant autant de points qu'il
« en aura obtenus en trop. Donc, après s'être conformé à ces règles,
« l'héritier de toute ma fortune sera celui des partenaires qui prendra
« possession de la soixante-troisième case, autrement dit le soixante-
« troisième État, qui est celui de l'Illinois. »

Ainsi un seul gagnant... le premier arrivé!... Rien à ses compa-gnons de voyage, après tant de fatigues, tant d'émotions, tant de dépenses...

Erreur, le second devait être dédommagé et remboursé dans une certaine mesure.

« Le second, disait le testament, c'est-à-dire celui qui, à la fin de
« la partie, sera le plus rapproché de la soixante-troisième case, re-
« cevra la somme produite par le versement des primes de mille dol-
« lars que les hasards du jeu peuvent porter à un chiffre considé-
« rable et dont il saura faire bon et profitable usage. »

Cette clause ne fut ni bien ni mal acceptée par l'assistance. Telle quelle, il n'y avait pas à la discuter.

Puis William J. Hypperbone ajoutait :

« Si, pour une raison ou une autre, un ou plusieurs des partenaires
« se retiraient avant la fin de la partie, elle continuerait d'être jouée
« par celui ou ceux qui seraient restés en lutte. Et, dans le cas où
« tous l'auraient abandonnée, mon héritage serait dévolu à la ville

« de Chicago, devenue ma légataire universelle, pour être employée
« au mieux de ses intérêts. »

Enfin le testament se terminait par ces lignes :

« Telles sont mes volontés formelles, à l'exécution desquelles veil-
« leront Georges B. Higginbotham, président de l'*Excentric Club*,
« et mon notaire, maître Tornbrock. Elles devront être observées
« dans toute leur rigueur, comme j'entends que le soient aussi
« toutes les règles du Noble Jeu des États-Unis d'Amérique.

« Et, maintenant, que Dieu conduise la partie, détermine les
« chances et favorise le plus digne ! »

Un dernier hurrah accueillit cet appel final à l'intervention de la
Providence en faveur de l'un des partenaires, et l'assistance allait se
retirer, lorsque maître Tornbrock, réclamant le silence d'un geste
impérieux, ajouta ces mots :

« Il y a un codicille. »

Un codicille?... Allait-il donc détruire toute l'ordonnance de cette
œuvre testamentaire, et dévoiler enfin la mystification que quelques-
uns attendaient encore de l'excentrique défunt?...

Et voici ce que lut le notaire :

« Aux six partenaires désignés par le sort sera joint un septième
« de mon choix, qui figurera dans la partie sous les initiales X K Z,
« jouira des mêmes droits que ses concurrents, et devra se sou-
« mettre aux mêmes règles. Quant à son nom véritable, il ne sera
« révélé que s'il gagne la partie, et les coups le concernant lui
« seront envoyés uniquement sous ses initiales.

« Telle est ma volonté de la dernière heure. »

Cela parut singulier. Que cachait cette clause du codicille? Mais
il n'y avait pas à la discuter plus que les autres, et la foule, vivement impressionnée, comme disent les chroniqueurs, quitta l'Auditorium.

Les journaux du soir furent arrachés à double et triple prix. (Page 71.)

# VI

## LA CARTE MISE EN CIRCULATION.

Ce jour-là, les journaux du soir, et le lendemain, ceux du matin, furent arrachés à double et triple prix des mains des crieurs et des étalages. Si huit mille spectateurs avaient pu entendre la lecture du testament, des Américains par centaines de mille à Chicago, et par millions dans les États-Unis, dévorés de curiosité, n'avaient pas eu cette heureuse chance.

Toutefois, bien que les articles, les interviews, les reportages, fussent de nature à satisfaire les masses dans une grande mesure, le vœu général réclamait impérieusement la publication d'une pièce qui accompagnait l'acte testamentaire.

C'était la carte du Noble Jeu des États-Unis, dressée par William J. Hypperbone, et qui présentait une disposition identique à celle du Noble Jeu de l'Oie. Comment l'honorable membre de l'*Excentric Club* avait-il rangé les cinquante États de l'Union?... Quels étaient ceux qui donneraient lieu à des retards, à des arrêts momentanés ou prolongés, à des recommencements de partie, à des retours en arrière, avec paiement de primes simples, doubles ou triples ?...

Et que l'on ne s'étonne pas que, plus encore que le public, les « Six » et leurs amis personnels fussent particulièrement désireux d'être fixés à ce sujet.

Grâce à la diligence de Georges B. Higginbotham et de maître Tornbrock, la carte, fidèlement reproduite d'après celle du défunt, fut dessinée, gravée, coloriée, tirée en moins de vingt-quatre heures, puis lancée à plusieurs millions d'exemplaires à travers toute l'Amérique au prix de deux cents l'exemplaire. Elle était ainsi à la portée de tous les citoyens, qui pourraient y épingler successivement chaque coup et suivre la marche de cette mémorable partie.

Voici dans quel ordre, et par cases juxtaposées et numérotées, étaient disposés les cinquante États dont se composait à cette époque la République américaine.

| | | | | |
|---|---|---|---|---|
| Case | 1. | Rhode Island. | Case  7. | Massachusetts. |
| — | 2. | Maine. | —  8. | Kansas. |
| — | 3. | Tennessee. | —  9. | Illinois. |
| — | 4. | Utah. | — 10. | Colorado. |
| — | 5. | Illinois. | — 11. | Texas. |
| — | 6. | New York. | — 12. | New Mexico. |

Case 13. Montana.
— 14. Illinois.
— 15. Mississippi.
— 16. Connecticut.
— 17. Iowa.
— 18. Illinois.
— 19. Louisiane.
— 20. Delaware.
— 21. New Hampshire.
— 22. South Carolina.
— 23. Illinois.
— 24. Michigan.
— 25. Georgie.
— 26. Wisconsin.
— 27. Illinois.
— 28. Wyoming.
— 29. Oklohama.
— 30. Washington.
— 31. Nevada.
— 32. Illinois.
— 33. North Dakota.
— 34. New Jersey.
— 35. Ohio.
— 36. Illinois.
— 37. West Virginie.
— 38. Kentucky.

Case 39. South Dakota.
— 40. Maryland.
— 41. Illinois.
— 42. Nebraska.
— 43. Idaho.
— 44. Virginie.
— 45. Illinois.
— 46. District of Columbia.
— 47. Pennsylvania.
— 48. Vermont.
— 49. Alabama.
— 50. Illinois.
— 51. Minnesota.
— 52. Missouri.
— 53. Floride.
— 54. Illinois.
— 55. North Carolina.
— 56. Indiana.
— 57. Arkansas.
— 58. Californie.
— 59. Illinois.
— 60. Arizona.
— 61. Oregon.
— 62. Territoire Indien.
— 63. Illinois.

Tel était le rang assigné à chaque État dans les soixante-trois cases, — celui de l'Illinois s'y trouvant quatorze fois répété.

Et, en premier lieu, il convient de remarquer quels étaient les États, choisis par William J. Hypperbone, qui exigeaient d'une part le payement des primes, et de l'autre, qui obligeaient les joueurs malchanceux à des stationnements ou à des retours on ne peut plus regrettables.

Ils étaient au nombre de six :

1° La sixième case, État de New York, correspondait à celle du pont du Noble Jeu de l'Oie, que le partenaire, après l'avoir atteinte, doit immédiatement quitter afin de se rendre à la douzième case, État de New Mexico, contre paiement d'une prime simple.

2° La dix-neuvième case, État de Louisiane, correspondait à celle où figure une hôtellerie, dans laquelle le partenaire doit demeurer deux coups sans jouer, après le versement d'une prime double.

3° La trente-et-unième case, État de Nevada, correspondait à celle du puits, au fond duquel le partenaire reste jusqu'au moment où un autre le remplace, après avoir payé une prime triple.

4° La quarante-deuxième case, État de Nebraska, correspondait à celle où se dessinent les multiples sinuosités d'un labyrinthe d'où, après le paiement d'une prime double, le partenaire doit revenir en arrière à la trentième case, réservée à l'État de l'Utah.

5° La cinquante-deuxième case, État du Missouri, correspondait à celle où la prison se referme sur le partenaire qui paye une prime triple, et dont il ne peut sortir qu'au moment où un autre vient prendre sa place, en payant une prime d'égale valeur.

6° La cinquante-huitième case, État de Californie, correspondait à celle qui reproduit l'image d'une tête de mort, et que l'impitoyable règle oblige le partenaire à abandonner, après avoir versé une prime triple, afin de recommencer la partie par la première case, dévolue à l'État de Rhode Island.

En ce qui concernait l'État de l'Illinois, porté quatorze fois sur la carte, les cases occupées par lui, cinquième, neuvième, quatorzième, dix-huitième, vingt-troisième, vingt-septième, trente-deuxième, trente-sixième, quarante-et-unième, quarante-cinquième, cinquantième, cinquante-quatrième, cinquante-neuvième et soixante-troisième, correspondaient à celles des oies. Mais les partenaires ne doivent jamais s'y arrêter, et, d'après la règle, ils redoublent les points obtenus jusqu'à ce qu'ils rencontrent une case autre que celles réservées au sympathique animal dont William J. Hypperbone réclamait la réhabilitation.

Il est vrai, si du premier coup de dés le joueur amenait le chiffre neuf, il serait, d'oie en oie, arrivé directement à la soixante-troisième case, c'est-à-dire au but. C'est pourquoi, comme le chiffre neuf ne peut être produit que de deux façons avec deux dés, soit par trois et six, soit par cinq et quatre, le partenaire, dans le premier cas, va se

placer à la vingt-sixième case, État du Wisconsin, et dans le second,
à la cinquante-troisième case, État de la Floride.

Pour ce joueur favorisé, c'était, on le voit, une avance considérable sur ses concurrents. Mais cet avantage est plus apparent que
réel, puisqu'il faut en somme atteindre la dernière case par un
nombre juste de points et que le joueur est condamné à rebrousser
chemin s'il dépasse le but.

Enfin, dernière observation, lorsque l'un des partenaires est rencontré par un autre, il doit lui céder sa case et revenir à celle que
cet autre occupait, après avoir versé à la masse une prime simple,
— sauf dans le cas où il aurait déjà quitté ladite case le jour où
l'autre y arriverait. Cette dérogation avait été admise par le testateur, eu égard aux délais nécessités par ces déplacements successifs.

Restait une question secondaire, — des plus intéressantes assurément, — que l'étude de la carte ne permettait cependant pas de résoudre.

Quel était, dans chaque État, l'endroit où chacun des joueurs aurait
à se rendre?... S'agissait-il de la capitale, chef-lieu officiel, ou de la
métropole, d'ordinaire plus importante, ou de toute autre localité remarquable au point de vue historique ou géographique? N'était-il
pas présumable que le défunt, mettant à profit ses propres voyages,
avait dû choisir de préférence les lieux les plus vantés? Une note
jointe au testament l'indiquait; mais cette indication ne devrait être
signifiée à l'intéressé que dans la dépêche qui lui ferait connaître le
résultat du coup de dés le concernant. Cette dépêche, c'est maître
Tornbrock qui la lui expédierait au lieu même où il lui était enjoint
de se trouver à ce moment.

Il va sans dire que les journaux américains publièrent ces observations, en rappelant que, d'après la volonté formelle du testateur,
les règles du Noble Jeu de l'Oie devaient être suivies dans toute leur
rigueur.

Quant au laps de temps qui permettrait de se rendre à chaque
endroit désigné, il était plus que suffisant, bien que chaque coup dût

être joué de deux en deux jours. Effectivement, comme ils étaient sept, chaque joueur disposerait de sept fois deux jours, soit quatorze, et il ne lui faudrait pas un si long délai, dût-il être envoyé d'une extrémité de l'Union à l'autre, par exemple du Maine au Texas, ou de l'Oregon aux dernières pointes de la Floride. A cette époque, le réseau des voies ferrées sillonnait la surface entière du territoire et en combinant les horaires et les graphiques, on pouvait voyager très rapidement.

Telles étaient les règles, qui n'admettaient aucune discussion. Comme on dit, c'était à prendre ou à laisser.

Et l'on prit.

Que tous les « Six » le firent avec le même empressement, la même avidité, non, sans doute. Sous ce rapport, le commodore Urrican fut égalé par Tom Crabbe ou plutôt par John Milner, et par Hermann Titbury. Quant à Max Réal et Harris T. Kymbale, ils envisagèrent l'affaire plutôt au point de vue du touriste, l'un pour en tirer des tableaux, l'autre des articles. En ce qui concerne Lissy Wag, voici ce que lui déclara Jovita Foley :

« Ma chérie, j'irai demander à M. Marshall Field qu'il t'accorde un congé, et à moi aussi, car je t'accompagnerai jusqu'à la soixante-troisième case...

— Mais c'est fou, tout cela ! répondit la jeune fille.

— C'est sage, au contraire, répliqua Jovita Foley, et comme c'est toi qui gagneras les soixante millions de dollars de cet honorable monsieur Hypperbone...

— Moi?...

— Toi, Lissy, tu voudras bien m'en donner la moitié pour ma peine...

— Tout... si tu veux...

— J'accepte!... » répondit Jovita Foley le plus sérieusement du monde.

Il va de soi que Mrs Titbury suivrait Hermann Titbury dans ses pérégrinations, bien que ce fût doubler la dépense. Du moment qu'il ne leur était pas défendu de partir ensemble, ils partiraient. Cela valait mieux pour l'un et pour l'autre.

Au surplus, Mrs Titbury l'exigea, comme elle exigea aussi que M. Titbury remplit son rôle de partenaire, car de tels déplacements et les frais qu'ils occasionneraient épouvantaient ce bonhomme aussi timoré qu'avare. Mais l'impérieuse Kate s'était formellement prononcée, et Hermann avait dû obéir.

De même, en ce qui regardait Tom Crabbe, que son entraîneur ne quittait jamais, et qu'il entraînerait d'un fameux train, on pouvait l'en croire!

Quant au commodore Urrican, à Max Réal, à Harris T. Kymbale, voyageraient-ils seuls ou emmèneraient-ils un domestique?... Ils ne s'étaient pas encore prononcés à cet égard. Aucune clause du testament ne leur interdisait de le faire. Libre d'ailleurs de les accompagner qui le voudrait, et de parier pour l'un ou pour l'autre comme on parie pour des chevaux de course.

Il serait superflu d'ajouter que l'excentricité posthume de William J. Hypperbone avait produit un effet immense dans le nouveau et même dans l'ancien continent.

Nul doute, étant donnée l'ardeur spéculative des Américains, qu'ils n'engageassent des sommes énormes sur les chances de cette émotionnante partie.

Seuls, il est vrai, avec leurs ressources personnelles, Hermann Titbury et Hodge Urrican, fort riches, et aussi John Milner, qui gagnait beaucoup d'argent à exhiber Tom Crabbe, ne risquaient pas d'être arrêtés en route faute du paiement des primes. En ce qui concernait Harris T. Kymbale, la *Tribune*, — et quelle réclame pour ce journal! — était prête à lui ouvrir les crédits nécessaires.

Max Réal, lui, ne se préoccupait pas autrement de ces obligations financières, qui se produiraient ou ne se produiraient pas. Il aviserait, le cas échéant.

En ce qui touchait Lissy Wag, Jovita Foley s'était contentée de lui dire :

« Ne crains rien, ma chérie, nous consacrerons toutes nos économies aux frais de voyage.

— Alors nous n'irons pas loin, Jovita...

— Très loin, Lissy.

— Mais si le sort nous oblige à payer des primes...

— Le sort ne nous obligera... qu'à gagner! » déclara Jovita Foley
d'un ton si résolu que miss Wag se garda bien de discuter avec elle.

Néanmoins, très probablement, ni Lissy Wag ni peut-être Max
Réal ne deviendraient jamais les favoris des spéculateurs américains, puisque le non-paiement d'une prime les exclurait de la
partie au profit de leurs concurrents.

Toutefois, ce qui, dans la pensée de quelques-uns, aurait pu être
en faveur de Max Réal, c'était que le sort l'avait désigné comme
premier partant. Et de cela le commodore Urrican se montrait furieux jusqu'à l'absurde. Non! il ne pouvait digérer de n'avoir que le
numéro six, après Max Réal, Tom Crabbe, Hermann Titbury, Harris T. Kymbale et Lissy Wag. Et, pourtant, on le répète, à bien réfléchir, cela n'était d'aucune importance. Est-ce que le dernier partant
ne pouvait pas distancer ses partenaires, si du premier coup, par
exemple, il était envoyé par cinq et quatre à la cinquante-troisième
case, celle de la Floride? Car, tels sont les aléas de ces merveilleuses
combinaisons, dues, en admettant la légende, au sens si fin et si
poétique de l'ingénieuse Hellade.

Il était évident que le public, très emballé dès le début, ne voulait
rien voir des difficultés, encore moins des fatigues de ce voyage. Sans
doute, s'il n'était pas impossible qu'il s'effectuât en quelques semaines,
il se pouvait aussi qu'il durât des mois et même des années. Ne le
savaient-ils pas de reste, ces membres de l'*Excentric Club*, qui
avaient été les témoins ou les joueurs des interminables parties engagées chaque jour par William J. Hypperbone dans les salons du
cercle. A prolonger les déplacements en de telles conditions de sur-
menage et de rapidité, il était à craindre que quelques-uns des partenaires fussent immobilisés par la maladie et contraints d'abandonner

toutes chances d'atteindre le but, au profit du plus énergique ou du plus protégé par le Dieu du hasard. .

Ces éventualités n'étaient pas pour préoccuper. On avait hâte d'être en pleine campagne, et, alors que les « Six » seraient en route, de prendre sa part de leurs émotions, de les accompagner en imagination, et même en réalité, comme font les cyclistes amateurs dans une course de professionnels, de les suivre dans leurs multiples promenades à travers l'Amérique.

Voilà qui satisferait les convoitises des hôteliers des États traversés par l'itinéraire!

Mais, si le public se refusait à réfléchir aux *impedimenta* de toutes sortes qui pouvaient surgir, une réflexion très naturelle vint à l'esprit de quelques-uns des partenaires. Pourquoi ne concluraient-ils pas un arrangement entre eux, — un arrangement d'après lequel le gagnant s'engagerait à partager son gain avec ceux que le sort n'aurait pas favorisés? Ou, tout au moins, s'il gardait la moitié de l'énorme fortune, pourquoi ne ferait-il pas abandon de l'autre moitié aux moins heureux?... Trente millions de dollars pour lui, et le reste à chacun des perdants, c'était tentant. Être assuré, en tout cas, de toucher plusieurs millions, il semblait aux esprits pratiques et non aventureux que cette offre méritait d'être prise en sérieuse considération.

Assurément il n'y avait là rien qui fût en contradiction avec les volontés du testateur, puisque la partie n'en serait pas moins engagée dans les conditions prescrites, et que le gagnant pouvait toujours disposer de son gain suivant sa convenance.

Aussi, les intéressés, par les soins de l'un d'eux, — évidemment le plus sage des « Six », — furent-ils convoqués en réunion officieuse afin de délibérer sur la proposition. Hermann Titbury était d'avis de l'accepter, — songez donc, nombre de millions de dollars garantis à chacun! Avec son tempérament de vieille joueuse, Mrs Titbury hésitait, et cependant elle finit par céder. Après réflexion, car il était de caractère aventureux, Harris T. Kymbale se rangea à cet avis, de même Lissy Wag, sur le conseil de son patron, M. Marshall

Field, et malgré l'opposition de cette ambitieuse Jovita Foley, qui voulait tout ou rien. Quant à John Milner, il ne demandait pas mieux que d'adhérer pour le compte de Tom Crabbe, et si Max Réal se fit un peu tirer l'oreille, c'est que ces artistes ont généralement un grain de folie dans la cervelle. D'ailleurs, ne fût-ce que pour ne pas contrarier Lissy Wag, dont la situation l'intéressait vivement, il se déclara prêt à signer l'engagement avec ses partenaires.

Mais, pour que cet engagement fût définitif, il convenait que tous y eussent apposé leur signature. Or, si cinq y consentaient, il en était un sixième de l'entêtement duquel aucun argument ne put triompher. On le devine, il s'agit du terrible Hodge Urrican, qui se refusa à entendre raison. Il avait été désigné par le sort pour jouer la partie, il la jouerait jusqu'au bout. Il fallut rompre les pourparlers, le commodore s'étant réfugié dans une obstination irréductible, malgré la menace d'un formidable coup de poing que Tom Crabbe se préparait à lui envoyer sur l'injonction de John Milner, et qui lui eût défoncé quatre ou cinq côtes. Et, au surplus, on n'oubliait qu'une chose, c'est que, depuis le codicille, les joueurs n'étaient plus six, mais sept. Il y avait cet inconnu, cet X K Z, choisi par William J. Hypperbone. Qui était-il?... Demeurait-il à Chicago?... Maître Tornbrock savait-il même à quoi s'en tenir à son sujet?... Le codicille décidait que le nom de ce mystérieux personnage ne devrait être révélé que dans le cas où il serait le gagnant... Voilà bien ce qui faisait travailler les esprits, ce qui jetait un nouvel élément de curiosité dans l'affaire. Or, puisque cet X K Z ne pouvait venir acquiescer à l'arrangement proposé, il n'aurait pas été possible de mener cette proposition à bonne fin, même si le commodore Urrican eût donné son consentement.

Donc, il ne restait plus qu'à attendre le premier coup de dés, dont le résultat devait être proclamé le 30 avril dans la salle du théâtre de l'Auditorium.

On était au 24 avril, à sept jours seulement de la date fatidique. Quant aux préparatifs, le temps ne manquait ni au commodore Urrican qui devait partir le sixième, ni même aux quatre autres, Hermann

Comment, Max, tu ne voudrais pas courir la chance... (Page 82.)

Titbury, Harris T. Kymbale, Tom Crabbe et Lissy Wag, dont les départs s'effectuaient avant le sien.

Le croirait-on, c'était le premier désigné pour se mettre en route qui paraissait le moins occupé de ce voyage. Le fantaisiste Max Réal n'avait que peu ou point l'air de songer à tout cela. Lorsque Mme Réal, qui avait quitté Québec et demeurait maintenant dans la maison de South Halsted Street, lui en parlait :

« J'ai bien le temps! répondait-il.

— Mais non... pas trop, mon enfant!

— Et puis, mère, à quoi bon se lancer dans cette absurde aventure ?...

— Comment, Max, tu ne voudrais pas courir la chance...

— De devenir un gros millionnaire?...

— Sans doute, reprenait l'excellente dame, qui rêvait ce que toutes les mères rêvent pour leur fils. Il faut faire tes préparatifs pour le voyage...

— Demain... chère mère... après-demain... tiens!... la veille du départ...

— Mais, mon enfant, dis-moi au moins ce que tu comptes emporter...

— Mes pinceaux, ma boîte à couleurs, mes toiles, sac au dos, comme un soldat.

— Songe donc que tu peux être envoyé à l'extrémité de l'Amérique...

— Des États-Unis, tout au plus, répliquait le jeune homme, et rien qu'avec une valise, je ferais le tour du monde! »

Impossible d'en tirer d'autre réponse, et il retournait dans son atelier. Mais M<sup>me</sup> Réal entendait ne pas lui laisser manquer une si belle occasion de faire fortune.

Quant à Lissy Wag, elle avait tout le temps, puisqu'elle ne devait partir que dix jours après Max Réal. Et c'est bien ce dont se plaignait l'impatiente Jovita Foley.

« Quel malheur, ma pauvre Lissy, répétait-elle, que tu aies eu le numéro cinq!

— Calme-toi, ma chère amie, répondait la jeune fille. Il est aussi bon que les autres... ou même aussi mauvais!

— Ne dis pas cela, Lissy!... N'aie pas de pareilles idées!... Cela nous porterait malheur!

— Voyons, Jovita, regarde-moi bien... Est-ce sérieusement que tu peux croire...

« — Croire que tu gagneras?...

— Oui.

— J'en suis sûre, ma chère, aussi sûre que d'avoir encore mes trente-deux dents ! »

Et alors Lissy Wag partait d'un tel éclat de rire que Jovita Foley était tentée de la battre.

Inutile d'insister sur la disposition d'esprit du commodore Urrican. Il ne vivait plus. Il était décidé à quitter Chicago dix minutes après que les dés se seraient prononcés sur son compte. Il ne s'arrêterait ni un jour ni une heure, dût-il être envoyé au fond des Everglades de la presqu'île floridienne.

Quant au couple Titbury, il ne songeait qu'aux primes qu'il aurait à payer, si la malchance s'en mêlait, et plus encore qu'au séjour soit dans la prison du Missouri, soit dans le puits du Nevada. Mais, qui sait, peut-être aurait-il le bonheur d'éviter ces lieux funestes!...

Pour en finir, un mot de Tom Crabbe.

Le boxeur continuait à faire ses six repas quotidiens, sans se préoccuper de l'avenir, et il espérait de ne rien changer à de si bonnes habitudes pendant le cours du voyage. Quelque gros mangeur qu'il fût, il trouverait toujours des auberges suffisamment approvisionnées, même dans les plus infimes bourgades. John Milner serait là et veillerait à ce qu'il ne manquât de rien. Cela coûterait cher, sans doute, mais quelle réclame pour le Champion du Nouveau-Monde, et pourquoi l'occasion ne se présenterait-elle pas en route d'organiser quelque séance pugiliste, dont le célèbre casseur de mâchoires tirerait honneur et profit.

Enfin il faut mentionner que des agences de paris s'étaient déjà fondées à Chicago et dans nombre d'autres cités de l'Union, avec cotes spéciales pour chacun des partenaires. Il va de soi qu'elles ne pouvaient fonctionner tant que la partie n'était pas engagée. Et si l'impatience du public avait été grande entre le 1er et le 15 avril, — jour où fut lu le testament, — elle ne le fut pas moins entre le 15 avril et le 30, jour où pour la première fois les dés allaient être lancés sur la

carte dressée par William J. Hypperbone. Tous les gens qui s'occupent de parier aux courses n'attendaient que l'heure de prendre
les « Six », maintenant les « Sept », soit à tant contre un, soit à égalité. Quelles bases fournir aux cotes ? Ce ne pourrait être, comme
pour les chevaux de course, ni une série de prix précédemment
gagnés, ni quelque illustre origine hippique, ni les garanties des
entraîneurs. Il n'y avait à peser que les qualités personnelles des
partenaires, chances purement morales.

Dans tous les cas, Max Réal, il faut l'avouer, se conduisait de manière à s'enlever toute sympathie des parieurs. Croirait-on que le
29 avril, la surveille du jour où les dés allaient fixer son itinéraire,
il avait quitté Chicago ! Depuis quarante-huit heures, son attirail de
peintre à l'épaule, il était parti pour la campagne ! Sa mère, au dernier degré de l'inquiétude, ne savait dire quand il serait de retour.
Ah ! s'il pouvait être retenu n'importe où, s'il n'était pas là le lendemain, répondant à l'appel de son nom, quelle satisfaction pour le
sixième partenaire qui deviendrait le cinquième ! Et ce cinquième,
ce serait Hodge Urrican, et cet homme invraisemblable exultait
déjà à la pensée que son tour avancerait d'un rang, et qu'il n'aurait
plus que cinq concurrents à combattre !...

Bref, personne n'eût pu dire si Max Réal, le 30 avril, était revenu
de son excursion, ni même s'il se trouvait dans la salle de l'Auditorium.

Or, à midi sonnant, devant la houleuse foule des spectateurs,
maître Tornbrock, assisté de Georges B. Higginbotham, entouré des
membres de l'*Excentric Club,* agita le cornet d'une main ferme et
fit rouler les deux dés sur la carte...

« Quatre et quatre, cria-t-il.

— Huit ! » répondit d'une seule voix l'assistance.

Ce chiffre était celui de la case assignée par le testateur à l'État
du Kansas.

Il convenait d'observer le jeune peintre au moment du départ. (Page 89.)

## VII

### LE PREMIER PARTANT.

Le lendemain, la grande gare de Chicago présentait une animation particulière. D'où provenait cette animation?... Évidemment de la présence d'un voyageur, en costume de touriste, son attirail de peintre au dos, suivi d'un jeune nègre porteur d'une légère valise et d'un sac en bandoulière, qui se préparait à prendre le train de huit heures dix du matin.

Ce ne sont pas les railroads qui manquent à la République fédérale. Ils desservent son territoire en toutes les directions. Aux États-Unis, la valeur des chemins de fer dépasse cinquante-cinq milliards de francs, et sept cent mille agents sont employés à leur exploitation. Rien qu'à Chicago, il se fait un mouvement de trois cent mille voyageurs par jour, sans compter les dix mille tonnes de journaux et de lettres que les wagons y transportent annuellement.

Il résulte de là que n'importe où le caprice des dés devait les envoyer à travers l'Union, aucun des sept partenaires ne serait embarrassé ni retardé pour s'y rendre. Et encore convient-il d'ajouter à ces multiples voies ferrées, les steamers, les steamboats, les bateaux des lacs, des canaux, des rivières. En ce qui regarde Chicago, il est facile d'y aller et non moins facile d'en partir.

Max Réal, revenu, la veille, de son excursion, se dissimulait parmi la foule, qui encombrait l'Auditorium, lorsque les chiffres quatre et quatre furent proclamés par maitre Tornbrock. Personne ne le savait là, on ignorait son retour. Aussi, à l'appel de son nom se produisit-il un assez inquiétant silence que rompit la voix tonitruante du commodore Urrican, lequel cria de sa place :

« Absent...

— Présent ! » fut-il répondu.

Et Max Réal, salué par les applaudissements, était monté sur la scène.

« Prêt à partir ?... demanda le président de l'Excentric Club, en se rapprochant de l'artiste.

— Prêt à partir... et à gagner ! » répondit en souriant le jeune peintre.

Le commodore Hodge Urrican, comme un cannibale de la Papouasie, l'aurait dévoré vivant.

Quant à cet excellent Harris T. Kymbale, il s'avança et lui dit sans amertume :

« Bon voyage, compagnon !

— Bon voyage à vous aussi, lorsque le jour sera venu de boucler votre valise ! » répliqua Max Réal.

Et tous deux échangèrent une cordiale poignée de main.

Ni Hodge Urrican, ni Tom Crabbe, l'un furieux, l'autre hébété comme d'habitude, ne crurent devoir s'associer aux compliments du journaliste.

Quant au ménage Titbury, il ne formait qu'un vœu : c'était que tous les mauvais aléas du jeu s'abattissent sur la tête de ce premier partant, qu'il allât s'enfoncer dans le puits du Nevada ou se fourrer dans la prison du Missouri, dût-il y demeurer jusqu'à la fin de son existence !

En passant devant Lissy Wag, Max Réal s'inclina respectueusement et dit :

« Mademoiselle, vous me permettrez bien de vous souhaiter bonne chance...

— Mais c'est parler contre votre intérêt, monsieur... fit observer la jeune fille, un peu surprise.

— N'importe, mademoiselle, et soyez certaine que je fais des vœux pour vous !...

— Je vous remercie, monsieur », répondit Lissy Wag.

Et Jovita Foley de glisser dans l'oreille de son amie cette observation, très juste d'ailleurs :

« Il est fort bien de sa personne, ce Max Réal, et il sera mieux encore, si, comme il le souhaite, il te laisse arriver première ! »

Cette opération finie, la salle de l'Auditorium fut peu à peu évacuée, et le résultat du coup de dés se répandit aussitôt à travers la ville.

Le match Hypperbone, suivant l'expression adoptée par le public, allait commencer.

Dans la soirée, Max Réal acheva ses préparatifs, — combien peu compliqués, — et, le lendemain matin, il embrassa sa mère, après promesse formelle de lui écrire le plus souvent possible. Puis, il quitta le numéro 3997 de Halsted Street, précédé du fidèle Tommy, et arriva pédestrement à la gare, dix minutes avant le départ du train.

Que le réseau des railroads rayonne en tous sens autour de la cité chicagoise, Max Réal n'en était plus à l'apprendre, et il n'avait à se préoccuper que de choisir entre les deux ou trois voies ferrées qui se dirigeaient vers le Kansas. Cet État n'est pas limitrophe de celui de l'Illinois, mais il n'en est séparé que par celui du Missouri. Aussi le voyage que le sort imposait au jeune peintre ne comprendrait que cinq cent cinquante ou six cents milles, suivant l'itinéraire qui aurait sa préférence.

« Je ne connais pas le Kansas, se dit-il, et c'est là une occasion de faire connaissance avec le « désert américain », comme on l'appelait jadis!... Et puis, parmi les cultivateurs du pays, on compte pas mal de Franco-Canadiens... Je serai là comme en famille, car il ne m'est pas interdit de cheminer à ma fantaisie pour me rendre à l'endroit qui m'est assigné. »

Non, cela n'était pas interdit. Tel avait été l'avis de maitre Tornbrock, consulté à ce sujet. La note rédigée par William J. Hypperbone imposait à Max Réal l'obligation de gagner Fort Riley dans le Kansas, et il suffirait qu'il s'y trouvât le quinzième jour après son départ, afin de recevoir par télégramme le chiffre du second coup qui le concernerait, — soit le huitième de la partie. En somme, des cinquante États rangés sur la carte dans l'ordre que l'on sait, il n'en était que trois où le partenaire dût se rendre dans le plus court délai à l'endroit où il aurait peut-être la chance d'être remplacé dès le coup suivant : c'étaient la Louisiane, case dix-neuvième affectée à l'hôtellerie, le Nevada, case trentième affectée au puits, et le Missouri, case cinquante-deuxième affectée à la prison.

Et maintenant, qu'il convint à Max Réal de gagner son poste par le chemin des écoliers, suivant l'expression française, rien de

mieux. Mais il était à supposer qu'un enragé comme le commodore
Urrican ou un avare comme Hermann Titbury n'useraient ni leur
patience ni leur bourse à flâner en route. Ils fileraient à toute vapeur,
en grande vitesse, peu désireux de *transire videndo*.

Voici quel était l'itinéraire adopté par Max Réal : au lieu de se
diriger par le plus court vers Kansas City en traversant obliquement
de l'est à l'ouest l'Illinois et le Missouri, il prendrait le Grand
Trunk, cette voie ferrée qui, sur une longueur de trois mille sept
cent quatre-vingt-six milles, va de New York à San-Francisco,
— « Ocean to Ocean », dit-on en Amérique. Un parcours de cinq
cents milles environ lui permettrait d'atteindre Omaha sur la frontière du Nebraska, et de là, à bord de l'un des steamboats qui
descendent le Missouri, il atteindrait la métropole du Kansas. Puis,
en touriste, en artiste, il arriverait à Fort Riley au jour fixé.

Lorsque Max Réal entra dans la gare, il y trouva nombre de
curieux. Avant d'engager de fortes sommes à propos de la partie qui
allait se jouer, les parieurs voulaient voir de leurs propres yeux le
premier qui se mettrait en voyage. Bien que des cotes, reposant sur
des probabilités plus ou moins valables, n'eussent pas encore pu
être établies, il convenait d'observer le jeune peintre au moment
du départ... Son attitude inspirerait-elle confiance?... Serait-il bien
en forme?... Y aurait-il lieu de penser qu'il deviendrait grand favori,
malgré que la possibilité de primes à payer pût donner à craindre
qu'il fût arrêté en route?...

Il faut l'avouer, Max Réal n'eut pas l'heur — ce qu'il s'en moquait! — de plaire à ses concitoyens par cela seul qu'il emportait
son attirail de peintre. Jonathan, en homme pratique, estimait qu'il
ne s'agissait point de voir du pays ni de faire des tableaux, mais de
voyager en partenaire, non en artiste. A son avis, la partie imaginée
par William J. Hypperbone s'élevait à la hauteur d'une question
nationale, et il valait qu'elle fût sérieusement jouée. Si aucun des
« Sept » n'y mettait toute l'ardeur dont il était capable, ce serait
un manque de convenance envers l'immense majorité des citoyens

de la libre Amérique. Aussi le résultat fut-il que, parmi les assistants désappointés, pas un seul ne se décida à monter dans le train afin d'accompagner Max Réal au moins jusqu'à la première station et de lui faire, comme on dit vulgairement, « un bout de conduite ». Les wagons s'emplirent des seuls voyageurs que les obligations du commerce ou de l'industrie appelaient hors de Chicago.

Max Réal put donc s'installer tout à son aise sur une des banquettes, et Tommy se placer près de lui, car le temps n'était plus où les blancs n'eussent pas supporté dans leur compartiment le voisinage des hommes de couleur.

Enfin le sifflet se fit entendre, le train s'ébranla, la puissante locomotive hennit par sa bouche évasée qui lançait des gerbes d'étincelles mêlées de vapeur.

Et, au milieu de la foule, restée sur le quai, on aurait pu apercevoir le commodore Urrican jeter à ce premier partant des regards chargés de menaces.

Au point de vue du temps, le voyage débutait mal. Ne pas oublier qu'en Amérique, à cette latitude, — et bien que ce soit le parallèle de l'Espagne septentrionale, — l'hiver n'a pas pris fin au mois d'avril. A la surface de ces vastes territoires que ne couvre aucune montagne, il se prolonge jusqu'à cette époque de l'année, et les courants atmosphériques, lancés des régions polaires, s'y déchaînent en toute liberté. Cependant, si le froid commençait à céder devant les rayons du soleil de mai, les rafales troublaient encore l'espace. Des nuages bas, d'où tombaient de larges averses, brouillaient l'horizon et le bornaient à courte distance. Fâcheuse circonstance pour un peintre en quête de sites lumineux et de paysages ensoleillés. Toutefois, mieux valait parcourir les États de l'Union aux premiers jours de la saison printanière. Plus tard, les chaleurs deviendraient insoutenables. Après tout, il était permis d'espérer que le mauvais temps ne durerait pas au delà du mois, et quelques symptômes attestaient déjà de meilleures dispositions climatériques.

Un mot maintenant sur le jeune nègre, depuis deux ans déjà au service de Max Réal, qui allait l'accompagner dans un voyage probablement si fécond en surprises.

C'était, on le sait, un garçon de dix-sept ans, par conséquent né libre, puisque l'émancipation des esclaves remontait à la guerre de Sécession, terminée une trentaine d'années avant, au grand honneur des Américains et de l'humanité.

Le père et la mère de Tommy vivaient au temps de l'esclavage, étant originaires de cet État du Kansas où la lutte fut si violente entre les abolitionnistes et les planteurs virginiens. Les parents de Tommy, — c'est sur ce point qu'il est à propos d'insister, — n'avaient pas été soumis à un sort trop rigoureux, et l'existence leur fut plus facile qu'à beaucoup de leurs semblables. Ayant vécu sous un bon maitre, homme sensible et juste, ils se considéraient comme étant de sa famille. Aussi, lorsque l'on proclama le bill d'abolition, ils ne voulurent pas plus le quitter qu'il ne songeait à se séparer d'eux.

Tommy était donc libre à sa naissance, et, après la mort de ses parents et de leur maitre, — était-ce l'influence de l'atavisme ou le souvenir des jours heureux de son enfance? — il fut fort embarrassé, lorsqu'il se trouva seul en face des nécessités de la vie. Peut-être son jeune cerveau ne comprit-il pas les avantages que devait lui procurer ce grand acte de l'émancipation, quand il n'eut plus qu'à compter sur ses propres forces pour se tirer d'affaire, lorsqu'il lui fallut songer au lendemain, lui qui ne s'était jamais préoccupé de l'avenir, lui à qui le présent était tout. Et ne sont-ils pas plus nombreux qu'on ne le croit, ces pauvres gens qui regrettent, en enfants qu'ils sont encore, d'être devenus des serviteurs libres après avoir été des serviteurs esclaves?...

Par bonheur, Tommy avait eu cette chance d'être recommandé à Max Réal. Il était assez intelligent, de franche nature, de bonne conduite, prêt à aimer ceux qui lui témoigneraient quelque affection. Il s'attacha au jeune artiste, chez lequel il allait trouver une situation assurée.

Un regret, un seul — et il ne le cachait pas, — c'était de ne pas lui appartenir d'une façon plus complète — de corps comme il l'était d'âme, — et il le répétait souvent.

« Mais pourquoi?... demandait Max Réal.

— Parce que, si vous étiez mon maître, si vous m'aviez acheté, je serais à vous...

— Et qu'y gagnerais-tu, mon garçon?...

— J'y gagnerais que vous ne pourriez pas me renvoyer, ce qu'on fait d'un serviteur dont on n'est pas content...

— Eh! Tommy, qui parle de te renvoyer?... D'ailleurs, si tu étais mon esclave, je pourrais toujours te vendre...

— N'importe, mon maître, c'est très différent, et ce serait plus sûr...

— En aucune façon, Tommy.

— Si... si... et puis... moi... je ne serais pas libre de m'en aller!

— Eh bien, sois tranquille, si je suis satisfait de ton service... je t'achèterai un jour...

— Et à qui... puisque je ne suis à personne?...

— A toi.... à toi-même... quand je serai riche... et aussi cher que tu voudras! »

Tommy approuvait de la tête, ses yeux brillant au fond de leur orbite noire, découvrant sa double rangée de dents d'une éclatante blancheur, heureux à la pensée de se vendre un jour à son maître, et ne l'en aimant que davantage.

Inutile de dire combien il était satisfait de l'accompagner pendant cette promenade à travers les États-Unis. Il aurait eu gros cœur à le voir partir seul, même s'il ne se fût agi que d'une séparation de quelques jours... Et que durerait la partie engagée dans ces conditions, si le sort ne se prononçait pas à bref délai, si le gagnant mettait des semaines, et — qui sait, — des mois, à atteindre le soixante-troisième État?...

Que le voyage dût être court ou non, il fut certainement très maussade pendant cette première journée entre les vitres du wagon brouillées de buée et de pluie. Il fallut se résigner à passer à travers le pays sans le voir. Tout se perdait dans ces tons grisâtres, abhorrés des peintres, le ciel, les champs, les villes, les bourgades, les maisons, les gares. Les paysages de l'Illinois apparurent confusément sous les brumes. On n'entrevit que les hautes cheminées des minoteries de Napiersville et les toitures des fabriques de montres d'Aurora. Rien d'Oswego, de Yorkville, de Sandwich, de Mendoza, de Princeton, de Rock Island, de son pont superbe jeté sur le Mississippi, dont les eaux laborieuses entourent l'île du Roc, rien de cette propriété de l'État, transformée en arsenal, où des centaines de canons allongent leurs volées entre les taillis verdoyants et les buissons en fleurs.

Max Réal était fort désappointé. A passer entre les rafales, il ne resterait rien dans son souvenir de peintre. Autant eût valu dormir toute cette journée, — ce que Tommy fit consciencieusement.

Vers le soir, la pluie cessa. Les nuages regagnèrent les hautes zones. Le soleil se coucha dans les draps d'or de l'horizon. Ce fut un régal pour les yeux de l'artiste. Mais presque aussitôt l'ombre crépusculaire envahit l'espace sur les limites géodésiques qui séparent l'Iowa de l'Illinois. Aussi la traversée de ce territoire, quoique la nuit fût assez claire, ne donna-t-elle aucune satisfaction à Max Réal. Il ne tarda pas à fermer les yeux et ne les rouvrit que le lendemain au petit jour.

Et peut-être eut-il raison de regretter de n'être pas descendu la veille à Rock Island!

« Oui! j'ai eu tort!... grand tort, se dit-il à son réveil. Le temps ne m'est point mesuré, et je ne suis pas à vingt-quatre heures près!... La journée dont je compte disposer pour Omaha, j'aurais dû la passer à Rock Island... De là à Davenport, cette cité riveraine du Mississippi, il n'y a que le grand fleuve à traverser, et je l'aurais enfin vu, ce fameux Père des Eaux, dont je suis peut-être appelé à visiter toute la lignée, pour peu que le sort me promène à travers les territoires du centre! »

Il était trop tard pour se livrer à ces réflexions. A présent, le train courait à toute vapeur sur les plaines de l'Iowa. Max Réal ne put rien apercevoir d'Iowa City, dans la vallée de ce nom, et qui, pendant seize ans fut la capitale de l'État, ni Des Moines, la capitale actuelle, un ancien fort, bâti au confluent de la rivière de ce nom et du Racoon, maintenant une cité de cinquante mille habitants, campée au milieu d'un réseau de railroads.

Enfin le soleil se levait, lorsque le train vint stopper à Council-Bluff, presque sur la limite de l'État, et à trois milles seulement d'Omaha, ville importante de ce Nebraska, dont le Missouri forme la frontière naturelle.

Là s'élevait jadis la « Falaise du Conseil ». Là s'assemblaient les tribus indiennes du Far West. De là partaient les expéditions de conquête ou de commerce qui devaient entraîner la reconnaissance des régions sillonnées par les multiples ramifications des Montagnes Rocheuses et du Nouveau Mexique.

Eh bien, il ne serait pas dit que Max Réal « brûlerait » cette première station de l'Union Pacific comme il en avait brûlé tant d'autres depuis la veille !

« Descendons, dit-il.

— Est-ce que nous sommes arrivés?... demanda Tommy, en ouvrant les yeux.

— On est toujours arrivé... quand on est quelque part. »

Et, après cette réponse étonnamment positive, tous les deux, l'un le sac au dos, l'autre sa valise à la main, sautèrent sur le quai de la gare.

Le steamboat ne devait pas démarrer du quai d'Omaha avant dix heures du matin. Or il n'en était que six, et le temps ne manquerait même pas pour visiter Council Bluff sur la rive gauche du Missouri. C'est ce qui fut fait, après la courte halte du premier déjeuner. Puis le futur maître et le futur esclave s'engagèrent entre les deux voies ferrées qui, aboutissant aux deux ponts jetés sur le fleuve, établissent une double communication avec la métropole du Nebraska.

Le ciel s'était rasséréné. Le soleil lançait une gerbe de rayons matineux à travers la déchirure des nuages qu'une légère brise d'est promenait au-dessus de la plaine. Quelle satisfaction, après vingt-quatre heures d'emprisonnement dans un wagon de chemin de fer, que d'aller ainsi d'un pas libre et dégourdi !

Il est vrai, Max Réal ne pouvait songer à prendre quelque site au passage. Devant les yeux s'étendaient de longues et arides grèves, peu tentantes pour le pinceau d'un artiste. Aussi marcha-t-il droit vers le Missouri, ce grand tributaire du Mississippi, qui s'appela jadis Misé Souri, Peti Kanoui, c'est-à-dire en langage indien, le « Fleuve bourbeux », dont le cours en cet endroit mesure déjà trois mille milles depuis sa source.

Max Réal avait eu une idée, que n'auraient sans doute ni le commodore Urrican, ni l'entraîneur de Tom Crabbe, ni même Harris T. Kymbale : c'était de se soustraire, autant qu'il le pourrait, à la curiosité publique. Voilà pourquoi il n'avait pas fait connaître son itinéraire en quittant Chicago. Or, la cité d'Omaha s'intéressait non moins que les autres à cette partie du Noble Jeu des États-Unis d'Amérique, et si elle eût su que le premier partant venait d'arriver ce matin-là dans ses murs, elle l'aurait reçu avec les honneurs dus à un personnage de cette importance.

Une ville considérable, cette Omaha, et, compris son faubourg du sud, elle ne compte pas moins de cent cinquante mille habitants. C'est le « boom », — ce que Reclus appelle justement la « période de réclame, de spéculation, d'agiotage et en même temps de travail furieux qui, en 1854, l'a fait surgir des solitudes, comme bien d'autres, avec tout son appareil d'industrie et de civilisation ». Joueurs d'instinct, comment les Omahiens résisteraient-ils au besoin de parier pour tel ou tel des partenaires que l'aveugle destin allait éparpiller sur les territoires de l'Union ?... Et voici que l'un d'eux dédaignait de leur révéler sa présence !... Décidément, ce Max Réal ne faisait rien pour se concilier la faveur de ses concitoyens !... En effet, il se borna à prendre repas dans un modeste hôtel, sans y décliner son

nom ni ses qualités. Il était possible, du reste, que le hasard le ren-
voyât plusieurs fois au Nebraska ou dans les États que dessert vers
l'ouest le Grand Trunk.

C'est précisément à Omaha que s'amorce cette longue voie ferrée,
appelée Pacific Union entre Omaha et Ogden, puis Southern Pacific
entre Ogden et San Francisco. Quant aux lignes qui mettent Omaha
en communication avec New York, les voyageurs n'ont que l'embarras du choix.

Donc, non reconnu, Max Réal déambula à travers les principaux
quartiers de cette ville, de forme non moins « échiquière » que sa
voisine Council Bluff, cinquante-quatre cases juxtaposées et rectan-
gulaires dont la géométrie impose les limites rectilignes.

Il était dix heures lorsque Max Réal, suivi de Tommy, revint vers
le Missouri par le nord de la ville, et redescendit le quai jusqu'à l'em-
barcadère du steamboat.

Le *Dean Richmond* était prêt à partir. Ses chaudières ronflaient
comme un ivrogne, son balancier n'attendait que l'ordre de mise en
marche pour se mouvoir au-dessus du spardeck. La journée suffirait
au *Dean Richmond*, après un parcours de cent cinquante milles,
pour atteindre Kansas City.

Max Réal et Tommy vinrent s'installer sur la galerie supérieure, à
l'arrière.

Ah! si les passagers avaient su que l'un des tenants de la fameuse
partie allait descendre en leur compagnie les eaux missouriennes
jusqu'à la ville de Kansas, quel accueil enthousiaste! Mais Max Réal
continua de garder le plus strict incognito, et Tommy ne se fût pas
permis de le trahir.

A dix heures dix, on largua les amarres, les puissantes aubes se
mirent en mouvement, et le steamboat prit le courant du fleuve,
semé de ces pierres ponces flottantes, arrachées à ses sources dans
les gorges des Montagnes Rocheuses.

Les rives du Missouri, à la surface du Kansas, plates et verdoyantes, ne présentent point l'aspect bizarre que leur donnent en

Omaha. — City Hall (Hôtel de Ville).

amont les encaissements de roches granitiques. Ici, le jaune fleuve n'est plus interrompu par les cataractes, les barrages, les écluses, ni troublé par les sauts et les rapides. Gonflé des apports de ses tributaires venus des lointaines régions du Canada, il est largement affluencé par de nombreux cours d'eau, dont le principal est la Yellowstone-river.

Le *Dean Richmond* marchait rapidement au milieu de la flottille de ces bâtiments à vapeur ou à voile qui utilisent son cours d'aval, le cours d'amont n'étant guère navigable, soit que les glaces l'encombrent pendant l'hiver, soit que les sécheresses le tarissent pendant l'été.

On arriva à Platte City, sur la rivière qui donne un de ses noms à l'État, car elle porte aussi celui de Nebraska. Mais, en réalité, celui de Platte est mieux justifié, car ses méandres se déroulent entre des rives herbeuses, très découvertes, qui laissent peu de profondeur à son lit. A vingt-cinq milles de là, le steamboat fit escale à Nebraska City, et cette ville est en réalité le véritable port de Lincoln, capitale de l'État, bien qu'elle se trouve à une vingtaine de lieues à l'ouest du fleuve.

Pendant l'après-midi, Max Réal put prendre quelques croquis à la hauteur d'Atkinson, et un site remarquable près de Leavenworth, où le Missouri est franchi par l'un des plus beaux ponts de son cours. C'est là que fut élevé, en 1827, un fort destiné à défendre le pays contre les tribus indiennes.

Il était près de minuit, lorsque le jeune peintre et Tommy débarquèrent à Kansas City. Il leur restait une douzaine de jours pour atteindre Fort Riley, l'endroit indiqué en cet État par la note de William J. Hypperbone.

Tout d'abord, Max Réal fit choix d'un hôtel de certaine apparence, où il passa une bonne nuit, après vingt-quatre heures de chemin de fer et quatorze de bateau.

Le lendemain fut consacré à la visite de la ville ou plutôt des deux villes, car il y a deux Kansas situées sur la même rive droite du

Missouri, qui forme en cet endroit une boucle resserrée; mais, séparées par la Kansas-river, l'une appartient à l'État du Kansas, l'autre à l'État du Missouri. La seconde est de beaucoup la plus importante avec cent trente mille habitants, tandis que la première n'en compte que trente-huit mille. En réalité, elles ne feraient qu'une seule et même cité, si elles étaient dans le même État.

Au surplus, Max Réal n'avait pas l'intention de séjourner plus de vingt-quatre heures ni dans la Kansas du Kansas, ni dans la Kansas du Missouri. Ces deux villes se ressemblent comme deux damiers, et qui a vu l'une a vu l'autre. Aussi, dès le matin du 4 mai, il se remit en route à destination de Fort Riley, et cette fois, il allait faire le voyage en artiste. Sans doute, il prit encore le railroad, mais il était bien résolu à descendre aux stations qui lui plairaient, à excursionner en quête de paysages, dont il saurait tirer bon profit, si, le premier parti, il ne devait pas être le premier arrivé.

Ce n'était plus le désert américain d'autrefois. La vaste plaine remonte graduellement vers l'ouest jusqu'à l'altitude de cinq cents toises sur la frontière du Colorado. Ses ondulations successives se coupent de fonds larges et boisés, séparés par des steppes à perte de vue, que parcouraient, cent ans avant, les Indiens Kansas, Nez-Percés. Oteas, et autres tribus désignées sous le nom de Peaux-Rouges.

Mais ce qui avait amené une transformation complète de la contrée, c'était la disparition des cyprières et des sapinières, la plantation de millions d'arbres à fruits à la surface des savanes, et aussi l'établissement de pépinières pour l'entretien des vergers et des vignobles. Des espaces immenses, livrés à la culture du sorgho entré dans la fabrication courante du sucre, alternaient avec les champs d'orge, de seigle, de sarrazin, d'avoine, de froment, qui font du Kansas l'un des plus riches territoires de l'Union.

Quant aux fleurs, elles s'épanouissaient, — et combien variées d'espèces! — surtout le long des rives de la Kansas, plus particulièrement d'innombrables touffes d'armoises à feuilles cotonneuses, les unes herbacées, les autres frutescentes, qui imprégnaient l'air d'un parfum de térébenthine.

Bref, en allant de station en station, en s'éloignant de quatre à cinq milles à travers la campagne, en ébauchant quelques toiles, Max Réal employa une semaine à gagner Topeka, où il arriva le 13 mai, dans l'après-midi.

Topeka est la capitale du Kansas. Son nom lui vient de ces pommes de terre sauvages, qui foisonnaient sur les pentes de la vallée. La ville occupe la rive méridionale du cours d'eau, et se complète du faubourg de la rive opposée.

Demi-journée de repos, nécessaire à Max Réal comme au jeune noir, — repos qui fut interrompu le lendemain par une visite à la capitale. Ses trente-deux mille habitants ne savaient guère qu'ils possédaient le célèbre partenaire dont le nom s'étalait déjà sur les affiches du jour. Et cependant, on l'attendait pour ainsi dire au passage. On n'imaginait pas qu'il eût pris, pour se rendre à Fort Riley, une autre voie ferrée que celle qui longe la Kansas et dessert Topeka. La population en fut pour son attente, et Max Réal repartit le 14, dès l'aube, sans que sa présence eût été soupçonnée un instant.

Fort Riley, au confluent des rivières Smoky Hill et Republican, n'était plus qu'à une soixantaine de milles. Max Réal y pouvait donc être le soir même, si cela lui convenait, ou le lendemain s'il lui prenait fantaisie de flâner en route. C'est même ce qu'il fit après avoir quitté le railroad à la station de Manhattan. Mais il s'en fallut de peu qu'il ne fût arrêté dès le début de la partie et perdit le droit de la continuer.

Que voulez-vous, l'artiste l'avait emporté sur la pièce d'échiquier que le sort poussait à travers cette région.

Dans l'après-midi, Max Réal et Tommy, descendus à l'avant-dernière station, trois ou quatre milles avant Fort Riley, s'étaient dirigés vers la rive gauche de la Kansas. Comme une demi-journée devait suffire à franchir cette distance, même pédestrement, il n'y avait aucune inquiétude à concevoir.

Ce qui engagea Max Réal à faire halte au bord de la rivière, ce fut le charmant paysage qui s'offrait soudain à ses regards. Dans un angle du cours d'eau, capricieusement rempli de lumière et d'ombre, se dressait l'un des derniers arbres d'une ancienne cyprière. Ses branches formaient berceau d'une rive à l'autre. Au bas on voyait les restes d'une cabane en adobe, et, vers l'arrière, s'étendait une vaste prairie, émaillée de fleurs, principalement d'éclatants tournesols. Au delà de la Kansas se montrait un fond de verdure avec d'obscures profondeurs, piquées çà et là de vifs rayons de soleil. L'ensemble « s'arrangeait » à souhait.

« Quel joli site! se dit Max Réal. En deux heures, j'en aurai achevé l'ébauche. »

Ce fut lui, on va le voir, qui faillit être « achevé ».

Le jeune peintre s'était assis sur la berge, sa petite toile encastrée dans le couvercle de la boîte à couleurs, et il travaillait depuis quarante minutes, sans se laisser distraire, lorsqu'un bruit lointain — le *quadrupedante sonitu* de Virgile — se fit entendre dans la direction de l'est. On eût dit un formidable chevauchement à travers la plaine qui bordait la rive gauche.

Ce fut Tommy, couché au pied d'un arbre, que cette grandissante rumeur tira le premier du demi-sommeil auquel il s'abandonnait si volontiers.

Son maître n'entendant rien, ne détournant pas la tête, il se releva, remonta de quelques pas la berge, afin de porter sa vue plus au loin.

Le bruit redoublait alors, et, du côté de l'horizon, s'élevaient des volutes de poussière, que la brise, assez fraîche alors, repoussait vers l'ouest.

Tommy revint d'un pas rapide, et, pris d'un sérieux effroi, s'adressant à Max Réal :

« Mon maître!... » dit-il.

Le peintre, très absorbé devant sa toile, ne parut point songer à lui répondre.

« Mon maitre !... répéta Tommy, d'une voix inquiète, en lui mettant la main sur l'épaule.

— Eh ! qu'est-ce qui te prend, Tommy ?... répliqua Max Réal, très occupé à mélanger du bout de son pinceau un peu de terre de Sienne et de vermillon.

— Mon maitre... vous n'entendez pas ?.. » s'écria Tommy.

Il aurait fallu être sourd pour ne point entendre les roulements de cette tumultueuse galopade.

Aussitôt, Max Réal de se redresser, de déposer sa palette sur l'herbe et de gagner la lisière de la berge.

A cinq cents pas se mouvait une chevauchée énorme soulevant des nuages de poussière et de vapeur, une sorte d'avalanche qui se précipitait à la surface de la plaine et d'où sortaient des hennissements furieux. En quelques instants, cette avalanche serait sur le bord de la rivière.

Il n'y avait de fuite possible que vers le nord. Aussi, son attirail ramassé, Max Réal, suivi ou plutôt précédé de Tommy, détala-t-il dans cette direction.

La horde qui s'avançait à toute vitesse se composait de plusieurs milliers de ces chevaux et mulets que l'État élevait autrefois dans une réserve sur la rive du Missouri. Mais, depuis que les automobiles et la bicyclette sont à la mode, ces hippomoteurs, — on va jusqu'à les appeler ainsi — abandonnés à eux-mêmes, errent à travers la campagne. Ceux-ci, affolés, galopaient ainsi sans doute depuis plusieurs heures. Aucun obstacle n'ayant pu les arrêter, les champs, les cultures avaient été dévastés sur leur passage, et si la rivière ne leur opposait pas une barrière infranchissable, jusqu'où iraient-ils ?...

Max Réal et Tommy, bien qu'ils courussent à toutes jambes, se sentaient prêts d'être atteints, et ils eussent été écrasés sous ce piétinement terrible, s'ils n'avaient pu grimper aux basses branches d'un vigoureux noyer, le seul arbre qui se dressait à la surface unie de la plaine.

Il était alors cinq heures du soir.

Là, tous deux étaient en sûreté, et lorsque les derniers rangs de la horde eurent disparu du côté de la rivière :

« Vite... vite ! » s'écria Max Réal.

Tommy ne se hâtait guère de quitter la branche sur laquelle il s'était achevalé.

« Vite... te dis-je, ou je perdrai soixante millions de dollars, et je ne pourrai pas faire de toi un vil esclave ! »

Max Réal plaisantait et il ne courait point risque d'arriver en retard à Fort Riley. C'est pourquoi, au lieu de regagner la station, dont il était trop éloigné maintenant, et où il ne trouverait peut-être pas un train en partance, s'en alla-t-il tranquillement de son pied léger à travers la plaine. Puis, le soir venu, il se guida sur les lointaines lumières qui brillaient à l'horizon.

C'est ainsi que s'effectua cette dernière partie du voyage, et huit heures n'avaient pas encore sonné à l'horloge de la ville, lorsque Max Réal et Tommy se trouvèrent devant *Jackson Hotel*.

Le premier partant était donc à l'endroit que William J. Hypperbone avait choisi dans la huitième case. Et pourquoi ce choix ? Probablement parce que, si le Missouri, situé au centre géographique de l'Union, a pu être appelé l'État Central, le Kansas, d'autre part, justifie cette appellation, puisqu'il en occupe le milieu géométrique, et que Fort Riley est placé au cœur même de l'État.

Or, c'est à ce propos qu'un monument a été édifié près de Fort Riley, au point où se réunissent les rivières Smoky Hill et Republican.

Enfin, que ce fût cette raison ou une autre, Max Réal était sain et sauf à Fort Riley. Le lendemain, en quittant *Jackson Hotel* où il était descendu, Max Réal se rendit au Post Office, entra dans le bureau et s'informa si un télégramme avait été expédié à son adresse.

« Le nom de monsieur ?... demanda l'employé.

— Max Réal.

— Max Réal... de Chicago ?...

— En personne...

— Et l'un des partenaires de la grande partie du Noble Jeu des États-Unis d'Amérique?...

— Lui-même. »

Impossible, cette fois, de garder l'incognito, et la nouvelle de la présence de Max Réal se répandit dans toute la ville.

Ce fut donc au milieu des hurrahs, mais à son grand ennui, que le jeune peintre revint à l'hôtel. C'était là que lui serait apportée, dès qu'elle arriverait, la dépêche indiquant le second coup de dés tiré pour son compte, et qui devait l'envoyer... où?... Où le voudraient les caprices de l'impénétrable Destin!

IL AURAIT FALLU ÊTRE SOURD POUR NE POINT ENTENDRE LES ROULEMENTS...
(Page 102.)

« Tom, envoie un coup droit dans la poitrine de Monsieur... » (Page 109.)

# VIII

## TOM CRABBE ENTRAINÉ PAR JOHN MILNER.

Onze par cinq et six, ce n'était pas, en somme, un coup à dédaigner, du moment qu'un joueur n'amène pas neuf par six et trois ou

par cinq et quatre pour aller à la vingt-sixième ou à la cinquante-troisième case.

Ce qu'il y avait à regretter, peut-être, c'était que l'État indiqué par ce numéro onze fût précisément très éloigné de l'Illinois, et nul doute que Tom Crabbe en eût éprouvé quelque dépit, — ou du moins son entraîneur, John Milner.

Le sort les envoyait au Texas, le plus vaste des territoires de l'Union, à lui seul d'une superficie supérieure à celle de la France. Or, cet État, situé au sud-ouest de la Confédération, confine au Mexique, dont il n'a été séparé qu'en 1835, après la bataille gagnée par le général Houston contre le général Santa-Anna.

Deux itinéraires principaux permettaient à Tom Crabbe d'atteindre le Texas. Il pouvait, en quittant Chicago, ou se rendre à Saint-Louis et prendre les steamboats du Mississippi jusqu'à la Nouvelle-Orléans, ou suivre la voie ferrée qui conduit à la métropole de la Louisiane, en traversant les États de l'Illinois, du Tennessee et du Mississippi. De là, on étudierait le chemin le plus court pour gagner Austin, la capitale du Texas, lieu marqué dans la note de William J. Hypperbone, soit par les railroads, soit à bord de l'un des steamers qui font le service entre la Nouvelle-Orléans et Galveston.

John Milner crut devoir donner la préférence au chemin de fer pour transporter Tom Crabbe en Louisiane. En tout cas, il n'avait point de temps à perdre comme Max Réal, ni le loisir de muser en route, puisqu'il fallait que, le 16, il fût de sa personne au terme du voyage.

« Eh bien, lui demanda le chroniqueur de la *Freie Presse*, après que le résultat du tirage eut été proclamé le 3 mai dans la salle de l'Auditorium, quand partez-vous?...

— Dès ce soir.

— Votre malle est prête?...

— Ma malle... c'est Crabbe, répondit John Milner. Il est rempli, fermé, ficelé, et je n'ai plus qu'à le conduire à la gare.

— Et que dit-il?...

— Rien. Dès que son sixième repas sera achevé, nous irons ensemble prendre le train, et je le mettrais aux bagages, si je ne crai-
gnais un excédent.

— J'ai le pressentiment, reprit le chroniqueur, que Tom Crabbe
sera favorisé de la même chance...

— Moi aussi, déclara John Milner.

— Bon voyage !

— Merci. »

L'entraineur ne tenait pas à imposer l'incognito au Champion
du Nouveau-Monde. Un personnage aussi considérable — au point
de vue matériel — que Tom Crabbe n'aurait pu passer inaperçu.
Son départ ne fut donc point tenu secret. Il y eut foule, ce soir-là,
sur les quais de la gare, pour le voir se hisser dans son wagon au milieu des hurrahs. John Milner monta après lui. Puis le train démarra,
et peut-être la locomotive sentit-elle un surcroît de charge, dû au
transport du pesant pugiliste.

Pendant la nuit, le train dévora trois cent cinquante milles, et,
le lendemain, il atteignit Fulten à la limite de l'Illinois, sur la frontière du Kentucky.

Tom Crabbe ne s'inquiétait guère d'observer le pays qu'il traversait, — un État relégué au quatorzième rang dans l'ensemble de
l'Union. Sans doute, à sa place, Max Réal et Harris T. Kymbale
n'eussent pas manqué de visiter Nashville, la capitale actuelle, et le
champ de bataille de Chattanooga, sur lequel Sherman ouvrit les
routes du Sud aux armées fédérales. Et puis, l'un en artiste, l'autre
en reporter, pourquoi n'auraient-ils pas fait un à droite d'une centaine de milles jusqu'à Grand Junction afin d'honorer Memphis de
leur présence? C'est la seule importante cité que l'État possède sur
la rive gauche du Mississippi, et elle a belle apparence, dressée sur
la falaise, qui domine le cours du superbe fleuve, semé d'iles en pleine
verdure.

Mais l'entraineur ne crut pas devoir s'écarter de son itinéraire
pour permettre aux deux énormes pieds de Tom Crabbe de fouler

cette cité à dénomination égyptienne. Aussi n'eut-il pas l'occasion de demander pourquoi, il y a quelque soixante ans, puisque Memphis est fort éloigné de la mer, le gouvernement y avait établi des arsenaux et des chantiers de construction, actuellement abandonnés du reste, ni d'entendre la réponse qui lui eût été faite : en Amérique, on commet de ces erreurs, tout comme ailleurs.

Le train continua donc d'emporter le deuxième partenaire et son indifférent compagnon à travers les plaines de l'État du Mississippi. Il passa par Holly Springs, par Grenada, par Jackson. Cette dernière ville est la capitale, peu considérable, d'un territoire que l'exclusive culture du coton a laissé fort en retard du mouvement industriel et commercial.

Là cependant, et durant une heure à la gare, l'arrivée de Tom Crabbe produisit un gros effet. Plusieurs centaines de curieux avaient voulu contempler le célèbre donneur de coups de poing. Certes, il ne possédait pas la taille d'Adam, auquel on attribuait, avant les rectifications de l'illustre Cuvier, quatre-vingt-dix pieds, ni celle d'Abraham, dix-huit pieds, ni même celle de Moïse, douze pieds, mais c'était encore un gigantesque type de l'espèce humaine.

Or, parmi les curieux se trouvait un savant, l'honorable Kil Kirney, lequel, après avoir mesuré avec une extrême précision le Champion du Nouveau-Monde, crut devoir faire quelques réserves, et voici ce qu'il n'hésita pas à déclarer *ex professo* :

« Messieurs, d'après les recherches historiques auxquelles je me suis livré, j'ai pu retrouver les principaux calculs de mensuration qui se rapportent aux études gigantographiques, chiffrés d'après le système décimal. Au dix-septième siècle apparut Walter Parson, haut de deux mètres vingt-sept. Au dix-huitième siècle apparurent l'Allemand Muller de Leipsig, haut de deux mètres quarante, l'Anglais Burnsfield, haut de deux mètres trente-cinq, l'Irlandais Magrath, haut de deux mètres trente, l'Irlandais O'Brien, haut de deux mètres cinquante-cinq, l'Anglais Toller, haut de deux mètres cinquante-cinq, et l'Espagnol Élacegin, haut de deux mètres trente-cinq. Au dix-neuvième siècle, apparurent le Grec Auvassab, haut de deux mètres trente-trois, l'Anglais Hales de Norfolk, haut de deux mètres quarante, l'Allemand Marianne, haut de deux mètres quarante-cinq, et le Chinois Chang, haut de deux mètres cinquante-cinq. Or, de la plante des pieds au sommet de la nuque, je ferai observer à l'honorable entraineur que Tom Crabbe donne seulement deux mètres trente...

— Que voulez-vous que j'y fasse ! répondit non sans aigreur John Milner. Je ne peux pourtant pas l'allonger...

— Non, sans doute, reprit M. Kil Kirney, et je ne le demande pas... mais, enfin, il est inférieur à...

— Tom, dit alors John Milner, envoie un coup droit dans la poitrine de monsieur le savant, afin qu'il mesure aussi la force de ton biceps ! »

Le savant Kil Kirney ne voulut point se prêter à une expérience qui ne lui eût pas laissé le nombre réglementaire de ses côtes, et il se retira d'un pas digne et méthodique.

Quant à Tom Crabbe, il n'en fut pas moins salué des acclamations du public, lorsque John Milner eut porté en son nom un défi aux amateurs de boxe. Toutefois le défi ne fut pas relevé, et le Champion du Nouveau-Monde se rehissa dans son compartiment, tandis que les souhaits de bonne chance pleuvaient autour de lui.

Après avoir traversé du nord au sud l'État du Mississippi, la voie ferrée atteint la frontière de la Louisiane, à la station de Rocky Comfort.

En suivant le cours de la Tangipaoha-river, le train descendit jusqu'au lac Ponchartrain, dont il dépassa la rive occidentale par l'étroite langue de terre qui sépare ce lac de celui de Maurepas et sur laquelle repose le viaduc de Mauchac. A la station de Carrolton, il rencontra le fleuve, large environ de quatre cent cinquante toises, dont la boucle se replie pour contourner la cité louisianaise.

C'est à la Nouvelle-Orléans que Tom Crabbe et John Milner quittèrent définitivement le railroad, après un parcours de près de neuf

cents milles depuis Chicago. Arrivés dans l'après-midi du 5 mai,
il leur restait donc treize jours pour se rendre à Austin, la capitale
du Texas, — temps très suffisant, bien qu'il y eût lieu de compter
avec des retards possibles, soit par la voie de terre en utilisant le
*Southern Pacific,* soit par la voie de mer.

Dans tous les cas, il n'eût pas fallu demander à John Milner de
promener son Crabbe par la ville pour lui en faire admirer les curiosités. Si le hasard y envoyait quelque autre des « Sept », celui-là
saurait mieux que lui s'acquitter de cette tâche. Austin était encore
éloigné de plus de quatre cents milles, et John Milner ne songeait
qu'à s'y transporter par le plus court et par le plus sûr.

Le plus court aurait été le chemin de fer, puisqu'il y a communication directe entre les deux villes, à la condition de trouver concor-
dance entre les trains. En effet, après s'être avancé dans la direction
de l'ouest à travers la Louisiane par Lafayette, Rarclant, Terrebone,
Tigerville, Ramos, Brashear, vers la pointe du Lake Grand, il rejoint,
à cent quatre-vingts milles de là, la frontière du Texas. A partir de
ce point, la ligne reprend depuis la station d'Orange jusqu'à Austin
sur un parcours de deux cent trente milles. Néanmoins, — peut-
être avait-il tort, — John Milner donna la préférence à un autre itinéraire et pensa que mieux valait s'embarquer à la Nouvelle-Orléans
pour le port de Galveston qu'un railroad relie à la capitale texienne.

Justement, il se trouva que le steamer *Sherman* devait, dès le
lendemain matin, quitter la Nouvelle-Orléans à destination de Galveston. C'était une circonstance dont il fallait profiter. Trois cents
milles de mer sur un bâtiment qui enlevait ses dix milles à l'heure,
ce serait l'affaire d'un jour et demi, — deux jours si le vent n'était
pas favorable.

John Milner ne jugea point à propos de consulter Tom Crabbe à
ce sujet, pas plus qu'on ne consulte sa malle lorsqu'elle est bouclée
pour le départ. Son sixième repas pris dans un hôtel du port, l'émi-
nent boxeur ne fit qu'un somme jusqu'au matin.

Il était sept heures, lorsque le capitaine Curtis donna l'ordre de larguer les amarres du *Sherman*, après qu'il eut accueilli l'illustre Champion du Nouveau-Monde avec les égards dûs au second partenaire du match Hypperbone.

« Honorable Tom Crabbe, lui dit-il, je suis honoré d'avoir l'honneur de votre présence à mon bord ! »

Le boxeur n'eut pas l'air de comprendre ce que lui disait le capitaine Curtis, et ses yeux se dirigèrent instinctivement vers la porte du dining-room.

« Croyez bien, reprit le commandant du *Sherman*, que je ferai l'impossible pour que vous arriviez dans le plus court délai à bon port. Je ne ménagerai pas mon combustible, je n'économiserai pas ma vapeur. Je serai l'âme de mes cylindres, l'âme de mon balancier, l'âme de mes roues qui tourneront à toute vitesse afin de vous assurer gloire et profit ! »

La bouche de Tom Crabbe s'ouvrit comme pour répondre, et se referma aussitôt pour se rouvrir et se refermer encore. Cela indiquait que l'heure du premier déjeuner avait sonné à l'horloge stomacale de Tom Crabbe.

« Toute la cambuse est à votre disposition, déclara le capitaine Curtis, et soyez sûr que nous débarquerons à temps au Texas, dussé-je faire charger les soupapes et dût le navire en sauter...

— Ne sautons pas, répondit John Milner, avec ce bon sens qui le distinguait. Ce serait une faute... à la veille de gagner soixante millions de dollars ! »

Le temps était beau, et, au surplus, il n'y a rien à craindre dans les passes de la Nouvelle-Orléans, bien qu'elles soient sujettes à de capricieux changements que surveille le service maritime. Ce fut celle du sud que suivit le *Sherman*, entre les roseaux et les joncs de ses basses rives. Peut-être le nerf olfactif des voyageurs fut-il désagréablement affecté par les exhalaisons hydrogénées d'innombrables pustules qu'engendre la fermentation des matières organiques du fond ; mais il n'y a aucun danger d'échouement dans ce canal, devenu la véritable entrée du grand fleuve.

On passa devant plusieurs usines et entrepôts, groupés sur les deux bords, devant la bourgade d'Algiers, devant la Pointe à la Hache, devant Jump. D'ailleurs, à cette époque, l'étiage est élevé. En avril, mai et juin, le Mississippi se gonfle de crues régulières, et ses eaux ne descendent à leur minimum qu'en novembre. Le *Sherman* n'eut donc point à ralentir sa vitesse, et il atteignit sans encombre Port Eads, nom de l'ingénieur dont les travaux améliorèrent cette passe du sud.

C'est là que le Mississippi va s'absorber dans le golfe du Mexique, et son parcours n'est pas estimé à moins de quatre mille cinq cents milles[1].

Le *Sherman*, dès qu'il eut tourné les dernières pointes, mit le cap à l'ouest.

Comment Tom Crabbe avait-il supporté cette partie de la traversée?... Très bien. Après avoir mangé à ses heures habituelles, il alla se coucher. Puis il apparut frais et dispos le lendemain, lorsqu'il vint reprendre sa place à l'arrière du spardeck.

Le *Sherman* était déjà d'une cinquantaine de milles au large, et la côte très basse se dessinait à peine vers le nord.

C'était la première fois que Tom Crabbe se risquait à une navigation sur mer. Aussi, tout d'abord, le roulis et le tangage parurent l'étonner.

Cet étonnement amena sur sa large face, si rubiconde d'habitude, une pâleur croissante dont John Milner, très aguerri pour son compte, ne tarda pas à s'apercevoir.

« Est-ce qu'il va être malade?... se demanda-t-il en s'approchant du banc sur lequel son compagnon avait dû s'asseoir.

Et, le secouant à l'épaule, il dit :

« Ça va-t-il?... »

Tom Crabbe ouvrit la bouche, et, cette fois ce ne fut pas la faim qui mit en jeu ses masseters, bien que l'heure du premier repas fût

---

1. 7240 kilomètres.

L'ESCOUADE COMBINANT SES EFFORTS... (Page 113.)

sonnée. Or, comme il ne put la reformer à temps, un jet d'eau salée s'introduisit jusque dans sa gorge, au moment où le *Sherman* s'inclinait sous un fort coup de houle.

Tom Crabbe, déralingué du banc, s'abattit sur le pont.

Il était assez indiqué de le transporter au centre du steamer, où les oscillations sont moins sensibles.

« Viens, Tom, » dit John Milner.

Tom Crabbe voulut se relever, mais il s'y essaya en vain et retomba de tout son poids.

Le capitaine Curtis, averti par la secousse, se dirigea vers l'arrière.

« Je vois ce que c'est... affirma-t-il... rien, en somme, et l'honorable Tom Crabbe s'y fera... Il n'est pas possible qu'un tel homme soit sujet au mal de mer. C'est bon... tout au plus pour les femmelettes, ou alors ce serait terrible chez un individu aussi fortement constitué ! »

Terrible, en effet, et jamais passagers n'assistèrent à plus lamentable spectacle. La nausée, on en conviendra, c'est plutôt le lot naturel des malingres et des souffreteux. Le phénomène s'accomplit alors de façon normale et sans violenter la nature. Mais un type de cette corpulence et de cette vigueur!... N'en serait-il pas de lui comme de ces monuments qui sont plus endommagés par un tremblement de terre que la frêle cabane d'un Indien?... Celle-ci résiste alors que celui-là se disloque.

Et Tom Crabbe se disloqua, et il menaça de ne plus former qu'un monceau de ruines.

John Milner, très ennuyé, intervint.

« Il faudrait le déhaler, » dit-il.

Le capitaine Curtis appela le maitre d'équipage et douze matelots pour ce surcroit de besogne. L'escouade, combinant ses efforts, tenta vainement de relever le Champion du Nouveau-Monde. Il fut nécessaire de le rouler le long du spardeck, comme un tonneau, puis de l'affaler sur le pont au moyen d'un palan, puis de le trainer jusqu'au

rouf de la machine, dont le balancier semblait narguer sa masse im-
puissante, et il demeura à cette place en complète prostration.

« Voilà, fit observer John Milner au capitaine Curtis, c'est cette
abominable eau salée que Tom a reçue en pleine figure!... Si encore
c'était de l'alcool...

— Si c'était de l'alcool, répondit judicieusement le capitaine Curtis,
il y a longtemps que la mer aurait été bue jusqu'à la dernière goutte,
et il n'y aurait plus de navigation possible ! »

C'était vraiment jouer de malheur. Le vent, qui venait de l'ouest,
changea cap pour cap, et souffla grand frais. De là, redoublement de
roulis et de tangage. Puis, à marcher contre les lames, il y eut
diminution considérable dans la vitesse du steamer. La longueur du
voyage serait assurément doublée, — soixante-dix à quatre-vingts
heures au lieu de quarante. Bref, John Milner traversa toutes
les phases de l'inquiétude, tandis que son compagnon traversait
toutes les phases de cet affreux mal, ballottement des intestins,
troubles dans l'appareil circulatoire, vertiges tels que n'en provoque
jamais la plus complète ivresse. En un mot, suivant une expression
du capitaine Curtis : « Tom Crabbe n'était plus bon qu'à ramasser
à la pelle ! »

Enfin, le 9 mai, après un furieux coup de vent, qui, par bonheur,
fut de courte durée, les côtes du Texas, bordées de dunes de sable
blanc, défendues par un chapelet d'îles, au-dessus desquelles vole-
taient des bandes d'énormes pélicans, apparurent vers trois heures
du soir. Grosse économie pour le service du bord, Tom Crabbe, bien
qu'il eût souvent et trop souvent ouvert la bouche, n'avait rien mangé
depuis son dernier repas pris à la hauteur de Port Eads.

John Milner se berçait de l'espoir que son compagnon se ressai-
sirait, qu'il dompterait l'abominable mal, qu'il reprendrait forme
humaine, qu'il serait enfin présentable, lorsque le *Sherman*, abrité
de la haute mer dans la baie de Galveston, ne subirait plus les oscillations de la houle. Non! le malheureux ne parvint point à se reprendre, même en eau calme.

La ville est située à l'extrémité d'une pointe sablonneuse. Un viaduc la réunit au continent, et c'est par là que se font les expéditions du commerce, entre autres celles du coton d'une importance considérable.

Le *Sherman*, dès qu'il eut évolué à travers la passe, alla se ranger contre son appontement.

John Milner ne put retenir un juron de fureur. Quelques centaines de curieux étaient là sur le quai. Prévenus par fil que Tom Crabbe s'était embarqué à la Nouvelle-Orléans pour Galveston, ils l'attendaient à son arrivée.

Et qu'allait leur présenter son entraineur, au lieu et place du Champion du Nouveau-Monde, deuxième partant du match Hypperbone?... Une masse informe, qui ressemblait plus à un sac vide qu'à une créature humaine.

John Milner tenta encore de provoquer le redressement physique de Tom Crabbe.

« Eh bien... ça ne va donc pas?... »

Le sac resta sac, et la vérité est qu'il fallut le transporter sur une civière à *Beach Hotel* où un appartement était retenu.

Quelques plaisanteries, quelques quolibets, éclatèrent à son passage, au lieu des hurrahs auxquels il était habitué, et qui avaient salué son départ de Chicago.

Mais, enfin, tout n'était pas désespéré. Dès le lendemain, après une nuit de repos et une série de repas habilement combinés, Tom Crabbe retrouverait sans doute son énergie vitale, sa vigueur normale, et il n'y paraitrait plus...

Eh bien, pour peu que John Milner se fût tenu ce langage, il se serait encore trompé. La nuit n'apporta aucune modification dans l'état sanitaire de son compagnon. L'anéantissement de toutes ses facultés fut aussi profond le lendemain que la veille. Et pourtant on n'exigeait de lui aucun ressort intellectuel, dont il eût été incapable, mais un simple effort animal. Ce fut inutile. Sa bouche restait hermétiquement fermée depuis qu'il avait touché terre. Elle n'appelait pas la nourriture, et l'estomac ne faisait plus entendre ses cris accoutumés aux heures habituelles.

Ainsi s'écoula la journée du 10 mai, puis celle du 11, et c'était le 16, dernier délai, qu'il fallait être à Austin.

John Milner prit alors le seul parti qu'il y eût à prendre. Mieux valait arriver trop tôt que trop tard. Si Tom Crabbe devait sortir de cette prostration, il en sortirait aussi bien à Austin qu'à Galveston, et, du moins, il serait rendu à son poste.

Tom Crabbe fut donc véhiculé à la gare sur un camion, et finalement introduit dans un wagon à l'état de colis. Lorsque huit heures et demie du soir sonnèrent, le train se mit en marche, tandis que les groupes de parieurs, restés sur le quai, se refusaient à engager la plus petite somme, — pas même vingt-cinq cents, — sur un partenaire en si mauvaise forme.

Il était heureux que le Champion du Nouveau-Monde et son entraîneur n'eussent pas à parcourir les soixante-quinze millions d'hectares que comprend la superficialité texienne. Ils n'auraient qu'à franchir les cent soixante milles qui séparent Galveston de la capitale de l'État.

Assurément, il eût été désirable de visiter les régions arrosées par le magnifique Rio Grande, et tant d'autres rivières, l'Antonio, le Brazos, la Trinity qui se jette dans la baie de Galveston, puis le Colorado et ses capricieuses rives semées d'huîtres perlières. Un magnifique pays, ce Texas, possédant d'immenses prairies où campaient autrefois les Comanches; il est hérissé dans l'ouest de forêts vierges, riches en magnolias, en sycomores, en pacaniers, en acacias, en palmiers, en chênes, en cyprès, en cèdres; il déploie à profusion ses champs d'orangers, de nopals, de cactus, les plus beaux de la flore; ses montagnes, au nord-ouest, qui font pressentir les Montagnes Rocheuses, sont superbes; il produit la canne à sucre supérieure à celle des Antilles, le tabac de Nocogdochés supérieur à celui du Maryland ou de la Virginie, un coton supérieur à celui du Mississippi et de la Louisiane; il a des fermes de quarante mille acres, qui comptent autant de têtes de bétail, et c'est par centaines de mille que ses ranchos élèvent les plus beaux types de la race chevaline.

Mais en quoi cela pouvait-il intéresser Tom Crabbe qui ne regardait jamais rien, et John Milner, puisqu'il ne regardait jamais que Tom Crabbe?...

Dans la soirée, le train s'arrêta deux heures à la gare de Houston,

*Beach Hotel*, à Galveston.

jusqu'où peuvent monter les bâtiments d'un faible tirant d'eau. Là est établi l'entrepôt des marchandises, qui arrivent par la Trinity, le Brazos et le Colorado.

Le lendemain, 13 mai, de très grand matin, Tom Crabbe descendait à la gare d'Austin, au terme de son voyage. Centre industriel important, desservi par les eaux du fleuve que retient un barrage, cette capitale est bâtie sur une terrasse au nord du Colorado, au milieu d'une région où abondent le fer, le cuivre, le manganèse, le granit, le marbre, le plâtre et l'argile. Cité plus américaine que bien d'autres du Texas, choisie pour être le siège de la législature de l'État, elle compte vingt-six mille habitants, presque tous d'origine saxonne. Elle est une, tandis que les villes du Rio Grande sont doubles, — avec des maisons en bois d'un côté du fleuve, des cabanes en adobe de l'autre, — telles El Paso, El Presidio, à demi mexicaines.

Donc, à Austin, il n'y eut que des amateurs américains qui vinrent par curiosité, peut-être dans le dessein d'engager quelques paris, contempler le second partenaire qu'un coup de dés leur envoyait des lointaines régions de l'Illinois.

En somme, ceux-ci furent plus favorisés que ne l'avaient été les gens de Galveston et de Houston. En mettant le pied sur le pavé de la capitale texienne, Tom Crabbe s'était enfin dégagé de cette inquiétante torpeur, dont les soins, les supplications, les objurgations même de John Milner n'avaient pu triompher. Peut-être, au premier abord, le Champion du Nouveau-Monde parut-il un peu vanné, un peu mou d'action, un peu flasque de désinvolture, et comment s'en étonner, puisqu'il n'avait rien absorbé, si ce n'est l'air marin, depuis que le *Sherman* avait pris le large ?... Oui ! le géant s'était vu réduit à ne se nourrir que de lui-même. Il est vrai, même réduit à cet ordinaire, la nourriture ne lui eût pas manqué pendant de longs jours encore.

Mais aussi, quel repas il fit ce matin-là, — repas qui dura jusqu'au soir, quartiers de venaison, viande de mouton et de bœuf, charcuteries variées, légumes, fruits, fromages, et l'half and half, et le gin, et le wisky, et le thé, et le café ! John Milner éprouva une certaine épouvante en songeant à la note d'hôtel qui lui serait présentée à la fin du séjour !

Et cela recommença le lendemain, et le surlendemain, et c'est ainsi qu'arriva la date du 16 mai.

Tom Crabbe était redevenu la prodigieuse machine humaine, devant laquelle Corbett, Fitzsimons et autres boxeurs non moins célèbres, avaient tant de fois mordu la poussière.

Regardant les bateaux de pêche sortir à chaque marée. (Page 125.)

## IX

### UN ET UN FONT DEUX.

Ce matin-là, un hôtel, — ou pour mieux dire une auberge, l'auberge de *Sandy Bar*, et non des plus qualifiées, — recevait deux

voyageurs, arrivés par le premier train à Calais, simple bourgade
de l'État du Maine.

Ces deux voyageurs, — un homme et une femme, visiblement
éprouvés par les fatigues d'un long et pénible itinéraire, — se firent
inscrire sous le nom de M. et Mrs Field. Ce nom, avec ceux de
Smith, de Johnson et quelques autres d'usage courant, sont des plus
communs parmi les familles d'origine anglo-saxonne. Aussi faut-il
être doué de qualités extraordinaires, avoir acquis une situation
considérable dans la politique, les arts ou les armes, être un génie
en un mot, pour attirer l'attention publique, lorsqu'on s'appelle de
ce nom vulgaire. Donc, M. et Mrs Field, cela ne disait rien, n'indiquait point des personnages de marque, et l'aubergiste les inscrivit
sur son livre sans en exiger davantage.

A cette époque, du reste, dans tous les États-Unis, aucuns noms
n'étaient plus répandus, plus répétés par des millions de bouches,
que ceux des partenaires et celui du fantaisiste membre de l'*Excentric Club*. Or, pas un des « Sept » ne se nommait Field. Donc, à
Calais, il n'y avait pas plus à s'occuper de ces Field-là que de n'importe quels voyageurs. D'ailleurs ceux-ci ne payaient pas de mine,
et le tenancier de l'auberge se demanda peut-être s'ils payeraient
d'autre façon, lorsque sonnerait l'heure de régler la note.

Que venait faire ce couple étranger en cette petite ville, située à
l'extrême limite d'un État, situé lui-même à l'extrémité nord-est de
l'Union?... Pourquoi avait-il ajouté deux unités aux six cent soixante
et un mille habitants de cet État, dont la superficie occupe la moitié
du territoire communément appelé la Nouvelle-Angleterre?...

La chambre du premier étage qui fut donnée à M. et Mrs Field
dans l'auberge de *Sandy Bar* était peu confortable, un lit pour
deux, une table, deux chaises, une toilette. La fenêtre s'ouvrait
sur la rivière Saint-Croix, dont la rive gauche est canadienne.
L'unique malle, déposée à l'entrée du corridor, avait été apportée
par un commissionnaire de la gare. En un coin, se dressaient deux
épais parapluies et s'étalait un vieux sac de voyage.

Lorsque M. et Mrs Field furent seuls, après la sortie de l'aubergiste qui les avait conduits à cette chambre, dès que la porte eut été
refermée, verrous tirés en dedans, tous deux vinrent coller leur
oreille contre le vantail, voulant s'assurer que personne ne pourrait
les entendre.

« Enfin, dit l'un, nous voici au terme du voyage!...

— Oui, répondit l'autre, après trois jours et trois nuits bien
comptés depuis notre départ!

— J'ai cru que cela ne finirait pas, reprit M. Field, en laissant retomber ses bras, comme si ses muscles eussent été hors d'état de
fonctionner.

— Ce n'est pas fini! dit Mrs Field.

— Et combien cela nous coûtera-t-il?...

— Il ne s'agit pas de ce que cela peut coûter, répliqua aigrement
la dame, mais de ce que cela peut rapporter...

— Enfin, ajouta le monsieur, nous avons eu la bonne idée de ne
pas voyager sous nos noms véritables!

— Une idée de moi...

— Et excellente!... Nous vois-tu à la merci des hôteliers, des auber-
gistes, des voituriers, de tous ces écorcheurs, engraissés de ceux
qui passent par leurs mains, et cela sous prétexte que des millions
de dollars vont tomber dans notre poche...

— Nous avons bien fait, répliqua Mrs Field, et nous continuerons
à réduire nos dépenses le plus possible... Ce n'est pas dans les
buffets des gares que nous avons jeté notre argent depuis trois
jours.... et j'espère bien continuer...

— N'importe, nous aurions peut-être mieux fait de refuser...

— Assez, Hermann! déclara Mrs Field d'un ton impérieux. N'avons-
nous pas autant de chances que les autres d'arriver premiers?...

— Sans doute, Kate, mais le plus sage aurait été de signer l'engagement... de se partager l'héritage...

— Ce n'est pas mon avis. D'ailleurs, le commodore Urrican y faisait
opposition, et cet X K Z n'était pas là pour donner son consentement...

16

— Eh bien... veux-tu que je te le dise, répliqua M. Field, c'est celui-là que je redoute entre tous... On ne sait qui il est... ni d'où il sort... Personne ne le connaît... Il se nomme X K Z... Est-ce que c'est un nom, cela?... Est-ce qu'il est convenable de s'appeler X K Z?... »

Ainsi s'exprima M. Field. Mais, s'il ne se cachait pas sous des initiales, n'avait-il pas changé Titbury en Field, — car le lecteur l'a reconnu rien qu'à ces quelques phrases échangées entre la fausse Mrs Field et lui, et dans lesquelles se révélaient leurs abominables instincts d'avarice...

Oui, c'était bien Hermann Titbury, le troisième partenaire, que les dés, par un et un, avaient envoyé à la deuxième case, État du Maine. Et quelle malchance, puisque ce coup ne l'avançait que de deux pas sur soixante-trois, tout en l'obligeant à gagner l'extrême pointe nord-est de l'Union !

En effet, le Maine confine à la Puissance du Canada et au Nouveau-Brunswick. Entré dans la confédération depuis 1820, il a pour limite orientale la baie de Passamaquoddy, dans laquelle la rivière Saint-Croix envoie ses eaux, — de même que l'État, divisé en douze comtés, envoie deux sénateurs et cinquante députés au Congrès, cette baie nationale, pourrait-on dire avec quelque prétention, où se déversent les fleuves politiques de l'U. S. A.

M. et Mrs Titbury avaient quitté, dès le soir du 5 mai, leur maison louche de Robey Street et ils occupaient maintenant cette auberge borgne de Calais. On sait quelles raisons leur avaient fait adopter un nom d'emprunt. N'ayant indiqué à personne le jour et l'heure de leur départ, ce voyage s'était effectué dans le plus strict incognito, comme celui de Max Réal, pour des motifs très différents, il est vrai.

Cela ne laissa pas de contrarier les parieurs, car, il faut l'avouer, Hermann Titbury se présentait en remarquable performance dans cette course aux millions. Nul doute que sa cote dût monter au cours de la partie et qu'il deviendrait un des favoris du match. N'était-il pas de ces privilégiés auxquels tout réussit ici-bas, étant peu scrupuleux sur les moyens qu'ils emploient à s'assurer le succès

Sa fortune lui permettrait de payer les primes, si le sort lui en imposait, et, quelque importantes qu'elles fussent, il n'hésiterait pas
à les verser argent comptant. En outre, il ne s'abandonnerait à aucune
distraction ou fantaisie au cours de ses déplacements, comme le
feraient peut-être Max Réal et Harris T. Kymbale. Était-il à craindre
qu'il fût retardé par sa faute en se rendant d'un État à l'autre?...
non, et certitude absolue qu'il serait au jour dit à l'endroit indiqué.
Assurément, c'étaient des garanties sérieuses qu'offrait Hermann
Titbury, sans parler de sa chance personnelle, qui ne l'avait jamais
trahi dans son existence d'homme d'affaires.

Le digne couple avait eu soin de combiner l'itinéraire le plus rapide
et le moins dispendieux à travers cet inextricable réseau de railroads,
tendu comme une immense toile d'araignée sur les territoires de l'U-
nion orientale. C'est ainsi que, sans s'arrêter, sans s'exposer à être
dévalisés dans les buffets des stations ou les restaurants des hôtels,
vivant uniquement de leurs provisions de route, passant d'un train à
l'autre avec la précision d'une muscade entre les mains d'un presti-
digitateur, ne s'intéressant pas plus aux curiosités du pays que Tom
Crabbe, toujours absorbés dans les mêmes réflexions, toujours pour-
suivis des mêmes inquiétudes, inscrivant leurs dépenses quotidiennes,
comptant et recomptant la somme emportée pour les besoins du
voyage, somnolant le jour, dormant la nuit, M. et Mrs Titbury avaient
traversé l'Illinois de l'ouest à l'est, puis l'État de l'Indiana, puis celui
de l'Ohio, puis celui de New York, puis celui du New Hampshire.
Et c'est ainsi qu'ils avaient atteint la frontière du Maine dans la matinée du 8 mai, au pied du mont Washington du groupe des Mon-
tagnes-Blanches dont la cime neigeuse, au milieu des averses et des
grêles, porte à une altitude de cinq mille sept cent cinquante pieds
le nom du héros de la République américaine.

De là M. et Mrs Titbury atteignirent Paris, puis Lewiston sur l'An-
droscoggin, cité manufacturière, doublée du municipe d'Auburn, qui
rivalise avec l'importante ville de Portland, l'un des meilleurs ports
de la Nouvelle-Angleterre, abrité dans la baie de Casco. Le railroad

les transporta ensuite à Augusta, la capitale officielle du Maine, dont les élégantes villas s'éparpillent sur les rives du Kennebec. De la station de Bangor, il fallut alors remonter vers le nord-est jusqu'à celle de Baskahogan, où s'arrêtait la voie ferrée, et redescendre en stage jusqu'à Princeton, qu'un tronçon relie directement à Calais.

Voilà de quelle façon, avec fréquents et désagréables changements de train, s'était accomplie la traversée du Maine, dont les touristes visitent volontiers les cirques de montagnes, les champs de moraines, les plateaux lacustres, les profondes et inépuisables forêts de chênes, de pins du Canada, d'érables, de hêtres, de bouleaux, essences des régions septentrionales qui fournissaient de bois les chantiers avant l'adoption des coques de fer dans les constructions maritimes.

M. et Mrs Titbury — *alias* Field — étaient arrivés à Calais le 9 mai dès la première heure et en avance notable, puisqu'ils allaient être contraints d'y demeurer jusqu'au 19. Ce serait une dizaine de jours à passer en cette bourgade de quelques milliers d'habitants, simple port de cabotage. A quoi y occuperaient-ils leur temps jusqu'à l'heure où un télégramme de maître Tornbrock les en ferait repartir ?...

Et, cependant, que d'excursions charmantes offre le territoire si varié du Maine. Vers le nord-ouest, c'est la magnifique contrée que domine de trois mille cinq cents pieds le mont Khatadin, énorme bloc de granit, émergeant du dôme des forêts dans la région des plateaux lacustres. Et cette ville de Portland, riche de trente-six mille âmes, qui vit naître le grand poète Longfellow, animée par son important trafic avec l'Amérique du Sud et les Antilles, ses monuments, ses parcs, ses jardins que les très artistes habitants entretiennent avec tant de goût! Et cette modeste Brunswick, avec son célèbre collège de Bowdoin, dont la galerie de tableaux attire de nombreux amateurs! Et, plus au sud, le long des rivages de l'Atlantique, ces stations balnéaires si recherchées pendant la saison chaude par les opulentes familles des États voisins, lesquelles seraient disqualifiées si elles ne leur consacraient quelques semaines, entre autres cette merveilleuse île de Mount-Desert et son refuge de Bar Harbor!

Mais, de demander ces déplacements à deux mollusques arrachés de leur banc natal, et transportés à neuf cents milles de là, c'eût été peine inutile. Non! ils ne quitteraient Calais ni un jour ni une heure. Ils resteraient en tête à tête, supputant leurs chances, maudissant d'instinct leurs partenaires, après avoir réglé cent fois déjà l'emploi de leur nouvelle fortune, si le hasard les rendait trois cents fois millionnaires. Et, au fait, est-ce qu'ils n'en seraient pas embarrassés?...

Embarrassés... eux, de ces millions!... Soyez sans inquiétude, ils sauraient les placer en valeurs de toute sécurité, actions de banques, de mines, de sociétés industrielles, et ils toucheraient leurs immenses revenus, et ils ne les dissiperaient pas en fondations charitables, et ils les replaceraient sans en rien distraire pour leur confort, pour leurs plaisirs, et ils vivraient comme devant, concentrant leur existence dans l'amour des écus, dévorés de l'*auri sacra fames*, cancres qu'ils étaient, caquedeniers, comme on disait jadis, grigous, pleutres et rats, voués à la lésinerie, à la ladrerie, pince-mailles et tire-liards, membres perpétuels de l'Académie des pleure-misère!

En vérité, si le sort favorisait cet affreux couple, c'est sans doute qu'il aurait ses raisons. Lesquelles, il eût été difficile de l'imaginer! Et ce serait au détriment de partenaires plus dignes de la fortune de William J. Hypperbone, et qui en feraient meilleur usage, — sans en excepter Tom Crabbe, sans en excepter le commodore Urrican!

Les voici donc tous les deux à l'extrémité du territoire fédéral, dans cette petite ville de Calais, cachés sous ce nom de Field, ennuyés et impatients, regardant les bateaux de pêche sortir à chaque marée et rentrer avec leur charge de maquereaux, de harengs et de saumons. Puis ils revenaient se confiner dans la chambre de *Sandy Bar*, toujours tremblants à cette idée que leur identité risquait d'être découverte.

En effet, Calais n'est pas tellement perdu au fond du Maine que les bruits du fameux match ne fussent parvenus jusqu'à ses habitants. Ils savaient que la deuxième case était attribuée à cet État de la Nouvelle-Angleterre, et le télégraphe leur avait appris que le troisième coup de dés — un et un — obligeait le partenaire Hermann Titbury à séjourner dans leur ville.

Ainsi se passèrent les 9, 10, 11 et 12 mai, en un profond ennui dans cette bourgade peu récréative. Max Réal lui-même ne l'aurait pas surmonté sans peine. A déambuler le long de rues bordées de maisons de bois, à flâner sur les quais, le temps paraît être d'une interminable durée. Et cette dépêche indiquant un nouvel itinéraire, qui ne devait pas être lancée avant le 19, de quelle patience il faudrait s'armer pour l'attendre pendant sept longs jours encore!

Et, pourtant, le couple Titbury avait alors une occasion très simple de faire un tour à l'étranger en traversant la rivière Saint-Croix, dont la rive gauche appartient au Dominion of Canada.

C'est ce que se dit Hermann Titbury. Aussi, dans la matinée du 13, en fit-il la proposition en ces termes :

« Décidément, au diable cet Hypperbone, et pourquoi a-t-il choisi la ville la plus désagréable du Maine pour y envoyer les partenaires qui ont la mauvaise chance d'amener le numéro deux au début de la partie!

— Prends garde, Hermann! répondit Mrs Titbury à voix basse. Si quelqu'un t'entendait... Puisque le sort nous a conduits à Calais, il faut bon gré mal gré rester à Calais...

— Ne nous est-il donc pas permis de quitter la ville?..

— Sans doute... mais à la condition de ne point sortir du territoire de l'Union.

— Ainsi, nous n'avons même pas le droit d'aller de l'autre côté de la rivière?...

— En aucune façon, Hermann... Le testament interdit d'une manière formelle de sortir des États-Unis...

— Et qui le saurait, Kate?... s'écria M. Titbury.

— Je ne te comprends pas, Hermann! répliqua la matrone, dont le ton se haussa. Est-ce bien toi qui parles?... Je ne te reconnais plus!... Et si plus tard on apprenait que nous avons franchi la frontière?... Et si quelque accident nous y retenait... Et si nous n'étions pas revenus à temps... le 19... D'ailleurs... je ne le veux pas. »

Et elle avait raison de ne pas le vouloir, l'impérieuse Mrs Titbury!
Sait-on jamais ce qui peut arriver?... Supposez qu'il se produise un
tremblement de terre... que le Nouveau-Brunswick se détache du
continent... que cette partie de l'Amérique se disloque... qu'un abîme
se creuse entre les deux pays... Comment alors se trouver au bureau du télégraphe le jour convenu, et ne risquerait-on pas d'être
mis hors du match?...

« Non... nous ne pouvons traverser la rivière, déclara péremp-
toirement Mrs Titbury.

— Tu as raison, cela nous est interdit, répliqua M. Titbury, et
je ne sais pas comment j'ai eu cette idée!... En vérité, depuis notre
départ de Chicago, je ne suis plus le même!... Ce maudit voyage m'a
abruti!... Pour des gens qui n'ont jamais bougé de leur maison de
Robey Street, nous voilà courant les grandes routes... à notre âge!...
Eh! n'aurions-nous pas mieux fait de rester au logis... de refuser la
partie...

— Soixante millions de dollars, cela vaut la peine de se déranger!
déclara Mrs Titbury. Décidément, tu te répètes un peu trop, Hermann! »

Quoi qu'il en soit, Saint-Stephen, ville de la Puissance[1], qui
occupe l'autre rive de Saint-Croix, n'eut pas l'honneur de posséder
le couple Titbury.

Il semble donc que des particuliers si précautionneux, d'une prudence si excessive, qui offraient plus de garanties que les autres
partenaires, auraient dû être à l'abri de toute fâcheuse éventualité,
qu'ils ne seraient jamais pris en défaut, qu'il ne leur arriverait rien
de nature à les compromettre!... Mais le hasard aime à se jouer des
plus habiles, à leur préparer des embûches dont toute leur sagesse
ne saurait les garder, et il n'est que raisonnable de compter avec lui.

Or, dans la matinée du 14, M. et Mrs Titbury eurent l'idée de faire
une excursion. Que l'on se rassure, ils n'entendaient pas s'éloigner

---

1. La Puissance ou Dominion, noms officiels du Canada

— deux ou trois milles seulement en dehors de Calais. On observera, en passant, que si cette ville a reçu ce nom français, c'est qu'elle est située à l'extrémité des États-Unis comme son homonyme l'est à l'extrémité de la France, et quant à l'État du Maine, son nom lui vient des premiers colons qui s'y établirent sous le règne de Charles Ier d'Angleterre.

Le temps était orageux, des nuages lourds se levaient à l'horizon, la chaleur vers midi serait accablante. Journée mal choisie pour une promenade, qui se ferait à pied, en remontant la rive droite de Saint-Croix.

M. et Mrs Titbury quittèrent l'auberge vers neuf heures, et cheminèrent le long de la rivière, puis en dehors de la ville, à l'ombre des arbres, entre les branches desquels cabriolaient des milliers d'écureuils.

Le couple s'était au préalable assuré, près de l'hôtelier, qu'aucun fauve ne courait la campagne environnante. Non, ni loups, ni ours, — quelques renards uniquement. On peut donc s'aventurer en toute confiance, même à travers ces forêts, qui faisaient jadis de l'État du Maine une immense sapinière.

Il va de soi que M. et Mrs Titbury ne se préoccupaient point des paysages variés qui s'offraient à leurs regards. Ils ne parlaient que de leurs partenaires, ceux qui étaient partis avant eux, ceux qui partiraient après. Où étaient actuellement Max Réal et Tom Crabbe?... Et toujours cet X K Z, dont ils s'inquiétaient plus que de tout autre!...

Enfin, après une marche de deux heures et demie, midi approchant, ils songèrent à regagner l'auberge de *Sandy Bar* pour le déjeuner. Mais, dévorés de soif sous cette accablante chaleur, ils s'arrêtèrent dans un cabaret situé sur la berge, à un demi-mille de la bourgade.

Quelques buveurs, réunis dans ce cabaret, occupaient des tables où s'alignaient les pintes de bière.

M. et Mrs Titbury s'assirent à l'écart, et délibérèrent d'abord sur ce qu'ils se feraient servir. Porter ou ale ne semblaient pas être à leur convenance.

« Savez-vous bien à qui vous avez affaire?... » (Page 131.)

« Je crains que cela ne soit un peu froid, observa Mrs Titbury. Nous sommes en nage, et ce serait se risquer...

— Tu as raison, Kate, et une pleurésie est vite attrapée, » répondit M. Titbury.

Puis, se retournant vers le buvetier :

« Un grog au wisky? » demanda-t-il.

Aussitôt le buvetier de s'écrier :

« Au wisky, avez-vous dit?...

— Oui... ou au gin.

— Où est votre permission?...

— Ma permission?... » répliqua M. Titbury, très étonné de cette question.

Et il ne l'eût pas été s'il se fût souvenu que le Maine appartient au groupe des États qui ont établi le principe de prohibition de l'alcool. Oui, au Kansas, au North Dakota, au South Dakota, au Vermont, au New Hampshire, au Maine surtout, il est défendu de fabriquer et de vendre des boissons alcooliques, distillées ou fermentées. Seuls, dans chaque localité, des agents municipaux sont chargés d'en donner contre argent à ceux qui les achètent pour un usage médical ou industriel, et après que ces boissons ont été expertisées par un commissaire de l'État. Enfreindre cette loi, rien que par une demande imprudente, c'était s'exposer aux pénalités sévères édictées en vue de la suppression de l'alcoolisme.

Aussi, à peine M. Titbury eut-il parlé, qu'un homme s'approcha.

« Vous n'avez pas de permission régulière?...

— Non... je n'ai pas...

— Alors je vous déclare contravention...

— Contravention?... à quel propos?...

— Pour avoir demandé du wisky ou du gin. »

C'était un agent, cet homme, un agent en tournée, qui inscrivit le nom de M. et de Mrs Field sur son carnet et les prévint qu'ils auraient à se présenter le lendemain devant le juge.

Le couple rentra tout penaud à l'auberge, et quelle journée, quelle nuit il y passa! Si c'était Mrs Titbury qui avait eu cette déplorable idée d'entrer au cabaret, c'était M. Titbury qui avait eu celle non moins déplorable de préférer un grog à la pinte d'ale ou de porter! A quelle amende tous deux s'étaient-ils exposés!... De là récriminations et disputes qui durèrent jusqu'au jour.

Le juge, un certain R. T. Ordak, était bien l'être le plus désagréable, le plus grincheux et aussi le plus susceptible que l'on pût imaginer. Le lendemain, dans la matinée, lorsque les contrevenants, introduits dans son cabinet, comparurent devant lui, il ne tint aucun compte de leurs politesses, et les interrogea brusquement, brièvement. Leur nom?... M. et Mrs Field. Le lieu de leur domicile?... Ils indiquèrent au hasard Harrisburg, Pennsylvanie. Leur profession?... Rentiers. Puis il leur envoya en pleine figure cent dollars d'amende pour avoir enfreint les prohibitions relatives aux boissons alcooliques dans l'État du Maine.

C'était trop fort. Si maître de lui qu'il fût et malgré les efforts de sa femme qui tenta vainement de le calmer, M. Titbury ne put se contenir. Il s'emporta, il menaça le juge R. T. Ordak, et le juge R. T. Ordak doubla l'amende — cent dollars supplémentaires pour avoir manqué de respect à la justice.

Ce supplément rendit M. Titbury plus furieux encore. Deux cents dollars à ajouter aux dépenses déjà faites pour se transporter à l'extrême limite de ce maudit État du Maine! Exaspéré, le contrevenant oublia toute prudence et alla même jusqu'à sacrifier les avantages que lui assurait son incognito.

Et alors, les bras croisés, la figure en feu, repoussant Mrs Titbury avec une violence inaccoutumée, il se courba sur le bureau du juge et lui dit :

« Savez-vous bien à qui vous avez affaire?...

— A un malappris que je gratifie de trois cents dollars d'amende, puisqu'il continue sur ce ton, répliqua, non moins exaspéré, R. T. Ordak.

— Trois cents dollars!... s'écria Mrs Titbury, en tombant, demi-pâmée sur un banc.

— Oui, reprit le juge en accentuant chaque syllabe, trois cents dollars à M. Field d'Harrisburg, Pennsylvanie...

— Eh bien, hurla M. Titbury en frappant le bureau du poing, apprenez donc que je ne suis pas M. Field, d'Harrisburg, Pennsylvanie...

— Et qui êtes-vous donc?...

— M. Titbury... de Chicago... Illinois...

— C'est-à-dire un individu qui se permet de voyager sous un faux nom! repartit le juge, comme s'il eût dit : Encore un crime ajouté à tant d'autres!

— Oui... M. Titbury, de Chicago, le troisième partant du match Hypperbone, le futur héritier de son immense fortune! »

Cette déclaration ne parut produire aucun effet sur R. T. Ordak. Ce magistrat, aussi mal embouché qu'impartial, n'entendait pas faire plus de cas de ce troisième partenaire que de n'importe quel matelot du port.

Aussi, de sa voix sifflante, et comme s'il suçait chacun de ses mots, prononça-t-il :

« Eh bien, ce sera M. Titbury de Chicago, Illinois, qui payera les trois cents dollars d'amende, et en outre, pour s'être permis de se présenter devant la justice sous un nom qui n'est pas le sien, je le condamne à huit jours de prison. »

Cela fut le comble, et, auprès de Mrs Titbury, écroulée sur son banc, M. Titbury s'écroula à son tour.

Huit jours de prison, et c'était dans cinq jours qu'arriverait la dépêche attendue, et le 19 il faudrait repartir pour aller peut-être à l'autre extrémité des États-Unis, et faute d'y être au jour dit, on serait exclu de la partie engagée...

On l'avouera, voilà qui était autrement grave pour M. Titbury que s'il eût été envoyé à la cinquante-deuxième case, État du Missouri, dans la prison de Saint-Louis. Là, du moins, il aurait encore eu la possibilité d'être délivré par un de ses partenaires, tandis que dans la prison de Calais, et de par la volonté du juge R. T. Ordak, il resterait enfermé jusqu'à l'expiration de sa peine.

Le reporter de la *Tribune* allait ainsi pérorant. (Page 134.)

# X

## UN REPORTER EN VOYAGE.

« Oui, messieurs, oui! je considère ce match Hypperbone comme l'une des plus étonnantes éventualités nationales dont se sera enri-

chic l'histoire de notre glorieux pays! Après la guerre de l'Indépendance, la guerre de Sécession, la proclamation de la doctrine de
Munroe, l'application du bill Mac Kinley, c'est le fait le plus mar-
quant que l'imagination d'un membre de l'*Excentric Club* ait imposé
à l'attention du monde! »

Ainsi parlait Harris T. Kymbale en s'adressant aux voyageurs du
train qui venait de quitter ce jour-là, 7 mai, la cité chicagoise. Le
reporter de la *Tribune*, débordant de joie et de confiance, allait ainsi,
pérorant de l'avant à l'arrière du wagon par le couloir central, puis
d'un wagon à l'autre par la passerelle jetée entre eux, puis de la tête
à la queue du convoi lancé à toute vapeur, qui contournait alors la
rive méridionale du lac Michigan.

Harris T. Kymbale était parti seul. Après avoir remercié ceux de
ses confrères qui désiraient l'accompagner, il n'avait point accepté
leurs offres. Non, pas même un domestique, — seul, tout seul. Lui,
on le voit, ne cherchait pas à passer incognito comme Max Réal ou
Hermann Titbury. Il mettait les gens dans la confidence et eût volontiers écrit sur son chapeau : *Quatrième partenaire du match Hypperbone!* Un nombreux cortège l'avait conduit à la gare, honoré de
ses hurrahs, accablé de ses souhaits de bon voyage. Et il était si bien
entraîné, si confiant, on le savait si débrouillard, en même temps si
audacieux, si déterminé, que déjà plusieurs paris avaient été engagés
sur sa tête. On l'avait pris à un contre deux et même contre trois,
— ce qui le flattait et ne laissait pas d'être de bon augure.

Toutefois, si Harris T. Kymbale avait refusé d'associer quelques
amis aux hasards de ses déplacements à travers l'Union, il ne devait
pas être réduit, on s'en aperçoit, à s'isoler dans son coin, à se con-
centrer en de muettes pensées, à ne se livrer qu'à des apartés silen-
cieux. Loin de là, tous les voyageurs avec lesquels il ferait route
deviendraient ses compagnons. Il était un peu de la race de ces
gens qui ne pensent que lorsqu'ils parlent, et ce n'est pas de paroles
qu'il se montrerait avare au cours de ses itinéraires, — de sa bourse
non plus. La caisse de la richissime *Tribune* lui était ouverte, et il

saurait la rembourser de ses dépenses en interviews, en descriptions, en nouvelles, en articles de toutes sortes, dont les péripéties du match lui fourniraient ample et intéressante matière.

« Mais, lui demanda un gentleman, — Yankee des pieds à la nuque, — n'attachez-vous pas trop d'importance à cette partie imaginée par William J Hypperbone? »

— Non, monsieur, répondit le reporter, et j'estime qu'une si originale idée ne pouvait naître que dans une cervelle ultra-américaine.

— Vous avez raison, reprit un gros commerçant de Chicago. Tous les États-Unis sont sens dessus dessous, et, le jour de ses obsèques, on a pu voir de quelle popularité jouissait le défunt au lendemain de sa mort!

— Monsieur, lui demanda une vieille dame à râtelier et à lunettes, enfouie dans son coin sous ses couvertures, est-ce que vous avez suivi le convoi?...

— Comme si j'avais été un des héritiers de notre grand citoyen, répliqua le Chicagois, enflé d'une bouffée d'orgueil, et je suis on ne peut plus honoré de me rencontrer avec l'un de ses futurs héritiers en allant à Détroit...

— Vous allez à Détroit?... interrogea Harris T. Kymbale, qui lui tendit la main.

— A Détroit, Michigan.

— Eh bien, monsieur, j'aurai le plaisir de vous accompagner jusqu'à cette cité d'un si magnifique avenir... que je ne connais pas... et que je désire connaître.

— Vous n'en aurez pas le temps, monsieur Kymbale! déclara si vivement le Yankee qu'on eût pu le prendre pour un de ses parieurs. Ce serait allonger votre itinéraire, et, je le répète, vous n'avez pas le temps...

— On a toujours le temps de tout faire, » répondit Harris T. Kymbale d'un ton affirmatif qui ne lui fut pas défavorable.

En effet, le wagon, fier de posséder un voyageur de ce tempérament, éclata en hips, dont les échos se répercutèrent jusqu'à la queue du train.

« Monsieur, s'informa alors un clergyman d'âge mûr, qui, son pince-nez aux yeux, le dévorait du regard, êtes-vous satisfait de votre premier coup de dés?...

— Oui et non, mon révérend, répondit le journaliste d'un ton respectueux. Oui... car mes partenaires, partis avant moi, n'ont pas dépassé la deuxième, la huitième et la onzième case, alors que je suis envoyé par deux et quatre à la sixième et de là à la douzième. Non... parce que c'est l'État de New York qui occupe cette sixième case « où il y a un pont », dit la légende, et que ce pont, c'est la passerelle du Niagara. Or, trop connu le Niagara!... Je l'ai visité vingt fois déjà!... Usé, vous dis-je, usées aussi la chute américaine, la chute canadienne, la grotte des Vents, l'île de la Chèvre!... Et puis, c'est trop près de Chicago!... Ce que je veux, c'est voir du pays, c'est être trimballé aux quatre coins de l'Union, c'est me fourrer des milliers de milles dans les jambes...

— A la condition, toutefois, reprit le clergyman, que vous soyez toujours à l'heure dite...

— Comme de juste, mon révérend, et croyez bien qu'on ne me prendra pas à manquer le rendez-vous d'une minute!

— Cependant, fit observer un marchand de conserves alimentaires, dont la fraîcheur de teint prévenait en faveur de ses propres marchandises, il me semble, monsieur Kymbale, que vous devez vous féliciter, puisque, après avoir posé le pied dans l'État de New York, vous vous rendez à celui de New Mexico... Ils ne confinent pas précisément l'un à l'autre...

— Peuh! s'écria le reporter, quelques centaines de milles... qui les séparent...

— Et à moins, ajouta le Yankee, d'être envoyé à la pointe de la Floride ou au dernier village du Washington...

— Voilà ce qui me plairait, déclara Harris T. Kymbale, traverser les territoires des États-Unis du nord-ouest au sud-est...

Buffalo. — Vue générale.

« — Mais, demanda le clergyman, est-ce que l'envoi à cette sixième case, où il y a un pont, ne vous oblige pas à payer une première prime?...

— Bah! mille dollars, voilà qui ne ruinera pas la *Tribune!* De la station de Niagara Falls, je lui lancerai un chèque-télégramme qu'elle s'empressera d'acquitter...

— Et d'autant plus volontiers, déclara le Yankee, que ce match Ilypperbone, c'est pour elle une affaire...

— Qui deviendra une bonne affaire, répondit avec assurance Harris T. Kymbale.

— J'en suis tellement certain, dit le commerçant chicagois, que, si je pariais, je parierais pour vous...

— Et vous feriez bien! » répliqua le reporter.

On jugera, d'après ces réponses, que sa confiance en lui-même égalait au moins celle que Jovita Foley avait en son amie Lissy Wag.

« Pourtant, fit alors remarquer le clergyman, n'y a-t-il pas un de vos concurrents qui, à mon avis, serait plus à redouter que les autres?..

— Lequel, mon révérend?...

— Le septième, monsieur Kymbale, celui qui est uniquement désigné par les initiales X K Z...

— Ce partenaire de la dernière heure! s'écria le journaliste. Allons donc! il bénéficie des circonstances mystérieuses qui l'entourent... C'est l'homme masqué dont les badauds raffolent en général... Mais on finira par percer son incognito, et, quand ce serait le président des États-Unis en personne, il n'y aurait pas plus lieu de le craindre que n'importe quel autre des Sept! »

Du reste, il n'était guère probable que ce fût le président des États-Unis dont le testateur eût fait choix pour septième partant. En Amérique, d'ailleurs, personne n'eût trouvé malséant que le premier personnage de l'Union fût entré en lutte pour disputer à ses concurrents une fortune de soixante millions de dollars.

Sept cents milles environ séparent Chicago de New York, et Harris T. Kymbale n'en avait à franchir que les deux tiers pour

atteindre le Niagara, sans avoir à pousser jusqu'à la grande métropole américaine. Il n'avait aucune envie de la visiter, par cette raison
qu'il la connaissait autant, à tout le moins, que les fameuses chutes
devant lesquelles il devait se présenter.

En quittant Chicago, après avoir contourné le golfe inférieur du
lac Michigan, le train entra dans l'Indiana, limitrophe de l'Illinois, à
la station d'Ainsworth et il remonta jusqu'à Michigan City. Malgré
son nom, cette ville n'appartient point à cet État, et elle est considérée comme un des ports de l'Indiana.

Si le confiant reporter avait choisi cette voie au milieu du réseau
de la région, s'il passa par New Buffalo, s'il s'arrêta quelques heures
à Jackson, important centre manufacturier de plus de vingt mille
âmes, s'il continua à s'élever vers le nord-est, c'est qu'il voulait visiter Détroit, où il arriva dans la nuit du 7 au 8 mai.

Le lendemain, après un rapide sommeil dans la confortable chambre
d'un hôtel d'où son nom rayonna à travers toute la ville, il fut salué
dès l'aube par des centaines de curieux, — mieux que des curieux,
de sympathiques partisans qui, pendant cette journée, entendaient
ne pas le quitter d'une semelle. Peut-être regretta-t-il de ne pouvoir
s'abriter sous le voile de l'incognito, puisqu'il ne s'agissait en
somme que de parcourir la ville. Mais le moyen d'échapper à la
célébrité et à ses inconvénients quand on est chroniqueur en chef de
la *Tribune*, et l'un des « Sept » du match Hypperbone !

C'est donc en nombreuse et bruyante compagnie qu'il visita la métropole du Michigan, dont la modeste Lansing est la capitale. Cette
prospère cité, née d'un petit fortin de traite, établi par les Français
en 1670, tient son nom du « détroit », large à cette place de quatre cents
toises, par lequel le lac Huron déverse le trop plein de ses eaux dans
le lac Érié. En face s'élève la ville canadienne de Windsor, son faubourg, où le quatrième partant se garda bien de mettre le pied. Il
eut à peine le temps de visiter cette métropole de deux cent mille habitants, qui l'accueillirent avec enthousiasme, en faisant pour lui les vœux
qu'ils eussent fait sans doute pour n'importe quel autre des partenaires.

Harris T. Kymbale repartit le soir. S'il lui eût été permis de prendre les voies ferrées du Canada, de franchir par le sud la province de l'Ontario, il aurait pu, à travers le long tunnel creusé sous la rivière Saint-Clair à son débouché du lac Huron, gagner plus directement Buffalo et Niagara Falls. Mais le territoire du Dominion lui était interdit. Il lui fallut pénétrer dans l'État de l'Ohio, descendre jusqu'à Toledo, ville grandissante, bâtie à la pointe sud du lac Érié, obliquer vers Sandusky, au milieu des vignobles les plus riches de l'Amérique, puis, en longeant le littoral est du lac, passer par Cleveland. Ah! la magnifique cité, sa population de deux cent soixante-deux mille âmes, ses rues ombragées d'érables, son avenue d'Euclide, les Champs-Élysées de l'Amérique, ses faubourgs étagés sur les collines, les richesses que lui versent incessamment les bassins pétrolifères de la région, et dont Cincinnati aurait le droit d'être jalouse. Puis il toucha à Erié City de Pennsylvanie, puis il sortit de cet État à la station de Northville pour entrer dans celui de New York, puis il brûla Dunkirk, éclairée par l'hydrogène de ses puits naturels, et le soir du 10 mai il arriva à Buffalo, la seconde ville de l'État où, cent ans avant, il eût rencontré des bisons par milliers au lieu d'habitants par centaines de mille.

Décidément, Harris T Kymbale fit bien de ne pas s'attarder dans cette jolie ville, le long de ses boulevards, de ses avenues du Niagara Park, autour de ses entrepôts et de ses elevators, sur les bords du lac qui ouvre passage aux eaux du Niagara. Il importait qu'à dix jours de là, dernier délai, il fût de sa personne à Santa Fé, la capitale du New Mexico, — un parcours de quatorze cents milles que les railroads ne desservaient pas tout entier.

Le lendemain donc, après un court trajet de vingt-cinq milles environ, il débarqua au village de Niagara Falls.

Malgré tout ce que pouvait dire le reporter de cette célèbre cataracte, maintenant trop connue et trop industrialisée, et qui le sera bien davantage dans l'avenir, lorsqu'on aura dompté ses seize millions de chevaux, ce ne sont ni la Porte des Adirondaks, ce mer-

BUFFALO. — City Hall (*Hôtel de Ville*).

veilleux ensemble de défilés, de cirques, de forêts, dont l'Union
veut faire une propriété nationale, ni les Palissades de l'Hudson, ni
le Parc Central de la métropole, ni le Broadway, ni le pont de
Brooklyn, si audacieusement jeté sur la rivière de l'Est, qui dis-
puteront les touristes aux merveilles de la Horse-Shoe-Fall.

Non! rien n'est comparable à ce tumultueux déversement des
eaux du lac Erié dans le lac Ontario par le canal niagarien. C'est le

Saint-Laurent, qui passe, se brisant à l'éperon de Goat Island pour former d'un côté la chute américaine, de l'autre la chute canadienne en fer à cheval! Et ces bondissements furieux au pied des deux cataractes, et ces creusements verdâtres au centre de la seconde, après lesquels la rivière apaisée promène ses eaux tranquilles pendant trois milles jusqu'à Suspension-Bridge, où elle se déchaîne de nouveau en rapides effrayants!

Autrefois la Terrapine Tower se dressait sur les extrêmes roches de Goat Island, entourée de tourbillons dont l'écume pulvérisée jusqu'à sa tête, formait, le jour, des arcs-en-ciel de soleil, la nuit, des arcs-en-ciel de lune. Mais on a dû l'abattre, car la chute a reculé d'une centaine de pieds depuis un siècle et demi, et elle eût fini par tomber dans l'abîme. Actuellement, une hardie passerelle, jetée d'une rive à l'autre de la bruyante rivière, permet d'admirer le double courant dans toute sa splendeur.

Harris T. Kymbale, escorté de nombreux visiteurs, Américains et Canadiens, vint se placer au milieu de cette passerelle, en prenant bien garde de ne pas empiéter sur la partie qui appartient au Dominion. Puis, après avoir poussé un hurrah que mille bouches enthousiastes lancèrent à travers le brouhaha des eaux, il revint au village de Niagara Falls, dont trop d'usines enlaidissent maintenant le voisinage. Que voulez-vous, un débit de cent millions de tonnes par heure à utiliser!

Le reporter n'alla donc pas s'égarer entre les verdoyants taillis de l'île de la Chèvre, il ne descendit pas à la grotte des Vents sous le massif de l'île, il ne s'aventura pas derrière les profondes nappes de Horse-Shoe-Fall, — ce qui ne peut se faire que par la rive canadienne; mais il n'oublia pas de se rendre au Post Office du village, d'où il expédia un chèque de mille dollars à l'ordre de maître Tornbrock, de Chicago, — chèque que le caissier de la *Tribune* s'empresserait de payer à présentation.

Dans l'après-midi, à la suite d'un magnifique lunch servi en son honneur, Harris T. Kymbale regagna Buffalo, et le soir même il quittait cette ville afin d'effectuer dans les délais prescrits la seconde partie de son itinéraire.

Au moment où il montait en wagon, le maire de la cité, l'honorable H.-V. Exulton, lui dit d'un ton grave :

« C'est bon pour une fois, monsieur, mais ne vous amusez plus à flâner comme vous l'avez fait jusqu'ici...

— Et si cela me convient... répliqua Harris T. Kymbale, qui ne parut pas goûter l'observation, même venue de si haut. Il me semble que j'ai bien le droit...

— Non... monsieur... pas plus qu'un pion n'a celui d'en prendre à son aise sur un échiquier...

— Eh ! je m'appartiens, je suppose !

— Profonde erreur, monsieur !... Vous appartenez à ceux qui ont parié pour vous, et j'y suis de cinq mille dollars. »

En somme, l'honorable H.-V. Exulton avait raison, et dans son propre intérêt, le chroniqueur de la *Tribune*, lors même que ses chroniques en eussent souffert, ne devait avoir qu'une préoccupation : atteindre son poste par les voies les plus courtes et les plus rapides.

Du reste, Harris T. Kymbale n'avait rien à apprendre dans cet État de New York, maintes fois visité par lui. Entre sa métropole et Chicago les communications sont aussi nombreuses que faciles. C'est l'affaire d'une journée pour ces Américains dont les trains détiennent le record du millier de milles en vingt-quatre heures.

En somme, Harris T. Kymbale n'aurait pas eu lieu de regretter son coup de début. Après l'État de New York, n'était-il pas envoyé dans l'État de New Mexico, où ses curiosités de touriste pourraient être satisfaites. Il était à supposer d'ailleurs que le caprice des dés y expédierait plusieurs des joueurs du match, qui ne l'avaient pas encore visité, — tels Hermann Titbury, Lissy Wag et son inséparable Jovita Foley.

L'État de New York est le premier de la Confédération par sa population qui ne compte pas moins de six millions d'habitants, s'il n'est que le vingt-neuvième avec une superficie de quarante-neuf mille milles

carrés. C'est l' « Empire State », ainsi le désigne-t-on quelquefois,
— disposé en forme de triangle, dont les côtés sont formés de lignes
droites, choisies arbitrairement à défaut de frontières naturelles.

Il est vrai, ceux de ses partenaires qui y viendraient n'auraient
pas plus que Harris T. Kymbale la possibilité d'y séjourner pendant
les deux semaines réservées entre chaque tirage. Comme lui, après
avoir fait acte de présence sur le pont du Niagara, ils seraient dans
l'obligation de gagner Santa Fé, la capitale du New Mexico. Si, à la
rigueur, ils allaient jusqu'à New York, les autres villes ne rece-
vraient point leur visite. Cependant la plupart méritent d'être vues,
— Albany, le siège de la législature, peuplée de cent dix mille habitants, fière de ses musées, de ses écoles, de ses parcs, de son palais,
qui n'a pas coûté moins de vingt millions de dollars, — Rochester,
la cité de la farine, manufacturière par excellence, et puissamment
aidée dans sa production industrielle par les laborieuses chutes du
Genesee. — Syracuse, la riche ville du sel que lui fournissent inépuisablement les salines de l'Onondaga, — et nombre d'autres, toute
une famille de cités que l'État peut montrer avec un juste orgueil.

D'avoir visité sa métropole, ce serait déjà quelque chose, et « ça
vaut le voyage », comme on dit vulgairement. Il faut avoir vu ce
New York, entre l'Hudson et l'East-river, étendu sur cette presqu'île de Manhattan, dont il couvre cent six kilomètres carrés, soit
douze mille hectares et qui en occupera trois cent soixante, — plus
que Paris, plus que Londres, — lorsque Brooklyn et Long Island
auront été réunis dans le même municipe. Il faut avoir admiré ses
boulevards, ses monuments, ses mille églises, et ce n'est pas trop
pour dix-sept cent mille habitants, son Broadway, sa Fifth Avenue,
longue de sept milles, sa cathédrale de Saint-Patrice, bâtie en marbre
blanc, son Central Park de trois cent quarante-cinq hectares, avec
pelouses, bois, cours d'eau, et auquel aboutit le grand aqueduc du
Croton, son pont de Brooklyn sur l'East-river, en attendant celui
qui traversera l'Hudson, son port dont le mouvement commercial se
chiffre par huit cent millions de dollars, sa vaste baie, semée d'îles,

NIAGARA FALLS.

et entre autres Bedloe's Island, où se dresse la gigantesque statue de Bartholdi, *la Liberté éclairant le Monde.*

Mais, on le répète, tout ce merveilleux n'aurait pas eu pour le chroniqueur en chef de la *Tribune,* l'attrait de la nouveauté. Après la visite au Niagara, il allait se conformer minutieusement à son tinéraire, sans s'en écarter.

En effet, on était au 11 mai, et il fallait qu'il fût à Santa Fé le 21

au plus tard, avant midi. Or, deux États séparés par quinze à seize
cents milles ne sont pas précisément voisins l'un de l'autre.

En quittant Buffalo, Harris T. Kymbale s'était proposé de revenir
à Chicago, afin de prendre le Grand Trunk en direction de l'ouest.
Mais, comme il ne s'en détache aucun embranchement qui le mette
en communication directe avec Santa Fé, c'eût été une faute, car il
y aurait un très long trajet de voiture à travers un pays mal desservi
au point de vue des transports. Heureusement, ses confrères de la
*Tribune*, après une étude approfondie de cette partie du Far West,
avaient combiné un itinéraire qui lui fut indiqué par un télégramme
envoyé à Buffalo.

Ce télégramme était conçu en ces termes :

« Revenir de Niagara Falls à Buffalo et redescendre jusqu'à Cleve-
« land. Traverser obliquement l'Ohio, par Columbus et Cincinnati,
« l'Indiana par Laurencebourg, Madison, Versailles et Vincennes,
« le Missouri par Salem, Belley et Saint-Louis. Choisir la ligne de
« Jefferson pour Kansas City. Franchir le Kansas par la voie ferrée
« plus méridionale, Laurence, Emporia, Toleda, Newton, Hutchin-
« son, Plum Buttes, Fort Zarah, Larned, Petersburg, Dodge City,
« Fort Atkinson, Sherbrock, puis l'est du Colorado par Grenade et
« Las Arimas. Prendre l'embranchement à Pueblo, et par Trinidad
« gagner Clifton sur la frontière du New Mexico. Enfin par Cimar-
« ron, Las Vegas et Galateo rejoindre le petit tronçon qui remonte
« à Santa Fé. Ne pas oublier que le signataire de présente dépêche
« a mis cent dollars sur vous, et que tout autre itinéraire risquerait
« de les lui faire perdre.

« BRUMAN S. BICKHORN,<br>
Secrétaire de la rédaction. »

Comment celui des « Sept » que ses amis servaient avec tant de
zèle, qui lui facilitaient avec tant de précision l'accomplissement de
sa tâche, n'eût-il pas eu les meilleures chances pour arriver bon premier ? Oui, sans doute, mais à la condition de suivre le conseil de

l'honorable H. V. Exulton, c'est-à-dire de ne pas s'attarder en admirations intempestives.

« Entendu, mon brave Bickhorn, c'est l'itinéraire que je suivrai, se dit Harris T. Kymbale, et je ne me permettrai pas le plus léger écart! Pour le chemin de fer, il n'y a pas à s'en inquiéter. Sois tranquille, aimable secrétaire de la rédaction, s'il y a des retards, ils ne proviendront ni de mon étourderie, ni de ma négligence, et tes cent dollars seront aussi énergiquement défendus que les cinq mille de Sa Hautesse, le premier magistrat de Buffalo! Je n'oublie pas que je porte les couleurs de la *Tribune!* »

Un jockey n'eût pas mieux dit. Ce jockey-là, il est vrai, était plutôt un centaure et courait pour son propre compte.

Et c'est ainsi que, par une judicieuse combinaison d'horaires et de trains, sans se presser, se reposant la nuit dans les meilleurs hôtels, Harris T. Kymbale traversa en soixante heures les cinq États de l'Ohio, de l'Indiana, de l'Illinois, du Missouri, du Kansas, du Colorado, et s'arrêta le 19 au soir à la station de Clifton, sur la frontière du New Mexico.

Là, si le reporter n'échangea que cinq cent quarante-six poignées de main, c'est qu'il n'y avait que deux cent soixante-treize bimanes dans ce petit village perdu au fond des immenses plaines du Far West.

Il comptait bien passer une bonne nuit à Clifton. Mais, lorsqu'il descendit du wagon, quel fut son désappointement en apprenant que, pour cause d'importantes réparations, la circulation serait interrompue pendant plusieurs jours sur le railroad. Et il était encore à cent vingt-cinq milles de Santa Fé, et il n'avait plus que trente-six heures pour les faire. Le sage Bruman S. Bickhorn n'avait pas prévu cela!

Heureusement, au sortir de la gare, Harris T. Kymbale se trouva en présence d'un type, moitié américain, moitié espagnol, qui l'attendait. Dès qu'il aperçut le reporter, cet homme fit claquer trois fois son fouet, — triple pétarade dont, parait-il, il se servait d'habitude pour saluer les gens. Puis, en une langue qui rappelait plutôt celle de Cervantes que celle de Cooper :

« Harris T. Kymbale?... dit-il.

— C'est moi.

— Voulez-vous que je vous conduise à Santa Fé?...

— Si je le veux!...

— Convenu.

— Tu te nommes?...

— Isidorio.

— Isidorio me va.

— Ma voiture est là, prête à partir.

— Partons, et n'oublie pas, mon ami, que si une voiture marche grâce à son attelage, c'est grâce à son cocher qu'elle arrive. »

L'Hispano-Américain comprit-il tout ce qu'il y avait d'insinuant dans cet aphorisme?... Peut-être.

C'était un homme de quarante-cinq à cinquante ans, la peau très basanée, l'œil très vif, la physionomie goguenarde — un de ces malins qui ne se laissent pas facilement rouler. Quant à penser qu'il fût fier d'avoir à conduire un personnage qui avait une chance sur sept de valoir soixante millions de dollars, le reporter ne voulait pas en douter, bien que rien ne fût moins sûr.

Harris T. Kymbale occupait seul la voiture. Ce n'était point un stage à six chevaux, mais une simple carriole qui trouverait à relayer aux pueblos de la route. Le véhicule s'élança sur le chemin cahoteux de l'Aubey's Trail, coupé de nombreux creeks qu'il passait à gué, s'approvisionnant aux relais, se reposant quelques heures de nuit.

Le lendemain, au petit jour, la carriole avait franchi une quarantaine de milles par Cimarron, en longeant la base des White-Mountains, sans avoir fait aucune mauvaise rencontre. Du reste, il n'y a plus rien à redouter des Apaches, des Comanches et autres tribus de Peaux-Rouges qui couraient autrefois la contrée, et dont quelques-unes ont obtenu du gouvernement fédéral de conserver leur indépendance.

Dans l'après-midi, la voiture avait dépassé Fort Union, Las Vegas, et elle s'engagea à travers les défilés de Moro Peaks. Route mon-

tueuse, difficile, dangereuse même, — en tout cas peu propice à un
rapide cheminement. En effet, à partir de ces basses plaines, il fallait
s'élever de sept à huit cents toises, qui est l'altitude de Santa Fé
au-dessus du niveau de la mer.

Au delà de cette énorme échine du New Mexico s'étend le bassin
arrosé par les nombreux tributaires qui font du Rio Grande del
Norte l'un des plus magnifiques cours d'eau du versant ouest de
l'Amérique. Là s'engage l'importante voie qui va de Chicago à Denver et favorise le commerce avec les provinces du Mexique.

Pendant cette nuit du 20 au 21, l'allure de la carriole fut bien
lente et bien rude. L'impatient voyageur, non sans raison, eut cette
crainte de ne point arriver à temps. De là, exhortations et objurgations incessantes adressées au flegmatique Isidorio.

« Mais tu ne marches pas...

— Que voulez-vous, monsieur Kymbale, nous n'avons que des
roues, et il nous faudrait des ailes...

— Mais tu ne comprends donc pas l'intérêt que j'ai à être le 21 à
Santa Fé...

— Bon!... si nous n'y sommes pas ce jour-là, nous y serons le
lendemain...

— Mais il sera trop tard ...

— Mon cheval et moi, nous faisons tout ce que nous pouvons, et
on ne saurait exiger plus d'une bête et d'un homme! »

Le fait est qu'Isidorio n'y mettait point de mauvaise volonté et ne
s'épargnait guère.

C'est alors que Harris T. Kymbale crut devoir l'intéresser plus directement à la partie qu'il jouait. Aussi, tandis que l'attelage s'ex-
ténuait en remontant l'un des plus raides défilés de la chaine, au
milieu d'épaisses forêts d'arbres verts, en suivant les lacets d'un
labyrinthe semé d'éboulis et de troncs abattus par l'âge, il dit à son
automédon :

« Isidorio, j'ai une proposition à te faire...

— Faites, monsieur Kymbale.

— Mille dollars pour toi... si je suis demain... avant midi... à Santa Fé...

— Mille dollars... que vous dites?... répliqua l'Hispano-Américian en clignant de l'œil.

— Mille dollars... à la condition, bien entendu, que je gagne la partie !

— Ah ! fit Isidorio, à la condition que...

— Évidemment.

— Soit... ça va tout de même ! » et il enleva son cheval d'un triple coup de fouet.

A minuit, la carriole n'avait encore atteint que le haut de la passe, et les inquiétudes de Harris T. Kymbale redoublèrent. C'est pourquoi, ne se contentant plus :

« Isidorio, déclara-t-il en lui frappant sur l'épaule, j'ai une nouvelle proposition à te faire...

— Faites, monsieur Kymbale.

— Dix mille... oui ! dix mille dollars... si j'arrive à temps...

— Dix mille... que vous dites?... répéta Isidorio.

— Dix mille !

— Et toujours si vous gagnez la partie?...

— Assurément ! »

Pour redescendre la chaine, sans aller jusqu'à Galisteo prendre le petit tronçon du railroad, — ce qui eût fait perdre un certain temps, — puis suivre la vallée du rio Chiquito et atteindre Santa Fé, soit une cinquantaine de milles, il n'y avait plus que douze heures.

Il est vrai, la route était praticable, peu montante, et il eût été difficile d'avoir un meilleur cheval que celui du relais de Tuos. Donc, à la rigueur, il était possible d'arriver au but dans le délai fixé, mais à la condition de ne pas s'attarder une minute, et si l'état climatérique restait favorable.

Or, la nuit était magnifique, une lune qui semblait avoir été commandée par une dépêche de l'obligeant Bickhorn, température agréable, jolie brise de nord très rafraichissante, vent arrière qui,

du moins, ne contrarierait pas la marche du véhicule. Le cheval
piaffait d'impatience à la porte de l'auberge, une bête pleine de feu,
de cette race mexico-américaine élevée dans les corrals des provinces de l'ouest.

Quant à celui qui tenait les rênes de la carriole, on n'aurait pas
trouvé mieux. Dix mille dollars de bonne main, même en ses rêves
les plus insensés, il n'avait jamais entrevu le miroitement d'une
pareille somme! Et, cependant, Isidorio ne paraissait pas aussi émer-
veillé de ce coup de fortune qu'il aurait dû l'être, — à ce que pensait
Harris T. Kymbale.

« Est-ce donc, se demanda-t-il, que le brigand en voudrait davantage... dix fois plus, par exemple?... Après tout, qu'est-ce que des
milliers de dollars au milieu des millions de William J. Hypperbone... une goutte d'eau dans la mer!... Eh bien! s'il le faut,
j'irai jusqu'à cent gouttes! »

Et, au moment de partir :

« Isidorio, lui dit-il à l'oreille, il ne s'agit plus maintenant de dix
mille dollars...

— Tiens... voilà que vous retirez votre promesse!... se récria
Isidorio d'un ton sec.

— Eh non, mon ami, non... bien au contraire!... C'est cent mille
dollars pour toi... si nous sommes avant midi à Santa Fé...

— Cent mille dollars que vous dites?... » répéta Isidorio, l'œil
gauche à demi fermé.

Puis, il ajouta :

« Toujours... si vous gagnez?...

— Oui... si je gagne...

— Est-ce que vous ne pourriez pas m'écrire cela sur un bout de
papier, monsieur Kymbale... rien que quelques mots...

— Avec ma signature?...

— Votre signature et votre paraphe... »

Il va de soi que dans une affaire de cette importance la parole
échangée ne pouvait suffire. Sans hésiter, Harris T. Kymbale tira

son carnet, et sur un des feuillets fit un engagement de cent mille
dollars au profit du sieur Isidorio de Santa Fé, — engagement qui
serait fidèlement acquitté si le reporter devenait l'unique héritier de
William J. Hypperbone. Puis il signa, parapha et remit le papier à
son destinataire.

Indiens du New Mexico.

Isidorio le prit, le lut, le plia soigneusement, le fourra dans sa
poche et dit :

« En route. »

Ah ! ce que fut cette galopade échevelée, à bride abattue, cette
course vertigineuse de la carriole sur la route qui longe la rive du
rio Chiquito. Et, malgré tant d'efforts, au risque de briser le véhicule, de verser dans la rivière, Santa Fé ne put être atteinte qu'à
midi moins dix.

On ne compte pas plus de sept mille habitants dans cette capitale.

CE QUE FUT CETTE GALOPADE ÉCHEVELÉE... (Page 152.)

Si le New Mexico, depuis 1850, est annexé au domaine de la
République fédérale, son admission au nombre des cinquante États
ne datait que de quelques mois, — ce qui avait permis à l'excentrique défunt de le placer sur sa carte.

D'ailleurs, il est manifestement resté espagnol de mœurs et

SANTA FÉ.

d'aspect, et le caractère anglo-américain n'y gagne pas rapidement.
Quant à Santa Fé, sa situation au cœur de gisements argentifères
lui assure un avenir de toute prospérité. A entendre ses habitants,
la ville repose même sur une épaisse base d'argent, et on a pu
extraire du sol de ses rues un minerai qui donnait jusqu'à deux
cents dollars par tonne.

Quoi qu'il en soit, la ville offre peu de curiosités aux touristes, si
ce n'est les ruines d'une église bâtie par les Espagnols près de trois
siècles auparavant, et un « Palais des Gouverneurs », humble bâtisse

dónt l'unique rez-de-chaussée est orné d'un portique à colonnettes
de bois. Quant aux maisons, espagnoles et indiennes, construites en
adobes ou briques non cuites, quelques-unes ne forment qu'un
cube de maçonnerie, percé d'embrasures irrégulières, comme il s'en
rencontre dans les pueblos indigènes.

Harris T. Kymbale fut accueilli ainsi qu'il l'avait été sur tout son
parcours. Mais il n'eut pas le temps de répondre aux sept mille mains
qui se tendirent vers lui autrement que par un merci général. En effet,
il était déjà onze heures cinquante, et il fallait qu'il fût au bureau du
télégraphe avant que le dernier coup de midi eût sonné à l'horloge
municipale.

Deux télégrammes l'y attendaient, expédiés le matin et presque
en même temps de Chicago. Le premier, signé de maitre Tornbrock,
lui notifiait le résultat du deuxième coup de dés qui le concernait.
Par dix, formé des points cinq et cinq, le quatrième partenaire était
expédié à la vingt-deuxième case, South Carolina.

Eh bien, cet intrépide, cet infatigable « traveller », qui rêvait d'itinéraires insensés, était servi à souhait ! Quinze cents bons milles à
dévorer en se dirigeant vers le versant Atlantique des États-Unis !...
Il ne se permit que cette observation :

« Avec la Floride, j'aurais eu quelques centaines de milles en plus ! »

A Santa Fé, les Anglo-Américains voulurent fêter la présence de
leur compatriote en organisant des meetings, des banquets et autres
cérémonies de ce genre. Mais, à son grand regret, le reporter en chef
de la *Tribune* refusa. Instruit par l'expérience, il était résolu à tenir
compte des conseils de l'honorable maire de Buffalo, à ne s'attarder
sous aucun prétexte, à voyager par le plus court, quitte à excursionner quand il serait arrivé à son poste.

Au surplus, le dernier télégramme, à lui envoyé par le précautionneux Bickhorn, contenait un nouvel itinéraire, non moins bien
étudié que le précédent, auquel ses confrères le priaient de se conformer en partant dès la première heure. Aussi se décida-t-il à quitter le
jour même la capitale du New Mexico.

Les cochers de la ville n'ignoraient pas ce que ce voyageur ultra-généreux avait fait pour Isidorio. Il n'eut donc que l'embarras du choix, et tous lui offrirent leurs services dans la pensée qu'ils ne seraient pas moins bien partagés que leur camarade.

Sans doute, on s'étonnera qu'Isidorio n'eût pas réclamé l'honneur — presque le droit — de reconduire le reporter à la plus prochaine ligne de railroad, et qui sait?... avec la pensée d'ajouter cent mille dollars à ceux que lui assurait l'engagement d'Harris T. Kymbale... Mais il est probable que ce très pratique Hispano-Américain était non moins satisfait que fatigué. Il vint cependant faire ses adieux au journaliste qui, après avoir traité avec un autre conducteur, se préparait à partir dès trois heures de l'après-midi.

« Eh bien, mon brave, lui dit Harris T. Kymbale, ça va bien?...

— Ça va bien, monsieur.

— Et, maintenant, je ne crois pas en être quitte avec toi, parce que je t'ai associé à ma fortune...

— Mille et mille fois bon, monsieur Kymbale, je ne mérite pas...

— Si... si... j'ai des remerciements à t'adresser, car, sans ton zèle, ton dévouement, je serais arrivé trop tard... j'eusse été mis hors de partie, et il ne s'en est fallu que de dix minutes!... »

Isidorio écouta cette élogieuse appréciation, calme et goguenard suivant son habitude, et dit :

« Puisque vous êtes content, monsieur Kymbale, je le suis, moi aussi...

— Et les deux font la paire, comme disent nos amis les Français, Isidorio.

— Alors... c'est comme pour les chevaux d'attelage...

— Juste, et quant à ce papier que je t'ai signé, conserve-le précieusement. Puis, lorsque tu m'entendras proclamer dans le monde entier comme le vainqueur du match Hypperbone, fais-toi conduire à Clifton, prends le chemin de fer qui te débarquera à Chicago et passe à la caisse!... Sois sans inquiétude, je ferai honneur à ma signature! »

, Isidorio hochait la tête, se grattait le front, clignait de l'œil, dans l'attitude d'un homme assez indécis, qui veut parler et hésite à le faire.

« Voyons, lui demanda Harris T. Kymbale, est-ce que tu ne te trouves pas suffisamment rémunéré?...

— Sans doute, répondit Isidorio. Mais... ces cent mille dollars... c'est toujours... si vous gagnez...

— Réfléchis, mon brave, réfléchis!... Est-ce qu'il peut en être autrement?...

— Pourquoi pas?...

— Voyons... me serait-il possible de te verser une pareille somme, si je n'empochais pas l'héritage?...

— Oh! je comprends, monsieur Kymbale... Je comprends même très bien!... Aussi... je préférerais...

— Quoi donc?...

— Cent bons dollars...

— Cent au lieu de cent mille?...

— Oui... répondit placidement Isidorio. Que voulez-vous, je n'aime pas à compter sur le hasard... et cent bons dollars que vous me donneriez tout de suite... ce serait plus sérieux... »

Ma foi, — et peut-être au fond regrettait-il sa générosité, — Harris T. Kymbale tira de sa poche cent dollars, et les remit à ce sage, qui déchira le billet et en rendit les morceaux.

Le reporter partit accompagné de bruyants souhaits de bon voyage et disparut au galop par la grande rue de Santa Fé. Cette fois, sans doute, le nouveau conducteur, le cas échéant, se montrerait moins philosophe que son camarade.

Et quand on interrogea Isidorio sur la détermination qu'il avait prise :

« Bon! fit-il, cent dollars... c'est cent dollars!... Puis... je n'avais pas confiance!... Un homme si sûr de lui!... Voyez-vous... je ne mettrais pas vingt-cinq cents sur sa tête ! »

« Cela ne sera rien, ma chérie. » (Page 164.)

## XI

### LES TRANSES DE JOVITA FOLEY.

Lissy Wag était, par son numéro d'ordre, la cinquième à partir. Neuf jours allaient donc s'écouler entre celui où Max Réal avait quitté Chicago et celui où elle devrait quitter à son tour la métropole illinoise.

En quelles impatiences elle passa cette interminable semaine, ou, pour dire le vrai, Jovita Foley la passa en son lieu et place ! Elle ne parvenait pas à la calmer. Son amie ne mangeait plus, elle ne dormait plus, elle ne vivait plus. Les préparatifs avaient été faits dès le lendemain du premier coup de dés, le 1er du mois, à huit heures du matin, et, deux jours après, elle avait obligé Lissy Wag à l'accompagner jusqu'à la salle de l'Auditorium, où le second coup allait s'effectuer en présence d'une foule toujours aussi nombreuse, toujours aussi émotionnée. Puis les troisième et quatrième coups furent proclamés à la date des 5 et 7 mai. Quarante-huit heures encore, et le sort allait se prononcer sur les deux amies, car on ne les séparait pas l'une de l'autre : les deux jeunes filles ne faisaient qu'une seule et même personne.

Il faut s'entendre, cependant. C'était Jovita Foley qui absorbait Lissy Wag, celle-ci étant réduite à ce rôle de mentor, prudent et raisonnable, qu'on ne veut jamais écouter.     .

Inutile de dire que le congé accordé par M. Marshall Field à sa sous-caissière et à sa première vendeuse avait commencé le 16 avril, le lendemain de la lecture du testament. Ces deux demoiselles n'étaient plus astreintes à se rendre au magasin de Madison Street. Cela ne laissait pas, cependant, de causer quelque inquiétude à la plus sage. Car, enfin, en cas que l'absence se prolongeât des semaines, des mois, leur patron pourrait-il si longtemps se priver d'elles ?...

« Nous avons eu tort... répétait Lissy Wag.

— C'est entendu, répondait Jovita Foley, et nous continuerons d'avoir tort tant qu'il le faudra. »

Cela dit, la nerveuse et impressionnable personne ne cessait d'aller, de venir dans le petit appartement de Sheridan Street. Elle ouvrait l'unique valise qui renfermait le linge et les vêtements de voyage, elle s'assurait que rien n'était oublié pour un déplacement

peut-être de longue durée ; puis elle se mettait à compter, à re-
compter l'argent disponible, — toutes leurs économies converties en
papier et en or, que les hôtels, les railroads, les voitures, l'imprévu,
dévoreraient à la grande désolation de Lissy Wag. Et elle causait de
tout cela avec les locataires, si nombreux dans ces immenses ruches
de Chicago à dix-sept étages. Et elle descendait par l'ascenseur et
remontait dès qu'elle avait appris quelque nouvelle des journaux
et des crieurs de la rue.

« Ah ! ma chérie, dit-elle un jour, il est parti, ce monsieur Max
Réal, mais où est-il ?... Il n'a pas même fait connaître son itinéraire
pour le Kansas ! »

Et, effectivement, les plus fins limiers de la chronique locale
n'avaient pu se jeter sur les traces du jeune peintre, dont on ne
comptait pas avoir de nouvelles avant le 15, c'est-à-dire une semaine
après que Jovita Foley et Lissy Wag seraient lancées sur les
grandes routes de l'Union.

« Eh bien, à parler franc, dit Lissy Wag, c'est, de tous nos partenaires, ce jeune homme auquel je m'intéresse le plus...

— Parce qu'il t'a souhaité bon voyage, n'est-ce pas ?... répondit
Jovita Foley.

— Et aussi parce qu'il me paraît digne de toutes les faveurs de la
fortune.

— Après toi, Lissy, j'imagine ?...

— Non, avant.

— Je comprends !... Si tu ne faisais pas partie des « Sept », répondit Jovita, tes vœux seraient pour lui...

— Et ils le sont tout de même !

— C'est entendu, mais comme tu en fais partie, et moi aussi en
qualité d'amie intime, avant d'implorer le ciel pour ce Max Réal, je
t'engage à l'implorer pour moi. D'ailleurs, je te le répète, on
ignore où il est... cet artiste, pas loin de Fort Riley, je suppose...
à moins que quelque accident...

— Il faut espérer que non, Jovita !

— Il faut espérer que non, c'est entendu... c'est entendu, ma chérie! »

Et c'est ainsi que Jovita Foley, le plus souvent, ripostait par cette locution, ironique dans sa bouche, aux observations de la craintive Lissy Wag.

Puis, l'excitant encore, elle lui dit :

« Tu ne me parles jamais de cet abominable Tom Crabbe, car il est en route avec son cornac... en route pour le Texas?... Est-ce que tu ne fais pas aussi des vœux pour le crustacé?...

— Je fais le vœu, Jovita, que le sort ne nous envoie pas dans des pays aussi éloignés...

— Bah, Lissy!

— Voyons, Jovita, nous ne sommes que des femmes, et un État voisin du nôtre conviendrait mieux...

— D'accord, Lissy, et cependant si le sort ne pousse pas la galanterie jusqu'à épargner notre faiblesse... s'il nous expédie à l'océan Atlantique... à l'océan Pacifique... ou au golfe du Mexique, force sera bien de se soumettre...

— On se soumettra, puisque tu le veux, Jovita.

— Ce n'est pas parce que je le veux, mais parce qu'il le faut, Lissy. Tu ne penses qu'au départ, jamais à l'arrivée... la grande arrivée... la soixante-troisième case... et moi j'y pense nuit et jour, puis au retour à Chicago... où les millions nous attendent dans la caisse de cet excellent notaire...

— Oui!... ces fameux millions de l'héritage... dit Lissy Wag en souriant.

— Voyons, Lissy, est-ce que les autres partenaires n'ont pas accepté sans tant récriminer?... Est-ce que le couple Titbury n'est pas sur le chemin du Maine?....

— Pauvres gens, je les plains!

— Ah! tu m'exaspères à la fin!... s'écria Jovita Foley.

— Et toi, si tu ne t'apaises pas, si tu continues à t'énerver comme tu le fais depuis une semaine, tu te rendras malade, et je resterai pour te soigner, je t'en préviens...

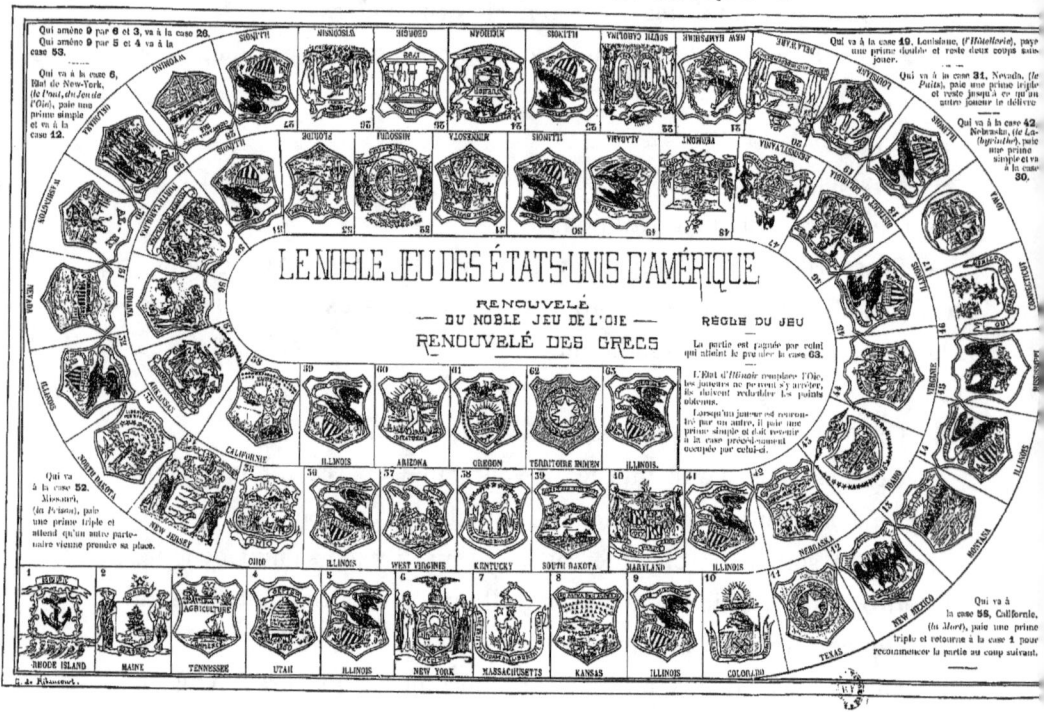

LE NOBLE JEU DES ÉTATS-UNIS D'AMÉRIQUE

RENOUVELÉ

DU NOBLE JEU DE L'OIE

RENOUVELÉ DES GRECS

RÈGLE DU JEU

— Moi... malade!... Tu es folle!... Ce sont les nerfs qui me soutiennent, qui me donnent l'endurance, et je serai nerveuse tout le temps du voyage!...

— Soit, Jovita, mais alors si ce n'est pas toi qui prends le lit... ce sera moi...

— Toi... toi!... Eh bien... avise-toi d'être malade! s'écria la très excellente et trop expansive demoiselle, qui se jeta au cou de Lissy Wag.

— Alors... sois calme, répliqua Lissy Wag en répondant à ses baisers, et tout ira bien! »

Jovita Foley, non sans grands efforts, parvint à se maitriser, épouvantée à la pensée que son amie pourrait être alitée le jour du départ.

Le 7, dans la matinée, en revenant de l'Auditorium, Jovita Foley rapporta la nouvelle que le quatrième partant, Harris T. Kymbale, ayant obtenu le point de six, allait se rendre d'abord dans l'État de New York, au pont du Niagara, et de là à Santa Fé, New Mexico.

Lissy Wag ne fit qu'une réflexion à ce sujet, c'est que le reporter de la *Tribune* aurait une prime à payer.

« Voilà ce qui n'embarrassera guère son journal! lui répliqua son amie.

— Non, Jovita, mais cela nous embarrasserait fort, si nous étions obligées de débourser mille dollars au début... ou même dans le cours du voyage! »

Et l'autre de répondre, comme d'habitude, par un mouvement de tête, qui signifiait clairement : Cela ne se produira pas... Non! cela ne se produira pas!...

Au fond, c'était ce dont elle s'inquiétait le plus, bien qu'elle n'en voulût rien laisser paraître. Et, chaque nuit, pendant un sommeil agité qui troublait celui de Lissy Wag, elle rêvait à haute voix de pont, d'hôtellerie, de labyrinthe, de puits, de prison, de ces funestes cases où les joueurs devaient payer des primes simples, doubles, triples, pour être admis à continuer la partie.

Enfin arriva le 8 mai, et, le lendemain, les deux jeunes voyageuses se mettraient en route... Et rien qu'avec les charbons ardents que Jovita Foley piétinait depuis une semaine, on aurait chauffé une locomotive de grande vitesse qui eût pu la conduire à l'extrémité de l'Amérique.

Il va sans dire que Jovita Foley avait acheté un guide général des voyages à travers les États-Unis, le meilleur et le plus complet des *Guide-Books*, qu'elle le feuilletait, le lisait, le relisait sans cesse, bien qu'elle ne fût pas en mesure d'étudier un itinéraire plutôt qu'un autre.

D'ailleurs, pour être tenu au courant, il suffisait de consulter les journaux de la métropole ou ceux de n'importe quelle autre ville. Des correspondances s'étaient immédiatement établies entre chaque État sorti au tirage et plus spécialement avec chacune des localités indiquées dans la note de William J. Hypperbone. La poste, le téléphone, le télégraphe, fonctionnaient à toute heure. Feuilles du matin, feuilles du soir, contenaient des colonnes d'informations plus ou moins véridiques, plus ou moins fantaisistes même, on doit l'avouer. Il est vrai, le lecteur au numéro comme l'abonné sont toujours d'accord sur ce point : plutôt des nouvelles fausses que pas du tout de nouvelles.

Du reste, ces informations dépendaient, on le comprend, des partenaires et de leur façon de procéder. Ainsi, en ce qui concernait Max Réal, si les renseignements ne pouvaient être sérieux, c'est qu'il n'avait mis personne, à l'exception de sa mère, dans la confidence de ses projets. N'ayant pas été signalé à Omaha avec Tommy, puis à Kansas City, à son débarquement du *Dean Richmond*, les reporters avaient en vain recherché ses traces, et on ignorait ce qu'il était devenu.

Une non moins profonde obscurité enveloppait encore Hermann Titbury. Qu'il fût parti le 5 avec Mrs Titbury, nul doute à cet égard, et il n'y avait plus à la maison de Robey Street que la servante, ce molosse féminin dont il a été question. Mais, ce qu'on ne savait pas, c'est qu'ils voyageaient sous un nom d'emprunt, et inutiles furent les efforts des chroniqueurs pour les saisir au passage. Vraisemblablement, on n'aurait de nouvelles certaines de ce couple que le jour où il viendrait au Post Office de Calais retirer sa dépêche.

Les dires étaient plus complets à l'égard de Tom Crabbe. Partis le 3 de Chicago, de façon très ostensible, Milner et son compagnon avaient été vus et interviewés dans les principales cités de leur itinéraire, et, finalement, à la Nouvelle-Orléans où ils s'étaient embarqués pour Galveston du Texas. La *Freie Presse* eut soin de faire remarquer à ce propos que le steamer *Sherman* était de nationalité américaine, c'est-à-dire un morceau même de la mère-patrie. Et, en effet, comme il était interdit aux partenaires de quitter le territoire national, il convenait de ne point prendre passage sur un bâtiment étranger, lors même que ce bâtiment fût resté dans les eaux de l'Union.

Quant à Harris T. Kymbale, les nouvelles sur son compte ne manquaient pas. Elles tombaient comme pluie en avril, car il ne regardait ni à un télégramme, ni à un article, ni à une lettre, dont bénéficiait la *Tribune*. On avait ainsi connu son passage à Jackson, puis à Détroit, et les lecteurs attendaient impatiemment le détail des réceptions qui s'organisaient en son honneur à Buffalo et à Niagara Falls.

On était donc au 7 mai. Le surlendemain, maître Tornbrock, assisté de Georges B. Higginbotham, proclamerait dans la salle de l'Auditorium le résultat du cinquième coup de dés. Encore trente-six heures, et Lissy Wag serait fixée sur son sort.

On s'imagine aisément en quelles impatiences Jovita Foley eût passé ces deux journées, si elle n'avait été en proie à des inquiétudes de la plus haute gravité.

En effet, dans la nuit du 7 au 8, Lissy Wag fut subitement prise d'un très violent mal de gorge, et c'est au plus fort d'un accès de fièvre qu'elle dut réveiller son amie, couchée dans la chambre voisine.

Jovita Foley se leva aussitôt, lui donna les premiers soins, quelques boissons rafraîchissantes, la recouvrit chaudement, répétant
d'une voix peu rassurée :

« Cela ne sera rien, ma chérie, cela ne sera rien...

— Je l'espère, répondait Lissy Wag, car ce serait tomber malade
au mauvais moment. »

C'était l'avis de Jovita Foley, qui n'eut même pas la pensée de se
recoucher, et veilla près de la jeune fille dont le sommeil fut très
péniblement agité.

Le lendemain, dès l'aube, toute la maison savait que la cinquième
partenaire était assez souffrante pour qu'il eût été nécessaire d'envoyer chercher un médecin, et, ce médecin, on l'attendait encore à
neuf heures.

La maison étant mise au courant de la situation, la rue ne tarda
pas à l'être, puis le quartier, puis la section, puis la ville, car l'in-
formation se répandit avec cette vitesse électrique dont sont particulièrement douées les funestes nouvelles.

Pourquoi s'en étonner, d'ailleurs?... Miss Wag n'était-elle pas la
femme du jour... la personnalité la plus en vue depuis le départ
d'Harris T. Kymbale?... N'était-ce pas sur elle que se portait l'attention du public... l'unique héroïne parmi les six héros du match Hypperbone?...

Or, voilà Lissy Wag malade, — sérieusement peut-être, — à la
veille du jour où le destin allait se prononcer à son égard!

Enfin le médecin demandé, le D. M. P. Pughe, fut annoncé un peu
après neuf heures. Il interrogea d'abord Jovita Foley sur le tempérament de la jeune fille :

« Excellent », lui fut-il répondu.

Le docteur vint alors s'asseoir près du lit de Lissy Wag, il la regarda attentivement, il lui fit tirer la langue, il lui tâta le pouls, il
l'écouta, il l'ausculta. Rien du côté du cœur, rien du côté du foie,
rien du côté de l'estomac. Enfin, après un examen consciencieux,
qui, à lui seul, eût valu quatre dollars la visite :

« Ce ne sera pas sérieux, dit-il, à moins qu'il ne survienne quelques complications graves...

— Ces complications sont-elles à craindre?... demanda Jovita Foley, troublée de cette déclaration.

— Oui et non, répondit le D. M. P. Pughe. Non... si la maladie est enrayée dès le début.., oui, si malgré nos soins, elle ne l'est pas et prend un développement que les remèdes seraient impuissants à réduire...

— Cependant, reprit Jovita Foley que ces réponses évasives rendaient de plus en plus inquiète, pouvez-vous vous prononcer sur la maladie?...

— Assurément et d'une façon péremptoire.

— Parlez donc, docteur!

— Eh bien, j'ai diagnostiqué une bronchite simple... Les bases des deux poumons sont atteintes... Il y a un peu de râle... mais la plèvre est indemne... Donc... jusqu'ici.., pas de pleurésie à redouter... Mais...

— Mais?...

— Mais la bronchite peut dégénérer en pneumonie, et la pneumonie en congestion pulmonaire... C'est ce que j'appelle les complications graves. »

Et le praticien prescrivit les médicaments d'usage, gouttes d'alcoolature d'aconit, sirops calmants, tisanes chaudes, repos, — repos surtout. Puis, sur la promesse de revenir dans la soirée, il quitta la maison, ayant hâte de regagner son cabinet que les reporters assiégeaient déjà sans doute.

Les complications possibles se produiraient-elles, et si elles se produisaient, qu'arriverait-il?...

En présence de cette éventualité, Jovita Foley fut au moment de perdre la tête. Pendant les heures qui suivirent, Lissy Wag lui parut plus souffrante, plus accablée. Des frissons annoncèrent un second accès de fièvre, le pouls battit avec une fréquence irrégulière, et la prostration s'accrut.

Jovita Foley, accablée au moral à tout le moins autant que la malade l'était au physique, ne quitta pas son chevet, ne s'interrompant de la regarder, de lui essuyer son front brûlant, de lui verser les cuillerées de potion, que pour s'abandonner aux réflexions les plus désolantes, à de justes récriminations contre une malchance si déclarée.

« Non, se disait-elle, non, ce n'est pas un Tom Crabbe, ce n'est pas un Titbury, qui eussent été pris de bronchite la veille de leur départ, ni un Kymbale, ni un Max Real!... Et ce n'est pas non plus ce commodore Urrican que pareil malheur aurait atteint!... Il faut que ce soit ma pauvre Lissy, d'une si belle santé... Et c'est demain... oui, demain, le cinquième tirage!... Et si nous sommes envoyées loin... loin... et si un retard de cinq ou six jours seulement doit nous empêcher d'être à notre poste, et même si le 23 du mois arrive avant que nous ayons pu quitter Chicago... et s'il est trop tard pour le faire... et si nous sommes exclues de la partie sans l'avoir commencée... »

Si!... si!... cette malencontreuse conjonction s'agitait dans le cerveau de Jovita Foley et lui faisait battre les tempes.

Vers trois heures, l'accès de fièvre tomba. Lissy Wag sortit de cette profonde prostration, et la toux parut devoir prendre une certaine intensité. Lorsque ses yeux s'entr'ouvrirent, Jovita Foley était penchée sur elle.

« Eh bien, lui demanda celle-ci, comment te sens-tu?... Mieux... n'est-ce pas?... Que veux-tu que je te donne?...

— Un peu à boire, répondit miss Wag d'une voix très altérée par le mal de gorge.

— Voici, ma chérie... une bonne tisane... de l'eau sulfureuse dans du lait bien chaud!... Et puis... le médecin l'a ordonné... il y aura quelques cachets...

— Tout ce que tu voudras, ma bonne Jovita.

— Alors cela ira tout seul!...

— Oui... tout seul...

— Tu parais moins souffrante...

— Tu sais, chère amie, répondit Lissy Wag, lorsque la fièvre est tombée, on est très abattue, mais on éprouve comme un certain mieux...

— C'est la convalescence!... s'écria Jovita Foley. Demain il n'y paraitra plus...

— La convalescence... déjà... murmura la malade, en essayant de sourire.

— Oui... déjà... et quand le médecin reviendra, il dira si tu peux te lever...

— Entre nous... avoue, ma bonne Jovita, que je n'ai vraiment pas de chance!

— Pas de chance... toi...

— Oui... moi... et le sort s'est bien trompé en ne te choisissant pas à ma place!... Demain tu aurais été à l'Auditorium... et tu serais partie le jour même...

— Je serais partie... te laissant dans cet état!... Jamais!

— J'aurais bien su t'y forcer!...

— D'ailleurs, il ne s'agit pas de cela!... répondit Jovita Foley. Ce n'est pas moi qui suis la cinquième partenaire... ce n'est pas moi la future héritière de feu Hypperbone... c'est toi!... Mais réfléchis donc, ma chérie!... Rien ne sera compromis, même si notre départ est retardé de quarante-huit heures!... Il restera encore treize jours pour faire le voyage... et en treize jours, on peut aller d'un bout des États-Unis à l'autre! »

Lissy Wag ne voulut pas répondre que sa maladie pourrait se prolonger une semaine et — qui sait — au delà des quinze jours réglementaires... Elle se contenta de dire :

« Je te promets, Jovita, de guérir le plus vite possible...

— Et je ne t'en demande pas davantage... Mais... pour le moment... assez causé... Ne te fatigue pas... essaie de dormir un peu... Je m'assois là près de toi...

— Tu finiras par tomber malade à ton tour...

— Moi?... Sois tranquille... Et, d'ailleurs, nous avons de bons voisins qui me remplaceraient, si c'était nécessaire... Dors en toute confiance, ma Lissy. »

Et, après avoir pressé la main de son amie, la jeune fille se retourna et ne tarda pas à s'assoupir.

Cependant, ce qui inquiéta et irrita Jovita Foley, c'est que, dans l'après-midi, la rue présenta une animation peu ordinaire à ce quartier tranquille. Il s'y faisait un tumulte de nature à troubler le repos de Lissy Wag, même à ce neuvième étage de la maison. Des curieux allaient et venaient sur les trottoirs. Des gens affairés s'arrêtaient, s'interrogeaient devant le numéro 19. Des voitures arrivaient avec fracas et repartaient à toute bride vers les grands quartiers de la ville.

« Comment va-t-elle?... disaient les uns.

— Moins bien... répondaient les autres.

— On parle d'une fièvre muqueuse...

— Non... d'une fièvre typhoïde...

— Ah! la pauvre demoiselle!... Il y a des personnes qui n'ont vraiment pas de veine!...

— C'en est une pourtant de figurer parmi les « Sept » du match Hypperbone!

— Bel avantage, si l'on ne peut pas en profiter!

— Et quand même Lissy Wag serait en mesure de prendre le train, est-ce qu'elle est capable de supporter les fatigues de tant de voyages?...

— Parfaitement... si la partie s'achève en quelques coups... ce qui est possible...

— Et si elle dure des mois?...

— Sait-on jamais sur quoi compter avec le hasard! »

Et mille propos de ce genre.

Il va sans dire que nombre de curieux, — peut-être de parieurs, et assurément des chroniqueurs, — se présentèrent au domicile de Jovita Foley. Malgré leurs instances, celle-ci refusait de les recevoir. De là, des nouvelles contradictoires, empreintes d'exagération,

Lorsqu'elle eut connaissance de ces nouvelles... (Page 171.)

ou fausses de tous points, relativement à la maladie, et qui couraient la ville. Mais Jovita Foley tenait bon, se contentant de s'approcher de la fenêtre, de maudire l'intense brouhaha de la rue. Elle ne fit d'exception que pour une employée de la maison Marschal Field, à laquelle elle donna d'ailleurs des nouvelles très rassurantes, — un rhume... un simple rhume.

Entre quatre et cinq heures du soir, comme le tumulte redoublait,

elle mit la tête hors de sa chambre et reconnut au milieu d'un groupe
en grande agitation... qui?... Hodge Urrican. Il était accompagné d'un
homme d'une quarantaine d'années, à tournure de marin, vigoureux,
trapu, remuant, gesticulant. C'était à le croire encore plus violent,
plus irascible que le terrible commodore.

Certes, ce ne pouvait être par sympathie pour sa jeune partenaire
que Hodge Urrican se trouvait ce jour-là Sheridan Street, qu'il se
promenait sous ses fenêtres, qu'il les dévorait du regard. Et, ce
que Jovita Foley observa très distinctement, — c'est que son compagnon, plus démonstratif, montrait le poing en homme qui n'est
pas maître de lui.

Puis, autour de lui, comme on assurait que la maladie de Lissy
Wag se réduisait à une simple indisposition :

« Quel est l'imbécile qui dit cela?... » proféra-t-il.

Le personnage interpellé ne chercha point à se faire connaître,
craignant un mauvais coup.

« Mal... elle va mal!... déclara le commodore Urrican.

— De plus en plus mal... surenchérit son compagnon, et si l'on
me soutient le contraire...

— Voyons, Turk, contiens-toi.

— Que je me contienne! répliqua Turk en roulant des yeux de
tigre en fureur. C'est facile à vous, mon commodore, qui êtes le plus
patient des hommes!... Mais moi... d'entendre parler de la sorte...
cela me met hors de moi... et quand je ne me possède plus...

— C'est bon... en voilà assez! » ordonna Hodge Urrican, en secouant, à le lui arracher, le bras de son compagnon.

Après ces quelques phrases, il fallait donc croire — ce que personne n'eût cru possible — qu'il existait ici-bas un homme auprès
duquel le commodore Hodge Urrican devait passer pour un ange de
douceur.

En tout cas, si tous deux étaient venus là, c'est qu'ils espéraient
recueillir de mauvaises nouvelles, et s'assurer que le match Hypperbone ne se jouerait plus qu'entre six partenaires.

C'était bien ce que pensait Jovita Foley, et elle se retenait pour ne pas descendre dans la rue. Quelle envie elle éprouvait de traiter ces deux individus comme ils le méritaient, au risque de se faire dévorer par le fauve à face humaine!...

Bref, de ce concours de circonstances, il résulta que les informations des premières feuilles, publiées vers six heures du soir, furent pleines des plus étranges contradictions.

D'après les unes, l'indisposition de Lissy Wag avait cédé aux premiers soins du docteur, et son départ ne serait pas même retardé d'un seul jour.

D'après les autres, la maladie ne présentait aucun caractère de gravité. Cependant un certain temps de repos serait nécessaire, et miss Wag ne pourrait pas se mettre en route avant la fin de la semaine.

Or ce furent précisément le *Chicago Globe* et le *Chicago Evening Post*, favorables à la jeune fille, qui se montrèrent les plus alarmistes : consultation des princes de la science... une opération à pratiquer... miss Wag s'était cassé — un bras, disait le premier, — une jambe, disait le second... Enfin une lettre anonyme avait été écrite à maître Tornbrock, exécuteur testamentaire du défunt, pour le prévenir que la cinquième partenaire renonçait à sa part éventuelle de l'héritage.

Quant au *Chicago Mail,* dont les rédacteurs semblaient épouser les sympathies et les antipathies du commodore Urrican, il n'hésita pas à déclarer que Lissy Wag avait rendu le dernier soupir entre quatre heures quarante-cinq et quatre heures quarante-sept de l'après-midi.

Lorsque Jovita Foley eut connaissance de ces nouvelles, elle faillit se trouver mal. Heureusement, le docteur Pughe, à sa visite du soir, la rassura dans une certaine mesure.

Non... il ne s'agissait que d'une simple bronchite, il le répétait. Aucun symptôme de la terrible pneumonie, ni de la terrible congestion pulmonaire, — jusqu'à présent, du moins... Il suffirait de quelques jours de calme et de repos...

« Combien?...

— Peut-être sept à huit.

— Sept à huit!...

— Et à la condition que le sujet ne s'expose pas à des courants d'air.

— Sept ou huit jours!... répétait la malheureuse Jovita Foley en se tordant les mains.

— Et encore... s'il ne survient pas de complications graves! »

La nuit ne fut pas très bonne. La fièvre reparut, — un accès qui dura jusqu'au matin et provoqua une abondante transpiration. Toutefois le mal de gorge avait diminué, et l'expectoration commençait à se rétablir sans grands efforts.

Jovita Foley ne se coucha pas. Ces interminables heures, elle les passa au chevet de sa pauvre amie. Quelle garde-malade aurait pu la valoir pour les soins, les attentions, le zèle? D'ailleurs, elle n'eût cédé sa place à personne.

Le lendemain, après quelques moments de malaise et d'agitation matinale, Lissy Wag se rendormit.

On était au 9 mai, et le cinquième coup du match Hypperbone allait être joué dans la salle de l'Auditorium.

Jovita Foley aurait donné dix ans de sa vie pour être là. Mais quitter la malade... non... il n'y fallait pas songer. Seulement, il arriva ceci : c'est que Lissy Wag ne tarda pas à se réveiller, elle appela sa compagne et lui dit :

« Ma bonne Jovita, prie notre voisine de venir te remplacer près de moi...

— Tu veux que...

— Je veux que tu ailles à l'Auditorium... C'est pour huit heures... n'est-ce pas?...

— Oui... huit heures.

— Eh bien... tu seras revenue vingt minutes après... J'aime mieux te savoir là... et, puisque tu crois à ma chance... »

Si j'y crois! se fût écriée Jovita Foley trois jours avant. Mais, ce ce jour-là, elle ne répondit pas. Elle mit un baiser sur le front de la

malade, et prévint la voisine, une digne dame, qui s'installa au chevet du lit. Puis elle descendit, se jeta dans une voiture et se fit conduire à l'Auditorium.

Il était sept heures quarante lorsque Jovita Foley arriva à la
porte de la salle déjà encombrée. Reconnue dès son entrée, on l'as-
saillit de questions.

« Comment allait Lissy Wag?...

— Parfaitement bien », déclara-t-elle en demandant qu'on lui
permit de s'avancer jusqu'à la scène, — ce qui fut fait.

La mort de la jeune fille ayant été formellement affirmée par
des journaux du matin, quelques personnes s'étonnèrent que sa plus
intime amie fût venue, — et pas même en habits de deuil.

A huit heures moins dix, le président et les membres de l'*Excentric
Club*, escortant maître Tornbrock, toujours lunetté d'aluminium,
parurent sur la scène et s'assirent devant la table.

La carte était étalée sous les yeux du notaire. Les deux dés reposaient près du cornet de cuir. Encore cinq minutes, et huit heures
sonneraient à l'horloge de la salle.

Soudain une voix tonnante rompit le silence, qui s'était établi,
non sans quelque peine.

Cette voix, on la reconnut à ses éclats de faux bourdon : c'était la
voix du commodore.

Hodge Urrican demanda à prendre la parole pour une simple
observation, — ce qui lui fut accordé.

« Il me semble, monsieur le président, dit-il en grossissant son
timbre à mesure que la phrase se développait, il me semble que, pour
se conformer aux volontés précises du défunt, il conviendrait de ne
pas tirer ce cinquième coup, puisque la cinquième partenaire n'est
pas en état...

— Oui... oui!... hurlèrent plusieurs assistants du groupe où se
tenait Hodge Urrican, et, d'une voix plus enragée que les autres, cet
homme violent qui l'accompagnait la veille sous les fenêtres de Jovita
Foley.

« Tais-toi... Turk... tais-toi!... lui signifia le commodore Urrican, comme s'il eût parlé à un chien.

— Que je me taise...

— A l'instant! »

Turk se résigna au silence sous le fulgurant regard de Hodge Urrican, qui reprit :

« Et si je fais cette proposition, c'est que j'ai de sérieux motifs de croire que la cinquième partenaire ne pourra partir ni aujourd'hui... ni demain...

— Pas même dans huit jours... cria un des spectateurs du fond de la salle.

— Ni dans huit jours, ni dans quinze, ni dans trente, affirma le commodore Urrican, puisqu'elle est morte ce matin, à cinq heures quarante-sept... »

Un long murmure suivit cette déclaration. Mais il fut aussitôt dominé par une voix féminine, répétant par trois fois :

« C'est faux... faux... faux... puisque moi, Jovita Foley, j'ai quitté Lissy Wag, il y a vingt-cinq minutes, vivante et bien vivante ! »

Alors les clameurs de reprendre, et nouvelles protestations du groupe Urrican. Après la déclaration si formelle du commodore, Lissy Wag manquait évidemment à toutes les convenances. Est-ce qu'elle n'aurait pas dû être morte, puisqu'il avait affirmé sa mort?...

Et, cependant, quoi qu'il en eût, il aurait été difficile de tenir compte de l'observation de Hodge Urrican. Néanmoins, l'irréductible personnage insista en modifiant toutefois son argumentation comme suit :

« Soit... la cinquième partenaire n'est pas morte, mais elle n'en vaut guère mieux!... Aussi, en présence de cette situation, je demande que mon tour de dés soit avancé de quarante-huit heures, et que le coup qui va être proclamé dans quelques instants soit attribué au sixième partenaire, lequel par ce fait sera désormais classé au cinquième rang. »

Nouveau tonnerre de cris et de piétinements à la suite de cette prétention de Hodge Urrican, soutenu par des partisans bien dignes de naviguer sous son pavillon.

Enfin maître Tornbrock parvint à calmer cette houleuse assistance, et, lorsque le silence fut rétabli :

« La proposition de M. Hodge Urrican, dit-il, repose sur une fausse interprétation des volontés du testateur, et elle est en contradiction avec les règles du Noble Jeu des États-Unis d'Amérique. Quel que soit l'état de santé de la cinquième partenaire, et lors même que cet état se serait aggravé jusqu'à la rayer du nombre des vivants, mon devoir d'exécuteur testamentaire de feu William J. Hypperbone n'en serait pas moins de procéder au tirage de ce 9 mai, et au profit de miss Lissy Wag. Dans quinze jours, si elle n'est pas rendue à son poste, morte ou non, elle sera déchue de ses droits, et la partie continuera de se jouer entre six partenaires. »

Véhémentes protestations de Hodge Urrican. Il soutint d'une voix furieuse que, s'il y avait une fausse interprétation du testament, c'était celle de maître Tornbrock, bien que le notaire eût pour lui l'approbation de l'*Excentric Club*. Et, en lançant ses phrases comminatoires, le commodore, si rouge de colère qu'il fût, paraissait pâle auprès de son compagnon, dont la face était poussée jusqu'à l'écarlate.

Aussi eut-il le sentiment qu'il fallait retenir Turk pour prévenir un malheur. Après l'avoir arrêté, au moment où celui-ci essayait de se dégager :

« Où vas-tu?... dit-il.

— Là... répondit Turk en montrant du poing la scène.

— Pour?...

— Pour prendre ce Tornbrock par la peau du cou et le jeter dehors comme un marsouin...

— Ici... Turk... ici! » commanda Hodge Urrican.

Et l'on put entendre dans la poitrine de Turk un rugissement sourd de fauve mal dompté, qui ne demande qu'à dévorer son dompteur.

Huit heures sonnèrent.

Aussitôt un profond silence succéda aux rumeurs de la salle.

Et alors maitre Tornbrock, — peut-être un peu plus surexcité que d'habitude, — prit le cornet de la main droite, y introduisit les dés de la main gauche, l'agita en le levant et l'abaissant tour à tour. On entendit les petits cubes d'ivoire s'entrechoquer contre les parois de cuir, et, lorsqu'ils s'échappèrent, ils roulèrent sur la carte jusqu'à l'extrémité de la table.

Maitre Tornbrock invita Georges B. Higginbotham et ses collègues à vérifier le nombre amené, et, d'une voix claire, il dit :

« Neuf par six et trois. »

Chiffre heureux, s'il en fut, puisque la cinquième partenaire allait d'un bond à la vingt-sixième case, État du Wisconsin.

Jovita ne cessa d'étudier le Wisconsin... (Page 181.)

## XII

### LA CINQUIÈME PARTENAIRE.

« Ah! chère Lissy, quel heureux... quel merveilleux coup de dés! » s'écria l'impétueuse Jovita Foley.

23

Et elle venait d'entrer dans la chambre, sans s'inquiéter, l'imprudente, de troubler la malade, qui reposait peut-être en ce moment.

Lissy Wag était éveillée, toute pâle, et elle échangeait quelques paroles avec la bonne vieille dame assise près de son lit.

Après la proclamation faite par maitre Tornbrock, Jovita Foley avait quitté l'Auditorium, laissant la foule s'abandonner à ses réflexions, et Hodge Urrican furibond de n'avoir pu profiter d'un coup pareil.

« Et quel est le nombre de points?... demanda Lissy Wag, se soulevant à demi.

— Neuf, ma chérie, neuf par six et trois... ce qui nous porte d'un bond à la vingt-sixième case...

— Et cette case?...

— État du Wisconsin... Milwaukee... à deux heures... deux heures seulement par le rapide! »

Le fait est que, pour le début de la partie, on ne pouvait espérer mieux.

« Non... non... répétait l'enthousiaste personne. Oh! je sais bien, avec neuf, par cinq et quatre, on va tout droit à la cinquante-troisième case!... Mais... cette case-là... regarde la carte... c'est la Floride!... Et nous vois-tu obligées de partir pour la Floride... autant dire le bout du monde! »

Et, toute rouge, toute haletante, elle se servait de la carte comme d'un éventail.

« En effet, tu as raison, répondit Lissy Wag. La Floride... c'est un peu loin...

— Toutes les chances, ma chérie, affirmait Jovita Foley, à toi toutes les bonnes chances... et aux autres... eh bien... toutes les mauvaises!

— Sois plus généreuse...

— Si cela te plait, j'excepte M. Max Réal, puisque tu fais des vœux pour lui...

— Sans doute...

— Mais revenons à nos affaires, Lissy... La case vingt-sixième...

vois-tu l'avance que cela nous donne!... Actuellement, le premier en tête, c'était ce journaliste, Harris T. Kymbale, et il n'est encore qu'à la douzième case, tandis que nous... Encore trente-sept points... rien que trente-sept points... et nous sommes arrivées au but! »

Ce qui lui causait quelque dépit, c'est que Lissy Wag ne se mettait pas à son diapason, et elle s'écria :

« Mais tu n'as pas l'air de te réjouir...

— Si... Jovita, si... et nous irons au Wisconsin... à Milwaukee...

— Oh! nous avons le temps, ma chère Lissy!... Pas demain... ni même après-demain!... Dans cinq ou six jours, lorsque tu seras guérie... et même dans quinze, s'il le faut!... Pourvu que nous soyons là le 23 avant midi...

— Eh bien... tout est pour le mieux, puisque tu es contente...

— Si je le suis, ma chérie, aussi contente que le commodore est mécontent!... Ce vilain homme ne voulait-il pas te faire mettre hors de concours... obliger maître Tornbrock à lui attribuer ce cinquième coup, sous prétexte que tu ne pourrais en profiter... que tu étais au lit pour des semaines et des semaines... Et même à l'entendre, tu n'étais déjà plus de ce monde!... Ah! l'abominable loup de mer!... Tu le sais... je ne veux de mal à personne... mais ce commodore... je lui souhaite de s'égarer dans le labyrinthe, de tomber dans le puits, de moisir dans la prison, d'avoir à payer des simples, des doubles et des triples primes... enfin tout ce que ce jeu réserve de désagréable à ceux qui n'ont pas de chance et qui ne méritent point d'en avoir!... Si tu avais entendu maître Tornbrock lui répondre!... Oh! cet excellent notaire... je l'aurais embrassé!... »

En faisant la part de ses exagérations habituelles, il était certain que Jovita Foley avait raison. Ce coup de neuf par six et trois était l'un des meilleurs que l'on pût amener au début. Non seulement il donnait l'avance sur les quatre premiers partenaires, mais il laissait à Lissy Wag le temps de rétablir sa santé.

En effet, l'État de Wisconsin est limitrophe de l'Illinois, dont il n'est séparé au sud que par la ligne du quarante-deuxième parallèle, à peu près. Il est encadré à l'ouest par le cours du Mississippi, à l'est par le lac Michigan dont il forme le bord occidental, et, en partie, au nord, par le lac Supérieur. Madison est sa capitale, Milwaukee est sa métropole. Située sur la rive du lac, à moins de deux cents milles de Chicago, cette métropole est en communication prompte, régulière et fréquente avec tous les centres commerciaux de l'Illinois.

Donc, cette journée du 9, qui aurait pu être si mal engagée, commençait de la plus heureuse façon. Il est vrai, l'émotion qu'elle éprouva causa quelque trouble à la malade. Aussi, lorsque le D.M.P. Pughe vint la voir dans la matinée, la trouva-t-il un peu plus agitée que la veille. La toux, déchirante parfois, était suivie d'une longue prostration et de quelques mouvements de fièvre. Rien à faire, cependant, si ce n'est de continuer la médication prescrite.

« Du repos... du repos surtout, recommanda-t-il à Jovita Foley, pendant qu'elle le reconduisait. Je vous conseille, mademoiselle, d'éviter toute fatigue à miss Wag!... Qu'elle reste seule... qu'elle dorme...

— Monsieur, vous n'êtes pas plus inquiet?... demanda Jovita Foley, qui se sentait prise de nouvelles appréhensions.

— Non... je le répète... ce n'est qu'une bronchite, qui suit son cours!... Rien du côté des poumons... rien du côté du cœur!... Et surtout prenez garde aux courants d'air... Ah! qu'elle se soutienne aussi avec un peu de nourriture... en se forçant, s'il le faut!... du lait... du bouillon...

— Mais... docteur... s'il ne survient pas de complications graves...

— Qu'il est bon de toujours prévoir, mademoiselle...

— Oui... je sais... peut-on espérer que notre malade sera guérie dans une huitaine de jours?... »

Le médecin ne voulut répondre que par un hochement de tête qui n'était pas trop rassurant.

Jovita Foley, assez troublée, consentit à ne pas rester dans la chambre de Lissy Wag, et se tint dans la sienne, en laissant la porte entr'ouverte. Là, devant sa table, où s'étalait la carte du Noble Jeu des États-Unis d'Amérique, son *Guide-book* incessamment feuilleté, elle ne cessa d'étudier le Wisconsin jusque dans ses dernières bourgades, sous le rapport du climat, de la salubrité, des habitudes, des mœurs, comme si elle eût songé à s'y installer pour la vie.

Les journaux de l'Union avaient, comme de juste, publié les résultats du cinquième coup de dés. Plusieurs parlèrent même de l'incident Urrican, les uns pour soutenir les prétentions du farouche commodore, les autres pour blâmer ses récriminations. Au total, la majorité lui fut plutôt hostile. Non! il n'avait pas le droit de réclamer ce coup à son profit, et on approuva maître Tornbrock d'avoir appliqué les règles dans toute leur rigueur.

D'ailleurs, quoi qu'en eût dit Hodge Urrican, Lissy Wag n'était point morte ni près de rendre le dernier soupir. Il se fit même en sa faveur dans le public une sorte de revirement assez naturel. Elle y gagna de devenir plus intéressante, bien qu'il fût difficile de croire qu'elle pût supporter jusqu'au bout la fatigue de tels voyages. Quant à la maladie, ce n'était pas même une bronchite, pas même une laryngite, et avant vingt-quatre heures il n'en serait plus question.

Et, pourtant, comme le lecteur est exigeant en matière d'informations, un bulletin de la santé de la cinquième partenaire fut publié matin et soir, ni plus ni moins que s'il se fût agi d'une princesse de sang royal.

Cette journée du 9 n'avait apporté aucun changement dans l'état de la malade. Il n'empira pas pendant la nuit suivante, ni pendant la journée du 10 mai. Jovita Foley en tira immédiatement cette conclusion qu'une huitaine de jours suffiraient à remettre son amie sur pied. Et, d'ailleurs, quand son rétablissement en exigerait dix... onze... douze... même treize... même quinze!... Il ne s'agissait que d'un voyage de deux heures... Pourvu que toutes deux fussent le 23 à Milwaukee... avant midi... C'était conforme aux clauses du match Hypperbone... Et ensuite, s'il était nécessaire de prendre quelque repos, on se reposerait dans la métropole.

La nuit du 10 au 11 fut assez calme. A peine Lissy Wag ressentit-elle deux ou trois légers frissons, et il semblait que la période de fièvre eût pris fin. La toux, cependant, continuait d'être très épuisante, mais la poitrine se dégageait peu à peu, les râles étaient moins rauques, la respiration plus facile. Donc, aucune nouvelle complication.

Il suit de là que Lissy Wag se trouvait sensiblement mieux, lorsque, dans la matinée, Jovita Foley rentra après une absence d'une heure. Où était-elle allée?... Elle ne l'avait pas dit, même à la voisine, qui ne put répondre à miss Wag, quand celle-ci l'interrogea à ce sujet.

Dès que Jovita Foley fut entrée dans la chambre, elle vint, sans prendre le temps d'ôter son chapeau, mettre un gros baiser sur le front de Lissy Wag, laquelle, à lui voir la figure si animée, les yeux si pétillants de malice, ne put s'empêcher de dire :

« Qu'as-tu donc ce matin?...

— Rien, ma chérie, rien!... C'est parce que je te trouve un petit air de santé... Et puis, il fait si beau... un joli soleil de mai... tu sais... ces beaux rayons que l'on boit... que l'on respire!... Ah! si tu pouvais seulement rester une heure à la fenêtre... Hein!... une bonne dose de soleil!... Je suis sûre que cela te guérirait tout de suite... Mais... pas d'imprudence... à cause des complications graves...

— Et où es-tu allée, ma bonne Jovita?...

— Où je suis allée?... D'abord aux magasins Marshall Field donner de tes nouvelles... Nos patrons en envoient prendre tous les jours, et j'ai voulu les remercier...

— Tu as bien fait, Jovita... Ils ont été assez bons pour nous accorder ce congé... et quand il prendra fin...

— C'est entendu... c'est entendu, ma chérie... ils ne donneront notre place à personne!

— Et puis... après?...

— Après?...

— Tu n'es pas allée autre part?...

— Autre part?... »

Et il semblait que Jovita Foley hésitait à parler. Mais cela « lui partit », comme on dit, et elle n'aurait pu se retenir plus longtemps. D'ailleurs Lissy Wag venait de demander :

« Est-ce que ce n'est pas aujourd'hui le 11 mai?...

— Le 11, ma chérie, répondit-elle d'une voix éclatante, et, depuis deux jours, nous devrions être installées à l'hôtel dans cette belle ville de Milwaukee... si nous n'étions pas clouées ici par la bronchite!...

— Eh bien, reprit Lissy Wag, puisque nous sommes au 11... le sixième coup de dés a dû être joué...

— Sans doute.

— Et alors?...

— Et alors... Non, vois-tu, jamais je n'ai eu tant de plaisir... jamais!... Tiens... que je t'embrasse!... Je ne voulais pas te raconter la chose... parce qu'il ne faut pas t'émotionner... Bon!... c'est plus fort que moi!

— Parle donc, Jovita...

— Figure-toi... ma chérie... il a tiré neuf, lui aussi... mais par quatre et cinq !

— Qui... lui?...

— Le commodore Urrican...

— Eh... il me semble que ce coup est meilleur...

— Oui... puisqu'il va du premier coup à la cinquante-troisième case... en grande avance sur tous les autres... mais il est aussi très mauvais... »

Et Jovita Foley s'abandonnait à une jubilation non moins extraordinaire qu'inexplicable.

« Et pourquoi est-ce mauvais?... demanda Lissy Wag.

— Parce que le commodore est envoyé au diable!...

— Au diable?...

— Oui!... au fond de la Floride. »

Tel était, en effet, le résultat du tirage de ce matin, proclamé avec une visible satisfaction par maître Tornbrock, encore irrité contre Hodge Urrican. Ce résultat, de quelle façon le commodore l'avait-il accepté?... En enrageant, sans doute, et peut-être avait-il dû intervenir pour empêcher Turk de se porter à quelque extrémité. A ce sujet, Jovita Foley ne pouvait rien dire, car elle avait quitté immédiatement la salle de l'Auditorium.

« Au fond de la Floride, répétait-elle, au fin fond de la Floride... à plus de deux mille milles d'ici! »

Quoi qu'il en soit, cette nouvelle ne causa pas à la malade une émotion aussi vive que le craignait son amie. Sa bonne nature la portait plutôt à plaindre le commodore.

« Et voilà comment tu prends la chose?... s'écria son impétueuse compagne.

— Oui... le pauvre homme! » murmura Lissy Wag.

La journée ne fut pas mauvaise, bien que la convalescence n'eût pas commencé. Cependant il n'y avait plus à redouter ces complications graves, dont un médecin prudent prévoit toujours l'éventualité.

A partir du lendemain 12, Lissy Wag put se soutenir en prenant quelque nourriture. S'il ne lui fut pas permis de quitter son lit, comme la fièvre avait disparu, comme enfin le temps leur paraissait long à toutes deux, — plus particulièrement à Jovita Foley, — celle-ci vint s'asseoir dans la chambre et, sinon sous forme de dialogue, du moins sous forme de monologue, la conversation ne devait pas languir.

Et de quoi eût causé Jovita Foley, si ce n'est de ce Wisconsin, à l'entendre, le plus beau, le plus curieux des États de l'Union. Son *Guide-book* sous les yeux, elle ne tarissait pas! Et si Lissy Wag, retardée jusqu'au dernier jour, n'y devait séjourner que quelques heures, du moins le connaîtrait-elle autant que si elle y eût passé plusieurs semaines.

« Imagine-toi, ma chérie, disait Jovita Foley d'un ton admiratif, qu'il s'appelait autrefois Mesconsin, à cause d'une rivière de ce nom, et que nulle part, il n'y a de pays qui lui soit comparable! Dans le nord, on voit encore les restes de ces anciennes forêts de pins qui couvraient tout le territoire! Et puis il possède des sources ther-

LISSY ET JOVITA, PENCHÉES A LA FENÊTRE, OBSERVAIENT LA RUE. (Page 188.)

males, supérieures à celles de la Virginie, et je suis certaine que si ta bronchite...

— Mais, fit observer Lissy Wag, est-ce que ce n'est pas à Milwaukee que nous devons aller?...

— Oui... Milwaukee, la principale ville de l'État, et dont le nom signifie en vieille langue indienne « beau pays! »... une cité de deux cent mille âmes, ma chère, beaucoup d'Allemands, par exemple!... Aussi l'appelle-t-on l'Athènes germano-américaine!... Ah! si nous y étions, quelles délicieuses promenades à faire sur les falaises où s'élèvent de superbes maisons en bordure du fleuve... rien que des quartiers élégants et propres... rien que des constructions en briques d'un blanc laiteux... — ce qui lui a valu le nom... Voyons... tu ne devines pas?...

— Non, Jovita.

— Cream City, ma chère... la Cité crème!... On y tremperait son pain!... Ah! pourquoi faut-il que cette maudite bronchite nous empêche de nous y rendre! »

Puis, le Wisconsin comptait nombre d'autres villes que toutes deux auraient eu le temps de visiter, si elles avaient pu partir dès le 9. C'était Madison, bâtie sur son isthme comme sur un pont entre le lac Mendota et le lac Monona, qui se déversent l'un dans l'autre. Puis d'autres bourgades avec des noms bizarres... Fond-du-Lac, au bord de la rivière du Renard, sur un sol percé de puits artésiens... une vraie écumoire... Et encore un joli endroit qu'on nomme Eau-Claire avec un admirable torrent qui justifie ce nom... et le lac Winnebago... et la Baie-Verte... et le mouillage des Douze-Apôtres devant la baie d'Ashland... et le lac du Diable, une des beautés naturelles de ce merveilleux Wisconsin...

Et Jovita Foley lisait d'une voix enthousiasmée les pages de son guide, et elle racontait les diverses transformations de ce pays, jadis parcouru par les tribus indiennes, reconnu et colonisé par les Franco-Canadiens, à une époque où on le désignait encore sous le nom de Badger State, — l'État du Blaireau.

Dans la matinée du 13, il y eut à Chicago redoublement de la curiosité publique. Les journaux avaient d'ailleurs surexcité les esprits
au dernier point. Aussi la salle de l'Auditorium regorgea-t-elle
de curieux comme au jour où fut donnée lecture du testament de
William J. Hypperbone. En effet, à huit heures, allait être proclamé
le septième coup de dés au profit du mystérieux et énigmatique personnage désigné par les initiales X K Z.

En vain avait-on essayé de percer l'incognito de ce partenaire.
Les plus habiles reporters, les plus perspicaces furets de la chronique locale, y avaient échoué. A plusieurs reprises, ils se crurent
sur une trace sérieuse et firent fausse route. Tout d'abord, on pensa
que, par le codicille ajouté à l'acte testamentaire, le défunt avait
voulu désigner un de ses collègues de l'*Excentric Club* et lui donner
un septième de chance dans le match. Le nom de Georges B. Higginbotham fut même prononcé; mais l'honorable membre démentit
formellement le fait.

Quant à maître Tornbrock, lorsqu'il fut interrogé à ce sujet, il
déclara ne rien savoir et n'avoir d'autre mission que d'envoyer, aux
bureaux de poste des localités où il devrait l'attendre, le résultat des
tirages concernant « l'homme masqué », — expression adoptée par
le populaire.

Cependant on espérait, — non sans quelque raison peut-être, —
que, ce matin-là, le sieur X K Z répondrait à l'appel de ses initiales,
dans la salle de l'Auditorium. De là, cette foule, dont une faible
partie seulement avait trouvé place devant la scène sur laquelle
apparurent le notaire et les membres de l'*Excentric Club*. C'était
par milliers que les spectateurs se pressaient dans les rues avoisinantes et sous les ombrages de Lake Park.

La curiosité fut déçue, absolument déçue. Masqué ou non, aucun
individu ne se présenta, lorsque maître Tornbrock eut fait rouler les
dés sur la carte et proclamé à voix haute :

« Neuf par six et trois, vingt-sixième case, État du Wisconsin. »

Circonstance singulière, c'était le même nombre qu'avait obtenu

Lissy Wag, produit également par six et trois. Mais — circonstance de la dernière gravité pour elle, — d'après la règle établie par le défunt, si elle se trouvait encore à Milwaukee le jour où X K Z y arriverait, elle devrait lui céder la place et revenir à la sienne, — ce qui équivalait dans l'espèce à recommencer la partie. Et ne pouvoir s'en aller, et être clouée à Chicago!...

La foule ne voulut pas sortir, elle attendit. Personne. Il fallut bien se résigner. Ce n'en fut pas moins un désappointement général que les journaux du soir traduisirent en articles peu sympathiques pour le malencontreux X K Z. On ne se jouait pas ainsi de toute une population!

Enfin les jours s'écoulèrent. De quarante-huit heures en quarante-huit heures, les tirages s'effectuaient régulièrement suivant les conditions normales, et les résultats étaient envoyés par le télégraphe aux intéressés là où ils devaient être dans les délais prescrits.

On arriva ainsi au 22 mai. Aucune nouvelle de X K Z, qui n'avait pas encore paru au Wisconsin. Il est vrai, pourvu qu'il fût le 27 au Post Office de Milwaukee, cela suffirait. Eh bien, Lissy Wag ne pouvait-elle donc se rendre immédiatement à Milwaukee et, se conformant à la règle du jeu, en repartir avant que X K Z y arrivât? Oui, puisqu'elle était à peu près rétablie. Mais alors il y eut lieu de craindre que Jovita Foley, qui éprouva une violente crise de nerfs, ne tombât malade à son tour. Un accès de fièvre se déclara, et elle dut prendre le lit.

« Je t'avais prévenue, ma pauvre Jovita!... lui dit Lissy Wag. Tu n'es pas raisonnable...

— Ce ne sera rien, ma chérie... D'ailleurs, la situation n'est pas la même... Je ne suis pas du jeu, moi, et, si je ne pouvais partir, tu partirais seule...

— Jamais, Jovita!

— Il le faudrait pourtant...

— Jamais, te dis-je! Avec toi, oui... bien que cela n'ait pas le sens commun... Sans toi... non! »

Et certainement, si Jovita Foley ne pouvait l'accompagner, Lissy Wag était décidée à abandonner toutes chances de devenir l'unique héritière de William J. Hypperbone.

Que l'on se rassure, Jovita Foley en fut quitte pour une journée de diète et de repos. Dans l'après-midi du 22, elle put se lever, et boucla définitivement cette valise des deux voyageuses qui allaient courir les États-Unis.

« Ah! s'écria-t-elle, je donnerais dix ans de ma vie pour être déjà en route! »

Avec les dix ans qu'elle avait déjà donnés à plusieurs reprises et les dix ans qu'elle donnerait plus d'une fois encore au cours du voyage, il ne lui resterait que bien peu de temps à demeurer en ce bas monde!

Le départ était fixé pour le lendemain 23, huit heures du matin, par le train qui arrive en deux heures à Milwaukee, où Lissy Wag trouverait, à midi, la dépêche de maître Tornbrock. Or, cette dernière journée se fût terminée sans incident, si, un peu avant cinq heures, les deux amies n'eussent reçu une visite à laquelle elles ne s'attendaient guère.

Lissy Wag et Jovita Foley, penchées à la fenêtre, observaient la rue où stationnaient un certain nombre de curieux dont les regards ne cessaient de se lever vers elles.

On sonna à la porte. Jovita Foley alla ouvrir.

L'ascenseur venait de déposer un individu sur le palier du neuvième étage.

« Mademoiselle Lissy Wag?... demanda cet individu en saluant la jeune fille.

— C'est ici, monsieur.

— Pourrais-je être reçu par elle?...

— Mais... répondit Jovita Foley en hésitant, miss Wag a été fort malade, et...

— Je sais... je sais... dit le visiteur, et j'ai lieu de croire qu'elle est absolument guérie...

— Absolument, monsieur, puisque nous devons partir demain matin.

— Ah! c'est à mademoiselle Jovita Foley que j'ai l'honneur de parler...

— A elle-même, monsieur, et, en ce qui vous concerne, puis-je remplacer Lissy?...

— Je préférerais la voir... la voir de mes propres yeux... si c'est possible...

— Vous demanderai-je pour quelle raison?...

— Je n'ai point à vous cacher ce qui m'amène, mademoiselle... J'ai l'intention de parier dans le match Hypperbone... d'engager une forte somme sur la cinquième partenaire... et vous comprenez... je désirerais... »

Si Jovita Foley comprenait... et si elle fut ravie! Enfin il y avait quelqu'un à qui les chances de Lissy Wag paraissaient assez sérieuses pour qu'il voulût risquer sur elle des milliers de dollars.

« Ma visite sera courte... très courte! » ajouta le monsieur en s'inclinant.

C'était un homme d'une cinquantaine d'années, la barbe grisonnante, les yeux vifs encore derrière son binocle, plus vifs même que ne le comportait son âge, l'air d'un gentleman, figure distinguée, taille droite, voix d'une extrême douceur. Tout en insistant pour voir Lissy Wag, il ne le faisait qu'avec une parfaite politesse, s'excusant de la déranger, précisément à la veille d'un voyage de cette importance...

En somme, Jovita Foley ne crut pas qu'il pût y avoir le moindre inconvénient à le recevoir, puisque sa visite ne devait pas se prolonger.

« Puis-je connaître votre nom, monsieur?...

— Humphry Weldon, de Boston, Massachusetts, » répondit le gentleman.

Et il pénétra dans la première chambre dont Jovita Foley venait d'ouvrir la porte, puis se dirigea vers la seconde chambre dans laquelle se tenait Lissy Wag.

En apercevant le visiteur, celle-ci voulut se lever.

« Ne vous dérangez pas, mademoiselle, dit-il... Vous excuserez mon importunité... mais je désirais vous voir... oh ! rien qu'un instant... »

Cependant il dut accepter le siège que Jovita Foley venait d'avancer près de lui.

« Un instant... rien qu'un instant !... répéta-t-il. Ainsi que je l'ai dit, mon intention est d'engager sur vous une somme importante, car je crois à votre succès final et je voulais m'assurer que votre état de santé...

— Je suis tout à fait rétablie, monsieur, répondit Lissy Wag, et je vous remercie de la confiance que vous me témoignez... Mais vraiment... mes chances...

— Affaire de pressentiment, mademoiselle, répondit M. Weldon d'un ton décidé.

— Oui... de pressentiment... ajouta Jovita Foley.

— Cela ne se discute pas... affirma l'honorable gentleman.

— Et ce que vous pensez de mon amie Wag, s'écria Jovita Foley, je le pense aussi !... Je suis sûre qu'elle gagnera...

— J'en suis non moins sûr... du moment que rien ne s'oppose à son départ... déclara M. Weldon.

— Demain, affirma Jovita Foley, nous serons toutes les deux à la gare, et le train nous déposera avant midi à Milwaukee...

— Où vous pourrez, d'ailleurs, vous reposer quelques jours, si cela est nécessaire... fit observer M. Weldon.

— Oh ! non point... répliqua Jovita Foley.

— Et pourquoi ?...

— Parce qu'il ne faut pas que nous soyons encore là le jour où monsieur X K Z y arriverait... sinon nous serions obligées de recommencer la partie...

— C'est juste.

— Mais où nous enverra... le second coup... dit Lissy Wag, c'est ce qui m'inquiète...

— Eh ! qu'importe, ma chérie ! s'écria Jovita Foley, en s'élançant comme s'il lui eût poussé des ailes.

— Espérons, mademoiselle Wag, reprit le gentleman, que le second coup de dés sera aussi heureux pour vous que l'a été le premier ! »

Et alors cet excellent homme parla des précautions à prendre en voyage, de la nécessité de se conformer aux horaires, de combiner avec une extrême précision les trains si nombreux de ce réseau qui couvre le territoire de l'Union.

« D'ailleurs, ajouta-t-il, je vois avec grande satisfaction, mademoiselle Wag, que vous ne partez pas seule...

— Non... mon amie m'accompagne... ou, pour dire vrai, m'entraîne à sa suite...

— Et vous avez raison, mademoiselle Foley, répondit M. Weldon. Il vaut mieux être deux à voyager... C'est plus agréable...

— Et c'est plus prudent... quand il s'agit de ne pas manquer les trains... déclara Jovita Foley.

— Aussi, je compte sur vous, ajouta M. Weldon, pour faire gagner votre amie Wag...

— Comptez sur moi, monsieur...

— Donc, mes vœux pour vous, mesdemoiselles, car votre succès garantit le mien. »

La visite avait duré une vingtaine de minutes, et, après avoir demandé la permission de serrer la main de Lissy Wag, puis celle de son aimable compagne, M. Humphry Weldon fut reconduit à l'ascenseur, d'où il envoya un dernier salut.

« Pauvre homme, dit alors Lissy Wag, et quand je songe que c'est moi qui vais lui faire perdre son argent...

— C'est entendu, répliqua Jovita Foley. Mais rappelle-toi ce que je te dis, ma chère... Ces vieux messieurs-là sont remplis de bon sens... Ils ont un flair qui ne les trompe jamais!... Et ce digne gentleman dans ton jeu... c'est un porte-bonheur! »

Les préparatifs étant terminés, — et depuis combien de temps, on le sait! — il n'y avait plus qu'à se coucher, la nuit venue, afin de se lever dès l'aube naissante. Toutefois, on attendit la dernière visite du médecin, qui avait promis de revenir dans la soirée. Le D. M. P. Pughe, qui ne tarda pas à arriver, put constater que l'état sanitaire de sa cliente ne laissait plus rien à désirer, et que toute crainte de complications graves devait être enfin écartée.

Le lendemain, 23 mai, à cinq heures du matin, la plus impatiente des deux voyageuses était sur pied.

Et ne voilà-t-il pas que cette étonnante Jovita Foley, dans une dernière crise de nerfs, se forge toute une série d'empêchements et de disgrâces, de retards et d'accidents !... Si la voiture qui allait les transporter à la gare, versait en route... si un encombrement l'empêchait de passer... s'il y avait eu un changement dans l'heure des trains... si un déraillement se produisait...

« Calme-toi donc, Jovita... calme-toi, je t'en prie... ne cessait de répéter Lissy Wag.

— Je ne peux pas... je ne peux pas, ma chérie !

— Est-ce que tu vas être dans un pareil état tout le temps du voyage ?...

— Tout le temps !

— Alors je reste...

— La voiture est en bas... Lissy... En route... en route. »

En effet, la voiture attendait, commandée une heure plus tôt qu'il ne fallait. Les deux amies descendirent, suivies des vœux de toute la maison, aux fenêtres de laquelle, même de si grand matin, se montraient quelques centaines de têtes.

Le véhicule prit par North Avenue jusqu'à la North Branch, redescendit la rive droite de la Chicago-river, la traversa sur le pont à l'extrémité de Van Buren Street, et débarqua les voyageuses devant la gare à sept heures dix.

Peut-être Jovita Foley éprouva-t-elle un certain désappointement en constatant que le départ de la cinquième partenaire n'avait point attiré un grand concours de curieux. Décidément, Lissy Wag n'était pas favorite dans le match Hypperbone. La modeste jeune fille ne s'en plaignit pas, du reste, et elle préférait de beaucoup quitter Chicago sans provoquer l'attention publique.

« Jusqu'à ce M. Weldon qui n'est pas là !... » ne put s'empêcher de remarquer Jovita Foley.

Et, en effet, le visiteur de la veille n'était point venu mettre en wagon la partenaire à laquelle il portait un si vif intérêt!

« Tu le vois, fit observer Lissy Wag, lui aussi m'abandonne ! »

Enfin le train partit, sans même que la présence de Lissy Wag eût été saluée. Point de hurrahs, point de hips, si ce n'est ceux que Jovita Foley poussa *in petto* en son honneur!

La voie ferrée suit le contour du lac Michigan. Lake View, Evanston, Glenoke et autres stations furent dépassées à toute vitesse. Le temps était superbe. Les eaux étincelaient au large, animées par les steamers, les navires à voile, — ces eaux qui, de lac en lac, Supérieur, Huron, Michigan, Erié, Ontario, vont se déverser par la grande artère du Saint-Laurent dans le vaste Atlantique. Après avoir quitté Vankegan, ville importante du littoral, le train sortit de l'Illinois à la station de State Line pour entrer dans le Wisconsin. Un peu plus au nord, il fit halte à Racine, grosse cité manufacturière, et il était moins de dix heures, lorsqu'il s'arrêta en gare de Milwaukee.

« Nous y sommes... nous y sommes! s'écria Jovita en poussant un tel soupir de satisfaction que sa voilette se tendit comme une voile sous la brise.

— Et même de deux bonnes heures en avance... observa Lissy Wag, en regardant sa montre.

— Non... de quatorze jours en retard! » riposta Jovita Foley, qui sauta sur le quai.

Puis elle s'occupa de retrouver sa valise au milieu de la débandade des bagages.

La valise n'était point égarée, — on ne sait pourquoi, Jovita Foley avait eu cette crainte. Une voiture s'approcha. Les deux voyageuses y montèrent et se firent conduire à un hôtel convenable, dont le *Guide-book* donnait l'adresse. Et lorsqu'on lui demanda si elles séjourneraient à Milwaukee, Jovita Foley répondit qu'elle le dirait en revenant du Post Office, mais que, probablement, elles repartiraient le jour même.

Puis, se tournant vers Lissy Wag :

« Est-ce que tu n'as pas faim?...

— Je déjeunerais volontiers, Jovita.

— Eh bien, déjeunons, et ensuite nous ferons une promenade...

— Mais tu sais qu'à midi...

— Si je le sais, ma chérie! »

Elles s'attablèrent dans le dining-room et ne restèrent pas plus d'une demi-heure à table.

Comme elles n'avaient pas encore donné leur nom, se réservant de le faire en revenant du bureau de poste, Milwaukee ne put se douter que la cinquième partenaire du match Hypperbone se trouvait dans ses murs.

Bref, à midi moins le quart, les deux voyageuses entraient au Post Office, et Jovita Foley demandait à l'employé s'il était arrivé une dépêche pour miss Lissy Wag.

A ce nom, l'employé releva la tête, et ses yeux exprimèrent une vive satisfaction.

« Miss Lissy Wag?... dit-il.

— Oui... de Chicago... répondit Jovita Foley.

— La dépêche vous attend, ajouta l'employé en remettant le télégramme à sa destinataire.

— Donne... donne!... dit Jovita Foley. Tu serais trop longtemps à l'ouvrir... et j'aurais une attaque de nerfs! »

De ses doigts qui tremblaient d'impatience, elle brisa l'enveloppe, et lut ces mots :

« *Lissy Wag, Post Office, Milwaukee, Wisconsin.*

« Vingt par dix et dix redoublé, quarante-sixième case, État Ken-
« tucky. Mammouth-Caves.

« TORNBROCK. »

Les cargaisons restaient sur les quais. (Page 205.)

## XIII

### AVENTURES DU COMMODORE URRICAN.

C'était à huit heures du matin, le 11 mai, que le commodore Urrican avait eu communication du nombre de points de ce sixième

tirage qui le concernait, et, à neuf heures vingt-cinq minutes, il avait quitté Chicago.

Pas de temps perdu, on le voit, et il n'en fallait point perdre, étant donnée cette obligation de se trouver avant l'expiration des quinze jours à l'extrémité même de la presqu'île floridienne.

Neuf par quatre et cinq, l'un des meilleurs coups de la partie! Du premier bond, l'heureux joueur était envoyé à la cinquante-troisième case. Il est vrai, sur la carte dressée par William J. Hypperbone, c'était l'État de la Floride qui occupait cette case, le plus éloigné dans le sud-est de la République Nord-Américaine.

Les amis de Hodge Urrican, — mieux vaut dire ses partisans, car il n'avait pas d'amis, tandis que certaines gens croyaient à la chance d'un homme si mal embouché, — voulurent le féliciter à sa sortie de l'Auditorium.

« Et pourquoi, s'il vous plait?... répondit-il de ce ton acariâtre qui donnait tant de charme à sa conversation. Pourquoi me charger de vos compliments au moment de me mettre en route?... Ça m'occasionnerait de l'excédent de bagages!

— Commodore, lui répétait-on, cinq et quatre, c'est un superbe début...

— Superbe... j'imagine... surtout pour ceux qui ont affaire en Floride!

— Remarquez, commodore, que vous devancez de beaucoup vos concurrents...

— Et ce n'est que juste, je pense, puisque le sort me fait partir le dernier!

— Évidemment, monsieur Urrican, et il suffirait, maintenant, d'amener le nombre dix pour arriver au but, et vous auriez enlevé la partie en deux coups...

— En vérité, messieurs!... Et si j'amène neuf, je ne pourrai pas même gagner le coup suivant... et si j'amène plus de dix, il me faudra rétrograder, sait-on jusqu'où?...

— N'importe, commodore, tout autre à votre place serait satisfait...

— Soit... mais je ne le suis pas!

— Songez donc... soixante millions de dollars... peut-être... à votre retour...

— Que j'aurais tout aussi bien empochés, si la cinquante-troisième case avait été celle d'un État voisin du nôtre! »

Rien de plus exact, et, cependant, quoiqu'il refusât d'en convenir, son avantage sur les cinq autres partenaires était réel. Impossible à ceux-ci d'atteindre la dernière case au coup suivant, tandis que dix points pouvaient l'y conduire.

Enfin, puisque Hodge Urrican fermait son oreille au langage de la raison, il est probable que, même en cas qu'il eût été expédié en quelque État limitrophe de l'Illinois, Indiana ou Missouri, il se serait refusé à l'entendre.

Grognant et maugréant, le commodore Urrican était donc rentré à sa maison de Randolph Street, avec Turk, dont les récriminations devenaient si violentes que son maître dut lui ordonner formellement de se taire.

Son maître?... Hodge Urrican était-il donc le maître de Turk, alors que, d'une part, l'Amérique avait proclamé l'abolition de l'esclavage, et que, de l'autre, ledit Turk, quoique hâlé de teint, n'aurait pu passer pour un nègre?...

Enfin, était-ce donc son domestique?... Oui et non.

D'abord Turk, bien qu'il fût au service du commodore, ne recevait aucun gage, et, lorsqu'il avait besoin d'argent, — oh! bien peu! — il en demandait et on lui en donnait. C'était plutôt ce qu'on pourrait appeler un homme « pour accompagner », ainsi que l'on dit des dames à la suite des princesses. D'ailleurs, la distance sociale qui séparait Hodge Urrican de Turk ne permettait pas de le considérer comme son compagnon.

Turk se nommait réellement Turk, un ancien marin de la marine fédérale, n'ayant jamais navigué qu'à l'État, mousse, novice, matelot, quartier-maitre, toute la filière. Circonstance à noter, il avait fait son service à bord des mêmes bâtiments que Hodge Urrican, lequel

devint successivement élève, midshipman, lieutenant, capitaine et
commodore. Aussi tous deux se connaissaient-ils bien, et Turk
était-il le seul de ses semblables avec qui le bouillant officier eût
jamais pu s'entendre. Et peut-être était-ce parce que celui-là se
montrait encore plus violent que celui-ci, épousant ses querelles et
toujours prêt à faire un mauvais parti à ceux qui n'avaient pas l'heur
de lui plaire.

Au cours de ses navigations, Turk fut souvent au service particulier de Hodge Urrican qui appréciait ses qualités et finit par ne plus
pouvoir se passer de lui. Lorsque l'âge de la retraite eut sonné, Turk,
dont le temps réglementaire était achevé, quitta la marine, rejoignit
le commodore, et s'attacha à sa personne aux conditions qui ont été
indiquées ci-dessus. C'est ainsi que, depuis trois ans déjà, dans la
maison de Randolph Street, il occupait la situation d'un gérant qui
ne gérait rien, ou, si l'on veut, celle d'intendant honoraire.

Mais, ce qui n'a pas été dit, — ce que personne ne soupçonnait,
— c'est que Turk était tout simplement le plus doux, le plus inoffen-
sif, le moins querelleur, le plus facile à vivre des hommes. A bord,
jamais il ne se disputait, jamais il ne prenait part aux batailles de
matelots, jamais il ne levait la main sur qui que ce fût, même lorsqu'il avait bu ses petits verres de wisky ou de gin sans trop les
compter, et, d'ailleurs, il « portait la toile » comme une frégate de
soixante.

D'où lui était donc venue cette idée, à lui homme placide et tranquille, de dépasser ou de paraître dépasser en violence l'homme le
plus violent du monde?...

Turk s'était pris d'une réelle affection pour le commodore en
dépit de son insociabilité. C'était un de ces fidèles chiens qui,
lorsque leur maitre se met en colère contre quelqu'un, aboient avec
plus de fureur encore. Seulement si le chien obéit à sa nature,
Turk désobéissait à la sienne. L'habitude d'éclater à tout propos et
plus haut que Hodge Urrican n'avait pas même altéré la douceur
de son caractère. Ses colères étaient feintes, il jouait un rôle, mais

merveilleusement, et, suivant l'expression populaire, il était entré dans la peau du bonhomme.

C'était donc par pure affection pour son maitre et dans le but de le contenir, en le dépassant, en l'effrayant par les suites que ses emportements pouvaient avoir. Et, en effet, lorsqu'il intervenait pour calmer Turk, Hodge Urrican finissait par se calmer. Quand l'un parlait d'aller dire son fait à quelque malappris, l'autre parlait de le gifler, et il parlait de le laisser mort sur place, quand le commodore le menaçait seulement d'une gifle. Alors ce dernier essayait de faire entendre raison à Turk, et c'est ainsi que ce brave garçon avait souvent arrêté des affaires dont le commodore ne fût peut-être pas sorti sans dommage.

Et, en dernier lieu, à propos de son envoi en Floride, lorsque Hodge Urrican avait voulu prendre le notaire à partie, comme si maitre Tornbrock y était pour quelque chose, Turk, soutenant à grands cris que cet odieux tabellion devait avoir triché, avait juré de lui cueillir les deux oreilles pour en faire un bouquet en l'honneur de son maitre.

Tel était l'original, assez adroit pour n'avoir jamais laissé deviner son jeu, qui, ce matin-là, accompagnait à la gare centrale de Chicago le commodore Urrican.

Au départ de ce sixième partenaire, il y eut foule, et dans cette foule, on le répète, il comptait sinon des amis, du moins des gens décidés à risquer leur argent sur sa tête. Ne paraissait-il pas indiqué qu'un homme d'un caractère si violent devait être capable de violenter la fortune?...

Et maintenant quel était l'itinéraire adopté par le commodore?... Assurément, celui qui offrait le moins de risque de retards, tout en étant le plus court.

« Écoute, Turk, avait-il dit dès sa rentrée à sa maison de Randolph Street, écoute et regarde.

— J'écoute et je regarde, mon maitre.

— C'est la carte des États-Unis que je mets sous tes yeux...

— Très bien... la carte des États-Unis...

— Oui... ici est l'Illinois avec Chicago... là est la Floride...

— Oh! je sais, répondit Turk, qui continuait à gronder sourdement. Dans le temps, nous avons navigué et guerroyé par là, mon commodore!

— Tu comprends, Turk, que, s'il ne s'était agi que d'aller à Thallahassee, la capitale de la Floride, ou à Pensacola, ou même à Jacksonville, c'eût été facile et rapide en combinant les divers trains qui y mènent.

— Facile et rapide, répéta Turk.

— Et, reprit le commodore, quand je pense que cette Lissy Wag, cette péronnelle, en sera quitte pour se transporter de Chicago à Milwaukee...

— La misérable! grogna Turk.

— Et que cet Hypperbone...

— Oh! s'il n'était pas mort, celui-là, mon commodore!... s'écria Turk en levant son poing comme s'il eût voulu assommer le malencontreux défunt.

— Calme-toi... Turk, il est mort... Mais pourquoi faut-il qu'il ait eu cette absurde idée de choisir dans toute la Floride le point le plus éloigné de l'État... le bout de la queue de cette presqu'île qui trempe dans le golfe du Mexique...

— Une queue avec laquelle il mériterait d'être fouaillé jusqu'au sang! déclara Turk.

— Car, enfin, c'est à Key West, c'est à cet îlot des Pine Islands qu'il va falloir trainer notre sac!... Un îlot, et même un méchant « os », comme disent les Espagnols, bon tout au plus à supporter un phare, et sur lequel il a poussé une ville...

— Mauvais parages, mon commodore, répondit Turk, et quant au phare, nous l'avons plus d'une fois relevé, avant d'embouquer le détroit de la Floride...

— Eh bien, je pense, reprit Hodge Urrican, que le mieux, le plus court, le plus prompt aussi, sera d'effectuer la première moitié du voyage par terre et la seconde par mer... soit neuf cents milles pour atteindre Mobile, et cinq à six cents pour atteindre Key West. »

Turk ne fit aucune objection, et, au vrai, ce projet, très raisonnable, n'en méritait pas. En trente-six heures, par chemin de fer, Hodge Urrican serait à Mobile dans l'Alabama, et il lui resterait douze jours pour la traversée de Mobile à Key West.

Mobile. — Les quais.

« Et si nous n'arrivions pas, déclara le commodore, c'est que les bateaux n'iraient plus sur l'eau...

— Ou qu'il n'y aurait plus d'eau dans la mer! » répondit Turk d'un ton menaçant pour le golfe du Mexique.

Ces deux éventualités étaient d'ailleurs peu à craindre, on en conviendra.

Quant à la question de trouver à Mobile un bâtiment en partance pour la Floride, elle ne se posait même pas. Ce port est très fréquenté, son mouvement de navigation est considérable, et, d'autre part, grâce à sa position entre le golfe du Mexique et l'Atlantique, Key West est devenue l'escale de tous les navires.

En somme, cet itinéraire s'identifiait en partie avec celui de Tom Crabbe. Si le Champion du Nouveau-Monde avait descendu le bassin du Mississippi jusqu'à la Nouvelle-Orléans de l'État de Louisiane, le commodore Urrican allait le descendre jusqu'à Mobile de l'État d'Alabama. Une fois arrivés au port, le premier avait mis cap à l'ouest sur la côte du Texas, et le second mettrait cap à l'est sur la côte floridienne.

Donc, précédés d'une forte valise, Hodge Urrican et Turk s'étaient rendus à la gare dès neuf heures du matin. Leur costume de voyage, vareuse, ceinture, bottes, casquette, indiquait bien des hommes de mer. En outre, ils étaient armés de ce Derringer à six coups, qui figure toujours au gousset de pantalon du véritable Américain.

Du reste, aucun incident ne marqua leur départ, qui fut accueilli par les hurrahs habituels, si ce n'est que le commodore eut une explication très vive avec le chef de gare à propos d'un retard de trois minutes et demie.

Le train partit à grande vitesse, et c'est ainsi que les voyageurs traversèrent l'Illinois. A Cairo, presque à la frontière du Tennessee, où Tom Crabbe avait suivi la ligne qui finit à la Nouvelle-Orléans, ils prirent celle qui suit la frontière du Mississippi et de l'Alabama, et finit à Mobile. La principale ville qu'ils rencontrèrent fut Jackson du Tennessee, qu'il ne faut pas confondre avec ses homonymes du Mississippi, de l'Ohio, de la Californie et du Michigan. Puis, après la station de State Line, leur train franchit la limite de l'Alabama dans l'après-midi du 12, à une centaine de milles environ de son terminus.

On le pense bien, le commodore Urrican ne voyageait pas pour voyager, mais pour arriver dans le plus court délai à son poste et à date fixe. Donc, chez lui, aucune préoccupation de touriste. D'ailleurs, les curiosités terriennes, sites, paysages, villes et autres, n'étaient pas pour intéresser un vieil homme de mer, — Turk pas davantage.

A dix heures du soir, le train s'arrêta en gare de Mobile, ayant effectué son long parcours sans accidents ni incidents. Il convient même de remarquer que Hodge Urrican n'eut pas une seule fois l'occasion de se quereller avec les mécaniciens, les chauffeurs, les conducteurs, les employés du railroad, ni même avec ses compagnons de voyage.

Du reste, il ne cachait point qui il était, et tout le train savait qu'on transportait en sa bruyante personne le sixième partant du match Hypperbone.

Le commodore se fit conduire à un hôtel voisin du port. Il était trop tard pour s'enquérir d'un navire en partance. Demain, dès l'aube, Hodge Urrican quitterait sa chambre, Turk quitterait la sienne, et, s'il se trouvait un bâtiment prêt à prendre la mer en direction du détroit de la Floride, ils embarqueraient le jour même.

Le lendemain, au soleil levant, tous deux déambulaient de conserve sur les quais de Mobile.

Montgomery est la capitale officielle de l'Alabama, État qui a tiré son nom du bassin de ce fleuve. Il comprend deux régions, l'une montagneuse, où s'abaissent vers le sud-ouest les dernières ramifications appalachiennes, l'autre formée de vastes plaines, à demi marécageuses dans sa partie méridionale. Jadis il ne se livrait qu'à la culture du coton. Actuellement, grâce à ses communications par voies ferrées, il exploite avantageusement ses mines de houille et de fer.

Mais ni Montgomery, ni même Birmingham, une industrieuse ville de l'intérieur, ne peuvent rivaliser avec Mobile, riche de trente-deux mille habitants. Elle est bâtie sur une terrasse, au fond de la baie dont elle a pris le nom et d'un accès facile en toute saison aux navires qui viennent du large. Cette ville, aux maisons basses, très serrées dans le quartier commerçant, est à l'étroit, même pour ses besoins maritimes, ses exportations de cigares, de cotons, de légumes. Mais elle possède des faubourgs qui s'étalent largement au milieu des bosquets de verdure.

Ce n'était point sans raison que le commodore Urrican avait pensé que les moyens de se rendre par mer à Key West ne lui feraient pas défaut. Telle est l'importance du port de Mobile, qu'il reçoit annuellement au moins cinq cents navires.

Mais il est des gens que la fatalité n'épargne guère, qui ne peuvent échapper au mauvais sort, et, cette fois, Hodge Urrican eut l'occasion de se mettre très justement en colère.

Ne voilà-t-il pas qu'il est arrivé à Mobile en pleine grève, — une grève générale des chargeurs et des déchargeurs, déclarée de la veille!... Et elle menace de durer plusieurs jours!... Et, des bâtiments en partance, pas un seul ne pourra prendre le large avant que l'accord soit fait avec les armateurs, très résolus à résister aux prétentions des grévistes!...

Aussi est-ce vainement que les 13, 14 et 15, le commodore attendit qu'un navire eût achevé son chargement pour partir. Les cargaisons restaient sur les quais, les feux des chaudières n'étaient plus allumés, les balles de coton encombraient les docks, et la navigation n'eût pas été plus immobilisée si la baie de Mobile avait été prise par les glaces. Cet état anormal pouvait se prolonger toute la semaine et au delà... Que faire?...

Des partisans du commodore Urrican lui suggérèrent alors l'idée très raisonnable de se rendre à Pensacola, une des importantes villes de l'État de Floride qui confine à celui de l'Alabama. En remontant par le railroad jusqu'à sa limite septentrionale, et en redescendant jusqu'au littoral, il était aisé d'atteindre Pensacola en une douzaine d'heures.

Hodge Urrican, — il faut lui reconnaître cette qualité, — était un homme de décision et savait prendre un parti sans tergiverser. Aussi, le 16, dès le matin, monté dans le train avec Turk, arriva-t-il le soir même à Pensacola.

Il lui restait encore neuf jours, et, en réalité, c'était plus que n'exige la traversée de Pensacola à Key West, même à bord d'un voilier.

La Floride, presqu'île projetée sur le golfe du Mexique, mesure environ quatre cent cinquante milles de largeur sur environ trois cent cinquante de longueur. Cette largeur, c'est à la partie nord, à la base de la péninsule, qu'elle se développe sous l'Alabama et la Géorgie jusqu'au littoral de l'Atlantique. Si Thallahassee est la capitale, le siège de la législature, Pensacola vaut Jacksonville, la métropole de l'État. Reliée par un réseau de voies ferrées au centre de l'Union, Pensacola, avec ses douze mille habitants, est en pleine prospérité, et, ce qui importait au commodore Urrican en quête d'un bâtiment, c'est que le mouvement maritime y occupe près de douze cents navires.

Eh bien, continuation de la fâcheuse malchance! Pas de grève à Pensacola, sans doute, mais pas un seul bâtiment qui se disposât à quitter le port, — du moins en direction du sud-est, — ni pour les Antilles, ni pour l'Atlantique, et, par conséquent, pas d'escale possible à Key West!

« Décidément, fit observer Hodge Urrican, en se rongeant les lèvres, ça ne va pas!

— Et personne à qui s'en prendre... répondit son compagnon, en jetant un regard farouche autour de lui.

— Nous ne pouvons cependant pas étaler ici sur notre ancre pendant une semaine...

— Non... il faut appareiller coûte que coûte, mon commodore! » déclara Turk.

D'accord, mais par quel moyen se transporter de Pensacola à Key West?...

Hodge Urrican ne perdit pas une heure, allant de navire en navire, steamer ou voilier, n'obtenant que de vagues promesses... On partirait... le temps d'embarquer les marchandises ou de compléter les cargaisons... Rien de formel, malgré le haut prix que le commodore offrait pour son passage. Alors il chercha des raisons, comme on dit, à ces damnés capitaines, et même au directeur du port, au risque de se faire coffrer.

Bref, deux jours s'écoulèrent jusqu'au soir du 18, et alors il n'y avait plus qu'à tenter par terre ce qu'on ne pouvait tenter par mer. Et que de fatigues, — passe encore — et que de retards à craindre!

Qu'on en juge! Il faut, en railroad s'entend, traverser la Floride dans sa largeur presque entière de l'ouest à l'est par Thallahassee, jusqu'à Live Oak, puis redescendre au sud pour gagner Tampa ou Punta Gorda sur le golfe du Mexique, soit environ six cents milles avec des trains dont les horaires ne correspondent point. Et c'eût été acceptable, si à partir de là le réseau des voies ferrées avait entièrement desservi la partie méridionale de la presqu'île... Eh bien, non!... Si on ne trouvait pas un navire en partance, il resterait une longue route à parcourir, et dans quelles déplorables conditions!

C'est une triste région, peu habitable, peu habitée, cette portion de la Floride que baignent les eaux du golfe, depuis Cedar Key. Y trouverait-on des moyens de transport, stages, charrettes, chevaux, qui permettraient d'atteindre en quelques jours jusqu'à son extrême pointe? Et, en admettant que l'on pût se les procurer à prix d'or, quel cheminement lent, pénible, dangereux même, au milieu de ces interminables forêts, sous l'épais plafond des sombres cyprières, parfois impénétrables, à demi noyées entre les eaux stagnantes des bayous, à la merci de ces prairies flottantes de l'herbeuse pistia, dont le sol se dérobe sous le pied, à travers les profondeurs de ces taillis de champignons gigantesques qui éclatent au choc comme des pièces d'artifices, le dédale des plaines marécageuses et des nappes lacustres, où pullulent les alligators et les lamantins, où fourmillent les plus redoutables serpents de la race ophidienne, ces trigonocéphales dont la morsure est mortelle. Tel est cet abominable pays des Everglades, où se sont réfugiées les dernières tribus des Séminoles, beaux et farouches, qui, sous leur chef Oiséola, ont si intrépidement lutté contre l'envahissement fédéral. Seuls, ces indigènes peuvent trouver à vivre ou du moins à végéter sous ce climat humide et chaud, si propice au développement des fièvres paludéennes qui, en quelques heures, terrassent les hommes les plus vigoureusement constitués, — même des commodores de la trempe de Hodge Urrican!

Ah! si cette partie de la Floride eût été comparable à celle qui s'étend à l'est jusqu'au vingt-neuvième parallèle, s'il ne s'était agi que d'aller de Fernandina à Jacksonville et à Saint-Augustine, dans cette contrée où ne manquent ni les bourgades, ni les villages, ni les voies de communication!... Mais, à partir de Punta Gorda, vouloir s'enfoncer jusqu'au cap Sable...

Or, on était au 19 mai. Il n'y avait plus que six jours pleins. Et, cette voie de terre, il était décidément impossible de songer à la prendre!

Ce matin-là, le commodore Urrican fut accosté sur le quai par un de ces patrons, moitié américains, moitié espagnols, qui font le petit cabotage le long des côtes floridiennes.

Le dit patron, nommé Huelcar, lui adressa la parole en portant la main à son bonnet :

« Toujours pas de bâtiment pour la Floride, mon commodore?...

— Non, répondit Hodge Urrican, et si vous en connaissez un, il y a dix piastres pour vous!

— J'en connais un.

— Lequel?...

— Le mien...

— Le vôtre?...

— Oui... la *Chicola*, une jolie goélette de quarante-cinq tonneaux, trois hommes d'équipage, qui file d'habitude ses huit nœuds par belle brise, et...

— De nationalité américaine?...

— Américaine.

— Prête à partir?...

— Prête à partir... et à vos ordres », répondit Huelcar.

Cinq cents milles environ de Pensacola à Key West, — en droite

ligne, il est vrai, — avec une moyenne de cinq nœuds seulement, et en
tenant compte des déviations de route ou des vents défavorables,
cela pouvait s'enlever en six jours.

Dix minutes après, Hodge Urrican et Turk étaient à bord de la
*Chicola* qu'ils examinaient en connaisseurs. C'était un petit bâtiment de cabotage, tirant peu d'eau, destiné à naviguer le long de la
côte entre les bas-fonds, assez large de coque pour porter une forte
voilure.

Deux marins, tels que le commodore et l'ancien quartier-maître
n'étaient pas hommes à s'inquiéter des dangers de la mer. En somme,
depuis vingt ans, le patron Huelcar courait ces parages sur sa goélette, de Mobile aux îles de Bahama à travers le détroit de la Floride,
et il avait maintes fois relâché à Key West.

« Combien pour la traversée?... demanda le commodore.

— Cent piastres par jour.

— Nourris?...

— Nourris. »

C'était cher, et Huelcar abusait de la situation.

« Nous partirons à l'instant... commanda Hodge Urrican.

— Dès que votre malle sera à bord.

— A quelle heure le jusant?...

— Il commence, et, avant une heure, nous serons en pleine mer. »

Prendre passage sur la *Chicola*, c'était l'unique moyen d'arriver
à Key West où le sixième partenaire devait être rendu le 25 au
plus tard, avant midi.

A huit heures, l'hôtel réglé, Hodge Urrican et Turk embarquèrent.
Cinquante minutes plus tard, la goélette sortait de la baie entre les
forts Mac Rae et Pickens, jadis construits par les Français et les Espagnols, et elle mettait le cap au large.

Le temps était incertain. La brise soufflait assez fraîchement de
l'est. La mer, défendue par le barrage de la péninsule floridienne,
ne ressentait pas encore les longues houles de l'Atlantique, et la
*Chicola* se comportait bien.

« Avant une heure nous serons en pleine mer. » (Page 208.)

Du reste, rien à craindre, ni pour le commodore, ni pour Turk, de ce mal de mer dont Tom Crabbe avait été si abominablement victime. Quant à la manœuvre de la goélette, ils seraient prêts à venir en aide au patron Huelcar et à ses trois hommes, s'il fallait se déhaler d'un coup de vent.

La *Chicola*, vent debout, louvoyait de manière à conserver l'abri de la terre. La traversée en serait allongée sans doute; mais les tem-

27

pêtes du golfe sont redoutables, et un léger bâtiment ne peut s'aventurer loin des ports, des baies, des criques, des embouchures de rivières ou de creeks si multipliés sur le littoral floridien, accessibles aux navires de petit tonnage. Au surplus, la *Chicola* aurait toujours une anse, un trou, où se réfugier pendant quelques heures. Il est vrai, ce serait du temps perdu, et Hodge Urrican n'en avait que bien peu à perdre.

Vains appels, vaines recherches. (Page 215.)

# XIV

## SUITE DES AVENTURES DU COMMODORE URRICAN.

La brise tint toute la journée et toute la nuit, avec une tendance
à calmir. Si elle passait à l'opposé, cela permettrait de faire route

sous une meilleure allure, avec plus de vitesse. Par malheur, le lendemain elle tomba graduellement. A la surface de cette mer au calme
blanc, la *Chicola*, bien que couverte de toile, ne gagna qu'une
vingtaine de milles vers le sud-est. Il fallut même garnir les avi-
rons afin de ne pas être rejeté au large dans le golfe. Il y eut là
quarante-huit heures de navigation presque nulle. Le commodore
se dévorait les poings d'impatience, sans parler à personne, — pas
même à Turk.

Cependant, le 22, soutenue par le courant golfier, la *Chicola* filait
à la hauteur de Tampa, un port de cinq à six mille habitants, où les
navires d'un certain tonnage trouvent un sûr abri en prolongeant ce
littoral, semé de récifs et de vasières, mais il restait encore à une
cinquantaine de milles dans l'est, et la goélette n'aurait pu le rallier,
pour suivre la côte floridienne jusqu'à sa pointe, sans éprouver du
retard.

D'ailleurs, après les calmes de la veille, il y avait lieu de prévoir, à
l'aspect du ciel, une prochaine modification de l'état atmosphérique.

Le commodore Urrican et Turk ne s'y trompèrent pas plus que les
matelots de la goélette.

« Un changement de temps probable, dit, ce matin-là, le commodore Urrican.

— Il ne peut que nous favoriser, répondit Turk, si le vent s'établit à l'ouest.

— La mer sent quelque chose, affirma le patron Huelcar. Voyez
ces longues lames déjà lourdes et la houle qui commence à verdir
au large. »

Puis, après avoir observé attentivement l'horizon, en secouant la
tête, il ajouta :

« Je n'aime pas quand ça souffle de ce côté...

— C'est le bon, pourtant, dit Turk, et qu'il vente un coup de
chien, s'il nous pousse où nous voulons aller! »

Hodge Urrican se taisait, visiblement inquiet des symptômes qui
s'accentuaient entre l'ouest et le sud-ouest. C'est bien d'avoir bonne

brise, mais encore faut-il pouvoir tenir la mer, et, avec cette embarcation d'une quarantaine de tonneaux, à demi pontée seulement... Non! jamais on ne saura ce qui se passait dans l'âme bouillonnante du commodore, et, s'il y avait mauvais temps au large, il y avait aussi mauvais temps dans le for intérieur d'Hodge Urrican.

L'après-midi, le vent, définitivement fixé à l'ouest, débuta par de larges rafales, coupées de courtes accalmies. Il fut nécessaire d'amener les voiles hautes, et sur cette mer, qui devenait creuse et dure, la goélette s'enleva comme une plume au gré des lames déferlantes.

La nuit fut mauvaise, en ce sens qu'il fallut encore diminuer la voilure.

Maintenant la *Chicola* se sentait drossée vers la côte floridienne plus qu'il ne convenait. Puisque le temps manquait pour y chercher refuge, coûte que coûte, le cap devait être maintenu au sud-est dans la direction de la pointe.

Le patron manœuvra en marin habile. Turk, la main à la barre, assurait autant que possible la goélette contre les embardées du roulis.

Le commodore aida l'équipage à prendre des ris dans la misaine et la grand'voile, et on ne laissa que le petit foc à mi-bout-dehors. Il était bien difficile de résister à la fois au vent et au courant qui portaient vers la terre.

Et, en effet, dans la matinée du 23, la côte, si basse qu'elle fût, apparut au milieu des vapeurs échevelées de l'horizon.

Huelcar et ses hommes la reconnurent, non sans quelque peine cependant.

« C'est la baie de Whitewater », dirent-ils.

Cette baie, qui échancre profondément le littoral, n'est séparée du détroit de la Floride que par une langue de terre que défend le fort Poinsett à l'extrémité du cap Sable.

Encore une dizaine de milles en cette direction, et la goélette serait par son travers.

« Je crains que nous soyons forcés d'y relâcher, dit Huelcar.

— Y relâcher... pour n'en plus pouvoir sortir avec ces vents-là!... » s'écria Turk.

Hodge Urrican gardait le silence.

« Si nous n'y cherchons pas abri, reprit le patron, et si, à la hauteur du cap Sable, le courant nous jette dans le détroit, ce n'est pas à Key West que nous irons mouiller, mais aux Bahama, à l'ouvert de l'Atlantique! »

Le commodore continuait à se taire, et, peut-être, tant sa gorge était gonflée, tant ses lèvres se serraient l'une contre l'autre, n'aurait-il pu articuler une parole.

De son côté, le patron comprenait bien que si elle se réfugiait dans la baie de Whitewater, la *Chicola* y serait bloquée pour plusieurs jours. Or on était au 23 mai, et il fallait être à Key West avant quarante-huit heures.

Alors l'équipage rivalisa d'audace et d'adresse afin de soutenir le petit navire contre les bourrasques du large, au risque d'amener en bas la mâture ou même de chavirer sous voiles. On essaya de tenir la cape avec le petit foc et un tourmentin à l'arrière. La goélette perdit encore trois ou quatre milles pendant la journée et la nuit suivante. Si le vent ne hâlait pas le nord ou le sud, elle ne pourrait plus résister, et serait le lendemain à la côte.

Et ce ne fut que trop certain, lorsque, dès les premières heures du 24, la terre, toute hérissée de roches, toute ceinturée de récifs, montra à cinq milles les terribles pointes du cap Sable. Encore quelques heures, et la *Chicola* serait entraînée à travers le détroit de la Floride.

Cependant, avec de nouveaux efforts, en profitant de la marée montante, il eût été possible de donner dans la baie de Whitewater.

« Il le faut... déclara Huelcar.

— Non, répondit Hodge Urrican.

— Eh! je ne veux pas risquer de perdre mon bateau, et nous avec, en m'entêtant à tenir la mer...

— Je te l'achète, ton bateau...

— Il n'est pas à vendre.

— Un bateau est toujours à vendre quand on l'achète plus que son prix !

— Combien en donnez-vous ?...

— Deux mille piastres.

— Convenu, répondit Huelcar, enchanté d'un marché si avantageux.

— C'est le double de sa valeur, dit le commodore Urrican. Il y en aura mille pour sa coque... et mille pour la tienne et celle de tes hommes.

— Payable quand ?...

— Comptant, avec un chèque que je te ferai à Key West.

— C'est dit, mon commodore.

— Et maintenant, Huelcar, cap au large ! »

Toute la journée la *Chicola* lutta vaillamment, quelquefois couverte en grand par les lames, ses bastingages à demi sous l'eau. Mais Turk la maintenait d'une main ferme, et l'équipage manœuvrait avec autant de courage que d'habileté.

brumes, dit-il, et il faut prendre garde de se jeter sur les roches...
A mon avis, mieux vaudrait attendre le jour, et si le brouillard se
dissipe...

— Je n'attendrai pas », répondit le commodore.

Et, en effet, il ne pouvait attendre, s'il voulait être à Key West le
lendemain avant midi.

La *Chicola* continuait donc de tenir le cap au sud sur une mer qui
revenait au calme, au milieu des brouillards, lorsque, vers cinq
heures du matin, se produisirent un premier choc, puis un second.

La goélette avait touché contre un écueil.

Soulevée une troisième fois par un irrésistible coup de houle, à
moitié démolie, sa coque défoncée de l'avant, elle chavira sur le flanc
de bâbord.

A ce moment, un cri se fit entendre.

Turk reconnut la voix du commodore.

Il l'appela et ne reçut aucune réponse.

Les vapeurs étaient si épaisses qu'on ne voyait pas les roches
autour de la goélette.

Le patron et ses trois hommes avaient pu prendre pied sur
l'écueil.

Avec eux, Turk, désespéré, cherchait, appelait toujours...

Vains appels, vaines recherches.

Mais peut-être ces brumes se dissiperaient-elles, et peut-être Turk
retrouverait-il son maître encore vivant?... Il n'osait l'espérer... De
grosses larmes roulaient le long de ses joues...

Vers sept heures, les vapeurs commencèrent à s'éclaircir à travers
les basses zones, et la mer se découvrit sur un rayon de quelques
encablures...

C'était un amas de roches blanchâtres contre lequel s'était échouée
et brisée la *Chicola*, dont le canot, écrasé dans la collision, était hors
de service. A l'est et à l'ouest, pendant un quart de mille, ce banc
se prolongeait en récifs, séparés par des coulières, et le ressac y dé-
ferlait avec violence.

ILS ATTENDAIENT LE COMMODORE URRICAN... (Page 220.)

Les recherches aussitôt furent reprises, et l'un des matelots finit par découvrir le corps du commodore Urrican, engagé entre deux pointes de l'écueil.

Turk accourut, il se jeta sur son maitre, il l'entoura de ses bras, il le souleva, il lui parla sans obtenir de réponse.

Cependant un léger souffle s'échappait encore des lèvres d'Hodge Urrican, et son cœur battait assez distinctement.

« Il vit... il vit! » s'écria Turk.

Au vrai, Hodge Urrican était dans un piteux état. En tombant, sa tête avait porté sur l'angle d'une roche. Toutefois, le sang ne coulait plus. La blessure, qui s'était refermée d'elle-même, fut bandée d'un linge, après avoir été lavée avec un peu d'eau douce rapportée de la goélette. Puis le commodore, qui n'avait pas repris connaissance, fut transporté sur une partie saillante de l'îlot, où la mer montante ne pourrait atteindre.

Le ciel alors entièrement dégagé de brumes, la vue pouvait s'étendre à plusieurs milles au large.

Il était neuf heures vingt, et, à cet instant, Huelcar, tendant le bras vers l'ouest, s'écria :

« Le phare de Key West! »

En effet, Key West ne se trouvait pas à plus de quatre milles dans cette direction. Si la nuit eût été claire, on aurait pu relever son feu en temps utile, et la goélette ne serait pas venue se perdre sur ces dangereux écueils.

Ils sont à redouter des marins, ces parages de la Basse-Floride, Aussi est-il à désirer que le gouvernement fédéral réalise au plus tôt un projet déjà étudié : il s'agit d'un canal qui couperait la péninsule entre Fernandina et Cedar Key. Or, ce canal économiserait aux navires entre le golfe du Mexique et l'Océan environ cinq cents milles à travers l'un des plus difficiles détroits du monde.

Et, maintenant, en ce qui concernait le sixième partenaire du match Hypperbone, ne devait-on pas considérer la partie comme définitivement perdue?... Il n'avait plus aucun moyen de franchir la distance qui sépare l'îlot sur lequel s'était défoncée la *Chicola*. Donc nécessité de séjourner sur cet îlot en attendant qu'une embarcation vînt à passer et recueillît les naufragés pour les transporter à Key West.

Triste situation pour ces pauvres gens, à la surface de cet amas blanchâtre semblable à un ossuaire, et qui n'émergeait pas de plus de cinq à six pieds à marée haute. Autour serpentaient des sargasses aux mille couleurs, des phycées gigantesques, de petites algues, arrachées des fonds sous-marins par les courants du Gulfstream.

Dans les criques fourmillaient cent espèces de poissons de toutes dimensions et de toutes formes, sardes, anges, labres, loups de mer, clephtiques aux nuances merveilleuses, jarretières d'argent, chevaliers rayés de bandes multicolores. Là aussi pullulaient les mollusques, les crustacés, crevettes et palémons, homards, crabes et langoustes.

Enfin, de toutes parts, à fleur d'eau, flairant le naufrage, s'approchaient et rôdaient entre les récifs de voraces requins, — principalement ces marteaux, longs de six à sept pieds, aux mâchoires énormes, monstres des plus redoutables.

Quant aux oiseaux, ils volaient par bandes innombrables, des aigrettes, des crabiers, des hérons, des mouettes, des grèbes, des hirondelles marines, des cormorans. Quelques pélicans de grande taille, immergés jusqu'à mi-corps, pêchaient avec autant de sérieux mais avec plus de succès que les pêcheurs à la ligne et poussaient d'une voix caverneuse, ainsi que l'a dit un voyageur français, le cri de « hoenkorr! ». Du reste, on eût trouvé à se nourrir sur cet écueil, rien qu'en chassant les légions de tortues, soit sous les eaux, soit sur les petites grèves de sable jusqu'aux îles qui portent le nom de ces rampantes bêtes.

Cependant le temps s'écoulait, et, malgré les soins qu'on ne lui ménageait pas, l'infortuné commodore ne semblait pas près de revenir à lui. La prolongation de cet état causait à Turk les plus vives inquiétudes. S'il avait pu conduire son maître à Key West, le confier à un médecin, peut-être l'aurait-on sauvé, étant donnée la constitution de ce vigoureux homme de mer. Mais combien de jours se passeraient avant que les naufragés eussent quitté l'ilot, car il était impossible de renflouer la goélette, de réparer sa coque crevée dans les dessous, et dont le premier mauvais temps disperserait les débris à travers ces parages.

Il va sans dire que Turk ne se faisait plus aucune illusion sur le résultat du match Hypperbone. La partie était perdue pour Hodge Urrican. Quel accès de colère s'il revenait à la vie, et, cette fois, ne le lui pardonnerait-on pas en présence d'une si infernale malchance?...

Il était un peu plus de dix heures, lorsqu'un des matelots de la *Chicola*, en vedette à l'extrémité des roches, cria :

« Barque... barque! »

En effet, une chaloupe de pêche, poussée par une petite brise d'est, s'approchait de l'ilot. Aussitôt Huelcar de faire un signal, qui fut aperçu des gens de la chaloupe, et, une demi-heure après, les naufragés à son bord, elle mettait le cap sur Key West.

Alors l'espoir revint à Turk, et peut-être fût-il aussi revenu à Hodge Urrican, s'il avait pu sortir de cette prostration, pendant laquelle il n'avait plus le sentiment des choses extérieures.

Bref, enlevée par la brise, la chaloupe franchit rapidement une distance de quatre milles, et, à onze heures quinze, elle mouillait dans le port.

La ville a poussé sur cet ilot de Key West, long de deux lieues, large d'une lieue, comme poussent les produits végétaux soumis à une culture intensive. C'est une cité déjà considérable, qui se rattache aux États du centre par ses lignes télégraphiques, et avec la Havane par son câble sous-marin, une cité de grand avenir dont la prospérité ne cesse de s'accroître, grâce à un mouvement maritime de trois cent mille tonnes, une cité à demi espagnole, abritée sous le dôme de ses magnolias et autres magnifiques essences de la zone tropicale.

La chaloupe vint accoster au fond du port, et aussitôt plusieurs centaines d'habitants, — Key West en possédait dix-huit mille à cette époque, — entourèrent les naufragés. Ils attendaient le commodore Urrican, et dans quelles conditions il se présentait ou plutôt on le présentait à leurs yeux!

Décidément la mer ne réussissait pas aux partenaires du match J. Hypperbone, Tom Crabbe arrivé au Texas à l'état de masse inerte, le commodore arrivé à l'état de cadavre ou peu s'en fallait!

Hodge Urrican fut amené dans le bureau du port, où un médecin se hâta d'accourir.

Hodge Urrican respirait encore, et si son cœur battait faiblement, il ne semblait pas qu'aucun de ses organes eût été lésé. Cependant, lorsqu'il avait été précipité hors de la goélette, sa tête s'était fendue sur l'angle d'une roche, le sang avait abondamment coulé, et on pouvait toujours craindre quelque lésion au cerveau.

En somme, malgré les soins, malgré les vigoureux massages auxquels on le soumit, — et Turk ne s'y épargna point, on peut le croire, — le commodore, bien qu'il eût poussé deux ou trois soupirs, ne reprit pas connaissance.

Le médecin proposa alors de le transporter dans la chambre d'un confortable hôtel, à moins qu'il ne parût préférable de le conduire à l'hôpital de Key West, où il serait mieux soigné que partout ailleurs.

« Non... répondit Turk, ni à l'hôpital... ni à l'hôtel...

— Où donc alors?...

— Au Post Office! »

Il avait une idée, ce brave Turk, — une idée que comprirent et adoptèrent tous ceux qui l'entouraient. Puisque Hodge Urrican était arrivé avant midi à Key West, ce jourd'hui, 25 mai, — et cela contre vent et marée, on peut le dire, — pourquoi sa présence ne serait-elle pas officiellement constatée dans l'endroit même où il devait se trouver à cette date?...

On fit venir un brancard, en jeta un matelas dessus, on y étendit le commodore, et on se dirigea vers le bureau de poste au milieu d'une foule grossissante.

Vif étonnement des employés qui crurent d'abord à une erreur. Est-ce qu'on prenait leur bureau pour la morgue?... Mais, lorsqu'ils

KEY WEST. — Maison espagnole.

apprirent que ce corps était celui du commodore Urrican, l'un des partants du match Hypperbone, leur étonnement fit place à l'émotion. Il était donc là, devant ce guichet du télégraphe, là où le coup de dés par cinq et quatre l'avait envoyé de si loin... et dans quel état!...

Turk s'avança, puis, d'une voix forte, qui fut entendue de tous :

« Y a-t-il une dépêche pour le commodore Hodge Urrican?... demanda-t-il.

— Pas encore, répondit l'employé.

— Eh bien, monsieur, reprit Turk, vous voudrez bien certifier que nous étions ici avant elle. »

Et le fait fut aussitôt consigné sur un registre devant nombre de témoins.

Il était alors onze heures quarante-cinq, et il n'y avait plus qu'à attendre le télégramme qui, sans aucun doute, devait être parti le matin même de Chicago.

On n'attendit pas longtemps.

A onze heures cinquante-trois, le timbre de l'appareil télégraphique se mit à tinter, le mécanisme entra en fonction, et la bandelette de papier se déroula.

Dès que l'employé l'eut retirée, il en lut l'adresse et dit :

« Une dépêche pour le commodore Hodge Urrican...

— Présent », répondit Turk pour son maître, chez lequel le médecin ne put, même à cet instant, surprendre le moindre signe d'intelligence.

Cette dépêche était conçue en ces termes :

Chicago, Illinois, 8 heures 13 matin, 25 mai.

« Cinq par trois et deux, cinquante-huitième case, État de Cali-« fornie, Death Valley.

« TORNBROCK. »

État de Californie, à l'autre extrémité du territoire fédéral qu'il faudrait traverser du sud-est au nord-ouest!...

Et, non seulement une distance de plus de deux mille milles sépare la Californie de la Floride, mais cette cinquante-huitième case était celle du Noble Jeu de l'Oie où figure la tête de mort... Et, après s'être rendu de sa personne dans cette case, le joueur est obligé de retourner à la première pour recommencer la partie...

« Allons, se dit Turk, mieux vaut que mon pauvre maître n'en revienne pas, car il ne se relèverait jamais d'un coup pareil! »

« Vous devez savoir à quoi vous en tenir... » (Page 226.)

# XV

## LA SITUATION AU 27 MAI.

On n'a pas oublié que, primitivement, suivant l'acte testamentaire de William J. Hypperbone, le nombre des joueurs du Noble Jeu des

Etats-Unis d'Amérique avait été fixé à six, élus par le sort. Ces
« Six », suivant les instructions de maître Tornbrock, avaient figuré
dans le cortège funèbre autour du char de l'excentrique personnage.

On n'a pas oublié non plus que, lors de la séance du 15 avril, où
le notaire donna lecture dudit testament dans la salle de l'Auditorium, un codicille très inattendu fit intervenir un septième partenaire, uniquement désigné par les initiales X K Z. Ce nouveau venu
était-il sorti de l'urne comme les autres concurrents, ou avait-il été
imposé par la seule volonté du défunt?... on ne savait. Quoi qu'il en
soit, cette clause du codicille, si formelle, nul ne pouvait songer à
l'éluder. Le sieur X K Z — l'homme masqué, — jouissait des mêmes
droits que les anciens Six, et, s'il gagnait l'énorme héritage, personne ne serait fondé à lui en disputer la possession.

C'est donc par application de cette clause que, le 13 courant, à huit
heures du matin, maître Tornbrock avait procédé à un septième tour
de dés, et — cela est rappelé pour mémoire — le nombre des points
obtenus, neuf par six et trois, obligeait le sieur X K Z à se rendre au
Wisconsin. Or, si le partenaire inconnu n'était pas possédé de ce goût
immodéré des voyages, de cet amour des déplacements qui dévorait
le reporter de la *Tribune*, s'il était réfractaire à toute passion loco-
motrice, il devait se déclarer satisfait. En quelques heures de chemin de fer, il atteindrait Milwaukee, et, pour peu qu'elle y fût encore lorsqu'il y arriverait, Lissy Wag devrait lui céder la place et
recommencer la partie.

Or, si l'homme masqué s'était hâté de gagner le Wisconsin dès
qu'il avait connu le résultat du septième tirage, bien qu'il eût un laps
de quinze jours pour s'y rendre, on l'ignorait.

Tout d'abord, le public avait été très intrigué de l'introduction de ce
nouveau personnage dans le match. Qui était-il?... Chicagois, puisque
le testateur n'avait admis que des Chicagois de naissance. Mais on
n'en savait pas davantage, et la curiosité était d'autant plus vive.

Aussi, le 13 de ce mois, jour du septième tirage, y avait-il eu foule
dans la gare, aux heures des trains de Chicago à Milwaukee.

Alors le septième partenaire prend la dépêche... (Page 231.)

On espérait reconnaitre cet X K Z à sa démarche, à son attitude, à quelque singularité, à quelque originalité... Complète déception, là, rien que ces figures habituelles de voyageurs de toute situation sociale, que rien ne distingue du commun des mortels. Toutefois, au moment du départ, un brave homme fut pris pour l'homme masqué, et, très ahuri, devint l'objet d'une ovation qu'il ne méritait pas.

Le lendemain, il vint encore un assez grand nombre de curieux,

29

moins le surlendemain, très peu les jours suivants, et on ne remar-
qua jamais personne qui eût l'air de concourir pour le grand prix du
match Hypperbone.

Ce qu'il y avait à faire, et ce que firent des gens appâtés par le
côté mystérieux de cet X K Z, et désireux de risquer sur lui de grosses
sommes, c'était d'interroger maître Tornbrock à ce sujet. Aussi
était-il accablé de questions sur ce personnage.

« Vous devez savoir à quoi vous en tenir sur cet X K Z!... lui
disait-on.

— En aucune façon, répondait-il.

— Mais vous le connaissez?...

— Je ne le connais pas, et je le connaitrais, que je n'aurais probablement pas le droit de trahir son incognito.

— Mais vous devez savoir où il réside... s'il a son domicile à Chicago ou ailleurs, puisque vous lui avez envoyé le résultat du coup
de dés?...

— Je ne lui ai rien envoyé. Ou il l'a appris par les journaux et les
affiches, ou il l'a entendu proclamer dans la salle de l'Auditorium...

— Mais il faudra bien que vous lui expédiiez un télégramme pour
l'informer du point qu'amèneront les dés au tirage du 27 de ce mois
qui le concerne?...

— Je le lui expédierai, sans aucun doute.

— Mais où?...

— Où il sera, c'est-à-dire où il devra être... à Milwaukee... Wisconsin.

— Mais à quelle adresse?...

— Poste restante, aux initiales X K Z...

— Mais s'il n'est pas là?...

— S'il n'est pas là, tant pis pour lui, et il sera déchu de tout droit! »

On le voit, aux « mais » des questionneurs, maître Tornbrock faisait
toujours la même réponse : il ne savait rien et ne pouvait rien dire.

Il arriva donc que l'intérêt, si vivement excité d'abord par l'homme
du codicille, finit par s'atténuer, et on laissa à l'avenir le soin d'éta-

blir l'identité de cet X K Z. Au total, s'il gagnait, s'il devenait l'unique héritier des millions de William J. Hypperbone, cela n'irait pas sans que son nom retentit dans les cinq parties du monde. Au contraire, s'il ne gagnait pas, importait-il de savoir s'il était vieux ou jeune, grand ou petit, gras ou maigre, blond ou brun, riche ou pauvre, et sous quelle appellation patronymique il avait été inscrit sur les registres de sa paroisse ?...

En attendant, les péripéties du jeu étaient suivies avec une extrême attention dans le monde où l'on spécule, chez les coureurs de chances, les chasseurs d'aléas, les adorateurs du boom. Les bulletins financiers donnaient la situation jour par jour, comme ils publiaient les cours de la Bourse. Non seulement à Chicago qu'un chroniqueur baptisa « Ville de paris » et dans toutes les grandes villes de l'Union, mais dans les bourgades, jusque dans les plus petits villages, les joueurs s'engageaient avec un remarquable entrain.

Les principales cités, New York, Boston, Philadelphie, Washington, Albany, Saint-Louis, Baltimore, Richmond, Charleston, Cincinnati, Détroit, Omaha, Denver, Salt Lake City, Savanah, Mobile, la Nouvelle-Orléans, San Francisco, Sacramento, possédaient des agences spéciales dont les affaires marchaient à merveille. On pensait que leur nombre doublerait, triplerait, quadruplerait, décuplerait au fur et à mesure des incidents provoqués par le caprice des dés, dont Max Réal, Tom Crabbe, Hermann Titbury, Harris T. Kymbale, Lissy Wag, Hodge Urrican et X K Z. seraient les bénéficiaires ou les victimes. De véritables marchés s'étaient fondés, avec courtiers et cotes, où se faisaient les demandes et les offres, où l'on vendait, où l'on achetait à des taux variables les chances de tel ou tel.

Il va de soi que ce courant ne s'était pas uniquement canalisé aux États-Unis d'Amérique. Il avait passé la frontière et se ramifiait à travers le Dominion, par Québec, Montréal, Toronto et autres villes importantes du Canada. Et aussi coulait-il vers le Mexique, vers les petits États baignés des eaux du golfe. Puis il se déversait sur l'Amérique du Sud, la Colombie, le Venezuela, le Brésil, la Répu-

blique Argentine, le Pérou, la Bolivie, le Chili. La fièvre du jeu finirait par devenir endémique dans tout le Nouveau-Monde.

D'ailleurs, de l'autre côté de l'Atlantique, en Europe, la France,
l'Allemagne, l'Angleterre, la Russie, en Asie, les Indes anglaises, la
Chine et le Japon, en Océanie, l'Australie et la Nouvelle-Zélande,
avaient déjà participé aux folies de ce match dans une proportion
considérable.

Décidément, si le défunt membre de l'*Excentric Club* de Chicago
n'avait pas fait grand bruit de son vivant, quel tapage il faisait après sa
mort ! Les honorables Georges B. Higginbotham et ses autres collègues
ne pouvaient qu'être fiers d'être associés à tant de gloire posthume.

Maintenant, à l'heure actuelle, quel était le favori sur ce turf d'un
nouveau genre ?

S'il eût été difficile de se prononcer jusqu'ici puisqu'on ne connaissait encore qu'un petit nombre de coups, il semblait bien, cependant, que le quatrième partenaire, Harris T. Kymbale, réunissait
alors le plus de partisans. L'attention portait particulièrement sur sa
personne. C'était de lui que les journaux parlaient surtout, car ils le
suivaient pas à pas, tenus au courant par sa correspondance quotidienne. Max Réal, avec la réserve dont il ne se départissait guère,
Hermann Titbury, qui avait d'abord voyagé sous un faux nom, Lissy
Wag, dont le départ avait été retardé jusqu'au dernier jour, ne pouvaient rivaliser dans le public avec le brillant et bruyant reporter de
la *Tribune*.

Il convient de noter, toutefois, que Tom Crabbe, très lancé par John
Milner, attirait un grand nombre de parieurs. Il semblait naturel que
cette énorme fortune allât à cette énorme brute. Le hasard se plait à
ces contrastes ou à ces assimilations, comme on voudra, et, s'il n'a pas
d'habitudes, du moins a-t-il des caprices dont on doit tenir compte.

Quant au commodore Urrican, il avait tout d'abord été en hausse sur
les marchés. Avec son point de neuf par cinq et quatre, qui le transportait à la cinquante-troisième case, quel magnifique début ! Mais,
au second coup, envoyé à la cinquante-huitième case, en Californie,

et obligé de recommencer la partie, il avait perdu toute faveur. En outre, on savait qu'il avait fait naufrage près de Key West, que son débarquement s'était effectué dans des conditions déplorables, que le 23, dans la matinée, il n'avait pas encore repris connaissance. Serait-il jamais en état de se rendre à Death Valley, et n'était-il pas deux fois mort comme homme et comme partenaire?...

Restait enfin X K Z, et il y avait déjà lieu de prévoir que les malins, les habiles, auxquels une disposition spéciale du cerveau permet de flairer les bons coups, finiraient par se porter sur lui. Qu'il fût délaissé en ce moment, c'est qu'on ignorait encore s'il était en route ou non pour le Wisconsin. Mais cette question ne tarderait pas à être résolue lorsqu'il se présenterait au Post Office de Milwaukee afin de retirer son télégramme.

Et ce jour n'était plus éloigné. On approchait du 27 mai, date de ce quatorzième tirage qui concernait l'homme masqué. Ce jour-là, après le coup de dés, maitre Tornbrock lui expédierait une dépêche au bureau de Milwaukee, où il devrait être de sa personne avant midi. On imagine aisément qu'il y aurait foule de curieux à ce bureau, avides de voir le monsieur aux initiales. Si on n'apprenait pas son nom, du moins observerait-on sa personne, et les instantanés auraient vite pris son image photographique que les journaux publieraient le jour même.

Il est bon d'observer que William J. Hypperbone avait distribué les divers États de l'Union sur sa carte d'une façon purement arbitraire. En effet, ces États n'étaient placés ni dans l'ordre alphabétique ni dans l'ordre géographique. Ainsi la Floride et la Georgie, qui sont limitrophes, occupaient, l'une la vingt-huitième case, l'autre la cinquante-troisième. Ainsi le Texas et South Carolina étaient numérotés dixième et onzième, bien qu'ils fussent séparés par une distance de huit à neuf cents milles. De même pour tous les autres. Cette distribution ne semblait donc pas due à un choix raisonné, et peut-être même les places avaient-elles été tirées au sort par le testateur.

Quoi qu'il en soit, c'était au Wisconsin que le mystérieux X K Z devait attendre la dépêche lui annonçant le résultat du second tirage.

Or, comme Lissy Wag et Jovita Foley n'avaient pu être à Milwaukee que le 23 au matin, elles s'étaient hâtées d'en repartir immédiatement afin de ne pas s'y rencontrer avec le septième partenaire, lorsqu'il paraîtrait au bureau télégraphique de la ville.

Enfin ce 27 mai arriva, et l'attention fut rappelée sur le personnage, qui, pour on ne sait quels motifs, s'abstenait de révéler son nom au public.

La foule se pressait donc, ce jour-là, dans la salle de l'Auditorium, et, sans doute, l'affluence eût été considérable, si des milliers de curieux n'avaient pris les trains du matin pour Milwaukee, afin d'être présents au Post Office pour y voir ce mystérieux X K Z.

A huit heures, solennel comme d'habitude, entouré des membres de l'*Excentric Club*, maître Tornbrock agita le cornet, fit rouler les dés sur la table, et, au milieu du silence général, il proclama d'une voix sonore :

« Quatorzième tirage, septième partenaire, dix par quatre et six. »

Et voici quelles étaient les conséquences de ce coup :

X K Z étant à la vingt-sixième case, Wisconsin, les dix points l'eussent envoyé à la trente-sixième, s'ils n'avaient dû être redoublés, puisque cette trente-sixième case était occupée par l'Illinois. C'est donc à la quarante-sixième qu'il devrait se transporter en quittant le Wisconsin. Or, sur la carte de William J. Hypperbone, le district de Columbia était affecté à cette case.

En vérité, la fortune favorisait singulièrement cet énigmatique personnage ! Au premier coup, un État limitrophe de l'Illinois, au second coup, trois États seulement à traverser, l'Indiana, l'Ohio et la Virginie occidentale pour atteindre le district de Columbia, et Washington, sa capitale, qui est aussi la capitale des États-Unis d'Amérique ! Quelle différence avec la plupart de ses concurrents, envoyés jusqu'à l'extrémité du territoire fédéral !

Assurément, il n'y avait qu'à parier pour un pareil chanceux, — s'il existait toutefois...

Or, ce matin-là, à Milwaukee, il n'y eut plus à mettre son existence en doute. Un peu avant midi, aux abords et à l'intérieur du bureau de poste, les curieux ouvrirent leurs rangs pour livrer passage à un homme de moyenne taille, d'apparence vigoureuse, la barbe grisonnante, un binocle sur les yeux. Il était en costume de voyage et tenait une petite valise à la main.

« Avez-vous une dépêche aux initiales X K Z?... demande-t-il à l'employé.

— La voici », lui est-il répondu.

Alors, le septième partenaire, — car c'est bien lui, — prend la dépêche, l'ouvre, la lit, la referme, la glisse dans son portefeuille, sans avoir montré aucun signe de satisfaction ou de mécontentement, et se retire en traversant la foule, émotionnée et silencieuse.

On l'a vu enfin, le septième partenaire!... Il existe!... Ce n'est point un être de raison!... Il appartient à l'humanité!... Mais qui il est, son nom, ses qualités, sa position sociale, on l'ignore!... Arrivé sans bruit, il est reparti sans bruit!... N'importe, puisqu'il s'est trouvé le jour dit à Milwaukee, il se trouvera le jour dit à Washington!... Est-il donc nécessaire de connaître son état civil?... Non!... Ce qui n'est pas douteux, c'est qu'il remplit intégralement les conditions inscrites au testament, puisqu'il a été désigné par le testateur lui-même!... A quoi bon se démarcher pour en savoir davantage !... Que les joueurs parient pour lui sans hésiter!... Il peut devenir le grand favori, car, à s'en rapporter à ses premiers coups, il semble que le Dieu des bonnes chances va l'accompagner pendant le cours de ses voyages!...

En résumé, voici quelle était, à cette date du 27 mai, la situation de la partie :

Max Réal, le 15 mai, a quitté Fort Riley du Kansas pour se rendre à la vingt-huitième case, État de Wyoming.

Tom Crabbe, le 17 mai, a quitté Austin du Texas pour se rendre à la trente-cinquième case, État de l'Ohio.

Hermann Titbury, sa condamnation enfin purgée, le 19 mai, a quitté Calais du Maine, pour se rendre à la quatrième case, État de l'Utah.

Harris T. Kymbale, le 21 mai, a quitté Santa Fé de New Mexico, pour se rendre à la vingt-deuxième case, État de South Carolina.

Lissy Wag, le 23 mai, a quitté Milwaukee du Wisconsin, pour se rendre à la trente-huitième case, État de Kentucky.

Le commodore Urrican, s'il n'est point mort, — et il est à souhaiter qu'il ne le soit pas, — a reçu, il y a quarante-huit heures, le 25 mai, la dépêche qui l'expédie à la cinquante-huitième case, État de Californie, d'où il devra revenir à Chicago pour recommencer la partie.

Enfin X K Z, le 27 mai, vient d'être envoyé à la quarante-sixième case, district de Columbia.

L'univers n'a plus qu'à attendre les incidents ultérieurs et les résultats des coups suivants qui doivent être tirés de deux en deux jours.

Une idée, lancée par la *Tribune*, a obtenu un grand succès, et elle est adoptée non seulement en Amérique, mais dans le monde entier.

Puisque les partenaires sont au nombre de sept, pourquoi, — ainsi que cela se fait pour les jockeys sur les champs de courses, — ne pas leur attribuer à chacun une couleur spéciale?... Or, n'est-il pas indiqué de choisir les sept couleurs primitives selon le rang qu'elles occupent dans l'arc-en-ciel?...

Aussi Max Réal a-t-il le violet, Tom Crabbe l'indigo, Hermann Titbury le bleu, Harris T. Kymbale le vert, Lissy Wag le jaune, Hodge Urrican l'orangé, X K Z le rouge.

Et c'est, chacun avec leurs couleurs, que de petits drapeaux sont piqués quotidiennement à la place occupée par les partenaires du match Hypperbone sur la carte du Noble Jeu des États-Unis d'Amérique.

FIN DE LA PREMIÈRE PARTIE.

IL S'ÉTOURDIT AU FRACAS TUMULTUEUX DES DEUX CATARACTES
DU YELLOWSTONE. (Page 245.)

# SECONDE PARTIE

I

LE PARC NATIONAL.

C'était le 15 mai, à midi, au Post Office de Fort Riley, que Max Réal avait reçu le télégramme envoyé le jour même de Chicago.

30

Dix, par cinq et cinq, tel avait été le nombre de points de ce tirage, qui s'appliquait au second coup de dés du premier partenaire.

A compter de la huitième case, État du Kansas, avec dix points, le joueur tombe sur une des cases de l'Illinois. Aussi la règle l'oblige-t-elle à doubler ce nombre, de telle sorte que vingt points le conduisent à la vingt-huitième case, État du Wyoming.

« Une heureuse chance ! dit Max Réal, lorsque Tommy et lui furent rentrés à l'hôtel.

— Si mon maître est content, répondit le jeune garçon, je dois l'être...

— Il l'est, déclara Max Réal, et pour les deux raisons que voici : la première, c'est que le voyage ne sera pas long, car le Kansas et le Wyoming se touchent presque à l'un de leurs angles ; la seconde, c'est que nous aurons le temps de visiter la plus belle région des États-Unis, ce merveilleux Parc National du Yellowstone que je ne connais pas encore. Voilà bien ma bonne étoile, la voilà !... Avoir tiré précisément ce point de dix qui me gratifie d'une double enjambée et met le Wyoming sur mon itinéraire !... Comprends-tu, Tommy, comprends-tu ?...

— Non, mon maître ! » répondit Tommy.

Et la vérité est que Tommy en était encore à comprendre ces ingénieuses combinaisons du Noble Jeu des États-Unis d'Amérique qui enchantaient le jeune peintre.

Peu importait, d'ailleurs, et Max Réal ne pouvait que se féliciter de ce second tirage, bien qu'il fût encore en arrière de Lissy Wag et du commodore Urrican, — ce dernier, on le sait, condamné à recommencer la partie. En effet, non seulement ce voyage ne comporterait aucune fatigue, mais il permettrait au premier partenaire de visiter cet admirable coin du Wyoming.

Or, voulant y consacrer le plus de temps possible, et ne disposant que de quinze jours, du 15 au 29 mai, il résolut de quitter immédiatement la petite ville de Fort Riley.

C'était à Cheyenne, la capitale du Wyoming, que Max Réal devait

trouver la prochaine dépêche expédiée à son adresse, — à moins que
la partie n'eût été gagnée auparavant. Et, au total, il suffisait que
Hodge Urrican amenât le point de dix pour atteindre la soixante-
troisième et dernière case, puisque du premier coup, en grande
avance sur tous ses concurrents, il avait été porté à la cinquante-
troisième.

« Il en est bien capable, cet homme terrible! avait dit Max Réal,
lorsque les journaux publièrent ce résultat. Alors plus d'héritage,
et je ne pourrai pas t'acheter, mon pauvre Tommy!... Enfin, j'aurai
toujours visité les régions du Yellowstone!... Vil esclave, boucle nos
valises, et en route pour le Parc National! »

Le vil esclave, très honoré, fit en toute hâte les préparatifs du
départ.

Si Max Réal se fût borné à se rendre de Fort Riley à Cheyenne,
il aurait fait ce voyage de quatre cent cinquante milles en une seule
journée par les railroads qui réunissent les deux villes. Toutefois,
puisque son intention était de remonter jusqu'à l'angle nord-ouest
du Wyoming occupé par le Parc National, il fallait compter que
cette distance serait au moins doublée.

On ne s'étonnera pas si, dès le reçu de la dépêche, Max Réal eût
étudié les itinéraires du réseau ferré, afin de choisir le plus court.
Or, de cette étude, il résultait que deux lignes de l'Union Pacific
offraient à peu près les mêmes garanties de rapidité.

La première s'élève du Kansas au Nebraska, et, par Marysville,
Kearney City, North Platte, Ogallalla, Antelope, atteint l'angle sud-
est du Wyoming et conduit à Cheyenne.

La seconde, par Salina, Ellis, Oakley, Monument, Wallace, touche
la frontière du Colorado à Monotony, se dirige vers Denver, capitale de l'État, et par Jersey, Brighton, La Salle, Dover, gagne la
frontière du Wyoming pour s'arrêter à Cheyenne.

Ce fut à ce dernier itinéraire que le Pavillon Violet, — c'était la
couleur du premier partenaire, on ne l'a point oublié, — donna la préférence. Lorsqu'il serait à Cheyenne, il en combinerait un autre, afin

d'arriver dans le plus bref délai au quadrilatère du Parc National.

Max Réal partit donc, l'après-midi du 16, avec son attirail de peintre, Tommy chargé de la valise, et tous deux montèrent dans le train. Immenses, sans rampes ni pentes, ces plaines occidentales du Kansas, arrosées par le cours de l'Arkansas, qui descend des White Mountains du Colorado. Et combien la construction de ces voies ferrées fut facile! A mesure que les rails étaient posés sur les traverses, la locomotive les utilisait, et la voie s'établissait ainsi à raison de plusieurs milles par jour. Il est vrai, ces interminables steppes ne présentent rien de très curieux aux yeux d'un artiste; mais les sites deviendraient variés, étranges, superbes, dans la partie montagneuse du Colorado.

Pendant la nuit, le train franchit la frontière géométrique des deux États, et s'arrêta de grand matin à Denver.

Voir cette ville, ne fût-ce qu'une heure, Max Réal n'en eut pas le temps. Le train pour Cheyenne allait partir, et à ne pas le prendre il y aurait eu un retard de toute une journée. Une centaine de milles, en laissant dans l'ouest le magnifique panorama des Snowy Ranges, dominés par les cimes du Long's Peak, ce trajet fut rapidement enlevé.

Qu'est-ce que Cheyenne? C'est le nom d'une rivière et d'une cité, c'est aussi celui des Indiens qui habitaient autrefois la contrée, — ou plutôt « les Chiens » dont le langage populaire fait par corruption les Cheyennes.

Quant à la ville, elle est née de l'un de ces campements où foisonnaient les premiers chercheurs d'or. Aux tentes succédèrent les cabanes, aux cabanes les maisons, bordant des rues et des places. Le réseau ferré se forma autour, et actuellement Cheyenne compte près de douze mille habitants. Bâtie à une altitude de mille toises, elle est station, et station importante de ce grand chemin de fer du Pacifique.

Le Wyoming n'a point de limites naturelles. Il est réduit à celles que la géodésie lui a fixées, c'est-à-dire aux lignes droites d'un carré long. C'est un pays de montagnes imposantes et de vallées profondes, entre lesquelles le Colorado, la Columbia, le Missouri, prennent leurs sources. Et, lorsqu'on a donné naissance à ces trois cours d'eau, si considérables dans l'hydrographie américaine, on est digne d'ajouter une étoile à celles qui brillent au pavillon des États-Unis.

Suivant son habitude, Max Réal garda le plus complet incognito. Cheyenne ne sut pas que ce jour-là elle possédait l'un des joueurs du match Hypperbone qu'elle n'attendait pas sitôt, d'ailleurs, et saurait bien trouver le 29 à son poste. Il évita donc les réceptions, banquets indigestes, cérémonies fastidieuses, dont il eût été l'objet, sans doute, de la part d'une population prompte à l'emballement et dans laquelle eussent certainement figuré les femmes qui ont le droit de vote en cet heureux État du Wyoming.

Débarqué le matin du 16 mai, Max Réal prit ses mesures pour se rendre sans retard au Parc National. Avec plus de temps à sa disposition, il aurait pu faire le voyage en voiture, en stage, s'arrêtant à sa fantaisie, furetant à travers cette région de Laramie Ranges, ces hautes plaines dont le fond argileux fut jadis celui d'un immense lac, passant à gué les innombrables creeks, capricieux affluents de la North Forth et de la Platte River, visitant les cirques de ce magnifique système orographique, les sinueuses vallées, les épaisses forêts, et le multiple réseau des tributaires de la Columbia, enfin toute cette contrée que dominent à plus de deux mille toises l'Union Peak, l'Hayden Peak, le Fremont Peak, et ce farouche mont Ouragans, des Wide Water Mountains, d'où est peut-être venu le nom de l'Oregon, et qui, grand entraineur de bourrasques et de tempêtes, peut rivaliser avec le non moins farouche commodore Urrican.

Oui, cheminer ainsi, en voiture, à cheval, à pied, en toute liberté, s'arrêter à loisir devant les plus beaux sites de ce domaine, planter sa tente ici ou là sans être pressé par les heures, quoi de plus séduisant pour un peintre, et avec quel enchantement Max Réal eût effectué son voyage dans ces conditions !... Mais pouvait-il oublier qu'en lui l'artiste se doublait d'un partenaire, qu'il ne s'appartenait pas, que, jouet du hasard, il était à sa merci, qu'il dépendait d'un coup de dés, qu'il avait l'obligation d'évoluer entre des dates fixes, d'être traité comme un pion d'échiquier?... Au fond, cela ne laissait pas de l'humilier.

« Un pion que le sort fait manœuvrer à sa guise, se disait-il, il est pourtant vrai que je ne suis plus autre chose!... C'est l'abandon de toute dignité humaine, et pour une chance sur sept d'empocher l'héritage de cet excentrique défunt!... La rougeur me monte au front quand ce moricaud de Tommy me regarde!... J'aurais dû envoyer maître Tornbrock au diable, ne point prendre part à cette ridicule partie, dont il serait sage de me retirer à la grande satisfaction des Titbury, des Crabbe, des Kymbale et autres Urrican!... Je ne parle pas de la douce et modeste Lissy Wag, car cette jeune fille m'a paru peu charmée de figurer dans le groupe des Sept!... Oui... au diable, et je le ferais à l'instant, et je resterais au Wyoming à ma convenance, n'était ma brave femme de mère, qui ne me pardonnerait pas d'avoir déserté!... Enfin, puisque je suis dans cet invraisemblable pays du Yellowstone, voyons tout ce qu'on en peut voir en une dizaine de jours! »

Ainsi raisonnait Max Réal, et ce n'était point mal raisonner, après avoir étudié l'itinéraire le mieux approprié aux circonstances. D'ailleurs, à voyager comme il l'aurait voulu, il se fût exposé non seulement à des retards, mais à des dangers. Ces plaines et ces vallées du Wyoming central sont loin d'être sûres, lorsqu'on les parcourt sans escorte... En outre de rencontre possible avec les fauves, ours et autres carnassiers qui les fréquentent, il y a lieu de redouter quelque attaque des Indiens, de ces Sioux nomades, qui ne sont pas tous cantonnés dans leurs réserves.

Aussi, lors des explorations que le gouvernement fédéral organisa en 1870 afin de reconnaître la contrée du Yellowstone, MM. Doane, Langford et le docteur Hayden furent-ils militairement accompagnés, de manière à garantir leur mission. Et c'est deux ans après, le

1er mars 1872, que le Congrès déclara Parc National cette région digne, à plus d'un titre, d'être dénommée la huitième merveille du monde.

Deux lignes transcontinentales relient New York à San Francisco; la première, l'Union Pacific, qui prend le nom de Oregon Short Line à partir de Granger, longue, en chiffres ronds, de trois milles trois cent quatre-vingts milles, passe par Ogden; la seconde, longue de cinq mille trois cents, passe par Topeka, Denver et remonte à Cheyenne sur la première ligne. A partir de cette ville, le railroad traverse le Wyoming, l'Utah, la Nevada, la Californie, et vient aboutir à l'Océan Pacifique.

Dans l'Utah, à Ogden, se détache un embranchement qui rejoint l'Union Pacific à Pocatello, d'où l'Oregon Shat Line monte jusqu'à Helena City dans le Montana. Cette ligne passe à courte distance du Parc National, dont le territoire appartient pour une petite partie aux deux États susdits, et au troisième pour la plus grande.

Or, de Cheyenne à Ogden, le parcours n'est que de cinq cent quinze milles, et d'Ogden à Monida, la station la plus rapprochée du Parc National, de quatre cent cinquante seulement, — au total, moins de mille milles. Il était donc tout indiqué que Max Réal, désireux de se rendre par le plus court à l'angle nord-ouest du Wyoming, fît choix de cet itinéraire, qui, s'il l'allongeait quelque peu, lui permettrait de visiter Ogden.

Le soir même, non moins inconnus à leur départ qu'ils l'avaient été à leur arrivée, Max Réal et Tommy s'installaient dans le train, traversaient les longues plaines lacustres de Laramie, et ils dormaient d'un imperturbable sommeil, lorsqu'ils atteignaient la station de Benton City, une de ces villes qui poussent à la surface du Far West comme des champignons, — un peu vénéneuses, peut-être, à leur naissance, mais bientôt détoxiquées par de bons procédés de culture. Puis, sans qu'ils se fussent réveillés, le train laissa en arrière Laramie, Rawlins, Halville, Granger, Separation, les Buttes-Noires, Green River, qui se joint à Grand River pour former le Colo-

rado en suivant le cours de la Muddy Fork jusqu'à la station d'Aspen
près de la frontière de l'Utah, puis il pénétra sur le territoire de ce
nom, et, dans la matinée du 27, vint stopper à Ogden.

C'est là, on l'a dit, que l'Union Pacific, avant de contourner le
Great Salt Lake par sa courbe supérieure, pour aller vers l'ouest,
jette un embranchement de quatre cent cinquante milles jusqu'à
Helena City. A ce même point, il en projette un second vers le sud, qui
raccorde Ogden avec Great Salt Lake City, la capitale de l'État, la
grande cité mormonne, qui a tant fait parler d'elle, et pas toujours
à son avantage.

Quelle occasion avait là Max Réal, sans s'écarter de plus de
trente-six milles, de rendre visite à cette ville fameuse entre toutes!
Il s'en abstint, cependant, et qui sait si les aléas de la partie ne le
ramèneraient pas à la Cité des Saints, illustrée par les exploits
matrimoniaux de Brigham Young et de ses polygames compatriotes?...

La journée du 17 fut employée à remonter l'Idaho, en laissant à
l'est la frontière du Wyoming, le long de la base des Bear River
Mountains, par Utah Hot Springs, et le train franchit la limite de
l'Idaho, à Oxford.

L'Idaho appartient au bassin de la Columbia, riche en gisements
miniers qui attirent la tumultueuse foule des laveurs d'or, et dont
les agriculteurs auront utilisé les plaines méridionales dans un avenir
assez rapproché. Boise City, avec ses deux mille cinq cents habitants,
est la capitale de ce territoire qui possède certaines réserves affec-
tées aux Pieds-Noirs, aux Nez-Percés, aux Cœurs-d'Alène, sans
compter les Chinois, mêlés en assez grand nombre à la population
blanche.

Le Montana, lui, est un pays de montagnes, ainsi que son nom
l'indique. L'un des plus vastes de l'Union, impropre à la culture,
mais favorable à l'élève du bétail, il est très riche en gisements
d'or, d'argent et de cuivre. De tous les États, c'est celui dans lequel
les Indiens occupent les plus vastes enclaves du Far West, les Têtes-

La Terrasse de Cléopâtre. — Vallée du Yellowstone.

Plates, les Gros-Ventres, les Corbeaux, les Modoks, les Cheyennes, les Assiniboines, dont l'Américain ne supporte pas sans peine le turbulent voisinage.

Virginia City, la capitale de l'État, semblait au début, devoir prospérer comme tant d'autres villes de ces territoires de l'Ouest. Actuellement elle est délaissée au profit de Butte City et d'Helena, bien que la première ait vu aussi décroître le chiffre de ses habitants.

Il va de soi que de rapides et confortables moyens de communication existent entre le Parc National et la station de Monida, où s'arrêta le premier partenaire, et qu'ils se multiplieront encore au profit de ces légions de touristes de l'Ancien et du Nouveau Monde, conviés par le gouvernement fédéral à visiter le domaine du Yellowstone.

Max Réal put donc quitter immédiatement Monida, grâce à un service de stages parfaitement organisé, et quelques heures après, accompagné de Tommy, il arrivait à destination.

Les parcs nationaux, pourrait-on dire, sont au territoire de la République ce que les squares sont à ses grandes cités. D'autres que celui du Yellowstone ont été créés ou se créeront à court délai, — tel celui du Crater Lake, dans la région volcanique du nord-ouest, telle cette Suisse américaine, ce Jardin des Dieux, magnifiquement encadré dans la zone montagneuse du Colorado.

A la fin de février 1872, le Sénat et la Chambre des représentants entendirent la lecture d'un rapport sur une proposition à soumettre au Congrès.

Il s'agissait de soustraire à toute occupation par des particuliers et de mettre sous la protection de l'État une partie du sol de l'Union de cinquante-cinq milles sur soixante-cinq milles, située vers les sources du Yellowstone et du Missouri. Cette région serait désormais un Parc National, dont la jouissance pleine et entière resterait réservée au peuple américain.

Après avoir déclaré que l'espace compris dans les limites indiquées n'était pas susceptible d'une culture productive, le rapporteur ajoutait :

« La loi proposée n'apporterait aucune diminution aux revenus de l'État, et elle serait accueillie par le monde entier comme une mesure conforme à l'esprit de progrès, et comme un titre d'honneur pour le Congrès et pour la Nation. »

Les conclusions du rapport furent adoptées. Le Parc National du Yellowstone passa sous l'administration du Secrétaire de l'Intérieur, et si le monde entier ne lui a pas encore rendu visite, on peut compter que l'avenir réalisera ces vœux du Congrès.

En ce coin privilégié du vaste ensemble des États-Unis, il n'y a, parait-il, rien à attendre de la culture, ni sur les plateaux, ni dans les vallées, ni dans les plaines placées à sept mille pieds d'altitude moyenne. Là, le climat est extrêmement dur, puisque pas un mois ne se passe sans qu'il gèle. Aussi, rien de l'élevage du bétail, qui ne résisterait pas à ces rudes températures, rien non plus du rendement minéral d'un sol généralement volcanique, semé de matières éruptives, dévoré par les ardeurs plutoniennes, et enserré d'un cadre de montagnes, dont les crêtes se dessinent à mille toises au-dessus du niveau de la mer.

C'est donc le pays le plus inutile du monde, pourtant l'un des plus célèbres, dont la valeur est uniquement due à ses beautés, à ses étrangetés naturelles, et auquel la main de l'homme ne pourrait ajouter.

Cette main est intervenue, cependant, dans le but d'attirer les excursionnistes des cinq parties du monde, dont le rapport officiel prévoyait et provoquait l'exode par milliers. La circulation est facilitée par des routes carrossables à travers ce dédale cahotique. Des établissements se sont élevés, où l'élégance le dispute au confort. On peut parcourir le domaine en toute sécurité. Ce qui est plutôt à craindre, c'est qu'il ne devienne une station thermale, une immense ville d'eaux, où foisonneront les malades, attirés par les sources chaudes du Fire Hole et du Yellowstone.

Et, en outre, ainsi que le fait observer Élisée Reclus, ces parcs nationaux sont déjà devenus d'immenses domaines de chasse pour les directeurs de compagnies financières, qui en possèdent les chemins de fer d'accès et les principaux hôtels. C'est ainsi que l'établissement de Terrasse Mammoth est le centre d'une véritable principauté. Qui l'aurait cru?... Une principauté dans la grande République Nord-Américaine!

Ce fut là — et malheureusement à cette époque de l'année nombre de visiteurs encombraient le caravansérail — que s'écoula tout le temps dont Max Réal pouvait disposer. Par bonheur, personne ne le soupçonnait d'être un des tenants du match Hypperbone, car il aurait été escorté ou, pour mieux dire, assailli d'importuns par centaines. Il put donc aller et venir, admirant ces curiosités naturelles qui ne provoquaient point, il faut l'avouer, l'admiration de Tommy, ébauchant plusieurs toiles que le jeune noir trouvait toujours infiniment supérieures aux sites qu'elles représentaient. Non, jamais Max Réal ne devait oublier ces inoubliables merveilles du Parc National.

« Et pourvu, se disait-il parfois, qu'il ne m'arrive pas de manquer le rendez-vous du 29 de Cheyenne! Grand Dieu!... Que dirait ma chère bonne mère? »

Elle est vraiment magnifique, cette vallée du Yellowstone, jalonnée de massifs basaltiques dans lesquels on taillerait un palais tout entier, avec ses pics déchiquetés qui se dressent tout autour, ses cimes blanches dont les neiges s'écoulent en mille ramifications de rios et de creeks à travers la profondeur des forêts de pins, ses cañons, à parois verticales très rapprochées, interminables corridors qui sillonnent ce domaine. Là se multiplient les efforts d'une nature sauvage et convulsionnée. Là s'étendent des champs de laves, des plaines où s'accumulent les éjections volcaniques. Là se dressent des entrecolonnements taillés dans les falaises noirâtres, zébrés de rayures jaunes et rouges, modèles à imiter pour l'architecture polychrome. Là s'entassent les restes des forêts pétrifiées sous le vomissement des cratères maintenant refroidis. Là se sent toujours le formidable

travail souterrain, dont l'action se manifeste à travers le sol par
l'échappement de deux mille sources thermales.

Et que dire du lac de Yellowstone, avec ses rives semées d'obsi-
diennes, creusé dans un plateau à plus de sept mille pieds d'altitude?
Cette cuvette aux eaux pures comme du cristal, de trois cent trente
milles carrés, possède des îles montagneuses, et, en maint endroit,
les panaches de vapeurs jaillissent non seulement sur ses grèves,
mais aussi à sa surface. C'est une nappe profonde et calme, où pullulent les truites par myriades, que domine un système orographique
d'une incomparable splendeur.

Et c'est ainsi que Max Réal, sans le souci des heures et des jours qui
s'écoulaient, fit provision d'impérissables souvenirs devant le spectacle de ces magnificences. Il visita en touriste infatigable les environs
du lac Yellowstone, les bassins aux ondes empourprées qui l'avoi-
sinent, échevelées d'algues aux éclatantes couleurs. Il remonta dans
le nord jusqu'à cet éblouissant étalage des vasques des Mammoth
Springs. Il se baigna dans leurs piscines basaltiques, disposées en
demi-cercle, emplies d'eau tiède, et entourbillonnées de vapeurs.
Il s'étourdit aux fracas tumultueux des deux cataractes du Yellowstone, qui, pendant un demi-mille, en chutes, en rapides, en cascades,
s'épanchent à travers un lit resserré, éperonné de roches laviques,
pour finir au milieu d'une poussière liquide par un saut de cent vingt
pieds. Il circula entre les trous à feu qui bordent le torrent du Fire
Hole. Là, dans cette vallée rongée par l'impétueux tributaire de la
Madison, se chiffrent par centaines les sources chaudes, les fontaines
de boue, les geysers avec lesquels ne peuvent rivaliser les plus célèbres de l'Islande.

Et quel panorama développe aux regards, le long de ses rives,
ce sinueux et capricieux Fire Hole, sorti d'un lagon, en se déroulant
vers le nord. A tous les étages des massifs qui s'abaissent jusqu'à
son lit se succèdent les cratères d'où fusent les geysers aux dénominations descriptives. Ici c'est l'Old Faithful, le « Vieux Fidèle »,
avec ses jets réguliers, dont la fidélité commence à décroître par

suite d'intermittences moins précises. Là, c'est le « Château-Fort »,
sur le bord d'un étang marécageux, en forme de vieux donjon, dont
les murs s'inondent sous la pluie de ses vapeurs condensées. C'est
la « Ruche », puits monstrueux dont la margelle s'élève au-dessus
du sol comme un tronçon de tour, le « Grand Geyser », qui met un
intervalle de trente-deux heures entre ses éruptions, le « Géant »
dont les liquides panachés flottent à cent vingt pieds, moins puissant que la « Géante », qui porte les siens à plus du double.

Dans le bassin supérieur se déploie l'« Éventail », avec ses lamelles
parées de toutes les nuances de l'arc-en-ciel, lorsque les rayons
solaires s'y réfractent. Non loin, l'« Excelsior », dont la colonne
centrale, sur une circonférence d'une trentaine de toises, s'élève à
soixante, en évacuant, dans les poussées de sa formidable gerbe, des
débris de pierres et de laves arrachés à l'écorce terrestre. A un mille
de là, se rencontre le « Geyser de la Grotte », ou plutôt « de la
Source », qui couronne de ses aigrettes aqueuses d'énormes blocs
en arcades, orifices des sombres cavités où travaillent incessamment
les forces plutoniennes. Enfin, le « Blood Geyser », expectoré d'un
cratère aux parois d'argile rougeâtre qu'il délaie au passage, semble
s'épanouir en gerbe de sang.

Tel est le domaine, sans rival au monde, dont Max Réal parcourut
les vallées, les cañons, les fonds lacustres, allant de merveille en
merveille, d'admiration en admiration. Dans cet angle du Wyoming,
arrosé par le Fire Hole et le Yellowstone supérieur, dont le sol frémit
sous le pied comme les tôles d'une chaudière, se mélangent, s'amal-
gament, se combinent, les substances telluriques sous l'action des
feux internes inépuisablement alimentés au foyer central, et dont
les mugissements s'échappent par mille bouches. Là se produisent
les phénomènes les plus inattendus, semblables à ces effets scéni-
ques d'une féerie provoqués par la baguette du magicien, au milieu
des prodiges de ce Parc National du Yellowstone, dont on ne saurait
trouver l'équivalent en n'importe quelle autre contrée du globe.

« Mal renseigné, votre journal... » ( Page 248. )

## II

### PRIS L'UN POUR L'AUTRE.

« Je ne crois pas qu'il soit arrivé...

— Et pour quelle raison ne le croyez-vous pas ?...

« — Parce que mon journal n'en a rien dit.

— Mal renseigné, votre journal, car la nouvelle est tout au long dans le mien...

— Alors je me désabonnerai...

— Et vous n'aurez pas tort...

— Assurément, car il n'est pas permis, lorsqu'il s'agit d'un fait de cette importance, qu'un journal manque d'informations, et que ses lecteurs n'en aient pas connaissance...

— C'est impardonnable. »

Ces propos s'échangeaient entre deux citoyens de Cincinnati, qui se promenaient sur ce pont suspendu, long de cent soixante toises, jeté sur l'Ohio, presque à l'embouchure du Licking, entre la métropole et les deux faubourgs de Newport et de Covington, bâtis sur le territoire du Kentucky.

C'est l'Ohio, la « Belle Rivière », qui sépare au sud et au sud-est l'État de ce nom du Kentucky et de la Virginie Occidentale. Des longitudes géodésiques lui sont communes à l'est avec la Pennsylvanie, au nord avec le Michigan, à l'ouest avec l'Indiana, et ce sont les eaux du lac Érié qui baignent son littoral.

En traversant ce pont, dont l'élégance égale la hardiesse, le regard voit se développer l'industrieuse cité sur neuf milles de la rive droite du fleuve, jusqu'à la cime des collines qui l'encadrent de ce côté. Puis, la vue s'étend au delà du parc de l'Éden, à l'est, et sur une banlieue de villas et de cottages perdus sous leurs verdoyantes frondaisons.

Quant à l'Ohio, on a pu justement le comparer aux fleuves d'Europe, avec ses arbres européens et ses villages à l'européenne. Alimenté, dans son cours supérieur, par l'Alleghany et la Monowghila, dans son cours moyen, par le Muskingum, le Sicoto, les deux Miami et le Licking, dans son cours inférieur, par le Kentucky, la Green River, le Wabash, le Cumberland, le Tennessee et autres tributaires, il va se confluer à Cairo au cours du Mississippi.

Tout en causant, les deux citoyens, dont la postérité pourra re-

LA GRANDE CHUTE, VUE DE LOOKOUT POINT. — PARC NATIONAL
DU YELLOWSTONE. (Page 246.)

gretter de ne connaître ni le nom ni la situation sociale, regardaient entre les mille fils du pont les ferry-boats qui sillonnaient le fleuve, les bateaux à vapeur, les chalands qui le remontaient ou le descendaient, passant sous le viaduc d'amont et les deux viaducs d'aval dont les railroads mettent en communication les deux États limitrophes.

Au surplus, ce jour-là, 28 mai, d'autres citoyens, non moins inconnus que les précédents, se livraient un peu partout à des conversations animées, dans les quartiers industriels ou commerçants, dans les usines ou manufactures dont on compte près de sept mille à Cincinnati, brasseries, minoteries, raffineries, abattoirs, sur les marchés, aux abords des gares, où stationnaient des groupes démonstratifs et bruyants. Mais il ne semblait pas, à vrai dire, que ces honorables citadins appartinssent aux classes supérieures, à la haute société savante et artiste qui fréquente les cours universitaires et les riches bibliothèques, qui visite les précieuses collections, les musées de la métropole. Non! cet affairement était plutôt à remarquer dans la partie basse de la ville et il ne s'étendait pas jusqu'aux quartiers somptueux, aux rues à la mode, aux squares, aux parcs ombragés de magnifiques arbres, — entre autres ces châtaigniers qui ont valu à l'Ohio le nom de Buckeye-State.

En circulant à travers les rassemblements, en écoutant les conversations, on aurait entendu des propos de ce genre :

« Est-ce que vous l'avez vu ?...

— Non... Il a débarqué très tard dans la soirée, on l'a mis en voiture bien fermée, et son compagnon l'a conduit...

— Où ?...

— Voilà ce qu'on ne sait pas, et ce qu'il serait si intéressant de savoir...

— Mais enfin... il n'est pas venu à Cincinnati pour ne pas s'y montrer !... On l'exhibera, j'imagine...

— Oui... après-demain... dit-on... au grand concours de Spring Grove.

— Il y aura foule...

— On s'y écrasera ! »

Pourtant, cette façon de juger le héros du jour n'était pas una-
nime. Du côté des abattoirs, là où sont plus volontiers appréciées les
qualités physiques de préférence aux qualités morales ou intellectuelles, la taille, la vigueur, la puissance musculaire des individus,
nombre de ces solides abatteurs haussaient les épaules.

« Une réputation surfaite... disait l'un.

— Et nous en avons qui le valent... disait l'autre.

— Plus de six pieds, à en croire les réclames...

— Des pieds qui n'ont pas douze pouces, peut-être...

— Faudra voir...

— Il paraît cependant qu'il a jusqu'ici la chance de battre tous ses
concurrents...

— Bah !... On déclare tenir le record... Une manière d'attirer le
public... Et puis, le public est volé...

— Ici, nous ne nous laisserons pas refaire...

— Est-ce qu'il ne vient pas du Texas ?... demanda un robuste
gaillard, aux larges épaules, aux bras vigoureux, maculés du sang
de l'abattoir.

— Du Texas... tout droit, répondit un de ses camarades, non
moins taillé en force.

— Alors, attendons...

— Oui... attendons... Il y en a plus d'un déjà qui nous est arrivé
du dehors, et qui aurait mieux fait de rester chez lui...

— Après tout, s'il gagne !... C'est possible, et cela ne m'étonnerait
pas !... »

Il y avait divergence d'appréciations, on le voit, et, au total,
cela n'eût pas été pour satisfaire John Milner, débarqué la veille à
Cincinnati avec le deuxième partenaire, Tom Crabbe, que son second
coup de dés avait expédié de la capitale du Texas à la métropole
de l'Ohio.

C'était à Austin, le 17 mai, midi, que John Milner avait reçu avis télégraphique du tirage relatif au Pavillon Indigo, le fameux pugiliste de la cité Chicagoise.

Décidément, Tom Crabbe pouvait se dire en pleine veine, et même avec plus de raison que Max Réal, bien que celui-ci eût fait un grand pas, grâce à son point doublé. Lui, c'était le point de douze que maître Tornbrock avait amené à son profit, le plus haut que l'on puisse obtenir avec deux dés. Or, comme ce douze tombait également ment sur une des cases de l'Illinois, il y avait lieu de le doubler aussi, et le nombre de vingt-quatre faisait passer Tom Crabbe de la onzième à la trente-cinquième case.

Il convient d'ajouter que ce tirage le ramenait vers les provinces les plus populeuses du centre des États-Unis, où les communications sont rapides et faciles, au lieu de l'envoyer aux confins du territoire fédéral.

C'est pourquoi, avant de quitter Austin, John Milner fut vivement félicité. Ce jour-là, les paris grossirent, la cote de Tom Crabbe monta, non seulement au Texas, mais en maint autre État, — principalement sur les marchés de l'Illinois, où les agences purent le placer à un contre cinq, taux plus élevé que celui de Harris T. Kymbale, favori jusqu'alors.

« Et ménagez-le... ménagez-le !... recommanda-t-on à John Milner, sous prétexte qu'il est doué d'une constitution de fer météorique, qu'il possède des muscles d'acier chromé, ne l'exposez pas !... Il faut qu'il arrive au but sans avarie...

— Rapportez-vous-en à moi, déclara nettement l'entraîneur. Ce n'est pas Tom Crabbe qui est dans la peau de Tom Crabbe, c'est John Milner.

— Et, ajoutait-on, plus de traversée maritime, ni longue ni courte, puisque le mal de mer le met dans un tel état de décomposition physique et morale...

— Qui n'a pas duré, répliqua John Milner. Mais n'ayez crainte... Point de navigation entre Galveston et la Nouvelle-Orléans... Nous gagnerons l'Ohio par les railroads, à petites journées, en

promeneurs, puisque nous avons quinze jours pour gagner Cincinnati. »

C'était, en effet, cette métropole qui, d'après le choix du testateur, occupait la trente-cinquième case sur sa carte, et Tom Crabbe
allait se trouver en avant des autres partenaires, à l'exception du
commodore Urrican.

Le jour même, encouragé, choyé, caressé par ses partisans, Tom
Crabbe fut conduit à la gare, hissé en wagon, enveloppé de bonnes
couvertures, par précaution, étant donnée la différence de température qui existe entre l'Ohio et le Texas. Puis, le train démarra
et fila directement vers la frontière de la Louisiane.

Les deux voyageurs se reposèrent vingt-quatre heures à la Nouvelle-Orléans où ils furent accueillis plus chaleureusement encore
que la première fois. Cela tenait à ce que la cote du célèbre boxeur
suivait toujours une marche ascendante. Le Tom Crabbe était demandé dans les agences et s'enlevait en toutes les villes de l'Union.
C'était un délire, une fureur. Les journaux n'estimèrent pas à moins
de quinze cent mille dollars les sommes qui furent engagées sur la
tête du deuxième partenaire au cours de son itinéraire entre la capitale du Texas et la métropole de l'Ohio.

« Quel succès! se disait John Milner, et quel accueil nous attend
à Cincinnati!... Eh bien, il faut que ce soit un triomphe... J'ai mon
idée! ».

Et voici quelle était l'idée de John Milner, — que n'eût pas désa-
vouée l'illustre Barnum, — afin de surexciter la curiosité et redou-
bler l'emballement du public à propos de Tom Crabbe.

Il ne s'agissait pas, comme on serait tenté de le croire, d'annoncer
bruyamment, à grand renfort de réclames, l'arrivée du Champion du
Nouveau-Monde, et de défier les plus hardis boxeurs de Cincinnati
à quelque lutte, dont Tom Crabbe sortirait évidemment victorieux
pour reprendre ensuite le cours de ses pérégrinations. Peut-être,
d'ailleurs, John Milner tenterait-il un jour de le faire si l'occasion
s'en présentait.

Ce qu'il voulait, au contraire, c'était de débarquer dans le plus strict incognito, de laisser la foule des joueurs sans nouvelles de son favori jusqu'au dernier jour, de donner à croire qu'il avait disparu, qu'il ne serait plus à temps pour la date du 31... Et alors il le produirait dans des circonstances telles que l'on acclamerait son apparition comme celle d'Élie, si le prophète revient jamais du ciel rechercher son manteau sur la terre.

Précisément, John Milner avait appris par les journaux qu'il y aurait un grand concours de bétail, le 30 courant, à Cincinnati, — concours où les bêtes à cornes et autres seraient honorées de ces primes auxquelles elles semblent attacher tant d'importance. Quelle occasion d'exhiber Tom Crabbe à Spring Grove, au milieu de cette fête foraine, lorsqu'on aurait perdu toute espérance de le revoir, et cela la veille du jour où il devait se trouver au Post Office de la métropole.

Inutile de dire que John Milner ne consulta point son compagnon à ce sujet, et pour cause. Et c'est ainsi que tous deux partirent de nuit, sans avoir prévenu personne, après s'être fait conduire à la première station du railroad en dehors de la Nouvelle-Orléans. Qu'étaient-ils devenus?... Ce fut ce que toute la ville se demanda le lendemain.

John Milner ne reprit pas l'itinéraire qu'il avait suivi en quittant l'Illinois pour se rendre en Louisiane. D'ailleurs, le réseau des voies ferrées est si serré en ces régions du centre et de l'est des États-Unis qu'il semble recouvrir les cartes des indicateurs d'une toile d'araignée. Et c'est ainsi que, sans se hâter, sans que la présence de Tom Crabbe eût été signalée nulle part, voyageant la nuit, se reposant le jour, soucieux de ne point attirer l'attention, le Pavillon Indigo et son entraîneur traversèrent les États du Mississippi, du Tennessee, du Kentucky, et s'arrêtèrent le 20, à l'aube naissante, dans un modeste hôtel du faubourg de Covington. Ils n'avaient plus qu'à franchir l'Ohio pour fouler le sol de Cincinnati.

Ainsi s'était heureusement réalisée l'idée de John Milner. Arrivé aux portes de la métropole, Tom Crabbe avait passé incognito.

D'après les journaux les mieux informés, on ne savait pas ce qu'il était devenu... On avait perdu ses traces au delà de la Nouvelle-Orléans... Aussi se demandera-t-on ce que signifiaient les propos rapportés ci-dessus, et qu'aurait pensé John Milner, s'il lui eût été donné de les entendre?...

Certes, il avait raison de compter sur un gros effet chez la population de Cincinnati désespérant de le voir à son poste, le 31 courant, parmi les parieurs, engagés sur lui pour des sommes considérables, quand, — la veille du jour où il devait se présenter au Post Office, et après qu'on aurait vainement demandé de ses nouvelles à tous les échos de l'Union, — il apparaîtrait au milieu de la foule au concours de Spring Grove !

Et, pourtant, qui sait si John Milner n'eût pas mieux mis à profit les deux semaines dont il disposait au départ du Texas, en promenant son phénomène à travers les territoires de l'Ohio?... Est-ce que cet État ne tient pas le quatrième rang dans la République Nord-Américaine, avec sa population de trois millions sept cent mille âmes?... Dès lors, tant au point de vue de sa situation dans le match Hypperbone que dans le monde des amateurs de la boxe, n'y avait-il pas intérêt à le véhiculer de ville en ville, de bourgade en bourgade, à l'exhiber dans les principales cités de l'Ohio?... Et elles sont nombreuses et prospères, et Tom Crabbe y eût reçu le meilleur accueil...

A supposer que John Milner n'eût pas tenu à son coup de théâtre, il aurait certainement eu intérêt à montrer le superbe boxeur à Cleveland, une magnifique ville sur le lac Érié, à le promener le long de son avenue d'Euclide, la plus belle de toutes les avenues de l'Union, à lui faire parcourir ses rues larges et régulières, ombragées de superbes érables. Cette ville s'est enrichie par l'exploitation de sources d'huile minérale, dont les bassins sont en communication avec son port, l'un des plus actifs de l'Érié ; son mouvement commercial dépasse deux cents millions de dollars. De Cleveland, Tom Crabbe se fût transporté à Toledo et à Sandusky, également ports lacustres où se concentrent les flottilles de pêche, puis dans tous ces centres

industriels qui puisent leur vie au cours de l'Ohio comme les organes
du corps humain au sang des artères, Starbenville, Marietta, Galli-
polis et tant d'autres ! Et enfin, cet État n'a-t-il pas fait sa capitale de
Columbus, qui ne compte pas moins de quatre-vingt-dix mille habitants, cité aux splendides édifices publics, et l'un des plus riches
entrepôts des denrées agricoles, en même temps que centre d'industrie métallurgique et d'exploitation carbonifère?...

Il va de soi que les railroads rayonnent en toutes les directions,
à travers les opulentes campagnes, les champs de céréales, où le
maïs domine, les champs de tabac, les vignobles, qui, très éprouvés
au début, prospèrent depuis le remplacement des ceps d'Europe par
les ceps américains, les verdoyantes plaines et les massifs d'arbres
de toute beauté, acacias, micocouliers, érables à sucre, érables
rouges, peupliers noirs, platanes d'une circonférence de trente à
quarante pieds, comparables aux gigantesques sequoias des territoires de l'ouest. On admettra volontiers que, si généreusement
doté par la nature, l'Ohio, un des plus puissants États de l'Union,
soit représenté au Congrès par deux sénateurs et vingt-cinq députés
sur les trente-cinq sénateurs et les cent députés de sa propre législature.

Il faut ajouter que le bétail est l'objet d'un grand commerce dans
la contrée, qu'il fournit abondamment aux usines de Chicago, d'O-
maha, de Kansas City, — ce qui explique l'importance de ses marchés,
et entre autres de ce concours des espèces bovine, ovine et porcine
qui devait se tenir le 30 du présent mois.

Enfin, il n'y avait pas à revenir sur le parti auquel s'était arrêté
John Milner. Tom Crabbe ne sera point produit dans les principales
villes. Il est arrivé sur la frontière kentuckienne, sans accident,
sans fatigues, — voyageant comme il a été dit ci-dessus. Pendant
son séjour au Texas, il a recouvré toute sa vigueur habituelle, toute
sa puissance physique. Il n'en a rien perdu en route, il est en bonne
forme, et quel triomphe lorsqu'il apparaîtra devant l'assistance de
Spring Grove.

Le lendemain, John Milner voulut faire un tour par la ville, bien entendu, sans être accompagné de sa bête curieuse. Avant de quitter l'hôtel, il lui dit :

« Tom, je te laisse ici, et tu m'attendras. »

Comme ce n'était pas dans le but de le consulter que John Milner lui faisait cette recommandation, Tom Crabbe n'eut point à répondre.

« Tu ne sortiras de ta chambre sous aucun prétexte, » ajouta John Milner.

Tom Crabbe fût sorti, si on lui eût dit de sortir. On lui disait de ne pas sortir, il ne sortirait pas.

« Si je tardais à revenir, ajouta encore John Milner, on te monterait ton premier déjeuner, puis ton second, puis ton lunch, puis ton diner, puis ton souper. Je vais donner des ordres, et tu n'auras pas à t'inquiéter de ta nourriture ! »

Non, certes, Tom Crabbe ne s'inquiéterait pas, et, dans ces conditions, il attendrait patiemment le retour de John Milner. Puis, dirigeant son énorme masse vers une large rocking-chair, il l'y déposa, et, imprimant un léger balancement à son siège, il s'enferma dans le néant de ses pensées.

John Milner descendit au bureau de l'hôtel, fit le menu des substantiels repas qui devraient être servis à son compagnon, franchit la porte, se dirigea vers l'Ohio à travers les rues de Covington, passa le fleuve en ferry-boat, débarqua sur la rive droite, et, les mains dans les poches, en flâneur, remonta le quartier commerçant de la ville.

Une assez grande animation y régnait, John Milner put le constater. Aussi essaya-t-il de surprendre au passage quelques mots des propos qui s'échangeaient. Il ne doutait pas d'ailleurs que l'on ne fût déjà très préoccupé de la prochaine arrivée du deuxième partenaire.

Voilà donc John Milner qui déambule d'une rue à l'autre, entre des gens visiblement affairés, s'arrêtant près des groupes, devant les

LA FOULE ENCOMBRAIT DÉJA LE LIEU DU CONCOURS. (Page 259.)

boutiques, sur les places où l'animation se manifestait par de plus bruyants propos. Jusqu'aux femmes qui s'en mêlaient, et, en Amérique, elles ne sont pas moins démonstratives qu'en n'importe quel pays du vieux continent.

John Milner fut très satisfait, mais il aurait voulu savoir à quel point on s'impatientait de ne pas avoir encore vu Tom Crabbe à Cincinnati. C'est pourquoi, avisant l'honorable Dick Wolgod, charcutier de son état, en chapeau de haute forme, en habit noir et en tablier de travail, qui se tenait sur le pas de sa porte, il entra dans la boutique et demanda un jambon dont il aurait, on le sait, le facile placement. Puis, après qu'il l'eut payé sans marchander, il dit au moment de sortir :

« C'est demain le concours...

— Oui... une belle cérémonie, répondit Dick Wolgod, et ce concours va faire honneur à notre cité.

— Il y aura sans doute grande foule à Spring Grove?... demanda John Milner.

— Toute la ville y sera, monsieur, répondit Dick Wolgod avec cette politesse que tout charcutier sérieux doit au client qui vient de lui acheter un jambon. Songez donc, monsieur, une pareille exhibition... »

John Milner dressa l'oreille. Il était interloqué. Comment pouvait-on se douter qu'il eût l'intention d'exhiber Tom Crabbe à Spring Grove?...

Et alors, il dit :

« Ainsi... on ne s'inquiète pas de retards... qui pourraient survenir...

— Aucunement. »

Et, comme une pratique entrait en cet instant, John Milner s'en alla en proie à un certain ahurissement. Que l'on veuille bien se mettre à sa place...

Il n'avait pas fait cent pas, quand, au coin de la cinquième rue transversale, il s'arrêta soudain, leva les bras vers le ciel, et laissa tomber son jambon sur le trottoir.

Là, à l'angle d'une maison, s'étalait une affiche sur laquelle se lisaient ces mots en grosses lettres :

« IL ARRIVE!... IL ARRIVE!!... IL ARRIVE!!!
« IL EST ARRIVÉ!!!! »

Du coup, cela passait les bornes!... Comment, on connaissait la présence de Tom Crabbe à Cincinnati!... On savait qu'il n'y avait rien à craindre en ce qui concernait la date assignée au Champion du Nouveau-Monde!... C'était donc l'explication de cette joie qui animait la ville, et de la satisfaction qu'avait montrée le charcutier Dick Wolgod?...

Décidément, il est bien difficile — disons impossible — à un homme célèbre d'échapper aux inconvénients de la célébrité, et il fallait renoncer désormais à jeter sur les épaules de Tom Crabbe le voile de l'incognito.

Du reste, d'autres affiches plus explicites ne se bornaient pas à dire qu'il était arrivé, mais qu'il venait directement du Texas, et qu'il figurerait au concours de Spring Grove.

« Ah! c'est trop fort!... s'écria John Milner. On connaît mon projet d'y amener Tom Crabbe!... Cependant... je n'en ai dit mot à qui que ce soit!... Allons!... j'aurai parlé devant Crabbe... et Crabbe, qui ne parle jamais, aura parlé en route!... Cela ne peut se comprendre autrement! »

Là-dessus, John Milner regagna le faubourg de Covington, rentra à l'hôtel pour le second déjeuner, ne dit rien à Tom Crabbe de l'indiscrétion que celui-ci avait assurément commise, et, persistant à ne point le montrer encore, demeura le reste de la journée avec lui.

Le surlendemain, dès huit heures, tous deux se dirigèrent vers le fleuve, le traversèrent sur le pont suspendu, et remontèrent les rues de la ville.

C'était au nord-ouest, dans l'enceinte de Spring Grove qu'allait se tenir ce grand concours national de bétail. Déjà la population s'y portait en masse et, — ce que John Milner fut bien obligé de constater, — elle ne laissait percer aucune inquiétude. De tous côtés s'empressaient des bandes de ces gens joyeux et bruyants, dont la curiosité va être prochainement satisfaite.

Peut-être John Milner se disait qu'avant d'arriver à Spring Grove, Tom Crabbe serait reconnu, à sa taille, à sa tournure, à son visage, à toute sa personne que les photographies avaient reproduite des milliers de fois et popularisée jusque dans les plus infimes bourgades de l'Union?... Eh bien, non! nul ne s'occupa de lui, nul ne se retourna à son passage, nul n'eut l'air de se douter que ce colosse, qui réglait son pas sur celui de John Milner, fût le célèbre pugiliste doublé d'un partenaire du match Hypperbone, celui que le point de vingt-quatre venait d'expédier à la trente-cinquième case, État de l'Ohio, Cincinnati.

Ils atteignirent Spring Grove, comme sonnaient neuf heures. La foule encombrait déjà le lieu du concours. Au tumulte des spectateurs s'ajoutaient les beuglements, les bêlements, les grognements des animaux, dont les plus favorisés allaient figurer, à leur grand honneur, sur les pages du palmarès officiel.

Là étaient rassemblés d'admirables types des espèces bovines, ovines et porcines, nombre de moutons et de porcs des plus belles races, vaches laitières, bœufs dont l'Amérique fournit en une année plus de quatre cent mille à l'Angleterre. Là paradaient avec ces rois de l'élevage, ces « cattle-kings », cotés parmi les plus honorables citoyens des États-Unis. Au centre s'élevait une estrade sur laquelle devaient être exposés les produits.

Et alors l'idée vint à John Milner de fendre la foule, de gagner le pied de l'estrade, d'y faire monter son compagnon et de crier à l'assistance :

« Voilà Tom Crabbe, le Champion du Nouveau-Monde, le deuxième partenaire du match Hypperbone! »

Quel effet à cette révélation inattendue, en présence de ce héros du jour, dominant ce public surchauffé!...

Alors, poussant Tom Crabbe en avant et comme remorqué par ce tug puissant, il fendit les flots du populaire et voulut monter sur l'estrade...

La place était prise, et qui l'occupait?... Un porc, un énorme porc, colossal produit des deux races américaines Polant China et Red Jersey — un porc vendu à trois ans deux cent cinquante dollars, alors qu'il pesait déjà treize cent vingt livres, — un cochon phénoménal, sa longueur près de huit pieds, sa hauteur quatre, son tour de cou six, son tour de corps sept et demi, son poids actuel dix-neuf cent cinquante-quatre livres!...

Et c'était cet échantillon de la famille Suillienne qui avait été amené du Texas!... C'était lui dont les affiches annonçaient l'arrivée à Cincinnati!... C'était lui qui absorbait ce jour-là toute l'attention publique!... C'était lui que présentait aux applaudissements de la foule son heureux propriétaire!...

Voilà donc devant quel nouvel astre avait pâli l'astre de Tom Crabbe! Un porc monstrueux qui allait être primé au concours de Spring Grove!...

John Milner, atterré, recula. Puis, faisant signe à Tom Crabbe de le suivre, il reprit le chemin de son hôtel par des rues détournées, et, désappointé, humilié, après s'être confiné dans sa chambre, il n'en voulut plus sortir.

Et si jamais Cincinnati eut l'occasion de recouvrer ce surnom de Porcopolis que venait de lui ravir Chicago, ce fut bien ce 30 mai 1897!

Et voici ce qu'elle lut... (Page 264.)

## III

### A PAS DE TORTUE.

« Reçu de M. Hermann Titbury, de Chicago, la somme de trois cents dollars, en paiement de l'amende à laquelle il a été con-

« damné par jugement du 14 mai courant, pour infraction à la loi
« sur les boissons alcooliques.

> « Calais, Maine, ce 19 mai 1897.

« *Le greffier*,
« WALTER HOEK. »

Ainsi Hermann Titbury avait dû s'exécuter, non sans une longue
résistance continuée jusqu'au 19 mai. Puis, cette somme payée,
l'identité du troisième partenaire dûment établie, la preuve faite
que c'étaient bien M. et Mrs Titbury qui voyageaient sous le nom de
M. et Mrs Field, le juge R. T. Ordak, après trois jours de prison,
avait remis le reste de la peine.

Il était temps.

Ce jour-là, 19, à huit heures du matin, maitre Tornbrock avait joué
le sixième coup de dés, et avisé l'intéressé par le fil de Calais.

Les habitants de cette petite ville, blessés de ce que l'un des partants du match Hypperbone se fût caché sous un faux nom, ne se
montrèrent pas très accueillants et rirent même de sa mésaventure.
Enchantés tout d'abord que, dans le Maine, Calais eût été le lieu
choisi par feu Hypperbone, ils ne pardonnaient pas au Pavillon Bleu
de ne point s'être fait connaitre dès son arrivée. Il suit de là que son
nom véritable, lorsqu'il fut révélé, ne produisit aucune impression.
Dès que le gardien lui eut rendu la liberté, Hermann Titbury prit le
chemin de l'auberge. Personne ne l'accompagna, personne même
ne se détourna sur son passage. Le couple ne tenait pas autrement,
d'ailleurs, à ces acclamations de la foule que recherchait Harris
T. Kymbale et n'avait qu'un désir : quitter Calais le plus tôt possible.

Il était neuf heures du matin, et il s'en fallait de trois encore que
le moment fût venu de se présenter au bureau du télégraphe. Aussi,
devant le thé et les rôties de leur déjeuner, M. et Mrs Titbury s'occu-
pèrent-ils de mettre leur comptabilité en règle.

« Combien avons-nous dépensé depuis notre départ de Chicago ?...
demanda l'époux.

— Quatre-vingt-huit dollars et trente-sept cents, répondit l'épouse.

— Tant que cela...

— Oui, et bien que nous n'ayons pas gaspillé notre argent en route. »

A moins d'avoir du sang de Titbury dans les veines, on aurait pu s'étonner, au contraire, que les dépenses eussent été réduites à ce point. Il est vrai, cette somme devait être accrue des trois cents dollars de l'amende, — ce qui portait à un chiffre assez élevé la saignée faite à la caisse titburyenne.

« Et pourvu que la dépêche que nous allons recevoir de Chicago ne nous oblige pas à partir pour l'autre bout du territoire !... soupira M. Titbury.

— Il faudrait cependant s'y résoudre, déclara formellement Mrs Titbury.

— J'aimerais mieux renoncer...

— Encore ! s'écria l'impérieuse matrone. Que ce soit la dernière fois, Hermann, que tu parles de renoncer à cette chance de gagner soixante millions de dollars ! »

Enfin, les trois heures s'écoulèrent, et à midi moins vingt, le couple, installé dans la salle du Post Office, attendait, et avec quelle impatience, on l'imagine. C'est à peine si une demi-douzaine de curieux s'y étaient donné rendez-vous.

Quelle différence avec l'empressement dont leurs partenaires furent l'objet à Fort Riley, à Austin, à Santa Fé, à Milwaukee, à Key West, devant le guichet des bureaux du télégraphe !

« Il y a un télégramme pour M. Hermann Titbury de Chicago, » dit l'employé.

Le personnage ainsi interpellé fut pris de faiblesse au moment où son sort allait se décider. Ses jambes fléchirent, sa langue se paralysa, et il ne put répondre.

« Présent, dit Mrs Titbury en secouant son mari qu'elle poussa par les épaules.

— Vous êtes bien le destinataire de cette dépêche ?... reprit l'employé.

— S'il l'est !... s'écria Mrs Titbury.

— Si je le suis !... répondit enfin le troisième partenaire. Allez le demander au juge Ordak !... Cela m'a coûté assez cher pour qu'on ne me chicane pas sur mon identité !... »

En effet, aucun doute à ce sujet. Le télégramme fut donc remis à Mrs Titbury et ouvert par elle, car la main tremblante de son mari n'aurait pu y parvenir.

Et voici ce qu'elle lut d'une voix décroissante qui s'étreignit sans articuler les derniers mots :

« Hermann Titbury, point de deux par un et un, Great Salt Lake
« City, Utah.

                                        « TORNBROCK. »

Le couple défaillit au milieu des railleries peu contenues de l'assistance, et il fallut l'asseoir sur un des bancs de la salle.

La première fois, par un et un, envoyé à la deuxième case au fond du Maine, la seconde fois, encore par un et un, envoyé à la quatrième case en plein Utah !... Quatre points en deux coups !... Et, pour comble, après avoir été de Chicago à l'extrémité de l'Union, aller presque à l'autre extrémité dans l'ouest !

Passé ces quelques moments de faiblesse très compréhensible, on l'avouera, Mrs Titbury se ressaisit, redevint la virago résolue qui dominait le ménage, prit son mari par le bras et l'entraîna vers l'auberge de *Sandy Bar*.

Non ! la malchance était vraiment trop prononcée ! Quelle avance avaient déjà les autres partenaires, Tom Crabbe, Max Réal, Harris T. Kymbale, Lissy Wag, sans parler du commodore Urrican !... Ils filaient comme des lièvres, et les Titbury marchaient comme des tortues !... Aux milliers de milles parcourus entre Chicago et Calais, il faudrait maintenant ajouter les deux mille deux cents qui séparent Calais de Great Salt Lake City...

Enfin, si les Titbury ne se résignaient pas à abandonner le match, il convenait de ne point s'attarder à Calais, quitte à prendre quelques jours de repos à Chicago, le délai pour se rendre à l'Utah s'étendant du 19 mai au 2 juin. Et comme Mrs Titbury n'entendait pas renoncer à la partie, le couple quitta Calais le jour même par le premier train, accompagné de tous les vœux que la population faisait... pour leurs concurrents. Après une telle déveine, la cote du troisième partenaire — s'il en avait une toutefois — allait certainement tomber à un taux dérisoire. Le Pavillon Bleu ne serait même plus ni classé, ni placé.

L'infortuné couple n'eut pas d'ailleurs à se préoccuper de l'itinéraire, tout indiqué, qui consistait à reprendre celui qu'il avait suivi jusqu'au Maine. Arrivé à Chicago, il aurait à sa disposition les trains de l'Union Pacific, qui par Omaha, Granger et Ogden atteignent la capitale de l'Utah.

Dans l'après-midi la petite ville fut débarrassée de la présence de ces gens peu sympathiques qui y avaient fait triste figure. On espérait bien que les hasards du Noble Jeu des États-Unis d'Amérique ne les ramèneraient point, — espoir qu'ils partageaient eux-mêmes, on peut le croire.

A quarante-huit heures de là, les Titbury débarquèrent à Chicago, passablement éreintés, il faut en convenir, à la suite de ces déplacements que leur âge et leurs habitudes ne comportaient guère. Ils durent même séjourner quelques jours dans leur maison de Robey Street. M. Titbury fut pris en route d'une attaque de ces rhumatismes de quinquagénaire, qu'il traitait d'ordinaire par le mépris, — sorte de traitement économique, très en rapport avec sa ladrerie originelle.

La vérité est que ses jambes lui refusèrent tout service, et que, de la gare, on dut le transporter jusque chez lui.

Il va de soi que les journaux annoncèrent son arrivée. Les reporters du *Staats Zeitung*, favorables à sa cause, lui rendirent visite. Mais, en le voyant dans un tel état, ils durent l'abandonner à sa mauvaise chance, et les agences ne lui trouvèrent plus preneurs, pas même à sept contre un.

Toutefois, on comptait sans Kate Titbury, cette maîtresse femme, et elle le fit bien voir. Ce ne fut pas par l'indifférence qu'elle traita les rhumatismes de son mari, ce fut par la violence. Aidée de son dragon de servante, elle frotta le rhumatisant avec tant de vigueur qu'il faillit y laisser la peau de ses jambes. Jamais âne ou cheval ne fut étrillé de cette façon. Inutile d'ajouter que ni docteur ni pharmacien n'eurent à intervenir, et peut-être le patient ne s'en trouva-t-il que mieux.

Bref, le retard ne fut que de quatre jours. Le 23, les dispositions étaient prises en vue de la continuation du voyage. Il y eut lieu de tirer de la caisse quelques milliers de dollars-papier, et le 24, dès le matin, le mari et la femme se remirent en route, ayant tout le temps nécessaire pour atteindre la capitale mormonne.

En effet, le railroad relie directement Chicago à Omaha; puis, à partir de ce point, l'Union Pacific aboutit à Ogden, et, sous le nom de Southern Pacific, étend sa ligne jusqu'à San Francisco.

Et, à tout prendre, il était heureux que les époux Titbury n'eussent pas été expédiés en Californie, car le voyage se fût allongé d'un millier de milles.

C'est dans l'après-midi du 28 qu'ils arrivèrent à Ogden, importante station, qu'un embranchement met en communication avec Great Salt Lake City.

Là se produisit une rencontre, — non pas entre deux trains, on se hâte de le dire, — mais entre deux des partenaires, rencontre qui devait avoir de singulières conséquences.

Dans cette après-midi, Max Réal, retour de sa visite au Parc National, venait de rentrer à Ogden. De là, il se rendrait le lendemain 29 à Cheyenne afin d'y recevoir le résultat de son troisième coup de dés. Or, en arpentant le quai de la gare, voici qu'il se trouva face à face avec ce Titbury, en compagnie duquel il avait suivi le cortège de William J. Hypperbone et figuré sur la scène de l'Auditorium, pendant la lecture du testament de l'excentrique défunt.

Cette fois, le couple s'était bien gardé de voyager sous un nom d'emprunt. Il ne voulait pas s'exposer de nouveau aux inconvénients dont il avait été victime à Calais. S'il s'était dispensé de se faire connaître pendant le parcours, il ne manquerait pas de s'inscrire sous son nom véritable à un hôtel de Great Salt Lake City. Inutile, n'est-ce pas, de révéler en route cette situation de futur héritier de trois cents millions. Ce serait assez de le dire dans la capitale de l'Utah, et là, si on prétendait l'exploiter, M. Titbury saurait se défendre.

Que l'on juge donc de la désagréable surprise qu'éprouva le Pavillon Bleu, lorsque, devant un certain nombre de personnes descendues du train, il s'entendit interpeller de la sorte par le Pavillon Violet :

« Si je ne me trompe, c'est bien à M. Hermann Titbury, de Chicago, mon concurrent dans le match Hypperbone, que j'ai l'honneur de parler ?... »

Le couple tressaillit à l'unisson. Visiblement ennuyé d'être signalé à l'attention du public, M. Titbury se retourna et ne parut pas se souvenir d'avoir jamais vu l'importun, bien qu'il l'eût parfaitement reconnu, d'ailleurs.

« Je ne sais, monsieur... répondit-il. Est-ce à moi... par hasard... que vous vous adressez ?...

— Pardon, reprit le jeune peintre, il n'est pas possible que je me trompe!... Nous étions ensemble aux fameuses obsèques... à Chicago... Max Réal... le premier partant...

— Max Réal?... » répliqua Mrs Titbury, comme si elle entendait prononcer ce nom pour la première fois.

Max Réal, qui commençait à s'impatienter, dit alors :

« Ah çà! monsieur, êtes-vous ou n'êtes-vous pas M. Hermann Titbury, de Chicago ?...

— Mais, monsieur, lui fut-il aigrement répondu, de quel droit vous permettez-vous de m'interroger ?...

— C'est ainsi que vous le prenez! dit Max Réal, en renfonçant son chapeau sur sa tête. Vous ne voulez pas être M. Titbury, l'un des Sept, expédié d'abord au Maine, et ensuite à l'Utah... soit! Cela vous regarde!... Quant à moi, je suis Max Réal, qui reviens du Kansas, et du Wyoming!... Et là-dessus, bonsoir!... »

Puis, comme le départ pour Cheyenne allait s'effectuer à l'instant, il s'élança dans un des wagons, avec Tommy, laissant le couple interdit de l'aventure et maudissant ces propres à rien qu'on appelle des artistes.

A ce moment, un homme qui avait suivi cette petite scène, non sans un évident intérêt, s'approcha. Cet individu, mis avec une certaine recherche, âgé d'une quarantaine d'années, montrait une physionomie franche, et ne pouvait inspirer que de la confiance, même aux gens les plus soupçonneux.

« Voilà, dit-il, en s'inclinant devant Mrs Titbury, un impertinent personnage et qui aurait eu droit à une bonne correction pour son insolence !... Et si je n'avais pas craint de me mêler de ce qui ne me regardait pas...

— Je vous remercie, monsieur, répondit M. Titbury, flatté de voir un homme si distingué venir à sa défense.

— Mais, reprit l'homme si distingué, est-ce réellement Max Réal, votre partenaire ?...

— Oui... je crois... en effet... répliqua M. Titbury, quoique je le connaisse à peine...

— Eh bien, ajouta le voyageur, je lui souhaite tous les désagréments possibles pour avoir parlé avec ce sans-gêne à des personnes infiniment respectables, et à vous, monsieur, de le battre dans cette partie... lui et les autres... s'entend ! »

Il eût fallu avoir l'esprit mal tourné pour ne pas faire bon accueil aux avances d'un homme de tant de politesse, et même de tant d'obséquiosité, un gentleman qui s'intéressait à ce point au succès de M. et de Mrs Titbury.

Qui était ce personnage ?... M. Robert Inglis, de Great Salt Lake City, et qui se disposait à y revenir — le jour même — un courtier de commerce des plus répandus, qui connaissait à fond la province pour l'avoir parcourue pendant nombre d'années. Aussi, après avoir décliné ses nom et profession, s'offrit-il très galamment à piloter les époux Titbury, se chargeant de trouver un hôtel à leur convenance.

Comment refuser les services de M. Robert Inglis, lequel déclara, d'ailleurs, avoir engagé une très forte somme sur les chances du troisième partenaire. Il prit les menus bagages de Mrs Titbury, et les déposa dans un des wagons du train qui allait quitter Ogden. M. Titbury se montrait particulièrement touché, surtout, de ce que

GREAT SALT LAKE CITY. — Le Temple mormon.

M. Robert Inglis eût traité Max Réal comme le méritait ce polisson. En outre, il ne pouvait que se féliciter d'avoir rencontré un compagnon de voyage si aimable, qui lui servirait de guide dans la capitale de l'Utah.

Tout était donc pour le mieux. Les voyageurs montèrent en wagon, et on peut affirmer que jamais le temps ne passa pour eux aussi vite que durant ce parcours, qui ne comptait qu'une cinquantaine de milles.

M. Inglis fut aussi intéressant qu'intarissable. Ce qui parut plaire

à l'excellente dame, c'est qu'il était le quarante-troisième enfant
d'un ménage mormon, bien entendu avant que la polygamie eût été
interdite par décret du Président des États-Unis.

Et cela ne saurait étonner, puisque l'apôtre Hébert Kimball, premier conseiller de l'Église, était mort en laissant treize femmes et
cinquante-quatre enfants. Il faut espérer que si le chroniqueur de la
*Tribune*, Harris T. Kymbale, est jamais astreint à se transporter dans
l'Utah, il ne prendra pas exemple sur son homonyme. Au surplus,
les deux noms ne s'écrivent pas de la même manière, et, en outre, il
n'est plus permis à Great Salt Lake City d'être polygame, fût-on un
des « Fidèles du Coran ».

Si cette conversation plut aux Titbury, ce fut surtout parce qu'il
eût été impossible d'imaginer un conteur plus charmant que M. Inglis. Nul doute qu'il regrettât le temps où l'Église mormone fonctionnait dans toute sa splendeur. Il vantait l'excellence de cette religion, la « meilleure » qui fut révélée par « l'Esprit de Dieu ». Il parla
de Joseph Smith, qui se sentit devenir prophète en 1830, qui retrouva
les tablettes d'or sur lesquelles étaient inscrites les divines lois du
Mormonisme, et qui fut assassiné depuis. Il narra l'exode des « Saints
des Derniers Jours », établis d'abord dans le New York, dans l'Illinois, puis dans l'Ohio, puis dans le Missouri. Et alors, le voilà qui
s'étend en termes émus et dithyrambiques sur Brigham Young, pape
et président de l'Église, lequel, bravant les fatigues, bravant les
dangers, conduisit la communauté sur les territoires voisins du
Grand Lac Salé, où il fonda, en 1847, la Nouvelle Jérusalem.

Et la cité sainte ne méritait-elle pas ce nom, comme méritait
celui de Jourdain le cours d'eau sur les bords duquel elle s'élève,
à une dizaine de milles du lac? C'étaient les temps prospères, et
l'État ne comptait pas moins de cent quarante-cinq mille Fidèles,
qui se sont réfugiés actuellement, pour le plus grand nombre, sur un
territoire concédé par le Mexique. Mais les persécutions s'accrurent,
et ce que ne dit pas M. Robert Inglis, c'est que le gouvernement
fédéral comprit très bien que l'Utah cherchait plus à se rendre indé-

pendant qu'à vivre dans les pratiques du mormonisme. Aussi, en 1871, le général Grant fit-il emprisonner le pape et les apôtres, replaça l'ancien pays des Utahs sous le joug administratif et en même temps interdit les unions polygames, fussent-elles réduites à la bigamie, au nom de la morale publique. Et, aujourd'hui, la Nouvelle Sion est maintenue dans l'ordre par le fort Douglas, que le gouvernement fit construire à trois milles dans l'est afin de l'obliger à se conformer aux lois de la République Nord-Américaine.

« Ah! mes amis, s'écria alors Robert Inglis, dont la voix s'attendrit au point de tirer des larmes des yeux de Mrs Titbury, si vous aviez connu Brigham Young, notre pape vénéré, avec ses cheveux en toupet, sa barbe grisonnante encadrant les joues et le menton, ses yeux de lynx, et George Smith, cousin du prophète et historien de l'Église, et Hunter, président des évêques, et Orson Hyde, président des douze apôtres, et Daniel Wels, second conseiller, et Elisa Snow, l'une des femmes spirituelles du pape...

— Était-elle jolie?... demanda Mrs Titbury.

— Abominablement laide, madame, mais qu'est-ce que la beauté chez une femme?... »

Et celle à qui s'adressait Robert Inglis eut un petit sourire approbateur.

« Quel âge a maintenant le célèbre Brigham Young?... interrogea M. Titbury.

— Il n'en a plus, puisqu'il est mort!.. Mais, s'il vivait, il aurait cent deux ans.

— Et vous, monsieur, demanda Mrs Titbury, avec un peu d'hésitation, êtes-vous marié?...

— Moi, chère dame!... A quoi bon se marier, depuis que la polygamie est défendue?... Une seule femme est plus difficile à conduire que cinquante! »

Et M. Inglis de rire si gaîment de sa répartie, que le couple prit largement part à son hilarité.

Le territoire que traverse l'embranchement d'Ogden est plat et

aride, du sable et de l'argile, mélangés de sels alcalins qui le couvrent
d'efflorescences blanchâtres comme le grand désert dans l'ouest du
lac. Il n'y pousse que du thym, de la sauge, du romarin, des bruyères
sauvages, et aussi de prodigieuses quantités de tournesols à fleurs
jaunes. Vers l'est s'élevaient les cimes lointaines et embrumées des
monts Wahsatch.

Il était sept heures et demie, lorsque le train s'arrêta en gare de
Great Salt Lake City.

Une magnifique ville, avait dit Robert Inglis, et certainement
il ne laisserait pas partir ses nouveaux amis avant qu'ils l'eussent
visitée, une ville de cinquante mille habitants, — il exagérait de
cinq mille, — une ville magnifique, encadrée à l'est par de magnifiques montagnes, et que le magnifique Jourdain met en communication avec le magnifique lac Salé, une ville salubre entre toutes,
avec ses maisons, ses cottages entourés de massifs verdoyants, leurs
vergers, leurs potagers plantés de pommiers, pruniers, abricotiers,
pêchers, qui donnent les plus beaux fruits du monde !... Et en bordure des rues marchandes magnifiques... des édifices bâtis en pierre,
et d'aspect magnifique !... Et ses monuments, magnifiques spéci-
mens de l'architecture mormone, la magnifique Présidence où rési-
dait autrefois Brigham Young, le magnifique Temple mormon, le
magnifique Tabernacle, une merveille de charpente, dans lequel huit
mille Fidèles pouvaient trouver place !... Et autrefois, quelles magnifiques cérémonies, le pape et les apôtres sur une estrade magnifique,
autour, la foule des Saints, hommes, femmes, enfants, oh ! combien !
assistant à la lecture de la Bible écrite de la magnifique main de
Mormon lui-même !... Enfin, tout magnifique.

La vérité est que M. Robert Inglis, par amour pour sa cité natale,
se laissait aller à quelque exagération. La ville du Grand Lac Salé ne
mérite pas de tels éloges. Elle est trop vaste pour sa population, et
si elle possède quelques beautés naturelles, elle n'en montre aucune
d'artistique. Quant au fameux Tabernacle, ce n'est, à vrai dire, qu'un
énorme couvercle de chaudière posé à plat sur le sol.

« Ou ne passe pas ! » (Page 275.)

Dans tous les cas, il n'était pas question de visiter Great Salt Lake City ce soir-là. Le plus pressé consistait à faire choix d'un hôtel, et, comme M. Titbury entendait qu'il ne fût pas de prix exorbitant, son guide lui en proposa un en dehors de la ville, *Cheap Hotel*, autrement dit « Hôtel du bon marché ».

Rien qu'à ce nom, le couple fut séduit et rassuré. Puis, laissant la valise en gare, quitte à venir la rechercher, si *Cheap Hotel* lui

35

convenait, il suivit M. Inglis qui avait voulu porter lui-même le sac et la couverture de l' « excellente et honorable dame ».

On descendit vers les bas quartiers de la cité dont les époux Titbury ne purent rien voir, car il faisait déjà presque nuit, on atteignit la rive droite d'une rivière que M. Inglis dit être Crescent River, et on chemina pendant environ trois milles.

Peut-être les Titbury trouvèrent-ils la course un peu longue; mais à la pensée que l'hôtel serait d'autant moins cher qu'il était plus éloigné de la ville, ils ne songèrent point à se plaindre.

Enfin, vers huit heures et demie, au milieu d'une obscurité complète, le ciel était chargé, les voyageurs arrivèrent devant une maison dont ils ne purent juger l'apparence.

Quelques instants plus tard, l'hôtelier, — un gaillard de farouche mine, il faut l'avouer, — les introduisait dans une chambre du rez-de-chaussée, blanchie à la chaux, uniquement meublée d'un lit, d'une table et de deux chaises. Cela leur suffirait, et ils remercièrent M. Inglis, qui prit congé en promettant de revenir le lendemain matin.

Très fatigués, M. et Mrs Titbury, après avoir soupé des quelques provisions qui restaient dans le sac de voyage, se mirent au lit. Puis, bientôt endormis côte à côte, tous deux rêvèrent que les pronostics de cet obligeant M. Inglis se réalisaient et que le prochain coup de dés leur faisait gagner une vingtaine de cases.

Ils se réveillèrent à huit heures, ayant passé une bonne nuit bien reposante. Ils se levèrent sans hâte, n'ayant rien de mieux à faire que d'attendre leur guide afin de visiter la ville avec lui. Ce n'est pas qu'ils fussent curieux de leur nature, oh non ! mais comment refuser les offres de M. Robert Inglis, qui voulait leur montrer les merveilles de la grande cité mormonne?...

A neuf heures, personne. M. et Mrs Titbury, habillés, prêts à partir, regardaient par la fenêtre qui s'ouvrait sur la grande route devant *Cheap Hotel*.

Cette route, leur avait dit la veille leur obligeant cicerone, était l'ancien « Emigrants road ». Elle longeait Crescent River. Là cheminaient autrefois les fourgons chargés de marchandises destinées aux campements des pionniers et que conduisait le bull-waker, le bouvier, alors que l'on mettait plusieurs mois pour aller de New York aux territoires de West Union.

*Cheap Hotel* devait être isolé, car, en se penchant hors de la fenêtre, M. Titbury n'apercevait aucune maison, ni sur cette rive, ni sur la rive gauche de la rivière. Rien que le sombre massif des verdoyantes forêts de pins qui s'étageaient sur les flancs d'une haute montagne.

A dix heures, personne encore. M. et Mrs Titbury commencèrent à s'impatienter, et d'ailleurs la faim se faisait sentir.

« Sortons, dit l'une.

— Sortons, » dit l'autre.

Et, poussant la porte de leur chambre, ils pénétrèrent dans une salle centrale, une vraie salle de cabaret, dont l'entrée donnait sur la route.

Là, sur le seuil, se tenaient deux hommes, mal vêtus, d'aspect peu rassurant, les yeux noyés de gin, et qui semblaient garder la porte.

« On ne passe pas ! »

Telle fut l'injonction envoyée d'un ton rude à M. Titbury.

« Comment... on ne passe pas ?...

— Non... sans payer.

— Payer ? »

Ce mot était évidemment, de toute la langue anglaise, celui qui plaisait le moins à M. Titbury, lorsqu'on le lui adressait.

« Payer... répéta-t-il, payer pour sortir?... C'est une plaisanterie... »

Mais Mrs Titbury, soudain saisie d'inquiétude, ne prit pas la chose ainsi, et demanda :

« Combien ?...

— Trois mille dollars. »

Cette voix, elle la reconnut... C'était la voix de Robert Inglis, qui parut à l'entrée de l'hôtel.

Cependant M. Titbury, moins perspicace que sa femme, voulut prendre la chose en riant.

« Eh!... s'écria-t-il, voilà notre ami...

— En personne, répondit celui-ci.

— Et toujours de bonne humeur...

— Toujours.

— Et vraiment, elle est bien drôle, cette réclamation de trois mille
dollars...

— Que voulez-vous, cher monsieur, répondit M. Inglis, c'est le
prix d'une nuit à *Cheap Hotel*.

— Vous parlez sérieusement?... demanda Mrs Titbury qui pâlissait.

— Très sérieusement, madame. »

M. Titbury, dans un mouvement de colère, voulut s'élancer au
dehors.

Deux bras vigoureux s'appesantirent sur ses épaules et le clouèrent
sur place.

Ce Robert Inglis était tout simplement un de ces malfaiteurs
comme il s'en rencontre trop en ces lointaines contrées de l'Union,
gens toujours à l'affût d'occasions qui ne sont pas rares. Plus d'une
fois déjà, maint voyageur avait été détroussé par ce prétendu quarante-troisième enfant d'un mariage mormon, aidé de complices
tels que les deux individus de cette méchante auberge de *Cheap
Hotel*, un abominable coupe-gorge ou tout au moins coupe-bourse.
Mis sur une bonne piste, après l'interpellation de Max Réal, il avait
offert ses services aux époux Titbury ; puis, ayant appris d'eux qu'ils
étaient porteurs de trois mille dollars, — aveu très imprudent, on en
conviendra, — il les avait conduits à ce cabaret isolé, où ils seraient
entièrement à sa merci.

M. Titbury le comprit, mais trop tard.

« Monsieur, dit-il, j'entends que vous nous laissiez sortir à l'instant... J'ai affaire à la ville...

— Pas avant le 2 juin, le jour où doit arriver la dépêche, répondit
en souriant M. Inglis, et nous ne sommes qu'au 29 mai.

— Ainsi vous prétendez nous retenir pendant cinq jours ?...

— Et même davantage, et même plus que davantage... répondit

le gracieux gentleman, à moins que vous ne me versiez trois mille dollars en bons billets de la Banque de Chicago...

— Misérable!...

— Je suis poli avec vous, fit observer M. Inglis, veuillez l'être avec moi, monsieur le Pavillon Bleu!...

— Mais cet argent... c'est tout ce que j'ai...

— Il sera facile au riche Hermann Titbury d'en faire venir de Chicago autant qu'il lui sera nécessaire!... Sa caisse est bien garnie, au riche Hermann Titbury!... Remarquez, mon cher hôte, que ces trois mille dollars, vous les avez sur vous, et que je pourrais vous les prendre dans votre poche. Mais, par Jonathan! nous ne sommes pas des voleurs. Seulement, ce sont les prix de *Cheap Hotel*, et vous voudrez bien vous y conformer...

— Jamais!

— A votre aise. »

Sur ce mot, la porte fut refermée, et les époux restèrent emprisonnés dans la salle basse.

Quelles récriminations alors sur ce maudit voyage, sur les tribulations, sans parler des dangers, qui s'abattaient sur le couple voyageur! Après l'amende de Calais, le vol de Great Salt Lake City!... Et quelle malchance d'avoir rencontré ce bandit d'Inglis!...

« Et c'est ce coquin de Réal qui nous vaut cela!... s'écria M. Titbury. Notre nom, nous ne voulions le faire connaître qu'à l'arrivée, et le gueux l'a crié à Ogden, en pleine gare!... Et il a fallu que ce brigand fût là pour l'entendre!... Que faire?...

— Sacrifier les trois mille dollars... dit Mrs Titbury.

— Jamais... jamais!

— Hermann!... » se contenta de dire l'impérieuse et acariâtre épouse.

D'ailleurs, il faudrait bien en arriver à cette dure extrémité. Lors même que M. Titbury s'entêterait à ce refus, ces malfaiteurs sauraient le contraindre à s'exécuter. Et s'ils voulaient lui arracher son argent, puis le précipiter ensuite au fond de Crescent River avec

Mrs Titbury, qui s'inquiéterait d'étrangers dont on ne connaissait pas la présence dans la ville?...

M. Titbury résista pourtant. Peut-être un secours surviendrait-il... un détachement de milice remontant la route, ou tout au moins quelques passants qu'il appellerait à l'aide?... Vain espoir! une minute après, tous deux étaient conduits dans une chambre dont la fnêetre ne s'ouvrait que sur une cour intérieure. Le farouche hôtelier mit alors quelques aliments à leur disposition. Décidément, pour le prix demandé, ce n'était pas trop exiger que d'être, à raison de mille dollars par jour, non seulement couchés, mais nourris à *Cheap Hotel!*

Vingt-quatre, quarante-huit heures s'écoulèrent en ces conditions. A quel degré de rage arrivèrent les prisonniers, on ne saurait le dire. Du reste, ils n'eurent même pas l'occasion de revoir M. Inglis, qui se tenait à l'écart par discrétion, sans doute, et pour ne pas paraître exercer de pression sur ses hôtes.

Enfin, le 1er juin s'inscrivit sur les calendriers de l'Union. C'était le lendemain, avant midi, que le troisième partenaire devait être de sa personne au bureau du télégraphe de Great Salt Lake City. Faute que sa présence y fût constatée, il perdrait tous ses droits à continuer cette partie si désastreuse jusqu'alors pour les couleurs du Pavillon Bleu.

Eh bien, non!... M. Titbury ne voulait pas céder... il ne céderait pas. Mais, pressée par les délais, Mrs Titbury intervint avec une rare vigueur à l'effet d'imposer sa volonté. A supposer que M. Titbury, de par le caprice des dés, eût été envoyé dans l'hôtellerie, dans le labyrinthe, dans le puits, dans la prison, est-ce qu'il n'aurait pas eu à payer des primes doubles et triples?... Est-ce qu'il eût hésité à le faire?... Non!... Eh bien, c'était à tout le moins aussi obligatoire dans les circonstances actuelles, car, s'il est bien de tenir à l'argent, il est encore mieux de tenir à la vie, et leur existence à tous deux, aux mains de ces malfaiteurs... Enfin... il fallait payer.

M. Titbury résista jusqu'à sept heures dans l'espoir d'un secours providentiel qui ne vint pas.

Or, précisément, à sept heures et demie, M. Inglis, on ne peut plus aimable et poli, se fit annoncer.

« C'est demain le grand jour, dit-il. Il serait bon, mon cher hôte, que vous fussiez ce soir à Great Salt Lake City.

— Et qui m'en empêche si ce n'est vous... s'écria M. Titbury que la colère étouffait.

— Moi?... répondit M. Inglis toujours souriant. Mais il suffit que vous soyez décidé à régler votre note...

— Voici, » dit Mrs Titbury en tendant à M. Inglis la liasse de billets que son mari, la mort dans l'âme, lui avait remise.

M. Titbury faillit passer de vie à trépas, lorsqu'il vit ce coquin prendre la liasse, compter la somme, et il ne trouva rien à répondre, quand ce brigand ajouta :

« Il est inutile que je vous donne un reçu de cet argent, n'est-il pas vrai?... Mais n'ayez crainte, je la porterai à votre compte, mon cher hôte. Et maintenant, il ne me reste plus qu'à vous souhaiter, avec un sympathique bonsoir, cette bonne chance de gagner les millions du match Hypperbone! »

La porte était libre, et, sans en entendre davantage, le couple s'élança au dehors.

Il faisait presque nuit, et l'endroit serait difficile à reconnaitre. Dès lors, comment désigner à la police le théâtre de cette scène tragi-comique? Enfin le plus pressé était de regagner Great Salt Lake City dont on apercevait les lumières à trois milles de là, en amont de Crescent River. Et c'est ainsi qu'une heure après, M. et Mrs Titbury atteignirent la Nouvelle Sion, où ils descendirent dans le premier hôtel venu. Il ne leur coûterait jamais aussi cher que *Cheap Hotel!*

Le lendemain 2 juin, M. Titbury se rendit aux bureaux du shérif, afin de déposer sa plainte et demander que les agents se missent à la recherche de Robert Inglis. Peut-être serait-il encore temps de lui reprendre les trois mille dollars...

Le shérif, — un magistrat très intelligent, — reçut avec grand empressement la déposition du volé contre le voleur. Par malheur, M. Titbury ne put donner que de vagues renseignements sur le cabaret... Il y avait été conduit le soir.... il en était parti le soir... Lorsqu'il parla de *Cheap Hotel* sur les bords de Crescent River, le shérif lui répondit qu'il ne connaissait pas d'hôtel de ce nom, et qu'il n'existait même pas de Crescent River dans le pays. Il serait donc bien difficile de mettre la main sur le malfaiteur, qui, d'ailleurs, devait avoir pris la fuite avec ses complices. Quant à lancer une brigade de détectives à leurs trousses en ce pays de bois et de montagnes, cela n'aboutirait à rien.

« Vous dites, monsieur Titbury, demanda le shérif, que cet homme s'appelle...

— Inglis... le misérable... Robert Inglis...

— Oui... c'est le nom qu'il vous a donné!... Mais, en y réfléchissant, je ne doute pas qu'il s'agisse du fameux Bill Arrol... Je le reconnais à sa manière d'opérer... Il n'en est pas à son coup d'essai...

— Et vous ne l'avez pas encore arrêté?... s'écria furieusement M. Titbury.

— Pas encore, répondit le shérif. Nous n'en sommes qu'à la période de surveillance... Il se fera prendre un jour... ou l'autre...

— Il sera bien temps pour moi!

— Oui... mais il sera temps pour lui, et on l'électrocutera... à moins qu'on ne le pende...

— Et mon argent, monsieur, mon argent?...

— Que voulez-vous... il faudrait appréhender ce diable de Bill Arrol, et ce n'est pas chose aisée!... Tout ce que je puis vous promettre, monsieur Titbury, c'est de vous envoyer un bout de sa corde, si on le pend, et, à la condition que la partie ne soit pas terminée, vous serez sûr de la gagner avec un pareil fétiche!... »

Et ce fut là tout ce que M. Titbury put obtenir de cet original shérif de la cité mormonne!

Harris T. Kymbale releva le revolver. (Page 91.)

## IV

### LE PAVILLON VERT.

Le Pavillon Vert était celui d'Harris T. Kymbale, le pavillon que l'on plantait sur les cartes pour marquer son arrivée dans tel ou tel

36

État, et qui avait été attribué au quatrième partenaire en raison
du rang que cette couleur occupe dans le spectre solaire. Le chroniqueur en chef de la *Tribune* s'en montrait très satisfait. N'était-ce
pas la couleur de l'espérance?...

Au reste, il aurait eu mauvaise grâce à se plaindre du sort qui le
favorisait comme touriste et comme joueur. Après avoir été, par son
premier coup de douze, envoyé au New Mexico, voici que le point
de dix par quatre et six lui réservait la vingt-deuxième case, South
Carolina, aux frontières du territoire fédéral, et plus spécialement
Charleston, sa métropole. Il n'ignorait pas, d'ailleurs, que les parieurs se le disputaient dans les agences, qu'il était demandé sur
tous les marchés du monde, pris à un contre neuf, — cote qu'aucun
de ses concurrents n'avait jamais atteinte, — et partout proclamé
grand favori.

Heureusement, en quittant Santa Fé, le reporter n'avait point entendu Isidorio, le très pratique conducteur du stage, formuler cette
déclaration qu'il ne voudrait pas risquer vingt-cinq cents sur ses
chances, et il était tout confiant en son étoile.

Il avait du 21 mai au 4 juin pour se rendre dans la Caroline
méridionale, et comme, à partir de la station de Clifton, le voyage
s'effectuerait sans difficultés par les railroads, le temps ne lui manquerait pas.

Harris T. Kymbale quitta donc Santa Fé le 21 et, cette fois, il
s'en tira avec une bonne gratification, et n'eut point à faire miroiter
devant son nouveau conducteur ni des centaines de mille, ni même
des centaines de dollars. Il arriva dans la soirée à la station de
Clifton, d'où la voie ferrée, après avoir franchi le parallèle qui
limite au sud l'État du Colorado, le déposa à Denver, capitale dudit
État.

Et tel fut le raisonnement que se tint Harris T. Kymbale, tel le projet
auquel il s'arrêta, sans avoir égard à cette observation que lui avait
faite l'honorable maire de Buffalo, qu'il ne s'appartenait pas, mais
appartenait aux parieurs engagés à sa suite.

« Me voici transporté dans l'une des plus belles provinces de l'Union, les montagnes Rocheuses à l'ouest... à l'est, des plaines d'une merveilleuse fertilité... un sol pavé de plomb, d'argent et d'or, à travers lequel le pétrole coule à flots... un territoire où affluent les émigrants attirés par ses richesses naturelles et les oisifs sollicités par ses luxueuses villes d'eaux, la salubrité de son climat, la pureté de son atmosphère!... Or, je ne connais pas ce pays superbe et j'ai l'occasion de le connaître... Puis-je compter que le hasard m'y renverra au cours de la partie?... Rien n'est moins sûr!... D'autre part, pour gagner South Carolina, j'ai à traverser trois ou quatre États que j'ai déjà visités... Ils ne m'offriront rien de nouveau... Le mieux est donc de consacrer au Colorado tout le temps dont je puis disposer, et c'est ce que je vais faire... Pourvu que je sois à Charleston le 4 juin avant midi, je ne vois pas ce que mes partisans auraient à me reprocher... D'ailleurs, je fais ce qui me plait, et à ceux qui ne seraient pas contents, etc., etc. »

Et voilà pourquoi, au lieu de continuer son voyage par la ligne qui dessert Oaklay, Topeka et Kansas, Harris T. Kymbale, le 21, fit choix d'un confortable hôtel dans la capitale coloradienne.

Il ne passa que cinq jours, jusqu'au 26 soir, en cet État. Mais, — cela ne surprendra personne, — un reporter est capable de faire en un aussi court délai ce que nul autre de ses semblables ne ferait dans le double de temps. C'est une question d'entraînement professionnel. Et, pour s'en convaincre, il suffira de jeter les yeux sur ces notes de carnet dont Harris T. Kymbale se servait pour rédiger ses articles envoyés à la *Tribune* :

— 22 mai. — « Visité Denver. Ville élégante, larges rues ombragées, superbes magasins comme à New York ou à Philadelphie, églises, banques, théâtre, salle de concert, grand établissement universitaire du Far West, vaste entrepôt, hôtels et restaurations de luxe. *Café Français*. Très bien au *Café Français*.

« Denver fondée en 1858, au confluent du Cheery Creek et de la Platte River. En 1859, il n'y avait encore que trois femmes. Premier enfant né cette année-là. Vingt ans après, vingt-cinq mille habitants. Immigration constante. Actuellement près de cent sept mille âmes.

« Denver dite ville incomparable, sans rivale. Air de premier choix, oxygène de première qualité, à quatre mille huit cent soixante-douze pieds d'altitude. Grande chaîne du Colorado à l'ouest, haute de sept mille cinq cents, toute verdoyante à sa base, toute blanche à sa cime. Autour de la ville, nombreux cottages. Si je gagne la partie, en ferai bâtir un sur les bords du Cheery Creek, endroit charmant pour villégiature. Aurai voitures, chevaux, chiens, domestiques blancs et noirs. Viens d'être bien reçu du gouverneur de l'État, le sénateur Evans. Encouragements et compliments. A parié pour moi grosse somme, et je crois non sans raison. »

— 23 mai. — « Poussé jusqu'aux villages miniers, devenus villes, Auroria, Golden City, Golden Gate, Oro City, des noms qui sonnent bien, mais moins fort cependant que celui de Leadville, la cité du Plomb, dont l'extraction annuelle se chiffre par soixante et onze mille tonnes. Ville récente, trop éloignée pour que je puisse la visiter. »

— 24 mai. — « Railroad m'a transporté jusqu'à Pueblo (Colorado méridional), en longeant le pied de la grande chaîne. Important centre industriel alimenté par les mines de houille et les sources de pétrole. En achèterai une ou deux si gagne la partie. Passé par Colorado Springs, dite la Cité des Millionnaires, renommée pour ses bains, déjà très fréquentée par malades ou prétendus tels. Vu la Fontaine, rio qui arrose Colorado Springs et va se jeter dans l'Arkansas à Pueblo, et le curieux Monument Park avec ses roches architecturales et son admirable panorama. Colorado tient premier rang aux États-Unis pour la production du plomb, second rang pour la production de l'argent et de l'or (plus de cent vingt millions par an), trentième rang pour la superficie avec cent quatre mille milles carrés. »

— 25 mai. — « Reviens de Suisse, — de la Suisse américaine, s'entend, dans l'ossature orientale des chaînes du Colorado. C'est aussi beau que le Parc National du Wyoming, plus beau peut-être même que la Suisse européenne. Il est vrai, je parle en citoyen des États-Unis. Il y a là des parcs invraisemblables, au nord, au centre, au midi. Quel souvenir je garde du Parc de Fair Play, encadré de montagnes majestueuses que le mont Lincoln domine à quatorze mille pieds au-dessus du niveau de la mer. Vu les Lacs Jumeaux, dans une gorge que parcourt l'Arkansas, séparés par une chaussée de moraines, l'un long de deux milles et demi sur un mille et demi de large, l'autre moins étendu de moitié. Aimerais à passer une quinzaine dans le bon hôtel de Derry. Ai déjà décidé d'acheter un cottage à Denver, deux houillères au Colorado avec mes futurs millions... Pourquoi économiser le prix d'un chalet sur les bords des Twin Lakes?...

« Aperçu de grands pics en pleines Rocheuses, ceux de la Sierra Madre, dans la partie la plus élevée de l'Amérique, ces Rocheuses établies sur une base qui ne mesure pas moins de trois cent soixante-quinze lieues. C'est à peine si les plus vastes États de l'Europe, sauf la Russie, leur permettraient de s'y asseoir. Véritable échine du North America et qui, avec toute la poussée orographique de l'Ouest, comprend le quart des États-Unis. Amalgamez les Alpes avec les Pyrénées et le Caucase, et vous n'aurez pas de quoi édifier les Rocheuses.

« Pas eu le temps d'aller au mont de la Sainte-Croix, extrémité nord de la Chaîne Nationale, ainsi nommée par Hayden et Whitney, lors de l'expédition de 1873. Mais ai pénétré par la Porte du Jardin des Dieux dans le Jardin des Dieux, à quatre milles de Colorado-Junction, parc incomparable, dont les blocs semblent les géants pétrifiés d'une famille antédiluvienne, et me suis promené au pied du Téocalli, qui figure une sorte de château de Burgraves, bâti à deux mille cinq cents pieds dans les airs.

« Il ne faut pas s'attarder, pourtant, ni oublier que le gouverneur du Colorado et nombre de ses administrés, j'imagine, ont parié pour moi. Donc rentré à Denver, le 26, et suis allé revoir l'emplacement de mon cottage futur, sous de magnifiques ombrages entretenus par les affluents du Cheery Creek. »

En vérité, Harris T. Kymbale n'a point exagéré les éloges dus à la capitale du Colorado et à l'État lui-même. Mais que de sang a baigné le sol de ce beau pays. Avant 1867, les pionniers durent lutter contre les Cheyennes, les Arrapahoes, les Kaysways, les Comanches, les Apaches, toutes ces farouches tribus de Peaux-Rouges, avec des chefs tels que le Chaudron-Noir, l'Antilope-Blanche, la Main-Gauche, le Genou-Foulé, le Petit-Manteau! Et oubliera-t-on jamais les horribles massacres de Sand Creek qui, en 1864, assurèrent aux blancs la domination du pays sous le colonel Chivington?...

L'après-midi du 26, le Pavillon Vert la passa dans la splendide capitale. Une réception fut organisée en son honneur à la résidence. On le sait, aux États-Unis, un homme vaut surtout par sa fortune, et, dans l'esprit des Coloradiens comme dans le sien d'ailleurs, Harris T. Kymbale valait soixante millions de dollars. Il se vit donc fêté selon son mérite par ces fastueux Américains qui ont de l'or non seulement dans leurs caisses, dans leurs poches, dans leur sol, mais jusque dans le nom de leurs principales cités!

Le lendemain, 27 mai, le quatrième partenaire prit congé du gouverneur, au milieu d'un grand concours de partisans, qui l'acclamèrent. Le train quitta Denver, atteignit la frontière à Fort Wallace, traversa le Kansas de l'ouest à l'est, puis le Missouri par sa capitale Jefferson City et, à la limite orientale, s'arrêta en gare de Saint-Louis, le soir du 28.

L'intention de Harris T. Kymbale n'était point de séjourner dans cette grande ville qu'il connaissait, et il espérait bien n'y jamais être envoyé par le sort, puisque, cité de la cinquante-deuxième case, elle occupait la place de la prison dans le Noble Jeu de l'Oie. Au surplus, les États qu'il devait rencontrer avant son arrivée en South Carolina lui offraient d'attrayantes excursions, Tennessee, Alabama, Georgie. Aussi se proposait-il de choisir un des meilleurs hôtels à

Saint-Louis, de consacrer toute la nuit à un repos dont il avait quelque besoin, et de repartir dès l'aube par le premier train.

Il ne semblait donc pas que rien dût troubler son voyage, ni l'empêcher d'être au jour dit à Charleston... Et cependant, il faillit ne point arriver, et même être mis dans l'impossibilité de jamais voyager, par suite de l'incident dont il va être question et que personne n'aurait pu prévoir.

Vers sept heures un quart, Harris T. Kymbale arpentait le quai de la gare afin de s'informer de l'heure des trains, lorsque, brusquement, il se heurta contre ou fut heurté par un individu qui sortait de l'un des bureaux.

Aussitôt ces aménités de s'échanger :

« Butor !

— Brutal !

— Regardez donc devant vous !...

— Et vous derrière ! »

Enfin de ces mots qui partent comme des balles de revolver, pour peu que les gens soient d'un caractère vif ou d'un tempérament irritable.

Or, l'un des deux l'était au plus haut degré, et on ne s'en étonnera pas en apprenant qu'il s'agit de Hodge Urrican.

Harris T. Kymbale reconnut son concurrent.

« Le commodore !... s'écria-t-il.

— Le journaliste ! » lui fut-il répondu d'une voix qui semblait s'échapper d'une bouche à feu.

C'était bien le commodore Urrican, sans son fidèle Turk, cette fois, et mieux valait que Turk n'eût pas à se mêler de cette affaire qu'il aurait poussée aux extrêmes.

Ainsi donc non seulement Hodge Urrican avait survécu au naufrage de la *Chicola*, mais il avait trouvé l'occasion de quitter Key West ?... De quelle façon ?... Dans tous les cas, il fallait que son voyage se fût rapidement effectué, puisqu'il était encore en Floride à la date du 25. Une véritable résurrection, assurément, et, depuis son débarquement à Key West dans l'état que l'on sait, ses partenaires devaient croire que le match des... Sept... ne se continuerait plus qu'à six!...

Bref, Hodge Urrican était à Saint-Louis, en chair et en os, ainsi que son concurrent venait de le constater dans la collision, mais d'une humeur encore plus mauvaise que d'habitude. Cela se comprendra. N'était-il pas en route pour la Californie, avec obligation de revenir à Chicago, afin de recommencer la partie après le paiement d'une triple prime!

Cependant Harris T. Kymbale, en brave garçon, crut devoir se présenter à lui, disant :

« Tous mes compliments, commodore Urrican, car je vois que vous n'êtes pas mort...

— Non, monsieur, pas même de ce choc avec un maladroit, et parfaitement capable d'enterrer ceux qui se réjouissaient sans doute de ne plus me revoir!...

— C'est pour moi que vous dites cela?... demanda le reporter en fronçant le sourcil.

— Oui, monsieur, répondit Hodge Urrican, qui affectait de regarder son adversaire les yeux dans les yeux, oui, monsieur le grand favori! »

Et il semblait qu'il le mâchait ce mot, qu'il le broyait entre ses molaires.

Harris T. Kymbale, peu endurant en somme, et qui commençait à s'échauffer, répondit :

« Il paraît que cela ne rend guère poli d'avoir à passer par la Californie pour revenir à Chicago... »

C'était toucher le commodore à l'endroit sensible.

« Vous m'insultez, monsieur!... s'écria-t-il.

— Entendez-le comme vous voudrez !

— Eh bien... je l'entends mal, et vous me rendrez raison de vos insolences !

— A l'instant, si cela vous convient !

C'ÉTAIT AUSSI BEAU QUE LE PARC NATIONAL DU WYOMING. (Page 285.)

— Oui... si j'avais le temps, hurla Hodge Urrican, mais je ne l'ai pas.

— Prenez-le.

— Ce que je vais prendre, c'est ce train qui part et que je ne peux manquer ! »

En effet, un train tout sifflant, tout empanaché de fumée charbonneuse, allait se mettre en marche. Pas une seconde à perdre. Aussi le commodore, s'élançant sur la passerelle entre deux wagons, s'écria-t-il d'une voix terrible :

« Monsieur le journaliste, vous recevrez de mes nouvelles... vous en recevrez...

— Quand ?...

— Ce soir même... à l'*European Hotel*.

— J'y serai, » répondit Harris T. Kymbale.

Mais à peine le train était-il parti, qu'il fit cette réflexion :

« Bon !...Voilà qu'il s'est trompé, l'animal !... Ce n'est pas dans le train d'Omaha qu'il est monté !... Il s'en va où il n'a que faire !... Après tout, cela le regarde ! »

Et, de fait, le train en question filait en direction de l'est, précisément celle que Harris T. Kymbale devait suivre pour gagner Charleston.

Non, Hodge Urrican ne s'était point trompé. Il retournait tout simplement à la station précédente, à Herculanum, où l'attendait Turk. A propos de sa valise restée en arrière, une vive explication s'était élevée entre le commodore et le chef de gare d'Herculanum, — discussion dans laquelle Turk menaça d'introduire ledit chef tout vivant dans le foyer d'une de ses locomotives. Son maître l'avait calmé; puis, profitant d'un train qui démarrait, il était venu faire en personne sa réclamation en gare de Saint-Louis. L'affaire s'arrangea sans peine, la valise serait redemandée par télégramme, et c'était au moment où Hodge Urrican sortait du bureau pour retourner à Herculanum, qu'avait eu lieu sa rencontre avec le chroniqueur.

Au total, voyant son adversaire parti, Harris T. Kymbale ne

37

s'occupa plus de cet incident. Il regagna l'*European Hotel*, où il était précisément descendu. Après son dîner, il fit une assez longue promenade à travers la ville, et, au moment où il rentrait, on lui remit une lettre arrivée d'Herculanum par le dernier train.

Non ! Il fallait une cervelle chimiquement composée comme celle qui bouillait sous le crâne de Hodge Urrican, pour que cet homme étonnant eût écrit pareille épitre.

« Monsieur le quatrième partenaire, vous avez sans doute un revolver, comme moi j'ai le mien. Je prendrai demain matin, sept heures, le train qui part d'Herculanum pour Saint-Louis. Je vous somme de prendre à la même heure le train qui part de Saint-Louis pour Herculanum. Cela ne changera rien ni à votre itinéraire, ni au mien.

« Ces deux trains se croiseront à sept heures dix-sept minutes. Si vous n'êtes pas homme à bousculer les gens, à les insulter ensuite sans leur rendre raison, soyez à ce moment précis, seul, sur la passerelle arrière du dernier wagon qui précède le fourgon de bagages, comme je serai sur la passerelle arrière du dernier wagon de mon train. Il y aura là l'occasion d'échanger quelques balles.

« Commodore HODGE URRICAN. »

Voilà l'homme, terrible toujours, et encore n'avait-il rien dit à Turk ni de cette querelle, ni de cette provocation, par crainte d'envenimer les choses.

Mais, pour trouver un adversaire digne de lui, il n'aurait pu mieux s'adresser qu'au chroniqueur de la *Tribune*. Celui-ci fut à sa hauteur en cette circonstance.

« Eh bien, si ce marin d'eau salée s'imagine que je vais reculer, s'écria-t-il, il se trompe !... Je serai à l'heure dite sur ma passerelle, puisqu'il sera sur la sienne !... Et le Pavillon Vert d'un journaliste ne s'abaissera pas devant le Pavillon Orangé d'un commodore ! »

Que l'on veuille bien remarquer que rien de tout cela ne saurait étonner en cet étonnant pays d'Amérique !

Donc, le lendemain, un peu avant sept heures, Harris T. Kymbale descendit à la gare afin de prendre le train qui se dirigeait vers Columbus, à la frontière du Tennessee, en passant par Herculanum. Après avoir choisi sa place dans le dernier wagon qui communiquait par une passerelle avec le fourgon de bagages, il s'y installa. Dix-sept minutes devaient s'écouler avant qu'il eût à occuper son poste de combat.

Le temps était frais, l'air vif, et personne évidemment ne serait tenté de se tenir au dehors pendant la marche du convoi.

Le wagon occupé par Harris T. Kymbale ne contenait qu'une douzaine de voyageurs.

Lorsque le reporter consulta sa montre pour la première fois, elle lui indiqua sept heures cinq. Il n'avait donc plus que douze minutes à attendre et il attendit avec un calme que son adversaire ne possédait sans doute pas.

A sept heures quatorze, il se leva, vint se placer sur la passerelle, le revolver tiré hors du gousset du pantalon, les charges vérifiées, et il attendit encore.

A sept heures seize, un roulement grandissant se fit entendre sur l'autre voie, par laquelle le train d'Herculanum venait à toute vapeur en sens inverse.

Harris T. Kymbale releva le revolver à la hauteur de son front, prêt à l'abaisser horizontalement.

Les locomotives se croisèrent, laissant en arrière un tourbillon de vapeurs blanches...

Une demi-seconde après, deux détonations éclatèrent simultanément.

Harris T. Kymbale sentit le vent d'une balle qui frôlait sa joue et à laquelle il avait répondu coup pour coup.

Puis les deux trains se perdirent dans le lointain.

Il ne faudrait pas croire que, pour avoir entendu ces deux coups de feu, les voyageurs du wagon se fussent dérangés. Non! Cela n'était pas pour les émouvoir. Aussi Harris T. Kymbale vint-il tranquillement reprendre sa place, sans savoir si le commodore avait été touché au vol.

Et alors le voyage continua par Nashville, la capitale actuelle du Tennessee, sur la Cumberland River, cité industrielle et commerçante de soixante-seize mille âmes, par Chattanooga, nom qui en langue cherokee signifie « Nid de Corbeau », — un nid stratégique de premier ordre, à l'entrée des passes que Shermann parvint à franchir avec l'armée fédérale. Puis il se lança à travers cet État de Georgie auquel sa situation a valu d'être nommé « Clef de voûte du Sud », comme la Pennsylvanie est nommée « Clef de voûte du Nord ».

Depuis la guerre de Sécession, c'est Atlanta qui est devenue capitale de la Georgie, en souvenir de sa longue résistance. Située à plus de cent cinquante toises d'altitude, à l'orée des gorges praticables des Appalaches, cette ville, en prospérité croissante, est la plus populeuse de l'État.

Après avoir traversé la Georgie jusqu'à la ville d'Augusta sur la rivière Savannah, où fonctionnent d'importantes filatures de coton, le train traversa le territoire du South Carolina, fila par Hamburg qui fait face à Augusta, et vint s'arrêter à son point terminus de Charleston.

Ce fut à la date du 2 juin, dans la soirée, que le reporter atteignit cette ville fameuse, après un parcours d'environ quinze cents milles depuis Santa Fé du New Mexico, — voyage marqué par la rencontre avec Hodge Urrican.

Ce fut là, d'ailleurs, que les journaux l'informèrent du passage des deux inséparables, le commodore et Turk, à Ogden dans la journée du 31 mai, se dirigeant à toute vapeur vers les lointaines régions de la Californie.

« Ma foi, tout est au mieux, se dit-il. Je ne regrette point de l'avoir manqué. C'est un ours, et même un ours marin, mais un ours qui, en somme, a figure humaine! »

Du reste, les journaux ne faisaient point allusion au duel en rail-

road, connu seulement de ceux qui y avaient joué un rôle, et jamais,
à moins que l'un deux n'en parlât... Il est vrai, compter sur la discrétion d'un fabricant de chroniques!...

C'est dans la Caroline du Sud, sur les îles de son littoral, que vinrent
s'établir les premiers colons français. Si cet État n'occupe que le

Les quais de Charleston.

vingt-neuvième rang au point de vue de la superficie, il ne compte
pas moins de onze cent cinquante-deux mille habitants. Il est riche
par sa production de coton à longues soies, riche par ses récoltes de
riz d'excellente qualité, riche par ses gisements de phosphate. Malheureusement, la guerre l'a fort éprouvé. Nombre de propriétaires
ruinés durent vendre leurs terres qui glissèrent entre les mains des
prêteurs juifs. On y rencontre un chiffre assez élevé de Français, des-
cendants de ces huguenots qui furent contraints de s'expatrier après
la révocation de l'Édit de Nantes. Mais, ainsi que le remarque Élisée

Reclus, les noms de ces familles ont été anglicisés pour la plupart.

Cet État, dont les noirs formaient les trois cinquièmes, est cependant celui qui proclama avant tous autres l'acte de Sécession, ne laissant à l'occupation fédérale en cette partie de l'Union que le fort Sumter, près de Charleston.

La capitale est Columbia, une jolie petite ville de quinze mille âmes, abritée sous les frondaisons des magnolias et des chênes. Beaufort, dans les Sea Islands, avec ses mouillages de Port Royal, tient tête, comme exportateur de coton et de riz, à la métropole. Celle-ci est toujours la première cité du South Carolina que représentent au Congrès deux sénateurs et six députés, et qui possède quarante-six sénateurs et cent vingt-quatre députés dans sa propre assemblée législative.

La Caroline du Sud est d'ailleurs le vingt-neuvième État de l'Union, grâce à son étendue et le vingt-deuxième au point de vue de sa population. Accidenté dans sa portion méridionale par les dernières ramifications des montagnes Bleues, il jouit d'un climat des plus sains et des plus tempérés.

Son sol produit en abondance du froment, du chanvre, du tabac qui vaut celui des campagnes virginiennes. Au centre, il est plus favorable à la culture du maïs, et, dans le sud, aux récoltes du coton et du riz. En outre de l'exploitation de vastes forêts, l'industrie carolinienne trouve encore à s'alimenter aux mines de fer, de plomb, aux carrières de marbre, aux gisements d'or et d'ocre de la province. L'hiver, il y règne une douceur exceptionnelle, mais les chaleurs sont très fortes en juin. Dès le mois de février, la végétation commence à se renouveler, et les bourgeons des érables montrent déjà la pointe de leurs fleurs rouges.

Harris T. Kymbale ne connaissait pas Charleston, qui mérita la fâcheuse réputation d'être considérée comme la métropole de l'esclavage. Au total, telle est sa vitalité que, malgré une série d'effroyables catastrophes, si éprouvée qu'elle ait été tant de fois par l'eau, par le feu, par les secousses sismiques, et même par la fièvre jaune, elle a toujours résisté à ces multiples causes de destruction.

C'est sur une basse presqu'île, entre les estuaires d'Ashtley et de Cooper formant rade, avec un vaste port desservi par deux passes, entre les promenades et les quais, que Charleston étale ses quartiers commerçants, ses maisons à vérandas, avec façades ombragées de magnolias, de grenadiers et d'azeradachs en pleine verdure. Un peu en dehors, sur les ilots et les pointes s'élèvent des forts, — entre autres le fort Moultrie qui est l'un des arsenaux de l'Union et du South Carolina.

Toujours le benjamin de la chance, ce chroniqueur en chef de la *Tribune!* Aucune inondation, aucun incendie, aucun tremblement de terre ne désolait Charleston, lorsqu'il y arriva, ni même aucune épidémie de *vomito negro!* Cette cité, si connue, si appréciée pour l'urbanité de ses mœurs, la politesse de ses habitants, put donc lui apparaitre dans toute sa splendeur. Ils ne devaient jamais s'effacer de son souvenir, les quelques jours que sa bonne fortune lui permit d'y séjourner.

Dire que Harris T. Kymbale fut reçu avec enthousiasme, ce serait insuffisant. Il s'y joignit une sorte de délire pour le partenaire en qui la cité voyait le plus qualifié des « Sept ». Les autres ne comptaient même pas. Pour les Charlestoniens il n'y en avait qu'un, — celui que le point de dix venait de leur envoyer. Quant aux millions de feu Hypperbone, c'est comme s'il les portait déjà dans son sac de voyage.

Pendant quarante-huit heures affluèrent donc invitations sur invitations auxquelles le populaire reporter ne put se refuser, — non plus qu'aux promenades à travers la campagne environnante, où les orangers poussent en pleine terre. Sur tous les murs, couverts d'affiches tire-l'œil, le nom de Harris T. Kymbale figurait en lettres éclatantes, et, le soir, en caractères électriquement reproduits.

Un hôte si bien accueilli contractait envers la cité une forte dette de reconnaissance. Aussi son intention, s'il gagnait la partie, — il le déclara, — était-elle de fonder à Charleston un hospice pour les

pauvres gens sans famille. Et, ce qui est à noter, c'est que nombre
de miséreux vinrent se faire inscrire à la municipalité afin de s'assurer les premières places dans cet établissement de charité. On
le voit, le futur gagnant se montrait encore plus généreux à Charleston de la Caroline du Sud qu'à Denver du Colorado.

Enfin, au milieu de toutes ces fêtes, arriva le soir du 3 juin. Un
splendide banquet avait été organisé par souscription. Il aurait lieu
sous de magnifiques ombrages, un peu en dehors de la ville, du côté
de l'estuaire d'Ashtley. La foule des invités s'y rendit processionnellement, bannières déployées aux couleurs du héros de ce jour. Il
n'y a pas lieu d'insister sur ce que fut cette réunion épulatoire
dont il serait impossible d'ailleurs de donner une idée, ni pour les
recherches du menu, ni pour le faste du service.

Qu'il suffise de savoir que la pièce principale fut un pâté monstre,
pesant huit mille livres, cuit dans un four gigantesque, et qu'un
char, attelé de douze chevaux, amena au lieu du festin. Dans la
confection de ce pâté, il entrait deux mille quatre cents livres de
bœuf, quatre cents livres de veau, quatre cents livres de mouton,
cinq cent soixante livres de porc, cent vingt livres de beurre, trois
cent soixante livres de lard, soixante-seize lapins, cent quatre-vingt-
huit poulets, deux cents pigeons, deux mille huit cents livres de
farine, deux cent quarante pièces de gibier. Ce monstrueux comes-
tible mesurait quatorze pieds de largeur, vingt-quatre de longueur,
six de hauteur. C'est avec des couteaux longs de cinq pieds que
vingt maîtres d'hôtel le débitèrent de manière à satisfaire plusieurs
milliers de personnes, qui, d'ailleurs, eurent encore à leur disposition cinq milles de saucisses.

Et alors retentirent des acclamations que la brise d'ouest emporta
vers la pleine mer :

« Hurrah pour Harris T. Kymbale!... Hurrah pour le quatrième
partant!... Hurrah pour le Pavillon Vert!... Hurrah pour le grand
favori du match Hypperbone!... »

Les guides jettent des papiers enflammés. (Page 308.)

# V

## LES GROTTES DU KENTUCKY.

D'après les cours du marché du 26 mai, à Chicago, — et les autres villes allaient suivre, — le Lissy Wag fut demandé avec un certain

entrain, et monta même à trois contre sept. Si, au début, la hausse
n'avait pas été en sa faveur, c'est qu'il était à craindre qu'une jeune
fille n'eût pas assez d'endurance pour résister aux fatigues de ces
déplacements successifs, et, en outre, sa maladie vint encore diminuer le peu de confiance qu'elle inspirait.

Or, la santé de la cinquième partenaire ne laissait plus rien à
désirer. De plus, le second coup de douze avait été très heureux
puisque, par six redoublé, il l'envoyait au Kentucky. D'une part, ce
voyage ne comportait que quelques centaines de milles, et de l'autre,
le Kentucky occupait la trente-huitième case sur la carte. Il résultait de là que Lissy Wag, en deux bonds, avait franchi plus de la
moitié des soixante-trois cases. Aussi ne s'étonnera-t-on pas que
Jovita Foley agitât triomphalement le pavillon jaune attribué à son
amie, et qu'elle le vît déjà planté sur les millions de William
J. Hypperbone !

Donc, à supposer que Lissy Wag se fût intéressée à ce que l'on
augurait de ses chances, au revirement qui avait ramené à elle
la faveur du public, elle aurait pu s'en montrer fière dès son retour
à Chicago.

Ce fut le 23, on le sait, que Lissy Wag et Jovita Foley se hâ-
tèrent de quitter Milwaukee, afin de ne point y être rencontrées
par le mystérieux XKZ, — ce qui les eût obligées d'abord à payer
une prime simple, puis à céder leur place au septième partenaire,
puis à recommencer la partie.

Les deux amies revinrent dans la métropole illinoise en parfaite
santé, et leur retour ayant été signalé dans les journaux, quelques
reporters se présentèrent à la maison de Sheridan Street.

La conséquence de cette visite fut que, dès le soir même, le
*Chicago Herald* publia une interview de laquelle il ressortait que
les jeunes filles étaient « bien en forme », car maintenant on les
appariait toutes les deux sous le pavillon jaune, — ce qui n'était
pas précisément pour déplaire à cette folle de Jovita Foley. En dépit
des objurgations de celle-ci, elles restèrent cinq jours à Chicago.

Il était inutile de se ruiner en dépenses d'hôtel, et plus économique
de rester chez soi. Il eût même été sage d'y demeurer jusqu'à la
veille du jour où le télégramme de maître Tornbrock arriverait au
Kentucky. Mais, le 27, Jovita Foley n'y tint plus, et elle dit :

« Quand partons-nous?...

— Nous avons le temps, répondit Lissy Wag. Songes-y... jusqu'au 6 juin, et nous ne sommes encore qu'au 27 mai. Cela fait dix
jours complets, et, tu le sais, on peut se rendre au Kentucky en
vingt-quatre heures.

— Sans doute, Lissy, mais ce n'est pas seulement au Kentucky
que nous allons, ni à Francfort, sa capitale. C'est aux Mammoth
Caves, une des merveilles des États-unis et même, paraît-il, des cinq
parties du monde!... Quelle occasion de visiter ces grottes, ma chérie, et quelle excellente idée ce digne monsieur Hypperbone a eue
de nous y envoyer...

— Ce n'est pas lui, Jovita, ce sont les dés avec leur point de
douze...

— Voyons... voyons... n'est-ce pas lui qui a choisi Mammoth
Caves dans l'État du Kentucky?... Aussi je lui en saurais gré toute
ma vie... et même toute la sienne, s'il ne reposait dans le cimetière
d'Oakswoods!... Il est vrai, s'il n'était pas dans l'autre monde, nous
n'aurions pas lieu de courir après son héritage... Enfin... quand
partons-nous?...

— Aussitôt que tu le voudras...

— Alors... demain matin...

— Soit... mais, ajouta Lissy Wag, nous devrons une dernière
visite à M. Marshall Field...

— Tu as raison, Lissy. »

Au cours de cette visite, M. Marshall Field et le personnel de ses
magasins ne ménagèrent ni les compliments ni les encouragements
à la cinquième partenaire et à son inséparable compagne.

Le lendemain, un express emportait les voyageuses pendant cent
trente milles, à travers l'Illinois jusqu'à Danville, près de la fron-

tière occidentale de l'Indiana. L'après-midi, elles franchirent cette
frontière, et descendirent pour l'heure du dîner à Indianapolis, qui
est la capitale de l'État, — une ville de cent mille habitants.

A la place de Jovita Foley et de sa compagne, Harris T. Kymbale
eût certainement disposé de son temps pour explorer cet État où

INDIANAPOLIS. — La Gare.

l'extermination des indigènes fut entreprise dès le siècle dernier,
et dans lequel les colons français fondèrent plusieurs établissements. Mais Jovita Foley crut devoir se borner à Indianapolis que
traverse la White River avant de se jeter dans la Wabash, — une cité
des mieux entretenues de l'Union, et dont elle ne put qu'admirer
l'excessive propreté.

Dans l'hôtel fort convenable où étaient logées les voyageuses,
leurs noms une fois donnés, on les prenait souvent l'une pour l'autre.
Au cours de cette grande partie qui se jouait, il semblait même que

Jovita Foley fût plus qualifiée pour y tenir un rôle que cette modeste
Lissy Wag.

Le 29, à huit heures quinze, elles partirent par le premier train
pour Louisville, située sur la rive gauche de l'Ohio, à la frontière de
l'Indiana et du Kentucky, État qui fut le grand défenseur de la cause

INDIANAPOLIS. — Le Capitole.

abolitionniste. A onze heures cinquante-neuf, le voyage était terminé.

On aurait eu beau dire à Jovita Foley que le Kentucky valait
d'être visité, parce qu'il est un des plus riches de l'Union, depuis que
la cession de la Louisiane lui a assuré les bouches du Mississippi,
elle aurait répondu : Mammoth Caves ! — qu'il est propice à tous les
rendements de l'agriculture et de l'élevage, qu'il produit les meilleurs chevaux de l'Amérique, et le tiers du tabac des États-Unis, elle
aurait encore répondu : Mammoth Caves ! — qu'il possède de grandes
villes industrielles sur les bords de l'Ohio, et des houillères dans la

région des Alleghanys, elle aurait toujours répondu : Mammoth
Caves ! Évidemment hypnotisée par ces fameuses grottes, Jovita
Foley ne songeait pas plus à Covington et à Newport qui sont les
deux faubourgs kentuckyens de Cincinnati, déjà visités par Crabbe
et John Milner, qu'à Middlesborough, ville naissante qui se prépare
à devenir une grande cité, qu'à Francfort, la capitale actuelle de
l'État, ou qu'à Lexington, l'ancienne capitale. Et, pourtant, elle est
si belle avec le réseau de ses larges rues, ses verdoyants ombrages,
d'où tombe une délicieuse fraîcheur, son Université célèbre dans toute
la région du sud, son hippodrome renommé sur lequel viennent lutter
les meilleurs chevaux du Nouveau-Monde. Il est vrai, qu'était cet
hippodrome aux limites restreintes, comparé à cet immense champ
de courses de toute la République américaine, où luttaient les partenaires du match Hypperbone sous les sept couleurs de l'arc-en-
ciel ?

Non, pendant cette après-midi, les deux amies se bornèrent à
parcourir les principaux wards de Louisville, à franchir le pont de
huit cent douze toises, jeté sur l'Ohio, qui réunit la cité à ses annexes
de New Albany et de Jefferson du territoire de l'Indiana, et dont
l'ensemble contient une population de deux cent mille âmes. Toutefois, elles ne s'aventurèrent pas dans les quartiers industriels,
où abondent les usines, les manufactures de tabac, les fabriques de
pelleteries, les filatures, les distilleries, les ateliers de construction
pour la batellerie et les machines agricoles.

Du reste, Louisville domine l'Ohio d'une centaine de pieds sur le
plateau d'une falaise coupée à pic. De là, le regard peut embrasser
le cours irrégulier du fleuve, le canal qui longe sa rive gauche, les îles
Sand et Coose, la ligne ferrée qui le traverse et les belles chutes
formées par les eaux mugissantes du fleuve.

Enfin, très fatiguées, Jovita Foley, qui n'en voulait pas convenir,
et Lissy Wag, qui l'avouait, rentrèrent à l'hôtel vers neuf heures
du soir.

« Bonne nuit, dit Jovita Foley en se couchant.

« — Et quand repartons-nous ?... demanda Lissy Wag.

— Demain matin...

— Sitôt, Jovita, alors que quelques heures suffisent pour arriver au terme de notre voyage... Nous avons le temps...

— Jamais le temps, lorsqu'il s'agit de Mammoth Caves ! répondit Jovita Foley. Dors bien, ma chérie... Je te réveillerai... »

Et qu'on ne soit pas surpris, si, le lendemain, 30, le train emportait ces deux demoiselles dans la direction du sud, — un parcours de cent cinquante milles environ jusqu'aux célèbres grottes, à travers un pays peu accidenté, hérissé de forêts profondes, entre lesquelles apparaissent des champs de céréales et surtout des plantations de tabac.

Au delà de la petite ville de Maufort, la seule que dessert la voie ferrée dans cette partie de la province, se développe la délicieuse vallée de Green River. Cet affluent de l'Ohio promène ses eaux limpides sous une tapisserie de plantes aquatiques, des nelumbos verts, des pontederias aux fleurs jaunes et bleues, — couleurs qui rappelaient celles de Hermann Titbury, d'Harris T. Kymbale, et aussi celles de Lissy Wag.

Avant midi, les deux amies descendirent à *Mammoth Hotel*, établissement de premier ordre, situé presque à l'entrée des grottes, au milieu d'un site enchanteur.

Malgré la curiosité qui la dévorait, Jovita Foley dut remettre au lendemain la visite des Mammoth Caves, tous les guides étant partis à cette heure. Mais elle pourrait occuper ses loisirs en se promenant aux alentours, en cheminant le long de cette vallée charmante, en remontant les rives ombreuses du rio qui, par mille cascades, va se jeter dans la Green River.

L'hôtel est remarquablement approprié pour le bien-être des touristes qui y affluent. Il est composé de plusieurs chalets, affectés aux différents services et confortablement installés. Une chambre, dont la fenêtre s'ouvrait sur la vallée, fut mise à la disposition des voyageuses, lesquelles, — ce qui n'était pas pour déplaire à l'une d'elles,

— étaient attendues avec une certaine impatience en cette région du Kentucky.

A cette époque de l'année, affluaient déjà de nombreux excursionnistes impatients d'explorer Mammoth Caves, et c'est ce que Jovita Foley put constater vers six heures du soir, lorsque les retentissements du terrible gong, en usage dans les hôtels d'Amérique, les appelèrent au dining-room.

Le gouverneur de l'État de l'Illinois, John Hamilton, qui se trouvait là en qualité de touriste, voulut que Lissy Wag fût placée à sa droite et Jovita Foley à sa gauche. N'y avait-il pas de quoi tourner la tête à cette impressionnable personne ?

Du reste, si le gouverneur de l'Illinois, son entourage et les autres visiteurs firent un accueil si sympathique à la cinquième partenaire et à sa compagne, celles-ci ne furent pas moins bien accueillies par les dames venues en visiteuses aux grottes du Kentucky. On voit à quel taux étaient remontées les actions de Lissy Wag, et n'était-ce pas de nature à laisser pressentir son succès final ? Et ne pardonnera-t-on pas à Jovita Foley, qui eut sa part de ces attentions, de ces prévenances, de s'identifier de plus en plus avec sa chère Lissy... laquelle n'aurait pas eu la pensée de le lui reprocher ?...

Le dîner, bien servi, préparé par les mains d'un cuisinier français, fut excellent et copieux, quoiqu'il ne comportât pas le grand nombre de plats ordinaire aux tables américaines, — soupe aux gombos, petites fleurs semblables à des capucines, truites fraichement pêchées dans les eaux du joli affluent de la Green River, à l'endroit où il s'élargit en lagon paisible, roastbeef traditionnel, avec toute la série de ses sauces à l'emporte-bouche, jambon fumé, plum-cake national, légumes et fruits de toutes sortes.

Et ne pas oublier les coupes de champagne qui furent envoyées par plusieurs des convives aux deux amies. Sans doute elles se contentaient d'y mouiller leurs lèvres, mais répondaient par un gracieux salut à ces politesses. Puis retentirent les toasts enthousiastes à la prochaine victoire de la charmante favorite du match Hypperbone !

# LE TESTAMENT D'UN EXCENTRIQUE

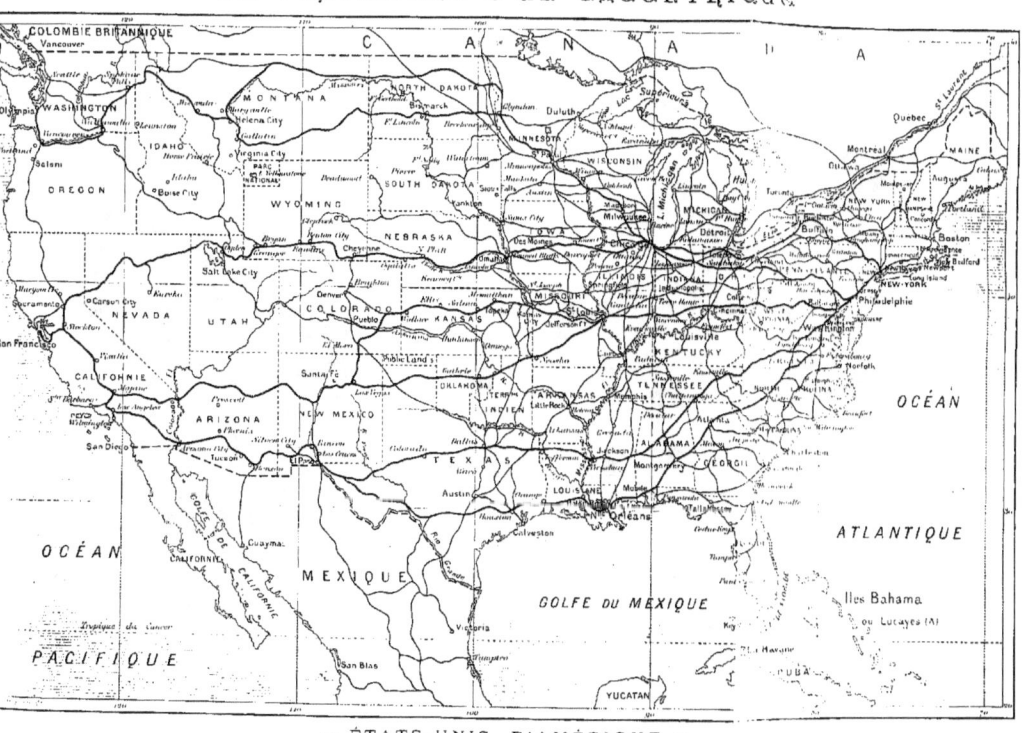

— ÉTATS-UNIS D'AMÉRIQUE —

Jamais Jovita Foley ne s'était trouvée à pareille fête. D'ailleurs,
Lissy Wag et elle gardèrent une parfaite dignité, non sans cette légère différence, que, si l'une reçut ces compliments avec sa réserve
naturelle, l'autre, plus démonstrative, les acceptait avec une visible
satisfaction.

LOUISVILLE. — Markett Street.

Et, lorsque toutes les deux, vers dix heures du soir, furent rentrées dans leur chambre :

« Eh bien, qu'en dis-tu?... demanda Jovita Foley.

— Je n'en dis rien, dit Lissy Wag.

— Comment... tu n'es pas touchée de l'accueil qui nous est fait...
de la manière dont nous a traitées monsieur le gouverneur... de
l'amabilité de ce monde de touristes, qui va parier pour nous, j'en
suis sûre?...

— Pauvres gens!

— Et tu n'as pas envie de leur prouver ta reconnaissance en gagnant la partie?...

— J'ai envie de dormir, voilà tout, déclara Lissy Wag, et je vais me coucher en t'engageant à en faire autant.

— Dormir!... Et le pourrai-je?...

— Bonne nuit, Jovita!

— Soit... bonne nuit, la petite fée aux millions! » répondit Jovita Foley, qui décidément avait peut-être fait un peu plus que de mouiller ses lèvres dans les coupes de champagne.

Puis elle ajouta dans un demi-bâillement :

« Ah! que je voudrais être à demain! »

Demain arriva comme d'habitude, et débuta par un beau lever de soleil qui précéda de deux heures le lever de Jovita Foley.

Lissy Wag ne put résister au pressant appel qui lui fut adressé de quitter son lit et de s'habiller, de telle sorte que dès huit heures toutes deux étaient prêtes à quitter l'hôtel.

L'exploration des grottes du Kentucky dans leur ensemble — du moins pour ce qui est connu, — exige, paraît-il, de sept à huit jours. L'artère principale s'étend sur une longueur de trois à quatre lieues, et l'immense excavation est, en mesures françaises, d'une contenance de onze milliards de mètres cubes. Elle est sillonnée en tous sens par deux centaines d'allées, couloirs, galeries, passages, boyaux, et encore, convient-il de le répéter, il ne s'agit que de la partie actuellement découverte.

Or, on était au 31 mai, et, jusqu'au 6 juin, matin, Lissy Wag ne pouvait disposer que de six pleines journées. Mais, bien employé, ce temps devait suffire à satisfaire la plus curieuse des visiteuses, — fût-ce cette vibrante Jovita Foley.

C'est, d'ailleurs, en nombreuse compagnie que s'effectuèrent ces tournées successives, organisées sous la conduite des meilleurs guides attachés au service des grottes du Kentucky.

Vêtus chaudement, car la température est fraîche au fond de ces cavités, les touristes des deux sexes prirent, à neuf heures, le sentier qui sinue entre les roches et conduit aux grottes. Ils arrivèrent devant l'étroite ouverture d'un massif, simple orifice de couloir, laissé tel que l'a fait la nature, et à travers lequel les hommes de haute taille ne peuvent s'engager sans baisser la tête.

Les guides étaient accompagnés de nègres, portant des lampes de mines et des torches qui furent aussitôt allumées, et sous la lumineuse réverbération produite par les mille facettes des parois, les visiteurs atteignirent un escalier taillé dans le roc. Cet escalier, qui continue une galerie plus large, mène directement à la vaste salle de la Rotonde.

C'est de ce point que se ramifient de multiples passages, dont il importe de bien connaître les sinuosités, si l'on ne veut pas courir le risque de s'égarer en faisant l'économie d'un guide. Il n'existe pas de labyrinthe plus compliqué, sans excepter ceux de Lemnos ou de Crète.

Ce fut par un large couloir que les touristes parvinrent à l'une des plus spacieuses cavernes des Mammoth Caves, à laquelle on a donné la dénomination d'Église gothique.

Gothique?... Est-ce bien le style ogival qui caractérise l'architecture de cette substruction?... Peu importe! Elle est merveilleuse avec les pendentifs de sa voûte, stalagmites et stalactiques, les colonnes bizarrement contournées qui la soutiennent, les formes que prennent ces roches étagées dont la lumière met en relief les concrétions cristallisées, la disposition naturelle et si fantaisiste des roches, ici, un autel où semblent s'entasser tous les ornements liturgiques, là un puissant buffet d'orgue, dont les tuyaux montent jusqu'aux nervures des cintres, là encore un balcon ou plutôt une chaire de laquelle plus d'une fois des prédicateurs de rencontre ont parlé devant une assistance qui ne comptait pas moins de cinq à six mille fidèles.

Il va de soi que cette société d'excursionnistes partageait les émerveillements de Jovita Foley, et faisait sa partie dans ce concert d'admirations.

« Voyons, Lissy, regrettes-tu le voyage?...

— Non... Jovita, et c'est fort beau.

— Mais te dis-tu bien que tout cela est l'ouvrage de la nature... que la main de l'homme n'aurait pu creuser ces grottes... que nous sommes enfouies dans les entrailles du sol?...

— Et je m'effraie, répondit Lissy Wag, à la pensée que l'on pourrait s'y égarer...

— Je te crois, ma chérie, et nous vois-tu perdues toutes les deux à travers les Mammoth Caves, et manquant l'arrivée du télégramme de ce bon monsieur Tornbrock?... »

Il avait déjà fallu faire une demi-lieue depuis l'orifice d'entrée jusqu'à l'Église gothique. En poursuivant l'exploration, il fut nécessaire, à maintes reprises, de se courber, de ramper même le long d'étroits boyaux pour atteindre la salle des Revenants. Là, vif désappointement de Jovita Foley, à laquelle n'apparut aucun des fantômes que son imagination rêvait d'évoquer dans ces souterraines cavités.

En réalité, la salle des Revenants est un lieu de halte, empli de la lumière des torches, et dans lequel se trouvait un bar fort bien tenu, où était préparé le déjeuner servi par le personnel de *Mammoth Hotel.*

Cette salle mériterait d'être plutôt appelée le Sanatorium, car c'est là que se rendent les malades qui accordent quelque vertu thérapeutique à l'atmosphère des grottes kentuckyennes. Ils y étaient venus pour la journée au nombre d'une vingtaine, qui s'installèrent en face d'un gigantesque squelette de mastodonte auquel ces vastes hypogées doivent peut-être leur nom de Mammoth.

Ce fut à cette partie des grottes que se borna la première visite, qui allait être suivie de plusieurs autres, lorsque les touristes eurent encore stationné dans une petite chapelle, qui est comme la réduction de l'Église gothique. Elle confine à un abîme insondable, dans lequel les guides jettent des papiers enflammés afin d'en éclairer les sombres profondeurs. C'est le Bottomless-Pit, dont la paroi creusée

Elle redescendit en barque le cours du Styx. (Page 311.)

forme la Chaise du Diable, auquel se rattache plus d'une légende, et l'invraisemblable serait qu'il n'en eût pas.

Après cette fatigante journée, les touristes ne se firent pas prier pour reprendre la galerie qui les ramena vers l'entrée des grottes, de préférence à une autre sortie par le dôme d'Ammath, assez voisine de l'hôtel, mais dont on ne peut atteindre l'extrémité sans faire de longs détours.

Un excellent dîner et toute une nuit de repos rendirent aux deux amies les forces nécessaires pour l'exploration du lendemain.

Du reste, à parcourir ces merveilleuses cavernes, — une promenade à travers le monde enchanté des Mille et une nuits, — même sans y rencontrer ni démons ni gnomes, on était généreusement payé de ses fatigues, et Jovita Foley convenait volontiers que ce spectacle dépassait les limites de l'imagination humaine.

C'est pourquoi, pendant cinq jours, cette énergique personne, faisant preuve d'une endurance qui lassa la plupart des autres excursionnistes et les guides eux-mêmes, s'imposa la tâche d'explorer tout ce que l'on connaissait des célèbres grottes, avec le regret de ne pouvoir se lancer dans l'inconnu. Mais, ce qu'elle fit, son amie eût été incapable de le faire, et Lissy Wag dut demander grâce après la troisième journée. Ne pas oublier qu'elle avait été récemment fort malade, et il ne fallait pas qu'elle se mît dans l'impossibilité de continuer le voyage.

Aussi Jovita Foley ne fut pas accompagnée de Lissy Wag pendant ses dernières excursions.

Et c'est ainsi qu'elle visita la caverne du Dôme Géant, qui plafonne à une hauteur de soixante-quinze toises, la chambre étoilée dont les parois semblent être incrustées de diamants et autres pierres précieuses éblouissantes sous la lumière des torches, l'avenue Cleveland, tapissée d'une broderie de dentelles et de fleurs minérales, la Salle de Bal, dont les murs, sillonnés de suintements blanchâtres, sont couleur de neige, les Montagnes Rocheuses, entassements de blocs et de hauts pics à laisser croire que les chaînes de l'Utah et du Colorado se ramifient jusque dans l'intérieur du globe, la grotte des Fées, si riche en formations sédimentaires, entretenues par les sources souterraines, avec arceaux, piliers, même une sorte d'arbre gigantesque, un palmier de pierre qui s'épanouit jusqu'à la coupole de cette salle située à quatre lieues de la principale entrée des Mammoth Caves.

Et quel souvenir devait à jamais conserver l'infatigable visiteuse quand, après avoir franchi le portail du dôme de Goran, elle redescendit en barque le cours du Styx, lequel comme un Jourdain des entrailles terrestres, va se jeter dans une Mer Morte. Mais, s'il est vrai que là nul poisson ne peut vivre sous les eaux du fleuve de la Bible, il n'en est pas ainsi dans ce grand lac hypogéique. C'est par myriades qu'on y pêche des siredons et de ces cypronidons, dont l'appareil optique est complètement oblitéré, semblables aux espèces sans yeux que possèdent certaines eaux du Mexique.

Telles sont les incomparables merveilles de ces grottes, qui n'ont encore livré qu'une partie de leurs secrets. Sait-on ce qu'elles réservent à la curiosité de l'univers, et ne découvrira-t-on pas un jour tout un monde extraordinaire dans les entrailles du globe terrestre ?...

Enfin, les cinq jours que Jovita Foley et sa compagne devaient rester à Mammoth Caves entendirent sonner leurs dernières heures. C'était le 6 juin que la dépêche devait parvenir au bureau même de l'hôtel. Grâce à l'intérêt que cette agglomération de touristes portait à la cinquième partenaire, la matinée du lendemain se passerait dans une attente fiévreuse, — une impatience que Lissy Wag était seule peut-être à ne point ressentir.

Ce soir-là, le dîner vit recommencer avec une plus chaleureuse ardeur les toasts de la veille. Et avec quelle force éclatèrent les hurrahs, lorsque John Hamilton, suivant la règle adoptée par les gouverneurs d'admettre des dames en leurs états-majors, nomma Lissy Wag colonel et Jovita Foley lieutenant-colonel dans la milice illinoise.

Si l'une de ces nouveaux officiers, toujours modeste, se sentit quelque peu gênée de tant d'honneurs, l'autre les accueillit comme si elle avait toujours porté l'uniforme.

Et, le soir, lorsque toutes deux se furent retirées dans leur chambre :

« Eh bien, s'écria Jovita Foley, en faisant le salut militaire, est-ce assez complet, mon colonel ?...

— C'est folie pure, répondit Lissy Wag, et cela finira mal, je le crains...

— Veux-tu te taire, ma chérie, ou j'oublie que tu es mon supérieur, et je te manque de respect! »

Et, là-dessus, après un bon baiser, elle se coucha et ne tarda pas à rêver qu'elle était nommée « générale ».

Le lendemain, dès huit heures, le monde de l'hôtel se pressait devant le bureau du télégraphe, en attendant la dépêche expédiée de Chicago par les soins de maître Tornbrock.

Il serait malaisé de peindre l'émotion de ce public sympathique qui entourait les deux amies. Où le sort allait-il les diriger?... Seraient-elles envoyées au bout de l'Amérique?... Prendraient-elles une grande avance sur leurs concurrents?..

Une demi-heure après, le timbre de l'appareil résonna.

Une dépêche arrivait au nom de Lissy Wag, Kentucky, *Mammoth Hotel*, Mammoth Caves.

Un profond, on pourrait dire un religieux silence s'établit au dedans comme au dehors du bureau.

Et quelle fut la stupéfaction, le désappointement, le désespoir même, lorsque Jovita Foley lut d'une voix tremblante :

« Quatorze par sept redoublé, cinquante-deuxième case, Saint-
« Louis, État Missouri.
                                        « TORNBROCK. »

C'était la case de la prison, où, après avoir payé une triple prime, allait rester la malheureuse Lissy Wag jusqu'au moment où un non moins malheureux partenaire viendrait la délivrer en prenant sa place!

Un navire se montrait... (Page 319.)

# VI

### LA VALLÉE DE LA MORT.

Le 1ᵉʳ juin, dans la matinée, au sortir de Stakton, petite ville californienne, située dans l'ancien bassin lacustre du San Joachim, un train filait à toute vitesse en direction du sud-est.

Ce train, uniquement composé d'une locomotive, d'un wagon et d'un fourgon, était parti en dehors des indications de l'horaire, trois bonnes heures avant celui qui traverse les territoires méridionaux de la Californie, ligne de Sacramento à la frontière de l'Arizona.

L'État de Californie occupe le deuxième rang dans la Confédération américaine avec une superficie de cent cinquante-huit mille milles carrés. Il est limité au nord et au sud par deux degrés de latitude, à l'est par une ligne brisée dont l'angle s'appuie au lac de Tahoe et la Colorado River, à l'ouest par l'Océan Pacifique, qui baigne son littoral sur une étendue de six cents milles. Si l'on répand sur ce vaste territoire une population de douze cent mille âmes, très mélangée, d'origines européenne, américaine, asiatique, immigration due à la découverte des mines d'or, après le traité de 1848 par lequel le Mexique céda le domaine californien à la République fédérale, on n'y trouvera qu'une densité assez faible d'habitants.

Le pays que dévorait le train spécial ne semblait pas attirer l'attention de ses voyageurs, emportés avec une extraordinaire rapidité. Et d'abord, en contenait-il?... Oui, assurément, car, de temps à autre, deux têtes apparaissaient derrière la vitre, puis disparaissaient aussitôt, deux figures rébarbatives, farouches pour mieux dire. Quelquefois la vitre s'abaissait et laissait passer une large main velue, qui tenait une courte pipe, dont elle secouait les cendres, et qui rentrait à l'instant.

Peut-être, dans la partie septentrionale de l'État, ces voyageurs eussent-ils mieux observé ce territoire. Au nord et au centre, les campagnes, très favorables à l'élevage, sont remarquablement cultivées, très fertiles d'ailleurs, grandes productrices de froment, d'orge surtout, dont les épis ont de douze à quinze pieds, de maïs, de sorgho, d'avoine. On y voit des vergers où foisonnent pêches, poires, fraises, cerises, véritables forêts d'arbres fruitiers, enfin des vignobles d'un tel rapport que la Californie seule peut produire le tiers de la récolte américaine. Et toutes ces richesses sont livrées par un sol généreux, inépuisable, qu'entretient un admirable système d'irrigation.

Il ne faudrait pas croire, cependant, qu'il fût improductif, ce bassin arrosé par le Saint-Joachim et ses tributaires. Leurs eaux dérivées lui ont assuré un sérieux rendement agricole. Mais les voyageurs ne le regardaient pas plus que s'il eût été voué à la stérilité, comme cinquante ans auparavant, alors que la main de l'homme ne s'y était pas fait sentir.

La Californie jouit d'un climat particulier. Les chaleurs y sont plus accusées en septembre qu'en juillet. Ses lignes isothermiques n'y suivent pas les mêmes parallèles que dans le reste de l'Union. Quant aux tourmentes nées sur l'immense aire du Pacifique, elles ne se propagent pas toutes à sa surface. Les unes sont arrêtées dès les montagnes côtières; les autres vont buter contre l'échine de la Sierra Nevada. Là elles se résolvent en pluies très favorables à la prospérité de ces conifères, qui, à partir d'une hauteur de cinq à six cents toises, pins, sapins, ifs, mélèzes, cèdres, cyprès, hérissent les flancs de la chaîne. Il est tels de ces arbres, les sequoias, les big-trees, appelés wellingtonias par les Anglais et washingtonias par les Américains, qui ne mesurent pas moins de soixante pieds de circonférence sur une hauteur de trois cents.

Qu'étaient-ils donc, ces indifférents voyageurs?... D'où venaient-ils, où allaient-ils?... Étaient-ce d'ardents Californiens, brusquement appelés par la découverte de nouvelles poches, des chercheurs de nouveaux placers, car il est toujours permis d'espérer que les six milliards de francs, extraits depuis une quarantaine d'années, n'ont pas épuisé les derniers gisements de ce sol aurifère. Et, d'ailleurs, il renferme d'autres mines précieuses, surtout aux abords de la chaîne littorale, du cinabre, du sulfure rouge de mercure, du vermillon natif, qui dans les exploitations de New Almaden, entre 1850 et 1886, n'ont pas rendu moins de cent millions de livres, soit cent mille tonnes.

Après tout, ces voyageurs pouvaient être de ces fondateurs de « bonanzas farms », membres des grands syndicats d'exploitations agricoles, gens très redoutables aux petits cultivateurs par l'abondance des capitaux que leur fournit l'Angleterre. Et comment l'argent ne serait-il pas attiré là où la vigne donne des grappes de plusieurs livres, et le poirier des poires d'un pied et demi de tour?... Aussi, de même que le Texas possède des fermes d'un million d'hectares, il s'en rencontre en Californie dont la superficie couvre jusqu'à douze cents kilomètres carrés.

Dans tous les cas, ce devaient être des gens très riches et même très pressés, puisqu'ils s'accordaient le luxe d'un train spécial, alors qu'ils avaient à leur disposition les trains réglementaires du Southern Pacific. Cela ne leur eût coûté qu'une demi-journée de retard, et non ces quelques milliers de dollars dont ils n'avaient pas cru devoir faire l'économie.

Enfin, la locomotive filait à toute vapeur, et comme les trains ne sont pas nombreux sur cette ligne, le graphique avait pu être établi sans difficulté. Au surplus, il ne s'agissait que d'un parcours relativement restreint, sur l'embranchement qui se détache de Reno, passe par Carson City, la capitale du Nevada, pénètre dans l'État de Californie à la station de Bentom et se termine à celle de Keeler, — environ deux cent quarante milles, lesquels seraient enlevés en six ou sept heures.

Et c'était bien ce qui fut fait en ce laps de temps, et sans qu'un accident eût entraîné le plus léger retard.

Il était onze heures du matin, lorsque la locomotive poussa ses dernières éructations, un quart de mille avant d'atteindre la gare de Keeler, où elle vint s'arrêter.

Deux hommes sautèrent sur le quai, avec un bagage réduit au strict nécessaire, — une valise et une caisse de provisions qui ne semblait pas encore avoir été entamée. Chacun d'eux portait également un sac de voyage et une carabine en bandoulière.

L'un de ces hommes s'approcha de la locomotive et dit au mécanicien : « Attendez », comme s'il se fût agi d'un cocher dont on quitte la voiture pour une visite.

Le mécanicien fit un signe affirmatif, et s'occupa de remiser son train sur une voie de garage, de manière à laisser la circulation libre.

Le voyageur, suivi de son compagnon, se dirigea alors vers la sortie, et se trouva en présence d'un individu qui guettait son arrivée.

« La voiture est là ?... demanda-t-il d'un ton bref.

— Depuis hier.

— ·En état ?...

— En état.

— Partons. »

Un instant après, les deux voyageurs étaient installés à l'intérieur d'une confortable automobile, actionnée par un puissant mécanisme, qui roulait rapidement dans la direction de l'est.

On a reconnu dans l'un de ces voyageurs le commodore Urrican, dans l'autre son fidèle Turk, bien qu'ils ne se fussent abandonnés à leur irascibilité naturelle ni contre le mécanicien du train spécial, qui, d'ailleurs, était en gare à l'heure dite, ni contre celui de l'automobile qui était à son poste à Keeler.

Et maintenant, par quel miracle, Hodge Urrican, à demi mort dans le Post Office de Key West le 25 mai, reparaissait-il huit jours plus tard dans cette petite ville californienne, à près de quinze cents milles de la Floride ?... En quelles conditions vraiment exceptionnelles s'était effectué ce parcours en un temps si limité ?... Comment enfin, le sixième partenaire, poursuivi par une infernale malchance, et qui ne semblait plus en état de continuer la partie, était-il là, plus résolu que jamais à la jouer jusqu'au bout ?...

On n'a pas oublié que le naufragé de la *Chicola* avait été transporté, sans avoir recouvré connaissance, dans le bureau du télégraphe de Key West. La dépêche, expédiée le matin même de Chicago, était arrivée à midi précis. Et quel déplorable résultat elle annonçait... Un malheureux coup, s'il en fût, — cinq par deux et trois !

Grâce à ce coup, le commodore allait de la cinquante-troisième case à la cinquante-huitième, de la Floride à la Californie, tout le

territoire de l'Union à parcourir du sud-est au nord-ouest!... Et, circonstance plus désastreuse encore, c'était la case de la Mort qui
avait été choisie dans cet État par William J. Hypperbone, c'était
à Death Walley que le partenaire devait se rendre en personne, et
d'où, une triple prime payée, il lui faudrait revenir à Chicago!...
Et cela, après avoir si bien débuté par un maître coup!

Aussi, lorsque Hodge Urrican, enfin rappelé à la vie par d'énergiques frictions et des potions non moins énergiques, fut fixé sur le
contenu du télégramme, éprouva-t-il une secousse telle qu'elle déter-
mina chez lui le plus terrible accès de colère dont Turk ait été
jamais témoin. Cela le remit sur pied.

Par bonheur pour les personnes présentes, il ne s'en rencontra pas
une à qui le commodore pût s'en prendre, et Turk n'eut point, suivant son habitude, à le dépasser en violence.

Hodge Urrican ne prononça qu'un mot, un seul, un de ces mots
de situation qui acquièrent une valeur historique:

« Partons! »

Un silence glacial accueillit ce mot. Turk dut dire à son maître où
il était et où il en était. C'est alors que celui-ci apprit ce qu'il ignorait encore, le naufrage de la goélette, le transport des passagers et
de l'équipage à Key West, où il ne se trouvait pas un navire qui
pût appareiller pour un des ports de l'Alabama ou de la Louisiane.

Hodge Urrican était cloué comme Prométhée sur son roc, et son
cœur allait y être dévoré par le vautour de l'impatience... et de
l'impuissance.

En effet, il fallait que dans les quinze jours qui lui étaient dévolus
il se fût transporté de Floride en Californie et de Californie en Illinois.
Décidément, le mot impossible est de toutes les langues, même de la
langue américaine, bien qu'il passe généralement pour avoir été rayé
de son dictionnaire par les audacieux Yankees!

Et, en réfléchissant aux conséquences de la partie perdue, faute de
pouvoir quitter Key West le jour même, Hodge Urrican s'aban-
donna à une seconde crise avec vociférations, imprécations, menaces,

qui firent grelotter les vitres du Post Office. Mais Turk réussit à l'éteindre en se livrant à des actes d'une telle fureur que son maitre dut le rappeler au calme.

Cruelle nécessité, cependant, et cruelle blessure aussi pour l'amour-propre d'un partenaire que d'être contraint de se retirer de la lutte et, pour le Pavillon Orangé, à s'abaisser devant les Pavillons Violet, Indigo, Bleu, Vert, Jaune et Rouge !

Eh bien, on a raison de le dire, il n'y a qu'heur et malheur en ce bas monde ! Les bonnes et les mauvaises chances se frôlent dans la vie, se succèdent parfois avec une rapidité électrique. Et voici comment, par une intervention vraiment providentielle, la situation, si désespérée qu'elle parût être, fut sauvée.

A midi trente-sept, le sémaphore du port de Key West signala un navire à cinq milles au large.

La foule des curieux assemblés devant le bureau du télégraphe se porta, Hodge Urrican et Turk en tête, sur une hauteur d'où la vue embrassait la pleine mer.

Un navire se montrait à cette distance, un steamer dont la fumée déroulait à l'horizon ses longs panaches fuligineux.

Et alors les intéressés de dire :

« Mais ce navire vient-il à Key West ?...

— Et, s'il y vient, fera-t-il relâche, ou en repartira-t-il aujourd'hui même ?...

— Et, s'il repart, sera-ce pour un port de l'Alabama, du Mississippi ou de la Louisiane, Nouvelle-Orléans, Mobile, Pensacola ?...

— Et enfin, s'il est à destination de l'un de ces ports, a-t-il une marche suffisante pour effectuer la traversée en quarante-huit heures ? »

On le voit, quatre indispensables conditions à remplir.

Elles furent toutes remplies. Le *Président Grant* ne devait relâcher à Key West que quelques heures seulement, il en repartirait le soir même pour Mobile, et c'était un steamer de grande vitesse, l'un des plus rapides de la flotte marchande des États-Unis.

Inutile d'ajouter que Hodge Urrican et Turk avaient été admis à titre de passagers, que le capitaine Humper s'intéressa au commodore comme le capitaine du *Sherman* s'était intéressé à Tom Crabbe. Aussi, sur une mer à souhait, par une légère brise du sud-est, le *Président Grant* donna-t-il son maximum de marche, soit une vingtaine de milles à l'heure, ce qui lui permit d'arriver à Mobile dans la nuit du 27.

Le prix du passage généreusement réglé, Hodge Urrican, suivi de Turk, sauta dans le premier train, qui franchit en vingt heures les sept cents milles entre Mobile et Saint-Louis.

Là, se produisirent les incidents que l'on connaît, — difficultés avec un chef de gare à la station d'Herculanum, obligation pour Hodge Urrican d'aller à Saint-Louis réclamer sa valise, rencontre de Harris T. Kymbale, provocation adressée au reporter, retour à Herculanum dans la soirée, départ le lendemain, coups de revolver échangés au croisement des trains, arrivée à Saint-Louis. De là, le railroad amena le commodore à Topeka le 30, puis, par la ligne de l'Union Pacific, à Ogden, le 31, puis à Reno, d'où il partit à sept heures du matin pour la station de Keeler.

Mais, lorsque le commodore Urrican serait à Keeler, il ne serait pas à Death Valley, le point qu'il devait atteindre dans l'État de Californie.

Or, s'il existait une route plus ou moins carrossable entre Keeler et Death Valley, aucun service de transport n'y fonctionnait. Pas de relais, pas de stages. Faudrait-il donc faire à cheval, et en si peu de temps, près de quatre cents milles, aller et retour ?... étant données les sinuosités d'une route à travers un territoire si accidenté... C'eût été impossible.

Lorsqu'il était à Saint-Louis, Hodge Urrican avait eu la bonne idée de demander par dépêche à Sacramento si l'on pouvait mettre à sa disposition une automobile, et la lui expédier à Keeler, où elle attendrait son arrivée.

La réponse fut affirmative. L'automobile, d'un système très per-

LA VALLÉE DU YOSEMITE. (Page 323.)

SAN FRANCISCO. — La ville chinoise.

fectionné, attendrait à la gare de Keeler le commodore Urrican.
Deux jours suffisaient à atteindre Death Valley, deux jours pour en
revenir, de telle sorte qu'il serait à Chicago avant le 8 juin. Décidément, la chance semblait revenir à cet ancien loup de mer.

Et voilà par suite de quels arrangements l'automobile se trouvait
le 1er juin à l'arrivée du train à Keeler, et quittait cette petite ville,
en suivant la route de l'est dans la direction de Death Valley.

Étant donnée la hâte avec laquelle s'effectuait ce voyage, on
admettra volontiers que le commodore Urrican n'eût pas éprouvé les
curiosités d'un touriste. C'était l'Union Pacific qui l'avait transporté

à travers le Nebraska, le Wyoming, les montagnes Rocheuses par la passe de Truckee, à mille toises d'altitude, puis à travers l'Utah jusqu'à l'extrémité du Nevada. Il n'était même pas descendu de wagon ni à Ogden, pour voir Great Salt Lake City, ni à Carson, pour visiter cette capitale. Il ne songea point à admirer Sacramento, la capitale de l'Eldorado californien, — une cité qui fut surhaussée presque tout entière à la suite des inondations de l'Arkansas, causes de tant de désastres. Oui! on remblaya son sol de manière à dépasser le niveau des plus fortes crues, et les maisons furent relevées de dix à quinze mètres tout d'un bloc. Maintenant, solidement assise sur les bords de la rivière qui porte son nom, cette ville de vingt-sept mille habitants a fort bon aspect, avec son Capitole d'apparence architecturale, ses principales rues agréablement disposées, et son quartier chinois qui semble détaché des provinces du Céleste Empire.

Toutefois, si dans ces conditions un Max Réal ou un Harris T. Kymbale eussent regretté d'avoir « brûlé » Sacramento, combien ces regrets auraient été plus profonds à l'égard de San Francisco! La métropole de l'État, qui compte trois cent mille âmes, occupe une situation unique au monde, en vue de cette baie de cent kilomètres carrés, grande comme le lac Léman, au seuil de la Porte d'Or, ouverte sur le Pacifique. Il faut parcourir ses quartiers du monde élégant, ses larges artères d'une animation intense, la rue Sacramento, la rue Montgomery, où s'élève *Occidental Hotel*, vaste à loger toute une colonie, cette magnifique artère, à la fois le Broadway, le Picadilly, la rue de la Paix de la merveilleuse Frisco, ses maisons éclatantes de blancheur, avec balcons et miradores à la mode mexicaine, avec leurs festons de fleurs et de feuillage, ses jardins où prospèrent les plus admirables espèces de la flore tropicale, même ses cimetières, qui sont des parcs où fréquentent les promeneurs, et, à huit milles, ce rendez-vous de Cliff-house, dans toute la beauté de sa sauvage nature. Puis, au point de vue du commerce d'exportation et d'importation, est-ce que cette métropole n'est pas l'égale des

Yokoama, des Shanghaï, des Hongkong, des Singapoore, des Sydney, des Melbourne, ces souveraines des mers orientales ?...

Et même, y fût-il arrivé un dimanche, le commodore Urrican n'aurait pas trouvé une ville morte comme tant d'autres des États-Unis. Depuis que l'élément français y a pris une certaine prépondérance — pas autant que l'élément chinois, à beaucoup près, — Frisco s'est donné des allures infiniment plus mondaines.

Puis, en ce milieu californien, le commodore eût rencontré des parieurs frénétiques engagés sur le match Hypperbone. San Francisco n'est-elle pas par excellence la ville des spéculateurs, la ville des « trusts », confédérations financières d'accaparement de toutes les moyennes industries similaires, où la passion du jeu se manifeste sous ses formes les plus violentes, où les fortunes se font et se défont en quelques coups de bourse comme sur des coups de dés, où le pouls bat toujours comme il y a quelque cinquante ans, à l'époque de la fièvre de l'or !... Et ces audacieux Californiens n'auraient-ils pas applaudi à l'emploi de l'automobile du sixième partenaire, et Hodge Urrican — un homme de « tant d'estomac », — ne fût-il pas devenu leur favori, bien qu'il eût à recommencer la partie dans des conditions si désavantageuses ?...

Au total, ce qui excuse le commodore Urrican, c'est qu'il n'avait pas une heure à perdre, et d'ailleurs, étant donné son caractère, il n'eût guère songé à visiter la Californie même sommairement. Ces curiosités de touriste, on le répète, Max Réal, peut-être Harris T. Kymbale, auraient-ils voulu les satisfaire à la condition d'en avoir le temps. Les multiples voies ferrées, les nombreux steamers, les auraient transportés à Mariposa, près de l'incomparable vallée du Yosemite, où affluent les visiteurs, à Oakland, en face de Frisco sur la côte de la Baie et dont la jetée, longue de près d'une lieue, finira par se développer d'une rive à l'autre, au détroit de Carquinez, à Benicia où les bacs à vapeur prolongent les railroads en transportant des trains tout entiers, à la charmante Santa Clara dont l'union avec sa voisine San José ne tardera pas à s'accomplir, au célèbre observatoire du mont Hamilton, à Monterey l'espagnole, devenue une station balnéaire recherchée pour l'ombrage de ses cyprès d'une espèce unique, à Los Angeles sur la côte méridionale, deuxième cité de l'État, où l'on jouit d'un climat sans égal, des arbres partout, eucalyptus, poivriers, ricins arborescents, orangers, bananiers, caféiers, théiers, caoutchouquiers, des fruits toute l'année, sanatorium très apprécié des Américains de l'Ouest. Enfin, peut-être aussi, par une savante combinaison des horaires, le jeune peintre et le chroniqueur de la *Tribune* auraient-ils pu pousser jusqu'à la frontière méridionale de l'État, où la jolie ville de San Diego, à l'air pur et salubre, au bord d'un estuaire praticable aux navires de fort tonnage, attend que l'exploitation des mines de borate et de carbonate de soude en fasse l'un des ports les plus considérables du Pacifique.

Non! Hodge Urrican n'avait rien vu, n'avait songé à rien voir, et vraisemblablement ne désirait rien voir pendant son passage à travers la Californie centrale. Ne se disait-il pas que c'était assez, que c'était trop d'avoir à parcourir la région comprise entre Keeler et la Vallée de la Mort.

Un excellent véhicule, cette automobile, envoyée de Sacramento et d'un système porté à la dernière perfection, le système Adamson, le plus généralement adopté en Amérique. Elle fonctionnait au pétrole et pouvait en emporter pour une semaine de locomotion. Dans ces conditions, même en cas qu'elle ne trouvât pas à renouveler en route sa provision d'huile minérale, cette automobile franchirait sans peine les trois cents milles d'aller et retour.

Tous deux, Hodge Urrican et Turk, étaient donc assis au fond d'une sorte de coupé confortable, le mécanicien en avant avec un aide-mécanicien, ayant sous la main les appareils de direction et de marche. Cette fois, par dérogation à ses habitudes, le commodore restait concentré en lui-même, et Turk ne parvenait pas à en tirer une parole. Il ne pensait à rien autre qu'au but à atteindre, hypnotisé par cette soixante-troisième case, si éloignée maintenant et dont il s'était tant approché tout d'abord. Et il ne s'agissait point de l'argent que lui coûtait ce dernier tirage, la dépense du train spécial, le coût de l'automobile, sans parler de la triple prime, trois mille dollars qu'il devrait payer à Chicago avant de recommencer la partie. Non! c'était la question d'amour-propre et d'honneur, c'était la honte, oui! la honte de se voir distancer par les six autres partenaires, et, — il faut l'avouer, — la crainte de « rater » l'héritage de William J. Hypperbone.

Bref, l'automobile marchait d'une allure rapide et régulière sur une route, assez bonne à partir de Keeler, que le conducteur avait déjà parcourue jusqu'à Death Valley. Elle traversa quelques bourgades isolées au delà des anciennes ramifications de la Sierra Nevada, dominée par le mont Whiney, dont la cime se dresse à près de quatorze mille pieds dans les airs.

Après avoir passé plusieurs creeks à gué, l'automobile obliqua vers le sud-est, franchit la rivière de Chay-o-poo-vapah, de manière à rencontrer le village d'Indian Wells, au sortir des passes de Walker.

Jusqu'alors le pays n'était pas absolument désert. Des fermes s'y succédaient à longue distance, il est vrai. On croisait parfois des cultivateurs se rendant de l'une à l'autre, et aussi quelques détachements de ces Indiens Mohaws, qui possédaient autrefois le territoire. Et, en gens qui savent ne s'étonner de rien, ils regardaient sans surprise ce véhicule mécanique. Le sol n'était pas encore dépourvu de végétation, des buissons de créosotes, des groupes de mezquites, des bouquets de yuccas, des cactus géants dont quelques-uns mesurent jusqu'à huit toises, toute la queue arborescente des forêts névadiennes.

En somme, ce n'était pas là le fameux territoire de Calaveras et de Mariposa, celui des arbres phénomènes, le « Père de la Forêt », la « Mère de la Forêt », des géants dont la taille dépasse trois cents pieds.

Et, si au lieu d'être envoyé à Death Valley, Hodge Urrican avait dû gagner la vallée de Yosemite, dans l'est de San Francisco, vers , la partie centrale de la Sierra Nevada, ou, plutôt, si c'eût été Max Réal que sa bonne fortune y avait conduit, quels souvenirs il eût conservés, — même après les merveilles du Parc National de Wyoming, — de cet autre parc qui domine le mont Syell à l'altitude de deux mille toises, de ces beautés naturelles avec leurs désignations significatives, la « Grande Cascade » de cinq cents pieds, la « Cascade du Printemps », le « Lac du Miroir », les « Arches Royales », la « Cathédrale », la « Colonne de Washington », tant admirés par des milliers de touristes.

Enfin l'automobile atteignit le désert à la limite duquel se creusent les dépressions de Death Valley. Là, rien que l'immense solitude. Les hommes, les animaux ne le fréquentaient pas. Un ardent soleil tombait sur ces plaines infinies. A peine quelques traces d'une végétation rudimentaire. Ni chevaux ni mules n'eussent pu s'y nourrir, et il était heureux que l'engin propulsif n'eût besoin que de vapeurs pétroliennes pour actionner le véhicule. Çà et là seulement, quelques foot-hills, collines de médiocre hauteur, entourées de chapparals, qui sont des fourrés de maigres espèces. A la chaleur accablante du jour succédaient ces nuits californiennes, sèches et froides, dont la rosée ne vient jamais adoucir les rigueurs.

Ce fut ainsi que le commodore Urrican atteignit le 3 juin l'extrémité méridionale des Telescope Range, qui encadrent Death Valley à l'ouest.

Il était trois heures de l'après-midi. Le voyage avait duré cinquante heures, sans repos, sans accidents.

En vérité, c'est à bon droit que ce pays désolé, au sol d'argile, parfois recouvert d'efflorescences salines, a pu être nommé le Pays de la Mort. La vallée, qui le termine presque à la frontière de l'État de Nevada, n'est, en somme, qu'un cañon, large de dix-neuf milles, long de cent vingt, troué d'abîmes dont le fond s'abaisserait à trente toises au-dessous du niveau de la mer. Sur ses bords ne végètent comme en cet aride territoire que de minces peupliers, des

saules d'une pâleur maladive, des yuccas secs et cassants à baïon-
nettes aiguës, des armoises infectes, et aussi mille touffes de ces
cactus désignés en Californie sous le nom de pétalinas, sans feuilles,
tout en branches, véritables candélabres funéraires posés sur ce
champ de la Mort.

Death Valley, ainsi que le fait observer Élisée Reclus, fut, sans
doute à une époque géologique antérieure, le lit du fleuve qui se
perd aujourd'hui dans le Soda Lake, et que, seul, arrose maintenant
le creek de l'Amargoza. Ses talus se hérissent d'aiguilles de sel, le
borax s'accumule dans ses cavités, et quelques dunes y mêlent leur
poussière sablonneuse aux courants atmosphériques qui la parcourent
parfois avec une extrême violence.

Oui! la Vallée de la Mort avait été bien choisie par l'excentrique
testateur pour y envoyer le malchanceux partenaire, arrêté en pleine
marche à la cinquante-huitième case!

Le commodore Urrican était donc arrivé au terme de ce difficile
voyage. Il fit halte au pied de la crête des Funeral Mounts, ainsi
appelés en souvenir de caravanes qui périrent dans ces tristes lieux.
Ce fut à cette place même qu'il prit la précaution d'écrire un document attestant sa présence à Death Valley, le 3 juin, — document
qui fut enterré sous une roche, après avoir été signé de Turk et des
deux conducteurs de l'automobile.

A peine Hodge Urrican resta-t-il une heure sur le seuil de cette
Vallée de la Mort. Il n'avait en effet qu'à quitter au plus tôt cette
triste contrée pour regagner Keeler par la route déjà suivie. Alors,
ouvrant pour la première fois la bouche, il ne prononça que ce mot :

« Partons ! »

Et l'automobile partit, toujours favorisée par le temps, à travers la
région supérieure du désert de Mohaws, en redescendant les passes
de la Nevada, et, sans accident, il rejoignit la station de Keeler,
quarante-quatre heures après, le 5 juin, à onze heures du matin.

En trois mots, mais trois mots énergiques, le commodore Urrican
remercia le mécanicien et son compagnon qui avaient montré tant

de zèle et d'habileté dans l'accomplissement de leur fatigante tâche, et, se retournant vers Turk :

« Partons ! » dit-il.

Le train spécial était en gare, attendant le retour du commodore, prêt à démarrer. Hodge Urrican alla droit au conducteur :

« Partons! » répéta-t-il.

Et le coup de sifflet donné, la locomotive s'élança sur les rails, déployant son maximum de vitesse, et, sept heures plus tard, vint s'arrêter à Reno.

L'Union Pacific se conduisit de la plus correcte façon en cette circonstance. D'ailleurs, commandé par ses inflexibles horaires, le railroad n'aurait pu ni diminuer ni accroître leurs délais. Le train traversa les montagnes Rocheuses, le Wyoming, le Nebraska, l'Iowa, l'Illinois, et il atteignit Chicago, le 8 juin, à neuf heures trente-sept du matin.

Quel bon accueil le commodore Urrican reçut de ceux qui lui étaient demeurés fidèles, en dépit de tout! Certes, ce faux départ, cette obligation de reprendre la partie à son début, témoignaient d'une extraordinaire malchance. Mais il sembla que la veine revenait au Pavillon Orangé avec le coup de dés dont il bénéficia le jour même de son arrivée à Chicago.

Neuf par six et trois, c'était la troisième fois que ce point avait été amené depuis le début du match Hypperbone, — la première fois par Lissy Wag, la deuxième par l'inconnu X K Z, la troisième par le commodore.

Et après avoir été expédié en Floride, puis en Californie, Hodge Urrican n'avait qu'un pas à faire pour gagner la vingt-sixième case, cet État de Wisconsin qui confine à l'Illinois et que n'occupait alors aucun des partenaires. Sa cote remonta dans l'échelle des agences, et il fut repris à égalité avec Tom Crabbe et Max Réal.

LE COMMODORE URRICAN ENTERRA LE DOCUMENT SOUS UNE ROCHE. (Page 327.)

« Quel est ce pavillon bleu ? » (Page 332.)

# VII

## A LA MAISON DE SOUTH HALSTEDT STREET.

Le 1ᵉʳ juin, la porte de la maison de South Halstedt Street, numéro 3997, à Chicago, s'ouvrait dès huit heures du matin devant un

jeune homme qui portait sur le dos son attirail de peintre, et que suivait un jeune nègre, sa valise à la main.

Quelle fut la surprise et aussi la joie de M<sup>me</sup> Réal, lorsque son cher fils entra dans sa chambre, et qu'elle put le serrer entre ses bras.

« Toi, Max... comment... c'est toi ?...

— En personne, mère !

— Et te voilà à Chicago au lieu d'être...

— A Richmond ?... s'écria Max Réal.

— Oui... à Richmond !...

— Rassure-toi, bonne mère !... J'ai le temps de me rendre à Richmond, et, comme Chicago se trouvait sur mon itinéraire, j'avais bien le droit, je pense, de m'y arrêter quelques jours et de les passer avec toi...

— Mais, cher enfant, tu risques de manquer...

— Eh bien, je n'aurai toujours pas manqué de t'embrasser en route, chère mère !... Songe donc, depuis deux longues semaines que je ne t'ai vue !...

— Ah ! Max, qu'il me tarde que cette partie soit terminée...

— Et à moi !

— A ton profit, s'entend !

— Sois sans inquiétude !... C'est comme si je possédais déjà le mot du coffre-fort de ce digne Hypperbone !... répondit en riant Max Réal.

— Enfin, je suis bien heureuse de te voir, mon cher fils, bien heureuse ! »

Max Réal était à Cheyenne dans le Wyoming lorsque, le 29 mai, au retour de son excursion à travers le Parc National du Yellowstone, il reçut la dépêche relative à son troisième tirage, — point de huit par cinq et trois. Or, la huitième case, après la vingt-huitième occupée par le Wyoming, était attribuée à l'Illinois. Il fallut donc doubler ce point de huit, et le nombre seize allait conduire le jeune peintre à la quarante-quatrième case, Virginie, Richmond City.

De plus, entre Chicago et Richmond fonctionne un réseau de voies

ferrées, permettant de franchir en vingt-quatre heures la distance
qui sépare les deux métropoles. Donc, puisque Max Réal disposait
d'une quinzaine de jours, — du 29 mai au 12 juin, — il pouvait,
comme on dit, en prendre à son aise, et de se reposer une semaine
dans la maison maternelle lui parut tout indiqué.

Parti de Cheyenne dès l'après-midi, il était arrivé quarante-huit
heures après à Omaha, puis le lendemain à Chicago, bien portant, —
bien portant aussi l'esclavagiste Tommy, toujours aussi embarrassé de sa situation de libre citoyen de la libre Amérique qu'un
pauvre diable peut l'être de vêtements trop larges pour lui.

Pendant son séjour, Max Réal se proposait de terminer deux des
toiles qu'il avait ébauchées en route, — l'une, un site de Kansas River
près de Fort Riley, l'autre, une vue des cascades du Fire Hole dans
le Parc National. Assuré de vendre ces deux tableaux un bon prix,
cela lui servirait à s'acquitter si la mauvaise fortune le condamnait
à payer plusieurs primes au cours de ses voyages.

Mme Réal, enchantée de garder son cher fils pendant quelques jours,
accepta toutes ces raisons, et pressa encore une fois Max sur son cœur.

On causa, on se raconta les choses, on fit un de ces bons déjeuners
qui ont tant de charmes entre mère et fils, et cela remit le jeune
peintre des restaurations du Kansas et du Wyoming. Bien qu'il eût
plusieurs fois écrit à Mme Réal, il dut reprendre le récit de son voyage
par le début, en narrer les divers incidents, aventure des milliers de
chevaux errants dans les plaines du Kansas, rencontre des époux
Titbury à Cheyenne. C'est alors que sa mère lui apprit les lamen-
tables tribulations de ce couple à Calais de l'État du Maine, comment,
à propos de la loi sur les boissons alcooliques, une contravention
avait été relevée à l'égard de M. Titbury, et quelles en furent les
conséquences pécuniaires.

« Et maintenant, demanda Max Réal, où en est la partie?... »

Pour la lui mieux faire connaître, Mme Réal le conduisit à sa
chambre, et lui montra une carte étalée sur une table, où étaient
piqués de petits pavillons de différentes couleurs.

Pendant qu'il courait le pays, Max Réal s'était peu occupé de ses partenaires, ne lisant guère les journaux des hôtels ou des gares. Mais, rien qu'à examiner cette carte, dès qu'il connaitrait les couleurs de chacun des Sept, il serait au courant. D'ailleurs, sa mère avait suivi les péripéties du match Hypperbone depuis le début.

« Et, d'abord, demanda-t-il, quel est ce pavillon bleu, qui est en tête ?...

— Celui de Tom Crabbe, mon fils, que le tirage d'hier, 31 mai, envoie à la quarante-septième case, État de Pennsylvanie...

— Eh! mère, voilà qui doit réjouir son entraîneur, John Milner!... Quant à ce stupide boxeur, ce fabricant de coups de poing, s'il y comprend quelque chose, je veux que l'ocre se change en vermillon sur ma palette! — Et ce pavillon rouge ?...

— Le pavillon X K Z, planté sur la quarante sixième case, District de Columbia. »

En effet, grâce au point de dix redoublé, soit vingt, l'homme masqué avait fait un saut de vingt cases, de Milwaukee du Wisconsin à Washington, la capitale des États-Unis d'Amérique, — déplacement facile et rapide en cette partie du territoire où le réseau des chemins de fer est si serré.

« On ne soupçonne pas qui il est, cet inconnu? demanda Max Réal.

— En aucune façon, mon cher enfant.

— Je suis sûr, mère, qu'il doit faire bonne figure dans les agences et avoir de gros parieurs...

— Oui... Beaucoup de gens croient à ses chances, et à moi-même... il inspire certaines craintes.

— Voilà ce que c'est que d'être un personnage mystérieux! » déclara Max Réal.

Actuellement, cet X K Z se trouvait-il à Chicago ou était-il déjà parti pour le District de Columbia, nul n'aurait pu répondre à cette question. Et, cependant, Washington, si ce n'est qu'un centre administratif, sans industrie, sans commerce, mérite bien que les visiteurs lui consacrent quelques jours.

Placée dans une situation agréable en amont du confluent du Potomac et de l'Anacostia, en communication avec l'Océan par la baie de Chesapeake, cette capitale, même en dehors des époques où la réunion du Congrès double sa population, ne compte pas moins de deux cent cinquante mille âmes. Que le District fédéral soit si peu

WASHINGTON. — La Maison blanche.

étendu, qu'il occupe le dernier rang parmi les États de la République américaine, d'accord; mais la cité n'est pas moins digne de sa haute destination. Commencée par la construction de ses grands édifices sur ce territoire des Tuscazoras et des Monacans, elle a déjà englobé quelques agglomérations voisines.

Le septième partenaire, s'il ne le connaissait pas, pourrait admirer l'aspect architectural de son Capitole sur la colline dont les pentes s'abaissent vers le Potomac, les trois corps de bâtiments affectés au Sénat, à la Chambre des Députés, au Congrès où se concentre

la représentation nationale, sa haute coupole de fer surmontée de
la statue de l'Amérique, ses péristyles, sa double colonnade, les bas-
reliefs qui le décorent et les statues qui le peuplent.

S'il ne connaissait pas la Maison Blanche, il choisirait, parmi les
boulevards qui rayonnent autour du Capitole, celui de Pennsylvanie,
et irait tout droit à la résidence du Président, — modeste et démocratique demeure, élevée entre les bâtiments du Trésor et les différents Ministères.

S'il ne connaissait pas le monument de Washington, cet obélisque
de marbre haut de cent cinquante-sept pieds, il l'apercevrait de loin
au milieu des jardins en bordure du Potomac.

S'il ne connaissait pas la Direction des Postes, il irait admirer un
édifice en marbre blanc, de style antique, qui est le plus beau de la
luxueuse cité.

Et que d'heures agréables et instructives à passer dans les riches
galeries d'histoire naturelle et d'ethnographie de la célèbre Smithso-
nian Institution, installée au Patent Office, et les musées, où abondent statues, tableaux, bronzes, et l'Arsenal où s'élève une colonne
en l'honneur de marins américains morts dans un combat naval
devant Alger, et sur laquelle se lit cette inscription vengeresse :
*Mutilée par les Anglais !*

Maintenant, la capitale des États-Unis jouit d'un climat salubre.
Les eaux du Potomac l'arrosent en abondance. Ses cinquante lieues
de rues, ses jardins, ses parcs, sont ombragés par plus de soixante
mille arbres — tels ceux qui entourent l'Hôtel des Invalides et
l'Université de Howard, tels le Droit Park, tels le Cimetière National aux verdoyantes frondaisons, dans lequel le mausolée de
William J. Hypperbone eût été aussi agréablement placé que dans
celui d'Oakswoods à Chicago.

Enfin, si X K Z avait cru devoir donner une large part de son
temps à la capitale de la Confédération, il ne quitterait sans doute
pas le district avant d'avoir accompli le patriotique pèlerinage de
Mount Vernon, à quatre lieues de là, où une association de dames

entretient la maison dans laquelle Washington passa une partie de son existence et mourut en 1799.

En tout cas, si le partenaire de la dernière heure était déjà arrivé dans la capitale de l'Union, aucun journal n'y avait signalé sa présence.

« Et ce pavillon jaune?... demanda Max Réal, en montrant celui qui était planté au milieu de la trente-cinquième case.

— C'est le pavillon de Lissy Wag, mon cher enfant. »

Oui, ce pavillon flottait toujours sur la case du Kentucky, car, à cette date du 1er juin, le funeste coup, qui envoyait Lissy Wag dans la prison du Missouri, n'avait pas encore été tiré.

« Ah! la charmante jeune fille! s'écria Max Réal. Je la vois toute gênée, toute rougissante aux obsèques de William Hypperbone, puis sur l'estrade de l'Auditorium!... A coup sûr, si je l'eusse rencontrée en route, je lui aurais renouvelé mes vœux pour son succès final...

— Et le tien, Max?...

— Le mien aussi, mère!... Tous les deux gagnant la partie!... On partagerait!... Hein!... Serait-ce assez réussi!...

— Est-ce que cela se peut?...

— Non, cela ne se peut pas... mais il arrive en ce bas monde des choses si extraordinaires...

— Tu sais, Max, on a bien cru que Lissy Wag n'aurait pas pu partir...

— En effet, la pauvre fille a été malade et il y en avait plus d'un parmi les « Sept » qui s'en réjouissait!... Oh! pas moi, mère, pas moi!... Heureusement, elle avait une amie qui l'a bien soignée et bien guérie... cette Jovita Foley... aussi résolue dans son genre que le commodore Urrican! — Et, quand se fera le prochain tirage pour Lissy Wag?...

— Dans cinq jours, le 6 juin.

— Espérons que ma jolie partenaire saura éviter les dangers de la route, le labyrinthe du Nebraska, la prison du Missouri, la Death

Valley californienne!... Bonne chance!... oui! je la lui souhaite et de tout cœur! »

Décidément, Max Réal pensait quelquefois à Lissy Wag — souvent même, — et sans doute trop souvent, se dit peut-être Mme Réal, un peu surprise de la chaleur qu'il mettait à en parler.

« Et tu ne demandes pas, Max, quel est ce pavillon vert?... reprit-elle.

— Celui qui se déploie au-dessus de la vingt-deuxième case, chère mère?...

— C'est le pavillon de M. Kymbale.

— Un brave et aimable garçon, ce journaliste, déclara Max Réal, et qui, d'après ce que j'ai entendu dire, profite de l'occasion pour voir du pays...

— En effet, mon enfant, et la *Tribune* publie ses chroniques presque chaque jour.

— Eh bien, mère, ses lecteurs doivent être satisfaits, et s'il va jusqu'au fond de l'Oregon ou du Washington, il leur racontera de curieuses choses!

— Mais il est bien en retard.

— Cela n'importe guère au jeu que nous jouons, répondit Max Réal, et un coup heureux vous met vite en avance!

— Tu as raison, mon fils...

— Maintenant, quel est ce pavillon qui semble tout triste d'être arboré sur la quatrième case?...

— Celui d'Hermann Titbury.

— Ah! l'horrible bonhomme!... s'écria Max Réal. Qu'il doit enrager d'être dernier... et bon dernier!

— Il est à plaindre, Max, réellement à plaindre, car il n'a fait que quatre pas en deux coups de dés, et, après avoir été au fond du Maine, il a dû repartir pour l'Utah! »

A cette date du 1er juin, on ne pouvait encore savoir que le couple Titbury avait été dépouillé de tout ce qu'il possédait, après son arrivée à Great Salt Lake City.

LE MONUMENT DE WASHINGTON, A WASHINGTON. (Page 334.)

WASHINGTON. — Le Capitole.

« Et pourtant, je ne le plaindrai pas!... déclara Max Réal. Non!
ce couple de ladres n'est point intéressant, et je regrette qu'il n'ait
pas eu quelque forte prime à tirer de son sac...

— Mais n'oublie pas qu'il a dû verser une amende à Calais, fit
observer M^{me} Réal.

— Tant mieux, et il ne l'aura pas volé, ce tondeur de chrétiens!
Aussi, ce que je lui souhaite, c'est d'amener encore le minimum de
points, un et un!... Tiens! ça le conduirait au Niagara, et le péage
du pont lui coûterait mille dollars !

— Tu es cruel pour ces Titbury, Max...

— D'abominables gens, mère, qui se sont enrichis par l'usure et
ne méritent aucune pitié !... Il ne manquerait plus que le sort les fit
hériter de ce généreux Hypperbone...

— Tout est possible, répondit M^{me} Réal.

— Mais, dis-moi, je n'aperçois pas le pavillon du fameux Hodge
Urrican...

— Le pavillon orangé ?... Non, il ne flotte plus nulle part, depuis
que la mauvaise fortune a envoyé le commodore mettre le pied dans
la Vallée de la Mort, d'où il va revenir à Chicago afin de recommencer la partie.

— Dur pour un officier de marine d'amener son pavillon! s'écria
Max Réal. A quelle crise de colère il a dû s'abandonner, et comme
elle a dû faire trembler sa coque depuis la quille jusqu'à la pomme
des mâts !

— C'est probable, Max.

— Et l'X K Z, quand doit-on tirer pour lui ?...

— Dans neuf jours.

— C'est tout de même une singulière idée qu'a eue le défunt de
taire le nom de ce dernier des Sept! »

A présent Max Réal était au courant de la situation. Après ce
coup de dés qui l'expédiait en Virginie, il savait qu'il occupait le
troisième rang, devancé par Tom Crabbe en tête, et par X K Z, pour
lesquels, il est vrai, le troisième tirage n'avait pas encore été effectué.

Au fond, cela ne le préoccupait guère, quoi que pussent penser Mᵐᵉ Réal et même Tommy.Aussi, le temps qu'il resta à Chicago, le passa-t-il dans son atelier, où il acheva ses deux paysages dont la valeur devait s'accroître aux yeux d'un amateur américain, étant données les conditions dans lesquelles ils avaient été peints.

Il advint donc, en attendant son prochain départ, que Max Réal ne s'inquiéta plus du match ni de ceux qu'il faisait courir à travers les États-Unis. Au fond, il n'y jouait un rôle que pour ne pas contrarier son excellente mère, — non moins indifférent que Lissy Wag, laquelle, de son côté, n'y participait que pour ne point contrarier Jovita Foley.

Néanmoins, pendant son séjour, il eut nécessairement connaissance des trois coups qui furent tirés à l'Auditorium. Déplorable pour Hermann Titbury, celui du 2, puisqu'il l'obligeait à gagner la case dix-neuvième, État de la Louisiane, affecté à l'hôtellerie, où il devrait demeurer deux coups sans jouer. Quant à celui du 4, il fut bien accueilli de Harris T. Kymbale, car, s'il ne le conduisait qu'à la trente-troisième case, North Dakota, il lui assurait un curieux voyage.

Enfin, le 6, à huit heures, maître Tornbrock procéda au tirage concernant Lissy Wag. Aussi, ce matin-là, Max Réal, qui s'intéressait si vivement au sort de la jeune fille, se rendit-il à l'Auditorium, d'où il revint on ne peut plus désolé.

De la case trente-huitième, État du Kentucky, Lissy Wag, par le point de sept redoublé, soit quatorze, était envoyée à la cinquante-deuxième case. Là, dans cet État du Missouri, l'infortunée parte-naire devrait rester incarcérée, tant qu'un autre partenaire ne serait pas venu prendre sa place.

On le comprend, ces trois coups produisirent un effet considé-rable sur les marchés dans le monde des joueurs. Plus que jamais Tom Crabbe et Max Réal furent demandés. Décidément la chance se prononçait pour eux, et le choix devenait très difficile entre ces deux favoris de la fortune.

Quel chagrin ressentit Max Réal, lorsque, de retour près de sa

mère,' il la vit planter le pavillon jaune au milieu de ce Missouri
transformé en prison, de par la volonté de l'excentrique défunt, — et
pour Lissy Wag, de par la volonté du destin. Il en fut extrêmement
affecté et ne le cacha point. Ce coup de la prison, comme celui du
puits, était le plus funeste qui pût se produire au cours de la partie...
Oui, plus grave que celui de la Vallée de la Mort dont Hodge Urrican
venait d'être victime!... Au moins le commodore n'éprouvait-il qu'un
retard et allait-il continuer la lutte!... Et qui sait si le match Hypperbone n'aurait pas pris fin, avant que la prisonnière eût été délivrée?...

Enfin, le lendemain, 7 juin, Max Réal se prépara à quitter Chicago.
Sa mère, après avoir renouvelé ses recommandations, lui fit promettre
de ne point s'attarder en route.

« Et pourvu, dit-elle, que la dépêche que tu vas recevoir à Richmond, mon cher fils, ne t'envoie pas... au bout du monde...

— On en revient, mère, on en revient, répondit Max, tandis que
de la prison!... Enfin, avoue que tout cela est bien ridicule!... Être
exposé comme un vulgaire cheval de course à perdre d'une demi-
longueur!... Oui!... ridicule!...

— Mais non, mon enfant, mais non!. . Pars donc, et que Dieu te
protège! »

Et c'est très sérieusement, sous l'empire d'une sincère émotion,
que l'excellente dame disait ces choses!

Cela va de soi, pendant son séjour Max Réal n'avait pu, sans
grande peine, se soustraire à la visite des courtiers, des reporters,
des parieurs, qui affluaient à la maison de South Halstedt Street.
Comment s'en étonner?... On le prenait à égalité avec Tom Crabbe...
Quel honneur!

Assurément, Max Réal s'était engagé vis-à-vis de sa mère à se
rendre par la voie la plus directe en Virginie. Mais, pourvu qu'il fût
dans la matinée du 12 à Richmond, qui l'eût blâmé de préférer dans
son itinéraire à la ligne droite la ligne brisée ou la ligne courbe?
Cependant, il avait résolu de ne point sortir des États qu'il allait

traverser, l'Illinois, l'Ohio, le Maryland, la Virginie occidentale pour atteindre la Virginie et Richmond, sa métropole.

Voici, du reste, la lettre que reçut M^me Réal, — lettre datée du 11 juin, — quatre jours après le départ, et qui lui faisait sommairement connaître les incidents du voyage. Sans parler d'aperçus très personnels sur les pays parcourus, les villes visitées, les rencontres effectuées, elle contenait certaines remarques qui donnaient à réfléchir et ne laissèrent pas de lui causer quelque inquiétude relativement à l'état d'âme de son fils.

« Richmond, 11 juin, Virginie.

« Chère et bonne mère,

« Me voici arrivé au but, — non pas celui de cette grande bête de
« partie, mais celui que m'imposait mon troisième coup de dés.
« Après Fort Riley du Kansas, après Cheyenne du Wyoming, Rich-
« mond de la Virginie ! Donc, n'aie aucune appréhension pour l'être
« que tu chéris le plus au monde et qui te le rend de tout cœur : il
« est à son poste en bonne santé.

« Par exemple, je voudrais pouvoir en dire autant de cette pauvre
« Lissy Wag, que la paille humide des cachots attend dans la
« grande cité missourienne. Je ne te cache pas, chère mère, bien
« que je ne doive voir en elle qu'une rivale, mais si charmante, si
« intéressante, combien je suis affligé de son malheureux sort! Plus
« je songe à ce déplorable coup de dés, — sept par trois et quatre,
« redoublé, — plus j'en éprouve de peine, plus je regrette que le
« pavillon jaune, si vaillamment tenu jusqu'ici par l'intrépide Jovita
« Foley pour le compte de son amie, soit hissé sur le mur de cette
« prison!... Et jusqu'à quand le sera-t-il?...

« Je suis donc parti le 7 au matin. La voie ferrée longe le littoral
« sud du Michigan et laisse apercevoir de jolis points de vue sur le
« lac. Mais, entre nous, je le connais un peu, notre lac, et aussi
« les pays qu'il limite! D'ailleurs, dans cette partie des États-Unis
« comme au Canada, il est permis d'être blasé sur les lacs, leurs

« eaux bleues qui ne sont pas toujours bleues, leurs eaux dormantes
« qui ne dorment pas toujours! Nous en avons à revendre, et je me
« demande pourquoi la France, qui n'est pas riche en propriétés
« lacustres, ne nous en achète pas un, au choix, comme nous lui
« avons acheté la Louisiane en 1803?

   « Enfin, j'ai regardé tout de même à droite et à gauche par le trou
« de ma palette, tandis que cette marmotte de Tommy dormait
« comme un loir.

   « Sois tranquille, bonne mère, je n'ai point réveillé ton négril-
« lon! Peut-être a-t-il rêvé que je gagnais assez de millions de
« dollars pour le réduire au plus dur esclavage! Laissons-le à son
« bonheur!

   « Je refais en partie la route qu'a faite Harris Kymbale, lorsqu'il
« s'est rendu de l'Illinois au New York, de Chicago au Niagara. Mais,
« arrivé à Cleveland City de l'Ohio, je l'abandonne pour obliquer
« vers le sud-est. Du reste, des railroads partout. Un piéton ne sau-
« rait où mettre les pieds!

   « Ne me demande pas, chère mère, de te chiffrer mes heures
« d'arrivée et de départ pendant ce voyage. Cela ne saurait t'inté-
« resser. Je t'indiquerai les quelques localités où notre locomotive
« a lancé ses tourbillons de vapeur. Ah! pas toutes, par exemple!
« Il y en a dans ces contrées industrielles autant que de cellules
« dans une ruche! Seulement les principales.

   « De Cleveland, je suis allé à Warren, un centre important de
« l'Ohio, si riche en sources d'huile de pétrole, qu'un aveugle le
« reconnaîtrait, pourvu qu'il eût un nez, rien qu'à son écœurante
« atmosphère. C'est à croire que l'air va s'enflammer si l'on égra-
« tigne une allumette. Et puis, quel pays! Sur les plaines à perte
« de vue, rien que des échafaudages et des orifices de puits, et
« aussi sur les pentes des collines, les bords des creeks. Tout cela,
« c'est des lampes, des lampes de quinze à vingt pieds de haut...
« Il n'y manque qu'une mèche!

   « Vois-tu, chère mère, ce pays ne vaut pas nos poétiques prairies

« du Far West, ni les sauvages vallées du Wyoming, ni les loin-
« taines perspectives des Rocheuses, ni les profonds horizons des
« grands lacs et des océans! Les beautés industrielles, c'est bien,
« les beautés artistiques, c'est mieux, les beautés naturelles, rien
« au-dessus!

« Entre nous, chère mère, je te l'avouerai, si j'eusse été favorisé
« au dernier tirage, — favorisé par le choix du pays, s'entend, —
« j'aurais voulu t'emmener avec moi. Oui, madame Réal, au Far
« West, par exemple. Ce n'est pas qu'il n'y ait de curieux sites
« dans la chaîne des Alleghanys que j'ai traversée.... Mais le Mon-
« tana, le Colorado, la Californie, l'Oregon, foi de peintre, ce n'est
« pas à comparer!...

« Oui... nous aurions voyagé de compagnie, et si nous avions ren-
« contré Lissy Wag en route, qui sait... le hasard?... Eh bien, tu
« aurais fait sa connaissance... Il est vrai, elle est maintenant en
« prison, ou du moins elle va s'y rendre, la pauvre fille!...

« Ah! si, au prochain tirage, un Titbury, un Crabbe, un Urrican
« venaient la délivrer!... Notre terrible commodore, le vois-tu,
« après tant d'épreuves, tombant dans la cinquante-deuxième case!
« Il serait capable d'abandonner son Turk à ses féroces instincts
« de tigre!... A la rigueur, chère mère, une Lissy Wag pourrait être
« envoyée, quoique ce fût très regrettable, à l'hôtellerie, au laby-
« rinthe!... Mais le puits, l'horrible puits... la prison, l'horrible
« prison... c'est bon pour les représentants du sexe fort!... Déci-
« dément, le destin a oublié d'être galant ce jour-là!

« Mais ne vaguons ni ne divaguons, et continuons le voyage.
« Après Warren, en suivant la Ring River, la frontière de l'Ohio
« franchie, nous sommes entrés en Pennsylvanie. La première ville
« importante a été Pittsburg, sur l'Ohio, avec son annexe d'Alle-
« ghany, la Cité du Fer, la Cité Fumeuse, comme on l'appelle,
« malgré les mille milles de conduites souterraines par lesquelles
« se débitent actuellement ses gaz naturels. Ce qu'il y fait sale!...
« On a les mains et la figure noircies en quelques minutes... des mains

« ot la figure de négros!... Oh! mes sites frais et clairs du Kansas!

« J'ai mis sur ma fenêtre un peu d'eau dans le fond d'un verre, et,
« le lendemain, j'avais de l'encre. C'est avec ce mélange chimique
« que je t'écris, chère mère.

« Je viens de voir dans un journal que le tirage Urrican du 8
« expédie notre fulgurant commodore au Wisconsin. Par malheur,
« au coup suivant, s'il amène le point de douze, même en le dou-
« blant, il n'atteindra pas la cinquante-deuxième case, où se désole
« la jeune prisonnière...

« Enfin, j'ai continué à descendre vers le sud-est. De nombreuses
« stations ont défilé de chaque côté du railroad, — des villes, des
« bourgades, des villages, et, à travers ces districts, pas un coin de
« nature qui soit livré à lui-même! Partout la main de l'homme et
« son outillage bruyant! Il est vrai, dans notre Illinois, il en est de
« même, et le Canada n'y échappe pas. Un jour, les arbres seront
« en métal, les prairies en feutre, et les grèves en limaille de fer...
« C'est le progrès.

« Cependant j'ai eu quelques bonnes heures en circulant le long
« des passes des Alleghanys. Une chaine, pittoresque, capricieuse,
« sauvage parfois, hérissée de conifères noirâtres, des pentes
« abruptes, des gorges profondes, des vallées sinueuses, des tor-
« rents tumultueux, que les industriels ne font pas travailler encore
« et qui cascadent en toute liberté!

« Puis, nous avons effleuré ce petit coin du Maryland qu'arrose
« le haut Potomac, pour atteindre Cumberland, plus importante que
« sa capitale, la modeste Annapolis, qui ne compte guère en regard
« de l'envahissante et impérieuse Baltimore, où se concentre toute
« la vie commerciale de l'État. Ici la campagne est fraiche, le pays
« étant plus agricole que manufacturier. Il repose sur un seuil de
« fer et de houille, et, en quelques coups de pioche, on a vite crevé
« la terre végétale.

« Nous voici au West Virginia, et, sois tranquille, bonne mère, la
« Virginie n'est pas loin. D'ailleurs, j'y eusse déjà été si la question de

RIEN QUE DES ÉCHAFAUDAGES ET DES ORIFICES DE PUITS. (Page 342.)

« l'esclavage n'avait pas tellement divisé l'ancien État qu'il a fallu
« le couper en deux pendant la guerre de Sécession. Oui ! tandis que
« l'Est s'attachait avec plus de force aux doctrines anti-humaines de
« l'esclavagisme, — Tommy dort, il n'entend pas, — l'Ouest, au

RICHMOND. — Old Court House. L'ancienne Bourse de Commerce.

« contraire, se séparait des confédérés pour se ranger sous le pa-
« villon fédéral.

  « C'est une région accidentée, montueuse, sinon montagneuse,
« sillonnée dans sa partie orientale par diverses chaînes des Appa-
« laches, agricole, minière, avec du fer, de la houille, et aussi du sel,
« de quoi assaisonner la cuisine de toute la Confédération pendant
« des siècles !

  « Je ne suis point allé à Charleston, capitale de la Virginie orien-
« tale, — ne pas confondre avec l'autre grande Charleston de la
« Caroline du Sud, où s'est rendu mon copain Kymbale, ni avec une

« troisième Charlestown dont je vais te parler. Mais je me suis arrêté
« un jour à Martinsburg City, la plus importante de l'État du côté
« de l'Atlantique.

« Oui, tout un jour, et ne me gronde pas, chère mère, puisque je
« pouvais être à Richmond en quelques heures de railroad. A quel
« propos ai-je fait halte à Martinsburg?... Uniquement pour accom-
« plir un pèlerinage, et, si je n'ai pas emmené Tommy avec moi,
« c'est qu'il ne peut qu'éprouver de l'horreur pour le héros que
« j'allais honorer.

« John Brown, chère mère, John Brown, qui leva le premier le
« drapeau de l'anti-esclavagisme au début de la guerre de Sécession!
« Les planteurs virginiens le traquèrent comme une bête fauve.
« Il n'avait à sa suite qu'une vingtaine d'hommes, et voulait s'em-
« parer de l'arsenal d'Harper's Ferry. Ce nom est celui d'un petit
« bourg, situé sur l'escarpement d'une colline, entre les cours du
« Potomac et de la Shenandoah, un site merveilleux, mais plus cé-
« lèbre encore par les terribles scènes dont il fut le théâtre.

« C'est là, en 1859, que s'était réfugié l'héroïque défenseur de la
« sainte et grande cause. La milice vint l'y attaquer. Après des pro-
« diges de courage, blessé grièvement, réduit à l'impuissance, il fut
« pris, entraîné jusqu'au bourg voisin de Charlestown, où il subit le
« supplice de la pendaison, le 2 décembre 1859, — mort que le gibet
« n'a pu rendre infamante, et dont la glorieuse renommée se perpé-
« tuera d'âge en âge [1].

« C'est à ce martyr de la liberté, de l'émancipation humaine que
« j'ai voulu porter mon hommage de patriote.

« Enfin, me voici en Virginie, mère, l'État esclavagiste par excel-

1. Voici, cependant, ce qu'a dit le grand géographe français Élisée Reclus, et il
faut espérer qu'il sera tenu compte de cette généreuse réclamation :
« Il n'est pas un mince commandant des troupes fédérales engagées dans la grande
guerre qui n'ait sa statue sur les places de Washington ou des autres cités du Nord;
mais le lieu où tomba John Brown, dont « l'âme marchait devant les armées » et qui,
par son exemple, fit plus pour la victoire définitive que toutes les combinaisons des
généraux, reste un amas de décombres, ignoré de la foule. »

« lence et qui fut le principal théâtre de la guerre de Sécession. Je
« laisserai aux géographes le soin de te dire, si cela peut t'inté-
« resser, qu'il occupe le trente-troisième rang dans l'Union comme
« superficie, qu'il est divisé en cent dix-neuf comtés, que, malgré
« l'amputation qu'il a subie du côte de l'ouest, il est encore un des
« plus puissants de la République Nord-Américaine, que le nombre
« des daims et des oppossums y diminue, que les grues, les cailles,
« les buzards-vautours, fréquentent son territoire, qu'il produit en
« abondance froment, maïs, seigle, avoine, sarrasin, et surtout le
« coton, ce dont je me félicite, puisque je porte des chemises, et
« surtout le tabac, — ce dont je ne me soucie guère, puisque je ne
« fume pas.

« Quant à Richmond, c'est une belle cité, l'ex-capitale de l'Amé-
« rique séparatiste, la clef de la Virginie, que le Gouvernement
« fédéral a fini par mettre dans sa poche. Elle occupe un lit capi-
« tonné de sept collines au bord de la rivière James et, sur la rive
« opposée, tend la main à Manchester, une ville double, comme tant
« d'autres aux États-Unis, à l'exemple de certaines étoiles. Je le
« répète, une cité à voir, avec son Capitole, une sorte de temple
« grec, auquel manque le ciel de l'Attique et les horizons athéniens
« de l'Acropole, comme au Parthénon d'Édimbourg. Par exemple,
« trop de fabriques, trop d'usines, — à mon goût, du moins, et il n'y
« en a pas moins de cent, rien que pour la préparation du tabac. Un
« quartier du beau monde, celui de Léonard Height, où s'élève le
« monument à la mémoire de Lee, le général des confédérés, et il
« mérite cet honneur, sinon pour la cause qu'il a défendue, du moins
« pour ses qualités personnelles.

« A présent, chère mère, je te dirai que je n'ai point visité les
« autres villes de l'État. D'ailleurs, elles se ressemblent un peu,
« comme toutes les villes américaines. Je ne te parlerai donc, ni de
« Petersburg, qui défendait la position des séparatistes au sud comme
« Richmond au nord, ni de Yorktown, où quatre-vingts ans avant se
« termina la guerre de l'Indépendance par la capitulation de Lord

« Cornwallis, ni de ces lieux de combat où Mac Clellan fut moins
« heureux contre Lee que Grant, Sherman et Shéridan. Je passe sous
« silence Lynchburg, actuellement une cité manufacturière d'une
« remarquable activité, où se réfugièrent les armées sécessionnistes,
« et d'où elles durent gagner les Appalaches, ce qui amena la fin de
« la guerre, le 9 avril 1865. J'oublie volontairement Norfolk, Roa-
« noke, Alexandria, la baie Chesapeake et les nombreuses stations
« thermales de l'État. Tout ce que je puis mentionner, c'est que les
« deux cinquièmes de la population virginienne sont des gens de
« couleur de type magnifique, et que, près de la petite ville de
« Luray, il existe des cavernes souterraines qui sont peut-être plus
« belles que les Mammoth Caves du Kentucky.

« A ce propos, j'y songe, c'est là que la pauvre Lissy Wag aura
« appris cet injuste arrêt du sort qui l'a fait déporter au Missouri, et,
« d'autre part, je me demande comment elle pourra payer la triple
« prime, trois mille dollars!... Cela me cause un véritable chagrin...
« Oui... et tu dois le comprendre...

« Je viens de lire sur une affiche de Richmond le résultat du tirage
« du 10 juin. C'est le Minnesota que le point de cinq par deux et trois
« assigne à notre fameux inconnu X K Z. De la quarante-sixième il
« saute à la cinquante-unième case, et le voilà en tête maintenant!...
« Mais qui diable est-il, cet homme-là?... Il me parait singulière-
« ment chanceux, et il n'est pas sûr que mon coup de dés de demain
« me fasse le devancer!

« Là-dessus, chère mère, je termine cette longue lettre, qui ne peut
« t'intéresser que parce qu'elle vient de ton fils, et je t'embrasse de
« tout cœur, en signant de mon nom, lequel n'est plus que celui d'un
« cheval de course engagé sur le turf Hypperbone.

« Max Réal. »

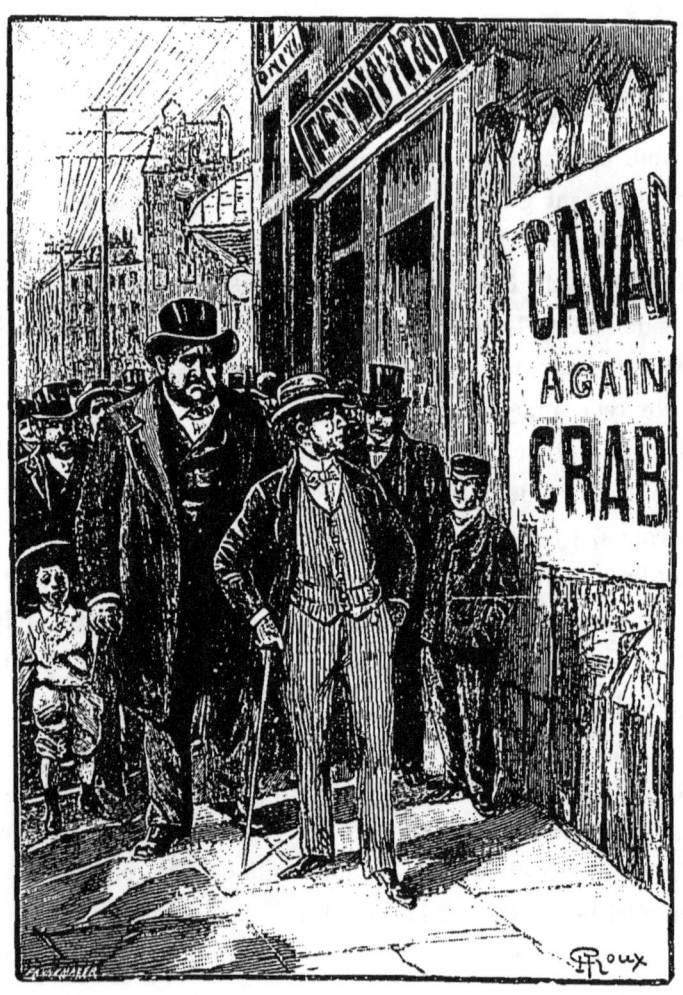

John Milner eut un serrement de cœur. (Page 360.)

# VIII

## LE COUP DU RÉVÉREND HUNTER.

Si quelqu'un paraissait moins indiqué que personne pour la quarante-septième case, État de Pennsylvanie, pour Philadelphie, la

principale cité de l'État, la plus importante de l'Union, après Chicago
et New York, c'était assurément ce Tom Crabbe, brute de nature et
boxeur de son métier.

Mais le sort n'en fait jamais d'autres, dit l'adage populaire, et au
lieu de Max Réal, d'Harris T. Kymbale, de Lissy Wag, si capables
d'admirer les magnificences de cette métropole, c'était cet être stupide qu'il y envoyait en compagnie de son entraineur John Milner.
Jamais le défunt membre de l'*Excentric Club* n'aurait prévu cela.

On n'y pouvait rien, d'ailleurs. Les dés avaient parlé dès les premières heures du 31 mai. Le point de douze par six et six s'était
lancé sur le fil télégraphique entre Chicago et Cincinnati. Aussi le
deuxième partenaire prit-il ses mesures pour quitter immédiatement
l'ancienne Porcopolis.

« Oui! Porcopolis! s'écria en partant et avec l'accent du plus
profond mépris John Milner. Comment, le jour où le célèbre Tom
Crabbe l'honorait de sa présence, c'est à ce dégoûtant concours de
bestiaux que s'est portée en foule sa population!... C'est à ce porc
qu'est allée toute l'attention publique et il n'y a pas eu un seul hurrah
pour le Champion du Nouveau-Monde!... Eh bien, empochons le gros
sac d'Hypperbone, et je saurai nous venger. »

De quelle façon pourrait s'exercer cette vengeance, John Milner
eût été sans doute fort embarrassé de s'en expliquer. Au surplus,
avant tout, il s'agissait de gagner la partie. C'est pourquoi Tom
Crabbe, se conformant aux indications du télégramme reçu dans la
matinée, n'avait qu'à sauter dans le train pour Philadelphie.

Ce n'est pas qu'il n'eût dix fois le temps de faire ce voyage. Les
États d'Ohio et de Pennsylvanie sont limitrophes. Dès qu'on a franchi la frontière orientale de l'un, on est sur le territoire de l'autre.
Entre les deux métropoles, à peine six cents milles, et il existe plusieurs lignes de voies ferrées à la disposition des voyageurs. Vingt
heures suffiraient à ce trajet.

Voilà de ces bonnes fortunes qui n'arriveraient pas au commodore
Urrican, et que, d'ailleurs, n'eussent enviées ni le jeune peintre,

ni le reporter de la *Tribune*, en quête de longs déplacements.

Mais John Milner ne décolérait pas, John Milner entendait ne pas demeurer un jour de plus dans cette cité trop friande des curiosités phénoménales de la race porcine. Oui! quand il mettrait le pied sur la plate-forme du train, ce ne serait pas sans avoir dédaigneusement secoué la poussière de ses sandales. Et, en effet, personne ne s'était inquiété de la présence de Tom Crabbe à Cincinnati, personne n'était venu l'interviewer à son hôtel du faubourg de Covington, les parieurs n'avaient point afflué comme ceux d'Austin du Texas, et la salle du Post Office fut déserte le jour où il s'y présenta pour recevoir la dépêche adressée par maitre Tornbrock!... Toutefois, grâce à son point de douze, Tom Crabbe devançait de trois cases Max Réal, et d'une case l'homme masqué lui-même.

John Milner, blessé dans son amour-propre, outré de l'attitude de la population cincinnatienne, furieux d'une telle indifférence, quitta l'hôtel à midi trente-sept, et suivi de Tom Crabbe, qui venait d'achever son deuxième repas, il se rendit à la gare. Le train partit et, après avoir bifurqué à Columbus, il franchit la frontière orientale formée par le cours de l'Ohio.

Cet État de Pennsylvanie doit son nom à l'illustre quaker anglais William Penn, qui, vers la fin du dix-septième siècle, devint acquéreur de vastes terrains situés sur les bords du Delaware. Voici dans quelles circonstances :

William Penn était créancier de l'Angleterre pour une grosse somme qu'on désirait ne point lui rembourser. Aussi, Charles II lui offrit-il en échange une portion des territoires que le Royaume-Uni possédait en cette partie de l'Amérique. Le quaker accepta, et, quelque temps après, en 1681, il jetait les premiers fondements de Philadelphie. Or, à cette époque, comme le sol était couvert d'immenses forêts, il parut tout naturel de l'appeler Sylvania, en y ajoutant le nom patronymique de William Penn. D'où Pennsylvania.

Cette histoire, Harris T. Kymbale l'eût certainement racontée avec

bien d'autres anecdotes concernant le pays, et, au vif plaisir des
lecteurs de la *Tribune*, si le sort lui eût attribué quinze jours de
villégiature dans la région pennsylvanienne. De quelle plume alerte
et souple il aurait décrit ce territoire assez semblable à celui de
l'Ohio, que la chaîne des Alleghanys accidente pittoresquement du
sud-est au nord-ouest, en déterminant la ligne de partage des eaux!
Il en aurait fait ressortir l'aspect général, que justifie encore la
seconde moitié de son nom, vastes bois de chênes, de hêtres, de
châtaigniers, de noyers, d'ormes, de frênes, d'érables, marais
hérissés de sassafras, pâturages où se nourrit un nombreux bétail,
où s'élèvent des chevaux de belle race que la bicyclette finira par
disperser un jour comme ceux de l'Oregon ou du Kansas. Il eût
célébré en phrases sonores et spirituelles ces champs spacieux où le
mûrier prospère à l'avantage des sériciculteurs, et aussi des vignobles d'un rendement fructueux. Car, si la Pennsylvanie est particulièrement froide en hiver et plus que ne le comporte sa latitude, du
moins subit-elle pendant l'été des chaleurs tropicales. Enfin, il eût
parlé, avec chiffres à l'appui, de ce sol si riche en houille, en anthra-
cite, en minerais de fer, en sources de pétrole et de gaz naturel, et
si généreux, si inépuisable, qu'il donne un nombre de tonnes d'acier
et de fer supérieur à la production du reste des États-Unis. Peut-
être même l'enthousiaste reporter aurait-il raconté ses chasses à
l'élan wolverene, au daim, au chat sauvage, au loup, au renard, et
à l'ours brun qui fréquentent les vastes forêts de l'État, puisqu'il
était grand amateur des prouesses cynégétiques.

Inutile d'ajouter, n'est-il pas vrai, que les principales cités pennsylvaniennes auraient reçu la visite d'Harris T. Kymbale, qu'il aurait
été y chercher — ce dont il ne faisait aucunement fi — le bruyant
accueil, les applaudissements réservés à l'un des favoris de la
course excentrique. On l'aurait vu aux deux villes groupées d'Alleghany et de Pittsburg, où son concurrent Max Réal venait de passer
pour se rendre à Richmond. Il aurait affecté une partie de son temps
à cette capitale de l'État, Harrisburg, dont les quatre ponts sont

possédait encore bien d'autres villes très prospères, Scranton, Rea-
ding, Erié sur le lac de ce nom, Lancaster, Altoona, Wilkesbarre,
dont la population dépasse trente mille âmes. Enfin, le chroniqueur
en chef du grand journal chicagois eût-il négligé de se rendre près
de la vallée du Leigth, à ce Mont-Ours, haut de cent toises, que le
premier railway desservit dès l'année 1827, et voisin d'une mine d'an-
thracite qui brûle depuis un demi-siècle.

Il faut dire également que, si dédaigneux qu'il fût des régions
industrielles, Max Réal eût rencontré sur les territoires pennsylva-
niens plus d'un beau site qui aurait certainement tenté son pinceau,
des paysages variés et pittoresques au versant des Alleghanys, et
dans les vallées du massif des Appalaches.

Mais ni le premier ni le quatrième partenaire n'avaient été envoyés à la quarante-septième case, et ce sera un éternel regret pour
la postérité.

On le pense bien, rien à attendre de Tom Crabbe, ou pour mieux
dire de John Milner. Son héros était à destination de Philadelphie,
il irait à Philadelphie, nulle part ailleurs. Et, cette fois, l'attention
publique ne se détournerait pas de lui. Il y reviendrait l'homme du
jour. Au besoin, John Milner saurait le remettre en lumière, et forcer
la grande ville à s'occuper d'un personnage qui tenait une place si
considérable dans le monde pugiliste du Nord-Amérique.

Ce fut vers dix heures du soir, le 31 mai, que Tom Crabbe fit son
entrée dans la « Ville de l'Amour Fraternel », où son entraineur et
lui passèrent incognito leur première nuit.

Le lendemain, John Milner voulut voir d'où venait le vent. Souf-
flait-il du bon côté, et avait-il apporté le nom de l'illustre boxeur
jusqu'aux rives du Delaware?... Selon son habitude, John Milner
avait laissé Tom Crabbe à l'hôtel, après avoir pris les mesures nécessaires au sujet de ses deux déjeuners du matin.

Cette fois, encore, comme à Cincinnati, il n'avait point inscrit
leurs noms et qualités sur le livre des voyageurs. Une promenade à
travers la cité lui paraissait indiquée. Puisque le résultat du dernier

tirage y devait être connu depuis la veille, il saurait si la population se préoccupait de l'arrivée de Tom Crabbe.

Lorsqu'il s'agit de parcourir une ville de troisième ou quatrième ordre, d'étendue restreinte, cela peut se faire en quelques heures. Mais il n'en va pas ainsi pour une agglomération urbaine, qui, en y comprenant ses annexes de Manaynak et de Germanstown, de Camden et de Gloucester, ne compte pas moins de deux cent mille maisons et de onze cent mille âmes. Dans sa disposition oblique du nord-est au sud-ouest en suivant le cours du Delaware, Philadelphie se développe sur une longueur de six lieues, et sa superficie est bien près d'égaler celle de Londres. Cela tient surtout à ce que, en très grand nombre, les Philadelphiens habitent chacun sa maison, que les énormes bâtisses avec des centaines de locataires, comme à Chicago ou à New York, y sont rares. C'est la cité du « home » par excellence.

En réalité, cette métropole est immense, superbe aussi, ouverte, aérée, régulièrement construite avec certaines rues larges d'une centaine de pieds. Elle possède des maisons sur les façades desquelles alternent les briques et le marbre, de frais ombrages conservés depuis l'époque sylvanienne du territoire, des jardins luxueusement entretenus, des squares, des parcs, et le plus vaste de tous ceux des États-Unis, Fairmount Park, un morceau de campagne de douze cents hectares qui borde le Schnylkill, et dont les ravins ont gardé leur sauvage aspect.

Dans tous les cas, pendant cette première journée, John Milner ne put visiter que la partie de la ville située sur la rive droite du Delaware, et il remonta vers le quartier de l'ouest en suivant le Schnylkill, un affluent du fleuve, qui coule du nord-ouest au sud-est. De l'autre côté du Delaware s'étend New Jersey, l'un des petits États de l'Union, et auquel appartiennent ces annexes de Camden et de Gloucester, qui, faute de ponts, ne communiquent que par les ferry-boats avec la métropole.

Ce ne fut donc pas ce jour-là que John Milner traversa le centre

PHILADELPHIE. — Independence Hall.

de la cité d'où rayonnent les principales artères, autour de l'Hôtel de Ville, vaste édifice de marbre blanc, bâti à coups de millions, et dont la tour, lorsqu'elle sera achevée, portera à près de six cents pieds dans les airs l'énorme statue de William Penn.

Au surplus, si, pendant son séjour à Philadelphie, John Milner ne pouvait faire autrement que d'apercevoir les monuments de la ville,

Tous deux confinés dans une chambre d'hôtel... (Page 366.)

jamais la pensée de les visiter ne devait lui venir, ni l'arsenal et les
chantiers de construction situés dans la League Island, une ile du
Delaware, ni la Douane construite en marbre alleghanyen, ni l'Hôtel
des Monnaies, où se frappent encore toutes les pièces de la République fédérale, ni l'Hôpital de la Marine, ni le Musée historique
installé dans Independence Hall, où fut signée la déclaration de 1776,
ni le Grand Collège, d'architecture corinthienne, où sont élevés des

centaines d'orphelins, ni les bâtiments universitaires, ni ceux de l'Académie des Sciences naturelles et leurs précieuses collections, ni l'Observatoire, ni le Jardin botanique, l'un des plus beaux et des plus riches de l'Union, ni enfin aucune des deux cent soixante églises, aucun des six temples quakériens de cette ancienne et célèbre capitale des États-Unis d'Amérique.

Après tout, John Milner n'était pas venu pour voir Philadelphie. On n'attendait pas de lui comme de Max Réal ou de Harris T. Kymbale des tableaux ou des articles. Il avait pour mission de conduire Tom Crabbe là où le dernier tirage l'obligeait à se rendre. Mais il entendait bien faire de ce voyage une réclame au profit dudit Tom Crabbe, en cas que, faute de gagner les soixante millions de dollars, il serait obligé de continuer son métier.

Du reste, les amateurs de ce genre de sport ne devaient pas manquer à Philadelphie, où abondent les ouvriers par centaines de mille dans les mines métallurgiques, dans les ateliers de construction de machines, dans les raffineries, dans les fabriques de produits chimiques, dans les tissages de tapis et d'étoffes, — plus de six mille manufactures de toutes sortes, — et aussi les ouvriers du port, où se font les expéditions de charbons, de pétrole, de grains, d'objets ouvrés, et dont le mouvement commercial n'est dépassé que par celui de New York.

Oui, Tom Crabbe ne pouvait qu'être estimé à sa juste valeur en ce monde où les qualités physiques priment les qualités intellectuelles. Et, d'ailleurs, même en d'autres classes, dites supérieures, combien de gentlemen se rencontrent qui savent apprécier un coup de poing appliqué en pleine figure et la démantibulation d'une mâchoire suivant les règles de l'art !

A tout prendre, ce que John Milner constata, non sans une réelle satisfaction, c'est que le marché de Market Street de Philadelphie, qui passe pour être le plus grand des cinq parties du monde, n'était pas alors affecté à quelque concours régional de bestiaux. Donc, de ce chef, son compagnon n'aurait aucun rival à redouter comme

dans cet abominable Spring Grove de Cincinnati, et le Pavillon Indigo
ne s'abaisserait pas, cette fois, devant la majesté d'un porc phénoménal.

D'ailleurs John Milner fut, dès le début, rassuré à ce sujet. Les
journaux de Philadelphie avaient annoncé à grand fracas d'articles
que l'État de Pennsylvanie devait attendre la prochaine arrivée du
deuxième partenaire dans les quinze jours compris entre le 31 mai
et le 14 juin. Les agences de paris s'en étaient mêlées. Les courtiers avaient chauffé le monde des joueurs en faveur de Tom
Crabbe, établissant qu'il avait l'avance sur tous ses concurrents,
calculant qu'il lui suffisait de deux coups heureux pour atteindre
le but... etc., etc...

Et, lorsque le lendemain, Tom Crabbe, à travers les rues les plus
fréquentées de la ville, fut promené par son entraineur, combien il
aurait eu lieu d'être satisfait, s'il avait su lire !

Partout des affiches gigantesques, dans le genre, il est vrai, de
celles qui concernaient le porc de Cincinnati, — avec le nom du
deuxième partenaire en lettres d'un pied de haut, et des points d'exclamation l'escortant comme une garde d'honneur, sans parler des
prospectus distribués par les vociférants courtiers des agences !

**TOM CRABBE !  TOM CRABBE !!  TOM CRABBE !!!**

*L'illustre Tom Crabbe, Champion du Nouveau-Monde !!!*
*Le grand favori du match Hypperbone !!!*
*Tom Crabbe qui a battu Fitzsimons et Corbett !*
*Tom Crabbe qui bat Réal, Kymbale, Titbury, Lissy Wag, Hodge Urrican*
*et X K Z !!!*
*Tom Crabbe qui tient la tête !!!*
*Tom Crabbe qui n'est plus qu'à seize cases du but !!!*
*Tom Crabbe qui va planter le pavillon indigo sur les hauteurs*
*de l'Illinois !!!*
*Tom Crabbe est dans nos murs !!!*
*Hurrah ! Hurrah !! Hurrah pour Tom Crabbe !!!!*

Il va de soi que d'autres agences, qui ne faisaient pas du deuxième partenaire leur favori, ripostaient par d'autres affiches non moins fourmillantes de points d'exclamation, opposant surtout à ses couleurs celles de Max Réal et de Harris T. Kymbale. Hélas! les autres partenaires, Lissy Wag, le commodore et Hermann Titbury, étaient déjà considérés comme hors de concours.

On comprendra donc quel sentiment de fierté dut éprouver John Milner, lorsqu'il exhiba son triomphant sujet à travers les rues de Philadelphie, les principales places, les squares, à Fairmount Park, et aussi au marché de Market Street!... Quelle revanche des déboires de Cincinnati!... Quel gage de succès final!...

Cependant, le 7, au milieu de cette joie délirante, John Milner eut un serrement de cœur, provoqué par l'incident très inattendu que voici. Ce fut le coup d'épingle qui risque de dégonfler le ballon prêt à s'enlever dans les airs.

Une affiche non moins colossale venait d'être apposée par un rival, sinon un concurrent du match Hypperbone.

### CAVANAUGH CONTRE CRABBE!

Qui était ce Cavanaugh?... Oh! on le connaissait bien dans la métropole. C'était un boxeur de grand renom, qui, trois mois avant, avait été vaincu dans une lutte mémorable contre Tom Crabbe en personne, sans avoir pu jusqu'ici obtenir sa revanche, malgré les réclamations les plus instantes. Aussi, puisque Tom Crabbe se trouvait à Philadelphie, ces mots s'étalaient-ils sur l'affiche à la suite du nom de Cavanaugh:

DÉFI POUR LE CHAMPIONNAT!

DÉFI!!

DÉFI!!!

On l'avouera, Tom Crabbe avait autre chose à faire que de répondre à cette provocation : c'était d'attendre tranquillement dans un confortable *farniente* la date du prochain tirage. Mais Cava-

PHILADELPHIE. — L'Université.

naugh, — ou plutôt ceux qui le lançaient dans les jambes du Champion du Nouveau-Monde — ne l'entendaient pas de cette façon. Qui sait même si ce n'était pas le coup de quelque agence rivale qui méditait d'arrêter en route le plus avancé des partenaires?...

John Milner aurait dû se contenter de hausser les épaules. Les partisans de Tom Crabbe intervinrent même pour lui dire de dédaigner ces défis un peu trop intéressés.

Mais, d'une part, John Milner connaissait l'indiscutable supériorité de son sujet sur Cavanaugh en matière de boxe, et de l'autre il se fit cette réflexion : si en fin de compte, Tom Crabbe ne gagnait pas la partie, s'il n'était pas enrichi par les millions du testament, s'il lui fallait continuer à boxer en public, ne serait-il pas perdu de réputation pour avoir refusé cette revanche demandée dans des circonstances si solennelles?...

Bref, de tout cela, après de nouvelles affiches plus provocantes encore et qui n'allaient à rien moins qu'à entacher l'honneur du Champion du Nouveau-Monde, on put lire dès le lendemain sur tous les murs de Philadelphie :

RÉPONSE AU DÉFI !

CRABBE CONTRE CAVANAUGH ! !

Qu'on juge de l'effet !

Quoi ! Tom Crabbe acceptait la lutte ! Tom Crabbe en tête des « Sept » allait risquer sa situation dans une revanche de pugilat!... Oubliait-il donc en quelle partie il était engagé, — et nombre de parieurs à sa suite?... Eh bien, oui !... D'ailleurs, se disait avec assez de raison John Milner, ce n'étaient pas une mâchoire fracassée ou un œil exorbité qui empêcheraient Tom Crabbe de se remettre en route et de faire bonne figure dans le match Hypperbone !

Donc la revanche aurait lieu, et mieux valait que ce fût plus tôt que plus tard.

Or il arriva ceci : c'est que, comme les combats de ce genre sont interdits, même en Amérique, la police philadelphienne fit défense aux deux héros de se rencontrer sous peine de prison et d'amende. Il est vrai, d'être détenu dans ce Penitentiary Western, où les prisonniers sont astreints à apprendre un instrument et à en jouer toute la journée, — et quel charivarique concert dans lequel le lamentable accordéon domine ! — cela ne constitue pas une peine bien sévère ! Mais la détention, c'était l'impossibilité de repartir au jour indiqué, c'était s'exposer à ces retards dont Hermann Titbury avait failli être victime au Maine...

Restait peut-être un moyen de procéder sans avoir à craindre l'intervention du shérif. En effet, ne suffirait-il pas de se transporter dans une petite localité voisine, de tenir secrets le lieu et l'heure de la rencontre, de vider enfin hors de Philadelphie cette grande question de championnat ?...

C'est ce qui allait être fait. Seuls, les témoins des deux boxeurs et quelques amateurs de haute respectabilité furent mis au courant des dispositions prises.

Les choses se passeraient pour ainsi dire entre professionnels, et lorsqu'on serait de retour, les autorités métropolitaines n'auraient point à s'occuper de cette affaire. Ce n'en était pas moins fort imprudent, on en conviendra... Que voulez-vous ! quand les amours-propres sont en jeu...

Les pourparlers achevés, comme les provocations par affiches ne se renouvelèrent pas, comme le bruit se répandit même que la revanche était remise après l'issue du match, on put croire que le combat n'aurait pas lieu.

Et pourtant, le 9, vers huit heures du matin, dans la petite bourgade d'Arondale, à une trentaine de milles de Philadelphie, un certain nombre de gentlemen se trouvèrent réunis à l'intérieur d'une salle, secrètement louée pour cette cérémonie.

Des photographes et des cinématographistes les accompagnaient, afin de conserver à la postérité toutes les phases d'une si palpitante lutte.

Parmi les personnages figuraient Tom Crabbe, bien en forme, prêt à détendre ses formidables bras dans la direction de son adversaire à hauteur de tête, Cavanaugh, moins haut de taille, mais aussi large d'épaules et d'une vigueur exceptionnelle, — deux lutteurs capables d'aller jusqu'à vingt ou trente « rounds », c'est-à-dire vingt ou trente reprises de boxe.

Le premier était assisté de John Milner, le second de son entraîneur particulier. Amateurs et professionnels les entouraient, avides de juger les passes et contrepasses de ces deux machines de la force de quatre poings.

Mais à peine les bras sont-ils en position, qu'on voit apparaître le shérif d'Arondale, Vincent Bruck, accompagné du clergyman Hugh Hunter, ministre méthodiste de la paroisse, grand vendeur de Bibles, à la fois antiseptiques et antisceptiques. Prévenus par une indiscrétion, tous deux accouraient sur le champ clos pour empêcher cette rencontre immorale et dégradante, l'un au nom des lois pennsylvaniennes, l'autre au nom des lois divines.

On ne s'étonnera pas s'ils furent fort mal reçus, et par les deux champions, et par leurs témoins, et par les spectateurs, très friands de ce genre de sport sur lequel ils avaient même engagé des paris considérables.

Le shérif et le clergyman voulurent parler, on refusa de les entendre. Ils voulurent séparer les combattants, on leur résista. Or, à deux, que pouvaient-ils contre des gens râblés et musclés, assez vigoureux, semblait-il, pour les envoyer d'un revers de main rouler à vingt pieds de là?...

Sans doute, les deux intervenants avaient pour eux leur caractère sacré. Ils représentaient les autorités terrestre et céleste, mais il leur manquait le concours de la police, qui lui vient en aide d'habitude.

Et, au moment où Tom Crabbe et Cavanaugh allaient se mettre sur l'offensive et la défensive :

« Arrêtez... s'écria Vincent Bruck.

— Ou prenez garde!... » s'écria le révérend Hugh Hunter.

Le monument de Washington à Philadelphie.

Rien n'y fit, et plusieurs coups de poing furent lancés, qui se perdirent dans le vide, grâce à une opportune retraite des deux adversaires.

Alors eut lieu une scène digne de provoquer la surprise, puis l'admiration de ceux qui en furent les témoins.

Ni le shérif ni le clergyman n'étaient de haute taille non plus que de large encolure, — des homme maigres et moyens. Toutefois, ce qu'ils n'avaient pas en vigueur, ils l'avaient — on va le voir — en souplesse, adresse et agilité.

En un instant, Vincent Bruck et Hugh Hunter furent sur les deux boxeurs. John Milner, ayant essayé de retenir le clergyman au passage, en reçut une maitresse gifle qui l'étendit sur le sol où il resta à demi pâmé.

Une seconde après, Cavanaugh était gratifié d'un coup de poing que le shérif lui administra sur l'œil gauche, tandis que le révérend écrasait l'œil droit de Tom Crabbe.

Les deux professionnels voulurent assommer les assaillants. Mais ceux-ci, évitant leur attaque, sautant, cabriolant avec une prestesse de singes, esquivèrent à merveille les plus violentes ripostes.

Et, à partir de ce moment, — ce qui ne saurait surprendre, puisque cela se passait au milieu d'un groupe de connaisseurs — c'est à Vincent Bruck et à Hugh Hunter qu'allèrent les applaudissements, les hurrahs, les hips.

Bref, le méthodiste se montra si particulièrement méthodique dans sa manière d'opérer selon toutes les règles de l'art, qu'après avoir fait de Tom Crabbe un borgne, il en fit un aveugle en lui plaquant l'œil gauche au fond de l'orbite.

Enfin, quelques policemen apparaissant, le mieux était de décamper au plus vite, et c'est ce qui fut fait.

Ainsi se termina ce mémorable combat à l'avantage et aussi à l'honneur d'un shérif et d'un clergyman, lesquels avaient combattu pour la loi et pour la religion.

Quant à John Milner, une joue gonflée, un œil frit, il ramena Tom Crabbe à Philadelphie, où tous deux, confinés dans une chambre d'hôtel cachèrent leur honte, en attendant l'arrivée de la prochaine dépêche.

Lorsque s'approcha un valet de pied. ( Page 378. )

# IX

## DEUX CENTS DOLLARS PAR JOUR.

Un fétiche aux époux Titbury?... Certes le besoin s'en faisait sentir, et ne fût-ce que le bout de la corde qui aurait servi à pendre ce

brigand de Bill Arrol, il serait le bien venu. Or, ainsi que l'avait
déclaré le magistrat de Great Salt Lake City, il fallait le prendre pour
le pendre, et il ne semblait pas qu'il dût l'être de sitôt.

Certes, ce fétiche, qui eût assuré à Hermann Titbury le gain de la
partie, n'aurait pas été payé trop cher au prix des trois mille dollars
qui lui avaient été volés à *Cheap Hotel*. Mais, en attendant, le
Pavillon Bleu ne possédait plus un cent, et furieux et non moins
désappointé des réponses ironiques du shérif, il quitta le poste de
police pour rejoindre Mrs Titbury.

« Eh bien, Hermann, lui demanda-t-elle, ce coquin, ce misérable
Inglis?...

— Il ne s'appelle pas Inglis, répondit M. Titbury en tombant sur
une chaise, il s'appelle Bill Arrol...

— Est-il arrêté?...

— Il le sera.

— Quand?...

— Quand on aura pu mettre la main sur lui.

— Et notre argent?... Nos trois mille...

— Je n'en donnerais pas un demi-dollar! »

Mrs Titbury s'écroula à son tour sur un fauteuil, — en ruines.
Cependant, comme cette maîtresse femme avait la réaction prompte,
elle se releva, et, lorsque son mari, au dernier degré de l'accable-
ment, lui dit :

« Que faire?...

— Attendre.

— Attendre... quoi?... Que ce bandit d'Arrol...

— Non... Hermann... attendre le télégramme de maître Tornbrock, qui ne tardera pas... Puis nous aviserons...

— Et de l'argent?...

— Nous avons le temps d'en faire venir, quand bien même nous
serions envoyés à l'extrémité des États-Unis...

— Ce qui ne m'étonnerait pas, avec la déveine qui ne nous
épargne guère.

A BORD DE LEUR STEAM-YACHT. (Page 384.)

— Suis-moi, » répondit résolument Mrs Titbury.

Et tous deux sortirent de l'hôtel afin de se rendre au bureau du télégraphe.

Toute la ville, on le comprend, avait été mise au courant des mésaventures du couple Titbury. Il est vrai, Great Salt Lake City ne semblait pas éprouver plus de sympathie pour eux que la bourgade de Calais d'où ils arrivaient en droite ligne. Non seulement la sympathie faisait défaut, mais également la confiance. Qui eût jamais voulu **tabler** sur la chance de gens auxquels survenaient tant de choses désagréables... des malchanceux qui, après deux tirages, n'étaient encore qu'à la quatrième case... des retardataires sur lesquels leurs concurrents avaient une telle avance et dont les parieurs ne voulaient plus même à cinquante contre un ?...

Si donc quelques personnes se trouvaient dans la salle du Post Office lorsque le couple y parut, c'étaient uniquement des curieux, ou plutôt de mauvais plaisants, très disposés à rire du « bon dernier », locution par laquelle on désignait l'infortuné Titbury.

Mais des moqueries ne le touchaient point, Mrs Titbury pas davantage. Il leur importait peu d'être bien ou mal cotés chez les agences, et qui sait s'ils n'allaient pas se relever par un superbe coup. En effet, en étudiant sa carte, Mrs Titbury avait calculé, que si les dés amenaient par exemple le point de dix, comme il faudrait le doubler sur la quatorzième case occupée par l'Illinois, ce point les conduirait d'un bond à la vingt-quatrième case, celle du Michigan, limitrophe de l'Illinois, ce qui les ramènerait vers Chicago. Ce serait — nul doute à cet égard — le coup le plus avantageux qu'ils pussent souhaiter... Se produirait-il ?...

A neuf heures quarante-sept, avec une régularité automatique, le télégramme sortit de l'appareil...

Ce point était désastreux.

On ne l'a pas oublié, ce jour-là, 2 juin, Max Réal, alors près de sa mère à Chicago, l'avait aussitôt connu, comme les jours suivants il devait connaître les autres points qui envoyaient Harris T. Kym-

**47**

bale au North Dakota, Lissy Wag au Missouri, et le commodore Urrican au Wisconsin.

En somme, si déplorable qu'il fût pour Hermann Titbury, il n'en était pas moins très singulier, et il fallait être l'objet d'une infernale déveine pour qu'il se fût produit.

Qu'on en juge, les dés avaient amené cinq par deux et trois, point qui de la quatrième case aboutissait à la neuvième. Or, la neuvième étant une case de l'Illinois, il y avait lieu de le doubler, et la quatorzième étant encore illinoise, le tripler. Cela donnait en tout quinze points qui conduisaient à la dix-neuvième case, Louisiane, Nouvelle-Orléans, marquée comme hôtellerie sur la carte de William J. Hypperbone.

En vérité, impossible d'être plus malheureux!

M. et Mrs Titbury rentrèrent à l'hôtel, au milieu des plaisanteries des assistants, avec la démarche de gens qui ont reçu un formidable coup de massue sur le crâne. Mais Mrs Titbury avait la tête plus solide que son mari, et ne resta pas, comme lui, assommée sur place.

« A la Louisiane!... à la Nouvelle-Orléans!... répétait M. Titbury, en s'arrachant les cheveux. Ah! pourquoi avons-nous été assez niais pour courir ainsi...

— Et nous courrons encore! déclara Mrs Titbury en se croisant les bras.

— Quoi... tu songes?...

— A partir pour la Louisiane.

— Mais c'est au moins treize cents milles à faire...

— Nous les ferons.

— Mais nous aurons à payer une prime de mille dollars...

— Nous la payerons.

— Mais nous aurons à rester deux coups sans jouer...

— Nous ne les jouerons pas.

— Mais il y aura une quarantaine de jours à passer dans cette ville où la vie est hors de prix, paraît-il...

— Nous les y passerons!

— Mais nous n'avons plus d'argent...

— Nous en ferons venir.

— Mais je ne veux pas...

— Et moi, je veux ! »

On le voit, Kate Titbury avait réponse à tout. Il y avait certainement en elle un fond de vieille joueuse qui prenait le dessus. Et puis, le mirage des millions de dollars, lequel l'attirait, la fascinait, l'hypnotisait...

Hermann Titbury n'essaya pas de résister. Il en aurait été pour ses peines. A tout prendre, les conséquences qu'il avait déduites de ce coup malencontreux n'étaient que trop justes, — un long et dispendieux voyage, la Confédération tout entière à traverser du nord-est au sud-ouest, la cherté de la vie dans cette opulente et ruineuse cité de la Nouvelle-Orléans, le temps qu'il y faudrait séjourner, puisque la règle obligeait d'attendre deux tirages avant d'être autorisé à rentrer dans la partie... ainsi qu'il le fit observer.

« Peut-être, répondit Mrs Titbury, car le hasard peut y envoyer un de nos partenaires, et dans ce cas nous irions le remplacer...

— Et lesquels, s'écria M. Titbury, puisqu'ils sont tous en avant de nous ?...

— Et pourquoi ne seraient-ils pas obligés de rétrograder après avoir dépassé le but... et de recommencer la partie comme cet abominable Urrican ?... »

Sans doute, le cas pouvait se produire. Il est vrai, le couple chicagois avait si peu de chances !

« Et puis, ajouta M. Titbury, pour comble de malheur, voilà que nous n'avons pas le droit de choisir l'hôtel où il nous conviendrait de descendre ! »

Effectivement, après les mots : case dix-neuvième, Louisiane, Nouvelle-Orléans, le malencontreux télégramme portait ceux-ci : *Excelsior Hotel.*

Il n'y avait pas à discuter. Que cet hôtel fût de premier ou de vingtième ordre, c'était celui qu'imposait la volonté de l'impérieux défunt.

« Nous irons à *Excelsior Hotel*, voilà tout ! » se contenta de répondre Mrs Titbury.

Telle était cette femme aussi résolue qu'avare. Mais ce qu'elle devait souffrir en songeant aux pertes déjà subies, les trois cents dollars d'amende, les trois mille dollars du vol, les dépenses effectuées jusqu'à ce jour, celles qu'imposait le présent, celles que réservait l'avenir... Seulement, l'héritage miroitait devant ses yeux au point de l'aveugler.

Il va sans dire que le temps ne ferait pas défaut au troisième partenaire pour se rendre à son poste, — quarante-cinq jours. On était au 2 juin, et il suffirait que le pavillon vert fût déployé à la date du 15 juillet dans la métropole de la Louisiane. Toutefois, ainsi que l'observa Mrs Titbury, un autre des « Sept » pouvait y être envoyé d'un jour à l'autre, d'où nécessité de se trouver alors à la dix-neuvième case afin de lui céder la place. Donc, mieux valait ne point perdre son temps à Great Salt Lake City. Aussi fut-il décidé que les Titbury se mettraient en route dès que serait arrivé l'argent demandé par télégramme à *Fint National Bank* de Chicago, Dearborn and Monroe Streets, où M. Titbury avait un compte courant.

Cette opération ne prit que deux jours. Le 4 juin, dans la matinée, M. Titbury put toucher à la Banque de Great Salt Lake City cinq mille dollars qui, hélas! ne devaient plus produire d'intérêt.

Le 5 juin, M. et Mrs Titbury quittèrent Great Salt Lake City au milieu de l'indifférence générale, et, par malheur, sans emporter le bout de corde qui lui aurait peut-être ramené la veine, si Bill Arrol eût été pendu.

Ce fut l'Union Pacific — décidément très utilisé par les partenaires du match Hypperbone, — qui les transporta à travers le Wyoming jusqu'à Cheyenne, et à travers le Nebraska, jusqu'à Omaha City.

Là, par mesure d'économie, les frais étant moins élevés en steamboat qu'en railroad, les voyageurs gagnèrent par le Missouri la ville de Kansas, ainsi que l'avait fait Max Réal lors de son premier déplacement; puis de Kansas ils atteignirent Saint-Louis, où Lissy Wag et Jovita Foley ne tarderaient pas à prendre gite afin d'y purger leur temps de prison.

Entrer dans les eaux du Mississippi en abandonnant celles du Missouri, qui est son principal tributaire, cela s'effectua par un simple transbordement. Les bateaux à vapeur sont nombreux sur ces fleuves,

Pont de Saint-Louis sur le Mississippi.

et, à la condition de s'accommoder de la dernière classe, on peut voyager à des prix très restreints. De plus, en se pourvoyant de comestibles à bon marché, faciles à renouveler aux escales, il est facile de diminuer encore les dépenses quotidiennes. Et c'est bien ce que firent M. et Mrs Titbury, liardant le plus possible en prévision des futures notes d'un séjour long peut-être à *Excelsior Hotel* de la Nouvelle-Orléans.

Donc, le steamboat *Black-Warrior* reçut à son bord les deux époux qu'il devait transporter à la métropole louisianaise. Il n'y

avait qu'à suivre le cours du « Père des Eaux », entre les États de
l'Illinois, du Missouri, de l'Arkansas, du Tennessee, du Mississippi et
de la Louisiane, auxquels ce grand fleuve donne une frontière plus
naturelle que ces degrés de longitude ou de latitude affectés à leurs
autres limites géodésiques.

Il n'est pas étonnant que cette superbe artère, dont la longueur
dépasse quatre mille cinq cents milles, ait reçu des dénominations
successives, Misi Sipi, c'est-à-dire Grande Eau en langue algonquine,
puis Rio d'El Spiritu Santo par les Espagnols, puis Colbert, au milieu du dix-septième siècle, par Cavelier de la Salle, puis Buade par
l'explorateur Joliet, et enfin qu'elle soit devenue le Meschacebé sous
la plume poétique de Chateaubriand.

Du reste, cette série de noms, remplacés par celui de Mississippi,
n'a qu'un intérêt purement géographique dont ne se préoccupaient
guère les Titbury, — pas plus que de l'étendue de son bassin, bien
qu'il comprenne trois millions deux cent onze mille kilomètres carrés. L'essentiel était qu'il les conduisit économiquement là où ils
devaient aller. Ce trajet, d'ailleurs, n'offrirait aucun obstacle. Ce
qu'on appelle le Mississippi industriel, déjà grossi de nombreux
affluents, Minnesota, Cedar, Turkey, Iowa, Saint-Croix, Chippewa,
Wisconsin, commence en amont de Saint-Louis, dans le Minnesota,
en aval des retentissantes chutes de Saint-Antoine. C'est à Saint-
Louis même que sont jetés les deux derniers ponts qui mettent en
communication sa rive droite et sa rive gauche, après un cours de
douze cents milles.

En suivant la frontière de l'Illinois, le *Black-Warrior* longea de
hautes falaises calcaires, élevées d'une soixantaine de toises, d'un
côté les dernières ramifications des monts Ozark, de l'autre les dernières collines de la campagne illinoise.

L'aspect changea complètement à partir de Cairo. Ce fut celui de
l'immense plaine alluviale, à travers laquelle l'un des grands tributaires du Mississippi, l'Ohio, lui verse des masses d'eau considérables. Cependant, malgré cet apport et, au-dessous, ceux de l'Ar-

kansas et de la Rivière-Rouge, le débit du fleuve est moindre à la Nouvelle-Orléans qu'à Saint-Louis, c'est-à-dire à son embouchure sur le golfe du Mexique. Cela tient à ce que son trop-plein s'écoule latéralement par les bayous avoisinant ses rives basses. C'est ainsi qu'est presque entièrement inondé le Sunk Country, le « Pays effondré », région spacieuse à l'ouest du fleuve, creusée de lagunes, recouverte de marécages, sillonnée d'eaux lentes ou stagnantes, et qui semble s'être affaissée lors du tremblement de terre de 1812.

Le *Black-Warrior*, adroitement et prudemment manœuvré, se glissait entre de nombreuses îles peu stables, qui se déforment ou se déplacent, emportées au caprice des crues et des courants, ou créées en quelques mois par un barrage qui a retenu les sables et les terres. Aussi la navigation du Mississippi ne s'accomplit-elle pas sans grandes difficultés, dont se tirent avec bonheur les habiles pilotes de la Louisiane.

C'est ainsi que les Titbury passèrent par Memphis, cette importante ville du Tennessee où les curieux avaient pu pendant quelques heures contempler Tom Crabbe pendant son premier voyage. Puis, ce fut Helena, sur une pente de colline, bourg qui deviendra ville sans doute, car les steamboats y font fréquemment escale. Puis, ce fut, sur la rive droite, l'embouchure de l'Arkansas laissée en arrière, une autre contrée de bayous et de marécages, au sol mobile, où disparut un jour le village de Napoléon. Puis, si le *Black-Warrior* ne fit pas halte à Vicksburg, l'une des rares villes industrielles du Mississippi, c'est que l'infidèle fleuve, à la suite d'une grande crue, s'est détourné d'elle quelques milles plus au sud. Toutefois, le steamboat stationna une heure à Natchez, dont le commerce emploie une batellerie nombreuse qui dessert toute la région. Le Mississippi devint alors plus capricieux, multipliant ses lacets, ses détours, ses méandres, revenant sur lui-même, si bien qu'à regarder la carte, on dirait un grouillement d'anguillules autour de la mère anguille. Ses rives incultes, de plus en plus basses, se confondant avec la plaine alluvionnaire, ne présentaient que des bancs de sable et des berges à grands roseaux, rongées par les courants.

Enfin, à trois cents milles de la mer, le *Black-Warrior* dépassa l'embouchure de la Rivière-Rouge, à l'angle par lequel se touchent les deux États, près de Fort Adam, et pénétra sur le territoire de la Louisiane. Là, grondent et bouillonnent de tumultueux rapides, car la largeur du fleuve a toujours diminué jusqu'à son delta depuis Cairo. Mais, comme l'étiage des eaux atteignait alors sa hauteur moyenne, le *Black-Warrior* put les franchir sans trop de risques de s'engraver.

Après Natchez on ne trouve plus de villes de quelque importance avant la Nouvelle-Orléans, si ce n'est Bâton-Rouge, et encore n'est-ce à vrai dire qu'une grosse bourgade de dix mille cinq cents habitants. Mais là est le siège de la législature de l'État, la capitale parlementaire de la Louisiane, dont, comme tant d'autres grandes cités de l'Union, la Nouvelle-Orléans n'est que la métropole. Bâton-Rouge est située d'ailleurs dans une position agréable et salubre, ce qui n'est point à dédaigner en des régions que ravagent trop souvent les épidémies de fièvre jaune. Enfin, après Donaldsonville, il n'y eut plus que des hameaux, à vrai dire, une succession de villas, de cottages qui bordent les deux rives du grand fleuve américain jusqu'à son contact avec la Nouvelle-Orléans.

La Louisiane, que le premier Empire vendit vingt millions de francs aux Américains, ne tient que le trentième rang parmi les États de la République fédérale. Mais sa population, noire en majorité, dépasse onze cent mille âmes. Il a fallu la défendre contre les crues du Mississippi par de solides levées dans sa partie basse, où la fabrication du sucre est si considérable que, sous ce rapport, elle tient la tête de cette fabrication. Au nord-ouest, arrosées par la Rivière-Rouge et ses affluents, les terres plus élevées sont à l'abri des inondations et se prêtent à toutes les exigences de l'agriculture. La Louisiane produit aussi du fer, du charbon, de l'ocre, du gypse ; les champs de cannes, les plantations d'orangers, de citronniers, de limoniers y abondent ; elle possède encore de vastes forêts impénétrables, asile des ours, des panthères, des chats sau-

NOUVELLE-ORLÉANS. — Les quais.

vages, et tout un réseau de creeks fréquentés par les alligators.

La Nouvelle-Orléans reçut enfin le couple Titbury, le 9 juin au soir, après un voyage de sept jours depuis le départ de Great Salt Lake City. Entre temps, avaient été proclamés les tirages des 4, 6 et 8 juin, concernant Harris T. Kymbale, Lissy Wag et Hodge Urrican. Ils n'étaient pas de nature à améliorer la situation d'Hermann Titbury, puisqu'ils ne lui envoyaient point un remplaçant à l'hôtellerie de la dix-neuvième case.

Ah! s'il n'avait pas été dans l'obligation de se rendre en cette ruineuse cité, d'y séjourner six semaines, peut-être à sept jours de là les dés l'auraient-ils gratifié d'un nombre de points plus favorable, et il eût pu se mettre en ligne avec les plus avancés de ses partenaires!...

Au sortir du débarcadère, M. et Mrs Titbury aperçurent une voiture superbement attelée, qui attendait sans doute quelques passagers du *Black-Warrior*. Eux n'avaient qu'à se rendre pédestrement, en faisant porter les bagages par un commissionnaire, à *Excelsior Hotel*. Aussi, que l'on imagine leur surprise, — surprise à laquelle se joignit un serrement de cœur, — lorsque s'approcha un valet de pied, nègre du plus beau noir, qui leur dit :

« Mister et mistress Titbury, je pense?...

— Eux-mêmes... », répondit M. Titbury.

Allons! les journaux avaient dû annoncer leur départ de l'Utah, leur passage à Omaha, leur navigation à bord du *Black-Warrior*, leur arrivée imminente à la Nouvelle-Orléans. Eux, qui espéraient bien ne pas être si attendus que cela, ne pourraient-ils donc échapper aux inconvénients toujours coûteux de la célébrité?...

« Et que nous voulez-vous?... demanda M. Titbury d'un ton rébarbatif.

— Cet équipage est à votre disposition.

— Nous n'avons pas commandé d'équipage...

— On ne va pas autrement à *Excelsior Hotel*, répondit le nègre du plus beau noir en s'inclinant.

— Cela commence bien ! » murmura M. Titbury avec un gros soupir.

Enfin, puisqu'il n'était pas d'usage de se transporter d'une façon plus simple à l'hôtel désigné, le mieux était de monter dans ce superbe landau. Le couple y prit place, tandis qu'un omnibus se chargeait de la valise et du sac. Arrivée à Canal Street, devant un bel édifice, un palais, à vrai dire, au fronton duquel brillaient ces mots *Excelsior Hotel Company, limited*, et dont le hall resplendissait de lumières, la voiture s'arrêta, et le valet de pied se hâta d'en ouvrir la portière.

Du reste, les Titbury, très fatigués, très ahuris, se rendirent à peine compte de la cérémonieuse réception qui leur fut faite par le personnel de l'hôtel. Un majordome, en habit noir, les conduisit à leur appartement. Absolument éblouis, les yeux hagards, ils ne virent rien des magnificences qui les entouraient et remirent au lendemain les réflexions que devait leur inspirer un si extraordinaire apparat.

Le matin, après une nuit passée dans le calme de cette confortable chambre, protégée par de doubles fenêtres qui ne laissaient point s'introduire les bruits de la rue, ils se réveillèrent sous la douce clarté d'une veilleuse, alimentée aux sources de l'électricité de l'hôtel. Le cadran transparent d'une pendule de grand prix marquait huit heures.

A portée de la main, au chevet du vaste lit, où tous deux avaient si tranquillement reposé, une série de boutons n'attendaient que la pression du doigt pour appeler la femme de chambre ou le valet de chambre. D'autres boutons commandaient le bain, le premier déjeuner, les journaux du matin, et — ce que devaient réclamer des voyageurs pressés de se lever — la lumière du jour.

C'est sur ce bouton spécial que s'appuya l'index crochu de Mrs Titbury.

Aussitôt les épais stores des fenêtres de remonter mécaniquement, les persiennes de se rabattre à l'extérieur, les rayons du soleil de pénétrer à flots dans la chambre.

M. et Mrs Titbury se regardèrent. Ils n'osaient prononcer une seule parole, se demandant si chaque phrase n'allait pas leur coûter une piastre le mot.

Le luxe de la chambre était insensé, tout d'une incomparable richesse, meubles, tentures, tapis, capitonnage des murs en soie brochée.

Le couple se leva, passa dans un cabinet voisin, du plus étonnant confort : les toilettes avec leurs robinets d'eau chaude, tiède ou froide à volonté, les pulvérisateurs prêts à lancer leurs gouttelettes parfumées, les savons aux couleurs et aux odeurs variées, les éponges d'une douceur exceptionnelle, les serviettes d'une blancheur de neige.

Dès qu'ils furent habillés, les Titbury s'aventurèrent à travers les pièces contiguës, — un appartement complet : la salle à manger dont la table étincelait d'argenterie et de porcelaines, — le salon de réception, mobilier d'un luxe inouï, lustre, appliques, tableaux de maîtres, bronzes d'art, rideaux de lampas frappé d'or, — le boudoir de madame, piano avec partitions, table avec romans en vogue, et albums de photographies louisianaises, — le cabinet de monsieur, où s'empilaient les revues américaines, les journaux les plus répandus de l'Union, puis toute une papeterie de choix à l'en-tête de l'hôtel, et même une petite machine à écrire, dont le clavier était prêt à fonctionner sous le doigt du voyageur.

« C'est la caverne d'Ali-Baba!... s'écria Mrs Titbury absolument fascinée.

— Et les quarante voleurs ne sont pas loin, ajouta M. Titbury, et à tout le moins une centaine! »

A ce moment, ses yeux se portèrent sur une pancarte affichée dans un cadre doré, avec la nomenclature des divers services de l'hôtel, l'heure des repas pour ceux qui préféraient ne point se faire servir dans leurs appartements.

Celui qui avait été attribué au quatrième partenaire était désigné sous le numéro 1, avec cette mention : *Réservé aux partenaires du match Hypperbone par Excelsior Hotel Company.*

« Sonne, Hermann, » se contenta de dire Mrs Titbury.

Le bouton pressé, un gentleman, habit noir et cravate blanche, se présenta à la porte du salon.

Et, tout d'abord, en termes choisis, il offrit aux deux époux les compliments de la Société d'*Excelsior Hotel* et de son directeur, honorés d'avoir pour hôte un des plus sympathiques tenants de la grande partie nationale. Puisqu'il avait quelque temps à passer en Louisiane et plus spécialement à la Nouvelle-Orléans avec son honorable épouse, on s'ingénierait à les entourer de toute la confortabilité possible, comme à leur multiplier les distractions. Quant au régime de l'hôtel, s'il leur convenait de s'y conformer, il comportait le thé du matin à huit heures, le déjeuner à onze, le lunch à quatre, le dîner à sept, le thé du soir à dix. Cuisine anglaise, américaine ou française au choix. Vins des premiers crus d'outre-mer. Toute la journée, un équipage à la disposition du grand banquier de Chicago (*sic*), un élégant steam-yacht toujours sous vapeur pour excursions jusqu'à l'embouchure du Mississippi ou promenades sur le lac Borgne ou le lac Ponchartrain. Une loge à l'Opéra, desservi, à cette époque, par une troupe française de la plus haute valeur.

« Combien?... demanda brusquement Mrs Titbury.

— Cent dollars.

— Par mois?...

— Par jour.

— Et par personne, sans doute?... ajouta Mrs Titbury d'un ton où l'ironie le disputait à la colère.

— Oui, madame, et ces prix ont été établis dans les conditions les plus acceptables dès que les journaux nous ont appris que le troisième partenaire et mistress Titbury allaient séjourner quelque temps à *Excelsior Hotel*. »

Voilà où sa mauvaise chance avait conduit le couple infortuné... et il ne pouvait aller ailleurs... et Mrs Titbury n'avait même pas la ressource de transporter sa personne dans une humble auberge!... C'était l'hôtel imposé par William J. Hypperbone, et qu'on n'en soit pas surpris, puisqu'il en était un des principaux actionnaires... Oui ! deux cents dollars pour le couple, six mille dollars pour trente jours, s'il restait le mois entier dans cette caverne...

Or, il fallait, bon gré, mal gré, se soumettre. Abandonner *Excelsior Hotel*, c'eût été abandonner la partie, dont les règles ne souffraient aucune discussion!... C'eût été renoncer à tout espoir de rentrer — et des millions de fois au delà — dans ses dépenses, en héritant de la fortune du défunt.

Et pourtant, dès que le majordome se fut retiré :.

« En route!... s'écria M. Titbury. Reprenons notre valise et retournons à Chicago... Je ne resterai pas une minute de plus ici... à huit dollars l'heure!...

— Si, » répondit l'impérieuse matrone.

La cité du Croissant, — ainsi appelle-t-on la métropole louisianaise, fondée en 1717 dans la courbe du grand fleuve qui la limite au sud, — absorbe, on peut le dire, toute la Louisiane. A peine d'autres villes, Bâton-Rouge, Donadsonville, Shreveport, comptent-elles plus de onze à douze mille âmes. Située à cinq cent soixante-quatorze lieues de New York et à quarante-cinq de l'embouchure du Mississippi, neuf railroads y aboutissent, et quinze cents steamboats parcourent son réseau fluvial. Gagnée à la cause des Confédérés, le 18 avril 1862, elle fut bombardée pendant six jours par l'amiral Farragut et prise par le général Butler.

C'est dans cette vaste cité de deux cent quarante-deux mille habitants, très diversifiés par les mélanges de sang, où les noirs, s'ils jouissent de tous les droits politiques, n'ont pas l'égalité sociale, c'est dans ce milieu hybride de Français, d'Espagnols, d'Anglais, d'Anglo-Américains, en pleine métropole d'un État qui nomme trente-deux sénateurs, quatre-vingt-dix-sept députés et se fait représenter par quatre membres au Congrès, où se trouve le siège d'un évêque catholique, au milieu des dissidents baptistes, méthodistes, épiscopaux, c'est dans ce cœur de la Louisiane qu'allait mener une existence telle qu'il ne l'aurait pu même imaginer, ce ménage Titbury,

si invraisemblablement arraché de sa maison chicagoise. Mais,
puisqu'un mauvais sort l'y obligeait, le mieux, — à moins de s'en
retourner chez soi, — n'était-il pas d'en avoir pour son argent?...
Ainsi raisonnait la dame.

Donc, chaque jour, leur magnifique équipage vint les promener
en grande pompe. Une bande criarde les accompagnait de ses hurrahs moqueurs, car on les connaissait pour de fieffés avares, qui
n'avaient inspiré aucune sympathie ni à Great Salt Lake City, ni à
Calais, pas plus qu'ils n'en inspiraient à Chicago. Qu'importait! ils
ne s'en apercevaient même pas, et rien ne les empêchait, malgré
tant de déconvenues, de se croire les grands favoris du match.

C'est ainsi qu'ils s'exhibèrent à travers les wards du nord, les
faubourgs de Lafayette, de Jefferson, de Carrolton, ces quartiers
élégants où resplendissent les hôtels, les villas, les cottages, encor-
beillés dans la verdure des orangers, des magnolias et autres arbres
en pleine floraison, à la place Lafayette, à la place Jackson[1].

C'est ainsi qu'ils se promenèrent sur la solide levée, large de
cinquante toises, qui protège la ville contre les inondations, sur
les quais bordés d'un quadruple rang de steamers, de steamboats,
de remorqueurs, de voiliers, de caboteurs, d'où s'expédient par
année jusqu'à dix-sept cent mille balles de coton. Qu'on ne s'en
étonne pas, puisque le mouvement commercial de la Nouvelle-
Orléans se chiffre par deux cents millions de dollars.

C'est ainsi qu'on les vit aux annexes d'Algiers, de Gretna, de Mac
Daroughville, après s'être fait transporter sur la rive gauche du
fleuve, là où sont plus particulièrement établis les usines, les fabriques et les entrepôts.

C'est ainsi qu'ils se firent véhiculer dans leur fastueuse voiture
le long des rues élégantes, bordées de maisons de briques et de
pierres qui se sont substituées aux maisons de bois détruites par
tant d'incendies, et le plus souvent dans la rue Royale et la rue

1. C'est le nom d'un brillant général de l'armée sécessionniste, qui, en 1863, fut
mortellement et involontairement blessé par ses propres soldats.

Saint-Louis, qui coupent en croix le quartier français. Et, là, quelles charmantes habitations aux vertes persiennes, avec leurs cours où murmurent les jets d'eau des bassins, où fleurissent les caisses de belles plantes !

C'est ainsi qu'ils honorèrent de leur visite le Capitole, à l'angle des rues Royale et Saint-Louis, un ancien édifice transformé pendant la guerre de Sécession en palais législatif, où fonctionnent les Chambres des sénateurs et des députés. Mais ils n'eurent jamais pour l'hôtel *Saint-Charles,* l'un des plus importants de la ville, qu'un dédain bien justifié chez des hôtes de l'incomparable *Excelsior Hotel.*

C'est ainsi qu'ils visitèrent le très architectural palais de l'Université, la cathédrale de style gothique, le bâtiment de la douane, la Rotonde et son immense salle. C'est là que le lecteur trouve un cabinet de lecture des mieux assortis, le flâneur un promenoir aménagé sous des galeries couvertes, les spéculateurs sur les valeurs et les fonds publics une bourse très animée, dans laquelle s'agitaient fiévreusement les courtiers des agences, en criant les cours si variables de la cote Hypperbone !

C'est ainsi qu'ils excursionnèrent, à bord de leur élégant steam-yacht, sur les eaux calmes du lac Ponchartrain et jusque dans les passes du Mississippi.

C'est à l'Opéra enfin que les amateurs des grandes œuvres lyriques les virent se prélasser dans la loge mise à leur disposition, et tendre désespérément, aux accords de l'orchestre, leurs oreilles fermées à toute compréhension musicale.

Ainsi vécurent-ils comme dans un rêve, mais quel réveil, lorsqu'ils retomberaient dans la réalité !

D'ailleurs, un singulier phénomène s'était produit. Oui ! ces ladres, ces pingres, ces liardeurs, se firent à cette nouvelle existence, ils furent étourdis par cette situation anormale', ils se grisèrent, au sens physique du mot, devant cette table toujours luxueusement servie, et dont ils ne voulaient pas laisser miette au risque de se préparer des gastralgies ou des dilatations d'estomac pour leurs

NOUVELLE-ORLÉANS. — Hôtel de Ville et statue de Franklin.

vieux jours. Mais il fallait s'en donner pour les deux cents dollars
quotidiens d'*Excelsior Hotel*.

Cependant le temps s'écoulait, bien que les Titbury ne s'en rendissent que très imparfaitement compte. Puisque leur séjour à l'hôtellerie ne semblait pas devoir être interrompu, quatorze coups
allaient être tirés à Chicago avant qu'ils eussent le droit de se remettre en route. De quarante-huit heures en quarante-huit heures,
ces tirages étaient proclamés à la Rotonde comme ils venaient de
l'être à l'Auditorium.

Celui du 8 juin, on le sait, avait envoyé le commodore Hodge
Urrican au Wisconsin. On sait également que celui du 10 avait
envoyé le mystérieux X K Z au Minnesota.

Aucun n'avait désigné la Louisiane, ni celui du 12, concernant
Max Réal, ni celui du 14, concernant Tom Crabbe. Aussi, le 16, —
date réservée à Hermann Titbury, avant que la malchance l'eût consigné dans la dix-neuvième case, — aucun tirage ne fut-il effectué.
Le 18, ce fut pour le quatrième partenaire, Harris T. Kymbale, que
maître Tornbrock avait fait rouler les dés sur la table de l'Auditorium.

Les deux époux étaient-ils donc condamnés à mener cette existence
aussi agréable que ruineuse pour la bourse et la santé pendant les
six semaines d'exclusion qu'entrainait le séjour dans l'État de la
Louisiane ?...

Et, même avant qu'ils eussent pu rentrer dans la partie, celle-ci
n'aurait-elle pas pris fin, et le gagnant ne serait-il pas arrivé à la
soixante-troisième case ?...

Cela, c'était le secret de l'avenir. En attendant, les jours s'écoulaient, et si, le match terminé, M. et Mrs Titbury n'avaient plus
qu'à retourner dans l'Illinois, après avoir payé la formidable note
d'*Excelsior Hotel*, jointe aux dépenses antérieures, songe-t-on à ce
que leur aurait coûté cette folie de figurer parmi les « Sept » du
match Hypperbone !

Harris T. Kymbale eut les yeux réjouis. (Page 398.)

# X

## LES PÉRÉGRINATIONS D'HARRIS T. KYMBALE.

Si les époux Titbury, si le commodore Urrican, ne se plaignaient pas sans raison de la déveine qui s'attachait à leurs personnes, il

semble bien que le reporter en chef de la *Tribune* aurait eu, lui
aussi, le droit de se plaindre dans une certaine mesure. Une première
fois, le coup de dés du début l'avait obligé d'aller au pont du Niagara,
État de New York et d'y payer une prime, puis, de là à Santa Fé, la
capitale du New Mexico. Et voici que ce nouveau coup le mettait
en demeure de gagner d'abord le Nebraska, et ensuite l'État de
Washington, situé à l'extrémité ouest du territoire de la Conlédé-
ration.

En effet, à Charleston de la Caroline du Sud, où il venait d'être si
chaleureusement accueilli, Harris T. Kymbale avait reçu, le 4 juin,
le télégramme qui le concernait. Le point de dix par six et quatre,
redoublé, l'expédiait de la vingt-deuxième case à la quarante-
deuxième.

Cette dernière, c'était celle du Nebraska, choisi par le défunt pour
le labyrinthe du Noble Jeu de l'Oie. Or, — ce qui ne laissait pas
d'être grave, c'est que le partenaire, après s'y être rendu et avoir
payé une double prime, devrait rétrograder à la trentième, occupée
par l'État de Washington. Il est vrai, cet itinéraire du South Carolina
au Washington passait par le Nebraska.

On le comprend, à l'annonce de ce coup, ses partisans, réunis en
grand nombre au Post Office de Charleston, furent atterrés, et le
reporter se vit au moment de perdre la situation de grand favori que
la plupart des agences lui attribuaient, un peu légèrement, il faut
en convenir.

Mais cet homme, aussi débrouillard que résolu, eut bientôt rassuré
ceux qui s'attachaient à sa fortune :

« Eh ! mes amis, s'écria-t-il, ne vous désespérez pas !... Vous
savez que les longs voyages ne me font pas peur... De Charleston au
Nebraska, du Nebraska au Washington, c'est l'affaire de deux en-
jambées, et j'ai quinze jours, du 4 au 18, pour enlever ces quatre
mille milles !... Des railroads, j'en aurai tout le temps à ma disposition !... Quant à la prime à payer, cela regarde le caissier de la
*Tribune*, et tant pis pour lui s'il fait la grimace !... Le désagrément,

ce n'est point d'aller du Nebraska au Washington, c'est d'avoir à revenir de la quarante-deuxième case à la trentième !... Bah ! rétrograder de douze points, cela ne vaut pas la peine d'en parler, et j'aurai vite rattrapé ce que le dieu du hasard m'aura fait perdre !... »

Comment ne pas avoir une absolue confiance en l'homme qui se montre si confiant ?... Comment hésiter à risquer sur lui des sommes énormes ?... Comment lui marchander les applaudissements qu'il mérite à si juste titre ?... Aussi ne lui furent-ils point épargnés, et cette matinée vit se renouveler les triomphes de la veille à ce fameux banquet d'Astley, où avait figuré le pâté monstre de huit milles livres, qui avait occasionné quinze cent soixante-dix-sept indigestions dans la grande métropole.

Toutefois, Harris T. Kymbale faisait erreur en affirmant que l'on pouvait aller de Charleston à Olympia, cette capitale du Washington, que désignait la dépêche, en combinant toutes les ressources du réseau fédéral. Non, il existait une solution de continuité, et elle devait lui être signalée par Bruman S. Bickhorn, le secrétaire de la rédaction de la *Tribune*. Mais la moitié du voyage jusqu'au Nebraska s'accomplirait rapidement par les voies ferrées qui venaient s'amorcer à la ligne de l'Union Pacific.

Néanmoins, il n'y avait pas de temps à perdre, eu égard aux retards possibles, ni lieu de flâner en route. Non ! ce qui était sage, c'était de quitter Charleston le soir même, et c'est ce que fit le Pavillon Vert. Ses enthousiastes partisans l'acclamèrent au moment où le train démarra pour s'élancer à travers les plaines de la Caroline du Sud.

Cette première partie de l'itinéraire, plusieurs des « Sept » l'avaient déjà suivie, lorsqu'ils parcouraient ces territoires, et ils la suivraient sans doute encore. Harris T. Kymbale franchit le Tennessee, et, le 5 au soir, atteignit Saint-Louis du Missouri, où Lissy Wag et Jovita Foley allaient trouver une prison. Puis, craignant de perdre trop de temps à remonter en steamboat jusqu'à

Omaha, il combina les horaires de manière à profiter des trains les plus rapides pour gagner, par Kansas City, la métropole du Nebraska, où il arriva le 6 dans la soirée.

Cette nuit, il dut la passer tout entière en cette ville d'Omaha, à laquelle Max Réal, lors de son premier voyage, avait pu consacrer quelques heures.

Ce fut là que lui parvint la dépêche lancée à son adresse par le secrétaire de la rédaction de la *Tribune*. Cette dépêche lui chiffrait jour par jour les étapes, de telle façon qu'il pût être rendu à Olympia du Washington, le 18 avant midi. Voici ce qu'elle marquait :

« 1° Quitter Omaha City dès le matin du 7 courant par le train de l'Union Pacific de huit heures trente-cinq, pour atteindre, à trois cent quatre-vingt-dix. milles de là, Julesburg-Jonction dans la soirée à six heures et demie ;

« 2° Là trouver un stage, tout attelé, muni de provisions avec relais préparés sur la route de cent milles qui aboutit aux Mauvaises Terres du Nebraska. Y arriver le lendemain dans la matinée, y faire constater sa présence, et revenir par le stage à Julesburg ;

« 3° Reprendre à Julesburg, dans la soirée du 10, le train qui se dirige vers la Californie par l'Union et le Southern Pacific, lequel déposera Harris T. Kymbale en gare de Sacramento dans la soirée du 12, et il devra passer la nuit dans cette ville ;

« 4° Le lendemain 13, sauter dans le railroad qui remonte vers le nord et s'arrêter à la station de Shasta, de la Haute-Californie, à trois cents milles de Sacramento, des travaux de réfection interrompant la circulation jusqu'à la station de Roseburg de l'Oregon ;

« 5° En ce pays montagneux où les stages ne peuvent circuler que lentement, faire à cheval ce trajet de deux cent quarante milles, afin d'arriver, le 17 au plus tard, à la station de Roseburg, voyage qui devra s'exécuter en quatre jours, à raison de vingt-cinq lieues par vingt-quatre heures, repos compris ;

« 6° Prendre dans l'après-midi du 17 à Roseburg le train pour

Olympia, qui arrive le lendemain matin dans cette ville, après un trajet de trois cent cinquante milles.

« NOTA. — Harris T. Kymbale est prié de ne rien perdre du temps qui lui est strictement mesuré, et de ne pas oublier que de grosses sommes sont engagées au journal sur les chances du Pavillon Vert. »

La dépêche était longue, mais claire, explicite, formelle. Le destinataire n'avait qu'à se conformer à ses prescriptions, et il serait à son poste, le jour dit, pour recevoir celle de son quatrième tirage. Il fallait espérer, d'ailleurs, qu'il ne se produirait aucun retard, car, ne fût-il que d'une demi-journée, il suffirait à compromettre le résultat du voyage.

Que l'on se rassure, Harris T. Kymbale était résolu à faire toute diligence. S'il passa la nuit à Omaha, c'est que le premier train ne partait que le lendemain. Il le prit donc, et dans la soirée, il descendit à Julesburg-Jonction, près de l'endroit où la voie vient affleurer la frontière du Colorado, non loin de la South-Platte River.

Cette fois, en quittant Charleston, le journaliste avait eu la précaution de ne point se mettre en évidence afin d'éviter les réceptions et leurs suites fâcheuses. Toutefois, à Julesburg, il n'aurait pu conserver l'incognito, car le stage commandé attendait son arrivée en cette bourgade.

Et, d'ailleurs, ses partisans, accourus à la gare, comprirent qu'il ne fallait le retarder sous aucun prétexte, que les heures étaient comptées, que cette excursion aux Mauvaises Terres du Nebraska devait s'accomplir dans un temps rigoureux. Ils furent donc les premiers, quand ils reçurent sur le quai de la gare le reporter en chef de la *Tribune*, à lui conseiller de partir à l'instant. Et même une douzaine de ces Anglo-Américains, qui, avec les émigrants et un certain nombre de Sioux devenus citoyens des États-Unis, composent la population nebraskienne, avaient pris leurs dispositions pour l'accompagner. Cette escorte n'était pas à dédaigner sur ces territoires où quelques fauves à deux pieds ou à quatre pattes se rencontrent encore.

« Comme il vous plaira, messieurs, répondit Harris T. Kymbale en serrant les mains qui se tendaient vers lui, mais à la condition que la voiture puisse vous contenir tous...

— Nos places y sont retenues et... en se tassant... » répliqua un de ces enthousiastes.

Le Nebraska, par sa superficie, tient le quinzième rang dans l'Union. La Platte ou Nebraska River le parcourt de l'ouest à l'est pour aller se jeter dans le Missouri à Platte City, et c'est sa rive gauche que côtoie cette portion de l'Union Pacific jusqu'à Julesburg-Jonction. État plus agricole qu'industriel, en voie de prospérité, dont la population ne cesse de s'accroître, il a pour capitale Lincoln, une ville de l'intérieur, déclarée chef-lieu administratif dès l'année qui suivit sa naissance, et dont le port, Nebraska City, est situé sur le Missouri à cinquante milles de là.

En vérité, c'était une regrettable circonstance que Harris T. Kymbale, sur le territoire de la Californie et de l'Oregon, dût être contraint de faire à cheval ce trajet de Shasta à Roseburg au lieu de le faire en voiture. Ici, ce ne sont pas les prairies qui manquent à la surface de ce Great Band nebraskien, dont Waren en 1857 et Cole en 1865 opérèrent la reconnaissance. Après que le stage eut franchi la Platte en ferry-boat, après qu'il eut dépassé Fort Grattan, il fallait le voir rouler sur ces terrains unis. C'était une diligence transcontinentale, un de ces overland-mails de la compagnie Wells et Fargo qui parcouraient autrefois le territoire fédéral, une sorte de coche, peint de rouge vif, suspendu sur des lanières de cuir. Rien qu'un seul compartiment à neuf places, trois par trois sur les banquettes d'avant, de milieu, d'arrière, et munies de bretelles pour soutenir les vaillants voyageurs.

Il va de soi que le quatrième partenaire et huit de ses partisans occupaient l'intérieur du stage, quitte à remplacer les quatre autres à tour de rôle, dont deux étaient juchés sur les sièges extérieurs à l'arrière et deux près du cocher, qui poussait, bride abattue, les six vigoureux chevaux de son attelage.

En fait de routes, il n'y avait que les passes tracées par les convois de fourgons. Et en est-il besoin sur ces plaines interminables, où les railroads n'ont eu qu'à poser leurs traverses? De temps en temps se rencontraient divers creeks aux environs des lagons Raymond et Cole, le Bourdman, la Niobrara River, que l'on franchissait à gué, et aussi quelques hameaux où attendaient les chevaux de relais.

C'est ainsi que dans la soirée du 8, après quarante heures d'un parcours favorisé par le temps, le stage arriva au district des Mauvaises Terres. Là, pas de villages, rien que des prairies où les chevaux pourraient pâturer à plein ventre. Quant à Harris T. Kymbale et à ses compagnons, il n'y avait pas à s'en inquiéter. Les coffres du véhicule étaient convenablement garnis de fines conserves, et les toasts ne manqueraient ni de whisky ni de gin.

Après une nuit sous un bouquet d'arbres, la voiture fut laissée à la garde du conducteur, et l'on descendit les premières rampes de la sauvage vallée.

Ah! que William J. Hypperbone avait eu raison de choisir cette région du Nebraska pour en faire le labyrinthe de sa quarante-deuxième case!

Entre les extrêmes ondulations des Rocheuses, à proximité des Black Hills, hérissées de conifères, se développe cette profonde dépression du sol, large de trente-six milles, longue de quatre-vingt-cinq, qui s'étend jusqu'au territoire du Dakota. De tous côtés s'étagent les cirques, avec leurs mille pyramides, aiguilles, pinacles, clochetons de pierre. C'est bien un labyrinthe, et des plus embrouillés, ce domaine des Bad Lands, qui, sur des milliers de milles carrés, à travers les strates, les argiles, les sables ferrugineux, dresse les fûts, les colonnes, les piliers de ses rocs prismatiques. Çà et là, on croit voir des bastions, des forts, des châteaux, dont la couleur rouge de brique tranche vivement sur la blanche surface du sol.

On a pu dire de ce coin du Nord-Amérique qu'il formait un monde à part. Aussi, dans les temps préhistoriques, fut-il fréquenté par d'immenses troupeaux d'éléphants, de mammouths, de mastodontes gigantesques, dont on retrouve encore les ossements conservés par la pétrification ou réduits en poussière?...

Ce qui paraît une hypothèse admissible, c'est que cette dépression ait été remplie autrefois par les eaux descendues des Rocheuses et des Black Hills, depuis longtemps infiltrées dans les fissures du fond, car l'altitude de la région est considérablement au-dessus du niveau de la mer. Ce réservoir vidé serait devenu un ossuaire où les débris fossiles sont accumulés en quantités surprenantes.

Quant aux représentants de la faune actuelle, — peu nombreux sur ce territoire où ils trouveraient difficilement à vivre, — ce sont des bisons, des buffles à longs poils, des moutons à longues cornes, et quelques gracieuses antilopes. Mais ce n'est pas ici que des chasseurs feraient bonne chasse. Harris T. Kymbale et ses compagnons n'eurent pas l'occasion de tirer un seul coup de fusil. Au surplus, s'ils avaient emporté des armes, c'était plutôt pour se défendre contre les bandes de Dakotas et de Sioux qui parcourent la région, ou pour repousser l'attaque des bandes de coyottes, ces loups de la prairie, dont on avait entendu les hurlements pendant la nuit précédente.

Il n'était pas question de s'engager profondément entre les sinuosités des Bad Lands. Il suffisait que le quatrième partenaire se fût présenté de sa personne à l'entrée de ce labyrinthe, et que sa présence eût été constatée par un acte authentique. On ne prit même pas la peine d'enfouir un document ainsi que l'avait fait le commodore Urrican avant de quitter la Vallée de la Mort. L'acte fut rédigé par Harris T. Kymbale, revêtu des douze signatures de ses compagnons, et cela devait suffire à témoigner de son arrivée en cette région nebraskienne. Un dernier repas fut pris à l'ombre du bouquet d'arbres, et les toasts furent aussi multiples que bruyants :

« Au reporter en chef de la *Tribune!*... Au favori du match!... A l'héritier des soixante millions de dollars de William J. Hypperbone! »

Décidément, Harris T. Kymbale avait lieu d'être confiant. Ses partisans ne l'abandonneraient jamais. On oubliait, on voulait oublier que, d'aller du Nebraska au Washington, c'était rétrograder, sinon sur la carte des États-Unis, du moins sur la carte du défunt. En réalité, même lorsqu'il serait revenu à la trentième case, il n'y aurait à le devancer alors que Max Réal, quarante-quatrième case, Y K Z, quarante-sixième, Tom Crabbe, quarante-septième.

Le campement fut levé dès trois heures de l'après-midi. Harris T. Kymbale et ses compagnons, très animés par les grogs au wisky, reprirent leurs places dans et sur le stage. Le lendemain, vers dix heures du matin, ils étaient rentrés à Julesburg-Jonction.

Une heure après, arrivait le train de l'Union Pacific pour un arrêt de dix minutes. Rien que ces dix minutes de retard, et Harris T. Kymbale l'aurait manqué, — ce qui n'eût sans doute pas compromis le reste du voyage, car il passe deux trains par jour à cette jonction. Mais, au total, il n'avait pas une heure à perdre.

On sait quels États traverse la ligne en se dirigeant vers l'ouest, puisque Max Réal en allant à Cheyenne, Hermann Titbury en allant à Great Salt Lake City, le commodore Urrican en allant à Death Valley, les avaient suivis. Le reporter dut donc franchir le Wyoming, l'Utah, le Nevada, puis en partie la Californie, afin d'atteindre la capitale californienne. C'est là qu'il descendit, dans la nuit du 11 au 12 juin, frais, dispos, confiant, n'ayant égaré en route rien de sa belle performance.

Un excellent accueil attendait le reporter. En grand nombre, ses partisans l'acclamèrent, mais ne songèrent pas un instant à le retenir, le train partant de Sacramento à une heure après-midi.

Entre autres personnes, qui, par intérêt ou par sympathie, étaient venues au-devant de Harris T. Kymbale, figurait au premier rang le correspondant de la *Tribune*, Will Walter, qui lui dit :

« Monsieur, j'ai été informé que vous deviez arriver aujourd'hui, et je vous félicite sincèrement de n'avoir éprouvé aucun retard.

— En effet, mon cher confrère, répondit Harris T. Kymbale, pas le moindre retard entre Charleston et Sacramento, et je compte qu'il en sera de même entre Sacramento et Olympia.

— Il n'y a pas lieu de le craindre, affirma Will Walter. Sans

doute, il est fâcheux que la ligne soit momentanément interrompue ;
mais le train va vous conduire à la station de Shasta, où vous trouverez
des chevaux tout prêts. Un guide, connaissant bien le pays, vous
mènera par le plus court à Roseburg, où vous reprendrez le Southern
Pacific pour Olympia.

— Il ne me reste donc qu'à vous remercier de votre obligeance,
monsieur Walter...

— Non point, monsieur Kymbale, c'est moi qui vous remercie
puisque je vous ai pris...

— A combien?... demande vivement le journaliste.

— A un contre cinq.

— Eh bien, cher confrère, cinq bonnes poignées de main par
reconnaissance...

— Le double, si vous voulez, monsieur Kymbale, et, maintenant,
bon voyage!... »

La locomotive siffla, le train se mit en route et disparut au tournant de la voie dans la direction de Marysville qu'il atteignit près de
Feather River.

Une circonstance fâcheuse, c'est que ce train ne marchait pas à
grande vitesse. Il s'était arrêté à chaque station, à Ewings, à Wood-
land. Il est vrai, la voie ne cessait de monter, afin de gagner cette
région de la Haute-Californie d'une altitude considérable au-dessus
du niveau de la mer.

Le train s'arrêta à Marysville, cité qui, de même que Oroville et
Placerville, est délaissée, depuis que, les chercheurs d'or en ayant
vidé « les poches », la vogue est aux mines des territoires du Nord
et de l'Alaska. Seule, Marysville offre quelque résistance à cet
abandon, parce que sa situation, au confluent des rivières Yuba et
Feather, lui assure un mouvement de batellerie qui étend son commerce sur toute la région.

Au delà, il fallut compter avec les haltes de Gridley, Nelson,
Chico, Tehama, où des rampes, très accentuées, exigèrent de la
locomotive de plus grands efforts au préjudice de sa rapidité.

Bref, ce ne fut pas avant huit heures du matin, heure réglementaire d'ailleurs, que, à la date du 13, le train vint s'arrêter à la ville do Shasta, cette station, on ne l'a pas oublié, à partir de laquelle la circulation était interrompue.

Avant de reprendre le railroad à Roseburg, Harris T. Kymbale aurait à remonter d'une centaine de lieues vers le nord, avec le guide et les chevaux commandés par les soins du correspondant de la *Tribune*.

Il ne restait plus que cinq jours pleins pour gagner Olympia, dont quatre devaient être employés au voyage à cheval, avec une moyenne de vingt-quatre à vingt-cinq lieues par vingt-quatre heures. A ce faire, rien d'impossible, mais grosse fatigue à prévoir, pour les montures, et aussi pour les cavaliers.

Trois chevaux attendaient devant la station, l'un destiné à Harris T. Kymbale, les deux autres au guide et à un garçon d'écurie qui l'accompagnait. Inutile de dire que le reporter avait l'habitude de l'équitation comme de tous les genres de sport.

Le guide, nommé Fred Wilmot, était un homme de quarante ans, dans toute la force de l'âge.

« Vous êtes prêt?... lui demanda Harris T. Kymbale.

— Prêt.

— Et nous arriverons...

— Oui, si vous êtes bon cavalier. Avec le stage, il eût fallu le double de temps...

— Je réponds de moi...

— Alors en selle. »

Les chevaux partirent au grand trot. De la question de nourriture, il n'y avait pas à se préoccuper, car bourgades et villages sont nombreux sur la route.

Le temps semblait devoir se maintenir au beau, avec une certaine fraicheur qui s'accentuerait dans la région montagneuse. La journée serait coupée par une halte de deux heures, et l'on se reposerait une partie de la nuit.

Le chemin suivait la rive droite du Sacramento, et, après un

arrêt pour le repas dans une ferme, Fred Wilmot vint s'arrêter à
Butter, en plein pays de sources minérales comme il y en a tant en
Amérique.

Sept heures de sommeil dans une auberge, et les voyageurs repartirent dès l'aube, pour aller déjeuner à Yreka. A une centaine de
milles dans l'est, on eût rencontré le Shasta, dont le cratère s'ouvre
à plus de douze mille pieds entre deux sommets. Solidement assis
sur sa base que découpent des ravins verdoyants, ce mont est con-
sidéré comme le plus beau des États-Unis, « avec ses laves roses
émaillées de glace », a dit un enthousiaste voyageur.

Harris T. Kymbale dut remettre son admiration à un autre voyage.

Un grand État, cet Oregon, le neuvième des États-Unis. Faible
de population, il possède de vastes pâturages, et son principal rendement vient de la pêche du saumon, très fructueuse dans ses cours
d'eau. En outre, l'extrême fertilité des terres dans l'ouest les fait
rechercher pour les établissements agricoles.

Pendant cette journée, Harris T. Kymbale eut les yeux réjouis par
la contemplation de sites magnifiques. Un regard en passant, c'était
tout ce qu'il pouvait leur accorder, à son vif regret. En lui, le touriste s'effaçait devant le partenaire. Le soir, ayant franchi la passe
de Pilot Rock, hommes et bêtes, pas mal éreintés, vinrent prendre
repos à la bourgade de Jackson, qu'il ne faut pas confondre avec ses
homonymes des États-Unis, — quatre Jackson, au Michigan, au
Mississippi, au Tennessee et dans l'Ohio, et deux Jacksonville, l'une
dans l'Illinois, l'autre dans la Floride, à plusieurs milliers de milles
de la Californie.

Le lendemain, 16, après une dernière journée que les chevaux
enlevèrent sans trop de peine, et dont la seconde étape se prolongea
jusqu'à près de minuit, le guide signala les lumières de Roseburg.

Ainsi s'était effectué ce cheminement, pas un accident, pas même
un incident, avec la régularité d'un express. Ni les remerciements
ni les dollars ne furent ménagés à Fred Wilmot, et le lendemain,
dès l'aube, Harris T. Kymbale « sauta », — le mot est employé par le

correspondant de la *Tribune*, — dans le premier train en partance pour Olympia.

Ce train dessert les principales villes ou bourgades de cette riche vallée de la Villamette, Vinchester, Eugène City, Harrisburg, Albany, Salem, la capitale de l'État, fraîche corbeille de fleurs et de verdure, Canb, Oregon City, la plus industrieuse, grâce aux puissantes chutes qui actionnent ses papeteries, ses sucreries et ses filatures, Portland, peuplée de soixante-quinze mille habitants, qui tient la tête du commerce oregonnais, et dont la Columbia fait un port de mer d'une grande activité.

Enfin, le train franchit cette rivière qui sépare l'Oregon du Washington, et vint s'arrêter sur la rive droite, en amont du confluent de la Villamette, à Vancouver, le 18, huit heures du matin.

Harris T. Kymbale ne disposait plus que de six heures, mais n'était qu'à cent vingt milles d'Olympia.

Ah! si le temps ne lui eût manqué, comme il aurait pris plaisir à visiter en détail cet Oregon qu'il venait de quitter, ce Washington où son pied venait de se poser pour la première fois!

C'est un État de trois cent cinquante mille habitants, en pleine prospérité, si éloigné soit-il à cette extrémité du territoire fédéral, auquel il n'a été rattaché qu'en 1859 et dont il occupe le dix-huitième rang. Il a Olympia pour capitale, où peuvent remonter les navires par le Puget-Sound; mais Seattle l'emporte par l'étendue de son commerce, et Tacoma, par son trafic avec le Japon et la Chine ; cette dernière-née de la famille washingtonienne donne les plus belles espérances pour l'avenir.

Ce fut de Vancouver, — bien entendu la ville de ce nom du Washington, et non celle de la Colombie anglaise, située à une centaine de milles plus au nord, — que Harris T. Kymbale partit à huit heures dix du matin, afin d'accomplir la dernière étape de ce voyage.

Aucun obstacle, aucun retard à craindre. Neuf stations, et le train arriverait, un peu après onze heures, en gare d'Olympia. Holbrook, Waren, Kalama, Stockport, Sopenah, Chealis, Centralia, furent laissées successivement en arrière. Le train filait assez rapidement à la surface de cette région arrosée par les nombreux affluents et sous-affluents de la Columbia. Enfin il était onze heures trois minutes, lorsqu'il s'arrêta à la petite bourgade de Tenino, séparée de la capitale par une distance de quarante milles, — une quinzaine de lieues environ.

Là, fâcheuse nouvelle pour les voyageurs, et désastreuse pour Harris T. Kymbale, — un accident que le minutieux Bickhorn de la *Tribune* n'avait pu prévoir. Impossible au train d'aller au delà de Tenino. A dix milles de cette station, un pont s'était écroulé une heure avant, et la circulation avait dû être arrêtée sur cette partie de la ligne.

Coup mortel s'il en fut jamais, et dont le quatrième partenaire ne se relèverait pas !

« Maudite guigne, s'écria-t-il, en se précipitant hors de son wagon, tu me fais périr au port ! »

Eh bien, non, et peut-être allait-il s'en tirer. .

Trois jeunes gens, descendus du train, s'approchèrent de lui.

« Monsieur Kymbale, lui dit l'un d'eux, savez-vous monter à bicyclette ?...

— Oui.

— Venez donc. »

Il n'y eut pas d'autres paroles échangées. On le voit, c'était entrer carrément en matière, comme il convient entre ces gens pratiques des États-Unis.

Ce n'était pas une bicyclette, mais bien une triplette qui fut retirée du fourgon de bagages et déposée sur le quai de la gare.

« Monsieur Kymbale, dit le jeune homme, l'un de nous va vous céder sa place au milieu, l'autre se mettra derrière, moi je me mettrai devant, et il y a des chances d'arriver pour midi à Olympia !

— Vos noms, messieurs ?...

— Will Stanton et Robert Flock.

— Et le vôtre, à vous, monsieur, qui me cédez votre place?...

— John Berry.

Il fallut plus que jamais repousser les coyottes. (Page 404.)

— Eh bien, messieurs Stanton, Flock et Berry, merci... et en route, et que saint Cycle, le patron des bicyclistes, nous protége!... »

Quinze lieues en moins d'une heure !... Ce record n'était pas encore détenu par aucun professionnel.

Avant de démarrer :

« Messieurs, dit Harris T. Kymbale, je ne sais comment je pourrai reconnaitre....

— En gagnant, répondit simplement Will Stanton.

— Nous avons parié pour vous », ajouta Robert Flock.

La triplette était une machine sortie des ateliers de Cambden and Co. de New York, pourvue d'une multiplication de vingt-sept pieds deux pouces, et qui avait fait ses preuves dans une lutte internationale, précisément sur le vélodrome de Chicago. Ces illustres bécanards, Will Stanton et Robert Flock, originaires du Washington, étaient des stayers de la vélocipédie, ayant les meilleures performances et capables de tout le rendement que peut donner ce genre de sport. Harris T. Kymbale, monté sur la selle intermédiaire, n'aurait eu qu'à se laisser conduire, mais il entendait bien ajouter sa puissance musculaire à celle de ses entraineurs — c'est le mot, — et pédaler pour son propre compte.

Will Stanton s'achevala en avant, Robert Flock en arrière, Harris T. Kymbale entre les deux. Quelques personnes obligeantes qui maintenaient la machine sur la route, lui imprimèrent un vigoureux élan, et elle s'élança, saluée de bruyants hurrahs.

Ce départ fut magnifique. Le rapide véhicule allait comme un « tonnerre graissé », — expression bien américaine, — sur un chemin soigneusement entretenu, une véritable piste de vélodrome moins les virages, et très plat en cette partie du Washington qui avoisine le littoral. Les trois cyclistes ne parlaient pas, la bouche fermée, les lèvres entr'ouvertes par un tuyau de plume, qui, sans permettre à l'air d'arriver trop brutalement aux poumons, aidait cependant la respiration par le nez.

Et, c'est ainsi qu'ils n'hésitèrent pas à « emballer » dès le début de cette course vertigineuse. Les roues de la triplette tournaient avec la vitesse d'une dynamo mue par un puissant moteur, et, cette fois, le moteur, c'étaient ces trois hommes dont les jambes, transformées en bielles, poussaient l'appareil de toute leur vigueur. La triplette entrainait avec elle un nuage de poussière et, lorsqu'elle franchissait à gué quelque creek, soulevait une nappe d'eau qui se recourbait sur ses jantes. L'avertisseur lançait au loin des sons pour s'assurer la route libre, et les gens se rangeaient sur les côtés afin de livrer passage à cette machine éclair.

Enfin, après le premier quart d'heure, — ainsi que le dit Will Stanton qui comptait les bornes milliaires — les cinq premières lieues avaient été enlevées, et il suffirait de conserver cette moyenne pour atteindre le but quelques minutes avant midi.

Il ne semblait donc pas qu'aucun obstacle pût surgir, quand, un peu après onze heures, alors que la triplette traversait une vaste plaine, se firent entendre de furieux hurlements.

Un cri s'échappa de la bouche de Robert Flock, qui laissa tomber son tuyau de plume.

« Des coyottes! »

Oui, des coyottes, une vingtaine de ces redoutables loups de la prairie. Enragés de faim, sans doute, ces farouches animaux s'approchaient avec une vitesse supérieure à celle des cyclistes et se jetèrent sur leurs flancs.

« Vous avez un revolver?... demanda Will Stanton, sans ralentir un instant la triplette.

— Oui, répondit Harris T. Kymbale.

— Tenez-vous prêt à faire feu, — toi aussi, Flock, avec le tien... Moi, je ne lâche pas la direction... Continuons à pédaler tous trois, et peut-être devancerons-nous cette bande?... »

La devancer?... il fut bientôt évident que cela ne serait pas possible.

Les coyottes bondissaient en suivant la triplette, prêts à se précipiter sur le reporter et ses compagnons, qui seraient perdus s'ils étaient renversés.

Deux détonations éclatèrent, et deux loups, atteints mortellement, roulèrent sur la route en hurlant. Les autres, au comble de la fureur, s'élancèrent sur la machine, laquelle ne put éviter le choc que par un crochet brusque, qui faillit désarçonner Harris T. Kymbale.

« Pédalons... pédalons! » cria Will Stanton.

Et les jarrets se détendirent avec une telle vigueur que les dents de la multiplication craquèrent à faire craindre qu'elles ne fussent brisées.

Pendant le second quart d'heure, cinq autres lieues avaient été franchies. Mais il fallut, plus que jamais, repousser les coyottes qui sautaient au moyeu des roues, et dont les ongles grinçaient sur les rayons de fil d'acier. Les revolvers furent tirés jusqu'à leurs dernières cartouches, et la bande, réduite de moitié, laissa une dizaine de loups en arrière.

A ce moment, Harris T. Kymbale, abandonnant la barre, parvint à recharger son revolver, dont les six coups mirent les coyottes en pleine déroute.

Il était alors midi moins dix. A deux lieues environ apparaissaient les premières maisons d'Olympia.

La triplette dévora cette distance avec la vitesse d'un express, elle atteignit la ville, et, en dépit des règlements de police, au risque d'écraser quelques-uns de ses cinq mille habitants, elle s'arrêta devant le Post Office, comme midi commençait à sonner.

Harris T. Kymbale prit terre. N'en pouvant plus, respirant à peine, il fendit la foule des curieux qui attendaient l'arrivée du quatrième partenaire, et se précipita dans la salle au moment où l'horloge tintait pour la dixième fois.

« Il y a un télégramme pour Harris T. Kymbale... cria l'employé du télégraphe.

— Présent!... » répondit le chroniqueur en chef de la *Tribune*, qui tomba sans connaissance sur un banc.

Le protégé de saint Cycle était arrivé à temps, grâce au dévouement et à l'énergie de ses compagnons. Quant à MM. Will Stanton et Robert Flock, avec quinze lieues parcourues en quarante-six minutes et trente-trois secondes, ils battaient le record de vitesse des cinq parties du monde!

La joie de Jovita éclata comme une pièce d'artifices. (Page 410.)

# XI

## LA PRISON DU MISSOURI.

C'était le 6 juin, à *Mammoth Hotel*, après les six jours passés aux grottes du Kentucky, que Lissy Wag avait reçu la nouvelle fatale.

Le point de sept, par quatre et trois, doublé, l'envoyait dans la cinquante-deuxième case, Missouri.

Le voyage ne serait ni fatigant ni long. Les deux États confinent à l'angle de Cairo. De Mammoth Caves à Saint-Louis, à peine deux cent cinquante milles, huit à dix heures de chemin de fer, pas davantage. Mais quel désappointement, quelle ruine!

« Malheur... malheur!... s'écria Jovita Foley. Mieux aurait valu d'être envoyées, comme le commodore Urrican, à l'extrémité de la Floride, ou comme M. Kymbale au fond du Washington!... Au moins n'aurions-nous pas cessé de prendre part à cette abominable partie...

— Oui... abominable... c'est le mot, ma pauvre Jovita! répondit Lissy Wag. Aussi pourquoi as-tu voulu la jouer?... »

La désolée demoiselle ne répondit pas, et qu'aurait-elle essayé de répondre?... Voulût-elle même ne point abandonner le match, se rendre au Missouri, attendre que l'un des partenaires vînt, par un coup malheureux pour lui mais heureux pour elle, délivrer Lissy Wag de la prison en y prenant sa place, elle ne l'aurait pu qu'à la condition de verser une triple prime dans cette cagnotte dont le montant devait appartenir au second arrivant!... Et ces trois mille dollars, les possédait-elle?... Non... Et pourrait-elle se les procurer?... Pas davantage.

En effet, seuls quelques gros parieurs, engagés sur Lissy Wag, auraient peut-être fait l'avance de cette prime, et encore si les chances du Pavillon Jaune n'eussent pas été si gravement compromises. Lorsque Hodge Urrican tira « le numéro de la Mort », il en fut quitte à recommencer. Hermann Titbury lui-même, le jour fixé sortirait de l'hôtellerie de la Louisiane et reprendrait son tour. Ni l'un ni l'autre, en somme, n'étaient exclus du match pour un temps illimité, tandis que cette pauvre Lissy Wag...

« Malheur... malheur!... répétait Jovita Foley, qui n'avait plus que ce funeste mot à la bouche.

— Eh bien... que faisons-nous?... demanda sa compagne.

— Attendons... attendons, ma pauvre chérie!

— Attendons... quoi?...

— Je ne sais pas!... D'ailleurs... nous avons quinze jours pour nous rendre à la prison...

— Mais non pour payer la prime, Jovita, et c'est cela qui nous embarrasse le plus...

— Oui... Lissy... oui!... Enfin... attendons..

— Ici?...

— Non, par exemple! »

Et ce « non », sorti du cœur de Jovita Foley, répondait bien au changement des dispositions manifestées jusqu'alors à la cinquième partenaire par les hôtes de *Mammoth Hotel.*

En effet, Lissy Wag se voyait déjà délaissée depuis ce déplorable coup de dés. Favorite de la veille, elle n'était plus la favorite du lendemain. Les parieurs, les coureurs de « boom », qui avaient ponté sur elle, l'auraient volontiers couverte de malédictions. En prison, la malheureuse irait en prison, et la partie serait certainement achevée avant qu'elle eût été délivrée! Aussi, dès la première heure, le vide se fit-il autour d'elle. C'est ce que Jovita Foley avait parfaitement vu, et comme cela était humain, n'est-il pas vrai?

Bref, dès ce jour-là, repartirent la plupart des touristes, puis le gouverneur de l'Illinois. Et il est bien probable que John Hamilton regrettait à cette heure les grades honorifiques qu'il avait accordés aux deux amies. Il suit de là que le colonel Wag et le lieutenant-colonel Foley ne feraient plus que triste figure au milieu de la milice illinoise.

Le jour même, l'après-midi, elles réglèrent leur note à *Mammoth Hotel,* et prirent le train pour Louisville, afin d'y attendre... quoi?...

« Ma chère Jovita, dit alors Lissy Wag, au moment de descendre du train, sais-tu ce qu'il y aurait à faire?...

— Non, Lissy, je n'ai plus la tête à moi!... Je suis toute désorientée!

— Eh bien, il y aurait à continuer le voyage jusqu'à Chicago, à rentrer tranquillement chez nous, et à reprendre nos fonctions dans les magasins de M. Marshall Field... Est-ce que ce ne serait pas sage ?...

— Très sage, ma chérie, très sage !... Mais... c'est plus fort que moi... j'aimerais mieux devenir sourde que d'écouter la voix de la sagesse !

— C'est de la folie...

— Soit... je suis folle !... Je le suis depuis que cette partie a commencé, et je veux l'être jusqu'à la fin...

— Va !... c'est fini pour nous, Jovita, bien fini !...

— On ne sait pas, et je donnerais dix ans de ma vie pour être d'un mois plus vieille ! »

Et elle les donnait et elle les avait donnés tant de fois, ses dix ans, que, tout compte fait, cela faisait cent trente années de son existence déjà sacrifiées en pure perte !

Jovita Foley conservait-elle donc encore quelque espoir ?... Dans tous les cas, elle obtint de Lissy Wag, qui eut la faiblesse de l'écouter, qu'elle n'abandonnerait pas la partie. Toutes deux passeraient quelques jours à Louisville N'avaient-elles pas du 6 au 20 juin pour se rendre au Missouri ?...

Ce fut donc dans un modeste hôtel de Louisville qu'elles allèrent enfouir leurs chagrins, — du moins Jovita Foley, car sa compagne s'était facilement résignée, n'ayant jamais cru au succès final.

Le 7, le 8, le 9 s'écoulèrent, La situation ne s'était point modifiée, et telles furent les insistances de Lissy Wag qu'elle fit consentir Jovita Foley à regagner Chicago.

D'ailleurs, les journaux, — même le *Chicago Herald*, qui avait toujours soutenu la cinquième partenaire, — la « lâchaient » maintenant. C'était en enrageant que Jovita Foley les lisait, puis les déchirait d'une main, pour ne pas dire d'une griffe fiévreuse. Lissy Wag ne comptait plus dans les agences où sa cote était tombée à zéro et même au-dessous. Dans la matinée du 8, les deux amies avaient appris que le commodore Urrican avait amené neuf par six et trois, — ce qui lui faisait atteindre d'un bond le Wisconsin, vingt-sixième case.

« Le voilà bien reparti !... » s'était écriée la malheureuse Jovita Foley.

Et le 10, lorsque le télégraphe annonça que l'homme masqué était, par dix points, envoyé au Minnesota, cinquante et unième case :

« Décidément... c'est celui-là qui a le plus de chances, dit-elle, et ce sera lui qui héritera des millions de cet Hypperbone ! ».

On voit que l'excentrique défunt avait singulièrement baissé dans son estime depuis que les dés avaient fait une prisonnière de sa chère Lissy Wag !

Enfin il avait été convenu que, le soir même, les deux amies prendraient le train pour Chicago. Bien que les journaux de Louisville eussent fait connaître dans quel hôtel Lissy Wag et Jovita Foley étaient descendues, inutile de dire que pas un seul reporter n'était venu leur rendre visite. Si ce fut à la grande satisfaction de l'une, ce fut à l'extrême dépit de l'autre, puisque, répétait-elle en serrant les lèvres, « c'est comme si nous n'existions pas ! »

Mais il était écrit qu'elles ne partiraient pas encore pour la métropole illinoise. Une circonstance des moins prévues allait leur permettre de peut-être retrouver une partie de leurs chances en rentrant dans le match que, faute de payer la prime, elles devaient abandonner.

Vers trois heures de l'après-midi, le facteur du quartier se présenta à l'hôtel, monta à la chambre des deux amies. Dès que la porte lui eut été ouverte :

« Mademoiselle Lissy Wag ?... demanda-t-il.

— C'est moi, répondit la jeune fille.

— J'ai une lettre chargée à votre adresse, et si vous voulez signer la réception...

— Donnez », répondit Jovita Foley, dont le cœur battait à se briser.

Les formalités remplies, le facteur se retira.

« Qu'y a-t-il dans cette lettre ?... dit Lissy Wag.

— De l'argent, Lissy...

— Et qui peut nous envoyer ?...

— Qui ?... » répliqua Jovita Foley.

Elle rompit les cachets de l'enveloppe et en tira une lettre qui renfermait un papier plié.

La lettre ne contenait que ces lignes :

« Ci-inclus un chèque de trois mille dollars sur la Banque de
« Louisville, et que miss Lissy Wag voudra bien accepter pour payer
« sa prime, — de la part de Humphry Weldon. »

La joie de Jovita Foley éclata comme une pièce d'artifices. Elle sautait, elle riait à étouffer, elle faisait bouffer ses jupes en tournant, et elle répétait :

« Le chèque... le chèque de trois mille dollars !... C'est ce digne monsieur qui est venu nous voir pendant que tu étais malade, ma chérie !... C'est de M. Weldon !...

— Mais, fit observer Lissy Wag, je ne sais si je peux... si je dois accepter...

— Si tu le peux... si tu le dois !... Ne vois-tu pas que M. Weldon a parié de grosses sommes pour toi !... Il nous l'a dit, d'ailleurs, et il veut que tu puisses continuer la partie !... Tiens, malgré son âge respectable, je l'épouserais... s'il voulait de moi !... Allons toucher le chèque ! »

Et elles allèrent toucher le chèque, qui leur fut payé à l'instant même. Quant à remercier ce digne, cet excellent, ce respectable Humphry Weldon, impossible puisqu'on ne connaissait pas son adresse.

Le soir même, Lissy Wag et Jovita Foley quittaient Louisville, sans avoir rien dit à personne de la lettre si opportunément reçue, et, le lendemain, 11, elles débarquaient à Saint-Louis.

Certes, à bien réfléchir, la situation de Lissy Wag dans le match était toujours compromise, puisqu'elle ne pourrait pas prendre part aux tirages, tant que l'un des partenaires ne l'aurait pas remplacée à la cinquante-deuxième case. Mais cela ne manquerait pas d'arriver, — à en croire cette si confiante, cette trop confiante Jovita Foley, — et, dans tous les cas, Lissy Wag ne serait pas exclue de la partie pour cause de prime impayée.

Toutes deux étaient donc dans cet État du Missouri, auquel aucun des « Sept » ne songeait jamais sans éprouver les affres de l'épouvante. Aussi, on l'admettra volontiers, pas un de ses deux millions sept cent mille habitants n'était-il flatté de ce que William J. Hypperbone se fût permis d'en faire une prison pour son Noble Jeu des États-Unis d'Amérique. Il est vrai, sans parler des gens de couleur, les Allemands y sont en grande majorité, et l'on sait ce que vaut la susceptibilité teutonne !

Le Missouri est l'un des plus importants États de la République américaine, le dix-septième par la superficie, le cinquième par sa population, le premier pour la production du zinc. Limité par des lignes de longitude et de latitude au sud et à l'ouest, il a, du côté de l'est et du nord, le Mississippi et le Missouri dont les eaux se confondent en amont de Saint-Louis, à l'angle où s'élève la petite ville de Columbia. On imagine aisément à quel point ces deux routes fluviales doivent favoriser le commerce de la métropole, expéditions de blé et de farines, exportation du chanvre qui est cultivé en grand, élevage des porcs et des bêtes à cornes. Les métaux ne lui manquent pas, ni les gisements de plomb et de zinc. C'est dans le comté de Washington que se dressent les Iron Mountains, la Montagne de Fer, et le Pilot Kirol, énormes masses hautes de trois cents pieds, que les Américains auront peut-être un jour l'idée de transformer en deux électro-aimants d'une formidable puissance.

L'État de Missouri n'était autrefois qu'un district de la Louisiane, mais il est rentré avec son autonomie dans l'Union depuis 1821, et la fondation de Saint-Louis par les Français date de 1764.

En cet État, il n'y a pas moins de onze villes à citer pour leur valeur commerciale ou industrielle, dont trois possèdent plus de cent mille habitants. L'une d'elles, Kansas, en face de Kansas City du Kansas, avait déjà été, on s'en souvient, visitée par Max Réal, quand, à son premier voyage, il descendit le Missouri depuis Omaha jusqu'à cette double ville. Mais il en est d'autres, telle Jefferson City, la capitale de l'État, qui mérite l'attention des touristes, grâce à sa pittoresque situation sur une terrasse, dominant la vallée missourienne.

Toutefois, le premier rang appartient sans conteste à Saint-Louis, qui occupe une étendue de dix milles sur la rive droite du grand fleuve. Cette métropole fut appelée jadis Mount City, parce qu'elle est entourée d'une succession de monticules calcaires de couleur blanche. Elle occupe une aire supérieure d'un quart à celle de Paris, et encore conviendrait-il d'y ajouter ses annexes urbaines, East-Saint-Louis, Brooklyn, Cahokia, Prairie du Port, bien qu'elles s'élèvent sur le territoire illinois.

Telle était la cité désignée par ce membre de l'*Excentric Club* pour servir de prison aux joueurs du match, — la cité entière s'entend. Il va de soi qu'il ne s'agissait pas d'être incarcéré entre les murs d'un cachot. Non! Lissy Wag n'aurait point à subir la promiscuité des malfaiteurs... Jovita Foley et elle ne seraient point privées de la liberté... Elles pourraient se promener à leur fantaisie à travers cette cité superbe où l'on compte dix-huit parcs publics, et dont l'un ne mesure pas moins de cinq cent cinquante hectares [1].

Les deux amies durent donc faire choix d'un hôtel, — et ce fut à *Lincoln Hotel* qu'elles vinrent occuper la même chambre dans l'après-midi du 11 juin.

« Eh bien, nous y sommes dans cette horrible prison, s'écria Jovita Foley, et j'avoue que, pour une horrible prison, Saint-Louis me parait fort agréable.

---

1. Onze fois le Champ-de-Mars, à Paris.

— Une prison ne saurait l'être, Jovita, du moment qu'on n'a pas la permission d'en sortir...

— Sois tranquille, nous en sortirons, ma chérie! »

Ainsi toute sa confiance d'autrefois était revenue à Jovita Foley, — en même temps que sa gaité naturelle, — depuis l'envoi des trois mille dollars, dû à cet excellent M. Humphry Weldon, lesquels furent expédiés le jour même en un chèque à l'ordre de maître Tornbrock, notaire à Chicago.

Mais, cette confiance, il ne semblait pas qu'elle fût revenue au monde des parieurs, aux courtiers des agences. En effet, bien que les journaux de Saint-Louis eussent signalé la présence de la cinquième partenaire à *Lincoln Hotel*, aucun interviewer ne s'y présenta. Que pouvait-on attendre de Lissy Wag, qui avait eu cette malchance d'être tombée dans la case missourienne?...

Et, cependant, peut-être cet emprisonnement finirait-il plus tôt qu'on ne l'imaginait. Le lendemain, 12, un nouveau tirage serait effectué et les suivants se succéderaient de deux en deux jours...

« Et qui sait... qui sait... qui sait?... » répétait sans cesse Jovita Foley.

Les deux amies employèrent donc les loisirs de l'après-midi à visiter quelques quartiers de la ville, qu'un ravin, parallèle au cours du Mississippi, coupe en deux parties inégales. Dans les magasins luxueux des principales rues, quel attrait pour des yeux féminins, non seulement de magnifiques bijoux et de superbes étoffes, mais des pelleteries, des fourrures de toute beauté. Et pourquoi s'en étonner, puisque ces précieuses robes sont fournies à profusion par les opossums, les daims, les renards, les rats musqués, les wolverènes, les chats sauvages dont les Indiens de ce territoire font un grand trafic? Et ne s'y rencontrent-ils pas encore par milliers, ces bisons, ces buffles, qui fréquentent les vastes prairies en bordure des fleuves, et auxquels des bandes de loups donnent incessamment la chasse?...

Enfin la journée ne fut pas perdue.

Le lendemain, on comprend ce que devait être l'impatience de Jovita Foley, qui se réveilla dès l'aube, puisque, ce jour-là, à huit heures, maitre Tornbrock allait procéder au tirage du 12 juin.

Aussi, laissant dormir Lissy Wag, elle sortit de l'hôtel, en quête d'informations.

Deux heures... Oui! elle fut bien deux heures absente, et quel réveil pour la cinquième partenaire, qui sursauta au bruit d'une porte violemment ouverte, et à la retentissante entrée de Jovita Foley, criant :

« Délivrée... ma chère... délivrée...

— Que dis-tu?...

— Huit par cinq et trois... Il les a...

— Il?...

— Et comme il était à la quarante-quatrième case, le voilà expédié à la cinquante-deuxième...

— Qui... il?...

— Et comme la cinquante-deuxième est la prison, il y vient prendre notre place...

— Mais qui?...

— Max Réal... ma chérie... Max Réal...

— Ah! le pauvre jeune homme! répondit Lissy Wag. J'aurais mieux aimé rester...

— Par exemple! » s'écria la triomphante Jovita Foley que cette observation fit bondir comme un isard.

Rien de plus exact! Ce coup de dés mettait en liberté Lissy Wag. Elle serait remplacée à Saint-Louis par Max Réal, dont elle reprendrait la place, à Richmond, État de Virginie, sept cent cinquante milles, vingt-cinq à trente heures de voyage !...

D'ailleurs, pour s'y rendre, elle avait, du 12 au 20, plus de temps qu'il n'en fallait. Ce qui n'empêcha point son impatiente compagne, incapable de contenir sa joie, de s'écrier :

« En route...

— Non... Jovita, non... répondit nettement Lissy Wag.

— Non!... Et pourquoi?...

— Je trouve convenable d'attendre ici M. Max Réal... Nous devons bien cela à cet infortuné jeune homme ! »

Et Jovita Foley d'acquiescer à cette proposition, mais à la condition que le prisonnier ne tarderait pas plus de trois jours à franchir le seuil de sa prison.

Or, ce fut précisément dès le lendemain, 13, que Max Réal descendit à la gare de Saint-Louis. Et il existait sans doute un mystérieux lien de suggestion entre le premier et la cinquième partenaire, puisque, si celle-ci désirait ne pas partir avant que celui-là fût arrivé, celui-là voulait arriver avant que celle-ci fût partie.

Pauvre Mme Réal! En quel état devait être cette excellente mère, à la pensée que son fils était si malencontreusement arrêté sur le chemin du succès!

Il va de soi que Max Réal savait par les journaux que Lissy Wag logeait à *Lincoln Hotel.* Dès qu'il s'y présenta, il fut reçu par les deux amies, tandis que Tommy attendait dans un hôtel voisin le retour de son maitre.

Lissy Wag, émue plus qu'elle n'aurait voulu le paraître, s'avança au-devant du jeune peintre :

« Ah! monsieur Réal, dit-elle, que nous vous plaignons...

— Et du fond du cœur!.. ajouta Jovita Foley, qui ne le plaignait pas le moins du monde, et dont les yeux ne parvenaient pas à exprimer la pitié.

— Mais non... miss Wag... répondit Max Réal, lorsqu'il eut repris haleine après une montée trop rapide, non!... je ne suis pas à plaindre... ou du moins, je ne veux pas l'être, puisque j'ai le bonheur de vous délivrer...

— Et que vous avez raison!... déclara Jovita Foley, qui ne put retenir cette réponse aussi franche que désagréable.

— Excusez Jovita, dit alors Lissy Wag. Elle ne réfléchit pas assez, monsieur Réal, et, pour moi, croyez que j'éprouve un profond chagrin...

— Sans doute... sans doute... reprit Jovita Foley. D'ailleurs, ne vous désespérez pas, monsieur Réal!.. Ce qui nous arrive peut aussi vous arriver!.. Certes, cela eût été bien préférable si d'autres que vous avaient été envoyés en prison, ce Tom Crabbe, ce commodore Urrican, cet Hermann Titbury!... Nous eussions accueilli avec plus de plaisir leur visite... que la vôtre... c'est-à-dire... je me comprends... Enfin... ils viendront peut-être vous délivrer...

— C'est possible, miss Foley, répliqua Max Réal, mais il ne faut pas trop y compter. Croyez, au surplus, que j'accepte ce contretemps avec grande philosophie... En ce qui concerne la partie, je n'ai jamais cru que je gagnerais...

— Ni moi, monsieur Réal, se hâta de dire Lissy Wag.

— Mais si... mais si... affirma Jovita Foley, ou, du moins, je l'ai cru pour elle!...

— Et je l'espère encore, miss Wag, ajouta le jeune homme.

— Et moi, je veux l'espérer pour vous, monsieur Réal... répondit la jeune fille.

— Voyons... voyons... reprit Jovita Foley, vous ne pouvez pas gagner tous les deux...

— C'est impossible, en effet, dit en riant Max Réal. Il ne peut y avoir qu'un gagnant...

— Allons donc! s'écria Jovita Foley, de plus en plus emballée. Si Lissy gagne... elle aura les millions... et si vous arrivez second... vous aurez le produit des primes...

— Comme tu arranges les choses, ma pauvre Jovita! observa Lissy Wag.

— Attendons, dit alors Max Réal, et laissons faire le sort!... Puisse-t-il vous être favorable, miss Wag... »

Et, vraiment, il la trouvait de plus en plus charmante, cette jeune fille!... Cela se voyait d'une façon trop claire...

Et Jovita Foley, qui n'était point sotte assurément, de se dire en aparté :

« Tiens... tiens... et pourquoi pas?... Voilà ce qui simplifierait

MAX RÉAL RESTA SUR LE QUAI... (Page 420.)

la situation, et il importerait peu que l'un atteignit le but plutôt
que l'autre !... »

Ah! comme elle connaissait bien le cœur humain, et en particulier celui de son amie!

Tous les trois se mirent à causer des péripéties du match, des incidents survenus au cours du voyage, des beautés naturelles qu'ils
avaient pu admirer en allant d'un État à l'autre, les merveilles
du Parc National du Yellowstone que Max Réal ne devait jamais
oublier, les merveilles des grottes du Kentucky, dont Lissy Wag
et Jovita Foley conserveraient l'éternel souvenir.

Puis elles racontèrent ce qui s'était produit à propos des trois
mille dollars. Sans le généreux envoi de M. Humphry Weldon, fait
dans des termes qui ne permettaient pas de le refuser, Lissy Wag
aurait dû se retirer de la partie.

« Et quel est ce monsieur Humphry Weldon?... demanda Max
Réal, un peu inquiet.

— Un excellent et digne vieillard... qui s'intéressait à nous... répondit Jovita Foley.

— Comme parieur, sans doute... ajouta Lissy Wag.

— Et en voilà un qui est bien sûr d'empocher ses paris ! » déclara
Jovita Foley.

Et ce que ne dit pas Max Réal, c'est que lui aussi avait eu la pensée de mettre cette somme à la disposition de la jeune prisonnière...
Mais à quel titre eût-elle pu l'accepter ?...

Enfin, cette journée et celle du lendemain, Max Réal et les deux
amies les passèrent ensemble, en causeries, en promenades. Si
Lissy Wag se montrait extrêmement chagrine de cette mauvaise
chance de Max Réal, celui-ci se montrait tout heureux que Lissy
Wag en eût profité. Et, en effet, depuis vingt-quatre heures un
revirement s'était produit dans les agences en faveur de la cinquième
partenaire. Aussi les reporters de venir assidûment à *Lincoln Hotel*
afin d'interviewer Lissy Wag, qui se refusait toujours à les recevoir,
et les parieurs d'abandonner l'ancien favori pour la nouvelle favorite !

Ce qui résultait de la situation actuelle de la partie, c'est que, même en revenant en Virginie à la quarante-quatrième case abandonnée par Max Réal, Lissy Wag ne serait plus devancée que par Tom Crabbe à la quarante-septième, et par X K Z à la cinquante etunième.

« Et ce particulier aux initiales, demanda Jovita Foley, sait-on enfin qui il est?...

— On l'ignore, répondit le jeune peintre, et il demeure plus mystérieux que jamais! »

Il va sans dire, n'est-il pas vrai, que Max Réal, Lissy Wag et Jovita Foley ne s'entretinrent pas uniquement des choses du match Hypperbone. Ils parlèrent de leur famille... de la jeune fille qui n'avait plus aucun parent... de M^{me} Réal, maintenant installée à Chicago et qui serait heureuse de recevoir miss Lissy Wag... de Sheridan Street qui n'était pas très loin de South Halsted Street, etc., etc.

Toutefois, Jovita Foley cherchait sans cesse à ramener la conversation sur la partie engagée, sur les coups qui pouvaient encore se produire.

« Enfin, dit-elle, peut-être qu'au prochain tirage, ma chérie, tu planteras le pavillon jaune sur la dernière case?...

— Impossible, miss Foley, c'est impossible, déclara Max Réal.

— Et pourquoi?...

— Parce que miss Wag va prendre ma place à la quarante-quatrième...

— Eh bien... monsieur Réal?...

— Eh bien... le plus grand nombre que pourrait obtenir miss Wag serait dix qui, redoublé, soit vingt points, lui ferait dépasser la soixante-troisième case, et elle devrait rétrograder à la soixante-deuxième... Et, alors, impossibilité de gagner le coup suivant, puisque le point de un ne peut être amené par les dés...

— Vous avez raison, monsieur Réal, répondit Lissy Wag. Donc, Jovita, il faudra te résigner à attendre...

— Mais, reprit le jeune peintre, il y a un autre coup qui pourrait être très mauvais pour miss Wag...

— Lequel?...

— Ce serait si les dés amenaient le point de huit, puisqu'il la renverrait en prison...

— Ça!... jamais!... s'écria Jovita Foley.

— Et cependant, répondit en souriant la jeune fille, j'aurais à mon tour le bonheur de délivrer monsieur Réal!...

— Très sincèrement, miss Wag, affirma le jeune homme, je ne le souhaite pas...

— Ni moi!... déclara la pétulante Jovita Foley.

— Et alors, monsieur Réal, demanda Lissy Wag, quel est le meilleur point que je doive désirer?...

— Celui de douze, puisqu'il vous enverrait à la cinquante-sixième case, État de l'Indiana, et non dans les lointaines régions du Far West.

— Parfait, déclara Jovita Foley, et au tirage suivant, nous pourrions arriver au but?...

— Oui, avec le point de sept.

— Sept!... s'écria Jovita Foley, en battant des mains. Sept... et la première des Sept!

— Dans tous les cas, ajouta Max Réal, vous n'avez point à redouter la cinquante-huitième case, celle de Death Walley où succomba le commodore Urrican, puisqu'il faudrait amener le point de quatorze, ce qui ne se peut. Et maintenant, je vous renouvelle, miss Wag, les vœux très sincères que j'avais formés pour vous au début. Puissiez-vous être victorieuse, c'est ce que je souhaite le plus au monde! »

Lissy Wag ne répondit que par un regard où se peignait une vive émotion.

« Décidément, se dit Jovita Foley, c'est qu'il est vraiment très bien, ce monsieur Réal, un artiste de talent et plein d'avenir!... Et qu'on ne vienne pas arguer de la position modeste de Lissy Wag.. Elle est charmante, charmante, et encore charmante, et elle vaut, certes, les filles des millionnaires, qui vont chercher des titres en

Europe, sans s'inquiéter de savoir si les princes ont des principautés,
les ducs des duchés, si les comtes ne sont pas ruinés et les marquis
dans la panne ! »

C'est ainsi que raisonnait cette judicieuse quoique trop évaporée
personne, et, en sa sagesse, elle pensa qu'il ne fallait pas prolonger
outre mesure cette situation. Aussi remit-elle sur le tapis la question
du départ.

Naturellement, Max Réal insista pour que le séjour à Saint-Louis
ne prit pas fin avec trop de hâte. Les deux amies pouvaient attendre
jusqu'au 18 juin avant de gagner Richmond, et le lendemain n'était
que le 13... Et peut-être Lissy Wag, elle aussi, pensa-t-elle que
c'était partir un peu tôt... Elle n'en voulut rien dire cependant et se
rendit au désir de Jovita Foley.

Max Réal ne chercha point à se dissimuler le chagrin que lui causait cette séparation. Mais il sentit qu'il ne devait pas insister davantage, et, le soir venu, il conduisit les deux voyageuses à la gare.
Là, il répéta une dernière fois :

« Tous mes vœux vous accompagnent, miss Wag...

— Merci... merci... répondit la jeune fille qui lui tendit franche-
ment la main.

— Et moi?... demanda Jovita Foley. Il n'y a donc pas une bonne
parole pour moi ?...

— Si... mademoiselle Foley, répondit Max Réal, car vous avez un
excellent cœur!... Veillez bien sur votre compagne, en attendant
notre retour à Chicago... »

Le train se mit en marche, et le jeune homme resta sur le quai de
la gare jusqu'à ce que les lumières du dernier fourgon eussent disparu dans la nuit.

Ce n'était que trop certain, il aimait, il aimait cette douce et gra-
cieuse Lissy Wag, que sa mère adorerait dès qu'il la lui aurait présentée à son retour. D'avoir sa partie très compromise, d'être confiné
dans cette métropole avec l'espoir très hypothétique d'une prochaine
délivrance, voilà ce qui ne le préoccupait guère !

Il rentra à son hôtel très attristé, et combien il se trouva seul! D'ailleurs, à son tour, grâce à cette déplorable situation de prisonnier, il était abandonné, il n'avait plus de partisans, sa cote baissait dans les agences comme la colonne du baromètre par des vents de sud-ouest, quoiqu'il eût satisfait à l'obligation de payer la triple prime...

Tommy, lui, était désespéré. Son maître n'empocherait pas les millions du match. Il ne pourrait l'acheter pour le réduire à la plus cruelle mais à la plus désirée des servitudes...

Eh bien, on a toujours tort de ne pas compter avec le hasard. S'il n'a pas d'habitudes, comme cela a été justement observé, du moins a-t-il des caprices, et cette observation se réalisa derechef dans la matinée du 14.

Dès neuf heures, la foule des parieurs assiégeait le bureau du télégraphe de Saint-Louis, afin d'être le plus vite possible informée du nombre de points obtenus, ce jour-là, par le second partenaire.

Le résultat que les suppléments des journaux publièrent immédiatement fut celui-ci : cinq, par trois et deux, Tom Crabbe.

Or, comme Tom Crabbe, alors en Pennsylvanie, occupait la quarante-septième case, ce point de cinq l'expédiait dans la cinquante-deuxième, Missouri, Saint-Louis, prison...

Que l'on juge de l'effet produit par cet inattendu coup de dés!... Max Réal, qui avait pris la place de Lissy Wag, immédiatement remplacé par Tom Crabbe, qu'il allait à son tour remplacer en Pennsylvanie!... De là, à l'heure même, un bouleversement dans les agences, ce qui fit accourir les courtiers et les reporters à l'hôtel du jeune peintre, voilà ce qui fit remonter sa cote, ce qui amena ses partisans, devant cette incroyable chance, à le proclamer de nouveau grand favori du match!...

Mais quelle devait être la fureur de John Milner, à qui décidément rien ne réussissait plus!... Tom Crabbe en prison à Saint-Louis et une triple prime à payer!... Décidément, elle se remplissait, la cagnotto Hypperbone, et les dollars s'y multipliaient au profit du second arrivant...

Quant à Max Réal, il avait le temps de se rendre de Saint-Louis à Richmond entre le 14 et le 22 juin. Aussi ne se pressa-t-il point de partir. Et pourquoi?... Parce qu'il voulait connaître le tirage du 20 qui concernait Lissy Wag. Peut-être la jeune fille serait-elle envoyée dans l'un des États voisins, où il lui serait si agréable de s'arrêter pendant quelques jours...

Il avait bien vu le grizzly se signer. (Page 429.)

# XII

## SENSATIONNEL FAIT DIVERS PCUR LA *TRIBUNE*.

Harris T. Kymbale, on s'en souvient, était, de sa personne, dans
le bureau du télégraphe d'Olympia, avant que le midi du 18 juin

eût été se perdre dans les oubliettes du passé. Il se trouvait donc à
son poste, brisé de fatigue, éreinté moralement et physiquement,
et comment s'en étonner après cette merveilleuse performance des
cyclistes professionnels Will Stanton et Robert Flock? Tombé presque
évanoui sur un banc du Post Office, il avait cependant pu répondre :
« Présent », lorsque l'employé avait dit : « Un télégramme pour
Harris T. Kymbale. »

Quelques minutes plus tard, ayant recouvré l'entière possession
de lui-même, grâce à un énergique mélange de wisky et de gin, il
prit connaissance du télégramme ainsi conçu :

Chicago, 8 h. 13.

« *Kymbale, Olympia, Washington.*

« Neuf par cinq et quatre, South Dakota, Yankton.

« TORNBROCK »

Ainsi donc, le tirage du 18 juin avait été maintenu à cette date,
bien qu'il eût pu être avancé de quarante-huit heures, puisqu'il
concernait Hermann Titbury. Mais Hermann Titbury était chambré
à la Nouvelle-Orléans, où il devait rester pendant le temps réglementaire, et le couple ne cherchait qu'à s'étourdir sur sa propre situation au prix de deux cents dollars quotidiens à *Excelsior Hotel.* Il
avait paru logique à maître Tornbrock et aux membres de l'*Excentric Club* de ne point modifier les dates de tirages, afin de ne pas
diminuer les délais affectés aux déplacements des divers partenaires, et c'était interpréter de juste façon les intentions de William
J. Hypperbone.

En somme, le chroniqueur en chef de la *Tribune* aurait eu mauvaise grâce à se plaindre de ce dernier coup des dés. Il n'était pas
obligé de revenir dans la partie trop connue du territoire fédéral, et
il allait traverser une région nouvelle pour lui en se rendant au South
Dakota, à moins de treize cents milles de l'État de Washington.

En outre, il faut remarquer que Harris T. Kymbale, en prenant possession de la trente-neuvième case, ne serait plus devancé que par X K Z, premier au Minnesota, par Max Réal, second en Pennsylvanie, par Lissy Wag, troisième en Virginie. Il venait donc au quatrième rang, avant le commodore Urrican, qui attendait dans le Wisconsin son prochain départ. Quant à Hermann Titbury, il était cloué pour vingt-huit jours encore en Louisiane, et Tom Crabbe ne voyait condamné à moisir dans la prison de Saint-Louis jusqu'à la fin du match, si aucun des partenaires ne venait l'y remplacer.

Harris T. Kymbale recouvra donc, on ne dira pas, toute sa confiance dans le succès final, puisqu'il ne l'avait point perdue, mais il se montra plus emballé que jamais, ses partisans aussi. Sans doute, trois pierres d'achoppement se rencontraient encore sur sa route : le labyrinthe du Nebraska par lequel il avait déjà passé, la prison de Saint-Louis, et la Vallée de la Mort. Il est vrai, de ces trois dangers, un menaçait X K Z, deux menaçaient Lissy Wag et Max Réal. D'ailleurs, le hasard jouait un si grand rôle dans ce match Hypperbone!... Les deux seuls points que le reporter eût à redouter, c'étaient celui de douze, qui lui eût fait reprendre le chemin du Nebraska, et celui de dix doublé, qui l'aurait envoyé offrir ses hommages et compliments à Tom Crabbe dans la prison du Missouri.

Cependant, bien qu'il disposât de quinze jours, du 18 juin au 2 juillet, pour se rendre au South Dakota, Harris T. Kymbale ne voulut pas perdre un jour. Sans attendre, cette fois, l'itinéraire que le complaisant secrétaire de la *Tribune*, Bruman S. Bickorn, allait lui adresser sans doute à Olympia, il le combina lui-même de très satisfaisante façon.

Le territoire des South Dakota et North Dakota est séparé de celui du Washington par deux États, l'Idaho et le Montana. Or, à cette époque, le Northern Pacific était livré à la circulation. En traversant le Wisconsin, le Minnesota, le North Dakota, le Montana et l'Idaho, il mettait Chicago et par conséquent New York en communication directe avec la capitale du Washington. D'Olympia à Fargo, sur la frontière est du Dakota septentrional, on compte environ treize cents

milles, et quatre cents pour redescendre de Fargo à Yankton, au
sud du Dakota méridional, — soit une distance totale de dix-sept
cents milles.

En service ordinaire, il n'est pas rare que les railroads américains
parcourent un millier de milles en trente-deux heures, et il en est
même qui ont fait ce trajet en vingt-quatre. Mais il fallait compter
avec le passage des montagnes Rocheuses, et admettre la possibilité de forts retards. D'ailleurs, Harris T. Kymbale aurait tout le
loisir de se reposer à Yankton en attendant le tirage du 2 juillet.
Ce fut donc par suite d'une sage résolution qu'il se décida à quitter
Olympia dès le lendemain.

Quatre cents milles environ séparent la capitale du Washington et
les premières rampes des montagnes Rocheuses, puis deux cent
cinquante de l'ouest à l'est du massif, — ce qui donne près de six
cents milles entre Olympia et Helena, capitale du Montana. Cette
partie septentrionale des États-Unis jusqu'à Chicago était desservie
par le Northern Pacific, presque parallèlement au Grand Trunk et à
six degrés plus au nord. Le reporter ayant quinze jours pour gagner
le South Dakota, arriverait à Yankton bien avant le télégramme qui,
— il n'en doutait pas, — le remettrait en bon rang. Dans tous les cas,
ce Northern Pacific aurait l'avantage de le conduire à travers
l'Idaho, le Montana, le North Dakota, et de valoir à la *Tribune* de
curieux articles pour le plus grand agrément de ses lecteurs.

Au sortir d'Olympia, après être remonté au nord-est vers Tacoma,
le train redescendit au sud-est en franchissant la chaine des Cascade Mountains par Hotspring, Clealum, Ellensburg, Toppenish,
Pace-Pasco, où il traversa la Columbia River.

Harris T. Kymbale, le plus souvent installé sur la passerelle de son
wagon, regardait cette merveilleuse contrée, dont les sites se mo-
difient à chaque poteau télégraphique, pourrait-on dire, à travers
les gorges profondes où bouillonnent les tumultueux creeks de Cascade Mountains. Et ses regards ne furent pas moins émerveillés,
lorsque, le mont Stuart laissé dans le nord, le train enjamba la Co-

lumbia, qui s'épanche du nord au sud jusqu'au coude qu'elle fait
pour aller se jeter dans le Pacifique en formant la frontière méridionale du Washington.

La grande rivière est peu navigable en cette partie de son cours,
coupé de nombreux rapides, tels ceux de Buckland, Gualquil, Islands,
Priest. Au delà, la locomotive sillonna le grand désert colombien,
à peu près sans rios, entre Salt Lake et Silkatkwa Lake, et que
suivent encore les waggon-roads, voies fréquentées au temps où les
Indiens Nez-Percés, Cœurs-d'Alène, Puyallups, auxquels il ne reste
plus que quelques enclaves, les parcouraient en toute liberté.

L'Idaho, qui appartient au bassin de la Columbia, appuyé au nord
sur la Puissance du Canada, est encore riche de forêts et de pâturages comme il l'était autrefois, avant l'exploitation des placers. Sa
capitale, Boise City, sur la rivière de ce nom, est une ville de deux
mille trois cents âmes, et sa métropole, Idaho City, sur un affluent de
la Snake, commande la partie méridionale de ce territoire. Là, les
Chinois forment un appoint assez considérable de la population, et
aussi les Mormons, auxquels on refuse les droits d'électeurs s'ils ne
jurent pas avoir renoncé aux coutumes bigamiques et polygamiques.

Au delà de l'Idaho, dans le Montana, à travers cette indescriptible
région des Rocheuses, Harris T. Kymbale éprouva de nouveaux
étonnements, lui dont les yeux cependant auraient dû être blasés
par tant de beautés naturelles des sierras du New Mexico et du
Washington. Entre les ravins et les gorges de ce territoire, auquel
les méridiens et les parallèles servent de frontière géodésique,
couraient vers le nord des milliers de rios, de creeks, de rivières,
arrosant de vastes pâturages favorables à l'élevage du bétail, et qui,
avec les mines, sont sa principale richesse, car le climat y est trop
rigoureux pour la culture. En dehors du massif des montagnes, il a
pour villes principales, que dessert le Northern Pacific, Missoula,
Helena, Butte, située dans un centre minier où abondent l'or, l'argent,
le cuivre.

Après avoir dépassé Charles-Forke River, les hauts pics de

Wiessner et de Stevens, puis Eagle Peaks qui les dominent, le railroad redescendit vers Helena, la capitale de l'Idaho.

On était là en contrée montagneuse et, assurément, il fallait posséder l'audacieux génie des Américains pour avoir établi une voie ferrée en cette région. Le sol est autrement difficile et tourmenté dans la partie septentrionale de ce territoire que dans celle où fut construite la ligne de l'Union Pacific, à quatre cents milles plus au sud. Aussi, Harris T. Kymbale, après avoir suivi la seconde, lorsqu'il se rendait d'Omaha à Sacramento, put-il faire la comparaison tout à l'avantage de la première.

Par malheur, le temps n'était pas beau, et le ciel menaçait. La tension électrique de l'atmosphère n'avait cessé de s'accroître depuis vingt-quatre heures. De lourds nuages orageux se levaient à l'horizon, et Harris T. Kymbale put assister au développement de l'un de ces terribles météores, qui sont grandioses dans les pays de montagnes.

Cet orage ne tarda pas à prendre des proportions effrayantes, — un de ces « blizzards » qui bloquent les habitants chez eux. Les voyageurs n'étaient point rassurés, bien que les trains, même en pleine marche, soient généralement peu exposés, le fluide trouvant un écoulement facile par les rails. Toutefois la fréquence des éclairs qui se succédaient de seconde en seconde, les éclats déchirants du tonnerre, répercutés par les échos en roulements interminables, les coups de foudre frappant les roches et les arbres le long de la voie, des masses détachées roulant en formidables avalanches, les animaux effarés, buffles, daims, antilopes, ours noirs, fuyant de toutes parts, c'était un incomparable spectacle dont les voyageurs purent jouir dans l'après-midi du 20.

Et c'est alors que le chroniqueur de la *Tribune* eut non seulement l'occasion d'envoyer à son journal une observation des plus inattendues, mais en même temps d'ajouter une singulière découverte, qui se rattachait à l'histoire zoologique des Rocheuses.

Vers cinq heures, le train remontait lentement un col très raide au plus fort de l'orage. Harris T. Kymbale était resté sur la passe-relle, tandis que ses compagnons demeuraient blottis sur les ban-quettes du wagon. A ce moment, il aperçut un ours superbe, un grizzly à fourrure noire, de haute taille, qui marchait sur ses pieds de derrière en longeant la voie, troublé sans doute par cette lutte des éléments qui impressionne si vivement les animaux. Or, voici que le plantigrade, ébloui d'un vif éclair, lève sa patte droite, la porte à son front, et se signe précipitamment.

« Un ours qui fait le signe de la croix !... s'écria Harris T. Kymbale. Ce n'est pas possible... J'ai mal vu !... »

Non! il avait bien vu et à plusieurs reprises, au milieu des aveuglants éclairs, le grizzly se signer en donnant des marques d'effroi.

Puis le train, arrivé au sommet du col, prit une marche plus ra-pide et laissa l'ours en arrière.

Aussitôt le reporter d'écrire cette note sur son carnet :

« Grizzly, nouvelle espèce de plantigrade. Fait signe de croix
« pendant les orages. A dénommer pour la faune des Rocheuses
« *Ursus Christianus.* »

Et cette note, elle figura dans la lettre expédiée d'Helena, le lendemain même, à la rédaction de la *Tribune.*

Après avoir dépassé les stations de Missoula, Bonita, Drummond, Garrison, la locomotive, ayant franchi un long tunnel du massif au-dessous du col de Mullan, vint s'arrêter au quai de la gare d'Helena dans la matinée du 21.

Cette ville, située à une altitude de mille toises sur le revers oriental des Rocheuses, au bord d'un torrent tributaire du Missouri, forme un vaste entrepôt pour les produits miniers de la région, et compte de quatorze à quinze mille habitants. Le train du Northern Pacific n'y stationna qu'une couple d'heures, et n'eut plus qu'à descendre vers les plaines sillonnées par le cours de la Yellowstone et ses nombreux affluents.

Cette contrée était jadis fréquentée par les Têtes-Plates, les Gros-Ventres, les Pieds-Noirs, les Corbeaux, les Cheyennes, les Modocs, les Assiniboines, maintenant relégués en différentes enclaves, dont le voisinage est mal supporté par la population blanche.

Après s'être dirigé au sud-est par Loqart et Bozeman, le train rencontra la Yellowstone River à Livingstone, puis de nombreuses stations, Lauri qui jette un tronçon vers le Parc National, Howard, Miles City, passa du Montana dans le North Dakota, puis à Beach sur le cent soixante-quatorzième degré de longitude.

C'est le Dakota septentrional que dessert le Northern Pacific, à la surface d'immenses plaines un peu relevées dans le voisinage de Heart Buttes, après le Fort Lincoln. Enfin, il rencontra le Missouri à Edwinton, qui est la capitale de l'État et à laquelle la population allemande donne plus volontiers le nom de Bismarck, — cité non moins isolée que le porteur de ce nom abhorré dans sa solitude de Friedriksrhue.

Harris T. Kymbale aurait pu prendre à la station de Jamestown un embranchement qui descendait directement sur Yankton. Mais, sa fantaisie aidant, il poussa par Valley City, Oriska, Cassilton, jusqu'à Fargo, où il arriva le 23 matin, sur la frontière occidentale du Minnesota.

C'était là, près de la frontière de cet État, que se trouvait alors, après le coup de dés du 10, ce fantastique X K Z, attendant à Saint-Paul, la capitale, que le tirage du 24 l'envoyât... A quelle case?... Sans doute bien près du but, si ce n'est au but même, — ce dont, malgré toute sa confiance, enrageait le chroniqueur de la *Tribune*.

Le Dakota, séparé du Minnesota en 1861, est divisé en deux quadrilatères à peu près égaux, l'un au sud de l'autre. Ce territoire de haute altitude, peu montagneux, contraste avec son voisin de l'ouest. La population blanche s'est de préférence portée dans sa partie sud-orientale pour les cultures de tabac, de maïs, d'avoine, de légumes, où le sol est excellent, le nord étant occupé par des lacs et des étangs nombreux. Le Missouri le traverse d'un cours oblique jusqu'au delà de Yankton, d'où il descend sur Omaha, tandis que la Rivière-Rouge le sépare à l'est du Minnesota[1].

Le railroad, qui s'embranche à Fargo, longeait en partie cette rivière, de manière à desservir Yankton, l'ancienne capitale du South Dakota qui a été remplacée par Pierre City, dont la situation centrale s'accordait mieux avec le plan administratif de la Confédération.

Harris T. Kymbale passa à Fargo toute la journée du 23, sans se faire connaître. Peut-être, cédant à ses goûts de touriste, aurait-il visité les quelques bourgades établies sur la rive gauche de la Rivière-Rouge et leurs vis-à-vis de la rive droite, si une circonstance inattendue ne l'eût décidé à modifier ses projets.

Tandis qu'il se promenait dans l'après-midi aux environs de la petite ville, il fut accosté par un individu, assurément américain, d'une cinquantaine d'années, de moyenne taille, un nez en vrille, de petits yeux clignotants, — air peu sympathique à tout prendre.

« Monsieur, dit cet homme, si je ne me trompe, je vous ai vu ce matin débarquer par le train du Northern Pacific...

— En effet, monsieur, répondit Harris T. Kymbale.

— Je m'appelle Horgarth, reprit l'individu, Len Horgarth, Len William Horgarth...

— Eh bien, monsieur Len William Horgarth, que me voulez-vous, s'il vous plaît?...

— Il est probable que vous vous rendez à Yankton?... demanda le personnage en question.

— Tout juste... à Yankton.

— Alors permettez-moi de vous offrir mes services...

— Vos services?... Et à quel propos?...

— Une simple question, avant tout, monsieur... Vous êtes venu seul?...

---

1. Cette rivière porte le même nom que celle du Bas-Mississippi dont il a déjà été fait mention.

— Seul?... répondit Harris T. Kymbale assez surpris... Oui... seul!

— Madame ne vous a pas accompagné?...

— Madame?...

— Soit... on s'en passera... Ici, sa présence n'est pas nécessaire... pour divorcer...

— Divorcer, monsieur Horgarth?...

— Sans doute, et je me charge de toutes les formalités de votre divorce...

— Mais, pour divorcer, il faut être marié... et, croyez-le bien, je ne le suis pas!

— Vous n'êtes pas marié, et vous allez à Yankton?... s'écria Len Horgarth, qui parut être au comble de la surprise.

— Ah çà! qui êtes-vous donc, monsieur Horgarth?...

— Je suis rabatteur et témoin pour divorce!...

— Alors... je le regrette... répondit Harris T. Kymbale, mais vos services me sont inutiles. »

En somme, le reporter ne pouvait être étonné des propositions de l'honorable Len William Horgarth. Si, dans l'Illinois, les divorces sont d'usage courant, si l'on peut crier aux voyageurs : « Chicago, dix minutes d'arrêt, le temps de divorcer », il faut encore que cette rupture du mariage soit entourée de certaines garanties. Or, au South Dakota, il en va tout autrement. C'est par excellence le pays aux divorces, et il suffit de faire affirmer par témoin qu'on y est domicilié depuis six mois pour bénéficier de ses avantages.

De là, ce métier de rabatteur et de témoin à la disposition des hommes de loi. Ils recrutent le client, ils témoignent en sa faveur, ils lui fournissent un remplaçant, s'il ne veut pas venir en personne et préfère opérer par procuration, — enfin toutes les facilités imaginables. C'est même plus encore à la bourgade de Sioux Falls qu'à la ville de Yankton qu'appartient ce record de démolition matrimoniale.

« Eh bien! monsieur, ajouta très obligeamment M. Horgarth, je regrette infiniment que vous ne soyez pas marié...

PERSONNE SUR LA LOCOMOTIVE. (Page 435.)

— Moi aussi, répondit Harris T. Kymbale, puisque j'aurais eu là une si belle occasion de défaire mon mariage!

— Mais, puisque vous allez à Yankton, ne manquez pas de vous y trouver demain avant trois heures, afin d'assister au grand meeting qui va s'y tenir.

— Un meeting... et à quel propos?...

— Il s'agit de demander que les délais de domicile soient réduits à trois mois comme dans l'État d'Oclohama, qui nous fait une fâcheuse concurrence. Ce meeting doit être présidé par l'honorable M. Heldreth...

— En vérité, monsieur Horgarth!... Et qui est-ce, ce monsieur Heldreth?...

— Un recommandable commerçant... qui a déjà divorcé dix-sept fois... et ce n'est pas fini, dit-on!

— Monsieur Horgarth, je ne manquerai pas d'être en temps utile à Yankton...

— Je vous laisse donc, monsieur, en me mettant à votre disposition pour l'avenir...

— C'est entendu, monsieur Horgarth, et je tiendrai bonne note d'une offre si obligeante.

— On ne sait pas ce qui peut arriver...

— Comme vous dites, monsieur Horgarth! » répondit Harris T. Kymbale.

Et il prit congé de ce digne témoin doublé d'un rabatteur pour le compte des solicitors dakotiens.

Restait à savoir si à Yankton, le meeting, présidé par l'honorable M. Heldreth, obtiendrait les commodités inappréciables dont jouissait l'Oclohama.

Enfin, le lendemain 24, à six heures du matin, le chroniqueur en chef de la *Tribune* montait dans le train qui se dirigeait vers le South Dakota.

Il y a là un assez compliqué réseau de voies ferrées établies d'un État à l'autre. Mais, comme on ne compte que deux cent cinquante milles entre Fargo et Yankton, Harris T. Kymbale était assuré d'être là avant l'heure du meeting.

Par bonne chance, la dernière section du railroad entre la station de Medary et Sioux Falls City venait d'être achevée, et c'était ce jour même qu'elle allait être livrée à la circulation. Aussi Harris T. Kymbale ne serait-il pas dans la nécessité de faire en voiture ou à cheval une partie du trajet, ainsi qu'il y avait été obligé pendant son voyage au New Mexico et en Californie.

Il franchit donc la limite conventionnelle qui sépare les deux Dakota, et il était onze heures, lorsque le train s'étant arrêté près de la petite bourgade de Medary sur le bord de la Big Sioux River, il vit tous les voyageurs en descendre.

S'adressant alors à un employé, qui était de service sur le quai de la gare :

« Est-ce que le train s'arrête ici?... questionna-t-il.

— Ici même, répondit l'employé.

— Ce n'est donc pas aujourd'hui qu'on inaugure la section entre Medary et Sioux Falls City?...

— Non, monsieur.

— Et quand donc?...

— Demain. »

Cela était de nature à contrarier Harris T. Kymbale, car les deux stations sont séparées par une soixantaine de milles, et, en prenant une voiture, il arriverait trop tard pour assister au meeting de l'honorable M. Heldreth.

Or, précisément voici qu'il aperçoit, dans la gare de Medary, un train prêt à démarrer dans la direction de Yankton.

« Et ce train?... demande-t-il.

— Oh! ce train... répond l'employé d'un ton singulier.

— Est-ce qu'il ne va pas partir?...

— Si... à midi treize...

— Pour Yankton?...

— Oh!... Yankton! » réplique l'employé en hochant la tête.

Mais, à cet instant, appelé par le chef de gare, cet homme ne put compléter les renseignements que demandait Harris T. Kymbale.

Au surplus, ce train n'était point un train de voyageurs, et il ne se composait que de deux fourgons de bagages, attelés d'une locomotive qui paraissait être en pleine pression

« Ma foi, se dit T. Kymbale, voilà mon affaire... puisqu'on n'inaugure la section que demain... Un train de marchandises, peu importe, pour aller de Medary à Sioux Falls City... Si je puis me glisser sans être aperçu dans un des fourgons, je m'expliquerai en débarquant... »

Et le confiant reporter ne mettait pas en doute qu'on reçût avec la plus parfaite complaisance les explications que donnerait un des célèbres partenaires du match Hypperbone, lorsqu'il déclinerait ses noms et qualités, tout en offrant de payer le prix de ce transport non réglementaire.

Précisément, ce qui favorisait le projet d'Harris T. Kymbale, c'est que la gare de Medary était déserte en ce moment. Tous les voyageurs semblaient avoir eu hâte de la quitter. Plus un seul employé sur le quai. Seuls, le mécanicien et le chauffeur s'occupaient à charger à grands coups de pelle le foyer de la locomotive.

Sans être vu, Harris T. Kymbale put donc pénétrer dans le fourgon, s'y blottir en un coin, et attendre le départ.

A midi treize, le train démarra avec une brusquerie peu ordinaire.

Dix minutes s'écoulèrent pendant lesquelles la vitesse du train n'avait fait que s'accroître, et elle était excessive alors.

Circonstance bizarre, lorsque ce train passait devant les stations, le mécanicien ne sifflait pas.

Harris T. Kymbale se releva, et regarda par une petite fenêtre grillagée à l'avant du fourgon...

Personne sur la locomotive, qui vomissait des torrents de fumée et de vapeur, ni chauffeur, ni mécanicien...

« Qu'est-ce que cela signifie?... se demanda Harris T. Kymbale. Est-ce qu'ils seraient tombés tous les deux... ou bien cette maudite locomotive s'est-elle échappée de la gare comme un cheval de son écurie?... »

Soudain, il poussa un cri de terreur.

Sur la même voie, à un demi-quart de mille, apparaissait un autre train qui venait en sens contraire, animé, lui aussi, d'une vertigineuse vitesse...

Quelques secondes après se produisait une effroyable collision. Les deux locomotives s'étaient télescopées avec une indescriptible violence, brisant les fourgons l'un contre l'autre. Puis, après une formidable explosion, les débris des deux chaudières volèrent à travers l'espace.

Et alors, au fracas de l'explosion se joignirent les hurrahs, les hips de milliers de personnes, massées de chaque côté de la voie à une distance suffisante pour n'avoir rien à craindre de la formidable collision.

C'étaient des curieux qui s'étaient offert ce palpitant spectacle, organisé à leurs frais, de la rencontre de deux trains lancés à toute vapeur, — spectacle américain, s'il en fut jamais...

Et c'est ainsi que fut inaugurée la section du railroad entre Medary et Sioux Falls City, l'Éden des divorces en Amérique.

On passa d'agréables heures dans le salon. ( Page 443 ).

# XIII

### LES DERNIERS COUPS DU MATCH HYPPERBONE.

Il est inutile de dépeindre l'état d'âme de Lissy Wag, lorsque la jeune fille se sépara de Max Réal pour aller prendre sa place à Richmond. Partie dans la soirée du 13, elle ne pouvait se douter que, dès le lendemain, le sort ferait pour Max Réal ce qu'il avait fait pour elle, — c'est-à-dire lui rendre la liberté, et lui donner l'occasion de « se remettre en ligne » sur le vaste champ de courses des États-Unis d'Amérique.

En proie à de si vives émotions, renfermée en elle-même, Lissy Wag s'était blottie en un coin du wagon, et Jovita Foley, assise près d'elle, n'essaya point de troubler sa compagne par d'inopportunes conversations.

De Saint-Louis à Richmond, on ne compte au plus que sept cents milles à travers le Missouri, le Kentucky, la Virginie occidentale et la Virginie orientale. Ce fut donc dans la matinée du 14 que les deux voyageuses atteignirent Richmond, où elles devraient attendre le prochain télégramme du notaire Tornbrock. On sait, d'autre part, que Max Réal avait résolu de ne quitter Saint-Louis que le jour où le tirage du 20 aurait été proclamé, dans la pensée qu'il pourrait peut-être rencontrer Lissy Wag sur sa route, lorsqu'il irait à Philadelphie remplacer Tom Crabbe.

On imagine aisément la joie des deux amies, — joie vive mais réservée chez l'une, bruyante et démonstrative chez l'autre, — lorsque, dès leur arrivée, les journaux de Richmond apprirent la délivrance de Max Réal.

« Non, vois-tu, ma chère, déclara Jovita Foley, toute vibrante, il y a un Dieu!... Des gens prétendent qu'il n'y en a pas... Les fous!... S'il n'y en avait pas, est-ce que ce Crabbe aurait jamais amené ce point de cinq!... Non!... Dieu sait ce qu'il fait, et nous devons le remercier..

— Du fond du cœur! acheva Lissy Wag, en proie à une profonde émotion.

— Après tout, le bonheur de l'un est souvent le malheur de l'autre, reprit Jovita Foley. Aussi j'ai toujours pensé qu'il n'y a sur terre qu'une certaine somme de bonheur à la disposition des humains, et que l'un n'en prend sa part qu'au détriment de l'autre!... »

Voyez-vous cette étonnante personne, avec ses aperçus philoso-
phiques! Dans tous les cas, s'il n'y a qu'une certaine somme de
gaité à dépenser en ce bas monde, elle ne devait guère en laisser
aux autres, car elle en prenait sa bonne part!

« Donc, continua-t-elle, voilà le Crabbe en prison à la place de
M. Réal!... Ma foi, tant pis pour lui, et, à moins que le commodore
Urrican aille le délivrer... Mais, si cela arrivait, je ne voudrais pas
me trouver sur le chemin de cette bombe marine! »

A présent, il ne s'agissait plus que d'attendre sans impatience
jusqu'à la date du 20. Pendant ces six jours le temps s'écoulerait
d'une façon agréable à visiter cette métropole Richmond dont Max
Réal avait vanté justement la beauté aux deux amies. Et, sans doute,
elle leur eût semblé plus belle encore, si le jeune peintre les eût
accompagnées pendant ces promenades. C'est du moins ce que déclara Jovita Foley, et il est probable que Lissy Wag partageait cette
opinion.

D'ailleurs elles ne restèrent à l'hôtel que le moins possible. Cela
leur permit de fuir les interviewers des feuilles virginiennes, qui
avaient, et à grand fracas, signalé la présence de la cinquième partenaire à Richmond. Au grand ennui de Lissy Wag, plusieurs de ces
journaux avaient publié son portrait et celui de Jovita Foley, — ce
qui ne déplaisait pas à « son autre elle-même », comme on disait...
Et le moyen de ne pas répondre aux marques de sympathie qui les
accueillaient pendant leurs excursions?...

Oui! deux riches héritières qu'on saluait, depuis qu'elles n'étaient
plus devancées que par cet invraisemblable X K Z, à l'existence duquel nombre de gens refusaient encore de croire. Le Lissy Wag
était de plus en plus demandé dans les agences de paris et sur les
marchés de l'Union :

« Je prends du Lissy Wag!...

— J'arbitre du Kymbale contre du Lissy Wag....

— J'ai du Titbury!...

— Qui veut du Titbury?...

··— Voilà du Titbury!...

— Et du Crabbe par paquets...

— Qui a du Réal?...

— Qui a du Lissy Wag?... »

On n'entendait que cela, et l'on ne saurait imaginer ce que fut l'importance des sommes engagées sur les chances de succès de la cinquième partenaire aux États-Unis comme à l'étranger. En deux coups heureux, elle pouvait atteindre le but et devenir de ce chef, même en partageant avec sa fidèle compagne, l'une des riches héritières de ce pays des dollars, qui figurent au Livre d'Or de l'Amérique.

Lorsque le 16 juin était arrivé, comme il n'y avait pas à s'occuper d'Hermann Titbury, plongé pour un mois encore dans les délices d'*Excelsior Hotel*, quelques intéressés, on le sait, avaient émis la prétention que ce tirage eût lieu au profit du quatrième partenaire, c'est-à-dire d'Harris T. Kymbale, et que chaque tour fût avancé de quarante-huit heures. Mais ce ne fut l'avis ni de M. Georges B. Higginbotham, ni des autres membres de l'*Excentric Club*, ni de maître Tornbrock, chargés d'interpréter les intentions du défunt.

Le 18, on n'ignore pas que le chroniqueur en chef de la *Tribune* avait été envoyé d'Olympia à Yankton, et, le lendemain, les journaux racontèrent qu'il avait quitté la capitale du Washington en prenant la ligne transcontinentale du Northern Pacific.

Au total, par son passage de la trentième à la trente-neuvième case, il ne menaçait aucunement Lissy Wag, qui occupait la quarante-quatrième.

Enfin, le 20, avant huit heures, Jovita Foley ayant obligé son amie à la suivre, se trouvait au Post Office de Richmond. Là, une demi-heure après, le fil leur apporta le point de douze par six et six, — le plus élevé que peuvent amener deux dés. C'était une avance de douze cases, qui les transportait à la cinquante-sixième, État de l'Indiana.

Les deux amies revinrent en toute hâte à l'hôtel afin d'échapper aux démonstrations trop vives du public, et Jovita Foley de s'écrier alors :

« Ah! ma chère!... Indiana et Indianapolis, sa capitale!... Est-il permis d'avoir une pareille chance!... Voilà que nous nous rapprochons de notre Illinois, et maintenant tu es en tête, et tu as dépassé de cinq cases cet intrus, cet XKZ, et le Pavillon Jaune bat le Pavillon Rouge!... Il ne te faut plus que sept points pour triompher!... Et pourquoi ne serait-ce pas le nombre sept qui sortirait?... N'est-ce pas celui des branches du chandelier biblique... celui des jours de la semaine... celui des Pléiades... (elle n'osa pas dire : celui des péchés capitaux)... celui des partenaires qui courent après l'héritage!... Mon Dieu, faites que les dés nous attribuent le nombre sept, et que nous gagnions la partie!... Si vous saviez, et vous devez le savoir, quel bon usage nous ferons de ces millions... du bien... du bien à tout le monde!... Et nous fonderons des maisons de charité, des ouvroirs, un hôpital!... Oui! l'hôpital Wag-Foley pour les malades de Chicago, — en grosses lettres!... Et, moi, je ferai construire un établissement pour les jeunes filles sans fortune qui ne peuvent se marier, et j'en serai la directrice, et tu verras comment j'administrerai!... Ah! par exemple, ce n'est pas toi qui jamais y entrera, mademoiselle Milliardaire, puisque... enfin... je m'entends!... Et d'ailleurs les marquis, les ducs, les princes, rechercheront ta main!... »

Positivement, Jovita Foley délirait!... Et elle embrassait Lissy Wag, qui accueillit d'un vague sourire toutes ces promesses de l'avenir, et elle tournait, tournait, comme la toupie sous le fouet de l'enfant!

La question, maintenant, fut de décider si la cinquième partenaire quitterait immédiatement Richmond, puisqu'on avait jusqu'au 4 juillet pour se rendre à Indianapolis. Or, comme elle se trouvait depuis six jours déjà dans la cité virginienne, Jovita Foley affirma que mieux valait partir dès le lendemain pour la nouvelle destination.

Lissy Wag se rendit à ses raisonnements, et, d'ailleurs, l'indiscrétion du public, les instances des reporters, devenaient de plus en plus gênantes. Et puis, du moment que Max Réal n'était pas à

56

Richmond, à quoi bon y prolonger son séjour ?... A ce dernier argument, présenté par Jovita Foley avec une insistance qui ne devait pas déplaire, qu'aurait pu répondre Lissy Wag ?...

Donc, le 21, dans la matinée, toutes deux se firent conduire à la gare. Le train, après avoir traversé la Virginie orientale, la Virginie occidentale et l'Ohio, les déposerait le soir même dans la capitale de l'Indiana, — un parcours de quatre cent cinquante milles.

Or, il arriva ceci : c'est qu'elles furent accostées sur le quai par un gentleman des plus polis, lequel dit en s'inclinant :

« C'est bien à miss Lissy Wag et à miss Jovita Foley que j'ai l'honneur de parler ?...

— A elles-mêmes, répondit la plus pressée des deux.

— Je suis le majordome de mistress Migglesy Bullen, et mistress Migglesy Bullen serait heureuse si miss Lissy Wag et miss Jovita Foley acceptaient de monter dans son train, qui les mènerait à Indianapolis ?...

— Viens, » dit Jovita Foley, sans donner à Lissy Wag le temps de réfléchir.

Le majordome les accompagna vers une voie de garage sur laquelle attendait un train comprenant une locomotive, toute reluisante d'astiquage, un wagon-salon, un wagon-salle à manger, un wagon-chambre à coucher, un deuxième fourgon, à l'arrière, aussi luxueux à l'intérieur qu'à l'extérieur — un vrai train royal, impérial ou présidentiel.

C'est ainsi que se déplaçait mistress Migglesy Bullen, une des plus opulentes Américaines de l'Union. Rivale des Whitman, des Stevens, des Gerry, des Bradley, des Sloane, des Belmont, etc., qui ne naviguent que sur leurs propres yachts et ne voyagent que dans leurs propres trains, en attendant qu'elles ne le fassent que sur leurs propres railroads, mistress Migglesy Bullen était une aimable veuve de cinquante ans, propriétaire d'inépuisables mines de pétrole, — autant dire de mines de dollars.

Lissy Wag et Jovita Foley passèrent au milieu du nombreux personnel domestique rangé sur le quai, et furent reçues par deux dames de compagnie, qui les conduisirent au wagon-salon, où se trouvait la milliardaire.

« Mesdemoiselles, leur dit très affablement cette dame, je vous remercie d'avoir accepté mon offre et de consentir à m'accompagner pendant ce voyage. Vous le ferez dans des conditions plus agréables que dans le train public, et je suis heureuse de témoigner ainsi de l'intérêt que je porte à la cinquième partenaire, bien que je n'aie aucun intérêt engagé dans la partie...

— Nous sommes infiniment honorées... de l'honneur que nous fait mistress Migglesy Bullen... répondit Jovita Foley.

— Et nous lui exprimons notre vive reconnaissance, ajouta Lissy Wag.

— C'est inutile, répondit en souriant cette excellente dame, et j'espère, miss Wag, que ma compagnie vous portera bonheur ! »

Il fut charmant, ce voyage, car, malgré ses millions, mistress Migglesy Bullen était la meilleure des femmes, et l'on passa d'agréables heures dans le salon, dans la salle à manger, puis en se promenant d'une extrémité à l'autre de ce train, dont on ne saurait imaginer le luxe d'ameublement, la richesse d'installation.

« Et penser, déclara Jovita Foley à Lissy Wag, à un moment où elles se trouvèrent seules, que nous pourrons bientôt voyager comme cela... dans nos meubles...

— Sois donc raisonnable, Jovita !...

— Tu verras ! »

Et, au vrai, c'était bien l'opinion, absolument désintéressée, de mistress Migglesy Bullen, que Lissy Wag atteindrait le but première des Sept !

Enfin, vers le soir, le train s'arrêta à Indianopolis, et, comme il continuait sur Chicago, les deux amies durent descendre. En souvenir de ce voyage, mistress Migglesy Bullen les pria d'accepter chacune une jolie bague, un rien entouré de diamants, puis après l'avoir remerciée non sans quelque émotion, elles prirent congé, très touchées de cette hospitalité princière.

Et alors, aussi incognito que possible, elles se rendirent à *Sherman Hotel* qui leur avait été indiqué. Cela n'empêcha pas, dès le lendemain, les journaux d'Indianopolis d'annoncer leur présence audit hôtel.

Indianopolis, comme la plupart des capitales d'États, occupe à peu près le centre du territoire, et de ce point les voies ferrées rayonnent en toutes directions. A regarder la carte de l'Indiana, on dirait une toile d'araignée dont les fils, sous forme de railroads, sont tendus entre les degrés géodésiques qui lui servent de limites sur trois côtés : l'Ohio à l'est, l'Illinois à l'ouest, le Kentucky au sud, et la pointe du lac Michigan au nord.

Autrefois, si cet État justifiait le nom de Terre Indienne, il est actuellement très américain, bien que ses premiers colons aient été des émigrants français.

Ce n'est pas dans cette région que Max Réal aurait rencontré quelques sites pittoresques. Le pays est plutôt plat, seulement ondulé de coteaux. Très propice à l'établissement des chemins de fer, il s'est prêté à un grand développement commercial. Le sol est particulièrement propre à toutes les variétés de produits agricoles, riche en terres arables, non moins riche en houillères, en sources de pétrole et de gaz naturel.

L'Indiana, avec deux millions d'habitants, n'occupe que le trente-septième rang pour la superficie; mais, en même temps qu'Indianopolis, il possède des villes très importantes, très actives, très prospères : Jeffersonville et New Albany, que Louisville du Kentucky, située sur la rive gauche de l'Ohio, réclame comme ses faubourgs; Evansville, la seconde de l'État, à l'entrée de la délicieuse vallée de Green River, et que relie au lac Érié un canal de près de cinq cents milles; d'autres encore, Fort Wayne, desservie par la ligne de Pittsburg à Chicago, Terre-Haute, où se concentre le commerce agricole, Vincennes, qui fut, pendant quelque temps, la capitale de l'Indiana.

Ce n'est pas qu'Indianopolis ne mérite l'attention des touristes. Toutefois, si c'est une des grandes villes de la République américaine, on y chercherait vainement l'inattendu et le pittoresque. D'ailleurs les deux amies l'avaient déjà visitée, lorsqu'elles se rendirent au Kentucky.

Certes, pendant le délai de quinze jours dont elles disposaient, elles auraient eu le temps de visiter les principaux districts, de faire une excursion aux grottes de Wandyott, entre Evansville et New Albany, qui le disputent à celles de Mammoth Caves. Mais Jovita Foley préférait en rester à l'inoubliable souvenir des merveilles du Kentucky. N'était-ce pas en ces lieux charmants qu'elle avait conquis le grade de lieutenant-colonel dans la milice illinoise?... Elle y pensait quelquefois, non sans une belle envie de rire, et à l'obligation où elles seraient toutes deux, dès le retour à Chicago, d'aller militairement rendre leurs devoirs au gouverneur...

Et, lorsqu'elle voyait sa compagne, non pas triste, si l'on veut, mais songeuse :

« Lissy, lui répétait-elle, je ne te comprends pas... ou plutôt je te comprends très bien !... C'est un brave jeune homme... sympathique... aimable... toutes les qualités... et entre autres celle de ne point te déplaire !... Mais enfin, puisqu'il n'est pas ici, puisqu'il doit être maintenant à Philadelphie, au lieu et place de l'infortuné Crabbe, qui ne peut plus même marcher de côté comme le crustacé dont il porte le nom, il faut se faire une raison, ma chérie, et si tu fais des vœux pour M. Réal, en faire aussi pour nous deux...

— Jovita... tu exagères...

— Allons, Lissy, sois franche !... avoue que tu l'aimes !... »

Et la jeune fille ne répondit pas, — ce qui était sans doute une façon de répondre.

Le 22, les journaux publièrent le coup de dés de ce jour relatif au commodore Urrican.

On n'a point oublié que le Pavillon Orangé avait dû recommencer la partie, en revenant de Death Valley, et qu'un tirage assez heureux

l'avait envoyé à la vingt-sixième case, État du Wisconsin. Cela
prouve bien que, comme les jours, les coups se suivent et ne se ressemblent guère. Assurément, maitre Tornbrock avait eu la main malheureuse, car le point de cinq par un et quatre allait conduire Hodge
Urrican à la trente et unième case, État du Nevada. Or, c'était là
que William Hypperbone avait placé le puits au fond duquel le malheureux commodore resterait enfoui tant qu'un de ses partenaires
ne viendrait pas l'en tirer.

« C'est à croire qu'il le fait exprès, ce Tornbrock... » s'était écrié
Hodge Urrican dans le paroxysme d'un épouvantable accès de colère.

Et Turk ayant déclaré qu'à la prochaine occasion il tordrait le cou
au Tornbrock, son maître cette fois ne chercha point à le calmer. En
outre, c'était une triple prime, trois mille dollars qui allaient sortir
de la poche du sixième partenaire et tomber dans la cagnotte.

Ce bon cœur de Lissy Wag ne put que plaindre l'infortuné loup de
mer.

« Plaignons-le, je le veux bien, répondit Jovita Foley, d'autant plus
que je ne vois plus que le sieur Titbury qui puisse le délivrer, si, en
sortant de son hôtellerie, il prend le point de douze... Après tout,
l'important est que M. Réal soit hors de prison, et j'ai l'idée que
nous le reverrons plus tôt que plus tard... »

Cette perspicace personne ne savait pas si bien dire.

En effet, au retour de la promenade que les deux amies avaient
faite ce matin-là, en arrivant devant *Sherman Hotel*, voici que Lissy
Wag ne put retenir un cri de surprise.

« Eh! qu'as-tu?... demanda Jovita Foley.

Puis, à son tour, de s'écrier :

« Vous... monsieur Réal ! »

Le jeune peintre était là, devant la porte, près de laquelle se tenait
Tommy. Un peu ému, embarrassé même, il cherchait à excuser sa
présence.

« Mesdemoiselles, dit-il, je me rendais à mon poste à Philadelphie,
et comme l'Indiana se trouvait par hasard sur ma route...

— Un hasard géographique, répondit en riant Jovita Foley, en tout cas, un heureux hasard !

— Et comme cela n'allongeait pas mon voyage...

— Car, monsieur Réal, si cela avait dû l'allonger, vous ne vous seriez pas exposé à manquer...

— Oh! j'ai jusqu'au 28, miss Wag!... Encore six jours francs.. et...

— Et, lorsqu'on a six jours francs dont on ne sait que faire, le mieux est de les passer avec les personnes auxquelles on porte intérêt... un vif intérêt...

— Jovita... dit Lissy Wag à mi-voix.

— Et le hasard, toujours cet heureux hasard, continua Jovita Foley, a voulu que vous choisissiez précisément *Sherman Hotel*...

— Puisque les journaux avaient dit que la cinquième partenaire y était descendue avec sa fidèle compagne...

— Et, répondit la fidèle compagne, du moment que la cinquième partenaire est descendue à *Sherman Hotel,* il est bien naturel que le premier partenaire y descende aussi... Oh! si c'eût été le second ou le troisième... mais non!... c'était précisément la cinquième... Et, dans tout cela, le hasard...

— N'y est pour rien, et, vous le savez, miss Wag... avoua Max Réal en pressant la main que lui tendit la jeune fille.

— Allons, c'est plus franc!... s'écria Jovita Foley, et franchise pour franchise... nous sommes très heureuses de votre visite, monsieur Réal... mais je vous préviens que vous ne resterez pas ici une heure de plus qu'il ne faut, et que nous ne vous laisserons pas manquer le train de Philadelphie ! »

Inutile de faire observer que Max Réal avait attendu à Saint-Louis que les journaux eussent annoncé l'arrivée de Lissy Wag et de Jovita Foley dans la capitale de l'Indiana, et qu'il comptait bien leur consacrer tout le temps dont il disposait.

Alors on causa « comme de vieux amis », à en croire Jovita Foley, on arrangea des promenades à travers la ville, laquelle, grâce à la pré-

sence de Max Réal, serait infiniment plus intéressante à visiter. Cependant, il fallut bien, sur les instances de la fidèle compagne parler un peu de la partie !... Lissy Wag se trouvait en tête maintenant,
et ce n'était pas cet X K Z qui la reléguerait au second rang !... Pour
arriver premier au prochain coup, il faudrait que ce chanceux personnage amenât le coup de douze... or ce point ne peut se faire que
d'une seule façon, par six et six, tandis que le point de sept, qui permettrait de planter le pavillon jaune de Lissy Wag sur la soixante-
troisième case, on pouvait l'obtenir de trois manières différentes,
trois et quatre, deux et cinq, un et six... De là, trois chances contre
une — à ce que prétendait Jovita Foley.

Que son raisonnement fût juste ou non, Max Réal ne s'en préoc-
cupa pas. Entre Lissy Wag et lui, il n'était guère question du match.
On parlait de Chicago, du retour qui serait prochain, du plaisir que
Mᵐᵉ Réal aurait à recevoir les deux amies, et une lettre de cette
excellente dame, — sans doute après informations prises, — l'affirmait dans les termes les plus agréables.

« Vous avez une bonne mère, monsieur Réal, dit Lissy Wag,
dont les yeux se mouillèrent en prenant connaissance de cette
lettre.

— La meilleure des mères, miss Wag, et qui ne peut qu'aimer
tous ceux que j'aime...

— Et quelle non moins bonne belle-mère elle ferait !... » s'écria
Jovita Foley en éclatant de rire.

Cette seconde partie de la journée se passa en promenades dans les
beaux quartiers de la ville, principalement sur les bords de la White
River. Fuir les importuns qui assiégeaient *Sherman Hotel*, — et
tous voulaient épouser la future héritière de William J. Hypperbone,
à en croire Jovita Foley, — c'était devenu une véritable nécessité.
La rue ne désemplissait pas. Par prudence, Max Réal, bien avisé,
n'avait pas dit qui il était, car leurs partisans eussent été légion.

Aussi Max Réal attendit-il que la nuit fût venue avant de rentrer
à l'hôtel, et, le dernier repas achevé, —un souper plutôt qu'un diner,

INDIANAPOLIS. — Court-House (Bourse du Commerce).

— on n'eut qu'à se remettre des fatigues d'une journée si heureusement remplie.

A dix heures, Lissy Wag et Jovita Foley regagnèrent leur chambre,
Max Réal se retira dans la sienne, et Tommy dans un cabinet con-
tigu. Et, tandis que l'une s'abandonnait à des rêves « tissés d'argent
et brodés d'or », peut-être les deux autres se rencontrèrent-ils dans
les mêmes pensées sans trouver le sommeil?... Oui, tous deux ne

songeaient qu'au retour à Chicago, à la réalisation de leurs plus
chers désirs... Et ils se disaient que, décidément, cette partie n'en
finissait pas... qu'elle durait déjà depuis plus de sept semaines...
que dans quelques jours reviendrait l'obligation de reboucler sa
valise... que des centaines de milles les sépareraient encore... qu'ils
feraient mieux de renoncer... Par bonheur, ni Jovita Foley ni
M<sup>me</sup> Réal ne pouvaient les entendre...

Et même Max Réal, en étudiant la carte du match, avait fait cette
remarque assez inquiétante : c'est que sur les sept États, tels qu'ils
étaient disposés sur la carte Hypperbone entre l'Indiana et l'Illinois
final, il s'en trouvait cinq dans la région orientale de l'Union, à de
grandes distances, au milieu de territoires insuffisamment desservis
par les voies ferrées, l'Oregon, l'Arizona, le Territoire Indien, sans
parler de la cinquante-huitième case, celle de Death Valley, la Vallée
de la Mort, illustrée par les aventures du commodore Urrican. Or il
eût suffi à Lissy Wag d'amener le point de deux pour être obligée
de recommencer la partie, après un long et pénible voyage jusqu'en
Californie. Donc, si elle ne gagnait pas le coup suivant en tirant le
point de sept, elle risquait d'être envoyée très loin de l'Indiana, et à
quels dangers ne serait-elle pas exposée ?...

Lissy Wag, elle, ne songeait même pas à ces menaçantes complications. Elle ne s'attachait qu'au présent, non à l'avenir. Elle se con-
centrait dans cette pensée que Max Réal était alors près d'elle...
Il est vrai, quelques jours encore, et le sort allait encore les séparer l'un de l'autre...

Enfin les dernières heures s'écoulèrent, et, le lendemain, au
réveil, disparurent les mauvaises impressions de la nuit.

« Qu'allons-nous faire aujourd'hui ?... demanda Jovita Foley,
lorsque Lissy Wag et elle se retrouvèrent avec Max Réal devant la
table du déjeuner. Voici une superbe journée qui s'annonce... De la
brise et du soleil, cela invite à la promenade... Est-ce que nous ne
sortirons pas un peu d'Indianopolis?.. Certes, c'est une ville bien
régulière, bien propre, bien époussetée... mais on dit que la cam-

pagne est charmante aux environs... Ne pourrions-nous pas prendre
un railroad et revenir par un autre? »

La proposition méritait d'être étudiée. Max Réal consulta un indi-
cateur, et les choses s'arrangèrent à la satisfaction générale. Il fut
convenu qu'on s'en irait par la ligne qui remonte la White River
jusqu'à la station de Spring Valley, à une vingtaine de milles d'Indianapolis, en se réservant de revenir par une route différente.
Le joyeux trio partit donc, en laissant, cette fois, Tommy à l'hôtel.

Or, puisque Max Réal et Lissy Wag étaient trop occupés pour rien
apercevoir, Jovita Foley aurait bien dû remarquer cinq individus qui
les avaient suivis depuis leur départ. Et non seulement ces individus
les accompagnèrent jusqu'à la gare, mais ils montèrent dans le même
train, sinon dans le même wagon, puis, lorsque Max Réal et les deux
amies en descendirent à la station de Spring Valley, ces gens en
descendirent aussitôt.

Cela n'attira pas autrement l'attention de Jovita Foley, qui regardait à travers les vitres du wagon, lorsqu'elle ne regardait pas du
côté de Max Réal et de Lissy Wag.

Il est vrai, craignant sans doute d'être observés, ces individus y
mirent une certaine prudence, et ils se séparèrent au sortir de la gare.

Bref, Max Réal, Lissy Wag et Jovita Foley prirent un chemin qui
devait les ramener au bord de la White River. Couraient-ils le risque
de s'égarer?... Non, sans doute.

Ils allèrent ainsi pendant une heure à travers cette campagne fer-
tile arrosée par le creek, ici des champs bien cultivés, là des bois
épais, restes de ces anciennes forêts qu'abattit la hache civilisatrice
du bûcheron.

Cette promenade fut très agréable, grâce à la douceur de la température. Jovita Foley allait et venait, toute joyeuse, tantôt en
avant, tantôt en arrière, gourmandant le jeune couple qui ne s'inquiétait pas d'elle. Et ne prétendait-elle pas aux égards qui sont dus
à une mère, « et même à une grand' mère » dont elle entendait remplir les fonctions?...

Il était trois heures, lorsqu'un bac les transporta sur l'autre bord de la White River. Au delà, sous de grands bois, se développait une route conduisant à la station de l'un des nombreux railroads qui convergent vers Indianopolis. Max Réal et ses compagnes se promettaient de faire, jusqu'à la veille du 28, de nouvelles excursions aux alentours de la capitale. Puis le 27 au soir, à son grand déplaisir comme à celui des deux amies, Max Réal monterait dans le train qui le mènerait à Philadelphie. Puis... ensuite... mais mieux valait ne point y penser.

Après un demi-mille sur la route bordée de beaux arbres, très déserte à l'heure où s'effectue le travail des champs, Jovita Foley, fatiguée de ses allées et venues, proposa une halte de quelques minutes. On avait le temps, et pourvu que l'on fût rentré à *Sherman Hotel* avant le dîner... Précisément, le chemin sinuait entre deux lisières d'arbres, en pleine ombre, en pleine fraicheur.

A cet instant, cinq hommes s'élancèrent — les mêmes qui étaient descendus à la station de Spring Valley.

Que voulaient ces individus ?... Ce qu'ils voulaient — car ce n'étaient point des professionnels de l'assassinat ou du vol, — tout simplement s'emparer de Lissy Wag, l'entrainer en quelque lieu secret, l'y séquestrer de manière qu'elle ne pût se trouver au Post Office d'Indianopolis le 4 juillet, à l'arrivée de la dépêche. Il en résulterait qu'elle serait exclue de la partie, elle qui devançait les six autres partenaires, à la veille peut-être d'atteindre le but...

Voilà où les conduisait la passion, ces joueurs, ces parieurs engagés dans le match pour des sommes énormes, des centaines de mille dollars! Oui! Ces malfaiteurs, — et doit-on les appeler autrement? — ne reculaient pas devant de tels actes!...

Trois de ces cinq hommes se précipitèrent sur Max Réal afin de le mettre hors d'état de défendre ses compagnes. Le quatrième saisit Jovita Foley, tandis que le dernier cherchait à entrainer Lissy Wag dans les profondeurs du bois, où il serait impossible de retrouver ses traces.

Un bac les transporta sur l'autre bord de la White-River. (Page 452.)

Max Réal se débattit, et, saisissant le revolver qu'un Américain porte toujours sur lui, il fit feu

Un des hommes tomba, blessé seulement.

Jovita Foley et Lissy Wag, elles, appelaient au secours, sans pouvoir espérer que leurs cris seraient entendus...

Ils le furent cependant, et, derrière un taillis, sur la gauche, des voix s'élevèrent.

Quelques fermiers des environs, une douzaine, se trouvaient en chasse dans ce bois, et un providentiel hasard les amena sur le théâtre de l'agression.

Les cinq hommes tentèrent alors un dernier effort. Une seconde fois, Max Réal tira sur celui qui emportait Lissy Wag à gauche de la route, et qui dut abandonner la jeune fille... Mais il reçut un coup de couteau en pleine poitrine, poussa un cri et tomba inanimé sur le sol.

Les chasseurs apparurent, et les agresseurs, dont deux étaient blessés, comprenant que l'affaire était manquée, s'élancèrent à travers le bois.

En somme, il y avait mieux à faire qu'à les poursuivre, c'était de transporter Max Réal à la prochaine station, puis d'envoyer chercher un médecin, puis de le ramener à Indianopolis, si son état le permettait.

Lissy Wag, éperdue et en larmes, vint s'agenouiller près du jeune homme.

Max Réal respirait, ses paupières se rouvrirent, et il put prononcer ces mots :

« — Lissy... chère Lissy... ce ne sera rien... rien... Et vous... vous ?... »

Ses yeux se refermèrent... Mais il vivait... il avait reconnu la jeune fille... il lui avait parlé...

Une demi-heure plus tard, les chasseurs l'eurent déposé à la station, où un médecin se présenta presque aussitôt. Après avoir examiné la blessure, ce praticien affirma qu'elle n'était pas mortelle; puis, un premier pansement fait, il donna l'assurance que le blessé supporterait sans danger le retour à Indianopolis.

Max Réal fut donc placé dans un des wagons du train qui passa vers cinq heures et demie. Lissy Wag et Jovita Foley prirent place à ses côtés. Il n'avait pas perdu connaissance, il ne se sentait pas gravement atteint, et, à six heures, il reposait dans sa chambre de *Sherman Hotel*.

Hélas ! combien de temps serait-il dans l'impossibilité de la quitter, et n'était-il pas trop certain qu'il ne pourrait être le 28 au Post Office de Philadelphie ?...

Eh bien, Lissy Wag n'abandonnerait pas celui qui avait été frappé en la défendant... Non ! elle resterait près de lui... elle lui donnerait ses soins...

Et, il faut l'avouer à son honneur, — bien que ce fût l'anéantissement de toutes ses espérances, — Jovita Foley approuva la conduite de sa pauvre amie.

Au surplus, un second médecin qui vint visiter Max Réal ne put que confirmer les dires de son confrère. Le poumon n'avait été qu'effleuré par la pointe du couteau, mais il s'en était fallu de peu que la blessure eût été mortelle.

La déclaration de ce médecin fut, il est vrai, que Max Réal ne serait pas sur pied avant une quinzaine de jours.

Qu'importait !... Il songeait bien à la fortune de William J. Hypperbone maintenant, et Lissy Wag s'inquiétait bien de sacrifier les chances qu'elle avait peut-être de devenir l'héritière de l'original défunt !... Non ! c'était d'un autre avenir qu'ils rêvaient tous deux, un avenir de bonheur qui saurait bien se passer de ces millions du match !

Cependant, après longues et mûres réflexions, Jovita Foley s'était dit :

« En fin de compte, puisque ce pauvre monsieur Réal va rester à Indianopolis une quinzaine de jours, Lissy y sera encore le 4 juillet, à la date de son prochain tirage, et si, par bonheur, le sept sortait... mon Dieu, faites qu'il sorte !... elle gagnerait la partie !... »

C'était raisonner juste, et, à la suite de ces dernières épreuves, le Ciel devait bien cela à la cinquième partenaire !

Il convient de dire qu'il fut tenu compte de la recommandation faite par Max Réal de ne rien écrire à sa mère de ce qui s'était passé. Il n'avait point donné son nom à l'hôtel, on le sait, et lorsque les journaux racontèrent l'attentat, en indiquant le mobile qui l'avait inspiré, ils ne parlèrent que de Lissy Wag.

La nouvelle connue, que l'on juge de l'effet qui se produisit parmi le monde des spéculateurs, et s'étonnera-t-on que le Pavillon Jaune fût acclamé dans toute l'Amérique ?...

Les choses, on va le voir, allaient d'ailleurs se dénouer plus promptement et de toute autre façon que ne l'attendait l'immense majorité du public.

Le lendemain 24, à huit heures et demie, les crieurs parcouraient les rues d'Indianopolis, des copies de dépêches à la main, et proclamaient, ou plutôt hurlaient le résultat du tirage effectué le matin même à Chicago pour le compte du septième partenaire.

Le point amené était celui de douze, — six et six, — et comme ce partenaire occupait alors la cinquante et unième case, État du Minnesota, c'était lui qui gagnait la partie.

Or, le gagnant n'était autre que l'énigmatique personnage désigné sous les initiales X K Z...

Et, maintenant, le pavillon rouge flottait au-dessus de cet Illinois, quatorze fois répété sur la carte du Noble Jeu des États-Unis d'Amérique.

On constata que l'inconnu n'était pas mortellement blessé. (Page 461.)

# XIV

## LA CLOCHE D'OAKSWOODS

Un coup de tonnerre, qui serait entendu de toutes les parties du globe terrestre, n'eût pas produit plus d'effet que ce coup de dés, sorti

du cornet de maitre Tornbrock, à huit heures sonnant, le 24 juin,
dans la salle de l'Auditorium. Les milliers de spectateurs, qui assis-
taient à ce tirage, — avec la pensée qu'il pourrait être le dernier
du match Hypperbone, — le proclamèrent dans tous les quartiers de
la cité chicagoise, et des milliers de télégrammes le répandirent aux
quatre coins de l'Ancien et du Nouveau-Monde.

C'était donc l'homme masqué, le partenaire de la dernière heure,
l'intrus du codicille, en un mot ou plutôt en trois lettres, cet X K Z,
qui gagnait la partie, et, avec la partie, les soixante millions de dollars !

Et n'y avait-il pas lieu d'observer comment s'était accomplie la
marche de ce favori de la fortune ?... Tandis que tant de malheurs
frappaient ses six concurrents, celui-ci confiné dans l'hôtellerie,
celui-là obligé d'acquitter le péage au pont du Niagara, l'un perdu
dans le labyrinthe, l'autre précipité au fond du puits, trois d'entre eux
condamnés à la prison, tous ayant eu des primes à payer, X K Z
avait toujours marché d'un pas sûr, allant de l'Illinois au Wisconsin,
du Wisconsin au District de Columbia, du District de Columbia au
Minnesota, et du Minnesota au but, sans avoir eu à débourser une
seule prime, et dans un rayon restreint, d'où économie de fatigues
et de dépenses au cours de ses faciles voyages !

Cela ne témoignait-il pas d'une chance peu ordinaire, et même
merveilleuse, pourrait-on dire, la veine de ces privilégiés à qui tout
réussit dans l'existence ?...

Restait à savoir qui était cet X K Z, et il ne tarderait pas à se
faire connaitre, sans doute, ne fût-ce que pour entrer en possession
de l'énorme héritage.

Assurément, aux époques indiquées pour ses tirages, lorsqu'il
s'était présenté aux Post Offices de Milwaukee du Wisconsin, de
Washington du District de Columbia, de Minneapolis du Minnesota,
les curieux étaient accourus en foule ; mais ils n'avaient aperçu tantôt qu'un homme d'âge moyen, tantôt un homme ayant dépassé la
soixantaine, lequel avait aussitôt disparu, sans qu'il eût été possible
de retrouver ses traces.

Enfin, on saurait bientôt à quoi s'en tenir sur ses prénoms, nom et qualités, et, son identité établie, l'Union compterait un nouveau nabab en remplacement de William J. Hypperbone.

Voici maintenant quelle était la situation des six autres partenaires à la date du 3 juillet, neuf jours après le tirage final.

Et d'abord, il convient de dire que tous étaient de retour à Chicago, oui ! tous, les uns désespérés, les autres furieux, — on devine lesquels, — et deux tout à fait indifférents à cette issue du match, — et ceux-là, inutile de les nommer.

La semaine était à peine achevée que Max Réal, à peu près remis de sa blessure, était rentré dans sa ville natale en compagnie de Lissy Wag et de Jovita Foley. Il avait regagné la maison de South Halstedt Street, tandis que les deux amies rentraient à la maison de Sheridan Street.

Et alors M$^{me}$ Réal, déjà au courant de l'attentat contre Lissy Wag, apprit, comme tout le monde, le nom du jeune homme auquel la jeune fille devait son salut.

« Ah ! mon enfant... mon enfant... s'écria-t-elle en pressant Max dans ses bras, c'était toi... c'était toi...

— Mais puisque je suis guéri, bonne mère, ne pleure pas !... Ce que j'ai fait là, je l'ai fait pour elle... entends-tu... pour elle... que tu vas connaître... et que tu aimeras autant qu'elle t'aime déjà et que je l'aime ! »

Ce qui est certain, c'est que ce jour-là, Lissy Wag, accompagnée de Jovita Foley, vint rendre visite à M$^{me}$ Réal. La jeune fille plut infiniment à l'excellente dame, comme celle-ci plut à la jeune fille. M$^{me}$ Réal la combla de caresses, sans oublier Jovita Foley, si différente de son amie, et pourtant si aimable en son genre...

C'est ainsi que se fit la connaissance entre ces trois personnes, et, quant à ce qu'il en advint, il est nécessaire d'attendre quelques jours pour le savoir.

Ce fut après le départ de Max Réal que Tom Crabbe arriva à Saint-Louis. Dans quel état de fureur et de honte se trouvait John

Milner, inutile d'y insister! Tant d'argent dépensé en pure perte,
— non seulement le prix des voyages, mais la triple prime qu'il
dut payer dans cet État-prison du Missouri! Puis, la réputation
du Champion du Nouveau-Monde compromise en cette rencontre
avec le non moins dépité Cavanaugh, et dont le véritable vainqueur
avait été le révérend Hugh Hunter d'Arondale! Quant à Tom Crabbe,
il continuait à ne rien comprendre au rôle qu'il jouait, allant où le
menait son entraîneur. Est-ce que l'animal qui était en lui ne se
trouvait pas satisfait, du moment qu'on lui garantissait ses six repas
par jour?... Et combien de semaines John Milner serait-il enfermé
dans cette métropole?... Or, dès le lendemain, il fut fixé à cet égard,
la partie ayant pris fin, et il n'eut plus qu'à réintégrer sa maison
de Calumet Street à Chicago.

Et c'est ce que fit également Hermann Titbury. Depuis déjà
quatorze jours, le couple occupait l'appartement réservé au partenaire du match à *Excelsior Hôtel* de la Nouvelle-Orléans, — quatorze jours pendant lesquels il avait, somme toute, bien mangé,
bien bu, ayant voiture et yacht à ses ordres, loge au théâtre à sa
disposition, enfin la grande existence des gens qui jouissent de
grands revenus et qui savent les dépenser. Il est vrai, ce genre de
vie leur coûtait deux cents dollars quotidiens, et, lorsque la note de
l'hôtel leur fut présentée, quel coup de massue! Elle s'élevait à
deux mille huit cents dollars, et en y ajoutant les primes de la Louisiane, l'amende du Maine, le vol de l'Utah, plus les frais nécessités
par des déplacements aussi lointains que coûteux, les dépenses
montaient à près de huit mille dollars!

Frappés au cœur, c'est-à-dire à la bourse, M. et Mrs Titbury furent
dégrisés du coup, et, de retour à la maison de Robey Street, ils
eurent entre eux des scènes d'une rare violence, pendant lesquelles
Madame reprochant à Monsieur de s'être lancé dans cette ruineuse
aventure malgré tout ce qu'elle avait pu dire, lui prouva que tous
les torts étaient de son côté. Et M. Titbury finit par en être con-
vaincu, suivant son habitude, d'autant plus que la terrible servante

prit le parti de sa maitresse, suivant son habitude aussi. Il fut
d'ailleurs convenu que l'ordinaire du ménage subirait de nouvelles
réductions. Mais cela n'empêcha pas les deux époux d'être hantés
par le souvenir des jours passés dans les délices d'*Excelsior Hotel*,
et quelle déception, lorsqu'ils retombaient de ces rêves dans les
abimes de la réalité !

« Un monstre, cet Hypperbone, un abominable monstre !... s'écriait
parfois Mrs Titbury.

— Il fallait gagner ses millions, ou ne pas s'en mêler !... ajoutait
la servante.

— Oui... ne pas s'en mêler, criait la matrone, et c'est ce que je
n'ai cessé de dire à monsieur Titbury !... Mais faites donc entendre
raison à un pareil... »

On ne saura jamais comment l'époux de Mrs Titbury fut qualifié
ce jour-là !

Harris T. Kymbale ?... Eh bien, Harris T. Kymbale s'était tiré sain
et sauf de cette collision préméditée pour l'inauguration de la section
entre Medary et Sioux-Falls City. Avant le choc, il avait pu sauter
sur la voie, et, non sans avoir rebondi sur lui-même comme s'il eût
été en caoutchouc, il était resté évanoui au pied d'un talus, à l'abri
de l'explosion des deux locomotives. Sans doute il arrive, même en
Amérique, que des trains se tamponnent et se télescopent, mais il
est rare que l'on soit prévenu d'avance, tandis que, cette fois, les
spectateurs, placés à bonne distance de chaque côté de la voie,
avaient pu s'offrir cet incomparable spectacle.

Par malheur, Harris T. Kymbale, dans les conditions où il se trouvait, n'en avait pas pu jouir.

Ce fut trois heures plus tard, lorsque les équipes vinrent dé-
blayer la voie, qu'on trouva un homme, sans connaissance, au bas
du talus. On le releva, on le transporta dans la maison la plus rapprochée, on manda un médecin, on constata que l'inconnu n'était pas
mortellement blessé, on le fit revenir à lui, on l'interrogea, on apprit
qu'il était le quatrième partenaire du match Hypperbone, on sut

comment il avait pris place dans ce train expérimental condamné d'avance à une destruction complète, on lui adressa les reproches qu'il méritait, on ne le condamna qu'à solder le prix du voyage, parce qu'on peut payer en route ou à l'arrivée sur les chemins de fer américains, on télégraphia l'incident au directeur de la *Tribune*, et l'on expédia cet imprudent reporter par l'itinéraire le plus direct à Chicago, où, le 25, il retrouva sa maison de Milvaukee Avenue. Et naturellement, cet intrépide Harris T. Kymbale se déclara prêt à se remettre en voyage, à continuer le match, à courir, s'il le fallait, d'une extrémité des États-Unis à l'autre. Mais, ayant appris que la partie s'était terminée la veille au profit de X K Z, il n'eut plus qu'à se tenir tranquille, et à écrire d'intéressantes chroniques sur les derniers incidents auxquels il avait été mêlé en personne. Dans tous les cas, il n'avait perdu ni son temps ni ses peines, et quels ineffaçables souvenirs lui restaient de ses visites à travers le New Mexico, le South Carolina, le Nebraska, le Washington, le South Dakota, et de la façon originale dont il avait inauguré la section de Medary à Sioux-Falls City.

Son amour-propre de reporter bien informé se sentit cependant touché à l'endroit sensible par une révélation qui lui valut les plaisanteries et les lardons de la petite presse. Ce fut à propos de l'ours qu'il avait rencontré dans les passes de l'Idaho, ce grizzly qui faisait le signe de croix à chaque coup de tonnerre, cet *Ursus Christianus* pour lequel il avait trouvé cette dénomination si convenable. Il s'agissait tout simplement d'un brave homme du pays, qui rapportait de chez un fourreur la peau d'un magnifique plantigrade. Comme la pluie tombait à torrent, il s'était recouvert de cette peau, et comme il avait peur, il se signait, en bon chrétien, à chaque éclair.

En somme, Harris T. Kymbale finit par rire de l'aventure, mais son rire était de la couleur de ce pavillon que Jovita Foley n'avait pu déployer triomphalement sur la soixante-troisième case!

Quant à la cinquième partenaire, on sait dans quelles conditions elle était revenue à Chicago avec sa fidèle amie, Max Réal et

Tommy, non moins désespéré de l'insuccès de son maitre que Jovita Foley l'était de celui de Lissy Wag.

« Mais résigne-toi donc, ma pauvre Jovita!... lui répétait Lissy Wag. Tu sais bien que je n'ai jamais compté...

— Mais moi j'y comptais !

— Tu avais tort.

— Après tout, d'ailleurs, tu n'es pas à plaindre !

— Et je ne me plains pas... répondit en souriant Lissy Wag.

— Si l'héritage Hypperbone t'échappe, tu n'es plus du moins une pauvre fille sans fortune...

— Comment cela?..

— Sans doute, Lissy!... Après cet X K Z qui est arrivé le premier au but, c'est toi qui en a le plus approché, et le produit des primes te revient tout entier...

— Ma foi, Jovita, je n'y pensais guère...

— Et moi j'y pense pour toi, insouciante Lissy, et il y a là une grosse petite somme dont tu es la légitime propriétaire! »

En effet, les mille dollars au pont du Niagara, les deux mille à l'hôtellerie de la Nouvelle-Orléans, les deux mille au labyrinthe du Nebraska, les trois mille à la Vallée de la Mort de la Californie, et les neuf mille successivement versés à la prison du Missouri, cela se chiffrait par dix-sept mille dollars [1], qui appartenaient sans conteste et d'après la teneur du testament, au second arrivant, soit la cinquième partenaire. Pourtant, ainsi que venait de le dire Lissy Wag, elle n'y avait point songé et songeait à bien autre chose.

Toutefois, il était une personne dont Max Réal n'aurait pu être jaloux, mais à laquelle pensait quelquefois sa fiancée, — car il est superflu de dire que le mariage du jeune peintre et de la jeune fille avait été décidé. Cette personne, on le devine, était l'honorable Humphry Weldon, qui avait honoré de sa visite la maison de Sheridan Street pendant la maladie de Lissy Wag, et auquel était dû l'en-

---

1. 85000 francs.

voi des trois mille dollars pour le paiement de la triple prime à la prison du Missouri. Que ce ne fût qu'un parieur « courant après son argent », comme on dit, il n'en avait pas moins et généreusement obligé la prisonnière, qui entendait d'ailleurs le rembourser sur son gain. Aussi lui en gardait-elle une juste reconnaissance et aurait été heureuse de le rencontrer. Seulement, on ne l'avait pas encore revu.

Pour achever cet état de situation, il suffira de rappeler l'attention sur Hodge Urrican.

Le 22 juin s'était effectué le tirage le concernant, alors qu'il se trouvait au Wisconsin. On n'a pas oublié que le point de cinq par un et quatre l'expédiait à la trente et unième case, État de Nevada. Un nouveau voyage d'environ douze cents milles, mais l'Union Pacific l'y conduirait, puisque le Nevada, l'un des moins peuplés de la Confédération, quoiqu'il y tienne le sixième rang par sa superficie, est compris entre l'Oregon, l'Idaho, l'Utah, l'Arizona et la Californie. Mais, par un excès de malchance, c'est en cet État que William J. Hypperbone avait placé le puits au fond duquel l'infortuné joueur devrait piquer une tête.

La fureur du commodore fut portée au comble. Il résolut de s'en prendre à maître Tornbrock... Tout cela se réglerait, la partie achevée, et Turk déclara qu'il sauterait à la gorge du notaire, l'étranglerait à belles dents, lui ouvrirait le ventre et lui mangerait le foie...

D'ailleurs, avec la hâte qu'il mettait en toutes choses, Hodge Urrican quitta Milvaukee dès le 22, sauta dans le train avec son inséparable compagnon, après avoir adressé au notaire les trois mille dollars que lui coûtait ce dernier coup des dés, et fila à toute vapeur vers le Nevada.

C'était à Carson City, la capitale, que le Pavillon Orangé devait être rendu avant le 6 juillet.

Il convient de dire que si, suivant la volonté du défunt, le Nevada avait reçu cette destination dans la carte du match, c'est que les puits y sont nombreux, — puits de mines, s'entend, et au point de vue de la production de l'argent et de l'or, le Nevada tient la

L'agitation publique atteignit une telle intensité... (Page 468.)

quatrième place dans l'Union. Improprement désigné par ce nom, puisque la chaine du Nevàda est en dehors de son territoire, il a pour principales villes Virginia City, Gold Hill, Silver City, — dénominations qui s'expliquent. Ces villes sont pour ainsi dire construites au-dessus des filons d'argent, tel celui de Comstock Lode, et il est de ces puits qui s'enfoncent jusqu'à plus de deux mille sept cents pieds dans les entrailles de ce sol.

Puits d'argent, si l'on veut, mais puits qui justifiaient le choix du testateur, et aussi la juste colère de celui que le sort venait d'y envoyer...

Il n'y arriva pas !... A Great Salt Lake City, dans la matinée du 24, la grande nouvelle lui parvint.

La partie était terminée au profit de X K Z, le vainqueur du match Hypperbone.

Le commodore Urrican revint donc à Chicago, et dans quel état, il est plus facile de l'imaginer que de le décrire.

Il n'est pas exagéré d'affirmer que, de ce côté de l'Atlantique comme de l'autre, on respirait enfin. Les agences allaient se reposer, les courtiers reprendre haleine. Les paris seraient réglés avec une régularité qui ferait honneur au monde si mêlé de la spéculation.

Cependant, pour tous ceux qui s'étaient intéressés à cette partie nationale, — même platoniquement, — il y avait encore une curiosité à satisfaire, non la moindre, on en conviendra.

Qui était X K Z et se ferait-il connaître?... Nul doute à cet égard... Lorsqu'il s'agit d'encaisser soixante millions de dollars, on ne garde pas l'incognito... on ne se cache pas sous des initiales !... L'heureux gagnant devait se présenter en personne et il se présenterait.

Mais quand et dans quelles conditions?... Aucun délai n'avait été fixé par le testament... Toutefois, on ne pensait pas que cela pût tarder — quelques jours au plus. Ledit X K Z était au Minnesota, à Minneapolis, lorsque la dépêche du dernier tirage lui avait été expédiée, et une demi-journée suffit pour venir de Minneapolis à Chicago.

Or, une semaine, puis une autre, s'écoulèrent, et pas de nouvelles de l'inconnu.

L'une des plus impatientes, — cela va de soi, — était bien Jovita Foley. Cette nerveuse personne voulait que Max Réal allât dix fois par jour aux informations, qu'il se tînt en permanence à l'Auditorium, où le plus heureux des « Sept » ferait assurément sa première apparition. Or, Max Réal avait l'esprit plein de choses d'un bien autre intérêt.

Et alors, Jovita Foley de s'écrier :

« Ah! si je le tenais, ce gagnant!...

— Modère-toi, ma chérie, lui répétait Lissy Wag.

— Non... je ne me modérerai pas, Lissy, et si je le tenais, je lui demanderais de quel droit il s'est permis de gagner la partie... un monsieur dont on ne sait même pas le nom...

— Mais, ma chère Jovita, répondit Max Réal, si vous le lui demandiez, c'est qu'il serait là, et il n'aurait plus à se faire connaitre! »

Il n'y a pas lieu de s'étonner si les deux amies n'étaient pas encore rentrées dans les magasins de M. Marshall Field pour reprendre leurs fonctions. D'abord, Lissy Wag y devrait être remplacée, et, quant à Jovita Foley, elle entendait que toute cette affaire fût terminée, avant de revenir à son rayon comme première vendeuse, car elle n'avait plus la tête à elle.

A tout prendre, avec ses impatiences, elle traduisait fidèlement l'état de l'opinion publique aux États-Unis comme ailleurs. A mesure que le temps s'écoulait, se montaient les imaginations. La presse, — surtout la presse sportive — était affolée. Nombre de gens affluaient chez maitre Tornbrock, et toujours même réponse. Le notaire affirmait ne rien savoir en ce qui concernait le porteur du pavillon rouge... il ne le connaissait pas... il ne pouvait dire où il était allé en quittant Minneapolis où la dépêche lui avait été remise en mains propres... Et lorsqu'on le pressait, lorsqu'on insistait :

« Il viendra quand cela lui fera plaisir, » se bornait à répondre maitre Tornbrock.

C'est alors que les partenaires, sauf Lissy Wag et Max Réal, jugèrent bon d'intervenir, non sans quelque droit. En effet, si le gagnant ne se déclarait point, n'avaient-ils pas raison de prétendre que la partie n'était pas gagnée, qu'elle devait être reprise et continuée?...

Le commodore Urrican, Hermann Titbury, John Milner, fondé
de pouvoir de Tom Crabbe, absolument intraitables et conseillés
par leurs solicitors, annoncèrent leur intention d'actionner en justice
l'exécuteur testamentaire du défunt. Les journaux qui les avaient
soutenus au cours du match ne les abandonnèrent pas. Dans la *Tribune*, Harris T. Kymbale fit paraître un article des plus vifs contre
X K Z, dont on arrivait à nier l'existence, et le *Chicago Herald*,
le *Chicago Inter-Ocean*, le *Daily New Record*, le *Chicago Mail*,
la *Freie Presse*, défendirent avec une incroyable violence la cause
des partenaires. Toute l'Amérique se passionna pour cette nouvelle
affaire. Impossible, d'ailleurs, de régler les paris, tant que l'identité
du gagnant n'aurait pas été constatée par acte authentique, tant
qu'il n'y aurait pas certitude que le match était définitivement terminé. Il n'y avait qu'une opinion là-dessus, et il fut question d'une
manifestation monstre dans un meeting à l'Auditorium. Si X K Z
ne s'était pas fait connaître dans un délai de..., maitre Tornbrock
serait mis en demeure de reprendre les tirages. Tom Crabbe,
Hermann Titbury, Harris T. Kymbale, le commodore Urrican,
même Jovita Foley, si on voulait lui permettre de se substituer à
Lissy Wag, étaient prêts à partir pour n'importe lequel des États de
la Confédération où le sort voudrait les envoyer.

Enfin, l'agitation publique atteignit une telle intensité que les
autorités durent s'en émouvoir, — à Chicago surtout. Il fallut protéger les membres de l'*Excentric Club* et le notaire que l'on rendait
responsables.

Bref, le 15 juillet, trois semaines après le dernier coup de dés,
qui avait fait de l'homme masqué le gagnant du match, un incident
des plus inattendus se produisit.

Ce jour-là, à dix heures dix-sept du matin, le bruit se répandit que
la cloche sonnait à toute volée au monument funèbre de William
J. Hypperbone, dans le cimetière d'Oakswoods.

Et alors, ô prodige! un homme apparut debout. (Page 471.)

## XV

### DERNIÈRE EXCENTRICITÉ.

On ne saurait imaginer avec quelle rapidité s'était répandue cette nouvelle. Chaque maison de Chicago eût été munie d'un timbre téléphonique en communication avec un appareil installé chez le gardien d'Oakswoods, que les dix-sept cent mille habitants de la métropole illinoise ne l'eussent apprise ni plus promptement ni plus simultanément.

Et tout d'abord, en quelques minutes, le cimetière fut envahi par la population des quartiers voisins. Puis la foule afflua de toutes parts. Une demi-heure après, la circulation était absolument interrompue à partir de Washington Park. Le gouverneur de l'État, John Hamilton, prévenu en toute hâte, envoya de fortes escouades de la milice, qui pénétrèrent non sans peine dans le cimetière et en firent sortir nombre de curieux, de telle façon que l'accès en restât libre.

Et la cloche sonnait toujours au clocher du superbe monument de William J. Hypperbone.

On comprendra que Georges B. Higginbotham, le président de l'*Excentric Club* et ses collègues, le notaire Tornbrock, fussent arrivés des premiers dans l'enceinte du cimetière. Mais comment avaient-ils pu y devancer l'énorme et tumultueuse foule, à moins d'avoir été prévenus d'avance?... Ce qui est certain, c'est qu'ils étaient là dès les premiers coups de la cloche, mise en branle par le gardien d'Oakswoods.

Une demi-heure plus tard se présentaient les six partenaires du match Hypperbone. Que le commodore Urrican, Tom Crabbe, remorqué par John Milner, Hermann Titbury, poussé par Mrs Titbury, Harris T. Kymbale, se fussent empressés d'accourir, cela ne surprendra personne. Mais si Max Réal et Lissy Wag s'y trouvaient aussi, et Jovita Foley avec eux, c'est que celle-ci l'avait si impérieusement exigé, qu'il avait bien fallu lui obéir.

Tous les partenaires étaient donc là devant le monument, gardé par un triple rang des soldats de cette milice, que les deux amies auraient eu le droit de commander, l'une comme colonel, l'autre comme lieutenant-colonel, puisque ces grades leur avaient été octroyés par le gouverneur de l'État.

Enfin la cloche se tut, et la porte du monument s'ouvrit toute grande.

Le hall intérieur resplendissait de l'éblouissante lueur des lampes électriques et des lustres de la voûte. Entre les lampadaires apparut le magnifique catafalque, tel qu'il était trois mois et demi avant, lorsque les portes s'étaient refermées à l'issue des obsèques auxquelles prit part la ville entière.

L'*Excentric Club*, son président en tête, pénétra dans le hall. Maître Tornbrock, en habit noir, en cravate blanche, toujours lunetté d'aluminium, entra après eux. Les six partenaires les suivirent, accompagnés de tout ce que le hall funéraire pouvait contenir de spectateurs.

Un profond silence régnait au dedans comme au dehors de l'édifice, — témoignage d'une émotion non moins profonde, — et Jovita Foley n'était pas la moins émue de toute l'assistance. On sentait vaguement que le mot de l'énigme, en vain cherché depuis le tirage du 24, allait être enfin prononcé, et que ce mot serait un nom, — le nom du gagnant du match Hypperbone.

Il était onze heures trente-trois minutes, lorsqu'un certain bruit se fit entendre à l'intérieur du hall. Ce bruit venait du catafalque, dont le drap mortuaire glissa jusqu'au sol comme s'il eût été tiré par une invisible main.

Et alors, ô prodige! tandis que Lissy Wag se pressait au bras de Max Réal, le couvercle de la bière se soulevait, le corps qu'elle contenait se redressa... Puis, un homme apparut debout, vivant, bien vivant, et cet homme n'était autre que le défunt, William J. Hypperbone!

« Grand Dieu!... » s'écria Jovita Foley, dont le cri ne fut entendu que de Max Réal et de Lissy Wag, au milieu du brouhaha de stupéfaction qui s'éleva de toute l'assistance.

Et elle ajouta, les mains tendues :

« C'est le vénérable monsieur Humphry Weldon! »

Oui, le vénérable monsieur Humphry Weldon, mais d'un âge moins vénérable que lors de sa visite à Lissy Wag... Ce gentleman et William J. Hypperbone ne faisaient qu'un...

Voici, en quelques mots, le récit que reproduisirent les journaux du monde entier, et qui expliquait tout ce qui paraissait inexplicable en cette prodigieuse aventure.

C'était dans la journée du 1er avril, à l'hôtel de Mohawk Street, pendant une partie du Noble Jeu de l'Oie, que William J. Hypperbone avait été frappé de congestion. Transporté à son hôtel de La Salle Street, il y était mort quelques heures après, ou, plutôt, avait été déclaré tel par les médecins.

Eh bien, en dépit des docteurs, — et aussi de ces fameux rayons du professeur Frédérick d'Elbing, qui corroboraient leur dire, — William J. Hypperbone n'était qu'en état cataleptique, rien de plus, mais ayant toutes les apparences d'un homme qui a passé de vie à trépas. En vérité, il était heureux qu'il n'eût point manifesté dans son testament la volonté d'être embaumé après sa mort, car assurément, l'opération faite, il n'en serait pas revenu. Après cela, un homme si chanceux...

Les magnifiques funérailles se firent comme chacun sait; puis, à la date du 3 avril, les portes du monument se refermèrent sur le membre le plus distingué de l'*Excentric Club*.

Or, dans la soirée, le gardien, occupé à éteindre les dernières lumières du hall, entendit un remuement à l'intérieur du catafalque. Des gémissements s'en échappaient... une voix étouffée appelait...

Ce gardien ne perdit pas la tête. Il courut chercher ses outils, il dévissa le couvercle de la bière, et la première parole que prononça William J. Hypperbone, réveillé de son sommeil léthargique, fut celle-ci :

« Pas un mot... et ta fortune est faite !... »

Puis il ajouta, avec une présence d'esprit extraordinaire chez un homme qui revenait de si loin :

« Toi seul, tu sauras que je suis vivant... toi seul, avec mon notaire, maître Tornbrock, à qui tu vas aller dire de venir ici à l'instant... »

Le gardien, sans autres explications, sortit du hall et courut en

« VINGT-CINQ ANS, EN EFFET... » (Page 477.)

toute hâte chez le notaire. Et quelle fut la surprise, — oh! des plus
agréables, — qu'éprouva maitre Tornbrock, lorsque, une demi-heure
plus tard, il se retrouva en présence de son client, aussi bien portant
qu'il l'eût jamais été.

Et voici à quoi William J. Hypperbone avait réfléchi depuis sa
résurrection, et le parti auquel il s'était arrêté, — ce qui ne saurait étonner d'un pareil personnage.

Puisqu'il avait institué par testament la fameuse partie qui devait
donner lieu à tant d'agitations, de déceptions, de surprises, il entendait que cette partie se jouât entre les partenaires désignés par
le sort, et il en subirait toutes les conséquences.

« Alors, reprit maitre Tornbrock, vous serez certainement ruiné,
puisque l'un des six la gagnera... Il est vrai, puisque vous n'êtes pas
mort, — ce dont je vous félicite très sincèrement, — votre testament
devient caduc et ses dispositions sont de nul effet. Donc pourquoi
laisser jouer cette partie?...

— Parce que j'y prendrai part.

— Vous?...

— Moi.

— Et comment?...

— Je vais ajouter un codicille à mon testament et introduire un
septième partenaire, qui sera William J. Hypperbone sous les initiales X K Z.

— Et vous jouerez?...

— Je jouerai comme les autres.

— Mais vous devrez vous conformer aux règles établies...

— Je m'y conformerai...

— Et si vous perdez...

— Je perdrai... et toute ma fortune ira au gagnant.

— C'est résolu?...

— Résolu... Puisque je ne me suis distingué par aucune excentricité jusqu'ici, au moins vais-je me montrer excentrique sous le
couvert de ma fausse mort. »

On devine ce qui suivit. Le gardien d'Oakswoods, bien récompensé, avec promesse de l'être plus encore s'il se taisait jusqu'au dénouement de cette aventure, avait gardé le secret. William J. Hypperbone, en quittant le cimetière, — avant le jour du jugement dernier, — se rendit incognito chez maître Tornbrock, ajouta à son testament le codicille que l'on connaît, et désigna l'endroit où il allait se retirer pour le cas où le notaire aurait quelque communication à lui adresser. Puis il prit congé de ce digne homme, confiant en cette chance extraordinaire qui ne l'avait jamais abandonné pendant le cours de son existence, et qui allait lui demeurer fidèle, pourrait-on dire, même après sa mort.

On sait le reste.

La partie commencée dans les conditions déterminées, William J. Hypperbone put alors se faire une opinion sur chacun des « Six », Ni ce mauvais coucheur d'Hodge Urrican, ni ce ladre d'Hermann Titbury, ni cette brute de Tom Crabbe, ne l'intéressèrent et ne pouvaient l'intéresser. Peut-être éprouvait-il quelque sympathie à l'égard d'Harris T. Kymbale, mais, à faire des vœux pour quelqu'un à défaut de lui-même, c'eût été pour Max Réal, Lissy Wag et sa fidèle Jovita Foley. De là, pendant la maladie de la cinquième partenaire, cette démarche sous le nom de Humphry Weldon, puis l'envoi des trois mille dollars dans la prison du Missouri. Aussi quelle première satisfaction pour cet homme généreux, lorsque la jeune fille fut délivrée par Max Réal, et quelle seconde satisfaction, lorsque celui-ci le fut à son tour par Tom Crabbe!

Quant à lui, il avait suivi d'un pas sûr et régulier les diverses péripéties du match, servi par cette inépuisable chance sur laquelle il comptait avec raison, qui ne le trahit pas une seule fois, et il était arrivé premier au poteau, lui, l'outsider, battant les divers favoris sur cet hippodrome national.

Voilà ce qui s'était passé, voilà ce qui se dit et se répéta presque aussitôt dans l'assistance. Et voilà pourquoi les collègues de cet excentrique personnage lui serrèrent affectueusement la main, pourquoi

Max Réal en fit autant, pourquoi il reçut les remerciments de Lissy Wag et ceux de Jovita Foley, — laquelle lui demanda et obtint la permission de l'embrasser, — et comment, porté par la foule, il fut ramené à travers la grande cité chicagoise aussi triomphalement qu'il avait été conduit, trois mois et demi avant, au cimetière d'Oakswoods.

Et, maintenant, il n'était personne dans toute la métropole qui ne sût à quoi s'en tenir sur le dénouement de cette si passionnante affaire.

Mais les partenaires s'étaient-ils enfin résignés?... Oui, quelques-uns, pas tous, et, au total, il fallait bien accepter cet inattendu dénouement.

Hermann Titbury, cependant, ne voulait pas avoir inutilement dépensé tant d'argent à courir d'un bout à l'autre de la Confédération. Aussi ne songeait-il plus qu'à le rattraper. D'accord avec Mrs Titbury, qui l'y poussait, il résolut de rentrer dans les affaires, autrement dit de reprendre son commerce d'usurier abominable, et malheur aux pauvres diables qui allaient passer par les griffes de ce loup-cervier!

Tom Crabbe, lui, n'avait jamais rien compris à toutes ces aventures, si ce n'est qu'il avait une revanche à tirer, et John Milner espérait bien que dans une prochaine lutte, il se retrouverait au premier rang des pugilistes et ferait oublier les fameux coups de poing du révérend Hugh Hunter.

Harris T. Kymbale, lui, prit philosophiquement sa défaite, car il gardait le souvenir de ses intéressants voyages. Il ne tenait pas, toutefois, le record du parcours, n'ayant fait que dix mille milles environ, tandis que Hodge Urrican en avait fait plus de onze mille, — ce qui ne l'empêcha pas d'écrire dans la *Tribune* un article des plus élogieux en faveur du ressuscité de l'*Excentric Club*.

Quant au commodore, il alla trouver William J. Hypperbone et lui dit avec sa bonne grâce habituelle :

« Ça ne se fait pas, monsieur... non!... ça ne se fait pas!... Quand

on est mort, on est mort, et on ne laisse pas les gens courir après
son héritage alors qu'on est encore de ce monde!...

— Que voulez-vous, commodore, répondit aimablement William
Hypperbone, je ne pouvais pourtant pas...

— Vous le pouviez, monsieur, et vous le deviez!... D'ailleurs, si
au lieu de vous fourrer en bière, on vous avait mis dans le four cré-
matoire, cela ne serait pas arrivé...

— Qui sait... commodore?... J'ai tant de chance...

— Et, comme vous m'avez mystifié, reprit Hodge Urrican, et que
je n'ai jamais toléré de l'être, vous m'en rendrez raison...

— Où et quand il vous plaira! »

Et, bien que Turk eût juré par saint Jonathan qu'il dévorerait
le foie de M. Hypperbone, son maître ne chercha pas à le modérer
cette fois, et ce fut précisément lui qu'il envoya à l'ex-défunt pour
fixer l'heure et le jour de la rencontre.

Mais ne voilà-t-il pas que, au début de sa visite, Turk se contenta
de dire à William J. Hypperbone :

« Voyez-vous, monsieur, le commodore Urrican n'est pas si méchant qu'il veut le paraître... Au fond, c'est un brave homme... que
l'on ramène facilement...

— Et vous venez de sa part...

— Vous dire qu'il regrette sa vivacité d'hier et vous prier d'accepter ses excuses! »

Bref, l'affaire en resta là, car Hodge Urrican finit par reconnaître
qu'elle le couvrirait de ridicule. Mais, très heureusement pour Turk,
ce terrible homme ne sut jamais de quelle façon celui-ci avait rempli
son mandat.

Enfin, la veille du jour où allait être célébré le mariage de Max
Réal et de Lissy Wag, à la date du 29 juillet, les futurs reçurent la
visite, non plus d'un vénérable M. Humphry Weldon un peu courbé
par l'âge, mais de M. William J. Hypperbone, plus fringant, plus
jeune que jamais, ainsi que l'observa très bien Jovita Foley. Ce
gentleman, après s'être excusé de n'avoir pas laissé gagner la partie

à miss Wag, qui fût certainement arrivée première, lui déclara que, le voulût-elle ou ne le voulût-elle pas, que cela convint ou non à son mari, il venait de déposer un nouveau testament chez maître Tornbrock. Et il aurait son entier et plein effet, — celui-là, — par lequel il faisait de sa fortune deux parts, dont l'une était attribuée à Lissy Wag.

Inutile d'insister sur ce qui fut répondu à cet homme aussi généreux qu'original. Et, du coup, voilà Tommy assuré d'être acheté par son maître à un prix convenable !

Restait Jovita Foley. Eh bien, cette vive, démonstrative et excellente personne ne ressentit aucune jalousie de tout ce qui survenait d'heureux à sa chère compagne. Et quel bonheur pour son amie d'épouser celui dont elle était adorée, trouver dans M. William J. Hypperbone un tel oncle à héritage ! Quant à elle, après la noce, elle irait reprendre sa place de première vendeuse dans la maison de M. Marshall Field.

Le mariage fut célébré le lendemain, on peut dire en présence de toute la métropole. Le gouverneur John Hamilton et William J. Hypperbone voulurent assister les jeunes époux dans cette cérémonie magnifique.

Puis, lorsque les mariés et leurs amis furent de retour chez M^{me} Réal, voici que William J. Hypperbone, s'adressant à Jovita Foley, charmante en demoiselle d'honneur, dit :

« Miss Foley... j'ai cinquante ans...

— Vous vous vantez, monsieur Hypperbone, répondit celle-ci, en riant... comme elle savait rire.

— Non... j'ai cinquante ans, — ne dérangez pas mes calculs, — et vous en avez vingt-cinq...

— Vingt-cinq, en effet.

— Or, si je n'ai pas oublié les premiers éléments de l'arithémtique, vingt-cinq est la moitié de cinquante... »

Où voulait en venir ce gentleman, non moins énigmatique que mathématicien ?...

« Eh bien, miss Jovita Foley, puisque vous avez la moitié de mon âge, si l'arithmétique n'est pas une science vaine, pourquoi ne deviendriez-vous pas la moitié de moi-même ?... »

Qu'aurait pu répondre Jovita Foley à cette proposition si originalement formulée, si ce n'est ce que toute autre eût répondu à sa place ?...

Et, en fin de compte, en épousant cette aimable et ensorcelante Jovita, s'il se montrait aussi excentrique que l'exigeait sa situation de membre de l'*Excentric Club,* ne faisait-il pas aussi acte de bon goût et de sagesse ?...

Et pour finir, en présence des faits peut-être invraisemblables rapportés dans ce récit, que le lecteur veuille bien ne point oublier — circonstance atténuante — que tout cela s'est passé en Amérique !

FIN DE LA DEUXIÈME ET DERNIÈRE PARTIE.

# TABLE

## PREMIÈRE PARTIE.

## SECONDE PARTIE.

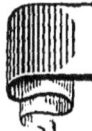
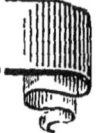

# Collection Hetzel

## ÉDUCATION
## RÉCRÉATION

*Enfance — Jeunesse — Famille*

5oo Ouvrages

JOURNAL DE
toute
la Famille

MAGASIN

COURONNÉ
par
l'Académie

## D'ÉDUCATION et de RÉCRÉATION

FONDÉ
par
## P.-J. STAHL

en 1864
et

*Semaine des Enfants*

réunis, dirigés par

# Jules Verne — J. Hetzel

| *La Collection complète de la 1re Série* | Nouvelle Série |
|---|---|
| ANNÉES 1864 A 1894 | ∞ |
| | 'ANNÉES 1895 à 1899 |

**60 beaux volumes in-8 illustrés**

∞

| | | | |
|---|---|---|---|
| 10 volumes brochés à. . . . . . | | | **7** fr. |
| Chaque année (2 vol.) réunie en 1 fort vol. : | | | |
| Cartonné toile dorée avec plaque | | | |
| spéciale, tranches dorées. . . | | | **18** fr. |

| | | |
|---|---|---|
| Brochés. . . . . . . . . . . . | **420** fr. | |
| Cartonnés dorés. . . . . . . | **600** fr. | |
| Chaque volume séparé, broché. | **7** fr. | |
| — cart. doré . | **10** fr. | |
| — relié 1/2 chagrin. | **12** fr. | |

Relié 1/2 chagrin, tranches
dorées . . . . . . . . . . . . **20** fr.

## ABONNEMENT D'UN AN

PARIS, **14** FR. — DÉPARTEMENTS, **16** FR. — UNION POSTALE, **17** FR.

## *Principales Œuvres parues*

**Les Voyages Extraordinaires,** par JULES VERNE
**La Vie de Collège dans tous les Pays,** par ANDRÉ LAURIE
**Les Voyages involontaires,** par LUCIEN BIART
**Les Romans d'Aventures,** par ANDRÉ LAURIE
**Les Romans de l'Histoire naturelle,** par le Dr CANDÈZE

Les Œuvres pour la Jeunesse, de Stahl, J. Sandeau, E. Legouvé, V. de Laprade, Jean Macé, Hector
Malot, Viollet-le-Duc, S. Blandy, J. Lermont, Th. Bentzon, E. Muller, Dickens, A. Dequet, A. Badin,
E. Egger, Gennevraye, B. Vadier, Génin, P. Gouzy, A. Rambaud, de Noussanne, Henri Malin, etc., etc.

*Nombreuses gravures des meilleurs artistes*

# PRINCIPALES ŒUVRES

contenues dans le

# Magasin illustré d'Éducation et de Récréation

## Première Série. — Tomes I à LX, années 1864 à 1894

JULES VERNE: Les Voyages extraordinaires (24 ouvrages). — JULES VERNE et ANDRÉ LAURIE: L'Épave du Cynthia. — P.-J. STAHL: La Morale familière, La Famille Chester, Histoire d'un Ane et de deux jeunes Filles, Maroussia, Les Quatre filles du docteur Marsch, La première cause de l'avocat Juliette, Jack et Jane, La Petite Rose, etc., etc. — ANDRÉ LAURIE: La Vie de collège dans tous les temps et dans tous les pays (6 ouvrages), L'Héritier de Robinson, De New-York à Brest, Le Secret du Mage, Le Rubis du grand Lama. — JULES SANDEAU: La Roche aux Mouettes. — STAHL et MULLER: Le Nouveau Robinson suisse. — HECTOR MALOT: Romain Kalbris. — VIOLLET-LE-DUC: Histoire d'une Maison. — JEAN MACÉ: Les Serviteurs de l'Estomac, La Grammaire de Mlle Lili, Les Soirées de Tante Rosy, etc. — E. LEGOUVÉ: Le Denier de la France, Le Travail et la Douleur, La Fée Béquillette, Sur la Politesse, Lettre à Mlle Lili, Leçons de lecture, Une Élève de seize ans, etc., etc. — V. DE LAPRADE: Le Livre d'un Père. — MULLER: La Jeunesse des Hommes célèbres. — LUCIEN BIART: Aventures d'un jeune Naturaliste, Entre Frères et Sœurs, Voyage de deux enfants dans un parc, Les Voyages involontaires. — ALFRED RAMBAUD: L'Anneau de César. — MAURICE BLOCK: Causeries d'Économie pratique. — Dr CANDÈZE: Les Aventures d'un Grillon, La Gileppe, Périnette. — LACOME: La Musique au foyer. — S. BLANDY: Le Petit Roi, Les Pupilles de l'Oncle Philibert. — A. DEQUET: Histoire de mon Oncle et de ma Tante. — CH. DICKENS: L'Embranchement de Mugby, Histoire de Bebelle. — BENTZON: Geneviève Delmas. — GENNEVRAYE: Le Théâtre de famille, La petite Louisette, Marchand d'Allumettes, Un Château où l'on s'amuse. — J. LERMONT: Les jeunes Filles de Quinnebasset, L'Aînée, Kitty et Bo. — RIDER-HAGGARD: Les Mines de Salomon. — PERRAULT: Les Lunettes de grand'maman, Pas pressé, Les Exploits de Mario. — E. DIÉNY: La Patrie avant tout. — H. DE NOUSSANNE: Jasmin Robba.

Nombreuses séries de scènes enfantines dessinées par FRŒLICH, FROMENT, DETAILLE, CHAM, GEOFFROY, etc., etc., avec textes de P.-J. STAHL, UN PAPA, etc.

## Nouvelle série. — Tomes 1 à 10, années 1895 à 1899

### Œuvres principales parues :

JULES VERNE: L'Ile à hélice, Face au drapeau, Clovis Dardentor, Le Sphinx des glaces, Le Superbe Orénoque, Le Testament d'un Excentrique. — ANDRÉ LAURIE: Atlantis, L'Écolier d'Athènes, Gérard et Colette, Le Filon de Gérard, L'Oncle de Chicago. — GENNEVRAYE: Les Petits Robinsons de Roc-Fermé. — AIMÉ GIRON: La Famille de la Marjolaine, Le Vieux Ramasseur de pierres. — NEUKOMM: Les Normands en Amérique en l'an mille. — P. PERRAULT: Ma sœur Thérèse. — TH. BENTZON: La Rose blanche. — DUPIN DE SAINT-ANDRÉ: Double conquête. — MOUANS: Frisonne l'Engourdie, La Maison Blanche. — HENRI MALIN: Un Collégien de Paris en 1870. — DE NOUSSANNE: Le Château des Merveilles. — BRETON: Cousine Alice. — Contes, nouvelles, scènes enfantines diverses.

*Illustrations par* ATALAYA, BAYARD, BENETT, BECKER, CHAM, DESTEZ, GEOFFROY, L. FRŒLICH, FROMENT, LAMBERT, LALAUZE, LIX, ADRIEN MARIE, MEISSONIER, DE NEUVILLE, PHILIPPOTEAUX, RIOU, G. ROUX, TH. SCHULER, etc., etc.

# Jules Verne

# VOYAGES EXTRAORDINAIRES

Aventures du capitaine Hatteras.
Voyage au centre de la Terre.
Cinq Semaines en ballon.
Les Enfants du capitaine Grant.
De la Terre à la Lune.
Vingt mille lieues sous les Mers.
Autour de la Lune.
Une Ville flottante.
Aventures de trois Russes et de trois Anglais.
Le Tour du monde en 80 jours.
Le Pays des Fourrures.
Le Docteur Ox.
Le Chancellor.
L'Ile mystérieuse.
Michel Strogoff.
Les Indes-Noires.
Hector Servadac.
Un Capitaine de quinze ans.
Les Cinq cents millions de la Bégum.
Les Tribulations d'un Chinois en Chine.
La Maison à vapeur.
La Jangada.
Le Rayon-Vert.

L'École des Robinsons.
Kéraban-le-Têtu.
L'Étoile du sud.
L'Archipel en feu.
Mathias Sandorf.
Robur le Conquérant.
Un Billet de Loterie.
Nord contre Sud.
Le Chemin de France.
Deux ans de Vacances.
Famille sans Nom.
Sans dessus dessous.
César Cascabel.
Mistress Branican.
Le Château des Carpathes.
Claudius Bombarnac.
P'tit Bonhomme.
Mirifiques Aventures de Maître Antifer.
L'Ile à hélice.
Face au drapeau.
Clovis Dardentor.
Le Sphinx des glaces.
Le Superbe Orénoque.
† Le Testament d'un Excentrique.

L'œuvre de Jules Verne est aujourd'hui considérable. La collection des *Voyages extraordinaires*, que l'Académie française a couronnés, se compose déjà de trente-quatre volumes (contenant 47 ouvrages), et tous les ans Jules Verne donne au *Magasin d'Éducation et de Récréation* un roman inédit.

Ces livres de voyage, ces contes d'aventures ont une originalité propre, une clarté et une vivacité entraînantes. C'est très français.

CLARETIE.

## Découverte de la Terre

Les Premiers Explorateurs. — Les Grands Navigateurs du xviiie siècle.
Les Voyageurs du xixe siècle.

*Ces trois ouvrages se vendent aussi réunis en un seul volume.*

# BIBLIOTHÈQUE D'ÉDUCATION ET DE RÉCRÉATION

## Volumes grand in-8° jésus ou colombier, illustrés

BIART (L.) . . . . . . . . . . . . . Don Quichotte *(adaptation pour la jeunesse).*
CLÉMENT (CH.) . . . . . . . . . Michel-Ange, Raphaël, Léonard de Vinci.
ERCKMANN-CHATRIAN . . . . Romans nationaux. — Contes et Romans populaires. — Contes et Romans alsaciens. — Histoire d'un Paysan.
GRANDVILLE . . . . . . . . . . . Les Animaux peints par eux-mêmes.
LA FONTAINE . . . . . . . . . . Fables, illustrées par Eug. LAMBERT.
LAURIE (A.) . . . . . . . . . . . . Les Exilés de la Terre.
MALOT (HECTOR) . . . . . . . . ✪ Sans Famille.
MAYNE-REID . . . . . . . . . . . Aventures de Terre et de Mer. } Ces deux ouvrages se vendent aussi
— . . . . . . . . . . . . Avent. de Chasses et de Voyages. } réunis en un fort volume.
RAMBAUD (ALFRED) . . . . . . ✪ L'Anneau de César.
VERNE (J.) ET LAVALLÉE . . . Géographie illustrée de la France.

# Bibliothèque d'Éducation et de Récréation

QUELS souvenirs agréables et charmants ce titre général ne rappelle-t-il pas aux hommes jeunes d'aujourd'hui, à ceux qui entraient dans la vie au moment même où une révolution complète s'opérait, en leur faveur, dans la littérature !

« C'est une innovation que l'introduction de la lecture dans les plaisirs de la jeunesse. Elle date presque d'hier : mettons trente ans, c'est tout le bout du monde. Pendant ces trente années, l'éditeur Hetzel a su publier 500 volumes de premier ordre.

« Le titre trouvé par l'éditeur constitue à lui seul un programme : ÉDUCATION et RÉCRÉATION. Et, en effet, tout est là. Ces beaux et bons livres instruisent et ils amusent. »

---

## Volumes in-8° raisin, illustrés

BARBIER (M.-J.) . . . . . . . . . Contes blancs (*avec musique inédite de C. Gounod, E. Guiraud, H. Maréchal, J. Massenet, G. Nadaud, E. Reyer, Rubinstein, Saint-Saëns, H. Salomon, A. Thomas*).

— . . . . . . . . Bempt, *Nouveaux Contes blancs* (*avec musique de E. Boulanger, Th. Dubois, V. Joncières*).

BENTZON (TH.) . . . . . . . . Geneviève Delmas.
BOISSONNAS (B.). . . . . . . . Une Famille pendant la guerre 1870-1871.
CORNEILLE . . . . . . . . . . . Chefs-d'œuvre (*Édition F. Brunetière*).
DESNOYERS (L.) . . . . . . . . Aventures de Jean-Paul Choppart.
DUBOIS (FÉLIX) . . . . . . . . La Vie au Continent noir.
GRIMARD . . . . . . . . . . . . Le Jardin d'Acclimatation.
HUGO (VICTOR) . . . . . . . . Le Livre des Mères.
LAPRADE (V. DE). (de l'Acad. franç.) Le Livre d'un Père.

---

### ANDRÉ LAURIE

## La Vie de Collège dans tous les Temps et dans tous les Pays

| | | |
|---|---|---|
| Mémoires d'un Collégien. (Un Lycée de département.) | L'Écolier d'Athènes. | Tito le Florentin. |
| Une Année de Collège à Paris. | La Vie de Collège en Angleterre. | Autour d'un Lycée japonais. |
| Mémoires d'un Collégien russe. | Un Écolier hanovrien. | Le Bachelier de Séville. |
| | L'Oncle de Chicago (in-8° jésus). | Axel Eberson. (Le Gradué d'Upsala.) |

M. FRANCISQUE SARCEY a consacré à chacun des livres qui composent cette série une étude spéciale.

« Notre ami Hetzel, écrivait-il il y a quelques années, a commencé une collection bien curieuse et dont le titre générique suffit à indiquer l'intérêt. Chaque année, il paraît un volume qui nous transporte dans un pays différent. Il y a quatre ans, nous étions en France; l'année suivante, on nous a menés en Angleterre; l'an d'après, en Allemagne. L'ensemble des volumes dont cette série doit se composer formera une étude assez complète des divers systèmes d'éducation suivis par chaque nation.

« Tous ces volumes partent de la même main; ils sont de M. André Laurie, qui me paraît être un universitaire fort au courant des questions pédagogiques, et qui n'en est pas moins un conteur agréable et un écrivain élégant. C'est chaque année un régal attendu par moi de recevoir et de déguster son volume. »

FRANCISQUE SARCEY.

---

# LES ROMANS D'AVENTURES

### ANDRÉ LAURIE

| | |
|---|---|
| L'Héritier de Robinson (in-8° jésus). | Atlantis. |
| De New-York à Brest en sept heures. | Gérard et Colette (in-8° jésus). |
| Le Secret du Mage. | † Le Filon de Gérard (in-8° jésus). |
| Le Rubis du Grand Lama. | |

J. VERNE ET A. LAURIE. . . . L'Épave du Cynthia.

A PROPOS de l'*Épave du Cynthia*, M. Ulbach écrivait les lignes suivantes :

« La collaboration de MM. Jules Verne et André Laurie ne pouvait être que féconde. La science de l'un, l'observation de l'autre, les qualités littéraires des deux collaborateurs font de ce livre un des plus émouvants de la collection. »

## Volumes in-8° illustrés (SUITE)

LEGOUVÉ (E.) (de l'Académie française). Nos Filles et nos Fils. — La Lecture en famille.
— . . . . . . . . . . . . . . . . . Une Élève de seize ans. — Épis et Bleuets.
MACÉ (JEAN) . . . . . . . . . . Histoire d'une Bouchée de Pain.
NOUSSANNE (H. DE) . . . . . . Jasmin Robba.
— . . . . . . . . . . † Le Château des Merveilles (in-8° Jésus).
RATISBONNE (LOUIS) . . . . . ❀ La Comédie enfantine.
SANDEAU (J.) (de l'Académie française). ❀ Madeleine.
— . . . . . . . . . . . Mademoiselle de la Seiglière.
— . . . . . . . . . . . La petite Fée du village.
ULBACH (L.). . . . . . . . . . . Le Parrain de Cendrillon.
VADIER. . . . . . . . . . . . . . Théâtre à la Maison et à la Pension.
VALDES (ANDRÉ). . . . . . . . Le Roi des Pampas.

---

# ŒUVRES de P.-J. STAHL

❀ Contes et Récits de Morale familière.
Les Histoires de mon Parrain.
❀ Histoire d'un Ane et de deux Jeunes Filles.
❀ Maroussia (in-8° jésus).

❀ Les Patins d'argent (in-8° jésus).
❀ Les Quatre Peurs de notre Général.
Les Contes de l'Oncle Jacques.
Les Quatre Filles du Docteur Marsch.

STAHL a voulu enseigner familièrement la morale, la mettre en action pour tous les âges. De chacun des livres de Stahl se dégage une morale présentée avec toute la séduction et cette forme spirituelle qui donne à la fiction les apparences de la réalité.
Peu d'hommes ont plus et mieux fait pour la jeunesse, qui lui doit sa libération littéraire.
Ch. CANIVET. (Le Soleil.)

---

# Volumes in-8° jésus ou avec illustrations en couleurs

BIART (LUCIEN) . . . . . . . . Aventures d'un Jeune Naturaliste (in-8° jésus).
— . . . . . Les Voyages involontaires (in-8° jésus).
DAUDET (ALPHONSE) . . . . Histoire d'un Enfant (in-8° jésus).
— . . . . . Contes choisis (Édition spéciale à l'usage de la jeunesse) (in-8° jésus).
DUPIN DE SAINT-ANDRÉ. . Double Conquête (in-8° jésus).
ERCKMANN-CHATRIAN . . . Histoire d'un Paysan (grand in-8° colombier).
LAURIE (ANDRÉ). . . . . . . . Les Romans d'Aventures :
L'Héritier de Robinson (in-8° jésus).
Atlantis (illustrations en couleurs).
— . . . . . . . . . Les CHERCHEURS D'OR DE L'AFRIQUE AUSTRALE :
Gérard et Colette (in-8° jésus).
† Le Filon de Gérard (in-8° jésus).
— . . . . . . . . . La Vie de Collège dans tous les temps et tous les pays:
L'Écolier d'Athènes (illustrations en couleurs).
L'Oncle de Chicago (in-8° jésus).
MALIN (HENRI) . . . . . . . . Un Collégien de Paris en 1870 (in-8° jésus).
NEUKOMM (EDMOND). . . . . Les Dompteurs de la mer (illustrations en couleurs).
NOUSSANNE (DE) . . . . . . . † Le Château des Merveilles (in-8° jésus).
PERRAULT (PIERRE). . . . . . Ma sœur Thérèse (illustrations en couleurs).
SANDEAU (JULES). . . . . . . La Roche aux Mouettes (in-8° jésus).
STAHL (P.-J.) . . . . . . . . . . Les Patins d'argent (in-8° jésus).
— . . . . . . . . . Maroussia (in-8° jésus).
STAHL ET MULLER. . . . . . . Le Nouveau Robinson suisse (in-8° jésus).
VIOLLET-LE-DUC. . . . . . . . Histoire d'une Forteresse.
— . . . . . . . . . Histoire de l'Habitation humaine (illustrations en couleurs).
— . . . . . . . . . Histoire d'un Hôtel de Ville et d'une Cathédrale (illustrations en couleurs).

---

LES NOUVEAUTÉS POUR 1899-1900 SONT INDIQUÉES PAR UNE †
Les ouvrages précédés d'une double palme ❀ ont été couronnés par l'Académie

# Bibliothèque d'Éducation et de Récréation

## Volumes in-8° cavalier, illustrés

## LES CONTES DE PERRAULT

Illustrés de **40** grandes compositions de Gustave DORÉ

1 volume in-4°, cartonnage riche.

# PETITE BIBLIOTHÈQUE BLANCHE

## Volumes grand in-16 colombier, illustrés

ALDRICH (Traduction Bentzon) . . Un Écolier américain.
AUSTIN . . . . . . . . . . . . . . Boulotte.
BEAULIEU (DE). . . . . . . . . Mémoires d'un Passereau.
BENTZON . . . . . . . . . . . . Yette.
BERTIN (M.). . . . . . . . . . . Les Douze. — Voyage au Pays des défauts.
— . . . . . . . . . . . . . Les deux côtés du Mur.
BIGNON. . . . . . . . . . . . . Un singulier petit Homme.
BREHAT (A. DE).. . . . . . . . Aventures de Charlot et de ses sœurs.
CHATEAU-VERDUN (M. DE). . Monsieur Roro.
CHERVILLE (M. DE). . . . . . Histoire d'un trop bon Chien.
DIENY (F.) . . . . . . . . . . . La Patrie avant tout.
DUMAS (A.) . . . . . . . . . . La Bouillie de la comtesse Berthe.
DUPIN DE SAINT-ANDRÉ. . . Petit Jean.
FEUILLET (O.). . . . . . . . . La Vie de Polichinelle.
GÉNIN (M.). . . . . . . . . . . Un petit Héros. — Les Grottes de Plémont.
GIRON (AIMÉ). . . . . . . . . La Famille de la Marjolaine.
LA BÉDOLLIERE (DE) . . . . . Histoire de la Mère Michel et de son chat.
LEMAIRE-CRETIN . . . . . . . Le Livre de Trotty.
LEMONNIER (C.) . . . . . . . Histoire de huit Bêtes et d'une Poupée.
— . . . . . . . . . . . Les Joujoux parlants.
LERMONT (J.). . . . . . . . . Mes Frères et moi.
LE ROY (O.) . . . . . . . . . . † La Pupille de Polichinelle.
LOCKROY (S.). . . . . . . . . Les Fées de la Famille.
MARSHALLS. . . . . . . . . . Le Petit Jack.
MAYNE-REID . . . . . . . . . Les Exploits des jeunes Boërs.
— . . . . . . . . . . . Les Chasseurs de Girafes.
— . . . . . . . . . . . † La Sœur perdue.
MOUANS . . . . . . . . . . . Frisonne l'Engourdie.
— . . . . . . . . . . . La Maison Blanche.
MULLER (E.). . . . . . . . . . Récits enfantins.
MUSSET (P. DE) . . . . . . . Monsieur le Vent et Madame la Pluie.
NODIER (CHARLES). . . . . . Trésor des Fèves et Fleur des Pois.
OURLIAC (E.) . . . . . . . . . Le Prince Coqueluche.
PERRAULT (P.). . . . . . . . . Les Lunettes de Grand'Maman.—Les Exploits de Mario.
SAND (GEORGE) . . . . . . . Le Véritable Gribouille.
SPARK. . . . . . . . . . . . . Fabliaux et Paraboles.
STAHL (P.-J.) . . . . . . . . . Les Aventures de Tom Pouce. — Le Sultan de Tanguik.
— . . . . . . . . . . . Le Chemin glissant.
STAHL ET W. HUGHES . . . . Contes de la Tante Judith.
VERNE (JULES) . . . . . . . . Un Hivernage dans les glaces.

---

# BIBLIOTHÈQUE DES JEUNES FRANÇAIS

## Volumes grand in-16 colombier

BLOCK (M.). *Entretiens familiers sur l'administration de notre pays.*

La France. — Le Département. — La Commune.
Paris, Organisation municipale. — Paris, Institutions administratives. — L'Impôt. — Le Budget. — L'Agriculture. — Le Commerce. — L'Industrie.
Petit Manuel d'Économie pratique.

ERCKMANN-CHATRIAN . . Avant 89 (*illustré*).
MACE (J.) . . . . . . . . . . . La France avant les Francs (*illustré*).
PONTIS. . . . . . . . . . . . Petite Grammaire de la prononciation.
TRIGANT-GENESTE. . . . . Le Budget communal.

(1er Âge)

# ALBUMS STAHL IN-8° ILLUSTRÉS

Il y a des lecteurs qui ne sont pas hommes encore et à qui il faut des lectures et des images pour leurs premières curiosités. Ce public innombrable et frêle n'a pas été oublié. Les *Albums Stahl* leur donnent de piquants ou de jolis dessins accompagnés d'un texte naïf. La naïveté est celle qu'un ingénieux esprit, comme Stahl, peut offrir. Elle a ses malices légères et sa gaieté tendre. Les dessins ont de la fantaisie dans la vérité. Bégayements heureux, rires argentins, ce sont là les effets que produisent ces albums caressants. Il y a beaucoup de gros livres et de travaux ambitieux qui n'ont pas la même utilité.

GUSTAVE FRÉDÉRIX. (*Indépendance Belge.*)

## FRŒLICH

| | | |
|---|---|---|
| † Mlle Lili au Jardin des Plantes | Une grande journée de Mlle Lili | La Journée de Mlle Lili. |
| Les Sept ans de Mlle Lili. | Mlle Lili aux Champs-Élysées. | Arithmétique de Mlle Lili. |
| Les trois Chiens de Mlle Lili. | Mlle Lili à Paris. | Cerf-Agile. |
| Maman en voyage. | Jujules le Chasseur. | Voyage de Mlle Lili autour |
| La Vocation de Jujules. | Les petits Bergers. | du monde. |
| La Mère Bontemps. | L'A perdu de Mlle Babet. | Voyage de découvertes de Mlle Lili. |
| Papa en voyage. | Alphabet de Mlle Lili. | La Révolte punie. |

DETAILLE . . . . . . . . . . Les bonnes Idées de Mademoiselle Rose.
FROMENT . . . . . . . . . . Michel et Suzon. — Petites Tragédies enfantines.
— . . . . . . . . . . Nouvelles petites Tragédies enfantines.
— . . . . . . . . . . Le petit Acrobate.
— . . . . . . . . . . Scènes familières. — Nouvelles Scènes familières.
— . . . . . . . . . . La Chasse au volant.
— . . . . . . . . . . † Les Exploits de Fanchette.
GEOFFROY . . . . . . . . Proverbes en action.
GRISET . . . . . . . . . . La Découverte de Londres.
HUMBERT . . . . . . . . Le Roi des Pingouins.
LALAUZE . . . . . . . . . Le Rosier du petit Frère.
— . . . . . . . . . . Suzanne et Suzette.
LAMBERT . . . . . . . . . Chiens et Chats.
MEAULLE . . . . . . . . . Petits Robinsons de Fontainebleau.
PIRODON . . . . . . . . . Histoire de Bob aîné.
SCHULER (T.) . . . . . . . Le premier Livre des petits Enfants.

# ALBUMS STAHL en COULEURS, IN-4°

**L. FRŒLICH :** *Chansons & Rondes de l'Enfance (Chaque chanson forme un album).*

| | | |
|---|---|---|
| Sur le Pont d'Avignon. | Giroflé-Girofla. | Le bon Roi Dagobert. |
| La Tour, prends garde. | Il était une Bergère. | Compère Guilleri. |
| La Marmotte en vie. | M. de La Palisse. | Malbrough s'en va-t-en guerre. |
| La Boulangère a des écus. | Au Clair de la Lune. | Nous n'irons plus au bois. |
| La Mère Michel. | Cadet-Roussel. | |

## L. FRŒLICH
Pommier de Robert. — Les Frères de Mlle Lili.

BECKER . . . . . . . . . . . Une drôle d'École.
CASELLA . . . . . . . . . . Les Chagrins de Dick. — Un Déjeuner sur l'herbe.
COURBE . . . . . . . . . . † Du Matin au Soir.
FROMENT . . . . . . . . . Tambour et Trompette.
— . . . . . . . . . . Le Plat mystérieux.
GEOFFROY . . . . . . . . Don Quichotte. — Gulliver. — L'Ane gris.
KURNER . . . . . . . . . . Une Maison inhabitable.
DE LUCHT . . . . . . . . L'Homme à la Flûte. — Les 3 montures de John Cabriole.
— . . . . . . . . . . La Leçon d'Équitation. — La Pêche au Tigre.
— . . . . . . . . . . Robinson Crusoé.
MATTHIS . . . . . . . . . Métamorphoses du Papillon.
MÉRY . . . . . . . . . . . Autour d'un Cerisier.
TINANT . . . . . . . . . . Du haut en bas. — Un Voyage dans la neige.
— . . . . . . . . . . La Revanche de Cassandre. — Les Pêcheurs ennemis.
— . . . . . . . . . . Le Berger ramoneur.
— . . . . . . . . . . Un Colin-Maillard accidenté.
— . . . . . . . . . . Un premier Jour de vacances.
— . . . . . . . . . . Drames en 3 actes.
TROJELLI . . . . . . . . . Alphabet musical de Mlle Lili.

LES NOUVEAUTÉS POUR 1899-1900 SONT INDIQUÉES PAR UNE †
Les ouvrages précédés d'une double palme 🌿 ont été couronnés par l'Académie

26632. — Paris, imp. Gauthier-Villars, 55, quai des Grands-Augustins.

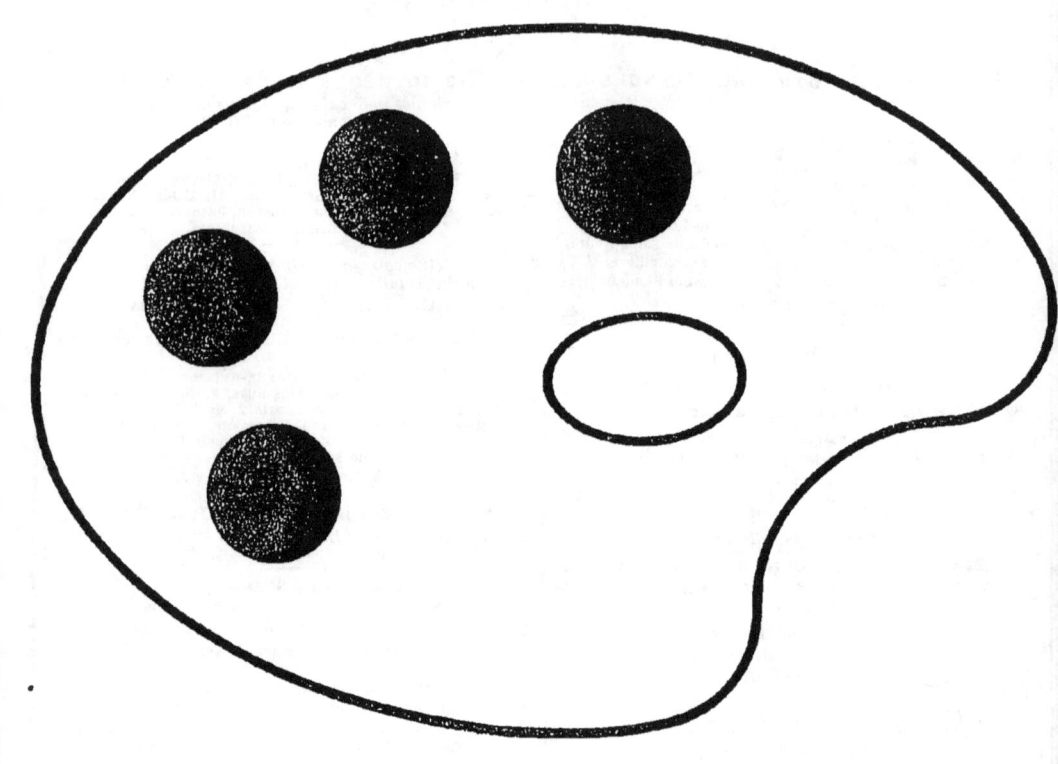

Original en couleur
NF Z 43-120-8